MAEVE HARAN

Das Beste, das uns je passiert ist

Autorin

Maeve Haran hat in Oxford Jura studiert, arbeitete als Journalistin und in der Fernsehbranche, bevor sie ihren ersten Roman veröffentlichte. »Alles ist nicht genug« wurde zu einem weltweiten Bestseller, der in 26 Sprachen übersetzt wurde. Maeve Haran hat drei Kinder und lebt mit ihrem Mann in London.

Von Maeve Haran bereits erschienen

Die beste Zeit unseres Lebens · Das größte Glück meines Lebens · Der schönste Sommer unseres Lebens

MAEVE HARAN

Das Beste, das uns je passiert ist

ROMAN

Deutsch von Karin Dufner

blanvalet

Die Originalausgabe erschien 2018 unter dem Titel »In A Country Garden«
bei Pan Books an imprint of Pan Macmillan, London.

Das Zitat von Leonard Cohen auf S. 23 wurde übersetzt von Andrea Kuepper.

Das Zitat auf S. 56 stammt aus »Die Bibel: 1.Mose 8,22«, zitiert nach
https://www.bibleserver.com/EU/1.Mose8%2C22.

Das Zitat von William Shakespeare auf S. 318 stammt aus »Sonett 18«,
zitiert nach »Shakespeare-Almanach«, übersetzt von Gottlob Regis, Verlag von Veit,
Berlin, 1836.

Das Zitat von William Shakespeare auf S. 329 stammt aus »Sonett 116«,
zitiert nach »William Shakespeares Sonette«, übersetzt von Friedrich Bodenstedt,
Verlag der königlichen Geheimen Ober-Hofbuchdruckerei, Berlin, 1866.

Das Zitat auf S. 351 stammt aus dem Film »My Fair Lady«.

Das Zitat aus dem Gedicht »Consolation« von Robert Louis Stevenson auf S. 401
stammt aus »Collected Poems«, Rupert Hart-Davies, London, 1971 wurde übersetzt
von Karin Dufner.

FSC
www.fsc.org
MIX
Papier aus verantwortungsvollen Quellen
FSC® C014496

Verlagsgruppe Random House FSC® N001967

1. Auflage

Redaktion: Angela Kuepper
Umschlaggestaltung und -motiv: www.buerosued.de
DN · Herstellung: sam
Satz, Druck und Bindung: GGP Media GmbH, Pößneck
Printed in Germany
ISBN 978-3-7341-0818-1

www.blanvalet.de

Für meine Freundinnen
überall auf der Welt

Eins

»Raus mit der Sprache, Claudia. Wie waren die Flitterwochen? Redet das glückliche Paar noch miteinander?«

Nervös strich sich Claudia über ihr sorgfältig gefärbtes nussbraunes Haar (Grau kam für sie nicht infrage, nicht einmal die platinblonde Version von Helen Mirren), während sie überlegte, was sie auf die Frage über die Hochzeit ihrer Tochter Gaby antworten sollte.

Tatsache war, dass Gaby die Trauung beinahe abgeblasen hätte, und zwar mit der Begründung, die Ehe ihrer Eltern sei ihr ein schlechtes Beispiel gewesen.

Wie Claudia zugeben musste, war der Zeitpunkt ausgesprochen ungünstig gewählt. Ihre Tochter hatte sie in den Armen des knackigen Chorleiters ertappt, der die wöchentliche Probe leitete. Und noch dazu an demselben Tag, an dem sie auf E-Mails gestoßen war, die an ihren Vater gerichtet waren und von einer alten Flamme stammten. Claudia hätte sich damit herausreden können, dass sie ihren geliebten Lehrerberuf an den Nagel gehängt hatte und widerwillig aufs Land gezogen war, um sich um ihre hinfälligen Eltern zu kümmern. Sie hatte keine Ahnung, was Dons Ausrede war.

»Sie sind wohlbehalten zurück und sehr glücklich, abgesehen davon, dass sie ein Haus bauen wollen und kein Geld haben. Natürlich alles die Schuld unserer Generation, die die Immobilienpreise in die Höhe getrieben hat.«

»Aber klar doch.« Ella lachte. »Angefangen bei ausgebeuteten Uber-Fahrern bis hin zu überteuerten Zweizimmerwohnungen sind wir an allem schuld. Schließlich sind wir die egoistischen Babyboomer.« Sie blickte sich im Grecian Grove um, der schäbigen Kellerbar mit ihren schauderhaften Wandgemälden, die lüsterne Schäfer auf der Jagd nach gelangweilt wirkenden Nymphen darstellten, wo die Freundinnen sich einmal im Monat trafen. »Liegt es an mir, oder sehen diese Nymphen wirklich älter aus?«

Die Erkenntnis, dass sie nach vierzig Jahren Freundschaft nicht jünger wurden, brachte sie alle zum Lachen.

»Wie dem auch sei«, verkündete Claudia. »Don und ich haben beschlossen, noch einmal von vorne anzufangen und das Landleben und einander zu lieben.«

»Viel Glück dabei.« Ella erhob ihr Glas. »Erkundigt sich denn niemand danach, wie es mir geht? Offen gestanden ziemlich gut.« Ihre beiden Freundinnen Claudia und Laura musterten sie. Ella sah wirklich gut aus. Das Alter hatte ihrem koboldhaften Äußeren nichts anhaben können. Mit Ausnahme eines vereinzelten grauen Haars wirkte sie genauso frisch und strotzend vor Tatendrang wie immer. »Das Haus war im Nu verkauft. Ich bin schon in mein kleines Häuschen am Fluss gezogen.«

»Mannomann, Ella, das ging aber schnell!«, wunderte sich Claudia.

»Aber ist dir der Umzug nicht schwergefallen?«, fragte Laura, die mit den Tränen kämpfte. Ihr stand nämlich auch ein Umzug bevor, allerdings kein freiwilliger. Sie steckte gerade mitten in einem unschönen Scheidungsverfahren, und Simon, ihr schrecklicher Ehemann, beharrte darauf, dass sie jetzt verkauften, da das Urteil bald gesprochen werden würde. Ella war stets sehr stolz auf ihr hübsches georgianisches Haus gewesen. Es hatte ihr mehr bedeutet als nur Steine und Mörtel. Laura verstand nicht, wie Ella den Verlust so sachlich betrachten konnte. »Wie lange hast du dort gewohnt?«

»Es fühlt sich gar nicht so lange an, war es aber«, erwiderte Ella. »Damals, als ich als Anwältin anfing und Laurence seine Firma gründete, war das Haus genau richtig für uns. Wie meine Töchter mir ständig unter die Nase reiben, hat es weniger gekostet als ein Einzimmerapartment in Dalston heute.«

Einen Moment dachten sie über den wahnwitzigen Immobilienmarkt in London nach, wo Millionäre in gewöhnlichen Doppelhaushälften wohnten und sich nur russische Oligarchen ein frei stehendes Haus leisten konnten.

»Es muss traurig für dich gewesen sein, deine Erinnerungen an Laurence zurückzulassen.« Laura griff nach der Hand ihrer Freundin, wusste jedoch, dass sie im Grunde sich selbst meinte. Laurence war vor fünf Jahren bei einem Zugunglück ums Leben gekommen, ein schwerer Schlag für Ella.

Diese schüttelte den Kopf. »Das habe ich auch geglaubt. Ich habe gedacht, es würde mir das Herz brechen, alles aufzugeben und in ein kleines Häuschen zu ziehen. Aber es war erstaunlich befreiend. Es ist wie eine neue Lebensphase und eine schöne dazu. Und das Seltsame ist, dass ich gehört habe, wie Laurence mich darin bestätigt hat. Los, altes Mädchen, sagte er, Zeit für einen Neuanfang. Ich bin ziemlich aufgeregt. Und die beste Nachricht ist, dass meine ehemaligen Nachbarn ihren Kleingarten loswerden wollen. Es sieht ganz danach aus, dass ich die Warteliste überspringen und ihn kriegen kann.«

Trotz ihrer Niedergeschlagenheit musste Laura lachen.

»Was ist nur aus uns geworden? Wollten wir nicht einmal die Welt verändern?« Das Lachen erhellte ihr noch immer hübsches Gesicht und erinnerte die anderen an die Laura, die sie mit achtzehn im ersten Jahr am College kennengelernt hatten.

»Ich bin damit zufrieden, die Welt dadurch zu verändern, dass ich Grünzeug züchte.« Ella kicherte.

»Wählst du nicht mal die Grünen?«

»Politik hat mich schon damals nicht interessiert. Claudia war unsere Radikale, die in Paris Pflastersteine geworfen hat.«

»Nur weil ein hinreißender junger Franzose mich dazu angestachelt hat.« Claudia seufzte. »In jener Zeit war die Welt eine andere. Die Jugend wusste, dass sie absolut frei war und niemand sie aufhalten konnte.«

»Nicht dort, wo ich aufgewachsen bin«, protestierte Ella. »Wusstet ihr, dass neunundneunzig Prozent der Menschen glauben, die sexuelle Revolution habe stattgefunden? Und achtundneunzig Prozent glauben, sie sei jemand anders passiert?«

Kurz dachten sie an die berauschenden Sechziger, als sie jung und sorglos gewesen waren und geglaubt hatten, niemals alt zu werden.

»Apropos Sex: Was ist denn aus dem netten Mann geworden, den du zu Gabys Hochzeit mitgebracht hast? Wir fanden ihn sympathisch, nicht wahr, Ella?«

»Ja, wirklich«, stimmte Ella zu. »Hübsche Augen.«

»Und hübscher Hintern«, ergänzte Claudia.

»Calum«, antwortete Laura knapp. »Mal im Ernst, Claudia, du klingst ja richtig unterversorgt. Er ist bloß ein Freund.«

»Ein Freund, der deinem baldigen Ex-Mann eine runterhaut, weil er nicht zu schätzen weiß, wie wundervoll du bist«, frotzelte Claudia, bevor sie sich wieder an Ella wandte.

»Dann kriegst du also endlich deinen Kleingarten. Das muss auf die Titelseite.« Sie blickte zur Tür. »Apropos Titelseite: Wo steckt Sal?« Sal war die Vierte im Bunde und Redakteurin bei einer Zeitschrift. Außerdem hatte sie eine Schwäche für Overalls mit Leopardenmuster und Lederjacken mit Nieten, obwohl sie wie die anderen über sechzig war.

»Vielleicht wollte sie ja nicht kommen. Schließlich ist ihre Operation noch nicht lange her«, meinte Laura. Sal hatte ihnen bei der Hochzeit einen mächtigen Schrecken eingejagt, als sie aus heiterem Himmel verkündet hatte, sie habe Brustkrebs und würde sich die Brust abnehmen lassen müssen. Keine von ihnen hatte etwas von ihrer Krankheit geahnt.

»Ich bin so froh, dass alles gut gegangen ist«, sagte Claudia.

Bei ihrer letzten Begegnung mit ihrer Freundin hatten sie sich an ihrem Krankenhausbett versammelt, während Sal verschiedene schrille Kopfbedeckungen anprobiert und mit dem Arzt gewitzelt hatte, sie werde Kahlköpfigkeit zum neuen Trend machen.

»Sal ist hart im Nehmen«, stellte Ella fest.

»Hat sie dir verziehen, dass du auf der Hochzeit so unhöflich zu ihr gewesen bist?«, fragte Laura.

Die sonst so ruhige und gelassene Ella besaß den Anstand zu erröten. In ihrem stark alkoholisierten Zustand hatte sie Sal Egoismus vorgeworfen, weil sie ihnen nicht schon früher von ihrer Krebserkrankung erzählt hatte.

»Oh Gott, erinnert mich nicht daran.« In aufrichtiger Reue schlug Ella die Hände vors Gesicht. »Ich fasse es nicht, wie ich so ein Miststück sein konnte.«

Allerdings war die Krankheit nicht die einzige Überraschung gewesen, die Sal an jenem Tag unter ihrer rosafarbenen Perücke hervorgezaubert hatte. Sie hatte ihnen eine junge Frau namens Lara vorgestellt und zum allgemeinen Erstaunen verkündet, es handle sich um ihre lange verloren geglaubte Tochter, die sie als achtzehnjähriges Aupair-Mädchen in Oslo zur Adoption freigegeben habe.

»Wenn man von *Der Teufel trägt Prada* spricht – da ist sie!«

Alle erhoben sich staunend. Im Laufe ihrer langen Freundschaft hatte Sal mit einigen Überraschungen, einschließlich Lara, aufgewartet, doch nur wenige hatten dieser hier das Wasser reichen können. Sal sah aus wie ein völlig neuer Mensch. Fort waren die rosafarbene Perücke, die Pelzmütze und die Sonnenbrille, mit denen sie ihren Haarausfall getarnt hatte. Auch von Leopardenmuster fehlte jede Spur. Stattdessen stand eine hochgewachsene, elegante Frau mit grauem Stoppelhaarschnitt und großen modischen Ohrringen vor ihnen, die ein dezent geschnittenes Seidenkleid trug.

»Sal!«, entfuhr es Laura spontan. »Was, um alles in der Welt, hast du gemacht?«

»Das nennt man Krebsstyling«, erwiderte Sal mit einem breiten Grinsen. »Ein erwachsener Look, der zu meiner neuen Frisur passt. Niemand hat mir verraten, dass es lockig und mit einem Touch Annie Lennox nachwachsen würde.« Ohne auf die neugierigen Blicke der anderen Gäste zu achten, knöpfte sie ihr Kleid auf. Ehe die anderen ahnten, was sie im Schilde führte, zog sie ihren BH herunter und präsentierte stolz die dreißig Zentimeter lange Narbe, die dort verlief, wo ihre rechte Brust gewesen war.

»Beeindruckend, was?«, meinte Sal. »Schade, dass alternde Amazonenkriegerinnen heutzutage nicht hoch im Kurs stehen.«

»Sal! Setz dich hin.« Konventionell wie immer, versuchte Laura, Sal vor den faszinierten bis erschrockenen Blicken der anderen Gäste zu schützen.

»Als ob mich das einen Scheißdreck interessieren würde«, protestierte Sal. »Sittsamkeit ist das Letzte, was eine Rolle spielt, wenn an einem herumgefummelt wurde wie an mir. Schaut, was die mir gegeben haben.« Sie förderte ein ovales Schaumstoffpolster aus ihrem BH zutage und schwenkte es durch die Luft. »Ein falscher Busen! Wisst ihr noch, damals? Als wir eine Todesangst hatten, ein Junge könnte beim Rumknutschen den falschen Busen entdecken?«

Sie betrachtete Lauras wohlgeformte Brust. »Nein, du vermutlich nicht, Laura.«

»Nur Sal bringt es fertig, nach einer Brustamputation ans Rumknutschen zu denken.« Claudia kicherte. »Los, tu dir keinen Zwang an. Schildere uns die grausigen Einzelheiten.«

»Beim letzten Mal stand ich zu sehr neben mir, was?« Sal rückte ihre Kleidung zurecht und nahm Platz. »Erst malen sie einem mit Filzstift auf der Brust herum, als wäre man der Flipchart eines Marketingfritzen, und dann, hoppla, weg ist der Busen. Meiner war ja so flach, dass ich dachte, ich würde kaum etwas merken, aber es war eine elende Quälerei. Die liebe Lara hat mir bei den Übungen geholfen. Das Mädchen hat der Himmel geschickt.« Sie schenkte sich ein großes Glas Wein ein.

Ella und Claudia wechselten Blicke, wagten jedoch nicht zu fragen, ob der Arzt ihr Alkohol erlaubt hatte.

»Das Beste ist, dass ich nicht bügeln und staubsaugen darf. Befehl des Arztes. Das erledigt Lara alles für mich.

Allerdings ist das arme Mädchen inzwischen sauer auf mich, weil ich die Sache nicht ernst nehme. Und das nur, weil ich mich bei dem Onkologen erkundigt habe, ob ich Auto fahren könnte. Als er Ja sagte, habe ich ›Ein Wunder ist geschehen, denn davor konnte ich es nicht‹ gewitzelt. Ich kann ihr einfach nicht klarmachen, dass ich nur deshalb lache, weil es so ernst ist.« Genüsslich nippte sie an ihrem Wein. »Lara ist so ein Schatz. Sie zwingt mich, sämtliche Krebs-Blogs zu lesen, da sie denkt, dass sie gut für mich sind und mich aufmuntern. Und sie hat recht. Sie sind spitze. Zum Kaputtlachen. Man möchte meinen, Krebs sei das Beste, was einem passieren kann!« Sie erhob ihr Glas. »Wer braucht schon einen Busen. Ich empfehle: Weg damit!«

Das Thema Blogs sorgte dafür, dass Sal sich an Ella wandte. »Ich hoffe, oh du Verräterin, dass du dein Versprechen nicht vergessen hast, eine Kolumne für meine Zeitschrift zu schreiben.«

Ella machte ein Gesicht, als hoffte sie ihrerseits, Sal könne es vergessen haben. »Glaubst du wirklich, es interessiert jemanden, was ich zu sagen habe?« Verlegen sah sie die anderen an. Vor einigen Monaten hatte sie einen humorvollen Blog angefangen, in dem sie die Erfahrungen ihrer Freundinnen in Sachen Altern, Scheidung und Ehebruch schilderte. Das hätte sie beinahe ihre Freundschaften gekostet. Da Ella technisch nicht sonderlich bewandert war, hatte sie gedacht, in einem Blog schreiben zu können, was sie wollte, weil es ohnehin niemand lesen würde.

»Natürlich interessiert es sie, was du zu sagen hast, Ella«, beharrte Sal. »Denn du bist wirklich urkomisch.«

»Solange du keine Witze mehr über uns reißt!« Laura hatte es noch immer nicht ganz verwunden, dass Ella Details ihrer hässlichen Scheidung preisgegeben hatte.

»Also, Laura …« Ella wirkte so verlegen, dass Claudia es für das Taktvollste hielt, das Thema zu wechseln. »Wo ziehst du denn hin?«

Zu spät erkannte sie an Lauras bedrückter Miene, dass der Themenwechsel keine gute Idee gewesen war.

»Keine Ahnung. Ich kann mir nicht viel leisten.« Sie versuchte, sich nicht anmerken zu lassen, wie niederschmetternd es für sie war, das Haus zu verlassen, in dem sie ihre Kinder großgezogen hatte, aber es war einfach zu viel. »Es ist so unfair! Obwohl ich das unschuldige Opfer bin, verliere ich dank dieser verdammten Scheidung mein Zuhause.«

Die Wahrheit lautete, dass Laura nach einem jahrelangen Familienleben eine Todesangst davor hatte, allein alt zu werden. »Schade, dass wir nicht alle wieder zusammenwohnen können wie an der Uni.« Sie lächelte wehmütig.

»Das wäre ein Spaß.« Claudia musste daran denken, wie gebrechlich ihre Eltern geworden waren. Es wäre wundervoll, von ihren Freundinnen unterstützt zu werden.

»Was meinst du mit Zusammenwohnen? In so einer dämlichen Senioreneinrichtung?«, hakte Ella nach. »Einem Rentnerdorf wie in Amerika mit Bingo am Nachmittag, Wassergymnastik und Golfkarren, damit man nie zu Fuß gehen muss?«

»Eher das Gegenteil«, antwortete Claudia, die sich für das Thema erwärmte. »Eine Mischung aus WG und Kibbuz. Nicht nur eine Altersgruppe. Ich würde es nicht aushalten, nur mit alten Leuten zusammenzuleben. Nicht einmal mit euch.«

»Wir sind doch nicht alt«, protestierte Laura. »Wir sind gerade mal über sechzig.«

»Es wird früher passieren, als du denkst.« Claudia lachte. »Überleg mal, wie schnell die letzten fünfzehn

Jahre vorbeigerast sind. Noch mal fünfzehn, und wir sind achtzig.«

Schweigend und entsetzt ließen die vier Freundinnen diese Aussicht auf sich wirken.

»Man bräuchte jemanden, der sauber macht«, riss Ella sie aus ihren Grübeleien. »Erinnert ihr euch, was für ein Schweinestall die Wohnung war?«

»Schweinestall, das Wort habe ich schon lange nicht mehr gehört.« Claudia grinste. »Außerdem bräuchten wir nette, junge Pfleger, die uns den Hintern abputzen und mit Netflix umgehen können.«

»Und die uns die Haare frisieren. Vielleicht bleibe ich ja nicht für immer grau. Eigentlich schwebt mir ein Hauch von Grün vor. Der Look ›alternde Meerjungfrau‹. Und es muss dringend eine Bar her.« Sal nickte, als wäre es schon beschlossene Sache.

»Und ein Wellnessbereich«, fügte Laura träumerisch hinzu. »Natürlich mit Friseur und Fußpflege. Vielleicht sogar Botox. Und jemand, der uns den Damenbart entfernt.«

»Und tolle Musik. Die Eagles und die Grateful Dead auf Endlosschleife aus dem Lautsprecher.« Sal lachte. »Jemand hat mir eine Karte mit einem alten Typen im Rollstuhl drauf geschickt. Und der Pfleger sagt: ›Komm, Dave, Zeit für Van Morrison.‹«

»Was ist mit Männern?«, fragte Claudia.

»Die können wir bestimmt auf einer Webseite ordern«, verkündete Sal.

»Nein.« Claudia kicherte. »Ich meine Ehemänner. Don zum Beispiel. Er würde es verabscheuen. Ständig zitiert er Sartre: ›Die Hölle, das sind die anderen.‹«

»Bis dahin ist Don tot. Ansonsten kriegt er seinen eigenen Gebäudeflügel.«

»In Skandinavien machen sie es wirklich so«, merkte Sal beeindruckt an. »Das hat Lara mir erzählt. Acht Prozent aller Dänen leben in sogenannten geplanten Wohngemeinschaften.«

»Wir könnten eine ungeplante Wohngemeinschaft gründen«, schlug Claudia vor. »Voller uralter Hippies, die ihren Namen vergessen haben. Und natürlich wir.«

»Nehmt es nicht persönlich, aber ich kann mir nichts Schlimmeres vorstellen.« Laura erschauderte.

»Ich weiß nicht.« Claudia fand, dass die Sache etwas für sich hatte. »Meiner Ansicht nach ist es eine tolle Idee. So hat man die Vorteile von beidem. Man hat seine besten Freundinnen um sich und jede Menge Spaß und passt aufeinander auf. Warum sollen wir auf die Weise alt werden, wie es die Leute momentan tun? Sabbernd in einem Pflegeheim vor dem Fernseher sitzen oder allein leben und vereinsamen? Wieso muss das alles so freudlos sein? Wir sind doch die Babyboomer, die Generation Ich. Wir machen alles anders. Weshalb nicht auch das Altwerden?« Plötzlich begeistert, grinste sie die anderen an. »Wir nennen es ›Seniorenstift für alte Weiber, Spaß und Dummheiten inbegriffen‹!«

»Und Inkontinenz«, wandte Sal ein. »Und vergesst unsere alte Freundin, die Demenz, nicht.«

Die drei Freundinnen starrten Sal entsetzt und zugleich amüsiert an.

»Tja«, sagte Sal, stellte ihr Glas beiseite und griff nach ihrer Tasche. »Das kommt überhaupt nicht infrage. Da könnt ihr mich gleich erschießen. Ich finde die Idee schauderhaft.«

»Bis auf die Golfkarren«, ergänzte Laura, als alle aufstanden, um sich auf den Weg zu machen. »Ich hätte zu gern meinen eigenen Golfkarren.«

»Ich persönlich hätte lieber ein selbst fahrendes Auto«, erwiderte Sal. »Dann kann ich meiner Mutter beweisen, dass sie falschlag, als sie mir 1969 geraten hat, den Führerschein zu machen.«

»Wartet's nur ab«, drohte Claudia und schwenkte ihr Weinglas. »Ihr werdet es euch schon noch überlegen.«

Zwei

Als Ella die Vorhänge öffnete, stand bereits ein breites Lächeln auf ihrem Gesicht. Es war ein wunderschöner Morgen. Über dem Fluss hing noch der Dunst wie ein grauer Schleier. In ihrem alten Haus war sie von den rosigen Fingern des Morgengrauens geweckt worden, doch hier zeigte ihr Schlafzimmer in eine andere Richtung, sodass sie stattdessen dramatisch rote Sonnenuntergänge genießen konnte. Wie passend!

Sie war bereits unten gewesen und hatte sich eine Tasse Tee gekocht, eine lebenslange Gewohnheit. In letzter Zeit gönnte sie sich dazu einen Vollkornkeks mit Schokoglasur. Zum Teufel mit dem Gerede, dass man von einem Keks am Tag jährlich sechs Kilo zunahm. In ihrem Alter hatte man das Recht zu tun, wozu man Lust hatte. Wer wollte schon dreißig Jahre länger leben, wenn man dafür auf alles verzichten musste? Kein Wunder, dass man hundertzehn wurde, wenn man auf einem Hochplateau in Tibet wohnte und sich von Yakmilch und eingelegten Schafshoden ernährte. Nein, danke! Obwohl sie zugeben musste, dass sie sich in letzter Zeit nicht ganz wohlfühlte. Doch die robuste, pragmatische Ella weigerte sich einfach, sich damit zu beschäftigen. Laurence hatte sie immer damit aufgezogen, sie betrachte Krankheiten – insbesondere bei Männern – als ein Zeichen von Schwäche.

Als sie sich an Claudias wahnwitzigen Vorschlag erinnerte, musste sie lachen. Sosehr sie ihre Freundinnen auch liebte, wollte sie auf keinen Fall den Rest ihres Lebens mit ihnen verbringen.

Sie drehte sich um und ließ den Blick durch ihr neues Schlafzimmer schweifen. Im alten Haus war es in Pastelltönen gestrichen gewesen, die im Laufe der Zeit verblasst waren. Es hatte irgendwie gepasst. Das Haus selbst hatte allein durch sein Alter etwas Dramatisches beigesteuert und durch seine Holzvertäfelungen Wärme verbreitet. Außerdem waren Laurence und sie sich in Sachen Farbe nie einig gewesen. Er hatte das Unauffällige bevorzugt. Die dezenten Töne waren selbstverständlich der optimale Hintergrund für die schönen Dinge, die sie in all den Jahren angesammelt hatten: vergoldete Kronleuchter, hübsches Porzellan, ein bemalter Wandschirm und ein traumhafter Marmortisch, der die Vorhalle geziert hatte und auf dem stets ein Blumenstrauß prangte, der einen begrüßte, wenn man die Tür öffnete. Einige dieser Gegenstände hatte sie eingelagert oder ihren Töchtern angeboten. Julia, die Ältere, hatte fast alles als altmodisch abgetan, aber Cory, die Jüngere, hatte sich einige reizende Bilder ausgesucht, obwohl sie in einer winzigen Einzimmerwohnung lebte.

Ella hatte sich für die Dinge entschieden, an denen sie am meisten hing, und den Rest versteigern lassen. Als sie sich nun umblickte, war sie selbst überrascht, wie leicht ihr der Abschied gefallen war. Vielleicht war sie ja doch nicht zu alt für einen Neuanfang.

Seit ihrem Umzug hatte sie eine völlig neue Farbpalette entdeckt, von einem warmen Blau, das den Fluss draußen widerspiegelte, bis hin zu toskanischem Terrakottarot. Nach ihrem letzten Haus war es ihr so vorgekommen, als stattete sie eine Puppenstube aus. Liebte sie es deshalb so? Wegen des Gefühls, dass ein kleines Haus weniger Verantwortung bedeutete? Viel weniger Pflege?

Zum Glück hatte ihre jüngere Tochter Cory sich um alles Technische gekümmert. Breitband und etwas, das man Glasfaserkabel nannte. Was das sein sollte, wusste nur der Himmel. Wie ein Autofahrer, den es nicht interessierte, was unter der Motorhaube vor sich ging, nutzte Ella diese Errungenschaften gern, ohne sie verstehen zu müssen. Sie hatte sich bei Facebook eingeloggt, um zu sehen, was ihre Enkel Harry und Mark so trieben (oder was sie ihr zeigen wollten), und natürlich war sie eine leidenschaftliche Bloggerin. Was, um alles in der Welt, sollte sie für Sals Zeitschrift schreiben? Insbesondere jetzt, da sie nichts mehr verwenden durfte, was ihre Freundinnen ihr anvertraut hatten?

Ihre Gedanken wanderten zu ihrer anderen Tochter Julia. Töchter, die einen herumkommandierten. Das wäre doch ein wunderbares Thema. Im Geist versetzte Ella sich einen Klaps aufs Handgelenk. Aber es stimmte, verdammt. Nachdem Julia jahrelang genörgelt hatte, sie solle sich verkleinern, hatte sie plötzlich zu jammern angefangen: »Wie konntest du einfach hinter unserem Rücken unser Elternhaus verkaufen?«

Und als Ella begonnen hatte, in drei Jahrzehnten angesammelte Habseligkeiten auszumisten, hatte Julia sämtliche Wertgegenstände zurückgewiesen, dafür aber bei jedem Plastikspielzeug protestiert, das ihre Mutter wegwerfen wollte. Absurderweise hatte sie sogar wegen eines Tamagotchi geweint, das eigentlich ihrer Schwester gehört hatte. *Vielleicht bist du ja ein harter Knochen*, sagte sich Ella. Möglicherweise war sie nach dem plötzlichen Tod ihres Mannes nicht länger in der Lage, ihr Herz an Objekte zu hängen. Wenn einem aus heiterem Himmel so etwas zustieß, spielte Materielles keine Rolle mehr.

Konnte sich Julia aus demselben Grund nicht von ihrer

verlorenen Kindheit lösen? Als sie Julia deshalb hatte umarmen wollen, war sofort wieder deren herrische Seite zutage getreten. Ob Ella nicht bemerkt habe, wie absurd steil die Treppe in ihrem neuen Haus sei? Wie wolle sie das schaffen, wenn sie einmal älter wäre? Warum habe sie sich keine praktische Parterrewohnung gekauft?

Allerdings stellte für Julia eine Sache alle anderen Fehler ihrer Mutter in den Schatten: der Wahnwitz, dass das neue Haus genau am Fluss stand, wo dieser in den Grand Union Canal mündete. Erinnerte sie sich nicht mehr an das Themse-Hochwasser? War sie völlig übergeschnappt?

Tatsächlich war Ella so übergeschnappt, dass sie schnurstracks zu ihrer CD-Sammlung gegangen war (sie hatte tatsächlich noch eine) und Leonard Cohen aufgelegt hatte. Das Stück, in dem er von Suzanne und ihrem Platz am Fluss sang, wo sie ihn mit Tee und Orangen bewirtete, die den ganzen weiten Weg aus China gekommen waren. In ihrer Jugend hatte sie Leonard Cohen verabscheut und seine Musik als etwas bezeichnet, bei dem man sich die Pulsadern aufschlitzen konnte. Doch dann hatte eine seltsame Veränderung stattgefunden. Seit sie älter war, liebte sie seine melancholischen Lieder mit den poetischen Texten und war sogar in einem seiner Konzerte gewesen.

Aus unerklärlichen Gründen erinnerten sie seine traurigen Balladen über verrückte Musen an ihre Jugend. War es nicht in den Nachrichten gekommen, dass er einen Brief an seine frühere Geliebte Marianne geschrieben hatte, als er erfuhr, dass sie im Sterben lag? Und da sie nun einmal Ella war (verrückt, wie Julia betonen würde), klappte sie ihren Laptop auf und googelte »Marianne«. Auf dem Bildschirm erschien ein großes Foto von Leonard und Marianne, beide jung und strahlend, wie sie Hand in Hand über die griechische Insel Hydra schlenderten. Ella musste sich setzen. Sie war mit achtzehn selbst auf Hydra gewesen und hatte sich weltgewandt und mutig gefühlt. Das Leben war ein Abenteuer, das gerade erst begann.

Cohens zärtliche Worte füllten den Bildschirm: *Nun, Marianne, ist die Zeit gekommen, da wir wirklich so alt sind und unsere Körper verfallen, und ich denke, ich werde dir schon sehr bald folgen. Du sollst wissen, dass ich so dicht hinter dir bin, dass du, wenn du die Hand ausstreckst, die meine wohl berühren kannst … Lebe wohl, meine alte Freundin. Unendliche Liebe, wir sehen uns wieder auf unserem Weg.*

Ella stellte fest, dass sie weinte, und schüttelte sich. Herrje, sie war erst vierundsechzig! Was nicht hieß, dass der Tod sich nicht jederzeit auf sie stürzen könnte, wie sie sehr wohl wusste. Wie hatte die geniale Nora Ephron es ausgedrückt? Wenn man über sechzig ist, ist der Tod ein Heckenschütze.

Trotzdem war das möglicherweise die Inspiration, die sie für ihren Blog für Sal gesucht hatte: *Was können wir von Leonard Cohen lernen, um gut zu leben?* Nicht schlecht.

Sal überlegte, wie es wohl sein würde, wieder zur Arbeit zu gehen, und stellte fest, dass sie sich wirklich darauf freute. Für Ella und Claudia mochte es ja in Ordnung sein, den Ruhestand zu genießen, aber sie brauchte die aufgeladene Atmosphäre am Arbeitsplatz, ganz zu schweigen vom Geld. Ihr war bewusst, dass sie von dem Kleeblatt ihrer Freundinnen am schlechtesten aufgestellt war. Anders als Ella besaß sie keine Immobilie, die sie verkaufen konnte, und hatte auch keine Pension und keinen Ehemann wie Claudia. Laura mochte in der Bredouille stecken, weil Simon, dieser Mistkerl, sich von ihr scheiden lassen wollte, doch sie würde zumindest die Hälfte des gemeinsamen

Hauses bekommen. Sal, die zur Miete wohnte und das Leben in vollen Zügen genossen hatte, hatte nur ihr Talent und ihren Verstand.

Allerdings war Sal Optimistin und fest entschlossen, positiv zu denken. Sie liebte ihren Job und hatte ihre Tochter Lara wiedergefunden, auch wenn diese inzwischen zu ihrem Mann und ihren Kindern nach Norwegen zurückgekehrt war.

Aber das war in Ordnung, denn Sal fühlte sich wieder besser und hatte immerhin ihre Freundinnen und die Zeitschrift. Keiner hatte den Kontakt abreißen lassen.

Womit sie nicht gerechnet hatte, als sie die Harrow Road zur Redaktion von *New Grey* an der Kreuzung Ladbroke Grove entlangging, war eine Willkommensparty. Doch Rose McGill, die lebhafte achtzigjährige Herausgeberin, und die fröhliche Empfangsdame erwarteten sie bereits.

»Sal!« Rose begrüßte sie überschwänglich und schloss die schlanke Sal in ihre kräftigen Arme. »Nicht zu fassen!« Sie schob Sal auf Armeslänge von sich, um ihr neues Äußeres zu begutachten. »So kurzhaarig und elegant. Ich hätte dich gar nicht wiedererkannt.«

»Ja.« Sal grinste. »Ich nenne es Krebs-Styling. Glaubst du, es wird ein Trend? Oder ist es zu geschmacklos? Ich konnte das noch nie gut unterscheiden.«

»Klingt nach einem wunderbaren Thema für die Zeitschrift«, versicherte Rose. »Mein Gott, was haben dich alle vermisst. Nun, ich offen gestanden nicht, weil ich während deiner Abwesenheit redigieren durfte. Aber alle anderen. Insbesondere Michael.« Michael war der Geschäftsführer und focht ständig Machtkämpfe mit Rose aus. Da Rose das Blatt gehörte, hätte sie diese mühelos gewinnen können. Doch Michael wusste es zu schätzen, eine so engagierte Herausgeberin zu haben, vor allem in einer Zeit schwindender Anzeigeneinnahmen und Konkurrenz von Google und Facebook. Die beiden empfanden einen tiefen Respekt voreinander.

»Komm in mein Büro. Ich erzähle dir, was alles los war.«

Sal folgte der schillernden Rose den Flur entlang, an dessen Wänden die Titelseiten der Zeitschrift prangten, und lauschte dem vertrauten und Geborgenheit auslösenden Stimmengewirr von Menschen, die am Arbeiten waren. Wie hatte sie das in den drei Monaten Krankheitspause vermisst! Das Geplauder an der Kaffeemaschine. Die Drinks nach der Arbeit, die sich in ausgelassene Abende verwandelten. Der Tratsch in der Damentoilette. Das war Sals Lebenselixier.

»Cappuccino? English Breakfast? Chai?«, sagte Rose, als sie in ihrem hübschen, exzentrischen Büro angelangten.

Sal setzte sich in einen Lehnsessel. Sie kam zu dem Schluss, dass Rose vermutlich das einzige Büro im ganzen Land besaß, das aussah wie eine Mischung aus Landhausbibliothek und einer Filiale der Sandwich-Kette Pret a Manger. Auf dem Tisch am Fenster stand eine Nespresso-Maschine aus schimmerndem Edelstahl, derzeit Roses ganzer Stolz. Man konnte sich fast vorstellen, dass George Clooney (der Sal stets an einen sexy Zahnarzt erinnerte) aus dem Nichts erschien und einem eine Tasse anbot.

»Cappuccino, bitte.«

»Dann meidest du wohl keine Milchprodukte?«, fragte Rose.

»Nein«, erwiderte Sal mit Nachdruck. »Ich meide auch keinen Alkohol und fange nicht mit Yoga an. Ich habe auch keine Lust, *Eat Pray Love* zu lesen, selbst wenn ich jemanden fände, der sich für eine einbrüstige Frau über sechzig interessiert. Ich bin dieselbe Sal wie früher, nur ohne Haare und hoffentlich ohne Tumor.«

»Sally Grainger, ich bin so froh, dass du wieder da bist. Alle unter sechzig sind so politisch korrekt.«

Sie stießen mit ihren Tassen an. »Auf *New Grey*. Wollen sich die Amerikaner übrigens noch finanziell am Verlag beteiligen? Soll ich in die USA fliegen?«, erkundigte sich Sal.

Als Sal ihre Krebserkrankung entdeckt hatte, hatte sie beschlossen, es allen zu verheimlichen. Ihren Freundinnen. Ihren Kollegen. Ja, sogar Rose, insbesondere als diese verkündet hatte, Sal müsse sich vielleicht in New York mit einem möglichen Investor treffen. Als ihr schließlich klar geworden war, dass sie die Wahrheit würde beichten müssen, war Rose – schlau wie immer – bereits dahintergekommen und hatte Sal versprochen, ihr die Stelle freizuhalten. Sal war unbeschreiblich erleichtert gewesen.

»Das wird nicht nötig sein«, erwiderte Rose.

»Gut.« Sal musste zugeben, dass sie sich über die Nachricht freute. Obwohl sie sich von Tag zu Tag besser fühlte, war die Vorstellung, nach Amerika zu reisen und das Konzept der Zeitschrift einem mit allen Wassern gewaschenen New Yorker Geschäftsmann zu verkaufen, ein wenig beängstigend. Ihr wurde sogar leicht übel dabei.

»Lou Maynard kommt nämlich her. Seine Tochter lebt in Surrey und hat gerade ein Baby gekriegt. Deshalb ist er einverstanden, die Gespräche hier in London zu führen, damit du nicht hinfliegen musst. Wahrscheinlich will er Trump entfliehen! Lou ist ein hundertprozentiger Demokrat.«

»Spitze.« Sal förderte ihren Laptop zutage und öffnete die Liste der Ideen, an denen sie gearbeitet hatte.

Rose lachte. »Ich sehe, du hast deine Genesungszeit ernst genommen.«

Eine halbe Stunde später steckte Michael, der Geschäftsführer, den Kopf zur Tür herein. »Sal! Toll, dass Sie wieder da sind. Haben Sie es geschafft, Roses Klauen die Macht zu entreißen?«

Er zwinkerte ihr zu, um seinen Worten die Schärfe zu nehmen.

»Michael, Sie sollten die Medienberichte besser verfolgen«, meinte Rose in gespieltem Ernst. »Hänseleien im Büro, insbesondere, wenn sie sich gegen Vorgesetzte richten, gelten inzwischen als unprofessionell.«

»Schwachsinn«, entgegnete Michael grinsend und trollte sich.

»Mit Michael habe ich Fortschritte gemacht. Früher war er so überkorrekt.«

»Du übst einen schlechten Einfluss auf ihn aus, Rose.«

»Danke. Das betrachte ich als Kompliment.«

Laura hatte das Haus aufgeräumt, bevor der Makler mit den Kaufinteressenten erschien. Nun ließ sie sich aufs Sofa fallen. Sie war entsetzlich verwirrt. Offenbar war es ihr nicht gelungen, sich einzureden, dass sie bereit für einen Umzug war und dass dieses Haus, wo in jedem Winkel glückliche Erinnerungen lauerten, sie nur trauriger machte, so als würde man ständig einem alten Liebhaber begegnen, der einem die Vergangenheit vor Augen hielt.

Ihre Tochter Bella war bereits mit Nigel und dem Baby ausgezogen. Auch ihr Sohn Sam würde bald fort sein. Sie waren keine Kinder mehr, die die Geborgenheit eines Elternhauses brauchten. Sie sollte mehr wie Ella sein, der es gelungen war, loszulassen und sich über ihr neues Haus zu freuen. Doch plötzlich konnte sie das nicht mehr.

Sie starrte auf den Blumenstrauß, den sie gekauft und in eine Vase gestellt hatte. Warum, zum Teufel, schmückte sie ihr Haus für Leute, die sie vor die Tür setzen wollten? Sie nahm die Blumen und warf sie in den Müll.

Da hörte sie, dass draußen Schritte auf dem Kies knirschten. Dann läutete es.

Grinsend presste Laura sich an die Wand der Vorhalle. Nur über ihre Leiche würde sie diese Menschen ins Haus lassen.

Wieder läutete es, diesmal beharrlicher, während der Makler eine in Lauras Augen unhöflich lange Zeit auf den Klingelknopf drückte. Noch ein Läuten. Der Makler begann, sich bei dem Paar zu entschuldigen. Offenbar überprüften alle ihre Smartphones auf E-Mails, die den Termin bestätigten.

Laura fühlte sich wie die Hauptdarstellerin in einem Spionagefilm, als sie nach ihrem Telefon griff und es auf stumm schaltete, bevor sie sie anrufen konnten.

Es fing an zu vibrieren. Laura lächelte und achtete nicht darauf.

Fünf Minuten später gingen sie. Kurz darauf näherten sich wieder knirschende Schritte der Haustür. Anscheinend wollte der Makler sich nicht kampflos geschlagen geben.

Sie hörte, wie er sein Büro anrief. »Hey, Stu, ich bin in der Shirley Avenue. Niemand da. Ich musste die Interessenten wegschicken. Die waren nicht gerade erfreut, das kann ich dir verraten. Ich wollte ihnen die Umstände nicht erklären, denn manchen Leuten wird mulmig bei dem Gedanken, ein Haus infolge einer Scheidung zu kaufen. Meistens den Frauen.« Er lachte hämisch. Laura malte sich ein Wieselgesicht aus. Zweifellos gehörte er zu den Männern, die fanden, man müsse es einer Frau *nur richtig besorgen.* »Hoffentlich haben wir es nicht mit einer verdammten Scheidungsboykotteurin zu tun. Die sind ein Albtraum. Ich bin in fünf Minuten zurück.«

Lächelnd stand Laura hinter der Tür. Ihr gefiel die Vorstellung, eine Scheidungsboykotteurin zu sein. Vielleicht konnte sie ja eine Ein-Frau-Bewegung gründen.

Sie holte die Blumen aus dem Müll, dumm, sie zu verschwenden, und schenkte sich ein Glas Wein ein. An einem Mittwochnachmittag um vier. Sie kam sich wundervoll sündig vor. »Auf die Scheidungsboykotteurinnen auf der ganzen Welt!«, rief sie aus und machte sich auf die Suche nach einer unterhaltsamen DVD zu ihrem eisgekühlten Sauvignon.

Claudia schlenderte die Hauptstraße von Little Minsley entlang und dachte, wie sehr es Agatha Christies St. Mary Mead ähnelte. Oder vielleicht Midsomer in *Inspector Barnaby*.

Die Häuser mit ihren strohgedeckten Dächern, den sich um die Türen rankenden Rosen und den Gärten mit ihren wippenden Malven vor einem strahlend blauen englischen Himmel waren beinahe zu malerisch, um wahr zu sein. Eigentlich erinnerte sie das ganze Dorf an das bestickte Tuch auf dem Frühstückstablett ihrer Mutter. *Was ist nur aus den Tüchern auf den Tabletts geworden?*, fragte sich Claudia. *Irgendwo gibt es gewiss einen Flohmarkt, der alle Tücher dieser Welt feilbietet.*

Als sie London verlassen hatte, waren ihre Freundinnen schockiert gewesen, weil sie nicht richtig auf dem Land leben würde, sondern in einem Dorf, wo es von neugierigen Nachbarn, die alles durch einen Ritz im Vorhang beobachteten, und bohrenden Blicken nur so wimmelte. Doch im Grunde ihres Herzens mochte Claudia Dörfer.

Sie hatten genau die richtige Größe, man konnte sich einbringen und wusste, dass die Nachbarn einen unterstützen würden. Alle Altersgruppen mischten sich auf eine Weise, wie es in Städten selten vorkam, wo sich alles danach richtete, was die Leute von Beruf waren und welche Schulen ihre Kinder besuchten.

Nein, es war kein Schock gewesen, London den Rücken zu kehren. Das war eher untertrieben. Anfangs hatte sie sich gefühlt, als fiele sie in ein schwarzes Loch, in das auch ihre vierzig Jahre als Lehrerin, ihre Kollegen, ihre Schüler, die netten und die unsympathischen, das Grecian Grove und ihre engsten Freundinnen gestürzt waren. Die Beinahe-Affäre mit Daniel, dem sexy Chorleiter, war ein Versuch gewesen, mit ihrem von Grund auf veränderten Leben im Herzen von Surrey zurechtzukommen. Ansonsten hätte sie den Verstand verloren.

Zum Glück hatte ihre Tochter Gaby sie gerade noch rechtzeitig zur Vernunft gebracht. Claudia und ihr Mann Don hatten einander einen Neuanfang versprochen. Claudia war nur noch immer nicht dahintergekommen, was genau das bedeutete.

Nicht, dass sie nicht gewusst hätte, was ein älteres Ehepaar erwartete. Die wohlhabende Stadt Manningbury ganz in der Nähe war offenbar von Stepford-ähnlichen grauhaarigen Frauen und Männern bevölkert, die den ganzen Tag Händchen hielten. Händchen haltend saßen sie in den Cafés, spazierten die Straße hinunter und besuchten die vergünstigte Nachmittagsvorstellung im Kino, wo sie in der Dunkelheit sicherlich ebenfalls Händchen hielten. Claudia hätte sich bei diesem Anblick übergeben können. Sie wusste, wie schrecklich das war. Es hieß, dass sie sich in ein zynisches altes Weib verwandelt hatte. Doch Don und sie hatten nie viel fürs Händchenhalten übrig gehabt. Trotzdem mussten sie einen Weg finden, ihr Versprechen aneinander einzulösen.

Claudia stellte fest, dass sie ins Fenster des Singing Kettle starrte, eine der vielen Teestuben in Minsley. Manchmal hatte sie den Eindruck, dass Minsley die Teestubenhauptstadt der Welt war. Offenbar ließen viele Ex-Londoner das Rattenrennen hinter sich und erfüllten sich den Traum, in Little Minsley ein weiteres Café zu eröffnen. Plötzlich bemerkte sie, dass von drinnen jemand ihren Blick erwiderte.

Entsetzt betrachtete Claudia das lachende Gesicht von Daniel Forrest, dem sexy Chorleiter. Wenn sie sich instinktiv und rasch abgewandt hätte, hätte sie wie die schüchterne, pummelige Sechzehnjährige gewirkt, die sie einmal gewesen war. Deshalb bemühte sie sich um einen hochmütigen Gesichtsausdruck à la Lauren Bacall, zog abfällig die Augenbraue hoch, kramte ihr Telefon, der beste Retter in peinlichen Situationen, aus ihrer Handtasche und tat, als schickte sie jemandem eine dringende Nachricht.

Betty Wilshaw, über achtzig und ebenfalls Mitglied des Chores, tauchte in ihrem lebensgefährlichen Elektrorollstuhl namens Henry auf und eilte ihr zu Hilfe. Dank ihres geschulten Blicks erkannte sie rasch den Ernst der Lage.

»Claudia!«, rief sie. »Dich schickt der Himmel. Komm mit ins Postamt und hilf mir, das Hundefutter aus dem oberen Regal zu holen.«

»Danke, Betty«, flüsterte sie, als sie die altmodische Tür mit den zwölf Scheiben aufschob. »Du hast mir das Leben gerettet.«

»Und nicht nur das Leben.« Betty grinste Claudia anzüglich an.

»Du weißt ganz genau, dass die Gefahr gebannt ist«, erwiderte Claudia.

»Ist sie das?«

Sie beobachteten, wie Daniel aus der Teestube trat und über die Straße auf sie zusteuerte. Ein laszives Lächeln zeichnete sich auf seinem attraktiven Gesicht ab.

Claudia versteckte sich hinter dem Ständer mit den Geburtstagskarten und tat, als studierte sie die schauderhafte Auswahl, die entweder ekelerregend sentimental oder haarsträubend vulgär war.

Gerade wollte Daniel die Tür des Postamts öffnen, als Claudias Mann Don aus dem Oxfam-Laden auf der anderen Straßenseite kam. Entgeistert starrte Claudia ihn an. Erst heute Morgen hatte er in seiner üblichen schlabbernden Jeans und einem Pullover das Haus verlassen, der mit seinen vielen Löchern aussah, als hätte er als Mitternachtsimbiss für Motten herhalten müssen.

Nun stand er da und überprüfte sein Telefon. Er trug eine rostrote Cordhose, ein Tweedsakko und ein Jeanshemd und hatte einen bunten Seidenschal um den Hals geschlungen wie ein modebewusster Italiener. Claudia fiel die Kinnlade herunter. Don sah tatsächlich elegant aus!

Ohne auf Daniel zu achten, hastete Claudia über die Straße. »Wo hast du diese Klamotten her?«, begrüßte sie ihren Mann voller Bewunderung.

»Dieses Wort weckt Erinnerungen. Carnaby Street. Eigentlich habe ich nur ein Jeanshemd gesucht, doch dann sind die Pferde mit mir durchgegangen.«

»Du siehst spitze aus.«

Daniel Forrest, der diese plötzliche Konkurrenz, und das ausgerechnet von einem Ehemann, nicht zu schätzen wusste, verdrückte sich zu Claudias großer Erleichterung in die Bäckerei.

»Da fast nichts mehr im Kühlschrank ist, würde ich ein Mittagessen im Pub vorschlagen«, meinte Don.

Claudia beschloss, dem Beispiel der Stepford-Rentner zu folgen, und griff nach seiner Hand.

Durch das Fenster des Postamts sah sie, dass Betty beide Daumen hochreckte.

Einige Sekunden später entzog Don ihr unter dem Vorwand, ihr etwas zeigen zu wollen, seine Hand.

Claudia blickte ihm in die Augen, ausgesprochen froh, dass er genauso ungern Händchen hielt wie sie. »Weißt du, Don, ich liebe dich. Wir haben so viel gemeinsam.«

Don hob eine Augenbraue. »Das höre ich zum ersten Mal. Ich weiß, dass deine Freundinnen mich Don, den Langweiler, nennen.«

»Unsinn. Wir stehen am Anfang eines großen Abenteuers.«

»Nein, das stimmt nicht, Clo«, erwiderte er liebevoll. »Ich würde eher behaupten, dass wir etwa drei Viertel hinter uns haben.«

Als Laura am nächsten Morgen aufwachte, fühlte sie sich schon nicht mehr so mutig. Eigentlich hätte sie sich am liebsten die Decke über den Kopf gezogen, hätte ihr geliebter Sohn Sam ihr nicht eine Tasse Tee gebracht.

»Wunderbar. Danke.«

»Heute ist doch dein Vorstellungsgespräch, oder?«, fragte er und stellte die Tasse ab. »Bei der Geschäftsführerin, die fand, dass du Potenzial hast.«

»Stimmt.« Nachdem Simon sie wegen einer jüngeren Kollegin verlassen hatte, hatte er ihr charmanterweise mitgeteilt, sie solle nicht mehr auf ihrem Hintern herumsitzen, sondern sich, verdammt noch mal, einen Job suchen. Er war vor Wut fast geplatzt, als sie eine Hilfstätigkeit angenommen und bei LateExpress, dem Supermarkt gleich um die Ecke von seinem Büro, Regale eingeräumt hatte. Es war eine sehr befriedigende Erfahrung gewesen, dass all seine Kollegen schockiert reagiert hatten. Simon hatte getobt, denn er war überzeugt gewesen, dass sie das nur getan hatte, um ihn zu blamieren.

Obwohl Laura sich nicht von einer gewissen Schadenfreude freisprechen konnte, hatte sie ihrem untreuen Mann spitz mitgeteilt, es sei nicht so einfach, eine Arbeit zu finden, nachdem man fünfundzwanzig Jahre lang Hausfrau und Mutter gewesen sei. Außerdem war der Job zwar bescheiden, doch das Arbeitsklima war sehr angenehm und ihr in ihrem derzeitigen labilen Zustand gerade recht.

Das heutige Vorstellungsgespräch war zustande gekommen, weil sie einen konkurrierenden Supermarkt mit ihren Managementqualitäten beeindruckt hatte.

Nach dem letzten Schluck stärkenden Tees stand sie auf und begann, sich anzukleiden. Plötzlich war sie unsicher, was sie anziehen sollte. Ein Bürokostüm besaß sie nicht. Sie hatte von karitativen Organisationen gelesen, die mittellose junge Frauen für Vorstellungsgespräche einkleideten. Wie wunderbar. Sie wünschte, es hätte so etwas für früher überprivilegierte Frauen gegeben, die nach einer langen Pause wieder ins Management einsteigen wollten. Das Regaleeinräumen bei LateExpress hatte ihr Freude gemacht, und sie hatte die Kameradschaft dort mehr genossen als erwartet. Außerdem hatte sie dazu nur eine Nylonschürze über das ziehen müssen, was sie gerade anhatte. Das hier war etwas anderes. Schließlich entschied sie sich für ein schwarzes Kleid, eine Strickjacke und schlichte Pumps mit flachem Absatz, in der Hoffnung, dass sie professionell wirkte und nicht, als wäre sie gerade unterwegs zu einer Beerdigung.

Sie schlang ihr Frühstück hinunter und war erleichtert, als Sam feststellte, sie sehe hübsch aus. Gerade nahm ihr Selbstbewusstsein wieder zu, als das Telefon läutete.

Es war Simon. »Was, zum Teufel, führst du im Schilde, Laura?«, lautete seine Begrüßung. »Der Makler hat gerade angerufen und sich erkundigt, ob wir das mit dem Hausverkauf wirklich ernst meinen. Offenbar war gestern ein sehr interessiertes Paar da und konnte nicht rein, weil du nicht die Gnade hattest, zu Hause zu sein.«

»Wahrscheinlich hat der Makler etwas verwechselt«, entgegnete Laura, bemüht, die Ruhe zu bewahren und sich nicht von Simon verunsichern zu lassen, was seine Spezialität war. »Wenn die Nächsten kommen, bin ich sicher da.«

»Spar dir die Mühe. Er hat mich gebeten, sie reinzulassen.«

»Du wohnst nicht mehr hier, Simon«, hielt sie ihm mit fester Stimme vor Augen. »Du hast mich wegen Suki verlassen, schon vergessen?«

Die Wahrheit war, dass er einfach angenommen hatte, er könne zu ihr zurückkehren, als es mit seiner Beziehung mit Suki bergab gegangen war. Er war außer sich gewesen, als sie sich geweigert hatte.

»Das Haus wird verkauft, Laura«, verkündete er in gehässigem Ton. »Ob es dir nun passt oder nicht.«

Bevor sie antworten konnte, griff Sam nach dem Hörer. »Lass das, Dad. Ist es nicht schlimm genug, dass Mum ihr Zuhause verliert, weil du dich aus lauter Egoismus von ihr getrennt hast?«

Laura schüttelte den Kopf und entwand ihrem Sohn sanft den Hörer. Sie kannte Simon nur zu gut. Je mehr man ihm widersprach, desto starrsinniger wurde er. Nicht zu fassen, dass sie ihn einmal geliebt hatte.

»Auf Wiedersehen, Simon«, sagte sie so nachdrücklich wie möglich und versuchte, sich ihre Gefühle nicht anmerken zu lassen. »Ich spreche später mit dem Makler. Tschüss.«

Sie legte den Hörer neben das Telefon, damit er nicht noch einmal anrufen konnte, und schaltete ihr Handy ab.

»Kopf hoch, Mum.« Als Sam grinste, erinnerte er sie an den Schuljungen mit den schmutzigen Knien, der er einmal gewesen war. »Bald bist du ihn los.«

So nah am Fluss nahm Ella die Natur ganz besonders stark wahr. Ihre Töchter bogen sich vor Lachen, wenn sie davon schwärmte, dass sie einen Reiher beobachtet oder eine Lerche gehört hatte, aber Ella genoss diese Dinge. Vielleicht hatte es ja mit dem Alter zu tun. In ihrer Jugend war sie viel zu sehr damit beschäftigt gewesen, vor Gericht wichtige Prozesse zu gewinnen und den Männern zu beweisen, dass Frauen durchaus dazu in der Lage waren, vielen Dank auch. Offen gestanden waren sie in der Hälfte der Fälle noch fähiger. Die Natur hatte sie erst später entdeckt, und sie löste eine tiefe Zufriedenheit in ihr aus.

Seit fast einem Jahr pflegte sie nun schon den Kleingarten ihrer Nachbarn, die wie wiedergeborene Hippies um den Globus tingelten, ohne zu bemerken, dass er ein wichtiger Bestandteil ihres Lebens geworden war. Als sie sich an diesem Morgen auf den Weg machte, war der Himmel wolkenlos blau. Bis auf ein paar Paddelboote und ein Ruderboot war auf dem Fluss nichts zu sehen. Als sie kurz stehen blieb, stellte sie fest, dass sie sich nur anderthalb Meter vor einem ziemlich zerfledderten Schwanennest befand, das die Brutsaison des letzten Jahres irgendwie überlebt hatte. Daneben hatten sich, feindselig und besitzergreifend, zwei wunderschöne Schwäne aufgebaut. Nur ein paar Meter entfernt bemerkte sie eine einsame Gans, genauso weiß wie die Schwäne, allerdings ohne den langen Hals, der sie auszeichnete. Ella verharrte und beobachtete die Szene eine Viertelstunde lang, aber die Gans rührte sich nicht.

Plötzlich wurde Ella von Trauer ergriffen. Hielt die Gans sich für einen Schwan? Das einsame Tier erinnerte Ella daran, dass sie selbst allein war. Seit Laurence' Tod hatte sie sich nicht mehr um eine Beziehung bemüht. Speed-Dating für Leute über sechzig war nichts für sie. Ebenso wenig wie der verzweifelte Versuch, das Bridgespielen zu lernen, um so einem Mann zu begegnen. Sie hatte gedacht, der Umzug in ein kleineres Domizil würde die Sache erleichtern. Kein Herumräumen mehr in einem Haus, das für eine Familie erbaut worden war. Doch sosehr sie ihr Häuschen auch liebte, konnte es die Lücke nicht füllen, die Laurence' Tod hinterlassen hatte.

Hör auf, dich selbst zu bemitleiden, Ella, schalt sie sich und marschierte raschen Schrittes zur Kleingartenanlage. Sue und Sharleen, ihre Freundinnen aus dem Nachbargarten, hielten im Graben inne und winkten ihr zu. Mr. Barzani, der alte Zypriote, der hier zu wohnen schien, grinste ihr zu wie ein Gnom. Der allgegenwärtige Bill mit seiner Pudelmütze, für sie inzwischen der Schutzgeist dieses Ortes, unterbrach kurz die Debatte mit seinen beiden Kumpeln Stevie und Les, in der es um die Gefahren der Kartoffelfäule, möglicherweise aufziehendes schlechtes Wetter (angesichts des makellos blauen Himmels höchst unwahrscheinlich) und darum ging, ob es wegen der Wurzelfliege zu früh war, um Karotten auszusäen, und begrüßte sie.

Ella lächelte allen zu und machte sich daran, die Erdbeeren ihrer Nachbarn zu pflücken, um daraus Marmelade zu kochen. Seit Monaten sammelte sie schon Bonne-

Maman-Gläser mit den hübschen rotweißen, mit Baumwolle überzogenen Deckeln und hatte sich heftig mit ihrer Tochter Julia gestritten, die beim Umzug darauf beharrt hatte, dass sie sie wegwarf.

Ich und Marmelade kochen. Ella grinste in sich hinein. Früher hätte sie so etwas als Betätigung für den christlichen Frauenverein abgetan, doch sie hatte festgestellt, dass es ihr große Freude bereitete. Überhaupt empfand sie es durch die Nähe zur Natur als äußerst befriedigend, ihre Nahrung selbst anzubauen. Seit sie den Kleingarten von Viv und Angelo versorgte, war sie ein Teil dieser bunt zusammengewürfelten Gemeinschaft geworden, die neben Sal, Laura und Claudia ihr soziales Netzwerk bildete. Eigentlich war es die Nähe zur Kleingartenanlage gewesen, die den Ausschlag gegeben hatte, das neue Haus zu kaufen.

Gerade hatte sie die Erdbeeren gepflückt und wollte Bohnen und etwas Frühlingskohl ernten, als sie bemerkte, dass sich eine Delegation, bestehend aus Bill, Stevie und Les, näherte. Sie hatten einen Blumenstrauß bei sich, was seltsam war. Ella wusste, dass sie es ablehnten, wertvolle Beete an überkandidelte Blumen zu verschwenden. Die Erde war ausschließlich für Gemüse bestimmt, und sein Geld für Blumen zum Fenster hinauszuwerfen kam überhaupt nicht infrage.

»Die haben wir für dich gekauft.« Bill, normalerweise der Sprecher der drei, hielt ihr schüchtern die Blumen hin.

»Sie sind wunderschön.« Ella nahm sie entgegen. Diese unerwartete, großzügige Geste rührte sie. »Aber warum? Ich habe nicht Geburtstag, außer ich werde senil und habe ihn vergessen.«

»Wegen der Entscheidung des Vorstandes.« Bill wirkte plötzlich verlegen.

»Was für eine Entscheidung?«

»Haben deine Freunde es dir nicht erzählt? Tolle Freunde sind das, nachdem du dich hier mit so viel Herzblut reingekniet hast. Du, eine nette, kultivierte Dame und nicht mehr die Jüngste, wenn ich mir die Bemerkung erlauben darf.«

»Darfst du. Ich habe nur keine Ahnung, wovon du redest.«

»Dieser gottverdammte Vorstand«, beharrte Bill, wobei der Bommel an seiner Mütze vor Empörung wippte. »Eine Horde von Besserwissern, die überall ihre Nase reinstecken. Lauter kleine Tyrannen sind das. Sie haben den Antrag deiner Freunde abgelehnt, dir den Kleingarten zuzuteilen, und ihn jemandem gegeben, der weiter oben auf der Warteliste steht.«

Endlich begriff Ella, was sie ihr mitzuteilen versuchten. Sie würde ihren Kleingarten verlieren. Entsetzt darüber, wie sehr sie das erschreckte, betrachtete sie die Blumen. Dieser Ort war ihr Rückzug und eine sinnliche Freude gewesen und hatte ihr emotionale Unterstützung geboten. Die Warteliste war so lang, dass sie frühestens mit achtzig einen eigenen Garten bekommen würde. Oder wenn sie tot war.

»Hier, Stevie.« Ella drückte ihm den großen Behälter voller frisch gepflückter Erdbeeren in die knorrigen, mit Erde beschmierten Hände. »Die sind für dich. Gib sie deiner Frau. Die kann bestimmt etwas Leckeres daraus zaubern.«

Plötzlich hatte sie keine Lust mehr, Marmelade einzukochen.

Drei

Der Morgen war so schön, dass Sal beschloss, zu Fuß zu ihrem Termin mit Lou Maynard in seinem Hotel zu gehen, was sie nur selten tat. Zu ihrer Überraschung wohnte er nicht in einem der großen konventionellen Hotels und auch nicht in einem schicken Boutiquehotel, sondern im Brook's Hotel in der Portobello Road, berühmt für sein ausgeflipptes Dekor.

Das Brook's war früher die Lieblingsabsteige der Rockstars der Sechziger gewesen. Doch irgendwann waren diese erwachsen und dann alt geworden und zogen heute die hochflorigen Teppichböden und den Service des Ritz den schwarzen Wänden und der grassierenden Chinoiserie des Brook's vor, die Jimi Hendrix so geliebt hatte.

Der Mann war ihr schon jetzt sympathisch.

»Verzeihung«, wandte sie sich an den exzentrisch wirkenden Mann am Empfang, der das Dekor an jeder sichtbaren Stelle seines Körpers fortgesetzt zu haben schien. »Könnten Sie Mr. Maynard mitteilen, dass ich da bin?«

»Der sitzt auf der Terrasse und frühstückt.«

Nachdem es halb zwölf war, konnte Sal nur annehmen, dass Lou Maynard nicht zu den Leuten gehörte, die ihre Tage auf Geschäftsreisen von früh bis spät mit Terminen vollpackten. Da der Rezeptionist ihr offenbar nicht den Weg zeigen würde, bog Sal in den nächstbesten Flur ein, der zufällig an den Toiletten vorbeiführte. Sie konnte der Versuchung nicht widerstehen, einen raschen Blick in den Spiegel zu werfen, und schlüpfte in die Damentoilette.

Es überraschte Sal noch immer, dass ihr eine elegante kurzhaarige Frau entgegenblickte, wenn sie in einen Spiegel sah. Sie musterte sich – nicht schlecht – und schminkte sich dann die Lippen nach. Sie hatte ihre violetten und roten Lippenstifte weggeworfen und benutzte nun einen Rostton, so warm und natürlich, dass er sogar vor Bobbi Browns Augen Gnade gefunden hätte. Sie hatte sogar mit dem Gedanken gespielt, sich bei Selfridges von einer der netten jungen Kosmetikerinnen zum Thema altersgerechtes Make-up beraten zu lassen. Doch sie wusste, dass sie ihr wahrscheinlich »mehr ist weniger« empfehlen würden, und dazu war Sal noch nicht bereit. »Mehr ist genau, wie ich es mag« war eher nach ihrem Geschmack.

Lou zu erkennen war nicht weiter schwierig, denn erstens war er der einzige Mensch auf der Terrasse, und zweitens hatte sie ihn natürlich gegoogelt. Sie wusste, dass er vierundsiebzig und der Inhaber einer millionenschweren Firma in Brooklyn war, die sich auf Lofts spezialisiert hatte. Außerdem war er dreimal geschieden und hatte fünf erwachsene Kinder. Hinzu kam, dass er in der Geschäftswelt für Furore gesorgt hatte, denn er hatte vor Kurzem eine radikale Lokalzeitung gegründet, die selbst in Zeiten sinkender Anzeigeneinnahmen und wachsender Konkurrenz durch die sozialen Medien ziemlich erfolgreich war.

Er saß halb versteckt hinter zwei rosafarbenen Orchideen und nippte lächelnd an seinem Kaffee. Bekleidet war er mit schlabberigen Chinos, einem terrakottafarbenen Hemd und einer hellbraunen Strickjacke. Auf den ersten Blick wirkte er eher wie ein freundlicher Großvater als wie ein gewiefter Geschäftsmann.

»Mr. Maynard? Ich bin Sally Grainger.«

Lou erhob sich. Obwohl sie etwa fünf Zentimeter größer war als er, wirkte er wie ein Mann zum Anlehnen. Außerdem strahlte er Tatendrang aus, was sie schon oft bei sehr erfolgreichen Menschen erlebt hatte. Sie brachten jeden Raum, den sie betraten, zum Leuchten und hatten ein Funkeln in den Augen, was bei Lou Maynard eindeutig zutraf.

»Bitte setzen Sie sich.« Er wies auf den Stuhl neben seinem. »Und wie gefällt Ihnen mein Hotel?« Er deutete auf eine eingetopfte Palme, wie man sie in den Sechzigern in jedem eleganten Wohnzimmer vorgefunden hatte, inzwischen jedoch kaum noch sah. »Es ist so altmodisch wie ich, was ich als beruhigend empfinde. Außerdem mag ich ein wenig kitschige Eleganz. Mein ganzes Zimmer erinnert an eine Szene aus British Raj. Dunkelgrüne Wände und Vorhänge und, oh, habe ich die Elefanten erwähnt? Einer ist hinter meinem Bett an die Wand gemalt, der andere tut, als wäre er eine Lampe. Kommen Sie, ich zeige es Ihnen.«

Sal erhob sich ein wenig schockiert.

»Keine Angst.« Lou grinste. »Ich bin zu alt, um Ihnen gefährlich zu werden. Wie sagen die Briten noch mal? Dem kann man im Taxi nicht über den Weg trauen? Das finde ich großartig.« Er führte sie an einem Käfig vorbei, in dem zwei Turteltauben gurrten.

»Guten Morgen, Jungs. Begrüßt Sally.«

»Eigentlich nennen mich alle Sal.«

»Klingt spitze. Also begrüßt Sal.«

Die Turteltauben gurrten sie gehorsam an.

Sie folgte ihm zum Aufzug. »Keine Sorge«, beruhigte er sie. »Wir müssen nicht auf dem Bett sitzen. Ich habe eine Suite. Außerdem können die Elefanten als Anstandsdamen herhalten.«

Sein Zimmer, oder besser die Suite, entpuppte sich als Wunderwerk. Neben den Elefanten gab es eine Wand mit einer Szene, in der Hunderte von Würdenträgern ein Kricketspiel beobachteten und dabei offenbar Gin Tonic tranken, während ihre Diener ihnen mit Federn Kühlung zufächelten.

»Fantastisch, oder? Ich muss zugeben, dass ich das Tudor-Zimmer abgelehnt habe. Auch das mit den schwarzen Wänden, das Jimi am liebsten hatte. Man fühlt sich darin wie in einem Sarg. Ich bin meinem eigenen so nah, dass ich nicht von einem Hotelzimmer daran erinnert werden möchte. Wir können uns da drüben hinsetzen.« Er wies auf ein gewaltiges weiches Sofa, dessen Bezug eine Tigerjagd darstellte. »Zum Glück haben sie sich die Couchtische mit Elefantenfüßen gespart. Okay, und jetzt zum Geschäftlichen.«

Sal bemühte sich um eine sittsame Sitzposition, eine ziemliche Herausforderung, denn das Sofa war so tief, dass man unfreiwillig mehr Bein zeigte als beabsichtigt.

Sie stellte fest, dass Lou sie grinsend beobachtete.

»Sie erinnern mich an jemanden«, meinte sie in der Hoffnung, dass das nicht zu vorwitzig war.

»Ed Asner«, erwiderte er wie aus der Pistole geschossen. »Den Typen, der im Fernsehen Lou Grant gespielt hat. Das sagen alle. Vermutlich ist es die Namensgleichheit, die das Unbewusste der Leute anregt.«

»Ich habe diese Sendung geliebt! Lou Grant, der hart gesottene Journalist bei der *LA Tribune*! Seinetwegen wollte ich Reporterin werden!«

»Jetzt übertreiben Sie mal nicht, Sal.« Wieder grinste er. »Vergessen Sie nicht, dass ich nicht er bin.«

»Sie erstaunen mich, denn schließlich war er eine erfundene Figur, während Sie meiner Ansicht nach echt sind. Und Sie haben eine Zeitung gegründet. Vielleicht geistert er auch in Ihrem Unbewussten herum.«

»Mag sein. Möglicherweise hat es mich ja gelangweilt, in der Immobilienbranche Millionen zu scheffeln, weshalb ich ein wenig Unfrieden stiften wollte. Wissen Sie, ich hasse Langeweile. Außerdem habe ich eine sehr kurze Aufmerksamkeitsspanne. Eine meiner schlechtesten Eigenschaften.«

»Interessieren Sie sich deshalb für *New Grey*?«

»Vielleicht. Es gibt viele Magazine, die sich an die Babyboomer richten, aber ich fand, dass *New Grey* in einer höheren Liga spielt. Außerdem könnte man meiner Ansicht nach eine Menge damit machen, was Rose nicht tut. Ferienreisen. Versicherungen. Kreuzfahrten. Möglicherweise sogar intelligente Seniorenwohnanlagen. Das ist derzeit eine aufstrebende Branche.«

Sal dachte an Claudias Vorschlag einer Anti-Seniorenresidenz und lachte auf.

»Sie lachen. Habe ich etwas Lustiges gesagt?«

»Meine Freundin Claudia, die in Surrey wohnt, das ist ein bisschen wie Westchester County …«

»Ich kenne Surrey.« Lou nickte. »Meine jüngste Tochter lebt dort.«

»Nun, sie hatte die Idee, dass ich und meine besten Freundinnen eine Anti-Seniorenresidenz gründen sollten, wenn wir älter sind. Eine Mischung aus Studenten-WG und Kibbuz, wie sie es ausgedrückt hat.«

»Spitze! Ich habe mit achtzehn selbst in einem Kibbuz gearbeitet.« Lous Augen funkelten spitzbübisch. »Drei Monate lang habe ich fröhlich Bananen gepflückt, bis sie mich zum Latrinenschrubben verdonnert haben, um mir die Arroganz auszutreiben.«

»Wo war denn Ihr Kibbuz?«

»Kaum zu fassen, in der Nähe des Sees Genezareth. Wobei ich nicht Zeuge irgendwelcher Wunder geworden bin. Apropos Wunder. Warum kommen Sie nicht mit zum Brunch? Dann berichte ich Ihnen von meinen Erfahrungen. Ich hatte vorhin nur einen Kaffee.«

In Gedanken ging Sal ihren Tag durch. Um drei hatte sie eine Redaktionssitzung, doch darauf war sie gut vorbereitet. Würde es Rose lieber sein, wenn sie sich mit Lou einen Brunch genehmigte? Oder sollte sie – ein von Journalisten bevorzugter Ausdruck – einen wichtigen Termin vorschützen?

Plötzlich wurde Sal klar, dass sie sehr gerne mit Lou essen wollte. Sicher würde es unterhaltsam werden.

»Mit Vergnügen.«

»Ausgezeichnet. Obwohl alles auf das Gegenteil hinweist, ist das Essen hier ausgesprochen gut.«

Als sie beide aufstanden, spürte Sal, dass Lou zu den seltenen Menschen gehörte, die genug Charisma ausstrahlten, um sich beinahe die Hände daran zu wärmen.

»Folgen Sie mir.« Lou lächelte. »Ich glaube, wir brauchen nicht zu reservieren. Wahrscheinlich werden wir die Einzigen sein.«

Er behielt recht. Sie waren die einzigen Gäste im ganzen Restaurant. Außerdem war so wenig Personal vorhanden, dass sie von dem tätowierten Rezeptionisten bedient wurden.

Sal studierte die kurze Speisekarte und entschied sich sofort für Eier Benedict.

»Ich mag es, wenn eine Frau entschlussfreudig ist. Eier Benedict sind die einzige Möglichkeit. Das, was sie hier als Eier Florentiner Art bezeichnen, schmeckt grauenhaft. Aber Sie müssen eine Bloody Mary dazu trinken. Die ist beinahe so gut wie zu Hause.«

Sal lachte. Warum auch nicht?

Lou bestellte ein blutiges Steaksandwich, das er mit Senf und Ketchup überschüttete, und trank dazu Brooklyn Lager. »Ein Glück, dass ihr hier endlich richtiges Bier entdeckt habt. Anstatt der Pisse, die ihr Bitter nennt. Kein Wunder, dass ihr die Kolonien los seid.«

»Und was genau interessiert Sie an *New Grey?*«, fragte Sal, kühn geworden von dem Wodka in der erschreckend starken Bloody Mary. »Werden Sie wirklich in uns investieren?«

»Das könnte in der Tat passieren. Jetzt, in meinem reifen Alter, habe ich festgestellt, dass es mich fasziniert, das Leben in vollen Zügen auszukosten.«

»Das hat mir Rose erzählt. ›Lou liebt das Leben‹, lauteten ihre Worte.« Als Sal ihm nun gegenübersaß, bemerkte sie, dass das eindeutig zutraf.

»Stimmt genau. Ich erzähle Ihnen von einer anderen meiner Investitionen. Sehen Sie sich diesen Kleinen an.« Als er seine Brieftasche zutage förderte, dachte sie, er werde ihr ein Familienfoto zeigen, von einem Enkel vielleicht. Doch zu ihrer Überraschung stellte das Foto einen Roboter dar.

Er reichte es ihr, und sie musterte das weiße Figürchen mit den großen Kulleraugen und den erstaunlich hübschen Gesichtszügen.

»Das ist Hiro. Auf Japanisch heißt das ›tolerant‹. Ein passender Name, denn diese Jungs sind so programmiert, dass sie alte Menschen zu Hause unterstützen. Hiro mag niedlich aussehen, aber er ist kein gewöhnlicher Roboter. Sein Erfinder hat Monate damit verbracht, ihm seine emotionalen Reaktionen und die seiner Frau beizubringen. Ein echtes Werk der Liebe, eine der modernsten Anwendungen künstlicher Intelligenz, die es gibt.«

»Aber er unterscheidet sich äußerlich nicht von anderen Robotern. Man kann sie sogar bei Amazon kaufen«, wandte Sal ein.

»Das ist Absicht. Sein Erfinder wollte verhindern, dass er so angsteinflößend wirkt wie die lebensechten Roboter in Filmen. Er dachte, das könnte die alten Leutchen erschrecken.«

Sal betrachtete ihn noch einmal. Er hatte eindeutig menschliche Züge.

»Er ist wirklich niedlich.«

»Nicht nur niedlich, sondern auch intelligent. Ich finde Japan faszinierend. Wir haben vergessen, dass der elektronische Fortschritt von dort kommt. Außerdem gibt es da jede Menge alter Menschen und niemanden, der sie versorgt. Deshalb haben sie diese kleinen Kerle entwickelt. Falls Sie Hiro kennenlernen wollen, er ist oben in meinem Schrank.«

Lachend blickte Sal auf die Uhr. Oh Gott, schon kurz vor drei. Sie konnte kaum glauben, wie schnell die Zeit mit Lou Maynard verflogen war.

»Es tut mir leid, aber das Treffen müssen wir auf ein andermal verschieben.« Während sie aufstand, wurde ihr klar, dass sie über Hiro sprach, als handelte es sich um einen lebenden Menschen. Erst heute hatte sie im Radio zwei Beiträge über Roboter gehört. Selbst Jeremy Corbyn redete ständig davon, dass sie Arbeitsplätze vernichteten.

»Ich muss jetzt wirklich los. Vielen Dank für den Brunch.«

»Es war mir ein Vergnügen. Lassen Sie es uns wiederholen. Da ich gerade wieder Großvater geworden bin, bleibe ich noch eine Weile.«

»Das wäre wundervoll.« Es war Sals voller Ernst. Sie genoss Lou Maynards Gesellschaft. In seiner Gegenwart vergaß sie sogar ihre Krebserkrankung und fühlte sich wie ein normaler Mensch.

Sie hastete aus dem Hotel hinaus auf die Portobello Road und winkte ein Taxi heran.

Als sie wohlbehalten auf der Rückbank saß, schoss ihr ein Gedanke durch den Kopf: Wollte sie Lou aus geschäftlichen oder aus privaten Gründen wiedersehen?

Auf dem Weg zu ihrer Besprechung mit Helena Butler atmete Laura tief durch, um das ruhige Glücksgefühl wieder zu erwecken, das sich eingestellt hatte, als ihr Sohn Sam ihr eine Tasse Tee ans Bett gebracht hatte. Bevor Simon angerufen hatte, um sie herunterzuputzen.

Obwohl es sich nur um ein inoffizielles Gespräch handelte, das vermutlich zu nichts führen würde, hatte sie sich sorgfältig darauf vorbereitet. Ella und Sal hatten ihr empfohlen, einen Lebenslauf mitzubringen, und ihr geholfen, ihn zu schreiben.

Sie hatten darauf beharrt, dass sich Lebensläufe stark verändert hätten, seit Laura zuletzt einen verfasst hatte. Anstatt alles von der Schulbildung bis hin zum Studium und beruflichen Erfahrungen chronologisch aufzulisten, fing man heutzutage mit einer persönlichen Aussage ein.

Zu ihrer Erleichterung musste man aufgrund des Gesetzes gegen Altersdiskriminierung sein Alter nicht mehr angeben, doch der Lebenslauf musste trotzdem verjüngt werden. Deshalb hatte Laura alle Daten ihrer Abschlusszeugnisse geändert, damit niemand nachrechnen konnte, dass sie in Wahrheit eine Greisin war.

Als Nächstes sollte sie die Beschreibung ihrer Fähigkeiten genau an die Anforderungen der Stelle anpassen, was jedoch unmöglich war, da sie diese nicht kannte. Also würde sie Selbstbewusstsein vortäuschen und sich irgendwie durchschlagen müssen.

Helena Butlers Büro befand sich im achtzehnten Stock eines recht gesichtslosen Gebäudes in einem schäbigen Teil von Victoria. Nur die beeindruckende Aussicht quer über die Stadt zum London Eye und den Houses of Parliament werteten es auf.

»Hallo, Laura.« Helenas Schreibtisch stand in der Ecke eines gewaltigen Großraumbüros. »Darf ich Ihnen einen Kaffee anbieten?«

Als Laura bejahte, verschwand Helena in Richtung Kaffeemaschine. Seit Laura zuletzt in einem Büro gearbeitet hatte, hatte sich eine Menge verändert. Damals hatte es von Sekretärinnen und Assistenten gewimmelt, die, wenn auch leise murrend, das Kaffeekochen erledigt hätten. Außerdem hatte damals jeder sein eigenes Büro gehabt. Heutzutage war dieses Privileg der höchsten Führungsebene vorbehalten.

Helena kehrte mit dem Kaffee zurück und erklärte, wie Laura ihnen ihrer Ansicht nach nützlich sein könnte.

»FoodCo unterhält etwa dreihundert kleine Franchise-Filialen in ganz Großbritannien. Wegen ihrer geografischen Lage haben sie häufig Schwierigkeiten, zuverlässige Mitarbeiter zu finden. Ihr Arbeitgeber, Mr. Alhuwalia, hat Ihnen sicher gesagt, wie angenehm überrascht er von Ihnen war. Die meisten Angestellten kommen und gehen. Häufig sind es Leute, die keine Verantwortung übernehmen wollen. Deshalb brauchen wir jemanden, der sie aufsucht, mit ihnen spricht und sie in ihre Aufgaben einweist. Könnten Sie so etwas in Erwägung ziehen? Es wäre vermutlich eine Beratertätigkeit, zumindest am Anfang.«

Laura bemerkte, dass sie in Panik geriet. Nach der Scheidung von Simon würde sie eine pauschale Abfindung erhalten, und laut ihrem Anwalt hatte sie ein Anrecht auf die Hälfte des Erlöses vom Hausverkauf. Also würde sie nicht mittellos sein, auch wenn sie gezwungen sein würde, ihren Lebensstandard radikal zu ändern. Sie hatte gedacht, dass Helena ihr eine Stelle in London anbieten würde. In der Nähe von Sam, Bella und ihrem neuen Enkelkind. Wollte sie wirklich durchs ganze Land reisen und Leute beraten?

Sie bemerkte, dass Helena auf eine Antwort wartete.

»Die Sache ist, Helena, dass ich gerade in einer ziemlich schwierigen Scheidung stecke und finde, dass ich für meine Kinder da sein muss. Ich bin nicht sicher, ob solch eine Tätigkeit mir derzeit passt.«

»Ich verstehe.« Helenas Tonfall war kühl geworden. Offenbar dachte sie, dass Laura ihre kostbare Zeit verschwendet hatte. »Nun, danke, dass Sie gekommen sind. Am besten lasse ich Sie jetzt wieder an die Arbeit gehen.« Das Wort »Arbeit« sprach sie so ironisch aus, dass Laura sich prompt darüber ärgerte.

Laura schüttelte ihr die Hand, hastete beinahe zur Tür hinaus und kam sich vor wie eine Idiotin. Sie wusste, dass sie Glück gehabt hatte, in ihrem Alter ein Vorstellungsgespräch zu ergattern. Hätte sie der Sache wenigstens eine Chance geben sollen?

Nein, sagte sie sich und straffte die Schultern. Warum sollte sie quer durchs Land tingeln, in miserablen Hotels übernachten und Hunderte von Kilometern fahren, nur weil Simon, der Dreckskerl, sie verlassen hatte?

Da würde sie lieber weiter bei LateExpress arbeiten. Wenigstens war der Supermarkt vor Ort, und man wusste ihre Arbeit dort zu schätzen. Und wenn es Simon peinlich war, dass sie gleich um die Ecke von seinem Büro eine Hilfstätigkeit ausübte, hatte er eben Pech gehabt.

Jeden Mittwoch und Samstag sah Claudia nach ihren Eltern. Manchmal brachte sie ein Mittagessen mit. Heute war es eine leckere Schweinepastete, das Lieblingsessen ihres Dads, mit einer Blätterteigkruste. Dazu gab es Chutney und Salat. Sie wusste, dass ihre Mutter ein Theater veranstalten würde, weil es nicht gesund war. Aber wenn man mit über neunzig nichts Ungesundes essen durfte, wann dann?

Wie immer parkte sie hinter dem Haus und betrat es durch die Küchentür.

Als Erstes fiel ihr auf, wie unordentlich, ja, sogar schmutzig es im Haus war. Die Arbeitsflächen in der Küche, normalerweise blitzblank geschrubbt von der überaus tatkräftigen Putzfrau Dorothy, die beinahe so alt war wie ihre Eltern, waren mit Fettspritzern bedeckt.

Von ihren Eltern fehlte jede Spur. Jedoch hörte sie die gedämpften, beruhigenden Klänge von Radio Four. Sie kamen aus dem Schuppen ihres Vaters hinten im Garten.

»Hallo, Dad«, begrüßte sie ihren geliebten Vater Len und öffnete die Tür des Schuppens. »Versteckst du dich wie immer? Was, um alles in der Welt, ist denn in der Küche los? Ist Dorothy etwa krank?«

Ihr Vater saß, eine Packung Benson & Hedges und einen Aschenbecher auf der einen und einen Gin Tonic auf der anderen Seite, in seinem Ohrensessel. Dass ihr Vater Gin Tonic ohne Eis trinken konnte, verwunderte Claudia immer wieder. Sie mochte ihren Wein so kalt, dass das Glas von außen beschlug. Vermutlich war es eine aus Notwendigkeit geborene Gewohnheit, denn sich hinauszuschleichen, um einen Eiskübel zu füllen, hätte die Aufmerksamkeit ihrer Mutter erregt. Ein warmer Gin Tonic war vermutlich ein geringer Preis für die Freiheit.

Sie bemerkte, dass er mit dem Kreuzworträtsel in der

Times schon fast fertig war, und lächelte liebevoll. Mit dem Verstand ihres Vaters war alles in Ordnung.

Leider konnte man das von seinem Körper nicht behaupten. Er würde eine zweite neue Hüfte und wahrscheinlich ein künstliches Kniegelenk brauchen. Wenn man die Dinge positiv sah, hatten sie Glück, in einer Zeit zu leben, in der so etwas auch mit über neunzig möglich war. Natürlich war die Genesungszeit ein Problem, denn er würde eine ganze Weile nur herumhinken können und mehr oder weniger hilflos sein.

»Hallo, Claudia, mein Schatz. Deine Mutter hat Dorothy gefeuert.«

»Das kann nicht sein. Dorothy ist jetzt schon seit dreißig Jahren bei euch. In einer Woche ist sie zurück, und niemand wird ein Wort darüber verlieren.«

»Diesmal nicht«, erwiderte ihr Vater bedrückt. »Olivia hat sie als neugierige alte Hexe beschimpft und ihr mitgeteilt, sie sei hier in Zukunft unerwünscht.«

»Was hat Dorothy denn verbrochen? Sich vergewissert, ob Mum ihre Tabletten genommen hat?«

Claudias Mutter Olivia litt an einer bipolaren Störung und versteckte häufig ihre Medikamente. Schuldbewusst erinnerte sich Claudia, dass sie Dorothy manchmal gebeten hatte, ihr beim Suchen zu helfen. Zum Glück schien sich Olivias Zustand in letzter Zeit gebessert zu haben.

»Ach herrje, am besten rede ich mit ihr.«

»Das würde ich an deiner Stelle lassen.«

»Aber ihr könnt doch nicht in einem derart schmutzigen Haus wohnen!«

»Da wäre noch etwas, Claudie. Komm, setz dich zu mir.« Er schob den Aschenbecher weg und klopfte auf den Hocker neben sich. »Du wirst doch nicht zulassen, dass sie mich in ein Altersheim steckt, oder?«

Claudia konnte es nicht ertragen, dass ihr geliebter, großer, starker, beschützender Vater klang wie ein verängstigtes Kind.

»Natürlich nicht.« Sie streichelte seine Hand.

»Deine Mutter hat damit gedroht. Sie sagt, sie käme nicht mehr mit mir zurecht. Letztens bin ich gestürzt, sodass sie die Nachbarn holen musste.«

Kurz fragte sich Claudia, ob die Kündigung der Putzfrau womöglich mit zum Plan ihrer Mutter gehörte, zu beweisen, dass sie nicht in der Lage sei, sich um Len zu kümmern. In einer manischen Phase war ihr das durchaus zuzutrauen. »Niemand steckt dich in ein Altersheim, Dad.«

»Es ist schrecklich dort. Ich habe meinen Freund Max in so einem Heim besucht. Die Leute sitzen den ganzen Tag nur rum, sabbern und riechen nach Pisse.«

»Pass auf, ich habe dir Schweinepastete und Chutney mitgebracht. Iss erst mal. Ich lade Ma zum Mittagessen ein und rede ein Wörtchen mit ihr.«

»Würdest du das tun?«, fragte er erfreut und griff nach ihrer Hand. »Ich habe Angst, Claudie. Du weißt, wie deine Mutter sein kann.«

»Ich regle das.«

»Ich bin so froh, dass du in unsere Nähe gezogen bist. Vermisst du London und deine Freundinnen nicht?«

Sie schüttelte den Kopf, obwohl sie sie in diesem Moment sehr vermisste.

»Nein, nein, Dad, ich treffe mich noch immer häufig mit ihnen. Und hier bin ich näher bei Gaby und Douglas.«

»Gut.«

»Tschüss, Dad.«

Als ihr Vater mühsam aufstehen wollte, kam ein brauner Fleck auf der Sitzfläche des Sessels in Sicht.

Verdammter Mist.

Da Laura nach Helena Butlers offensichtlicher Enttäuschung dringend Aufmunterung brauchte, beschloss sie, bei LateExpress vorbeizuschauen, dem Supermarkt, wo sie seit der Trennung von Simon arbeitete. Sie wollte das lächelnde Gesicht ihres Arbeitgebers sehen und mit jemandem sprechen, der sie bedingungslos mochte.

Es war ein guter Zeitpunkt für einen Besuch: nach dem morgendlichen Ansturm von Leuten auf dem Weg zur Arbeit und vor der mittäglichen Sandwichhektik. Mr. A., wie alle ihn nannten, lächelte Laura an, überließ seinen Platz hinter der Theke einer gelangweilt wirkenden Siebzehnjährigen und lief ihr mit ausgestreckter Hand entgegen. »Mrs. Minchin, was führt Sie in meinen bescheidenen Laden? Sie haben doch erst morgen wieder Schicht.«

»Ich wollte mir nur ein Sandwich holen«, log Laura. »Ich hatte eine Besprechung in der Stadt.«

»Ah.« Mr. A. machte ein mitfühlendes Gesicht. »Mit den Anwaltsgeiern, wie Mrs. A. sie bezeichnet?«

Mrs. A. hatte einen sehr kreativen Umgang mit Worten. Suki Morrison, die junge Frau, wegen der Simon Laura verlassen hatte, hatte sie als Schlampe und Hure beschimpft und sie in einer dramatischen Szene aus dem Laden geworfen.

»Nein, diesmal nicht.« Laura wollte nicht zugeben, dass sie sich anderweitig beworben hatte, obwohl er sie sofort beglückwünscht und Verständnis für ihr Bedürfnis nach einem gesellschaftlichen Aufstieg gezeigt hätte. Er hatte nie nachvollziehen können, warum eine Dame wie Laura sich herablieB, für ihn zu arbeiten. Und sie hatte es nicht für richtig gehalten, ihm zu erklären, dass sie sich angesichts dessen, dass ihr Leben aus den Fugen geraten war, verunsichert und labil fühlte, weshalb ihr eine Stelle ohne große Verantwortung am liebsten war.

Außerdem hatte sie in dem gutmütigen Mr. A. und seiner energischen, urteilsfreudigen Frau, die ihr bei ihren Eheproblemen treu zur Seite gestanden hatte, gute Freunde gefunden.

Laura blickte sich um. Für gewöhnlich erschien Mrs. A. um diese Zeit in ihrem gesteppten rosafarbenen Morgenmantel, trotz ihrer seltsamen Aufmachung so beeindruckend wie die Königin von Saba, um zu überprüfen, ob ihr Mann sich auch richtig benahm.

»Sie fragen sich, wo meine geliebte Frau ist«, sagte Mr. A. bedrückt. »Sie ist bettlägerig.« Für Laura war es unvorstellbar, dass die gepflegte Ladeninhaberin, ein Sinnbild der Gesundheit, jemals erkranken könnte. »Mrs. Minchin, eine Gewitterwolke zieht auf uns zu.«

»Oh«, frotzelte Laura. »Das Wetter sieht doch gut aus.«

»Das war nur bildlich gesprochen. Sie kommt aus Indien.«

»Aha.« Laura verstand kein Wort.

»Mrs. A.s Mutter. Kennen Sie Kali, von manchen auch die Rachegöttin genannt? Sie wird oft dargestellt, wie sie auf ihrem Mann herumtanzt.«

Laura schüttelte den Kopf.

»Verglichen mit Mrs. A.s Mutter ist Kali harmlos. Sie hat sich mit ihrem Mann zerstritten und will jetzt bei uns leben.«

Laura versuchte sich an den Grundriss der Wohnung von Mr. und Mrs. A.s Wohnung über dem Laden zu erinnern. Nicht unbedingt geeignet zur Unterbringung einer Göttin, die auf ihrem Mann herumtanzte.

»Können Sie ihr nicht sagen, dass Sie keinen Platz haben?«

»Zu spät, Mrs. Minchin, zu spät. Sie hat die Reise bereits gebucht.«

»Mit dem Schiff?« Laura dachte an Romane wie *Auf der Suche nach Indien*. Dauerten Seereisen aus dem Orient nicht Wochen oder sogar Monate?

»Mit Air India.«

»Ach herrje.«

»Ganz recht, Mrs. Minchin.«

Langsam und mit Bills Blumen in der Hand kehrte Ella zu ihrem neuen Haus zurück. Ihre Freundinnen hätten sich gewiss über ihre Gefühle lustig gemacht. Sie war die Einzige unter ihnen, die auch nur das geringste Interesse daran hatte, Obst und Gemüse anzubauen. Die anderen hätten ihr vermutlich geraten, ein paar Blumen und einen Obststrauch in ihrem neuen Garten anzupflanzen. Allerdings ging es ihr nicht nur um Bohnen und Erbsen. Die Gartenparzelle hatte ihr den Kontakt mit den Jahreszeiten ermöglicht. Graben, jäten, säen, alles hatte seine Zeit. Obwohl sie nicht religiös war, war ihr ein Bibelzitat immer im Gedächtnis geblieben. *Niemals, so lange die Erde besteht, werden Aussaat und Ernte, Kälte und Hitze, Sommer und Winter, Tag und Nacht aufhören.* So hatte sie sich in ihrem Kleingarten gefühlt. Die Tagesrunde, wie der Poet John Donne es ausgedrückt hätte. Noch besser, als sich die landwirtschaftliche Sendung *Countryfile* im Fernsehen anzusehen, auch wenn Ella das mochte. Der Garten war eine geschützte kleine Welt direkt unter der Einflugschneise von Heathrow gewesen, nur einen Katzensprung von Straßen und überfüllten Bürogebäuden entfernt. Ein bisschen so wie die Kommune, die sie nach Claudias Vorschlag gründen sollten, wo alle einander unterstützten.

Mein Gott, Ella – sie schüttelte den Kopf angesichts ihrer blühenden Fantasie. Sie war sich nicht sicher, ob Bill,

Stevie und Les die Kleingartenanlage Grand Union tatsächlich als das Paradies betrachten. Vielleicht schon, obwohl sie es natürlich nie so ausdrücken würden.

Sie würde sie vermissen. Wo sonst hätte Ella einen knorrigen alten Zyprioten wie Mr. Barzani kennengelernt, der ihr ein Rezept für langsam in Olivenöl gegarte Auberginen gegeben hatte? Das Gericht war offenbar nach einem Priester benannt, der beim Verspeisen vor lauter Verzückung gestorben war.

Der Anblick ihres Enkels Harry, der an der Mauer vor ihrem neuen Haus lehnte, rettete sie vor weiteren traurigen Grübeleien.

»Ich mache bald den Führerschein, Oma«, begrüßte er sie. »Und Mum hat immer zu viel zu tun, um mit mir zu üben. Also habe ich gedacht, dass die rasende Ella das vielleicht übernehmen könnte.«

Ella lachte laut auf. Dass sie in ihrem Alter als rasende Ella bezeichnet wurde, lag an ihrem Auto. In einem wahnwitzigen Moment und weil sie sich nach dem Verkauf des Hauses sehr wohlhabend gefühlt hatte, hatte sie, die sonst kaum etwas für sich ausgab, im Schaufenster eines Autohändlers in Brentfort einen funkelnden Sportwagen gesehen und ihn spontan gekauft.

»Ich habe meine Fahrschüler-Zeichen mitgebracht.« Harry förderte zwei leuchtend rote Schilder aus seiner Jacke zutage.

»Solange wir hier in der Nähe bleiben, wo nicht viel los ist …«, erwiderte Ella zweifelnd. Sie war unfähig, Harrys reizendem Lächeln zu widerstehen.

Sie stiegen in den Wagen.

»Können wir das Dach aufmachen?«, fragte Harry sogleich. »In so einem Auto sieht man dann besser«, bettelte er. »Das Heckfenster ist wirklich klein.«

Ella drückte auf den Knopf, um das Dach aufzuklappen. Harry beobachtete sie begeistert. Ella musste an den vorwitzigen kleinen Jungen denken, der er gewesen war, bevor seine Eltern der akademische Ehrgeiz gepackt hatte. Sie hatten ihn in ein Internat gesteckt, doch zum Glück irgendwann Vernunft angenommen, sodass er nun die örtliche Oberschule besuchte.

»Wie ist die neue Schule?«

»Spitze, danke, Oma.«

Ella zeigte ihm, wie die Gangschaltung funktionierte und wie man die Handbremse zog.

Langsam fuhren sie die ruhige Straße am Fluss entlang, wo Harry ihr stolz demonstrierte, dass er in drei Zügen wenden und parallel einparken konnte.

»Du hast viel mehr Geduld als Mum«, meinte er.

»Vermutlich hat sie mehr zu tun als ich. Pass mit dem Gaspedal auf. Vergiss nicht, dass es ein schnelles Auto ist.«

In diesem Moment schoss dicht vor ihnen ein Motorrad aus einer Seitenstraße. Als Harry bremsen wollte, trat er versehentlich aufs Gaspedal. Das Auto machte einen Satz vorwärts und verfehlte das Motorrad nur um wenige Zentimeter.

Ella zerrte an der Handbremse, bis das Auto ruckelnd zum Stehen kam.

Mit bleichem Gesicht drehte Harry sich zu ihr um. »Ich glaube, du fährst jetzt besser, Oma. Vielleicht sollte ich bei Mums Ford Focus bleiben.«

Wortlos tauschten sie die Plätze. Ella fand, dass ihr Enkel Aufmunterung brauchte, damit er sich später wieder ans Steuer wagte, und grinste ihn an. »Davor hast du dich wirklich wacker geschlagen.«

»Bis ich fast jemanden umgefahren hätte«, antwortete Harry.

Ein schrecklicher Gedanke schoss Ella durch den Kopf. Sie hatte gerade ihren geliebten Enkel ihr Auto fahren lassen, obwohl er nicht versichert war. Wie hatte sie das nur vergessen können?

»Ich glaube, wir erzählen deinen Eltern besser nichts davon«, sagte sie schließlich. »Warum bezahle ich dir nicht ein paar richtige Fahrstunden?«, fügte sie, noch immer erfüllt von schlechtem Gewissen, hinzu.

»Oh mein Gott, würdest du das wirklich tun, Oma? Das wäre spitzenklasse. Außerdem könnte ich so dein neues Auto nicht verbeulen, und du würdest letztlich Geld sparen.«

Als Ella den Sportwagen an seinem üblichen Platz abstellte, kam ihr in den Sinn, dass ihr Gedächtnis nicht zum ersten Mal versagte. Vor einigen Monaten hatte sie ihr Auto in einem Parkhaus nicht wiedergefunden, und das auch noch in Gegenwart von Neil, ihrem lästigen Schwiegersohn. Und einmal hatte sie auf dem Fahrersitz Platz genommen und im ersten Moment nicht gewusst, was sie tun sollte. Ob sie sich einem Gedächtnistest für Senioren unterziehen sollte? Die gab es sicher online. Außerdem hatte sie manchmal Bauchschmerzen, sah jedoch keinen Zusammenhang zu ihrem Gedächtnisverlust. Wahrscheinlich war es das Beste, ihren Hausarzt aufzusuchen. Doch so praktisch Ella auch veranlagt sein mochte, vertrat sie die Ansicht, dass die Leute immer zu früh zum Arzt rannten. Heutzutage wurde alles medikalisiert. Ihre Eltern hatten einer Generation angehört, die ihr Leben lang nicht beim Arzt gewesen war.

Nachdem Claudia ihren Vater gesäubert hatte, machte sie sich auf die Suche nach ihrer Mutter, die begeistert von der Aussicht war, im Igden Manor zu Mittag zu essen.

»Erinnerst du dich noch daran, wie wir das letzte Mal hier waren?«, fragte Olivia gut gelaunt, als sie hinter dem Hauptgebäude des Hotels parkten. »Gaby wollte wegen schlechten Benehmens ihrer Eltern die Hochzeit absagen. Bis ihr alle Kroket gespielt habt.«

»Ja, komisch, dass Kroket den Tag gerettet hat«, stimmte Claudia zu. »Normalerweise löst es bei Menschen Mordgelüste aus.« Allerdings traf es zu, dass ihre Mutter die Katastrophe abgewendet hatte.

»Ein wundervolles Lokal«, verkündete Olivia. »Es hat mir schon immer gefallen. Elegant, aber nicht zu förmlich.«

Claudia sah sich um. Igden Manor war aus einem hellen, golden schimmernden Stein erbaut und verfügte über ein hübsches Dach aus rostroten Ziegeln. Hinter dem großen Krocketfeld befand sich eine breite Terrasse mit Tischen und bunten Sonnenschirmen. Das Haupthaus beherbergte einige Zimmer, die anderen waren in Gästehäusern mit eigenen Terrassen oder Gärten untergebracht. Ihre Mutter hatte recht, es war ein reizendes Hotel.

»Wie alt mag es wohl sein?«

»Das Komische ist, dass es sich um einen Nachbau handelt. Es ist nicht alt«, erklärte Olivia. »Es ist nur die Kopie eines alten Weilers, der vor Ewigkeiten hier stand und irgendeinem Bischof gehörte. Wir sollten nach dem Essen einen Spaziergang machen. Dann zeige ich dir den Teich, wo er seine Fische gezüchtet hat. Er liegt genau hinter dem heutigen Swimmingpool.«

»Den Swimmingpool hatte ich ganz vergessen.« Sehnsüchtig betrachtete Claudia das von Liegestühlen umringte leuchtend blaue Wasser. Sicher war der Pool an einem wirklich heißen Tag eine Wohltat.

Man erreichte das Restaurant durch eine gemütliche Bar, wo man einen leichten Imbiss oder ein Sandwich zu sich nehmen konnte. Claudia, der es vor der Debatte mit ihrer Mutter graute, hatte keinen Hunger und bestellte nur einen Caesar Salad. Olivia, die es genoss, eingeladen zu werden, entschied sich für Gemüsesuppe Vichy, gefolgt von Brathuhn und Apfelkuchen mit Sahne. Als Claudia die Kellnerin heranwinkte, um Kaffee zu ordern, ging Olivia zur Toilette.

Der Kaffee wurde serviert, und Claudia leerte ihre Tasse. Als nach zehn Minuten noch immer jede Spur von ihrer Mutter fehlte, machte Claudia sich allmählich Sorgen, schließlich kannte sie deren Stimmungsschwankungen. Allerdings hatte Olivia heute sehr ausgeglichen gewirkt.

Nach weiteren zehn Minuten begab sie sich auf die Suche, denn sie hatte plötzlich Angst, Olivia könnte gestürzt sein oder sonst Hilfe brauchen. Immerhin war sie fünfundachtzig.

Sie hörte ihre Mutter, bevor sie sie sah. Olivia lehnte am Empfang und war mit der Rezeptionistin ins Gespräch vertieft.

»Wirklich?« Die Stimme ihrer Mutter hallte durch den ganzen Raum. »Soll das heißen, dass das Hotel schließt, wenn sich kein neuer Pächter findet?«

Als sie sich zu ihrer Tochter umdrehte, war ihr Blick durchdringend wie der eines Falken, der im Begriff war, sich auf eine Feldmaus zu stürzen. Sie packte Claudia am Arm. »Komm, Schatz, wir trinken jetzt den Kaffee, den du mir versprochen hast.«

Offenbar hatte ihre Mutter wichtige Neuigkeiten, die sie unbedingt loswerden wollte.

»Wie faszinierend«, verkündete sie, als sie sich setzten.

»Was ist denn?« Claudia hatte den Verdacht, dass sich so rasch keine Gelegenheit ergeben würde, die Einweisung ihres Vaters in ein Pflegeheim zu erörtern.

»Das Mädchen am Empfang ist die Tochter meiner Freundin Joan. Ich kenne sie seit ihrer Kindheit.«

»Und was hat sie dir Interessantes erzählt?«

»Offenbar wurde das Hotel in den letzten fünf Jahren von drei verschiedenen Inhabern geführt, und keiner hat es geschafft, damit Gewinn zu machen. Zu altmodisch. Zu wenig Freizeitangebote. Heutzutage wollen die jungen Leute Wellnessoasen und Fitnessstudios. Keine Ahnung, warum. Im Sommer ist hier viel los, aber im Winter ist es wie ausgestorben. Außerdem ist es nicht verkäuflich. Man kann es nur von Lord Binns pachten. Da seiner Familie seit dem *Buch des Jüngsten Tags* alles hier gehört, möchte niemand in diese teuren Anlagen investieren. Sie haben es mit Kongressen und Hochzeiten versucht, doch nichts hat so richtig geklappt. Und jetzt schließt das Hotel! Ich muss zugeben, dass ich das jammerschade finde.« Als sie an ihrem Kaffee nippte, entstand ein leuchtend roter Lippenstiftrand an der Tasse. »Also, Claudia, mein Schatz, worüber wolltest du mit mir reden?«

Aber Claudia hörte gar nicht mehr zu. Sie hatte gerade einen absolut verrückten, wahnwitzigen und wundervollen Einfall. Natürlich war es unmöglich, dazu gab es zu viele Hindernisse. Es war albern, auch nur daran zu denken.

Nur dass sie plötzlich an nichts anderes mehr denken konnte.

Vier

»Was soll das heißen, du willst Igden Manor pachten?« Don starrte Claudia an, als hätte diese soeben vorgeschlagen, der Queen den Mietvertrag zu kündigen, damit sie in den Buckingham Palace ziehen konnten. »Wie, zum Teufel, sollen wir das anstellen? Und warum, um Himmels willen? Hast du nicht eben gesagt, die drei vorherigen Pächter seien daran gescheitert? Weshalb sollten wir es besser hinkriegen? Wir haben beide noch nicht einmal eine Pension, geschweige denn ein Landhotel geleitet. Und wo sollen wir überhaupt das Geld herkriegen?«

»Es wäre kein Hotel, sondern unsere Zukunft. Das Beste von beiden Welten. Wir könnten mit den Menschen zusammenleben, die uns am meisten bedeuten, und einander unterstützen. Mein Traum vom ausgeflippten gemeinsamen Altern!«

»Lass mich raten. Und diese Menschen wären hauptsächlich die Hexenbande.« »Hexenbande« war Dons wenig schmeichelhafte Bezeichnung für Claudias Freundinnen.

»Natürlich nicht nur sie. Auch meine Eltern und vielleicht Gaby und Douglas. Sie arbeiten in der Nähe und beklagen sich ständig, dass sie sich kein Haus leisten können.«

»Und wie genau willst du das bezahlen?«, erkundigte sich Don abfällig. »Mit unserer Rente und ein paar Französischnachhilfestunden nebenbei?«

Claudia wandte den Blick ab. Die Wirklichkeit begann, den Traum zu verdrängen.

Don legte die Arme um sie. »Tut mir leid, dass ich deine Illusionen zerstört habe, aber der Plan ist verrückt.«

»Ich weiß«, seufzte Claudia. »Aber ich muss eine Lösung für Ma und Dad finden. Mit ihr scheint zurzeit alles in Ordnung zu sein. Du hättest dich kaputtgelacht, wenn du gesehen hättest, wie sie der armen Frau an der Rezeption die Informationen entlockt hat. Ma ist vermutlich besser im Bilde als die Insolvenzverwalter oder der alte Lord Binns, dem der Laden gehört.«

»Deine Mutter im vollen Walkürenmodus ist in der Tat ein beeindruckender Anblick. Andererseits hat sie wahrscheinlich die Hochzeit gerettet, weshalb wir ihr dankbar sein müssen.«

»Es geht um Dad. Sie hat ihm gesagt, sie hielte es nicht mehr mit ihm aus und würde ihn in ein Pflegeheim stecken.«

»Der arme, alte Len. So schlimm steht es doch sicher nicht um ihn.«

Claudia brach in Tränen aus. »Don, er hat sich in die Hose gemacht, als ich dort war. Und er hat es nicht einmal gemerkt. Ich bin wirklich in Sorge um ihn. Und ich glaube, Ma schafft das nicht.«

Don tätschelte sie ziemlich unbeholfen. Mit emotionalen Ausbrüchen kam er nur schlecht zurecht. »Oh Gott. Shakespeare hatte recht, was die sieben Altersstufen betrifft. Vom greinenden, sabbernden Kleinkind zum alten Mann ohne Zähne, ohne Augen, ohne Geschmackssinn, ohne alles.«

Der tüchtigen Claudia stiegen wieder Tränen in die Augen, als sie sich dieses schreckliche Schicksal für ihren geliebten Vater ausmalte. »Deshalb wäre es wundervoll, mit einer Gruppe von Freunden zusammenzuleben, die einander unterstützen, anstatt Dad in ein grässliches Pflegeheim zu verfrachten.«

»Sie sind sicher nicht alle grässlich.«

»Und die Kosten …«

»Es gibt noch eine andere Möglichkeit. Das habe ich oft in London gesehen. Besorg ihm einen Pfleger, der im Haus wohnt. Ich habe in London häufig alte Menschen in Begleitung von Leuten erlebt, die offenbar ihre Pfleger waren.«

»Eine Art Kindermädchen?« Einige ihrer Freundinnen hatten Kindermädchen beschäftigt, vielfach mit gemischten Ergebnissen.

»Wenn du es so ausdrücken willst. Sicher gibt es da jede Menge Agenturen.«

»Ich könnte mich ja mal informieren.«

Er tätschelte sie wieder. Diesmal empfand sie es als höchst ärgerlich. »Viel vernünftiger als dein abgedrehter Plan mit dem Hotel.« Sein Lächeln war so gönnerhaft, dass sie ihm am liebsten eine runtergehauen hätte. Mit aller Macht musste sie sich vor Augen halten, dass sie ihr Leben auf dem Land anders und liebevoller angehen mussten.

»Vermutlich hast du recht«, gab sie widerwillig zu.

»Weißt du was?«, schlug er als Friedensangebot vor. »Lass uns im Pub zu Abend essen, dem Laden Ox. Dann brauchst du nicht zu kochen.« Dass Don vom Kochen keine Ahnung hatte, war immer ein Streitpunkt zwischen ihnen gewesen. »Du könntest die Zeit nutzen, um einige Agenturen anzurufen oder im Internet zu recherchieren.«

»In Ordnung.« Claudia zwang sich, nicht mehr an die honigfarbenen Mauern von Igden Manor, seine Nischen und den glatten Stein zu denken. Jetzt musste sie sich dem weitaus drängenderen Problem stellen, einen passenden

Pfleger zu finden und ihrer Mutter klarzumachen, dass das die bessere Lösung war, als ihren Dad in ein Heim zu stecken. Sie wusste, dass ihr ein harter Kampf bevorstand. Olivia hatte nicht gern Fremde im Haus.

Sal hetzte in die Redaktion und schaffte es gerade noch rechtzeitig zu der von ihr für drei Uhr anberaumten Sitzung.

»Das war ja eine lange Besprechung mit Lou«, meinte Rose und zog fast unmerklich die Augenbrauen hoch. »Wie fandest du ihn?«

»Nett«, erwiderte Sal, als hätte man sie gefragt, wie viel ein Pfund Butter derzeit kostete. »Ich glaube, wir könnten mit ihm ins Geschäft kommen.«

»Gut. Ich habe Lou sehr gern.«

Alle hatten sich im Konferenzraum versammelt.

»Zuerst einmal möchte ich sagen, wie toll es ist, wieder hier zu sein.« Sal lächelte in die Runde. »Und noch mehr freut es mich, wie wunderbar sich die Auflage während meiner Abwesenheit gehalten hat. Und das, obwohl Rose am Steuer saß.«

Alle lachten. Rose stand auf und verbeugte sich.

»Und jetzt zur nächsten Ausgabe.« Die Crux bei Hochglanzmagazinen war, dass man weit im Voraus planen musste. So herrschte draußen meist eine völlig andere Jahreszeit als die, an der man gerade arbeitete.

Ein Vorteil ihrer Zwangspause war, dass Sal förmlich vor Ideen platzte. Angefangen bei der Gartengestaltung bis hin zu Schönheitstipps, Technikthemen und Empfehlungen zur Geldanlage. Sie konnte es kaum erwarten, ihren IT-Spezialisten ein autonom fahrendes Auto testen zu lassen und Urlaubsreisen für die Altersgruppe anzupreisen, die nicht auf die Schulferien angewiesen waren.

Den Vorschlag, der sie am meisten begeisterte, hatte sie sich für den Schluss aufgespart.

»Ich habe gelesen, dass Online-Dating für Menschen über fünfzig eines der am schnellsten wachsenden Marktsegmente ist«, verkündete sie aufgeregt. »Warum richten wir nicht unsere eigene Dating-Webseite ein? Ich habe glückliche Paare getroffen, die sich über *Guardian Soulmates* und *Private Eye* kennengelernt haben. Weshalb also nicht über *New Grey*?«

»Ist die Konkurrenz nicht schon auf diesem Gebiet aktiv?«, wandte der Nachrichtenredakteur ein.

»Ja«, gab Sal zu. »Aber wir machen es besser. Kecker. Frecher.« Sie hatte keine Ahnung, was sie eigentlich damit meinte, doch Rose und den anderen schien die Vorstellung zu gefallen.

»Gute Idee«, lobte Rose. »Das müssen wir unbedingt recherchieren.«

Eine Stunde später stand die Oktoberausgabe mehr oder weniger, und auch für den November gab es schon einige Vorschläge.

Als sie aus der Sitzung kam, wurde sie von Ella an der Rezeption erwartet.

»Wir waren verabredet.« Ella grinste. »Hast du das vergessen?«

Das hatte Sal tatsächlich. Sie hoffte, dass ihr aussetzendes Gedächtnis keine Folge der Chemotherapie war. »Entschuldige, Ella, seit ich wieder hier bin, rase ich herum wie von wilden Furien gehetzt. Komm mit zu dem Schreibtisch, den ich im Scherz als mein Büro bezeichne.«

»Ich bin froh, dass du auch mal was vergisst«, erwiderte Ella, plötzlich erleichtert. »Ich mache mir nämlich ernsthaft Sorgen um mein Gedächtnis.«

»Schwachsinn, jeder vergisst mal was.«

»Nicht so wie ich. Schlimm genug, dass ich in Gegenwart meines Schwiegersohns, der mich sowieso schon für eine senile Oma hält, mein Auto im Parkhaus nicht mehr wiedergefunden habe. Aber heute bin ich wirklich erschrocken.«

»Was hast du denn angestellt? Vergessen, dich anzuziehen? Dich ausgesperrt? Dein Auto wieder nicht gefunden? Das passiert vielen Leuten, ohne dass sie sich gleich erschießen wollen.«

»Ich habe meinem Enkel erlaubt, mein Auto zu fahren, obwohl er nicht versichert ist. Und dann hatten wir beinahe einen Zusammenstoß.«

»Okay, das klingt schon ein bisschen mehr nach seniler Oma. Komm rein. Du brauchst eindeutig einen Kaffee.«

Ella folgte Sal in ihr helles, farbenfroh gestaltetes Büro.

»Lass uns nicht an diese Sache denken«, schlug Sal vor. »Erzähl mir von deiner Kolumne. Das mit der senilen Oma gefällt mir. Sollen wir sie so nennen? Oder wäre dir ein sachlicherer Titel lieber? Die Entscheidung liegt natürlich bei dir.«

Ella lachte. »Warum nicht zur Wahrheit stehen? ›Aus dem Leben einer senilen Oma‹.« Während sie ihren Kaffee tranken, listete Ella ihre Ideen auf. Nach einer Stunde mit Sal fühlte sie sich schon viel besser, und ihr war klar, welches Talent sie besaß, ihr Team zu motivieren.

»Es wird Zeit für ein Treffen im Grecian Grove«, meinte Sal. »Es muntert einen auf, über seine Sorgen zu reden. Soll ich es organisieren?«

Ella stand auf. »Klingt prima. Aber jetzt überlasse ich dich deiner Arbeit. Wo ist übrigens das Klo? Meine senile alte Blase zickt nämlich.«

Sal lachte. »Was sind wir bloß für ein Haufen! Ich rufe

die anderen an und trommle sie so bald wie möglich zusammen.«

Gerade noch rechtzeitig erreichte Ella die Toilette. Warum, zum Teufel, musste sie so oft pinkeln? Mein Gott, bald würde sie Inkontinenzeinlagen brauchen. Außerdem tat das Pinkeln weh, und ihr Urin roch so komisch. Nicht nach Aceton oder so, als hätte sie Spargel gegessen, sondern richtig unangenehm. Verdammter Mist, sie würde das im Auge behalten müssen.

Sie musste sich etwas ausdenken, um sich zu belohnen. Nur über ihre Leiche würde sie eine verbitterte alte Frau werden, so wie ihre verstorbene Mutter.

Vielleicht würde sie ja morgen Laura besuchen. So ungern sie es auch zugab, Gore Vidal hatte recht gehabt. Es ging einem stets besser, wenn es den Freundinnen schlechter ging.

Solch eine Kolumne zu verfassen wäre selbst ihr peinlich gewesen.

Laura fuhr mit dem Bus nach Hause und fragte sich, was für eine Frau Mrs. A.s Mutter wohl sein mochte, um die resolute Diva in ihrem rosa Morgenmantel derart in Todesangst zu versetzen. Lächelnd erinnerte sie sich an den wundervollen Tag, an dem Mrs. A. das Miststück, das schuld am Ende von Lauras fünfundzwanzigjähriger Ehe war, aus dem Laden geworfen hatte. Von Kopf bis Fuß ein Racheengel, wenn auch in gesteppte Baumwolle gewandet.

Sie war schon sehr neugierig. Mr. A. hatte unter Schock gestanden und ausgesehen wie ein Zombie, als er ihr verkündet hatte, seine Schwiegermutter werde in wenigen Wochen eintreffen.

Zum Glück waren für heute keine weiteren Maklertermine geplant. Also konnte sie sich aufs Sofa legen und sich ausruhen.

Auf der Türschwelle wurde sie von einer wundervollen Überraschung erwartet. Ihre Tochter Bella mit dem kleinen Noah im Babytragetuch, das ein aufgedruckter Schmetterling zierte. Obwohl Bella ein schlafendes Baby vor der Brust trug, gelang es ihr, erstaunlich elegant zu wirken.

»Bella, mein Schatz, mit dir habe ich gar nicht gerechnet. Wartest du schon lange? Ist Sam nicht da?«

»Offenbar nicht.«

Laura beugte sich vor und küsste den dunklen Haarschopf, der oben aus dem Tragetuch ragte. »Oh, Bella, er ist ja so niedlich!«

»Ich wusste, dass du eine Spitzenoma sein wirst.«

»Wirklich?«

»Du warst eine tolle Mum, also muss es einfach so sein.«

Laura spürte, wie ihr plötzlich Tränen in die Augen stiegen. Im Moment fühlte sie sich so sehr wie eine Versagerin, dass dieses Lob eine Wohltat war.

»Danke, Schatz. Übrigens ein hübsches Tragetuch. Hast du es selbst gemacht?« Bella war eine sehr begabte Schneiderin, auch wenn meistens Grufti-Mode dabei herauskam.

»Ja. Ich habe beschlossen, Babytragetücher zu nähen. Nigel hatte letztens eines um, und da tauchte eine Schickimicki-Frau auf, machte ein Foto für Instagram und fragte ihn, woher er es hat. Und mein genialer Nigel antwortete wie aus der Pistole geschossen: ›Es ist von Bella Minchin. Sicher kennen Sie ihre Kreationen.‹ Da hat sich die Frau sofort nach meinen Kontaktdaten erkundigt.«

»Bella, das ist ja fantastisch.«

»Ich weiß. Und ich habe noch bessere Nachrichten.«

»Und die wären?« Laura öffnete die Haustür.

»Es ist so ordentlich hier«, stellte Bella fest. Im nächsten Moment fiel sie ihrer Mutter trotz Baby um den Hals. »Oh, Mum, das ist, weil du das Haus vorzeigen musst! Wie gedankenlos von mir.«

»Und was ist das jetzt für eine Neuigkeit?« Gute Nachrichten konnte Laura jetzt wirklich gebrauchen.

»Nigel wurde eine Lehrerstelle angeboten. Nicht nur als Aushilfe, sondern als Festanstellung. Gestern hatte er ein Vorstellungsgespräch. Er dachte, die wollten nur mit ihm plaudern, aber sie haben es ernst gemeint. Er soll vergleichende Religionswissenschaften und Ethik in der Oberstufe unterrichten. Intellektuell anregende Themen. Mum, er ist ja so aufgeregt. Ich freue mich sehr für ihn.«

»Wo ist die Schule?«

»Nun, das ist das Problem. In Surrey, ganz in der Nähe deiner Freundin Claudia. Wahrscheinlich können wir dort viel billiger etwas mieten als in London.«

Bei dem Gedanken, nicht nur ihr Zuhause zu verlieren, sondern auch ihre Tochter und ihren kleinen Enkel, die gleich um die Ecke wohnten, war Lauras Glücksgefühl wie weggeblasen. Aber sie gab sich Mühe, sich nichts anmerken zu lassen. »Schatz, das ist ja wunderbar. Wie schön für euch.«

»Und ich fange einen kleinen Online-Handel an. Nichts Großartiges. Ich dachte, ich nenne ihn SlingIt. SlingIt für moderne Mums und Dads. Wie findest du das?«

»Hört sich prima an.«

Immer noch das Baby vor der Brust, griff sie nach Lauras Händen und tanzte mit ihr durchs Wohnzimmer. »Ich werde Unternehmerin.«

»Und du wirst es toll hinkriegen, so wie alles, was du anpackst.«

»Oh, Mum.« Bellas Miene wurde plötzlich traurig. »Vielleicht ist es ja unfair dir gegenüber, einfach nach Surrey zu verschwinden. Schließlich musst du umziehen und hast diese grässliche Scheidung am Hals.«

»Unsinn«, beteuerte Laura bemüht fröhlich. »Du machst dir doch nur Sorgen, weil du dann keinen kostenlosen Babysitter mehr hast.«

Sie ließen sich nebeneinander aufs Sofa fallen. Noah, der kleine Schatz, schlief offenbar noch. »Weißt du was?«, verkündete Laura. »Jetzt wäre ein Glas Wein angebracht.«

Zum Glück für Lauras angeschlagenen Gemütszustand hielt Sal Wort und organisierte rasch das nächste Treffen im Grecian Grove.

Ella erschien als Erste und klagte Claudia ihr Leid wegen des Verlusts ihres Kleingartens. »Ich versuche ja, dich zu verstehen«, erwiderte Claudia. »Aber du kennst mich doch. Ich habe einen ebenso grünen Daumen wie Zsa Zsa Gabor. Vielleicht solltest du es bei Sal oder Laura versuchen.«

»Sal sagt, sie hasst die Natur und begreift nicht, warum ich meine Zeit dort verbringen möchte, und Laura kann nur daran denken, dass sie ihr Haus verkaufen muss.« Das Wissen, dass Laura sich noch viel elender fühlte als sie selbst, sorgte dafür, dass Ella sich zusammenriss.

»Da sind sie ja.« Sie winkten Sal und Laura zu. Sal mit ihrem neuen schicken Look sah ganz besonders elegant aus. Außerdem bemerkte Ella ein neues Strahlen an ihrer Freundin.

Die anderen musterten sie.

»Du siehst toll aus, Sal«, stimmte Laura zu, nachdem Claudia und Ella das Äußere ihrer Freundin kommentiert hatten. »Man möchte fast meinen, dass du endlich einen Mann kennengelernt hast.«

Als Sal plötzlich anfing, in ihrer gewaltigen Handtasche zu kramen, und so tat, als suchte sie ihr Telefon, lachte Ella auf. »Du hast jemanden kennengelernt. Ich weiß schon … den reichen Amerikaner, der im Hotel wohnt. Du hast nämlich ziemlich viel über ihn geredet.«

»Was für ein Schwachsinn!«, empörte sich Sal. »Ich habe mich nur ein paar Stunden mit ihm unterhalten.«

»Ein *coup de foudre* braucht nicht lang.«

»In meinem Alter! Da wäre mehr als ein Blitzschlag nötig, dass ich mich verliebe. Außerdem war er dreimal verheiratet und hat neun Enkel. Und er wird so etwas wie mein Chef werden.«

»Wenn ich mich recht entsinne, war das früher für dich nie ein Hindernis«, wandte Ella ein.

»Und wie läuft es bei dir, Claudia?«, wechselte Sal abrupt das Thema.

»Offen gestanden nicht so toll. Ich muss einen Pfleger für meinen Dad finden. Meine Mutter droht, ihn ins Heim zu stecken.«

»Ich habe eine Idee!« Sal lachte auf und hatte völlig vergessen, dass sie ja das Thema hatte wechseln wollen. »Lou Maynard, der reiche Amerikaner, der in den Verlag investieren will, hat einen Roboter namens Hiro bei sich. Das Altern interessiert ihn sehr, und dieser Roboter ist darauf programmiert, alte Leute zu versorgen. Sicher leiht er ihn deinem Dad.«

»Sally Grainger.« Claudia schüttelte den Kopf. »Bist du jetzt völlig übergeschnappt? Oder du bist wirklich verliebt. Mein Dad will keinen verdammten Roboter, sondern einen freundlichen, fürsorglichen Menschen, der sich darum kümmert, dass er richtig isst und seine Medikamente nimmt.«

»Ich bin überzeugt, dass Hiro das schafft.«

»Warum lässt du ihn dann nicht bei dir arbeiten?«, höhnte Claudia. »Bei dir müsste dringend mal aufgeräumt und gestaubsaugt werden.«

»Aber, aber, Mädchen.« Laura legte die Arme um ihre Freundinnen. »Streiten wir uns doch nicht wegen eines Roboters. Lasst uns lieber über Simon lästern.«

Sal bestellte noch eine Flasche von dem schauderhaften Wein, und dann zählten sie genüsslich Simons Fehler und die des männlichen Geschlechts im Allgemeinen auf.

»Ein Glück, dass wir einander haben!«, verkündete Ella lachend.

Diese beruhigende Feststellung hätte Claudia beinahe dazu verleitet, ihren Traum vom Zusammenwohnen wieder anzusprechen, doch sie kam zu dem Schluss, dass die anderen sie nur verspotten würden.

»Ach, da wäre noch etwas.« Laura fiel ihr Versprechen an ihre Tochter ein. »Bellas Freund Nigel hat ein Stellenangebot.«

»Der Grufti-Riese? Als was denn?«

»Ethik und vergleichende Religionswissenschaften in der Oberstufe zu unterrichten«, erwiderte Laura eingeschnappt und vergaß dabei ganz, wie überrascht sie selbst gewesen war, diese unerwartete Seite an ihrem hünenhaften Beinahe-Schwiegersohn zu entdecken. »Die Schule ist ganz bei dir in der Nähe, Claudia, und sie suchen etwas zur Miete. Bella hat sich gefragt, ob du vielleicht etwas wüsstest.«

»Oh, Laura.« Ella verstand sofort, wie traurig das für ihre Freundin sein musste. »Wann ziehen sie denn um?«

»Ich bin nicht sicher.« Laura seufzte.

Diesmal konnte Claudia der Versuchung nicht widerstehen. »Wenn wir Igden Manor hätten, könnten sie bei uns wohnen. Es gehören reizende Gästehäuschen dazu. Ideal für ein Paar mit Baby.«

»Claudia«, protestierte Sal kopfschüttelnd. »Fängst du schon wieder damit an, dass wir alle in ein dämliches Altersheim ziehen sollen?«

»Es wäre kein Altersheim«, widersprach Claudia. »Sondern eine frei gewählte Gemeinschaft. Ein traumhaftes Landhotel mit Nebengebäuden ist zu verpachten. Es wäre optimal. Jeder hätte seine eigene Eingangstür, und wir wären trotzdem zusammen.«

»Und wie finanzieren wir dieses traumhafte Landhotel?«, fragte Sal, wohl wissend, dass sie nur zur Miete wohnte. »Das heißt, wenn wir es überhaupt haben wollen, was natürlich nicht der Fall ist.«

»Das ist ein kleines Problem.« Claudia grinste. »Aber ich arbeite daran.«

»Kennt ihr meine Freundin Claudia?«, wandte sich Sal an die anderen. »Sie hat nicht mehr alle Tassen im Schrank.«

»Bella hat vermutlich keine Lust, meinen lieben Dad zu versorgen?«, erkundigte sich Claudia.

»Ich könnte sie fragen«, antwortete Laura zweifelnd. »Doch mit einem Neugeborenen und dem Onlinehandel für Babytragetücher, den sie gründen will, ist das vermutlich nicht sehr praktisch.«

»Ja, das verstehe ich. Also muss ich mir wohl eine Agentur suchen.«

»Vergiss Hiro nicht«, warf Sal in die Runde.

»Wer hat hier nicht alle Tassen im Schrank?«, entgegnete Claudia.

»Okay, okay, aber laut Lou setzt es sich in Japan allmählich durch, dass Roboter alte Menschen versorgen. Sie spielen ihnen sogar auf der Geige vor.«

Diese wirklich verrückte Vorstellung, ein Wesen aus Metall könne ihren Vater mit Vivaldi unterhalten, sorgte dafür, dass Claudia verkündete, sie müsse jetzt gehen, um ihren Zug noch zu erwischen.

Claudia schob alle Gedanken an elektronische Assistenten beiseite und machte sich auf die Suche nach einer Pflegekraft der konventionellen Art. Sie stellte fest, dass es genügend Agenturen gab, die im Haus wohnende Helfer vermittelten. Die Kosten lagen zwischen gerade noch bezahlbar und ernsthaft astronomisch. Sie entschied sich für eine Agentur im nahe gelegenen Manningbury, die den doppelten Vorteil besaß, nicht zu weit entfernt zu sein und moderate Gebühren zu verlangen. Sie beschloss, sich zuerst dort zu erkundigen und sich erst dann mit ihrer Mutter auseinanderzusetzen, wenn sie jemand Passenden gefunden hatte.

Die Frau hinter dem schimmernden Schreibtisch bei *Your Home Care* war beruhigend gelassen. Sie lauschte Claudias Schilderung der Gebrechen ihres Vaters und auch der Tatsache, dass ihre Mutter sich gegen diese Lösung sträuben könnte.

»Möglicherweise hat Ihre Mutter ja keine Vorstellung davon, wie teuer stationäre Pflege ist. Viele Menschen sind schockiert. Die Kosten können sich zwischen fünfhundert Pfund pro Woche für die absolute Grundversorgung bis hin zu dreitausend Pfund belaufen. Falls Intensivpflege nötig ist, wird es noch teurer. Hat Ihre Mutter sich überlegt, wie sie das bezahlen soll?«

Entsetzt hörte Claudia zu. Wer konnte sich so etwas

leisten? Sie hatte den Verdacht, dass ihre Mutter nicht die geringste Ahnung von den Kosten hatte. Vielleicht glaubte sie auch, der Staat würde die Rechnung übernehmen.

»Das ist vermutlich Ihr bestes Argument, um sie dazu zu bringen, einer Versorgung zu Hause zuzustimmen. Wir hätten hier eine sehr sympathische und erfahrene Dame, Mrs. O'Brien, die ausgezeichnet zu Ihnen passen würde.«

Das war zwar eine enorme Erleichterung, doch auch die Pflege zu Hause war nicht billig. Sie würde mit ihrer Mutter ein ernstes Gespräch über die Finanzierung führen müssen. »Wann könnte die Dame anfangen?«

»Sobald Sie möchten.«

»Ich müsste zuerst mit ihr reden. Vielleicht in Gegenwart meiner Mutter.«

»Selbstverständlich. Sie können sich ja keine wildfremde Frau ins Haus holen, ohne zu wissen, ob Sie auch miteinander auskommen. Natürlich hat sie ausgezeichnete Referenzen.«

Als Claudia *Your Home Care* verließ, war sie erleichtert, hatte aber auch Angst vor der Reaktion ihrer Mutter.

»Wie sieht es heute Vormittag bei dir aus, Sal?«, erkundigte sich Rose. »Lou Maynard kommt nämlich, um seine mögliche Investition zu erörtern, und ich habe mich gefragt, ob du gern dabei sein möchtest.« Besprechungen bei *New Grey* liefen stets erstaunlich informell ab.

Ohne groß darüber nachzudenken, verzog sich Sal auf die Toilette, um sich im Spiegel zu betrachten. Eigentlich hatte sie keinen Grund zur Klage. Natürlich fanden viele, dass das Äußere bedeutungslos wurde, wenn man dem Tod knapp von der Schippe gesprungen war. Nach einer Beinahe-Begegnung mit dem Sensenmann sollte man entweder im Luxus schwelgen, Weltreisen unternehmen und seine Wunschliste abarbeiten oder sich für wohltätige Zwecke engagieren. Sal hingegen war einfach nur erleichtert, dass sie nach wie vor auf Erden weilte und, noch wichtiger, weiterhin recht gut aussah. Wer hätte gedacht, dass es ihr besser stand, ihr Alter zu akzeptieren, nachdem sie jahrelang versucht hatte, halb so alt zu wirken? Gedankt sei Gott.

Allerdings war es albern, dass sie eine Aufregung empfand, die sie so gar nicht kannte. Ständig huschte ein Lächeln über ihr Gesicht, das sie kaum unterdrücken konnte.

»Sally! Guten Morgen!« Geschmeidig wie ein junger Mann sprang Lou auf. »Rose hat mir erzählt, dass Sie dabei sein würden. Wahrscheinlich haben Sie schon gehört, dass wir kurz vor einer Einigung stehen.«

Sal fand es ziemlich seltsam, dass Michael, der Geschäftsführer, nicht anwesend war. Herrje, das bedeutete sicher, dass er den Plan ablehnte. Aber Rose war nun einmal die Inhaberin.

In der nächsten Stunde debattierten sie, wie Lou Maynard sich seine Beteiligung und die Zukunft des Blattes vorstellte. Es klang alles sehr aufregend. Außerdem würde die Zeitschrift eine Verbindung nach New York haben, Sals absoluter Lieblingsstadt.

»Meiner Ansicht nach ähnelt London New York mehr als alle anderen Städte, wo ich schon gewesen bin.« Lou erhob sich lächelnd. »Falls Sie mich brauchen, können Sie mich mobil erreichen. Ich checke aus dem Brook's aus.«

Sal wurde von Enttäuschung ergriffen. Wie lächerlich.

»Wollen Sie umziehen?«, rutschte es ihr heraus.

»Zu meiner Tochter nach Surrey, um mein neuestes Enkelkind kennenzulernen.«

»Wo denn in Surrey? Meine gute Freundin Claudia wohnt nämlich dort. Diejenige, die diese verrückte Seniorenkommune gründen will.«

Lou lachte. »Die Mischung aus Studentenwohnheim und Kibbuz?«

Sal lachte.

»Vielleicht sollte ich sie treffen und mir die Sache anhören.« Lou grinste.

Sal hatte einen Einfall. »Nehmen Sie Hiro mit?«

Rose hatte dem Gespräch amüsiert gelauscht. »Wer, zum Teufel, ist Hiro?«, fragte sie nun.

»Lous zahmer Roboter. Er bewahrt ihn in seinem Schrank auf«, erklärte Sal.

»Doch nicht etwa eines von diesen Sexspielzeugen?«, hakte Rose nach.

»Hiro wäre äußerst empört«, protestierte Lou. »Wir sind nur gute Freunde. Lassen Sie uns in Verbindung bleiben.« Er lächelte die beiden an.

»Nun …« Nachdem er fort war, zog Rose ironisch die Augenbrauen hoch. »Du und Lou scheint euch besser zu verstehen, als ich gedacht habe.«

Hastig stand Sal auf. »Ich muss dringend los und den Titel für den nächsten Monat mit dem Designer besprechen.«

»Aber natürlich, Sally.« Rose nickte, und ein höchst ärgerliches Grinsen zeichnete sich auf ihrem faltigen Gesicht ab.

Sal spürte, wie sich eine ungewohnte Röte auf ihren Wangen bis hinunter zu ihrem Hals ausbreitete. Bestimmt nur wieder eine verdammte Nebenwirkung, beruhigte sie sich. Mit Lou Maynard hatte es sicher nichts zu tun. Herrje, sie war über sechzig und kein schwärmerisches Schulmädchen mehr. Außerdem hatte sie noch nie zur Sentimentalität geneigt, und sie kannte ihn doch erst seit fünf Minuten. Wieder huschte sie in die Toilette, wusch sich das Gesicht mit kaltem Wasser und machte sich auf den Weg zu ihrem Treffen mit dem Designer.

Als Laura von der Frühschicht bei LateExpress zurückkehrte, fand sie drei Nachrichten des Maklers vor, die sich alle um begeisterte Kaufinteressenten drehten.

Sie ließ sich aufs Sofa fallen und sprang sofort wieder auf. Wenn sie keine erfolgreiche Scheidungsboykotteurin sein und sich in ihrem eigenen Haus verbarrikadieren konnte, musste sie sich der Wirklichkeit stellen und die Initiative ergreifen. Und das hieß, dass sie eine einigermaßen angemessene neue Bleibe finden musste.

Vermutlich war es das Einfachste, wenn sie sich an die Maklerfirma hielt, die dieses Haus verkaufen sollte. Vielleicht konnte sie so ja einen Rabatt bei der Vermittlungsgebühr aushandeln. Sie klappte ihren Laptop auf und studierte die Webseite. Sie hatten etwa zwanzig Wohnungen im Angebot, die meisten trist und winzig. Laura wusste genau, was sie wollte. Mindestens drei Zimmer und einen kleinen Garten. Sie war nicht umsonst süchtig nach der Sendung *Location, Location, Location* und hielt sich an die weisen Ratschläge der Fernseh-Makler Phil Spencer und Kirstie Allsopp. Also klickte sie ihre Helden an und stieß sofort auf Phils wichtigste Tipps: »Freunden Sie sich mit Ihrem Makler an. Achten Sie auf natürliches Licht und auf die Aussicht. Bestehen Sie auf einem Garten, wenn Sie einen haben wollen, und vergessen Sie die Atmosphäre nicht. Sie müssen sich dort wohlfühlen.«

Bewaffnet mit Phils wundervollen Ratschlägen, beschloss sie, dem Maklerbüro einen Besuch abzustatten und zu versuchen, sich mit den Leuten dort anzufreunden. Offen gestanden war der Anfang nicht sehr vielversprechend gewesen.

Der erste Mensch, dem sie begegnete, war ein eleganter junger Mann namens Stu. »Aha«, meinte er. »Die Dame aus der Shirley Avenue.« Er lächelte tückisch, anscheinend darauf erpicht, sich an der gefährlichen Scheidungsboykotteurin zu rächen. »Makler geben es ja nur ungern zu«, fuhr er in verschwörerischem Ton fort. »Aber wir lieben Scheidungen. Drei Geschäftsabschlüsse, verstehen Sie?« Bildete sie es sich nur ein, oder hatte der kleine Widerling ihr tatsächlich zugezwinkert? »Erstens das Haus der Familie, dann die hübsche kleine Wohnung für die Ex-Frau, wenn wir es schlau anstellen, und drittens etwas für den Mann und die neue Flamme in seinem Leben.« Wenn Laura eine Kaffeetasse in der Hand gehabt hätte, hätte sie ihm den Inhalt postwendend ins Gesicht geschüttet. »Also, Mrs. Minchin, wofür kann ich Sie interessieren?«

Laura erhob sich. »Für nichts, danke.« Sie setzte das verächtlichste Lächeln auf, zu dem sie fähig war. Schließlich konnte Phil nicht in allen Dingen recht haben. »Ich glaube, ich halte mich an ›Zoopla‹. Eine Webseite kann ihre potenziellen Kunden wenigstens nicht beleidigen.«

Als sie das Büro verließ, zitterte sie beinahe. Zum Glück hatte sie eine Nachricht von Ella. Sie rief sie sofort zurück.

Eine Stunde später saßen sie in Ellas Vorgarten, beobachteten die Dämmerung über dem Fluss, lauschten den Vögeln, die ihren abendlichen Chor anstimmten, und tranken einen leichten Rosé aus großen Gläsern. Wie dankbar sie für diese Freundschaft war!

Zumindest schien Ella mit ihrem Häuschen zufrieden. »Viel weniger Plackerei«, sagte sie. »Und schau dir nur die Aussicht an.« Beinahe hätte sie hinzugefügt, dass ihre Vergesslichkeit der einzige Wermutstropfen in ihrem neuen Glück war, aber sie wollte den Abend nicht verderben. Plötzlich hatte sie einen Einfall. Sie zögerte, weil sie sich nicht einmischen wollte, doch die Versuchung war zu groß. »Hättest du etwas dagegen, wenn ich dir beim Suchen helfe? Dieses Haus habe ich ja auch gefunden, und das wurde sogar versteigert. Ich glaube, ich habe ein Händchen dafür.«

»Ella!« Laura sprang auf und umarmte sie. »Das ist eine absolut geniale Idee. Du könntest meine persönliche Kirstie Allsopp sein.«

»Solange ich nicht dein persönlicher Phil Spencer sein muss!« Geschickt füllte Ella ihre Gläser nach.

»Auf die optimale Scheidungswohnung!« Sie stieß mit Laura an, erleichtert, weil diese wie von einer Zentnerlast befreit wirkte. Es war ein wundervoller Moment, der nur dadurch verdorben wurde, dass sie plötzlich dringend pinkeln musste.

Olivia saß Claudia mit versteinerter Miene am schmutzigen Küchentisch gegenüber. Sie hatte die Arme vor ihrem nicht unbeträchtlichen Busen verschränkt und sah aus wie eine ganz besonders verärgerte Queen Victoria. »Soll das heißen, du hast dich an Agenturen gewandt, ohne dich zuvor mit mir abzusprechen?«

Claudia versuchte, nicht auf den Zustand des Hauses zu achten und stattdessen die Frage zu beantworten. Keine Pflegerin würde hier anfangen wollen, wenn sie nicht vorher die Putzfrau zurückholte. Wieder ein Kampf. Inzwischen war bei ihrer Mutter eigentlich alles ein Kampf.

Claudia beschloss, sich nicht länger auf der Nase herumtanzen zu lassen.

»Hör zu, Ma«, verkündete sie mit Nachdruck. »Du hast Dad mit deiner Drohung, ihn in ein Pflegeheim zu stecken, fast zu Tode erschreckt. Und dabei hast du keine gottverdammte Ahnung, was ein Pflegeheim kostet und wer es bezahlen soll. Ich versichere dir, dass weder du noch ich uns eine einigermaßen anständige Einrichtung leisten könnten. Und da ihr nicht arm genug für eine staatliche Unterstützung seid, ist das unsere einzige Möglichkeit.« Ihre Mutter machte ein dermaßen selbstzufriedenes Gesicht, dass Claudia sich den Seitenhieb nicht verkneifen konnte: »Vielleicht bist du ja diejenige, die ins Heim gehört.«

»Ich dachte, du hättest gesagt, ein Heim sei zu teuer«, entgegnete Olivia. »Dann stell mir diese grässliche Frau eben vor.«

»Wird gemacht. Aber davor müssen wir deine Putzfrau zurückholen. Ich besuche sie auf dem Heimweg. Wo ist eigentlich Dad?«

»Was glaubst du denn? In seinem Schuppen. Irgendwann räumt er noch sein Bett dort hinein.«

Wer könnte ihm das verübeln?, hätte Claudia beinahe erwidert.

Sie begab sich in die Höhle ihres Vaters, wo er zu ihrer Überraschung einen illegalen Fußballsender mit brasilianischem Kommentar schaute, den der Enkel der Putzfrau irgendwo entdeckt und auf seinem uralten Laptop installiert hatte. Ein Gin Tonic stand neben ihm.

»Gol! Gol! Gol! Gol! GOO-OOOOL!«, jubelte der Kommentator.

»Offenbar hat jemand ein Tor geschossen«, stellte Len mit einem spöttischen Lächeln fest.

»Ich liebe dich, Dad«, sagte Claudia.

»Ich dich auch, kleine Claudia. Und droht mir immer noch der Knast?«

»Ich glaube nicht. Zum Glück sind die Kosten zu hoch. Wir stellen eine Pflegerin ein.«

»Hoffentlich heißt sie nicht Rosa Klebb.«

»Ihr Name ist O'Brien.«

»Oh, gut. Ich mag die Iren. Sie verstehen es, wie wichtig es ist, an seinem Lebensabend zu trinken.«

Sie war froh, dass er heute mehr er selbst zu sein schien.

»Wie hat deine Mutter reagiert?«

»Wahrscheinlich hängt es davon ab, ob sie es schafft, die Frau herumzukommandieren.«

»Ich gebe mir Mühe, mich zu benehmen.«

Claudia setzte sich auf die Armlehne seines Ohrensessels und küsste seinen kahlen Schädel. »Ma ist es, die sich benehmen muss.«

»Werd bloß nicht alt, Claudia.« Er grinste seine Tochter spitzbübisch an. »Falls es doch irgendwelche Vorteile haben sollte, sage ich dir Bescheid.«

»Das hast du schon vor zehn Jahren behauptet.«

»Ich gebe mich geschlagen.«

Fünf

Laura, die von Ellas Hilfsangebot bereits ziemlich aufgemuntert war, wurde zu Hause von einer weiteren angenehmen Überraschung erwartet, als sie am nächsten Tag aus der Arbeit zurückkehrte. Ihr Sohn Sam hatte Abendessen gekocht.

»Spaghetti Bolognese«, verkündete er mit einer großartigen Geste. »Es ist serviert, Madam. Ach, und ich habe diesen Zettel auf der Fußmatte gefunden.« Er überreichte ihn ihr grinsend. »Ich glaube nicht, dass er von Dad ist.«

»Wenn er von Dad wäre, wäre er um einen Stein gewickelt und durch die Fensterscheibe geworfen worden.«

»Aber, aber, Mum, das würde den Wert der Immobilie mindern.« Traurig lächelten sie einander an. »Kopf hoch. Ich habe sogar eine Flasche spottbilligen Wein gekauft.«

»Fantastisch«, meinte Laura, und es war ihr Ernst. Es war so lieb von ihm, dass er sich solche Mühe machte. Sie betrachtete den Brief. Er war von Calum. Sie hatte sich gefragt, warum er sich so lange nicht gemeldet hatte. Und das, obwohl er, wie ihre Freundinnen betonten, Simon auf der Hochzeit von Claudias Tochter eine verpasst hatte. Und dann hatte sie seltsamerweise nichts mehr von ihm gehört. Er konnte doch unmöglich ihre Nummer *und* ihre E-Mail-Adresse verloren haben, außer seine rachsüchtige Ex-Frau hatte sie aus seinem Telefon gelöscht, was ziemlich unwahrscheinlich war. Sehr geheimnisvoll. Jedenfalls schrieb er, er bedauere, sie verpasst zu haben, und bat um ein Treffen.

»Wie läuft es mit dem Hausverkauf?«, erkundigte sich Sam und schenkte den Wein ein. Er war wirklich schauderhaft. Doch Laura hätte ihn auch getrunken, wenn es Ochsenblut gewesen wäre, zum Teil, weil Sam ihn gekauft hatte, und zum Teil, weil sie ihn offen gestanden brauchte.

»In Ordnung, glaube ich.«

»Und mit der neuen Wohnung für dich?«

»Bis jetzt nichts, aber ich habe noch nicht richtig gesucht. Ella will mir helfen. Sie hat ein Händchen für Häuser. Gerade hat sie ihr eigenes verkauft und sich verkleinert.«

»Auf die richtige Größe gesetzt«, verbesserte Sam grinsend.

»Verzeihung, was bedeutet das?«

»Das ist der politisch korrekte Ausdruck. Offenbar hätten wir nicht diese dramatischen Probleme auf dem Wohnungsmarkt, wenn sich jeder auf die richtige Größe setzen würde. Übrigens, Mum …« Er hielt inne, als fehlten ihm die richtigen Worte.

»Ja?«

»Ich glaube, es ist Zeit, dass ich ausziehe. Es ist ein bisschen traurig, in meinem Alter noch zu Hause zu wohnen. Immerhin bin ich zweiundzwanzig und kein verschrobener Teenager.«

Am liebsten hätte sie geschrien, dass es überhaupt nicht traurig, sondern wundervoll war. Dass sie wollte, er würde bleiben, für sie da sein, Spaghetti kochen und ungenießbaren Wein kaufen. Doch sie erkannte, wie unfair das wäre. Sam musste frei sein und sein eigenes Leben mit Gleichaltrigen führen. Sie wünschte nur, er könnte so sein wie diese italienischen Männer, von denen sie gelesen hatte. Sie wohnten bis fünfunddreißig zu Hause und ließen sich von ihrer Mama nach Strich und Faden bedienen.

»Natürlich.« Sie hielt inne und fügte dann mit schwacher Stimme hinzu: »Du musst aber nicht. Ich suche mir eine Dreizimmerwohnung.«

»Ich weiß, doch vielleicht ist es der richtige Zeitpunkt.«

»Ich verstehe.« Sie trank einen großen Schluck Wein. »Da du gekocht hast, übernehme ich den Abwasch. Es war sehr lecker.«

»Danke, Mum.« Grinsend verdrückte Sam sich in sein Zimmer. Sie konnte ja schlecht erwarten, dass er sich dieselben Fernsehsendungen ansah wie sie.

Um sich aufzumuntern, schickte sie Calum eine SMS, sie würde sich gern mit ihm treffen.

Schon neun Uhr. Nur noch eine Stunde, bis sie ins Bett gehen konnte. Wie traurig war das denn?

Sal ertappte sich dabei, dass sie auf ihren Bildschirm starrte und von Lou träumte, ohne auf das geschäftige Treiben in der Redaktion zu achten. Sie machte beinahe einen Satz, als der Designer sie fragte, ob sie mit dem Layout der Modestrecke zufrieden sei, die er ihr gemailt hatte.

»Tut mir leid, Jed«, entschuldigte sie sich. »Ich kümmere mich sofort darum.«

Sie ließ ihren geschulten Blick über die Seiten schweifen. Ausgezeichnet.

»Spitze, Jed.«

Sie zwang sich, wieder auf Arbeitsmodus umzuschalten, und schickte eine Glückwunschnachricht an die Moderedakteurin und die neue junge Stylistin. Es war ihnen gelungen, Kleider aufzutreiben, die älteren Frauen schmeichelten, ohne spießig oder astronomisch teuer zu sein. Für eine Einundzwanzigjährige sicher keine leichte Aufgabe, aber sie hatte es genau richtig hingekriegt.

Ständig schlich sich Lous Gesicht mit seinem spitzbübischen und ansteckenden Lachen in ihre Gedanken.

»Hau ab, Lou«, sagte sie, ohne zu bemerken, dass sie die Worte laut ausgesprochen hatte. Die Redaktionsassistentin, die ihr gegenübersaß, zuckte zusammen und sah sie merkwürdig an.

Sally Grainger, befahl sie sich, diesmal leise, *hör auf, dich wie ein liebeskranker Teenager aufzuführen.*

Zum Glück musste sie etwas lesen, das ihre gesamte Aufmerksamkeit erforderte, was sich als ausgezeichneter Schutz gegen nicht abzuschüttelnde Amerikaner erwies.

»Und wann kommt diese Pflegerin?«

»Mrs. O'Brien. In einer halben Stunde. Ich räume nur ein wenig auf.« Zum Glück hatte die Putzfrau versprochen, nächste Woche wieder anzufangen. Inzwischen fühlte Claudia sich selbst wie eine Putzfrau. In dieser Woche war sie täglich hier gewesen, um den Schmutz in Angriff zu nehmen und die Wäsche zu waschen. Ordnung zu schaffen war eine Sklavenarbeit. Sie wusste nicht, wie die Putzfrau ihre Mutter all die Jahre lang ertragen hatte.

Claudia hatte gestaubsaugt, sämtliche Flächen abgewischt und alles weggeräumt. Gerade hatte sie den Schuppen ihres Vaters auf Vordermann gebracht, als es an der Tür läutete.

Mrs. O'Brien war älter, als Claudia erwartet hatte. Mit ihren Pausbacken und den funkelnden Augen erinnerte sie sie an eine sich einschmeichelnde, aber hinterlistige Großmutter aus einem Disney-Film.

Als Mrs. O'Brien Claudias Überraschung bemerkte,

zwinkerte sie. »Keine Sorge, das Äußere kann täuschen. Ich bin stark wie ein Ochse, pflegte mein alter Dad zu sagen. Darf ich hereinkommen?«

Claudia machte Platz und bat sie in die Küche ihrer Eltern.

»Mrs. O'Brien ist hier, Ma!«

Olivia musterte die Frau verächtlich und ließ ihren Blick von dem weißen Dutt über die neonfarbene Schürze mit dem diskreten Logo von *Your Home Care* bis hinunter zu den Turnschuhen schweifen. »Sie sehen für diese Stelle zu alt aus«, verkündete sie.

»Wie ich eben zu Ihrer Tochter sagte, bin ich jünger, als ich aussehe. Außerdem, Mrs. Warren, lautet mein Wahlspruch, dass die Erfahrung zählt. Und Geduld. Alte Leute haben manchmal ihre Marotten.«

»Mein Mann ganz bestimmt.«

»Du auch, Ma«, ergänzte Claudia.

»Und was genau tut eine Pflegerin für die astronomische Summe, die Ihre Agentur uns abpresst?«, erkundigte sich Olivia.

Claudia bemerkte, dass sie der Frau noch gar keinen Platz angeboten hatten, und holte das rasch nach. Mrs. O'Brien kauerte auf der Stuhlkante, als könnte sie es nicht erwarten, mit der Arbeit anzufangen.

»Möchten Sie Tee oder Kaffee?«, fragte Claudia.

»Nein, danke. Ich komme um elf und um vier für zehn Minuten. Mein üblicher Ablauf ist, die Dame oder den Herrn zu waschen und beim Frühstücken und Anziehen zu helfen. Wenn es möglich ist, machen wir anschließend einen Spaziergang.«

»Mein Mann hasst Spaziergänge. Am liebsten sitzt er in seinem Schuppen im Sessel und guckt sich Sport im Fernsehen an.«

»Ich koche auch Mittagessen und mache Spiele. Mag Ihr Mann Spiele?«

»Ma, warum ist Dad nicht hier? Er sollte selbst antworten. Schließlich ist er nicht dement. Ich gehe ihn suchen.«

Natürlich war ihr Vater in seinem Schuppen. Wie Claudia traurig dachte, war das der einzige Ort im Haus, der wirklich ihm gehörte. Obwohl es noch Sommer war, lief der Heizstrahler, und Zigarettenrauch lag in der Luft. Vor seinem Ohrensessel stapelten sich alte Zeitungen, vermutlich Brandgefahr, mit seinen gelösten Kreuzworträtseln. Die Ginflasche war halb versteckt.

»Ich glaube, die räumen wir besser weg.« Claudia lächelte ihn an.

»Nimmst du dem Drachen jetzt schon die Arbeit ab?«, fragte ihr Vater, weniger vergnügt als sonst.

»Auf mich wirkt sie nicht wie ein Drachen. Warum kommst du nicht mit und lernst sie kennen?«

»Soll deine Mutter sie doch verhören. Ich werde ein braver Junge sein und mir von ihr den Hintern abwischen und meine Pillen verabreichen lassen, solange ich nur daheim bleiben kann. Schließlich ist es deine Mutter, die niemanden im Haus haben will. Und das Absurde ist, dass sie es ist, die die verdammten Pillen nehmen sollte.«

Als Claudia ihn auf den Scheitel küsste, wurde sie von Schuldgefühlen ergriffen. Sollten nicht lieber Don und sie ihn bei sich aufnehmen? Das Problem war, dass sie so wenig Platz hatten. Außerdem war die Treppe derart steil, dass er unten würde schlafen müssen. Das hieß, dass sie keinerlei Privatsphäre mehr haben würden, am allerwenigsten er. Nein, die Pflegerin war sicherlich die beste Lösung.

Wieder musste sie an Igden Manor denken. Sie riss sich zusammen. *Sei vernünftig, Claudia, es ist absolut unmöglich.*

Sie kehrte in die Küche zurück, um zu sehen, wie ihre Mutter mit Mrs. O'Brien auskam, und erkannte, dass sich die Stimmung kaum merklich verändert hatte. Der Tonfall ihrer Mutter war weniger herrisch. Sie schrieb zwar nur zwei Pausen zu festgelegten Zeiten vor, doch Mrs. O'Brien gab gerade die besten Assam-Teeblätter ihrer Mutter in eine Porzellankanne. Claudia ging in Deckung und lauschte.

»Ich habe eine kleine Schwäche für Assam-Tee«, meinte Mrs. O'Brien vertraulich. »Aber nur richtige Teeblätter, nicht diese billigen Teebeutel, die schmecken wie Kaminasche. Und immer in einer guten Porzellankanne.«

»Da bin ich ganz Ihrer Ansicht.« Olivia nickte.

»Mein Mann«, fuhr Mrs. O'Brien fort, »bereitet ihn in einer Tasse zu und kippt gleich die Milch hinein. Doch er ist eben ein Mann. Das ist Ihr Problem, Mrs. Warren«, fügte sie hinzu. »Ihr Mann ist ein Mann. Zumindest ist er kein irischer Mann, das sind die schlimmsten. Allerdings sind Männer ohnehin zu nichts zu gebrauchen. Ich bezeichne sie immer als notwendiges Übel.«

Zu Claudias großer Überraschung nickte ihre Mutter wieder weise, als hätte Mrs. O'Brien ihr die Geheimnisse der Schöpfung enthüllt.

Im nächsten Moment entdeckte sie Claudia. »Oh, da bist du ja. Mrs. O'Brien scheint eine sehr vernünftige Frau zu sein. Sie könnte nächste Woche anfangen. Und hör dir das an, Claudia. Sie sagt, wir bräuchten eigentlich keine Putzfrau. Sie wäre gern bereit, das selbst zu übernehmen. Da würden wir uns eine Menge sparen.«

Claudia starrte ihre Mutter entgeistert an. Obwohl ihre Putzfrau seit dreißig Jahren zweimal die Woche kam, ließ sie die Frau skrupellos fallen.

»Das ist sehr nett von ihr, Ma, aber sie wird mit Dad

alle Hände voll zu tun haben. Ich bin nicht sicher, ob es eine gute Idee ist, dass sie auch noch putzt.«

»Einem geschenkten Gaul schaut man nicht ins Maul. Wenn Mrs. O'Brien es übernehmen möchte, ist das doch ihre Entscheidung.«

Mrs. O'Brien, das Sinnbild der Hilfsbereitschaft und großmütterlichen guten Laune, strahlte sie an.

Claudia sah, dass das Thema für ihre Mutter erledigt war.

»Kommen Sie, Mrs. O'Brien.« Olivia winkte sie heran. »Bringen Sie Ihre Teetasse mit, und erzählen Sie mir mehr von Ihrem Mann, dem notwendigen Übel.«

Oh Gott. Claudia zuckte zusammen. Offenbar verbündeten sich hier zwei unterdrückte Frauen, die überhaupt nicht bemerkten, dass eigentlich sie die Unterdrückerinnen waren.

Ihr armer Vater.

Auch Ella tagträumte, allerdings nicht von Männern. Stattdessen hatte sie einen Gemüsegarten vor Augen, dem die Kleingartenanlage nicht das Wasser reichen konnte. Dunkelgrüne Zucchini folgten auf köstlichen Spargel. Danach kamen Zwiebeln, Karotten, Reihen von Stangenbohnen mit ihren dekorativen roten Blüten, Kartoffeln, riesige Kürbisse, massenweiße süße Tomaten und vielleicht, wenn sie sich mehr zutraute, exotischere Gewächse wie Pak Choi und Mangold mit seinen rhabarberähnlichen roten Stängeln. Ein Meer aus Obst und Gemüse, so üppig, dass auch Pomona, die Göttin der Obstbäume, Gärten und Haine, zufrieden gewesen wäre.

Ella lächelte bei dem Gedanken, dass sie niemals wieder im Supermarkt würde einkaufen müssen.

Vielleicht würde es ihr ja gelingen, die anderen zu begeistern und sie davon zu überzeugen, welche seelische Befriedigung es bedeutete, sein Essen selbst anzubauen.

Als sie an Sal mit ihren Leopardenmustern, Claudia, die nur schauderhafte rosafarbene Hortensien im Garten hatte, und an Laura dachte, die Blumen und Gemüse grundsätzlich bei Waitrose kaufte, wurde ihr klar, dass das ein ehrgeiziges Unterfangen war. Allerdings hätte ihr nichts mehr Freude gemacht, als selbst zu gärtnern und die anderen daran zu beteiligen.

Sal saß an ihrem Schreibtisch im unruhigen Großraumbüro und trauerte den Tagen nach, als man noch ein kleines bisschen Privatsphäre gehabt hatte, um private Telefonate zu führen. So gerne hätte sie Claudia angerufen und ihr mitgeteilt, sie könnte einen Überraschungsbesuch von einem grauhaarigen Energiebündel namens Lou Maynard bekommen. Sie hätte ihr auch eine SMS oder eine E-Mail schicken können, doch sie wollte ihrer Freundin ein wenig über diesen Mann erzählen. Nein, offen gestanden wollte sie einfach über ihn reden. Nun, das würde sie auf später verschieben müssen.

Im Moment musste sie sich auf die Entscheidung konzentrieren, welche Aufnahme von dem Fototermin mit Londons gefeiertstem älteren Model ihr am besten gefiel. Natürlich hatte es in Wahrheit überhaupt nichts mit dem Alter zu tun. Die Frau sah spitze aus, weil sie schlank wie ein Windhund war und Wangenknochen wie Sprungschanzen hatte. Sie wäre in jedem Alter hinreißend gewesen. Sal beschloss, ein Wörtchen mit der Moderedakteurin zu reden, damit diese beim nächsten Mal jemanden auswählte, der die Leserschaft besser repräsentierte.

Die Vorbereitungen für die Dating-Plattform liefen jedenfalls großartig an. Allerdings würde man investieren müssen, und Rose hatte sie gebeten, für den Vorstand, der eigentlich nur aus Rose selbst und ihren Finanzberatern bestand, einen kurzen Bericht zu verfassen. Ihr schoss durch den Kopf, dass Lou vielleicht auch im Vorstand sitzen würde, wenn er hoch investierte. Das musste sie unbedingt herausfinden.

Ein weiterer Gedanke, den sie nach Kräften beiseiteschob, war die anstehende Nachuntersuchung. Sie wollte nicht, dass Lara eigens deswegen anreiste. Ob Ella sie wohl begleiten würde? Die bodenständige Ella würde sie sicher beruhigen. Sal ertappte sich bei der Frage, wie es wohl sein mochte, wie die meisten Frauen im Krankenhaus einen Ehemann zu haben.

Herrje, Sal, schalt sie sich, *du kommst allein ausgezeichnet zurecht!*

Sie entschied sich für einen Kompromiss und schrieb Claudia rasch eine E-Mail.

Hallo, Claudia, wahrscheinlich habe ich Lou Maynard, unseren neuen amerikanischen Investor, erwähnt. Lous Tochter wohnt bei dir in der Nähe, und er besucht sie gerade. Ich habe mit ihm über dein Anti-Senioren-Dorf gesprochen. Der Himmel weiß, warum, aber er schien recht angetan von der Idee. Wundere dich also nicht, wenn er plötzlich bei dir auftaucht und mehr darüber erfahren will. Bis bald, Sal.

Sie hoffte nur, dass Lou Claudia nicht zur Umsetzung dieses verrückten Plans ermutigen würde.

Zu ihrem Erstaunen bemerkte Laura, dass ihr angeschlagenes Menschenbild durch die Arbeit im Supermarkt immer wieder aufgerichtet wurde. Die Leute waren im Großen und Ganzen sehr nett und freundlich. Ja, hin und wieder hatte man es mit einem ungeduldigen oder unhöflichen Kunden zu tun, doch die meisten hatten ein fröhliches Wort und ein Lächeln auf den Lippen. Auch wenn der Job nicht sehr prestigeträchtig und lächerlich schlecht bezahlt war, ging er mit wenig Verantwortung einher, was Laura im Moment sehr gut passte. Sie hatte ein latent schlechtes Gewissen, weil sie eine höher gestellte Position abgelehnt hatte, doch in Wahrheit fühlte sie sich einer größeren Herausforderung noch nicht gewachsen.

»Einen wunderschönen guten Morgen, Mrs. Minchin«, begrüßte Mr. A. sie vergnügt.

Zu ihrer Erleichterung wirkte er nicht mehr so niedergeschlagen. Vielleicht war die Gewitterwolke ja in eine andere Richtung gezogen?

»Neuigkeiten aus Indien?«, schnitt sie das heikle Thema taktvoll an.

Mr. A.s Miene verfinsterte sich. »Zwei Wochen«, verkündete er dramatisch. »Mrs. A.s Mutter kommt am 23. Ich muss sie vom Flughafen in Heathrow abholen. Vielleicht fahre ich einfach in den Gegenverkehr. Dann habe ich es wenigstens in diesem Leben ausgestanden.«

»Aber, aber, Mr. A.«, erwiderte Laura beruhigend. »Abgesehen von allem anderen ist es recht schwierig, auf der M4 in den Gegenverkehr zu fahren. Da ist eine Leitplanke in der Mitte.«

Er lächelte traurig. »Das Problem besteht darin, dass Mrs. A.s Mutter in Indien große Bedeutung genießt. Sie ist berühmt. Unser bescheidenes Leben hier wird unter ihrem Niveau sein. Wo soll sie überhaupt schlafen? Unser Gästezimmer ist voller Vorräte für den Laden. Außerdem redet sie Mrs. A. immer ein, sie sei eine Versagerin, weil wir ihr keine Kinder und Enkel geschenkt haben.«

Laura erkannte, dass der drohende Besuch seiner Schwiegermutter immer weitere Kreise zog, was sie sehr wütend machte.

»Was ist mit einem Hotel?«

»In Indien würde sie in einem Palasthotel an einem See wohnen. Hier wäre es ein Travel Lodge oder ein Premier Inn. Verstehen Sie mein Problem?«

Laura wollte ihn schon darauf hinweisen, dass es in London von Grandhotels wie dem Claridge's oder dem Ritz, die einem Palast an einem See ebenbürtig waren, nur so wimmelte, doch die würden astronomisch teuer sein.

Sie fragte sich, ob ihr Sohn Sam für die illustre Besucherin vielleicht ein nettes Airbnb mit Charme auftreiben konnte. Allerdings bestand die Gefahr, dass sie damit alles noch viel schlimmer machte.

»Brauchen Sie Hilfe beim Ausräumen des Zimmers? Ich finde sicher irgendwo hinten Platz für die Kartons«, erbot sich Laura.

»Das ist sehr nett von Ihnen, Mrs. Minchin. Wenn meine Frau nur wieder das Kommando führen würde, wäre alles besser. Es geht immer mehr bergab mit ihr. Ich glaube, nur eine Überdosis Schokoladenkekse und viele Folgen von *Gogglebox* verhindern, dass sie endgültig zusammenbricht.«

»Herrje, ist es so schlimm? Was, um alles in der Welt, können wir nur tun?«

Tüchtig wie immer, hatte Ella bereits angefangen, im Internet eine neue Bleibe für Laura zu suchen. Sie war entsetzt, wie viel man für eine winzige Wohnung bezahlen musste, die nicht einmal über einen taschentuchgroßen Garten verfügte. Offenbar hatte sie mit ihrer Auktion Riesenglück gehabt. Vielleicht war das ja auch eine

Lösung für Laura, obwohl sie mit einigen Risiken einherging, denn es galt der Grundsatz »gekauft wie besehen«, und man konnte nie hundertprozentig sicher sein, was man für sein Geld bekam. Doch bei ihr hatte es geklappt. Sie blickte aus dem Fenster, als ein kleiner weißer Vogel mit einem Federbüschel auf dem Kopf auf dem Futterplatz landete und sich an den eigentlich für die bescheideneren Amseln und Rotkehlchen bestimmten Sonnenblumenkernen gütlich tat. Es war so wundervoll, am Fluss zu wohnen. Ein lautes Klopfen an der Haustür störte jäh den friedlichen Moment.

Als sie die steile Treppe hinunterhastete, hatte sie die Stimme ihrer Tochter Julia im Kopf, die sie davor warnte, wie unpraktisch diese für Menschen über sechzig sei. Es war tatsächlich Julia, die vor der Tür stand.

»Julia, mein Schatz!«, begrüßte sie ihre Tochter. »Wie schön, dich zu sehen. Möchtest du etwas trinken? Einen Tee? Ein Glas Wein?«

»Das ist wieder mal typisch für dich, Mum«, schleuderte Julia ihr entgegen. Ihr eigentlich hübsches Gesicht war vor Wut verzerrt. »Mir Wein anzubieten, obwohl du weißt, dass ich mit dem Auto da bin. Aber das ist vermutlich nichts verglichen damit, dass du beinahe meinen Sohn umgebracht hättest.«

Ella hatte sich schon gefragt, was Harry seiner Mutter über das Autodesaster erzählt hatte. Zum Glück schien sie nichts von der fehlenden Versicherung zu ahnen – nicht, dass das Ellas Gewissen beruhigt hätte. Sie zermürbte sich noch immer mit Schuldgefühlen, weil sie ihren geliebten Enkel unversichert ans Steuer gelassen hatte.

Ach, mein Gott, es ist doch nichts passiert!, hätte sie ihrer rechthaberischen Tochter am liebsten geantwortet. Aber der Gedanke, dass etwas hätte passieren können, hinderte sie daran. Seltsam, dass man um seine Enkel mehr Angst hatte als um die eigenen Kinder. Mit Julia und Cory an Bord war Ella sorglos dahingerast und hatte dabei Rockmusik gehört. Vielleicht lag es ja daran, dass es in ihrer eigenen Kindheit nicht einmal Sicherheitsgurte gegeben hatte.

»Daran ist einzig und allein dein lächerliches Auto schuld. Was hast du dir bloß dabei gedacht, dich in eine alberne Rennoma zu verwandeln? Du weißt ja gar nicht, wie peinlich es in deinem Alter aussieht, wenn du das Verdeck herunterklappst.«

»Ich mag mein Auto«, beharrte Ella. »Nach Jahren in alten Kombis, bis unters Dach vollgepackt mit den Sachen meiner Kinder, habe ich es mir verdient.«

»Nun, mein Sohn wird es nicht mehr fahren, das schwöre ich dir.«

»Dein Sohn hat mich darum gebeten, weil du zu beschäftigt warst«, wandte Ella ruhig ein. »Sieh mal, Julia, das mit Harry tut mir wirklich leid. Übrigens finde ich, dass du recht hast. Es wäre besser, wenn ich nicht mehr mit ihm übe.« Sie fügte nicht hinzu, dass sie sich wegen der Gedächtnislücken Sorgen machte, die sie allmählich ernsthaft ängstigten.

Sie musste etwas deswegen unternehmen, wagte es jedoch nicht. Was, wenn es sich um eine schwere Erkrankung handelte?

Sie überlegte, ob sie ihre jüngere Tochter Cory anrufen sollte. Cory würde Anteilnahme zeigen und ihr keine Vorwürfe machen. Julia hingegen würde es auf den Alkohol schieben und vermutlich darauf bestehen, dass sie das Trinken einstellte. Das Problem war, dass Julia genug Zeit hatte, ihre Mitmenschen herumzukommandieren, während Cory mit ihrer Arbeit beschäftigt war.

Also würde sie selbst entscheiden müssen, was zu tun war. Und dazu gehörte auf gar keinen Fall, den eisgekühlten Sauvignon aufzugeben.

Laura stand vor dem Schlafzimmerspiegel und überlegte, was sie anziehen sollte. Calum hatte sie um sechs auf einen Drink in ein Weinlokal eingeladen, das um einiges gediegener war als das Grecian Grove. Sie fragte sich, was das zu bedeuten hatte. Menschen, die einander nicht gut kannten, verabredeten sich normalerweise um sechs, weil man so die Möglichkeit hatte, den restlichen Abend zusammen zu verbringen oder sich unter einem Vorwand aus dem Staub zu machen. Nicht, dass ihr Verhältnis mit Calum sehr intim gewesen wäre. Sie waren noch nicht miteinander im Bett gelandet, denn das ängstigte Laura so kurz nach ihrer Trennung von Simon. Doch sie hatte gedacht, dass sie auf dem Weg waren, sich näherzukommen. Ihre Freundinnen hatten eindeutig diesen Eindruck gehabt.

Und dann war er plötzlich in der Versenkung verschwunden. Vielleicht war ihm alles zu schnell gegangen. Schließlich war der Ort ihrer Begegnung – eine Selbsthilfegruppe für Menschen, die das Ende ihrer Ehe verarbeiten mussten – kein sonderlich guter Anfang gewesen. Zwei Menschen, die an einer Kränkung litten und beieinander Trost suchten, möglicherweise bevor sie bereit dazu waren? Allerdings hatte Calum absolut ausgeglichen und vernünftig gewirkt. Nicht wie ein Mann, der sich Hals über Kopf ins Unglück stürzte. Sie hatte sich gezwungen, nicht zu viel in das Treffen mit ihm hineinzugeheimnissen. Und dennoch lugte der grüne Schössling der Hoffnung durch ihren Schmerz.

Am besten war es, sich nichts einzureden und einfach

mit ihm zu plaudern. Bestimmt würde er ihr alles erzählen. Er war ein netter Mann, kein Mistkerl wie Simon. Da war sie sich ganz sicher.

Calum erwartete sie bereits mit einer Flasche gekühltem Picpoul – offenbar wusste er noch, dass sie den Wein aus dem Languedoc mochte – am Fenster des Weinlokals.

»Laura.« Er stand auf und begrüßte sie mit einem trägen Lächeln. Sie hatte ganz vergessen, wie hochgewachsen und breitschultrig er war, so als ob er fast aus dem Anzug zu platzen schien. »Du siehst reizend aus.« Er küsste sie auf die Wange. Als sie sich in der verspiegelten Wand hinter ihm betrachtete, stellte sie erleichtert fest, dass sie wirklich hübsch war. Der warme Pfirsichton ihrer flauschigen Strickjacke stand ihr. »Wie geht es dir? Was ist aus deinem Vorstellungsgespräch geworden?«

Laura setzte sich, während er Wein einschenkte. »Sie waren recht angetan von mir. Aber ich hätte in diesem Job ständig reisen müssen, und offen gestanden war mir das angesichts dessen, was alles passiert ist, ein bisschen zu viel.« Sie fügte nicht hinzu, dass es auch an ihrem Wunsch lag, für ihren Sohn und ihren Enkel da sein zu wollen, denn wie sich herausgestellt hatte, schienen beide sie nicht zu brauchen.

»Und dir?« Sie lächelte freundlich und wollte nicht neugierig sein.

»Vermutlich hast du dich gefragt, warum du in letzter Zeit nichts von mir gehört hast.«

Laura zuckte die Achseln. »Du wirst deine Gründe gehabt haben.«

Plötzlich wirkte er ratlos. »Es liegt an meiner Frau Kate. Seit der Scheidung interessiert sie sich wieder für mich. Sie findet, dass ich in der Selbsthilfegruppe viel gelernt habe.«

»Und was denkst du?« Laura bemühte sich redlich, sich ihre Enttäuschung nicht anmerken zu lassen.

»Keine Ahnung. Offen gestanden bin ich völlig verwirrt. Schließlich war nicht ich es, der die Ehe beenden wollte. Also habe ich anfangs geglaubt, ich würde trotz all der Dinge, die Kate und ich uns an den Kopf geworfen haben, begeistert sein. Doch seit ich dich kenne …« Seine Stimme erstarb. Dann sah er ihr in die Augen. »Ich habe gehofft, dass aus uns etwas Ernstes werden könnte. Nun, dass eine Chance besteht.«

Sie nippten an ihren Gläsern und wussten nicht, was sie sagen sollten. Die Affäre ihres Mannes hatte Laura so gekränkt. Noch schlimmer war die Nachricht gewesen, dass Suki schwanger gewesen war, obwohl das tragisch mit einer Totgeburt geendet hatte. Soweit sie im Bilde war, hatten sie sich danach getrennt. Sie wusste noch immer nicht, wie sie damit zurechtkommen sollte. Und sie hatte keine Ahnung, was dieser Mann von ihr wollte.

»Calum, es tut mir leid, aber du musst das Problem selbst lösen. Vielleicht sind wir es überstürzt angegangen.«

Er griff nach ihrer Hand. »Ich habe es bereits gelöst. Ich habe Kate mitgeteilt, unsere Ehe sei in dem Moment vorbei gewesen, als sie mich verlassen hat.« Er hob ihre Hand an die Lippen. »Ich will nur dich, Laura.«

Erleichterung und die Sehnsucht nach Liebe stiegen in Laura auf und schoben die leise Stimme des Zweifels beiseite.

Sie beugte sich über den Tisch und küsste Calum.

Ella war wirklich froh über die Aufgabe, Laura bei der Wohnungssuche helfen zu können, denn sie vermisste die Kleingartenanlage sehr. Sie wusste, dass ihre Freundinnen sie für verrückt hielten, weil das Gärtnern ihr so wichtig war. Doch ihr fehlten die Leute dort, und außerdem wurde ihr allmählich klar, dass der Garten ihrem Alltag Struktur gegeben hatte. Trotz ihres Ehemannes und der zwei Töchter hatte Ella schon immer zur Arbeitssucht geneigt. Sie hatte sich in den Vorwand geflüchtet, welche Bedeutung ihre Tätigkeit als Anwältin hatte. Doch in Wirklichkeit hatte sie alles an ihrem Beruf genossen. Die Inhalte, das Zusammensein mit ihren Kollegen, ja, sogar das Pendeln in die Stadt. Auf seltsame Weise hatte ihr die Gemeinschaft in der Kleingartenanlage, sosehr sie sich auch von den gut bezahlten Mitarbeitern in der Kanzlei unterschied, einen ähnlichen Halt gegeben. Einen Grund, morgens aufzustehen.

Ohne sie fühlte sich ihr Leben eigenartig leer an.

Sie brauchte eine neue Aufgabe, und im Moment galt es eben, Laura zu unterstützen. Außerdem machte sie sich ziemliche Sorgen um ihre Freundin. Lauras ganzes Leben hatte sich um ihren Mann und ihre Familie gedreht. Nun war Simon fort, und ihre Kinder zogen weg. Hinzu kam noch, dass sie ihr Haus, ihren ganzen Stolz, verlieren würde. Laura war diejenige, die wirklich Hilfe nötig hatte.

Ella hatte es abstrus gefunden, dass ihre Freundin in einem Supermarkt arbeitete. Es war beinahe demütigend für eine intelligente Frau wie sie. Doch der Verlust ihres Kleingartens hatte ihr gezeigt, dass die Dinge komplizierter waren, als sie schienen. LateExpress vermittelte Laura den dringend benötigten Halt und, soweit sie es beurteilen konnte, ein merkwürdiges Zugehörigkeitsgefühl.

Schön für sie. Wenn Ella jetzt noch eine hübsche Wohnung für sie auftrieb, würde sich alles vielleicht zum Guten wenden.

Also wandte sie sich wieder der angenehmen Aufgabe zu, Wohnungen zu recherchieren. Die Wunder des Internets machten es möglich, im Laufe einer Sitzung zwanzig davon zu besichtigen. Und zwar mit Grundriss (nach Ellas Ansicht das Allerwichtigste bei der Wohnungssuche). Bei den höherwertigen Objekten bekam man sogar ein dreidimensionales Video zu sehen.

Nach etwa einer Stunde verließ sie allmählich der Mut. Der Preis für Erdgeschosswohnungen mit Garten, die sich in Ellas Welt befanden, sprengte eindeutig Lauras Budget.

Als sie nach unten ging, um sich einen Kaffee zu machen, fiel ihr ein, dass morgen die Mülltonnen abgeholt werden würden. Am besten war es, wenn sie sie gleich an die Straße stellte, denn die Müllabfuhr erschien gnadenlos um eine unchristliche Uhrzeit.

Es war erstaunlich, wie viel Müll sie als Einzelperson produzierte, einschließlich einer ziemlich besorgniserregenden Anzahl von Flaschen.

Sie verstaute sie in diskreten Einkaufstüten aus Papier, die sie eigens zu diesem Zweck sammelte, und öffnete die Haustür.

Zu ihrem Entsetzen waren ihre Hausschlüssel das Erste, was sie bemerkte. Sie steckten noch im Schloss. Sofort zog sie sie ab und kam sich schrecklich dumm vor. Ein Glück, dass Julia nicht hier war. Sonst würde nicht nur Claudias Dad im Pflegeheim landen, sondern auch Ella.

Als Sal das Layout für die Ausgabe des nächsten Monats studierte, wurde ihr klar, dass sie in Gedanken anderswo war. In Surrey, um genau zu sein.

Sie war wirklich erschrocken über sich selbst. Wie konnte sie in ihrem hohen Alter noch in Männerfantasien schwelgen? Insbesondere wegen eines Mannes, den sie kaum kannte und mit dem sie eine Geschäftsverbindung unterhielt. Nicht, dass Geschäftsverbindungen sie früher abgeschreckt hätten. Offen gestanden war es ziemlich aufregend gewesen, sich auszumalen, wie die wichtigen Männer, mit denen sie zusammenarbeitete, zu ihr in ihre Wohnung in North Ken kamen, ihre Nadelstreifenanzüge auszogen und sich einer ausgesprochen unprofessionellen Beschäftigung hingaben.

Ein Summen ihres Telefons kündigte eine Nachricht an und riss sie aus ihren anstößigen Erinnerungen.

Zu ihrer Überraschung war sie von Lou Maynard.

Meine Tochter hat für mich ein Zimmer in einem Teil des traditionellen Englands gebucht, das Igden Manor heißt. Haben Sie nicht gesagt, dass Ihre Freundin in der Nähe wohnt? Warum kommen Sie nicht übers Wochenende her? Sie können Ihr eigenes Häuschen haben. Alle Klischees verfügbar … Krocket, Malven, sogar ein Geist aus der Zeit eines Ihrer Henrys … Lou

Sal lächelte. Es wäre fantastisch, Claudia zu sehen, ohne bei ihr und dem sauertöpfischen Don übernachten zu müssen. Obwohl sie wusste, dass sie sich merkwürdig verhielt, hatte sie die Unabhängigkeit eines Hotels schon immer den Häusern ihrer Freundinnen vorgezogen. Es musste etwas mit einem eigenen Bad und einer rund um die Uhr verfügbaren Minibar zu tun haben.

Klingt spitze, antwortete sie. Im nächsten Moment wurde sie von Panik ergriffen. Was führte Lou im Schilde? Er hatte betont, dass sie ein eigenes Häuschen haben würde. Doch was, wenn das Thema Sex aufs Tapet kam? Wie konnte sie, eine einbrüstige Krebsüberlebende, auch nur im Traum daran denken, sich jemals wieder vor einem Mann auszuziehen?

Vielleicht war es besser, wenn sie unter einem Vorwand absagte.

»Also, sagte ich zu Mr. O'Brien, sitz nicht rum wie eine Torte bei einer Taufe und krieg zur Abwechslung mal den Arsch hoch …«

Claudia lauschte verdattert. Ihre Mutter, die Kraftausdrücke angeblich strikt ablehnte, saß am Küchentisch, teilte eine Kanne Tee und einen Teller Löffelbiskuits mit der Pflegerin und schien die Geschichte urkomisch zu finden. Unter gewöhnlichen Umständen wäre Claudia froh gewesen, dass ihre Mutter die Frau offenbar mochte, aber was war mit ihrem Vater? Schließlich bezahlten sie Mrs. O'Brien dafür, dass sie ihn bei der Körperpflege unterstützte und ihn beschäftigte.

»Ich schaue mal nach Dad«, verkündete sie spitz.

»Ja, tu das, Schatz«, erwiderte Olivia gleichmütig und sorglos. »Vermutlich ist er noch nicht einmal angezogen. Er hat angefangen, sich auf seiner Höllenmaschine die Rennen anzuschauen. Im Morgenmantel.«

Sie bemerkte, dass die beiden einen komplizenhaften Blick wechselten, was wohl besagen sollte, dass Männer zu nichts zu gebrauchen waren, und war wütend wegen ihres Vaters. War es nicht die Aufgabe dieser verdammten Frau, ihn aus dem Bett zu holen?

Sie klopfte an die Tür des Schuppens.

»Herein«, antwortete eine zitternde Stimme. Als sie die Tür öffnete, verharrte sie erschrocken auf der Stelle. Ihr Vater wirkte noch älter und gebrechlicher als bei ihrer letzten Begegnung. So, als wollte er sich unter der Sofadecke verkriechen und nie wieder auftauchen. Anders als erwartet, funkelten nicht einmal seine Augen vor Freude, sie zu sehen.

»Hallo, Dad, noch immer nicht aufgestanden, du Schlafmütze! Kann ich dir helfen?« Ihr schoss durch den Kopf, dass ihr Vater ihre Hilfe bei der Körperpflege vielleicht gar nicht wollte. Zuneigung und Intimität waren zwei unterschiedliche Dinge. »Oder soll ich lieber Mrs. O'Brien holen?«

»Ich schaffe das schon«, erwiderte er rasch und schwang seine mageren Beine über die Sofakante. »Ich sehe mir nur die gestrigen Rennen in Kempton Park an.«

Claudia wandte sich ab. Sie konnte den Anblick nicht ertragen, dass ihr geliebter Vater so unsicher auf den Beinen war.

»Könntest du mir bitte meinen Stock geben, Schatz?«

»Soll ich dir deine Kleider holen?«

Als Len grinste, kam eine Spur ihres gewohnten Dads zum Vorschein. »Ich glaube, ich ziehe einfach dasselbe an wie gestern. Es ist ziemlich unwahrscheinlich, dass ich in Minsley Lauren Bacall begegne und sie mit meinem verwegenen Charme bezirze.«

Claudia lachte. »Soll ich in zehn Minuten wiederkommen? Möchtest du eine Tasse Tee?«

Er nickte und wirkte allmählich wie er selbst. Warum hatten ihre Mutter oder diese verdammte Frau nicht daran gedacht, ihm eine zu bringen?

Zornig marschierte sie zurück in die Küche.

»Mein Vater hätte gern eine Tasse Tee.« Mrs. O'Brien stand auf, allerdings erst, nachdem sie Olivia einen raschen Blick zugeworfen hatte. Claudia nahm auf ihrem Stuhl Platz. »Also, Ma, meiner Ansicht nach brauchen wir für Dad einen Zeitplan. Das solltest du ihm nicht verraten, es wäre sogar besser, wenn du es nicht tätest. Doch er benötigt eine klare Struktur, die jeden Tag eingehalten wird. Sein Tag muss nicht allzu vollgestopft sein, das würde er ablehnen. Aber einige Dinge müssen feststehen, zum Beispiel, dass er sich morgens anzieht.«

»Claudia.« Ihre Mutter reckte störrisch das Kinn. »Darf ich dich daran erinnern, dass das hier mein Haus ist?«

»Natürlich, Ma«, sagte Claudia beruhigend und fügte ein wenig schärfer hinzu: »Allerdings tragen Don und ich den Großteil der Kosten für die Pflegerin.«

Mrs. O'Brien zog lautstark die Nase hoch und steuerte mit einer Tasse Tee auf einem kleinen Tablett auf die Tür zu. »Keine Sorge, Mrs. Warren. Ich bin gleich wieder da. Dann können wir anfangen, den Trockenschrank zu sortieren.«

Claudia wurde von Verzweiflung ergriffen.

Offenbar war ihr erster Eindruck richtig gewesen. Ihre Mutter hatte sich die Pflegerin unter den Nagel gerissen.

Träumerisch blickte Laura aus dem Busfenster. Calum war letzte Nacht nicht geblieben, weil sie an Sam gedacht hatte. Aber sie hatten beschlossen, bei ihrem nächsten Treffen zu ihm zu gehen.

Diese Planung mochte ein wenig unromantisch sein, aber so hatte sie zumindest Gelegenheit, ihre besten Dessous zu tragen oder vielleicht sogar etwas Neues zu kaufen und sich darauf vorzubereiten, seit fünfundzwanzig Jahren zum ersten Mal mit einem anderen Mann als mit Simon ins Bett zu gehen.

Die Vorstellung war wundervoll, allerdings auch beängstigend. Seit ihrer Hochzeit fühlte sich Laura wie die von Carrie Fisher gespielte Figur der Marie in *Harry und Sally,* die zu ihrem Mann sagt, er solle ihr versprechen, sie müsse nie wieder »da draußen« sein. Und jetzt war sie da draußen. Und fürchtete sich.

Die Anspannung zwischen Bohnendosen und Sandwiches mit Zwiebeln und Bhaji bei LateExpress konnte man mit Händen greifen. Die Krönung war der hinreißende Anblick von Mrs. A, anstelle ihres üblichen rosafarbenen Morgenmantels in einen Sari gewandet.

»Morgen kommt ihre Mutter«, zischte Mr. A. »Sie übt das frühe Aufstehen.«

Da Laura Spätschicht hatte und es fast Mittag war, musste sie sich ein Schmunzeln verkneifen.

»Wo wird Ihre Mutter denn wohnen? Oben bei Ihnen?« Vergeblich versuchte Laura, sich die offenbar angsteinflößende Besucherin in dem kleinen Lagerraum vorzustellen.

»Wir haben ein Zimmer in White Swan Hotel einen guten Kilometer von hier reserviert«, erwiderte Mrs. A. stolz. »Sicher wird meine Mutter mit einem Etablissement zufrieden sein, das einen so romantischen Namen trägt.«

»Haben Sie sich das Hotel angesehen?«, fragte Laura. Sie dachte an das recht schäbige Hotel mit dem abblätternden weißen Putz, an dem sie öfter vorbeikam, wenn sie Sam herumkutschierte.

»Es hat eine gute Bewertung auf Trip Advisor«, beteuerte Mr. A.

»Ausgezeichnet«, antwortete Laura voller Hoffnung, während sie die abgelaufenen Sandwiches mit einem Aufkleber versah. Sie hatte bereits einen ihrer Stammkunden erspäht, einen exzentrischen alten Mann in Kniebundhose und mit einem Schnurrbart wie Salvador Dalí, der sich offenbar ausschließlich von preisreduzierten Hühnchenwraps von LateExpress ernährte.

»Weshalb ist Mrs. A.s Mutter denn so berühmt?«, erkundigte sie sich leise, als sie die Kasse vom Ladeninhaber übernahm.

»Sie ist Ehevermittlerin«, verkündete er ehrfürchtig. »Sie kommt her, um ihren Einfluss auf all die traurigen Singles in Großbritannien auszuweiten, die keine Kultur und keinen Glauben haben.«

»Ach herrje!«, rief Laura erschrocken aus. »Die Frau muss ja ein Energiebündel sein.«

»Sie ist ein Tornado«, seufzte Mr. A.

»Und wie soll ich den Tornado ansprechen, wenn ich ihm begegne?«, fragte Laura fasziniert. »Oder soll ich einfach einen Hofknicks machen?«

»Sie heißt Mrs. Lal. Ihrer Ansicht nach ist dieser Name nicht aristokratisch genug, was sie Mr. Lal nie verziehen hat.« Er zuckte die Achseln.

»Hat sie auch einen Vornamen?«

»Er lautet Lalita, was verspielt oder charmant bedeutet.« Er schmunzelte in sich hinein. Laura konnte nicht feststellen, ob das daran lag, dass seine Schwiegermutter verspielt und charmant war oder eben nicht.

»Ich freue mich schon darauf, sie kennenzulernen.«

»Mrs. Minchin.« Mr. A. verbeugte sich. Laura bemerkte, dass seine in letzter Zeit niedergeschlagene Ehefrau sich näherte. Wie lange würde die friedliche Geborgenheit, die sie in diesem kleinen Supermarkt genossen hatte, wohl noch andauern?

Sal saß an ihrem Schreibtisch und grübelte über zwei Dinge nach. Ob sie Ella bitten sollte, sie zu ihrer Mammografie zu begleiten, und ob sie Claudia von ihrem bevorstehenden Besuch in Surrey erzählen konnte. Für einen Außenstehenden mochte das absurd klingen – natürlich würde es das –, doch Claudia mochte das als Aufforderung verstehen, ihren verrückten Plan einer Wohngemeinschaft weiterzuverfolgen.

Ersteres Dilemma löste sich dadurch, dass Ella anrief, die vor Ideen für die neue Kolumne übersprudelte. Nachdem Sal, beeindruckt von Ellas grenzenlosem Tatendrang, gelauscht hatte, stellte sie ihre Frage.

»Das klingt spitzenklasse. Und jetzt möchte ich dich um einen Gefallen bitten. Du hast mich ganz schön in die Mangel genommen, weil ich diesen verdammten Krebs allein bekämpfen wollte. Nun gebe ich dir eine Gelegenheit zu einem Ausflug in die Welt des Krebses. Bist du nicht ein Glückskind?«

»Sal.« Ella kam da nicht ganz mit. »Wovon redest du?«

»Ich muss morgen zur Nachuntersuchung. Eigentlich wollte ich allein hingehen, aber dann dachte ich mir, ich mache dir die Freude, mich begleiten zu dürfen.«

Aus dem aufgesetzt witzigen Ton, der ihre Tochter Lara so verärgert hatte, hörte Ella einen Hauch von Angst und Panik heraus.

»Mit Vergnügen. Wo und wann?« Ellas wie immer sachliche Herangehensweise war tröstender, als Sal in Worte fassen konnte.

»Morgen um vier im Princess Mary Hospital.«

»Soll ich mich dort mit dir treffen? Vermutlich wirst du tun, als müsstest du zu einem Geschäftsessen und nicht zu einer Nachuntersuchung.«

»Bin ich so leicht durchschaubar?«

»Sal, hast du vergessen, wie lange ich dich schon kenne?«

»Gut.« Sal war ein wenig gekränkt. »Vielleicht erzähle ich es Rose.«

»Das ist eine prima Idee. Und wenn es gute Nachrichten sind, gehen wir anschließend feiern.«

Sal schwieg kurz. »Und wenn nicht, trauern wir.«

»Komm schon, denk positiv! Erinnere dich an die Krebsblogs.«

Sal konnte sich ein Auflachen nicht verkneifen. »Ja, einfach zum Kaputtlachen. Ich wette, du beneidest mich, weil du keinen Brustkrebs hast.«

»Noch nicht. Aber das heißt nicht, dass ich nichts anderes habe.«

Sal legte auf und dachte über Ellas seltsame Bemerkung nach. Ella verheimlichte ihnen doch sicher kein schweres gesundheitliches Problem. So etwas passte nicht zu ihr.

Sie wandte sich dem zweiten Punkt auf ihrer Liste zu.

»Hallo, Claudia«, begrüßte sie ihre andere alte Freundin. »Ich habe eine kleine Überraschung für dich. Ich komme am Wochenende nach Surrey und wohne in einem Hotel namens Igden Manor. Schon mal davon gehört? Du kennst ja meine Einstellung zum Landleben. Also hoffe ich, dass der Laden verdammt gut ist.«

Sechs

»Hast du gerade Igden Manor gesagt?«, rief Claudia aus.

»Ja. Warum, kennst du es?«

»Was, um alles in der Welt, willst ausgerechnet du im Igden Manor?«

Sal spielte mit dem Gedanken, Claudia auf eine falsche Spur zu locken und eine Konferenz über die Rolle der sozialen Medien in Frauenzeitschriften vorzuschützen, kam jedoch zu dem Schluss, dass ihre Freundin sie in einer Millisekunde durchschauen würde.

»Ja, am besten befreie ich meine Brust.« Die unglückliche Wortwahl sorgte dafür, dass sie in lautes Gelächter ausbrach.

»Jetzt bleib mal ernst, Sal. Warum, zum Teufel, kommst du her? Und noch dazu nach Igden?«

»Mein neuer amerikanischer Freund hat es vorgeschlagen. Seine Tochter, eines seiner vielen Kinder, wohnt in der Nähe. Sie hat gerade ein Baby gekriegt und dachte offenbar, Lou würde lieber in einem Hotel à la Agatha Christie übernachten als bei ihr. Und er hat mich eingeladen.«

So viele Fragen schwirrten Claudia im Kopf herum, dass sie nicht wusste, welche sie zuerst stellen sollte.

Also fing sie mit der drängendsten an. »Und du hast Ja gesagt! Das ist toll, Sal. Wenn er dich übers Wochenende einlädt, obwohl ihr euch erst kennengelernt habt, muss er dich sehr mögen. Wie lange will er denn bleiben? Igden Manor schließt bald.«

»Was? Aber warum denn? Wieso hat Lous Tochter dann dort Zimmer reserviert? Wahrscheinlich taucht der Gerichtsvollzieher auf, während wir gerade beim Essen sitzen.«

»Ich glaube, es ist noch nicht allgemein bekannt. Meine Mutter hat es der Empfangsdame aus der Nase gezogen. Doch das Verrückteste ist, Sal, dass Igden Manor genau das Wohnprojekt ist, das ich mir für uns alle vorgestellt habe. Es ist ein Traum. Das Hauptgebäude ist wunderschön, obwohl es nicht wirklich antik ist, weshalb man damit machen kann, was man will. Und die Gebäude ringsherum wurden zu kleinen Suiten und Gästehäusern umgebaut.«

»Oh mein Gott.« Sogar Sal fehlten die Worte. »Heißt das, ich habe mich gerade freiwillig in deiner dämlichen Antiseniorenresidenz eingemietet?«

»Wohl kaum. Momentan ist es ein Viersternehotel. Aber mit ein paar kleinen Veränderungen wäre es machbar. Ich kann dir gar nicht sagen, wie aufgeregt ich bin.« Claudias Stimme war belegt vor Begeisterung. »Ich schaue vorbei und zeige dir alles, wenn du da bist. Möchtest du am Sonntag bei uns zu Mittag essen?«

Ach herrje. Sal bekam es mit der Angst zu tun. Konnte sie noch einen Rückzieher machen, obwohl sie Lous Einladung angenommen hatte? Irgendeine Ausrede wegen ihrer Gesundheit nach der Untersuchung?

»Ich bin mir nicht sicher …«, begann sie.

»Sal, lass das!«, beharrte Claudia. »Falls es dich stört, komme ich nicht vorbei, und du brauchst auch nicht bei uns zu Mittag zu essen. Amüsier dich einfach mit deinem lieben Lou.«

Sal holte tief Luft, obwohl sie Empfindsamkeit, verdammt noch mal, hasste. Warum regte sie sich so auf? Sie war noch nicht bereit, sich zur Ruhe zu setzen, und außerdem fehlte ihr das Geld, sich in Claudias hanebüchenes Projekt einzukaufen. Hinzu kam, dass sie eine überzeugte Stadtpflanze war.

»Okay, Claudia, ich rede mit ihm darüber. Eigentlich ist er hier, um seinen neuen Enkel zu sehen.«

»Natürlich. Wie gedankenlos von mir. Viel Spaß. Igden Manor ist wunderschön. Vergiss deinen Badeanzug nicht. Es gibt dort einen hübschen Pool mit Sonnenliegen, wo du dich mit einem Glas Rosé aalen kannst.«

»Danke, Clo.« Allmählich wurde Sal ein wenig lockerer. »Das ist genau das Richtige für mich.«

Kaum hatte Laura das Haus betreten, als das Telefon läutete. Sie hastete hin, in der Hoffnung, es könnte Calum sein.

Es war der schmierige Immobilienmakler. »Gute Nachrichten, Mrs. Minchin.«

Hörte sie da etwa einen gehässigen Unterton heraus? »Wir haben ein Angebot. Über den vollen geforderten Preis.«

Obwohl Laura sich ständig predigte, dass sie nach vorne schauen musste, bekam sie Herzklopfen. »Ausgezeichnet.« Sie wollte nicht einmal darüber nachdenken, welches Paar das Angebot gemacht hatte. »Sie wollen das Haus besichtigen.«

»Genau. Würde Ihnen nächsten Dienstag um zehn Uhr vormittags passen?«

Eigentlich hatte sie dann Schicht und hätte beinahe abgesagt. Doch sie wusste, dass Mr. A. mehr als bereit sein würde, sie die Schicht tauschen zu lassen. »Natürlich. Muss ich dabei sein?«

»Es wäre hilfreich, falls es Fragen gibt.« Inzwischen klang er beinahe argwöhnisch.

»Gut.« Laura legte auf. Sie hatte genug von diesem Stu und seiner Hoffnung auf drei Geschäftsabschlüsse. Sie würde gewiss keine Wohnung bei ihm kaufen.

Laura schlenderte durch das Haus, das so lange der Mittelpunkt ihres Lebens gewesen war. Das Haus, das sie geschätzt, geliebt und gewienert und für einen sicheren Rückzugsort gehalten hatte.

Das war vorbei. Sie blieb an dem polierten Tisch stehen. Sie hatte ihn auf einer Auktion gekauft, weil er ihr so gut gefallen hatte. Er war mit gerahmten Fotos bedeckt. Sie nahm eines nach dem anderen zur Hand. Ihre Hochzeit mit Simon. Bella als Baby – selbst damals hatte sie schon etwas Besonderes an sich gehabt. Ein Familienurlaub in Apulien, wie sie vor einem dieser lustigen kleinen Häuser mit den kegelförmigen Dächern standen. Ihr dritter Hochzeitstag, an dem Simon sie auf ein verlängertes Wochenende nach Wells-next-the-Sea eingeladen hatte. Die Geburt des kleinen Sam.

Ohne Vorwarnung brach sie in Tränen aus. Hatte sie einen Riesenfehler gemacht? Würde sie glücklich hier stehen und sich auf die Zukunft freuen, wenn sie einen anderen als Simon geheiratet hätte?

Als sie hinter sich ein Geräusch hörte, drehte sie sich um.

Es war ihr Sohn Sam.

»Komm schon, Mum«, meinte er tröstend. »Ich weiß, was du denkst, und die Antwort lautet Nein. Es waren keine verschwendeten Jahre. Erstens gäbe es sonst Bella und mich nicht. Du musst dich an die schönen Zeiten erinnern. Das Positive hervorheben, wie die Amerikaner sagen.«

Laura lächelte ihn durch einen Tränenschleier an. »Ich wette, meine Wimperntusche ist verschmiert.«

»Ja, schwarze Straßenbahngleise auf beiden Wangen. Und vergiss eines nicht. Ich und Bella reden kein Wort mehr mit ihm. Die Frau, mit der er abgehauen ist, ist zu ihrer Mum zurückgekehrt. Und ich wette, er steht bei seinen Kollegen im Büro wegen seines Verhaltens nicht sehr hoch im Kurs. Offen gestanden möchte ich nicht Dad sein.« Er grinste. Das lange blonde Haar fiel ihm ins Gesicht. »Wir schaffen das. Wir alle. Schließlich sind wir keine Kinder mehr.«

Laura lächelte, gerührt von seiner erwachsenen Antwort. Offenbar musste sie auch erwachsen werden.

»Los, was du jetzt brauchst, sind ein gutes Glas Wein, eine Pizza vom Pizzaservice – die Luxusversion – und die Glotze. Was hältst du von Freddy Krueger?«

»Die Gruselgestalt, die niemals stirbt? Klingt prima.«

»Wir sehen uns den Film zusammen an. Wenn du mir deine Kreditkarte gibst, bestelle ich die Pizza.«

Laura setzte sich aufs Sofa. Eigentlich hätte sie jetzt die Trösterin sein müssen, aber was sollte es? Sam schien die Rolle auf den Leib geschrieben.

Sal wartete auf der Vortreppe des Princess Mary Hospitals auf Ella und beobachtete fasziniert die Reihe von Patienten in Rollstühlen, die trotzdem an ihren Zigaretten zogen. Allerdings stand es ihr nicht zu, ihnen Vorwürfe zu machen. Schließlich hatte sie auch nicht gerade gesund gelebt. Zwar keine Zigaretten – sie hatte das Rauchen mit unter dreißig aufgegeben –, dafür aber jede Menge Alkohol. *Hör auf damit*, schalt sie sich. Sie verabscheute die Gesundheitspolizei, die den Menschen die Schuld an ihrer Krebserkrankung in die Schuhe schob.

Während sie sich nach Ella umsah, wurde ihr klar, wie viel Angst sie hatte. Oberflächlich betrachtet verhielt sie sich, als nähme sie das alles auf die leichte Schulter. Insbesondere in der Redaktion. Doch tief in ihrem Innersten war sie starr vor Furcht. Und so würde es für immer bleiben. »Geheilt« wäre man nämlich nie. Man konnte nur hoffen, dass der Krebs nicht zurückkehrte.

»Sal.« Ella kam im Dauerlauf angetrabt. »Tut mir leid. Ich habe im Internet eine Wohnung für Laura gesucht und die Zeit ganz vergessen. Wir sind doch nicht zu spät dran, oder?«

Sal schüttelte den Kopf und ging voraus in die chirurgische Ambulanz. »Wahrscheinlich müssen wir ein bisschen warten. Hast du was zu lesen dabei?«

»Keine Sorge. Ich kann weiter Wohnungen recherchieren.«

»Mit dem Telefon? Ist das nicht zu klein?« Obwohl Sal bei verschiedenen Zeitschriften gearbeitet hatte, gehörte sie nicht wirklich der Generation an, die alles mit dem Handy erledigte.

»Möchtest du einen Kaffee?«, fragte Ella anstelle einer Antwort. »Oder musst du nüchtern bleiben?«

»Ich werde nicht operiert.« Sal lachte auf, froh über die Gelegenheit, ein wenig Anspannung loszuwerden. »Nur untersucht.«

Wie sich herausstellte, musste Sal eine Mammografie ihrer verbliebenen Brust durchführen lassen. Ella versuchte, sie abzulenken, indem sie sich über die Kabine lustig machte, durch die man sie vom Wartezimmer aus in einen kleinen Umkleideraum und in die Radiologie führte. »Wie in einem Beichtstuhl. Die Katholiken wären beeindruckt.«

Sie mussten noch einmal warten, bis der Chirurg sie hereinrief.

»Guten Tag, Miss Grainger. Wie geht es uns denn

heute?« Sal betrachtete den pummeligen, hemdsärmeligen Arzt, der vor Selbstbewusstsein und Leutseligkeit strotzte. Wo trieben sie nur diese Typen auf? Sie schienen für den Arztberuf geboren und hatten vermutlich schon im gestreiften Strampelanzug Diagnosen an die anderen Babys verteilt.

»Gut, danke. Das ist meine Freundin Ella Thompson. Sie ist Anwältin, also Vorsicht.«

Der Arzt lächelte ein bisschen weniger leutselig. »Mit Ihrer Mammografie ist alles in Ordnung, was wunderbar ist. Es ist Zeit, über einen Wiederaufbau der Brust zu sprechen. Haben Sie schon darüber nachgedacht?«

So eine dämliche Frage konnte nur ein Mann stellen. Sal hatte tagelang die verschiedenen Lösungsansätze recherchiert.

»Im Grunde läuft es auf zwei Auswahlmöglichkeiten hinaus, etwa so wie bei Vanille- und Schokoladeneis. Entweder ein Implantat oder ein Hautlappen aus körpereigenem Gewebe.«

Seine ungewöhnliche Ausdrucksweise sorgte dafür, dass Ella und Sal Blicke wechselten.

»Oder man unternimmt gar nichts«, verbesserte ihn Sal. »Laut Statistiken entscheiden sich über vierzig Prozent der Frauen dafür.«

»Platt bleiben?«

»Bei Ihnen klingt das wie eine Reifenpanne«, merkte Sal spitz an.

»Ha, ha, sehr spaßig.«

»Was würden Sie denn empfehlen, wenn wir uns für einen Wiederaufbau entschließen würden?«

»Beide Methoden haben ihre Vor- und Nachteile.«

»So wie alles im Leben«, seufzte Sal.

»Implantate sind unkomplizierter, doch der Erfahrung

nach führt körpereigenes Gewebe langfristig seltener zu Komplikationen.«

»Und woher würden Sie das Gewebe nehmen?«

»Hängt davon ab. Vom Bauch?«

»Klingt gut.«

»Oder möglicherweise vom Rücken oder vom Oberschenkel.«

»Was ist mit meiner Brustwarze? Kriege ich die zurück? Ich hatte meine Brustwarze recht gern.« Plötzlich dachte Sal an Lou Maynard. Eine gewaltige Woge der Trauer stieg in ihr auf, weil sie so für einen Mann empfand, während sie derart verstümmelt war.

Dein Timing war nie sehr gut, hielt sie sich vor Augen.

»Ich glaube, ich lasse das mit dem Wiederaufbau und bleibe Amazone. Das waren starke Frauen, die sich immer zu wehren wussten.«

Der Arzt schmunzelte unwillkürlich. »Miss Grainger, wenn jemand das mit Stolz durchziehen kann, dann Sie.«

Als sie aufstanden, um zu gehen, spürte sie, dass Ella nach ihrer Hand griff.

»Und verklagen Sie mich nicht«, fügte er grinsend hinzu, als sie schon an der Tür waren. »Der letzte Satz war eine rein persönliche Einschätzung. Außerdem können Sie es sich jederzeit anders überlegen. Ein Wiederaufbau der Brust verjährt nicht.«

»Was meinst du, Ella?«, fragte Sal auf dem Weg zu den Aufzügen.

»Was ich in deiner Lage tun würde?« Ella lächelte. »Die richtige Antwort lautet, dass nur du das wissen kannst. Aber, verdammt, ich würde mir die volle Dolly Parton verpassen lassen. Ich habe mich schon immer über meinen kleinen Busen geärgert. Also würde ich einen neuen nehmen. Vielleicht in Doppel-D.«

»Meiner ist so flach, dass man den Unterschied kaum bemerken würde. Spiegelei auf einem Teller. Ich glaube, ich bleibe bei einem, Eigelb nach oben.«

»Sal.« Ella umarmte sie, ohne auf die Blicke der abgehetzten Krankenhausmitarbeiter ringsherum zu achten. »Du bist eine wundervolle Frau, und ich habe dich lieb.«

Sal musste eilig zu einer Sitzung. Ella, die angenommen hatte, dass ihre Freundin sie den ganzen restlichen Tag brauchen würde, hatte plötzlich das überwältigende Bedürfnis, ihre Freunde in der Kleingartenanlage zu besuchen. Bestimmt pflanzten sie gerade, gruben oder bewunderten einfach nur ihr Werk, bevor sie nach Hause gingen.

Sie hatte recht. Bill, Stevie und Les saßen in einer Reihe da, tranken Tee und sahen aus wie die drei weisen Affen. Da sie alle in Rente waren, verbrachten sie den Großteil ihrer Zeit hier.

»Ella«, riefen sie im Chor und sprangen auf. »Komm und trink einen Tee mit uns.«

Sie schnupperte die Luft vom Fluss her, die erstaunlich frisch roch. Nichts von dem »erregend süßen und fauligen« Flussgeruch aus dem berühmten Gedicht von Rupert Brooke.

»Also kannst du dich nicht von uns trennen«, frotzelte Stevie.

»So ähnlich«, stimmte Ella zu. »Ich habe gerade meine Freundin, die krank war, zu einer Nachsorgeuntersuchung begleitet, und Krankenhäuser schlagen mir schrecklich aufs Gemüt. Ich brauchte Aufmunterung, und wer wäre da besser geeignet als ihr?«

»Ganz recht«, erwiderte Les.

»Los, Les«, befahl Bill, der inoffizielle Anführer der Truppe. »Setz den Kessel auf. Und verschon die Dame mit deiner Mückenpisse. Sie braucht einen guten, starken Tee, damit sie wieder auf die Beine kommt.«

»Das wäre fantastisch«, bedankte Ella sich.

In einer Reihe saßen sie da und betrachteten die Szenerie. Alles wirkte trotz der sich wandelnden Jahreszeit tröstlich belebt. Die Leute waren fleißig an der Arbeit und machten einen glücklichen Eindruck. Keine Niedergeschlagenheit oder Herumhängen vor dem Fernseher, sondern nur Produktivität. Es gab nichts Besseres, als im Freien zu sein und das Gefühl zu haben, aus dem Nichts etwas zu schaffen. Man setzte einen Samen ein, und wenn man ihn richtig pflegte und vor Nacktschnecken und räuberischen Vögeln schützte, konnte man beobachten, wie ein wundervoller Kürbis oder eine Rosenkohlpflanze daraus wurde. Als ihre Tochter Cory sechs gewesen war, hatte sie immer gesagt, Rosenkohlpflanzen erinnerten sie an kleine Bäume. Wenn einige ihrer Freunde meinten, es sei einfacher und billiger, Gemüse im Supermarkt zu kaufen, hatte Ella nur gelacht.

Sie versuchte, nicht zu der Parzelle hinüberzuschauen, die sie so gern bearbeitet hatte.

»Du solltest anfangen, bei dir zu Hause eine Kleinigkeit anzupflanzen«, meinte Bill verständnisvoll.

Das hatte ihre Tochter Julia ihr selbstverständlich auch vorgeschlagen. Aber sosehr Ella ihr Häuschen liebte, der Garten war winzig. Außerdem fehlte ihr die Gemeinschaft am meisten.

Stevie erschien mit einer Tasse sirupbraunen Tees und einem Behälter voll schimmerndem Gemüse. »Ich habe es abgespült«, teilte er ihr stolz mit. »Du möchtest sicher nicht, dass alles schlammig ist.«

Ella seufzte auf. Eigentlich hatte sie es geliebt, bis zu den Ellbogen im Schlamm zu stecken und ihn zu kneten, als wollte sie einen Streuselkuchen backen – der Höhepunkt ihrer kulinarischen Fähigkeiten –, bis die Erde fein, satt und pflanzbereit war.

Ach, es war zwecklos, sentimental zu werden. Das brachte sie nicht weiter. Am besten kaufte sie sich ein paar Geranientöpfe und gab sich geschlagen.

Sie nahm das Gemüse und kippte es in den Jutebeutel, den Stevie ihr hinhielt. *Einbrecher werden kompostiert*, stand darauf. Beinahe wäre sie in Tränen ausgebrochen, denn sie erinnerte sich an die Tasse mit der Aufschrift *Give Peas a Chance*, die sie ihm geschenkt hatte. Er hatte eine halbe Stunde gebraucht, um die Anspielung *auf peace*, Frieden, zu verstehen, hatte dann plötzlich laut losgelacht und war durch die ganze Kleingartenanlage gepilgert, um es allen zu erzählen.

Los, Ella, das bringt dich nicht weiter, sagte sie sich streng. Sie trank ihren Tee, der so stark war, dass er wie bittere Medizin schmeckte, bedankte sich bei allen und kehrte zurück zu ihrem Auto.

Sal hätte gern eine halbe Stunde Ruhe gehabt, um ihre Entscheidung zu überdenken, wurde jedoch in ihrem Büro von Rose erwartet.

»Ich wollte nur mal sehen, wie es mit der Dating-Plattform vorangeht. Hast du die Zahlen schon zusammengestellt?«

Sal seufzte auf. Beinahe bereute sie ihren Vorschlag. Die Umsetzung entpuppte sich als komplizierter als gedacht. Außerdem hatte eine große Tageszeitung beschlossen, diejenigen, die sich bei ihrer Dating-Plattform anmeldeten, mit einer kostenlosen Flasche Wein im Café Bleu zu belohnen, einem bei der Zielgruppe sehr beliebten Restaurant, weil es dort für zehn Pfund ein annehmbares Mittagessen mit drei Gängen gab.

»Übrigens«, sagte Rose, »habe ich gesehen, dass du das Wochenende in Igden Manor verbringst.« Sie wies auf die E-Mail, mit der das Hotel die Buchung bestätigte. Sal hatte sie ausgedruckt und auf ihrem Schreibtisch liegen gelassen. »Gehört der Laden nicht dem alten Murdo Binns?«

»Rose.« Sal schüttelte den Kopf. »Ich habe keine Ahnung, was Murdo Binns ist. Klingt nach einem schicken Müllentsorgungsunternehmen.«

»Es handelt sich dabei um eine Person. Lord Murdo Binns. Ich bin ziemlich sicher, dass er der Besitzer ist.« Rose lächelte kokett, was bei ihr selten vorkam. »Früher habe ich einmal geglaubt, ich sei in Murdo Binns verliebt. Natürlich ist das schon sehr lange her.«

»Soll ich ihm Grüße ausrichten, falls ich ihn treffe?«

»Ich bezweifle, dass das passieren wird. Früher hat seine Mutter dort gewohnt, und nach ihrem Tod hat er ein Hotel daraus gemacht.«

»Faszinierend.« Sal nickte und versuchte, das Thema zu wechseln, um Rose keine Gelegenheit zu geben, sie danach zu fragen, wer sie begleiten würde.

»Nun, amüsier dich gut.«

»Danke.«

»Schön, dass du endlich einmal ausspannst. Du arbeitest zu viel.«

Sal lachte. »Nicht so viel wie du.«

»Darin ähneln wir uns vermutlich. Deshalb verstehen wir uns ja so gut.«

»Hallo, Mum.« Als Laura am nächsten Tag die Tür öffnete, stand ihre Tochter vor ihr. Erfreut umarmte sie Bella und ihren Enkel. Sie hatte den Verdacht, dass die Idee zu diesem Besuch von Sam kam.

»Hallo, Schatz, wie schön, euch beide zu sehen. Hast du Zeit für einen Kaffee?«

»Na klar.« Sie nahm den schlafenden Noah aus seinem Tragetuch. »Möchtest du ihn auf den Arm nehmen?«

Zärtlich drückte Laura ihren Enkel an die Brust. Sein flaumiges Köpfchen ruhte unter ihrem Kinn. Sie schnupperte seinen milchigen Babygeruch und gestattete es sich, den Augenblick zu genießen. Ganz gleich, was auch mit ihr passierte, Noah war die Zukunft. Das war auf seltsame Weise unbeschreiblich beruhigend.

»Sam sagt, du hättest ein Angebot.«

»Ja. Sie wollen den vollen Preis bezahlen. Sofern sie keinen Hausschwamm oder eine Nebenlinie der Central Line unter dem Haus entdecken, wird es Zeit umzuziehen.«

»Oh, Mum, das tut mir so leid.«

»Danke, Schatz.« Laura fühlte sich vom Glück gesegnet, dass sie zwei mitfühlende Kinder hatte, denen etwas an ihr lag, obwohl sie das nicht überstrapazieren durfte. Sie mussten ihr eigenes Leben führen. »Es war auch dein Zuhause. Berührt dich das?«

»Nein, abgesehen davon, dass ich Dad am liebsten ermorden würde. Außerdem …«

Bella hielt es offenbar für unangebracht, diesen Gedanken weiterzuverfolgen, und verstummte.

Doch Laura hatte Lunte gerochen. »Außerdem …?«

»Tja.« Sie zögerte. »Die Mieten in London sind so hoch, und Nigel hat keine Lust, jeden Tag zu pendeln. Also werden wir uns, wie ich schon erwähnt habe, etwas suchen müssen, das ein bisschen näher an seiner neuen Schule liegt.«

»In Surrey«, erwiderte Laura knapp. Sie hatte gehofft, sie hätten es sich anders überlegt.

»Ja.« Bella streckte die Hand nach ihrer Mutter aus. »In Surrey.«

»Plötzlich scheint alle Welt nach Surrey zu ziehen.«

»Es ist keine Weltreise«, antwortete Bella. »Schließlich ist es nicht Leeds oder Neuseeland, sondern nur eine Stunde Fahrt auf der A3. So lange kann man auch quer durch London brauchen.«

»Selbstverständlich.« Laura versuchte, sich zusammenzunehmen. Heute fühlte sie sich derart einsam, dass Surrey ihr so weit entfernt wie Neuseeland erschien.

»Du solltest dich dort nach etwas umschauen!«, rief Bella plötzlich begeistert aus. »Schließlich wohnt deine Freundin Claudia auch da.«

»Ich bin nicht sicher, ob ich schon in den Ruhestand will. Ich habe hier einen Job.«

Bella war so höflich, nicht einzuwenden, dass sie in Surrey vermutlich auch einen Job in einem Supermarkt bekommen würde. »Natürlich. Und dir gefällt es dort.« Sie grinste spitzbübisch. »Und Dad kocht vor Wut. Das ist nur fair.«

Es läutete an der Tür, worauf Noah aufwachte und laut zu schreien begann. Widerstrebend übergab Laura ihn an Bella. »Wenn das dieser schmierige Immobilienmakler ist …«

Aber es war nicht der Makler, sondern ihre Freundin. »Ella!«, begrüßte Laura sie erfreut. »Komm rein und rede meiner Tochter aus, dass ich mich der Gin-und-Jaguar-Szene in Surrey anschließen soll.«

»Ich glaube, so würde ich Claudia und Don nicht beschreiben.« Ella lachte. »Eher als Sauvignon-und-Ale-Szene.«

»Du weißt genau, was ich meine.«

Ella betrachtete Noah, der aufgehört hatte zu schreien und fasziniert ihre Halskette aus großen Plastikperlen musterte. »Darf ich ihn mal kurz halten? Meine Enkel sind ein bisschen zu groß zum Kuscheln. Etwa eins achtzig.«

Bella reichte ihr das Baby, das versuchte, sich so viele Perlen wie möglich in den Mund zu stopfen. »Er ist ja so niedlich«, sagte Ella und betrachtete Bellas apartes Gesicht. »Ich finde, er sieht aus wie du.«

»Er sieht aus wie ein Baby.« Bella lachte. »Da du jetzt hier bist, fahre ich kurz in die Stadt. Ich treffe mich mit jemandem wegen meiner Babytragetücher.«

Ella nahm sie in Augenschein. »Es scheint doch alles damit in Ordnung zu sein.«

»Bella will ihre eigenen Babytragetücher herstellen und vermarkten, du Dummerchen.« Laura lachte.

»Richtig. Lässt du Noah bei uns?«, fragte Ella voller Hoffnung.

»Ich glaube, ich nehme ihn besser mit. Ich stille noch. Aber ich freue mich wirklich, dass du hier bist.« Sie legte den Arm um ihre Mutter. »Es ist wundervoll, dass Mum so ein gutes Unterstützerteam hat.«

»Ja.« Ella lachte. »Ehemänner kommen und gehen, Freundschaften bleiben bestehen, wie es so schön heißt. Okay«, verkündete sie, wieder ganz die tüchtige Ella. »Möchtest du diese Wohnung besichtigen?« Sie setzten sich, und Ella klappte ihren Laptop auf. »Zwei Schlafzimmer, ein hübsches Wohnzimmer mit Platz für einen Esstisch und Stühle und alleinige Nutzung des Gartens.«

»Es sieht recht nett aus.« Laura betrachtete die Räume auf dem Bildschirm. »Wie viel kostet sie?«

»Nicht so viel, wie du glaubst, aber sie wollen einen raschen Vertragsabschluss. Wollen wir sie uns anschauen?«

Laura nickte. Sie fühlte sich mit einem Mal so zuversichtlich wie schon seit Wochen nicht mehr. Bella hatte recht. Sie hatte ein gutes Unterstützerteam. Und wenn die Wohnung so schön war, wie sie auf den Fotos wirkte, ließ es sich vielleicht wirklich dort aushalten.

Anders als erwartet, gab es offenbar doch ein Leben nach der Scheidung.

Sal breitete die Kleidung, die sich ihrer Meinung nach für ein Wochenende auf dem Land eignete, auf ihrem Doppelbett aus. Für Landpartien hatte sie noch nie ein Händchen gehabt. Bei ihrem einzigen bisherigen Versuch hatte sie sich eine Wildlederjacke und einen teuren Kaschmirpulli gegönnt, um nicht unangenehm aufzufallen, und festgestellt, dass alle Jeans und Parkas trugen. Am Abend hatte sie geglaubt, ihre Lektion gelernt zu haben, Jeans angezogen und im Haus ihres Gastgebers alle in Abendkleidung angetroffen. Sie verstand die Regeln nicht. Bei einem Lunch in Lambeth oder Cocktails in Canary Wharf war sie mit dem Dresscode gut vertraut. Doch jenseits der M25 fühlte sie sich so orientierungslos wie auf offener See.

Nur für alle Fälle packte sie Jeans und ein Abendkleid ein.

Beim Gedanken an Lou wurde sie plötzlich nervös. Er war so ein warmherziger, Geborgenheit verströmender Mann, der sie an einen kleinen, aber freundlichen Bären erinnerte. *Sei nicht albern, das klappt schon,* sagte eine innere Stimme. Aber was, wenn die Sache weiter gedieh und sie ihr Oberteil ausziehen musste? Vielleicht hätte sie doch unter einem Vorwand absagen sollen.

Sie versuchte, sich zu beruhigen, indem sie noch einmal die Webseite des Hotels studierte. Das Hauptgebäude bestand aus mattem, mit Rosen bewachsenem Stein. Seitlich davon erstreckten sich zwei Reihen hübscher Häuschen. Wie bizarr, dass Claudia genau dort mit ihnen allen zusammenleben wollte. Aber das Anwesen würde sicher ein Vermögen kosten. Und außerdem schien es Platz für etwa zwanzig Personen zu bieten. Wen wollte Claudia denn noch mit an Bord holen, damit sie in aller Stille in der Senilität versinken konnten?

Claudia konnte sie schon auf dem Weg zur Haustür ihrer Eltern hören. Olivia und die neue Pflegerin lachten laut. Sie hätte vor Wut platzen können. Sie wollte ihre Mutter schon zur Rede stellen, überlegte es sich jedoch anders und schlich zum Seiteneingang, um nach ihrem Vater in seinem Schuppenversteck zu sehen.

»Hallo, Claudia, mein Schatz«, begrüßte Len sie vergnügt. »Wie ich annehme, machst du einen Bogen um die unheilige Allianz. Das kann ich dir nicht verübeln.«

Sie musste zugeben, dass ihr Vater erstaunlich gut gelaunt wirkte, obwohl der Zustand seiner Umgebung sie schockierte und empörte. Überall stapelten sich benutzte Tassen und Untertassen, alte Zeitungen, die eine Brandgefahr darstellten, und schmutzige Wäsche. Der Gipfel war, dass sein Haar strähnig und ungewaschen war, als lebte er auf der Straße und nicht in einem hübschen, komfortablen ehemaligen Pfarrhaus.

»Dad, was treibt diese verdammte Frau denn den ganzen Tag? Wir haben Mrs. O'Brien angestellt, um dich zu unterstützen.«

»Das tut sie doch, und zwar, indem sie mir deine Mutter vom Leibe hält. Das funktioniert prima.« Als er auf die

Fernbedienung drückte, war auf dem Bildschirm ein Rennen zu sehen.

Sie musste zugeben, dass er einen viel zufriedeneren Eindruck machte als bei ihrer letzten Begegnung.

»Aber es sieht hier aus wie in einer Studentenbude«, protestierte sie.

»Ausgezeichnet. Die schönste Zeit meines Lebens. Ständig knallvoll und im Sommer drei Monate frei. Besser, als alt zu sein, das kann ich dir sagen.«

»Also hast du seit meinem letzten Besuch keine Vorteile am Altsein entdeckt?«

»Was glaubst du denn?« Er wirkte so vergnügt und charmant, dass sie ihn küsste. Dabei stieg ihr der vertraute, verräterische Geruch in die Nase – der Grund, warum sie die Pflegerin überhaupt eingestellt hatte.

Claudias Geduld war am Ende. »Ich rede jetzt mit dieser Frau.«

»Vorsicht, Clo«, flehte ihr Vater. »Ich bin so wirklich glücklicher.«

Merkte er denn nicht, dass er in seinem eigenen Kot saß? Claudia hätte losheulen können.

Als sie die Tür zum Garten öffnete, wurde sie von ihrer Mutter und Mrs. O'Brien mit Blicken empfangen, als wäre sie ein unerwünschter Eindringling. »Claudia, mein Schatz«, sagte ihre Mutter endlich. »Wo kommst du denn so plötzlich her? Mrs. O'Brien und ich planen gerade die Einkäufe. Ich dachte, wir fahren ins Einkaufszentrum und gehen zu Sainsbury's.«

»Und was ist mit Dad?«

»Tja, du bist ja jetzt hier, richtig? Du kannst ihm Gesellschaft leisten, und danach kommt er schon allein zurecht. Wir lassen ihm Wasser und Essen da.«

Er ist kein Hund!, hätte Claudia am liebsten geschrien.

»Und was ist, wenn er aufs Klo muss? Er hat bereits in die Hose gemacht. Ich muss schon bitten, Mrs. O'Brien. Ich dachte, Sie hätten gesagt, seine Körperpflege sei Ihre wichtigste Aufgabe.«

»Sei nicht unverschämt zu Una!«, zischte Olivia.

Also waren sie schon beim Vornamen, stellte Claudia fest.

»Dein Vater lässt niemanden in seine Nähe, um ihn zu säubern.«

»Dann muss sie ihn eben überreden. Das ist ihr Job. Sie betreut alte Menschen. Es muss doch einen Weg geben, ihn zu überzeugen.«

»Ihr Vater ist ein sehr starrsinniger Mann, Mrs. Warren.«

»Nein, das stimmt nicht, er ist ausgesprochen charmant!«, rief Claudia empört aus.

»Wenn er so charmant ist, kannst du ihn ja selbst sauber machen. Viel Vergnügen!« Ihre Mutter griff nach Tasche und Mantel. Im nächsten Moment fuhr ein Taxi vor, und sie und die Pflegerin schlenderten den Gartenweg entlang. Claudia blieb kochend vor Wut zurück.

Wie reizend von ihrer Mutter, von Claudia zu verlangen, eine Lösung für die Inkontinenz ihres Vaters zu finden, und zwar ohne die Hilfe von ihr oder der sogenannten Pflegerin.

Verdammter Mist! Jetzt bezahlten sie die Frau dafür, dass sie mit ihrer Mutter bei Debenhams herumspazierte (sie hätte jede Wette abgeschlossen, dass die beiden in das traditionsreiche Kaufhaus wollten und nicht zu Sainsbury's), während ihr Vater weiter in seinen eigenen Exkrementen saß.

Ein tolles Ergebnis.

Laura fühlte sich so froh wie schon seit Wochen nicht mehr, als sie ihre Schicht bei LateExpress antrat. Die Wohnung hatte ihr sehr gut gefallen, sodass sie sofort ein Angebot gemacht hatte. Natürlich hing alles davon ab, wie schnell der Verkauf des Hauses über die Bühne ging, doch nun konnte sie sich darüber freuen, dass aus diesem schrecklichen Schlamassel etwas Gutes entstanden war.

Sobald sie in den Laden kam, bemerkte sie, dass dicke Luft herrschte, eine Anspannung, die man mit Händen greifen konnte, vermischt mit Angst. Das junge Mädchen, das eigentlich an der Kasse hätte sitzen sollen, hatte sich außer Sichtweite in den Lagerraum verdrückt. Von Mr. A. fehlte jede Spur.

Laura zog die Jacke aus, schlüpfte in ihre schauderhafte Schürze und bezog Posten vor den Zigaretten. Diese waren bei Ladendieben sehr beliebt, ebenso wie die kleinen Fläschchen mit Wodka und Gin, ganz zu schweigen von den eingeschweißten Steaks. Zu ihrem Erstaunen hatte sie gelesen, dass der Fleischdiebstahl stetig zunahm, selbst in den großen Supermarktketten, wo die Leute mit ganzen Lammkeulen, manchmal sogar gefroren, unter dem Pullover hinausspazierten. Der Einfallsreichtum der Ladendiebe kannte heutzutage keine Grenzen mehr.

Nach etwa zehn Minuten erschien Mr. A. Er wirkte blass und erschüttert.

»Meine Schwiegermutter ist eingetroffen, und ich habe sie zum White Swan Hotel gefahren«, verkündete er im Flüsterton, als könnte sie ihn aus fünf Kilometern Entfernung hören. »Sie hat bereits angerufen, um sich zu beschweren. Das Hotel sei schäbig, der Service langsam und ihr Zimmer zu laut.« Bedrückt schüttelte er den Kopf. »Und das alles schon nach einer halben Stunde.«

»Ach herrje«, erwiderte Laura anteilnehmend, während sie darüber nachgrübelte, wie um alles in der Welt sich das Problem lösen ließ. Wäre es unfair gegenüber Sam, wenn sie die Dame für ein paar Tage zu sich einlud? Natürlich stand noch die Frage des Hausverkaufs im Raum, doch da das Paar das Angebot angenommen hatte, würden keine Interessenten mehr dort herumtrampeln.

»Wie fänden Sie es«, hörte Laura sich selbst sagen, »wenn sie für einen oder zwei Tage zu mir käme, bis Sie etwas Längerfristiges aufgetan haben?«

»Haben Sie denn genug Platz?« Seine Miene erhellte sich sichtlich.

»Tja«, erklärte Laura verlegen. »Ich wohne in einem ziemlich großen Haus. Es steht zum Verkauf, weil es das Haus unserer Familie war. Doch das heißt, dass es dort ordentlicher ist als sonst. Ich nehme an, dass es nicht für sehr lange sein wird?«

»Mrs. Minchin, ich wusste, dass Sie eine nette Dame sind. Sogar meine Frau denkt das. Mit dieser großzügigen Geste würden Sie uns das Leben retten. Ich bespreche es mit meiner Frau und gebe Ihnen sofort Bescheid.« Als er loshastete, fing das Telefon in seiner Tasche wieder zu klingeln an. Vermutlich seine Schwiegermutter mit einer erneuten Beschwerde.

Jetzt bist du offenbar vollkommen übergeschnappt, dachte Laura. Aber sie mochte Mr. A., denn er war sehr nett und großzügig zu ihr gewesen. Wahrscheinlich würde es sich nur um einen oder zwei Tage handeln, bis sie eine bessere Alternative gefunden hatten.

Laura wurde durch den Anblick von Mrs. A. belohnt, nicht wie üblich in ihrem gesteppten Morgenmantel, sondern in einem festlichen smaragdgrünen Sari, verziert mit vielen Reihen funkelnder Halbedelsteine. Sie hastete auf

Laura zu, griff nach ihrer Hand und drückte sie an ihren ausladenden Busen.

»Mrs. Minchin, Sie sind unsere Retterin in schimmernder Rüstung.«

»Keine Ursache.« Laura musste sich ein Kichern verkneifen. »Sie waren mir in einer schwierigen Phase meines Lebens eine unbeschreibliche Hilfe. Ich würde mich gern durch diese kleine Geste erkenntlich zeigen.«

»Mrs. Minchin, sie ist nicht klein, sondern groß.«

»Glauben Sie, Ihre Mutter wäre bereit, heute im White Swan zu übernachten, oder soll ich sofort nach Hause fahren und ein Zimmer vorbereiten?«

»Ich denke, das wäre besser«, antwortete Mr. A. wie aus der Pistole geschossen, nahm einen Einkaufskorb aus Draht und begann, ihn zu füllen. Bombay Sapphire Gin mit Fever Tree Tonic, zwei Filetsteaks, einige angewelkte grüne Bohnen und eine große Packung Mini-Cheddars. »Fürs Abendessen«, erklärte er.

»Hätte Ihre Schwiegermutter nicht lieber etwas Indisches?«, fragte Laura. »Es wäre kein Problem, es zu bestellen. Mein Sohn hat immer eine Speisekarte griffbereit.«

»Meine Mutter verabscheut indisches Essen«, erwiderte Mrs. A. kopfschüttelnd. »Sie bevorzugt die französische Küche.«

»Aha.« Laura zermarterte sich das Hirn nach französischen Rezepten. Damals, als sie noch Dinnerpartys veranstaltet hatten, war sie eine recht gute Köchin gewesen, aber sie hatte ein wenig nachgelassen. Es war schon lange her. Nun, auch wenn diese Frau noch so ein Drachen war, würde sie, wie es sich anhörte, gewiss nicht langweilig werden, und Laura konnte im Moment Unterhaltung gut gebrauchen. »Dann fahre ich rasch nach Hause. Wann möchten Sie sie denn vorbeibringen?«

»Wann wären Sie fertig?«

Laura bemühte sich, sich ihr Entsetzen nicht anmerken zu lassen. Offenbar war diese Frau so etwas wie ein Atomangriff. Man hatte nur vier Minuten Vorwarnzeit.

Sieben

Laura versuchte, Sam mobil zu erreichen, um ihn vor dem Überraschungsbesuch zu warnen, aber er ging wie immer nicht dran. Weshalb nahmen Menschen unter dreißig ihre Anrufe nicht entgegen? Sie war noch dabei, eine verworrene Nachricht zu hinterlassen, als es an der Tür läutete.

Die letzte halbe Stunde hatte sie damit verbracht, im Gästezimmer die Bettwäsche zu wechseln, frische Handtücher bereitzulegen und eine kleine Vase mit Blumen neben das Bett zu stellen. Traurig dachte sie daran, wie gern sie diese Dinge während ihrer Ehe getan hatte. Unbedeutende, aber angenehme Häuslichkeit. Hausfrauenarbeit wurde in der modernen Welt nicht mehr wertgeschätzt. Nur die Karriere zählte. Inzwischen erschienen ihr die fünfundzwanzig Jahre, die sie sich um ihr Zuhause und ihre Familie gekümmert hatte, ein wenig peinlich und aus der Zeit gefallen. Es waren die Sukis dieser Welt, die man bewunderte. Laura schüttelte sich innerlich. Sie wollte nicht an Simons junge Kollegin denken, die das Ende ihrer Ehe verschuldet hatte. Das hätte nämlich geheißen, dass Suki gewonnen hätte.

Stattdessen eilte sie nach unten und öffnete die Tür.

Ohne sich dessen bewusst gewesen zu sein, hatte Laura sich Mrs. A.s angsteinflößende Mutter als eine Mischung aus Indira Gandhi und Mrs. Kumar von Nummer 42 vorgestellt. Stattdessen war die Frau, die vor ihr stand, so elegant und stilvoll wie eine Diplomatengattin, obwohl sie mindestens siebzig sein musste. Sie trug ein Designerkostüm aus dunkelblauem Wollstoff und dazu passende hochhackige Pumps.

»Mrs. Minchin, das ist meine Schwiegermutter«, verkündete Mr. A. »Die ehrenwerte Mrs. Lalita Lal, eine sehr berühmte Dame.«

Kurz war Laura versucht, einen Knicks zu machen. »Kommen Sie herein, Mrs. Lal. Wir freuen uns über Ihren Besuch.« Beinahe hätte sie »in unserem bescheidenen Heim« hinzugefügt. Was, um alles in der Welt, war nur los mit ihr? Inzwischen verstand sie, warum Mr. A. eine Todesangst vor dieser Frau hatte.

Sie führte Mrs. Lal ins Wohnzimmer. Mr. A. folgte ihnen in respektvollem Abstand und zog einen gewaltigen und sündhaft teuren Koffer von Louis Vuitton hinter sich her.

»Darf ich Ihnen eine Tasse Tee anbieten?«

Mrs. Lal konsultierte ihre mit Edelsteinen besetzte Armbanduhr von Patek Philippe. »Ich würde einen Gin Tonic bevorzugen«, entgegnete sie huldvoll. »Es war ein anstrengender Tag.« Dabei warf sie Mr. A. einen anklagenden Blick zu, als trüge er die alleinige Verantwortung dafür.

»Ich zeige Ihnen, wo Sie den Koffer abstellen können.« Laura begleitete ihren netten Arbeitgeber die Treppe hinauf ins Gästezimmer. »Passt das? Was genau war denn das Problem mit dem White Swan?«

»Mrs. Minchin«, antwortete er verzweifelt. »Die Frage müsste eher lauten, was kein Problem war. Man möchte meinen, wir hätten meine Schwiegermutter ins Gefängnis von Karatschi gesteckt.« Beifällig sah er sich um. »Das ist ein sehr schönes Zimmer. Meine Frau und ich werden uns ernsthaft bemühen, so schnell wie möglich eine andere

Unterkunft zu finden. Bis dahin kann ich Ihnen gar nicht genug danken.«

»Das brauchen Sie nicht. Kommen Sie nur mit und erklären Sie mir, wie stark der Gin Tonic werden muss.«

Die Antwort lautete: »Sehr stark.«

»Daran gebe ich den Briten die Schuld«, stellte Mrs. Lal fest und kippte den Drink in drei Schlucken hinunter. »Wir Inder haben das Zeug vor dem Raj nicht angerührt.«

»Ich dachte, es hilft, Malaria vorzubeugen«, meinte Laura in gespielter Arglosigkeit. »Ist das nicht ein Vorteil?«

»Eine faule Ausrede«, verkündete Mrs. Lal und hielt ihr das leere Glas hin.

»Vielleicht ist es Zeit für die Mini-Cheddars«, schlug Mr. A. vor, als sie in die Küche gingen, um das Glas nachzufüllen.

»Warum unterhalten Sie sich nicht mit ihr, während ich mit dem Abendessen anfange?«, fragte Laura, worauf sich eine solche Panik in seinem Blick abzeichnete, dass sie Mitleid mit ihm bekam. »Keine Sorge. Ich heize das Backrohr für die Pommes vor. Der Rest dauert nur einen Moment. Möchte Ihre Schwiegermutter ihr Steak gut durchgebraten oder englisch?«

»Wahrscheinlich noch lebendig«, raunte er mit einem hinterhältigen Grinsen. »Wie eine indische Tigerin.«

»Am besten gehen Sie jetzt. Ich schaffe das schon.«

Er förderte eine Rotweinflasche aus der Tasche seines Parkas zutage. »Ein ausgezeichneter Jahrgang.« Er tippte sich an die Nase. »Nicht aus dem Laden, sondern aus der Getränkehandlung.«

»Los, verschwinden Sie schon. Ich bin sicher, dass wir noch mehr im Haus haben, falls wir ihn brauchen. Mein Mann war ein Weinkenner, und da er sich ziemlich überstürzt aus dem Staub gemacht hat, hatte er keine Zeit, die Flaschen mitzunehmen. In der Garage stehen noch jede Menge.«

Sie kehrten zurück ins Wohnzimmer.

»Eine ziemlich lange Zeit, um einen Gin Tonic zu mixen.« Mrs. Lal fixierte sie mit einem tückischen Blick.

»Wir haben darüber gesprochen, wie Sie Ihr Steak möchten«, antwortete Laura.

»Mit Pommes. Auch eine schlechte britische Angewohnheit.« Allmählich beschlich Laura der Verdacht, dass es auf jeden Fall zu lange sein würde, ganz gleich, wie kurz Mrs. Lal auch hier untergebracht wäre.

»Richte meiner Tochter aus, dass ich morgen Mittag fertig bin«, wies sie ihren leidgeprüften Schwiegersohn an. »Hat sie Karten für *Die Mausefalle* besorgt?«

Mr. A. nickte heftig.

»Ich bewundere Mrs. Agatha Christie. Ich habe das Stück im Jahr der Krönung in Delhi gesehen.«

»Wessen Krönung?«, platzte Laura heraus, in dem Glauben, es handelte sich um die irgendeines indischen Potentaten.

»Die von Königin Elisabeth II. natürlich«, erwiderte Mrs. Lal, als gäbe es sonst kein gekröntes Haupt, das auch nur der Rede wert war.

Der Herd piepte, als Mr. A. sich gerade verabschiedet hatte, sodass Laura sich um das Essen kümmern konnte.

»Soll ich den Fernseher einschalten?«, fragte sie und steckte den Kopf durch die Küchentür.

»Nein, danke«, entgegnete Mrs. Lal. »Ich bin noch keine sabbernde Greisin. Ich werde meine Twitter-Nachrichten auf dem iPad lesen.«

Wortlos deckte Laura den Tisch für zwei und überlegte dabei, was wohl aus Sam geworden sein mochte. Er hatte nicht einmal auf ihre Nachricht reagiert, was gar nicht zu ihm passte.

Zu ihrer Überraschung war Mrs. Lal von der schlichten Mahlzeit aus Steak, Pommes, grünen Bohnen und Salat sehr angetan. Insbesondere auch von dem Rotwein. Laura sorgte dafür, dass sie den Großteil davon bekam, denn sie schien von dem Wein zugänglicher zu werden.

»Was mich interessiert«, meinte Mrs. Lal, nachdem die Teller abgeräumt waren, »ist, warum eine Dame wie Sie, die in einem schönen Haus wohnt, für meinen Tunichtgut von einem Schwiegersohn in seinem jämmerlichen, kleinen Supermarkt arbeitet.« Sie musterte Laura über den Rand ihres Glases hinweg. »Sie können es mir sagen, wenn es mich nichts angeht. Mag sein, dass ich eine alte Hexe bin, die ihre Nase in alles hineinsteckt, was man Ihnen vermutlich schon erzählt hat.«

Laura lachte. Zum ersten Mal fand sie die Frau sympathisch.

»Die Sache ist die, dass ich mich scheiden lasse«, gestand sie.

»Ihr Mann hat sich wegen einer jüngeren Frau von Ihnen getrennt?«

Laura nickte.

»Immer dieselbe Leier. Männer haben keine Fantasie. Und die Neue ist dann eine Untergebene: Sekretärin, Stewardess, Praktikantin. Alles nur das Ego. Männer bestehen zu neunzig Prozent aus Ego und zu zehn Prozent aus Penis. Das Hirn wurde irgendwie übersprungen.«

»Jedenfalls wollte ich einen Job, aber keinen mit zu viel Verantwortung. Ihre Tochter und ihr Schwiegersohn waren sehr nett zu mir.«

»Es freut mich, dass sie wenigstens so viel Verstand hatten.«

»Was haben Sie gegen Ihren Schwiegersohn?«

»Hochzeiten sind mein Geschäft. Ich hatte eine gute Partie für meine Tochter gefunden, aber sie wollte den Mann nicht heiraten.«

»Ach, das hatte ich ganz vergessen. Sie sind Heiratsvermittlerin.«

Mrs. Lal schnaubte abfällig. »Ich mache Menschen, die zueinander passen und aus den gleichen gesellschaftlichen Kreisen stammen, miteinander bekannt.«

Laura hörte, dass sich die Haustür öffnete. Sam torkelte herein. Er wirkte berauscht und glücklich und hatte den Arm um ein außergewöhnlich erotisches Mädchen in einem hautengen Fähnchen gelegt, das kaum ihr Höschen bedeckte. Oh Gott, was für ein Timing. Er brachte fast nie ein Mädchen mit nach Hause und heute ausgerechnet eines, das aussah wie der Albtraum jeder Mutter.

»Damit wollte ich sagen«, fuhr Mrs. Lal fort und schwenkte ihr leeres Weinglas, ohne auf die Störung zu achten, »was ist besser? Sich zu benehmen wie die junge Generation, sich im Pub zu betrinken und mit dem Ersten, den sie kennenlernen, ins Bett zu steigen, um ihn dann nie mehr wiederzusehen? Oder jemandem durch eine Heiratsagentur zu begegnen, der auf derselben Wellenlänge ist und mit dem man sich am nächsten Morgen wenigstens noch unterhalten kann?«

Als Laura sich umdrehte, stellte sie fest, dass Sam feuerrot angelaufen war und ein Gesicht machte, als wäre er am liebsten ganz weit weg.

»Hallo, Schatz. Ich habe dir eine Nachricht hinterlassen. Das ist Mrs. Lal, die Mutter der netten Dame, bei der ich arbeite. Sie wohnt für einen oder zwei Tage bei uns.«

»Gut. Okay.«

»Und wer ist das?« Mrs. Lal musterte Sams Freundin mit dem geschulten Blick eines Metzgers, der ein Kotelett begutachtet.

»Ich heiße Kylie«, entgegnete das Mädchen mit einem trotzigen Unterton. »Wie Kylie Minogue. Vielleicht haben Sie ja schon mal von ihr gehört.«

»Komm.« Sam packte sie an der Hand. »Wir gehen in mein Zimmer.«

Mrs. Lal blickte ihnen nach. »Schlecht«, verkündete sie. »Sehr schlecht. Kein Mädchen, das ich Ihrem Sohn vorstellen würde.«

Laura unterdrückte ein Lachen. Ein Wunder, dass es im Zeitalter von Tinder noch Menschen wie Mrs. Lal gab. Allmählich bekam sie Mitleid mit all den kulturlosen und ungläubigen indischen Singles, die Mrs. Lal im Visier hatte.

Sal traf in Manningbury, dem Igden Manor am nächsten gelegenen Bahnhof, ein und sah sich nach einem Taxi um. Ehe sie eines anhalten konnte, kam ein lächelnder junger Mann auf sie zu.

»Miss Grainger? Mr. Maynard hat mich beauftragt, Sie abzuholen und zum Hotel zu bringen. Er bedauert sehr, das nicht selbst erledigen zu können, doch er sagte, er würde rechtzeitig für einen Drink vor dem Abendessen zurück sein.«

Sal musste zugeben, dass sie diese Aussicht recht angenehm fand. Außerdem hatte sie so Zeit, auszupacken und sich zu entscheiden, was sie heute Abend anziehen sollte. Vielleicht reichte es ja auch noch für eine kurze Dusche, um den Schmutz der Stadt abzuspülen.

Igden Manor entpuppte sich sogar als noch idyllischer, als man aus der Webseite hätte schließen können. Ein großes mittelalterliches Hauptgebäude aus mattgolden schimmerndem Stein mit gotischen Fenstern mit Bleiglasscheiben, umgeben von Häuschen im selben Stil zu beiden Seiten eines von Lavendel gesäumten Wegs. Auf dem Rasen stand sogar ein Pfau und spreizte sein beeindruckendes Schwanzgefieder.

»Wirklich wunderschön«, wandte sie sich an den jungen Mann, während dieser ihren Koffer nahm. Offenbar arbeitete er hier.

»Ja, und das Erstaunliche daran ist, dass es sich nicht um ein antikes Gebäude handelt. Der Vater von Lord Binns, dem das Hotel gehört, hat es aus dem Nichts aus Teilen alter Gebäude errichten lassen. Wie es heißt, war seine Frau eine Schauspielerin, die *Die Dame von Shalott* liebte. Er versuchte, die richtige Szenerie für sie zu schaffen, damit sie sich zu Hause fühlte.«

»Die Glückliche.«

Sie überquerten den Rasen und blieben vor dem letzten Häuschen stehen. Von hier aus hatte man einen Blick auf einen Teich, auf dem Enten schwammen.

Als der junge Mann die Tür öffnete, standen sie in einem Zimmer, das die mittelalterliche Umgebung eindeutig widerspiegelte. »Das ist eine unserer Suiten. Sie haben ein Schlafzimmer, ein Wohnzimmer und eine kleine Küche.«

»Ich habe es nicht so mit dem Haushalt«, gestand Sal.

»Ich auch nicht. Aber Sie können sich morgens einen Tee kochen. Im Kühlschrank ist frische Milch.«

»Na, so etwas nenne ich Luxus.« Sie betrachtete das Bett mit dem scharlachroten und goldenen Betthimmel und kam zu dem Schluss, dass es auch in ein Schloss gepasst hätte.

»Es ist ein bisschen übertrieben«, stellte der junge Mann fest, der ihrem Blick gefolgt war.

»Keine Sorge.« Sal schnurrte beinahe. »Damit kann ich leben.« Weil er so freundlich gewesen war, wusste sie nicht, ob es richtig war, ihm ein Trinkgeld zu geben. Dann jedoch erinnerte sie sich daran, wie es war, jung zu sein und in Geldnöten zu stecken. Ein Trinkgeld war immer richtig.

Sein breites Lächeln und sein dankendes Nicken bewiesen ihr, dass sie recht hatte.

»Falls Sie etwas brauchen, wählen Sie einfach die Null für die Rezeption. Sie können sich anmelden, wenn Sie später rübergehen.«

»Vielen Dank.«

Sie packte aus, legte das eng anliegende schwarze Kleid zurecht, das sie später anziehen wollte, und ließ sich mit den hübschen kostenlosen Pröbchen von White Company ein Bad ein. Dann öffnete sie den Kühlschrank. Normalerweise versuchte sie, die Finger von den Minibars in Hotels zu lassen, weil sie die Preise für absoluten Wucher hielt, doch heute machte sie eine Ausnahme. Sie entkorkte die Piccoloflasche Champagner und goss etwas davon in ein langstieliges Glas.

Sie hatte den Krebs überlebt und ihr Haar zurück. Auch wenn sie dabei eine Brust verloren hatte, war das ein geringer Preis für ihr Leben. Wieder musste sie daran denken, was Lou wohl von ihr erwartete. Sollte es ein romantisches Wochenende werden? Das war der einzige Grund für die Einladung, den sie sich vorstellen konnte. Warum, um alles in der Welt, hatte er sie sonst hierhergebeten? Allerdings konnten seine Vorstellungen von einer Beziehung auch rein platonisch sein. Vielleicht hatte er nach drei Ehen, neun Enkelkindern und seinem beruflichen

Engagement ja genug von Affären. Möglicherweise war Sex für ihn nur noch eine Zugabe und nicht mehr die alles verschlingende Gier wie früher.

So wie bei ihr.

Der Gedanke, dass Sal sich nur wenige Kilometer die Straße hinunter aufhielt, trieb Claudia in den Wahnsinn. Und das ausgerechnet in Igden Manor. Obwohl die Idee, dort wohnen zu wollen, absolut lächerlich war, hatte sie sich weiter über die Zukunft des Hotels informiert. Das Problem schien darin zu bestehen, dass der Besitzer Lord Binns nur zu einem dreißigjährigen Pachtvertrag bereit war, was hieß, dass kein Geschäftsmann oder Investor, der noch alle sieben Sinne beisammenhatte, Geld in ein derart kurzfristiges Projekt stecken würde. Außerdem erwarteten Menschen, die so hohe Preise für ein Zimmer bezahlten, alle Annehmlichkeiten eines Luxushotels, einschließlich Schwimmbad, Wellnessbereich und Fitnessstudio. Doch als das Hotel bei der Baubehörde den Antrag gestellt hatte, die Scheune zu diesem Zweck umzubauen, war dieser abgelehnt worden. Eine Bürgerinitiative hatte nämlich nachgewiesen, dass sie das einzige im Original erhaltene Gebäude auf dem Grundstück war.

Offenbar hatten die Quäker Lord Binns ein Angebot gemacht, das Haus in ein Pflegeheim umzuwandeln, aber der Lord hielt nicht viel von Gott und noch weniger von der kläglichen Summe, die sie ihm in seinem Namen offerierten. Er hoffte noch immer, dass Mammon ein Einsehen haben würde.

Als Claudia an ihrem von der Sonne beschienenen Küchentisch saß, erhielt sie eine Nachricht von ihrer Tochter Gaby, die in demselben Architekturbüro arbeitete wie ihr Mann Douglas. Claudia schoss durch den Kopf, dass ihr sympathischer und tüchtiger Schwiegersohn Douglas ihnen als Architekt eine große Hilfe sein könnte, falls sie Igden Manor je in die Finger bekämen.

»Du denkst doch nicht immer noch über deinen verrückten Plan nach, die Hexenbande dort unterzubringen?«, riss Don sie aus ihrem angenehmen Tagtraum.

»Selbst wenn«, entgegnete sie spitz, »könnten wir das Geld niemals auftreiben.«

»Gott sei Dank.«

»Komm«, meinte sie versöhnlich, da sie sich erinnerte, dass sie ihre Beziehung auf Vordermann bringen wollten. »Lass uns einen Spaziergang machen. Es ist ein wunderschöner Tag.«

»Nur wenn du mir versprichst, dass der Weg nicht zufällig in Igden Manor endet.«

»Pfadfinderinnenehrenwort«, stimmte sie zu und griff nach ihrer Jacke.

Sal betrachtete sich im Spiegel. Sie hatte gebadet, sich die Haare gewaschen, sich mit Duftöl eingecremt und war dann in ihr eng anliegendes schwarzes Kleid geschlüpft. Es war zwar tief ausgeschnitten, jedoch nicht so tief, dass man den schwarzen Spitzen-BH mit dem Schaumstoffpolster gesehen hätte, das ihre fehlende Brust ersetzte. Zum Glück hatte sie immer einen kleinen Busen gehabt, sodass sie wenigstens nicht schief aussah. Schmunzelnd erinnerte sie sich daran, wie besessen alle Mädchen in der Schule von ihrem Busen gewesen waren. Sie hatten alberne, angeblich das Wachstum fördernde Cremes bestellt und eine Übung gemacht, bei der man ständig die Worte »Busen wachse« wiederholen musste. Und da war sie nun. Mit einer Brust weniger. Das Leben schlug eigenartige Kapriolen. Gut, dass man sie nicht vorausahnen konnte.

Sie hatte keine Lust, allein in ihrer Suite herumzusitzen, und beschloss, sich stattdessen das Hotel anzusehen und vielleicht sogar in die Bar zu gehen. Auf dem Weg zur Tür entdeckte sie eine Broschüre, in der die Preise der verschiedenen Zimmer aufgelistet waren, und bekam fast einen Herzinfarkt. Ihr Zimmer kostete über vierhundert Pfund! Und sie würde zwei Nächte bleiben!

Sal schlenderte den von Lavendel gesäumten Pfad entlang, atmete den berauschenden abendlichen Duft ein und stellte erstaunt fest, dass der Sommer vor der Tür stand. Was war nur aus all der Zeit geworden? Wenn man jung war, schien sie beinahe stillzustehen, und jetzt raste sie förmlich. Sie trat durch einen antik wirkenden Türbogen. Dieser führte sie in einen reizenden Innenhof, wo Tische fürs Abendessen gedeckt waren. Auf der anderen Seite des Hofs befand sich eine weitere antike Tür. Dahinter erstreckte sich ein Labyrinth von Gängen, bis sie endlich die Rezeption erreichte. Leise teilte sie der jungen Frau hinter der Theke mit, in welchem Zimmer sie wohnte, und erkundigte sich, ob sie ihre Kreditkarte bräuchten. Das Mädchen warf einen Blick auf den Computerbildschirm und lächelte breit.

»Das ist nicht nötig. Die Rechnung und sämtliche Extras werden übernommen. Viel Vergnügen!«

Sal wurde von Erleichterung ergriffen, in die sich auch ein Anflug von Furcht mischte.

»Ich erwarte einen Freund«, verkündete sie. »Einen Mr. Maynard. Könnten Sie ihm ausrichten, dass ich in der Bar bin, wenn er kommt?« Sie ließ den Blick über das Gewirr aus Fluren schweifen. »Vorausgesetzt, es gibt eine.«

»Ich zeige sie Ihnen.«

Sal folgte der dunkel gekleideten Frau durch zwei gemütliche Wohnzimmer mit tiefen granatapfelroten Samtsofas, antiken Teppichen und farbenfrohen Blumenarrangements zu einer langen Bar gegenüber einer gewaltigen Kaminecke. Tische und Stühle waren im Raum verteilt. Sal ließ sich mit einem weiteren Glas Champagner in einer Ecke nieder. Nach all den Sorgen der letzten Monate hatte sie es sich verdient.

Zehn Minuten später spürte sie seine Gegenwart, bevor sie ihn sah. Es war, als hätte sich aus unerklärlichen Gründen ein elektrisches Knistern in der Bar ausgebreitet. Bewegung entstand, als Lou hereingestürmt kam, gefolgt von zwei Mitarbeitern, von denen einer eine Speisekarte umklammerte und der zweite sich pflichtbewusst erkundigte, ob er etwas trinken wolle. Offenbar war Lou Maynard kein Mann, den man so einfach ignorierte. Sie fragte sich, wie er das machte. Lag es am großzügigen Verteilen von Trinkgeldern bei der Ankunft oder an seinem Charisma?

»Sally, willkommen in Surrey«, begrüßte er sie. Als er ihr leeres Glas bemerkte, wandte er sich an den Kellner. »Was ist aus dem Rest der Flasche geworden?«

»Ich habe eigens eine neue geöffnet, Sir«, entschuldigte sich der Kellner.

»Dann bringen Sie sie und außerdem ein zweites Glas.« Er setzte sich ihr gegenüber und betrachtete ihre elegante Aufmachung. »Sie sehen hinreißend aus. Ich gehe mich gleich umziehen.« Er wies auf seine Chinos und die Strickjacke. »Opaklamotten.«

»Das ist aber nicht nötig.« Sie lächelte.

»Doch, meine Liebe, das ist es.« Lou setzte seinen besten Noel-Coward-Akzent auf, was in Kombination mit seiner nasalen New Yorker Aussprache urkomisch klang. »Eine umwerfende Frau wie Sie kann unmöglich mit einer Vogelscheuche speisen.«

Als der Champagner serviert wurde, schenkte er erst ihr und dann sich ein. Das Glas in der Hand, stand er auf. »Geben Sie mir nur fünf Minuten. Mein Zimmer ist gleich nebenan, und ich werde mich nicht in Schale werfen wie George Clooney. Nur ein einfacher Anzug.« Er prostete ihr zu, und Sal stellte fest, dass sie lachte, als sie ihm durch die Bar nachblickte.

Das Abendessen war köstlich und konnte mit dem Angebot der Londoner Restaurants mühelos mithalten. Anschließend schlug Lou einen Spaziergang über das Gelände zu dem kleinen Bach vor, den er vorhin entdeckt hatte. »Da unten ist alles beleuchtet«, merkte er geheimnisvoll an.

»Für den Fall, dass ich in meinem fortgeschrittenen Alter ausrutsche und mir die Hüfte breche?«

»Für den Fall, dass im Gebüsch Satyrn lauern, um dich hineinzuzerren und dich zu schänden«, sagte er grinsend.

»Ich glaube, in Surrey gibt es keine Satyrn«, entgegnete sie.

»Meine Liebe, die gibt es überall. In Surrey tragen sie vermutlich Anzüge mit Weste und fahren einen Jaguar.«

Es war eine prachtvolle Nacht. Die Sterne funkelten wie Diamanten, die auf einem dunkelblauen Samtballen verstreut waren. Die warme, nach Blumen duftende Luft schien zu schimmern. Als sie sich umwandten, um zum Hotel zurückzukehren, zog Lou sie an sich und küsste sie. Sal, die sich so unsicher gewesen war, ob er einen Annäherungsversuch unternehmen würde, spürte seine festen, trockenen und erotischen Lippen, die ihr Geborgenheit vermittelten, und erwiderte seinen Kuss. Im nächsten Moment ließ er sie wieder los.

»Danke, dass du übers Wochenende hergekommen bist«, sagte er nur und begleitete sie zu ihrem Häuschen am Ententeich. Gerade als erneut Erregung in ihr aufstieg, küsste er sie auf die Wange. »Gute Nacht. Frühstück gibt es um zehn. Schlaf gut.«

Er winkte und ging rasch davon. Sal stand vor ihrem Häuschen und wusste nicht, ob sie erleichtert oder enttäuscht sein sollte.

»Eine Tasse Tee. Es ist ein wunderschöner Morgen!« Claudia wurde vom Anblick ihres Mannes Don geweckt, der stets nackt schlief. Nun stand er, nur mit einer Küchenschürze bekleidet, vor ihrem Bett.

»Wirklich schick«, meinte Claudia schlaftrunken. »Jamie Oliver sollte den Look übernehmen.«

»Er hat nicht meine Figur.« Eine Hand in die Hüfte gestemmt, warf Don sich in Positur wie Mr. Universum.

»Sein Glück«, erwiderte Claudia und versteckte sich unter der Bettdecke, als Don drohte, die Schürze auszuziehen und sich dazuzulegen.

»Ich mache gerade mein berühmtes englisches Frühstück, falls du Appetit darauf hast«, antwortete er mit gespielt gekränkter Miene.

»Eier mit Speck sind okay, aber für mich kein Würstchen.« Sie lüpfte seine Schürze, um ihre Worte zu untermalen.

»Ich weiß, dass du kein Würstchen willst. Du magst keine Würstchen mehr, seit dein Dad krank geworden ist. Glaubst du, das ist mir nicht aufgefallen?«

»Ach herrje, wirklich?«, sagte Claudia schuldbewusst. »Warum kommst du nicht wieder ins Bett?«

»Keine Chance.« Er schüttelte den Kopf. »Ich will nur spontane Würstchen.«

»Dann musst du dich wahrscheinlich noch eine Weile gedulden.«

»Das habe ich bemerkt, Claudia.« Er steuerte auf das Bad zu. »Glaube mir, das habe ich bemerkt.«

Claudia nippte an ihrem Tee und dachte, wie albern es war, dass Sal nur zwei Autominuten entfernt war und sie nicht zu ihr fuhr. Es wäre doch das Natürlichste der Welt gewesen, wenn sie und Don wie so oft zum Mittagessen in die Bar gingen. Manchmal nahmen sie sogar ihre Eltern mit. Doch sie hatte versprochen, es nicht zu tun. Wie mochte es Sal wohl ergangen sein?, fragte sie sich.

Zufällig saß Sal gerade auch vor einem Teller mit Eiern und Speck, wenngleich der Küchenchef des Igden Manor enttäuschenderweise voll bekleidet war.

»Und was unternehmen wir heute?«, fragte Lou. Er war bereits seit einer Weile auf und draußen im Pool fünfzig Bahnen geschwommen. »Hast du zufällig Wanderstiefel dabei?«

Sal zog vielsagend eine Augenbraue hoch.

»Okay. Turnschuhe?«

»Ich besitze keine Turnschuhe.«

Lou lachte. »Ich bin beeindruckt. Liegt es daran, dass du nie weiter gehst als von der Bordsteinkante zum Taxi?«

»Ich fand schon immer, dass Sport überbewertet wird. Aber ich habe Segelschuhe«, räumte Sal ein.

»Halleluja! Also ist wenigstens ein nicht zu anstrengender Spaziergang drin.«

»Wie findest du das Baby? Dein neuestes Enkelkind?«, wechselte Sal das Thema.

»Mondgesicht. Stupsnase. Zwei Beine. Zwei Arme. Normalmodell.«

»Lou! Was ist aus der viel zitierten Großelternliebe geworden?«

Lou nahm sich die von Sal geschätzte sechste Scheibe Toast und bestrich sie dick mit Butter und Orangenmarmelade. »Eine tolle britische Erfindung, Orangenmarmelade. Wusstest du, dass wir das Zeug in Amerika nicht haben? Tja, vielleicht für die oberen Zehntausend in Boston, aber nicht für uns Normalmenschen.«

Dass Lou sich als Normalmensch bezeichnete, löste bei Sal einen Lachanfall aus.

»Okay, das Baby ist wirklich niedlich. Doch bei Nummer neun verfällt man nicht mehr so in Begeisterungsstürme.«

»Erzähl mir von deinen Ex-Frauen«, forderte Sal ihn kühn auf. Irgendetwas an Lous Art vermittelte ihr das Gefühl, dass sie ihn alles fragen konnte, ohne dass er gleich eingeschnappt wäre.

Lou biss in seinen Toast. »Nummer eins war Natalie. Jüdisch wie ich. Als Jude heiratet man beim ersten Mal immer seine Mutter. So steht es in der Tora. Wir waren acht Jahre lang verheiratet und hatten drei Kinder. Ich war eine große Enttäuschung für sie, denn ich war noch nicht dahintergekommen, wie man reich wird. Nummer zwei hieß Melody. Melody war ein ausgeflippter Hippie. Sie hat sogar im Troubadour-Nachtclub gesungen. Drei weitere Kinder, und dann hat sie mich wegen ihres Yoga-Gurus verlassen. Joyce, Nummer drei, war Journalistin und noch mehr von der Arbeit besessen als ich. Allerdings war sie schon erwachsen, vierzig, als ich sie kennenlernte. Deshalb hat die Zeit nur noch für zwei Kinder gereicht.«

»Und warum hat sie sich von dir getrennt?«

»Sie ist gestorben. Joyce war ein Alphatier wie ich. Ich kann dir gar nicht beschreiben, wie wütend sie auf ihre Krankheit war.«

»Oh, Lou.« Sal nahm seine Hand und ärgerte sich

gleichzeitig darüber, dass ausgerechnet sie so abgedroschen reagierte.

»Ja. Es war wirklich hart. Die Kinder mussten sich mit mir begnügen. Allerdings hat das auch einen Vorteil, den einem niemand verrät. Ich wurde ein besserer Vater. Bis dahin hatte ich kaum Zeit mit meinen Kindern verbracht, und plötzlich musste ich sie näher kennenlernen. Kennst du den Film *Kramer gegen Kramer*, in dem ein Paar sich scheiden lässt? Am Anfang ist Dustin Hoffman noch ein egoistischer Mistkerl, und dann entwickelt er sich zu einem so guten Dad, dass er sogar bereit ist, den Jungen seiner Mum zurückzugeben, falls der das will. Das bringt mich immer wieder zum Weinen. Auch das Verhältnis zu meinen anderen Kindern hat sich dadurch verbessert. Jetzt sind wir eine große, glückliche Familie.«

Sal nippte an ihrem Kaffee. Was Lou ihr soeben geschildert hatte, hätte sich kaum mehr von ihrem eigenen Leben unterscheiden können. Ohne Ehemann und Familie. Allein gegen den Krebs kämpfen müssen. Mit Ausnahme der Freude, dass sie Lara wiedergefunden hatte.

»Was ist mit dir?«, fragte Lou, der offenbar ihre Gedanken gelesen hatte. »Deine Geschichte von deiner lange verschollenen Tochter bringt mich auch zum Weinen.« Diesmal war es Lou, der sich vorbeugte und ihre Hand nahm. »Ich muss zugeben, dass ich nah am Wasser gebaut bin. Ein Pferd weigert sich zu springen. Kleine Kinder singen. Und schon heule ich.«

»Ja, Lara ist wundervoll. Und ich habe auch drei Enkelkinder.«

Lou grinste. »Die Freuden des fortgeschrittenen Alters. Vor allem, wenn man sie ihren Eltern wieder in die Hand drücken kann. Und was machen wir heute? Ich hätte Lust auf ein Mittagessen in einem eurer englischen Pubs.«

»Rede nicht daher wie ein amerikanischer Hinterwäldler.«

»Vielleicht bin ich ja ein amerikanischer Hinterwäldler.«

»Du bist der erfahrenste Weltreisende, dem ich je begegnet bin. Du weißt von Lokalitäten in London, die nicht einmal ich kenne, und ich bin Londonerin. Wie zum Beispiel dieses Hotel. Und ich wette, dass du dir schon einen Pub ausgesucht hast.«

Lou grinste. »In der Tat. Er heißt The Laden Ox. Ein toller Name. Er hat ausgezeichnete Kritiken gekriegt und befindet sich nur einen kleinen Spaziergang entfernt von hier. Selbst in Segelschuhen.«

»Dann gehe ich sie mal anziehen.«

»Außerdem können wir anschließend ein interessantes altes Kloster besichtigen.«

»Ich kann es kaum erwarten.« Sal schmunzelte.

»Wir müssen deinen kulturellen Horizont erweitern. Es gibt mehr als Seniorenmode und Online-Dating für alte Leute.« Er zwinkerte.

Mit einem breiten Lächeln machte Sal sich auf den Weg in ihr Zimmer und betrachtete die friedliche, immer gleich bleibende Umgebung. Plötzlich wurde ihr klar, dass sie glücklich war, und das war so ein Schock, dass sie einen Moment wie erstarrt stehen blieb. Glücklichsein war ein völlig fremdes Gefühl. Und natürlich lag es nur daran, dass sie mit Lou hier war.

Wieder fragte sie sich, warum er sie eingeladen hatte.

Verdirb nicht alles, sagte sie sich streng. *Lebe im Augenblick. Lass dich treiben. Nimm diesen ganzen Achtsamkeitsmist an.*

Und zum ersten Mal sprach Sal, die bis jetzt alles in ihrem Leben streng unter Kontrolle gehalten und sogar ihre Krebserkrankung verheimlicht hatte, das Wort *Om* aus und entspannte sich.

Es war wundervoll.

Ella holte ihr Auto von seinem üblichen Stellplatz am Ende der Häuserreihe am Fluss. Wieder ein traumhafter Tag. Sie hatte Laura versprochen, mit ihr noch einige andere Wohnungen zu besichtigen, nur für den Fall, dass es mit der ersten nicht funktionierte. Es war eindeutig warm genug, um das Verdeck herunterzuklappen.

Sie winkte einem kleinen Kind zu, das beeindruckt beobachtete, wie das Verdeck in Sekundenschnelle im Kofferraum verschwand. Auch sie war davon noch immer beeindruckt, und dabei war sie dreiundsechzig.

Bei ihrer Ankunft war Laura oben und machte sich fertig. Anders als Ella, die stets schon vor den Lerchen aufstand – wer behauptete eigentlich, dass Lerchen Frühaufsteher waren? –, schlief Laura gerne aus. Die Tür wurde von einer wildfremden Frau geöffnet, einer Inderin in einem äußerst eleganten Outfit, das Ella sofort als Kreation von Catherine Walker erkannte. Ella hatte sich am Anfang ihrer Anwaltskarriere auch Kleider der Designerin gegönnt und wusste deshalb, wie viel sie kosteten.

»Mrs. Lalita Lal«, verkündete die Unbekannte gönnerhaft. »Ich bin Gast von Mrs. Minchin, einer Angestellten meiner Tochter und meines Schwiegersohns.«

»Bei LateExpress?« Ella hielt ihr die Hand hin. »Ich bin Ella Thompson, eine alte Freundin von Laura. Wir kennen uns schon seit der Universität.«

Mrs. Lal ließ sie herein.

»Kann ich Ihnen einen Kaffee anbieten?«

»Danke. Und darf ich Ihnen sagen, was für ein tolles Kleid das ist? Catherine Walker?«

Mrs. Lals ziemlich kühle und hochmütige Art wurde sofort versöhnlicher. »Gefällt sie Ihnen auch? Früher habe ich Sachen von Mr. Norman Hartnell, dem Modeschöpfer der Queen, getragen, doch dann habe ich Catherine Walker entdeckt.« Bei ihr klang es, als wären sie Busenfreundinnen. »Wissen Sie, dass sie das Kleid entworfen hat, in dem Prinzessin Diana zu Grabe getragen wurde?«

Diese unerwartete Enthüllung verschlug Ella die Sprache.

»Ihr Butler, Mr. Paul Burrell, hatte Catherine angerufen«, fuhr Mrs. Lal in demselben verschwörerischen Ton fort, »um zu fragen, wie die Prinzessin im Sarg gekleidet sein solle, und das war Catherines Empfehlung.«

»Ach du meine Güte«, war das Einzige, was Ella dazu einfiel. Sie wusste, dass Diana in einem Kleid von Catherine Walker beerdigt worden war, doch das Telefonat mit Paul Burrell erschien ihr doch ziemlich an den Haaren herbeigezogen. Es hörte sich an wie der Unsinn, den man aus dem Internet fischte. Das Erscheinen von Lauras Sohn Sam befreite sie von der Pflicht, weiter Konversation betreiben zu müssen. Er hielt ein hinreißendes und leicht zerzaustes Mädchen an der Hand. Rasch hasteten die beiden zur Haustür hinaus. Wie Ella vermutete, um Mrs. Lals Argusaugen zu entrinnen.

»Ella!«, rief Laura von oben. »Entschuldige, dass du warten musst. Ich bin gleich so weit.«

»Und was haben Sie beide vor?«, erkundigte sich Mrs. Lal. Ella hatte den starken Verdacht, dass sie es verabscheute, ausgeschlossen zu werden, selbst wenn sie anderweitig beschäftigt war.

»Wir besichtigen ein paar Wohnungen für Laura.« Sie fragte sich, wie gut die Frau über Lauras derzeitige Situation im Bilde war. »Wie Sie vielleicht wissen, lässt Laura sich scheiden und muss aus dem Haus ausziehen, in dem sie fünfundzwanzig Jahre lang gewohnt hat.«

Mrs. Lal schüttelte missbilligend den Kopf, als Laura endlich erschien. Aus heiterem Himmel griff sie nach Lauras Hand.

»Betrachten Sie es mal so, Mrs. Minchin«, riet sie ihr sanft und beruhigend. »Sie hatten ihn, als er noch leckere Sahne war. Jetzt ist er ein abgelaufener Joghurt. Also werfen Sie ihn in den Müll und vergessen Sie ihn. Wahrscheinlich ist er es nicht einmal wert, dass man ihn recycelt.« Sie spähte aus dem Fenster. »Wo steckt nur mein nutzloser Schwiegersohn?«, fuhr sie ohne Überleitung fort. »Er hätte vor einer halben Stunde hier sein sollen.«

Als Laura und Ella in Ellas Auto stiegen, bogen sie sich vor Lachen.

»Ich liebe sie. Sie ist unbezahlbar. Aber warum wohnt sie bei dir?«

»Sie hat das Hotel verabscheut, das der reizende Mr. A., ihr nutzloser Schwiegersohn, für sie gebucht hatte. Weil ich Mitleid mit ihnen hatte, habe ich ihr eine Unterkunft angeboten. Hoffentlich dauert es nicht zu lang.«

»Hoffentlich. Obwohl man von ihr alles über Catherine Walkers Kundenliste erfährt. Offenbar hat sie auch Königin Noor von Jordanien eingekleidet, allerdings nicht für ihr Grab, wenn ich es richtig verstanden habe. Aber ich bin nicht sicher, ob sie damit recht hat, dass Simon das Recyceln nicht wert ist. Für uns ist er ein betrügerischer alter Knacker mit Bauch, doch die traurige Wahrheit lautet, dass irgendein hübsches junges Ding mit Vaterkomplex ihn sich schnappen wird, bevor man das Wort Scheidungsurteil aussprechen kann. Ganz gleich, ob eine Scheidung oder ein Todesfall dahintersteckt, bleiben Männer statistisch nur ein Jahr lang Single, häufig sogar viel kürzer. Frauen suchen Unterstützung bei ihren Freundinnen, Männer holen einfach eine andere Frau an Bord. So läuft es eben auf der Welt.«

»Ich erahne, dass du einen neuen Blog ausbrütest«, meinte Laura drohend und musterte sie argwöhnisch. »Oder etwas noch Schlimmeres, da du jetzt ja gedruckt wirst. Finger weg von meinem abgelaufenen Joghurt!«

Lachend suchte Ella die Adresse der ersten Wohnung heraus, die sie besichtigen wollten.

Sie waren schon seit zehn Minuten unterwegs und plauderten, als Ella plötzlich bremste. »Entschuldige, ich habe vergessen, mich anzuschnallen.«

»Ella.« Laura starrte sie an, als hätte sie den Verstand verloren. »Du bist angeschnallt. Sonst hätte es gepiepst.«

Ella blickte an sich herunter. Oh Gott, mit ihren Gedächtnislücken wurde es immer schlimmer.

»Wie dumm von mir, richtig. Die Wohnung ist gleich um die Ecke.«

Sal und Lou schlenderten gemächlich durch die idyllischen Gärten des Hotels und kamen an zwei Teichen und einem kleinen Gebäude vorbei, das früher ein Taubenschlag gewesen war.

»Okay, du großer Historiker«, frotzelte Sal. »Ich wette, du weißt nicht, dass sie Taubenschläge nicht nur deshalb hatten, weil sie hübsch sind oder etwa, um überzählige Gäste unterzubringen, wenn das Hotel ausgebucht war. Taubenkacke war damals als Dünger so begehrt, dass der König sie sogar besteuert hat.«

»Miss Grainger, ich bin beeindruckt. Woher kennst du dieses beeindruckende geschichtliche Detail?«

»Offen gestanden aus der Hotelbroschüre«, beichtete Sal.

Sie blieben stehen und beobachteten, wie ein Pfau seine prachtvollen Schwanzfedern ausbreitete, um das Interesse einer gelangweilt wirkenden Pfauendame zu wecken.

»Immer das alte Lied«, seufzte Lou. »Der Mann riskiert Zurückweisung, indem er sich vor einer gleichgültigen Frau zum Narren macht.«

»Wenn er so ist wie die Männer, die ich kenne, kann ich mir schon vorstellen, was er denkt.«

»Und das wäre?«

»Nur an das eine natürlich.«

»Und warum diese zynische Einstellung in puncto männliche Eitelkeit?«

»Erfahrung«, erwiderte Sal wie aus der Pistole geschossen.

Inzwischen hatten sie die kleine Landstraße ins Dorf erreicht und gingen weiter. Bis zum Laden Ox waren es nur knapp zehn Minuten. Ein großer weißer Transporter, der Craft Beer anlieferte, parkte daneben und versperrte das hübsch bemalte Schild mit der Aufschrift Little Minsley.

»Was möchtest du trinken?«, fragte Lou. »Ich glaube, ich wage mich an ein großes Glas eures warmen Biers.«

Sal überlegte. In einem Dorfpub wäre Champagner selbst für sie übertrieben gewesen. »Ein kleines Glas Cider, bitte. Einen stillen, wenn sie den haben.«

»Gut. Ich bringe auch die Speisekarte mit.«

Fünf Minuten später kehrte er mit einem großen Bier und einem langstieligen Glas Schampus zurück. »Ich dachte, du magst eigentlich keinen Cider. Ansonsten gebe ich ihn zurück, obwohl es ein Jammer wäre, weil sie eigens eine neue Flasche aufgemacht haben. Er wird hier nicht oft verlangt, wie der Wirt mir mitgeteilt hat.«

»Dann werde ich mich wohl zwingen müssen, ihn zu

trinken.« Lächelnd studierte Sal die Speisekarte. Das Erste, was ihr auffiel, war der Name des Pubs am oberen Rand. *The Laden Ox, Little Minsley.* »Oh mein Gott, sag jetzt nicht, dass wir tatsächlich in Little Minsley sind.«

»Warum? Hast du etwas gegen das Dorf? Haben die im Krieg mit den Nazis kollaboriert? Hat hier die Pest gewütet, und sämtliche Einwohner sind unter dem Pub in einem Massengrab verscharrt?«

»Nein, nein.« Sal prustete in ihren Champagner. »Es ist nur das Dorf, in dem meine gute Freundin Claudia wohnt. Diejenige, die diese verrückte Antiseniorenkommune gründen will. Und das Wahnwitzigste ist, dass sie sich Igden Manor, das Hotel, in dem wir übernachten, als Standort ausgesucht hat, um ihren Plan umzusetzen.«

»Warum besuchen wir sie dann nicht nach dem Mittagessen?« Lou strahlte über das ganze Gesicht. »Du weißt, dass ich schon immer mehr darüber erfahren wollte. Alte, völlig unpraktische Hippie-Ideen sind genau mein Ding. Vergiss nicht, dass ich mit Melody verheiratet war.«

Nachdem sie aufgegessen hatten, wurde Sal klar, dass sie an Claudias Haus vorbeikommen würden, wenn sie dieselbe Straße zurück zum Hotel nahmen. Sie war so in das Gespräch mit Lou vertieft gewesen, dass es ihr auf dem Hinweg gar nicht aufgefallen war. Jetzt, da sie es wusste, hatte sie ein schrecklich schlechtes Gewissen, weil sie nicht wenigstens Hallo gesagt hatte.

Acht

Sal ertappte sich bei dem Wunsch, dass Claudia nicht zu Hause wäre – aber Pech gehabt.

Sobald Claudia sah, wie ihre Freundin mit einem bärenhaften, breit lächelnden Mann den Gartenweg hinaufkam, lief sie ihnen entgegen.

»Sal! Wie wundervoll! Toll, dich zu sehen. Es hat mich fast verrückt gemacht zu wissen, dass du in Igden Manor bist und ich nicht vorbeikommen konnte, um dir alles zu zeigen. Aber selbstverständlich achte ich deine Privatsphäre und dein Recht auf« – beinahe hätte sie »ein romantisches Wochenende« gesagt, doch etwas an Sals Miene ließ sie innehalten – »ein paar Tage Ruhe. Kommt rein! Kommt rein! Wie findest du das Hotel?«

»Absolut fantastisch. Obwohl es mich angesichts der Zimmerpreise nicht wundert, dass es schließen muss.«

»Davon hast du mir gar nichts erzählt.« Lou wirkte so verdattert wie ein Fasan, der beinahe den Beginn der Jagdsaison verpasst hätte. »Ich bin übrigens Lou Maynard.« Er hielt Claudia die Hand hin. Nur selten hatte sie einen so kräftigen Händedruck erlebt. »Sally und ich arbeiten zusammen.«

»Tut mir leid, aber es erschien mir ein wenig unhöflich, dir mitzuteilen, dass das reizende Hotel, das du gebucht hast, pleitegeht«, meinte Sal zu Lou.

»Ganz recht. Ich wäre wohl ausgeflippt. Was steckt dahinter? Geköpfte Reiter, die die Gäste vergraulen?«

»So aufregend ist es nicht.« Claudia lachte. »Typisch britisch eben. Der Besitzer ist ein alter Adeliger namens Lord Binns. Er hat eine Todesangst, das Anwesen könne von einer, Verzeihung« – sie grinste Lou an – »sterilen amerikanischen Hotelkette aufgekauft werden. Deshalb rückt er nur einen Pachtvertrag über dreißig Jahre heraus, was heißt, dass niemand bereit sein wird, Geld zu investieren. Außerdem wollten die derzeitigen Pächter in einer der Scheunen einen Wellnessbereich und einen Pool einrichten, aber die Baubehörde hat ihnen die Genehmigung verweigert. Also werfen sie jetzt das Handtuch.«

»Sal hat mir erzählt, Sie wollten es selbst übernehmen und dort alle zusammenwohnen«, erwiderte Lou.

»Pssst, lassen Sie das bloß nicht meinen Mann Don hören«, flüsterte Claudia. »Er würde glauben, dass Sie mich darin ermutigen.«

»Offenbar ist er nicht so begeistert von der Idee.«

»Ungefähr so wie Truthähne von Weihnachten. Er ist sehr erleichtert, dass wir das Geld niemals werden auftreiben können.«

Lou grinste. Claudia fand, dass er ein sehr anziehendes Lächeln hatte. »Wenn eine Idee gut ist, ist Geld nie das Problem. Sie würden sich wundern. Indische Banken. Russische Banken. Vielleicht chinesische Banken. Die geben alle gern Kredite.«

»Diese Vorstellung gefällt mir gar nicht. Die setzen womöglich noch Killer auf uns an, um das Geld wieder einzutreiben.«

»Wir sind gerade auf dem Rückweg zum Hotel. Warum kommen Sie nicht mit? Ich würde zu gerne hören, welche Pläne Sie für das Hotel haben.«

Sal verzog entsetzt das Gesicht.

»Es ist eher ein Traum als ein Plan«, gestand Claudia. »Mein Mann denkt, es würde die Hölle auf Erden werden. Und Sal hält mich für total übergeschnappt, richtig, meine Liebe?«

Sal nickte heftig.

»Nun, wenn sie so alt wäre wie ich, würde sie es sich vielleicht anders überlegen«, entgegnete Lou und lächelte wieder reizend.

»Oder wenn sie Eltern hätte wie ich.« Claudia seufzte. »Meine Mum ist über achtzig, mein Dad über neunzig, und ich bin nicht sicher, wie lange sie noch allein klarkommen. Insbesondere mein Dad.«

»Ich dachte, ihr hättet eine Pflegerin eingestellt?«, erkundigte sich Sal.

»Haben wir. Nur dass sie und meine Mum inzwischen siamesische Zwillinge sind und die verdammte Pflegerin meinen Vater vernachlässigt, obwohl wir sie angeheuert haben, um ihn zu versorgen. Das Spannende ist, dass ihn das überhaupt nicht stört. Ihm ist es lieber, wenn meine Mutter beschäftigt und unterwegs ist. Allerdings gibt es da ein Problem – abgesehen davon, dass ich die Pflegerin am liebsten ermorden würde.«

»Und das wäre?«

Claudia zögerte, unsicher, ob es fair gegenüber ihrem Vater war, etwas derart Intimes zu erwähnen.

»Hygiene«, sagte sie dann. »Ehrlich gesagt wird mein geliebter Vater allmählich inkontinent und bemerkt es nicht einmal.«

»Wie traurig«, antwortete Lou mitfühlend. »Gibt es heutzutage denn keine Hilfsmittel? Selbstreinigende Bidets oder Windeln?«

»Vermutlich, aber Dad weiß nicht, dass er ein Problem hat.«

»Es mag Ihnen ein wenig absurd erscheinen.« Plötzlich grinste Lou noch spitzbübischer als sonst. »Doch ich könnte da etwas haben, das ihn unterstützt.«

Claudia nahm ihre Jacke, und sie machten sich durch das Dorf auf den Weg zum Hotel. Offenbar kannte sie fast jeden, dem sie begegneten, und alle erkundigten sich nach ihren Eltern.

»Ich habe gehört, dass ihr jetzt eine Pflegerin habt«, verkündete eine alte Dame in einem Elektrorollstuhl mit lauter Stimme. »Behalte sie gut im Auge, meine Liebe. Heutzutage liest man so schreckliche Geschichten.«

»Wisst ihr, genau das könnte ich nicht ertragen«, gestand Sal. »In einem Dorf zu leben wäre schon schlimm genug, geschweige denn in einer noch kleineren Gemeinschaft. Jeder mischt sich in deine Angelegenheiten ein.«

»Das war nur Betty«, erklärte Claudia. »Sie ist wundervoll. Sie war früher mal ein Bluebell Girl, eine Can-Can-Tänzerin«, fügte sie an Lou gewandt hinzu. »Sie ist eine meiner besten Freundinnen. Anfangs war ich in Sachen Dorfleben auch skeptisch, doch mittlerweile nicht mehr. Es ist so schön, Freunde zu haben, die älter und jünger sind als ich. So etwas hat man nicht in der Stadt.«

»Gott sei Dank«, murmelte Sal.

»Aber, aber, Miss Grainger«, neckte sie Lou. »Deine Engstirnigkeit erschreckt mich. Ich habe dich für einen Freigeist gehalten.«

Obwohl Sal klar war, dass sie wie eine verbitterte alte Hexe klang, konnte sie sich die spitze Bemerkung nicht verkneifen. »Genau deshalb will ich nicht in einem Dorf wohnen, wo jeder alles über den anderen weiß.«

»Freigeister sollten sich über ihre neugierigen Nachbarn erheben«, verbesserte sie Lou.

»Das erinnert mich an transzendentale Meditation«,

erwiderte Sal lachend. »Das habe ich in den Sechzigern sogar ausprobiert und bin kläglich daran gescheitert. Ich habe es einfach nicht geschafft, mein hyperaktives Über-Ich auszuschalten.«

Claudia nickte. »Das kann ich verstehen. Mir geht es mit der Achtsamkeit genauso. Ich sitze in meinem Gymnastikanzug da und wiederhole ständig: ›Jetzt komm schon, innerer Friede, ich habe nicht den ganzen Tag Zeit!‹«

»Dann brauchen Sie eindeutig einen besseren Lehrer, wenn Sie in Ihrer New-Age-Alterskommune Kurse veranstalten«, witzelte Lou.

Aber Claudia hörte gar nicht zu. Inzwischen hatten sie den Eingang von Igden Manor erreicht, und sie wollte jede Minute nutzen, um ihre Vision zu schildern.

»Dieser Ort hat mich wirklich fasziniert. Hinzu kam noch die Sorge um meine Eltern. In meinen Augen eignet sich dieses Hotel ausgezeichnet. Da drüben steht das Hauptgebäude« – sie wies auf das wunderschöne Bauwerk aus Stein –, »das zehn Zimmer hat. Also genug Platz für Angestellte und für alle, die Pflege brauchen, und natürlich auch Gästezimmer. Die Gemeinschaftsräume wären dann hier. Der Speisesaal. Ein großer Salon. Vorne die Terrasse.«

»Und die Bar«, erinnerte Sal sie lachend.

»Natürlich die Bar.«

»Außerdem, und das ist das Wichtigste, haben wir auch zwanzig Häuschen, alle mit eigenem Eingang. Einige könnte man miteinander verbinden, um Vierzimmerwohnungen zu schaffen. Privatsphäre ist unabdingbar, sonst treiben wir einander in den Wahnsinn.«

»Wir würden einander ohnehin in den Wahnsinn treiben«, protestierte Sal heftig. »Deshalb ist es auch eine Schwachsinnsidee.«

»Entdecke ich hier ein negatives Denkmuster?«, erkundigte sich Lou.

»Ganz recht.«

Claudia ließ sich nicht von ihrem Thema ablenken. »Dann wäre da noch der Pool. Prima für knarzende Gelenke.«

»Ja, ich sehe es schon vor mir: verpflichtende Wassergymnastik.« Sal schüttelte den Kopf.

»Und ein Krocketfeld. Unten am Bach gibt es einen Tennisplatz. Karpfenangeln zur Entspannung.«

»Klingt wie ein ländliches Paradies.« Lou grinste. »Ich sehe schon Miss Marple in einem Liegestuhl vor mir.«

»Eher Inspector Barnaby ... mit mir als Mörderin«, murmelte Sal.

»Apropos Miss Marple. Was haltet ihr von Tee auf dem Rasen?«, schlug Claudia vor.

Zehn Minuten später saßen sie auf Rattanstühlen an einem weiß gedeckten Tisch und hatten eine Kanne Tee, Gurkensandwiches, Teekuchen und leckere Törtchen auf einer dreistöckigen Etagere vor sich.

»Seht ihr?« Claudia lächelte die beiden an. »So wäre es immer. Unser Ruhestand ließe sich an wie bei der verwitweten Countess of Grantham in Downtown Abbey.«

»War das nicht die alte Hexe, die sich in alles eingemischt hat?«, fragte Sal. »Wenn ich meinen Lebensabend damit verbringen könnte, mich so richtig einzumischen, wäre ich vielleicht interessiert.«

»Und ich habe dich als friedlichen Menschen eingeschätzt«, meinte Lou liebevoll.

»Sal? Friedlich?«, wiederholte Claudia ungläubig.

»Möglicherweise zeigt sie sich mir ja von ihrer Schokoladenseite. Ich finde sie sehr friedlich.« Lou zwinkerte.

»Nun, nach deiner Mutter, dem Hippiemädchen Melody und ganz zu schweigen von deiner arbeitssüchtigen dritten Frau bin ich vielleicht eine entspannende Abwechslung«, entgegnete Sal und lächelte ihn an.

Plötzlich schoss Claudia ein Gedanke durch den Kopf. Sal hatte endlich einen Mann gefunden, der ihr ebenbürtig war. Es handelte sich eindeutig nicht um das amüsante Wochenende zweier Freunde. Wenn sie sich nicht sehr irrte, verfolgte Lou ernsthafte Absichten. Möglicherweise würde sie ja sogar die vierte Mrs. Maynard werden. Claudia wurde von Enttäuschung ergriffen. In diesem Fall wäre Sal bei ihrem verrückten Plan nicht mit von der Partie. Allerdings war sie ohnehin nicht begeistert davon. Und noch berufstätig.

»Verrate mir eines«, wandte Lou sich an Claudia. »Sal hat mir erzählt, es ginge darum, dass ihr vier Mädchen zusammenwohnt. Aber dieses Hotel ist ziemlich groß.«

»Wenn wir unter uns bleiben würden, würden wir uns an die Gurgel springen.« Sie drehte sich zu Sal um. »Eine Mischung aus Studentenwohnung und Kibbuz, so lautete der Traum, schon vergessen? Ich fände es grässlich, nur mit meiner eigenen Altersgruppe zusammenzuleben. Wir brauchen auch junge Leute. Babys. Ich habe mir überlegt, meinen Schwiegersohn Douglas, der Architekt ist, zu bitten, sich alles anzusehen. Vielleicht würden sie ja auch hierher ziehen. Aus der jungen Generation kann sich niemand mehr leisten, etwas zu kaufen. Lauras Tochter Bella sucht auch eine Unterkunft. Ihr Mann Nigel, der Grufti, wird bürgerlich und hat eine Stelle an einer Schule in Surrey angenommen.«

Sal warf einen Blick auf Lou. Er schluckte tatsächlich all diesen Mist. Das war doch bei einem hart gesottenen Geschäftsmann wie ihm nicht zu fassen. Vielleicht hatte Claudia ihm ja etwas in den Tee getan.

»Ich verstehe, wie viel dir diese Idee bedeutet«, sagte Lou. »Aber wenn du eine Chance haben willst, es zu schaffen, brauchst du einen ordentlichen Businessplan. Es ist ein ziemlich ehrgeiziges Projekt.«

»Ich weiß.« Als Claudia Lou ansah, strahlte ihr attraktives Gesicht vor Freude und ließ es um Jahre jünger wirken. »Aber meine Mutter hat der Empfangsdame etwas ausgesprochen Interessantes aus der Nase gezogen. Da der Pachtvertrag nur für dreißig Jahre gilt, verlangt der alte Knabe einen recht vernünftigen Preis.«

Lou grinste. Er hatte jahrelang mit Immobilienentwicklern, Vermietern und Verpächtern zu tun gehabt. »Ja, aber er könnte eine nachträgliche Mietbewertung einbauen und die Pacht sofort erhöhen. Vermieter sind keine Wohltätigkeitsunternehmer, sie wollen Profit sehen.«

»Ich weiß.« Claudia seufzte. »Es könnte trotzdem machbar sein.« Sie schenkte allen Tee ein. »Und was ist deine geheimnisvolle Lösung für die Probleme meines Vaters?«

»Die zeige ich dir nach dem Tee.«

Sie lehnten sich zurück und beobachteten die Gäste, die auf dem Rasen Krocket spielten.

»Offenbar ein ziemlich brutales Spiel«, merkte Lou an. »Viel grausamer als Eishockey oder American Football.«

»Oh ja, da geht es um Leben oder Tod. Mein Dad war früher sehr gut darin.«

»Okay.« Lou stand auf. Für einen Mann über siebzig war er ausgesprochen geschmeidig. »Also, Mädchen, ich bitte euch, nicht zu spotten, sondern nur zuzuhören und zuzuschauen.« Er unterschrieb die Rechnung und marschierte über den Rasen voran zum Parkplatz. »Das ist auch eines meiner kleinen Hobbys, nämlich einen Weg zu finden, möglichst angenehm zu altern.«

Inzwischen standen sie vor Lous Mietwagen. Als er auf den Schlüssel drückte, sprang der Kofferraum auf. Lou beugte sich vor und hob etwas heraus. Zu Sals und Claudias Erstaunen handelte es sich um einen knapp einen Meter großen Roboter.

»Das ist Hiro. Er wurde eigens für das entwickelt, was man mit dem reizenden Begriff Altenpflege bezeichnet. Er verfügt über Fähigkeiten, die die einer menschlichen Pflegekraft weit übertreffen, schlägt einen im Schach und spricht neunzehn Sprachen.«

Claudia schüttelte den Kopf. »Dann wird er auch verstehen, wenn ich ›Leg ihn zurück in den Kofferraum‹ sage. Mein Vater wird sich in einer Million Jahren nicht von einem Roboter helfen lassen.«

»Du hast erzählt, die Pflegerin, die ihr eingestellt habt, räumt nicht auf«, entgegnete Lou. »Hiro schon. Er hilft auch beim Kochen, beim Putzen und bei der Körperpflege. In Japan gibt es massenweise alte Leute und nicht genug junge, um sie zu versorgen. Deshalb Hiro. Die Japaner haben die Elektronik erfunden, schon vergessen? Ich habe ziemlich viel in diesen kleinen Burschen investiert. Wie ich Sal schon erklärt habe, ist er kein Durchschnittsroboter, sondern ein Meisterwerk. Tust du mir den Gefallen und lässt ihn mich an deinem Vater testen? Das Schlimmste, was passieren kann, ist, dass er ihn rausschmeißt.«

»Und das mit ziemlich üblen Schimpfwörtern. Hoffentlich versteht Hiro keine Kraftausdrücke.«

»Er ist so klug, er wird anfangen, sie zu verwenden.«

Claudia wurde allmählich klar, dass Lou Maynard eine Naturgewalt war, der man sich schwer widersetzen konnte. Nur der Himmel wusste, was ihre Mutter dazu sagen würde. Aber Mrs. O'Brien würde sicher vor Wut kochen.

Allein das war das Experiment wert.

»Okay, du hast gewonnen. Machen wir Hiro mit Dad bekannt.«

Laura betrachtete sich im Badezimmerspiegel. Sie war mit Calum verabredet und wollte nicht, dass Mrs. Lal davon erfuhr. Sie sah gar nicht so schlecht aus. Ob ein Hauch roter Lippenstift, der die Farbe ihres Wickelkleides aus Jersey betonte, die Sache noch verbessern würde? Außerdem fühlte sie sich sexy, etwas, das nicht oft geschah, doch heute war sie in tollkühner Stimmung. Seit Ella ihr bei der Wohnungssuche half, grübelte sie nicht mehr so häufig über die Zukunft nach. Es hatte etwas sehr Beruhigendes an sich, das Problem der tüchtigen Ella übergeben zu können, und sie hatte den Verdacht, dass ihre Freundin selbst Spaß daran hatte. Seit der Sache mit dem Kleingarten war sie ein wenig niedergeschlagen.

Es läutete an der Tür. Laura sah sich nach ihrer Handtasche um. Wo war sie? Verdammt, unten im Wohnzimmer. Zu spät erinnerte sie sich, dass Mrs. Lal zu Hause war, und sie hörte, wie sie die Tür öffnete und Calum in ihrer herablassenden postkolonialen Art begrüßte. Der arme Calum. Er ahnte nichts von ihrem Überraschungsgast. Am besten war es, wenn sie sofort nach unten lief. Beim Aufstehen blieb sie mit ihrer hauchdünnen Strumpfhose, ebenfalls ungewöhnlich sexy für Laura, am scharfkantigen Griff einer Schublade hängen. Verdammt! Jetzt musste sie eine andere finden. Sie öffnete ihre Wäscheschublade, deren Inhalt normalerweise ordentlich nach Farben sortiert war, und stellte fest, dass Bella darin herumgewühlt hatte. Chaos. Weiß bei Schwarz, durchsichtig bei blickdicht, alles ineinander verknäult. Sie brauchte zehn Minuten, um eine passende zu finden, sie auf Löcher zu untersuchen – einmal Tragen konnte so einer Strumpfhose schon den Rest geben – und sich fertig zu machen.

»Also, Calum, es stört Sie doch nicht, wenn ich Sie so nenne?«, hörte Laura Mrs. Lals durchdringende Stimme fragen. »Seit wann, sagten Sie, sind Sie rechtsgültig geschieden? Und Ihre Frau, äh, Kate, richtig, verlangt, dass Sie weiter in das früher von Ihnen gemeinsam bewohnte Haus investieren? Ist das nicht äußerst sonderbar?«

Laura zögerte am Fuß der Treppe. Sie war entsetzt, dass Mrs. Lal es wagte, einem wildfremden Mann so persönliche Fragen zu stellen. Einerseits war sie empört, weil Calum einer solchen Inquisition unterworfen wurde, und überdies von jemandem, der nur aus reiner Freundlichkeit hier wohnen durfte. Andererseits machten seine Antworten sie neugierig. Wie konnte diese Kate von ihm erwarten, dass er weiter Geld in das Haus der Familie steckte, obwohl ihre Kinder bereits erwachsen waren? Das fesselte ihn doch an sie. Und wie sollte er sich jemals etwas Eigenes leisten können?

Sie hüstelte laut, straffte die Schultern, zog den Bauch ein, wie ihr Pilates-Lehrer ihr geraten hatte, und betrat das Zimmer.

Sie bemerkte, dass Calum ungewöhnlich gut aussah. Wie sie selbst hatte er sich Mühe gegeben. Mit Erfolg.

»Entschuldige, dass du warten musstest. Du hast Mrs. Lal schon kennengelernt? Sie ist die Schwiegermutter meines netten Arbeitgebers und wohnt für ein paar Tage hier.«

»Calum und ich hatten ein sehr interessantes Gespräch.«

Angesichts von Calums verlegener Miene konnte sich Laura ein Schmunzeln nicht verkneifen. »Mach dir keine Sorgen wegen Mrs. Lals direkter Fragen. Zu Hause in

Indien ist sie Heiratsvermittlerin und geht den Dingen gerne auf den Grund.«

»Nein, Heiratsvermittlerin ist so ein vulgärer Ausdruck«, verbesserte Mrs. Lal sie pompös. »Ich stelle die Menschen nur einander vor.«

»Und habe ich den Test bestanden?«, erkundigte sich Calum und sah Laura an.

Das dröhnende Schweigen, das darauf folgte, beunruhigte sie beide.

»Ach herrje, offenbar nicht. Möchten Sie mir erklären, warum?«

»Ich fürchte, dafür haben wir keine Zeit«, unterbrach Laura rasch. »Der Film fängt in einer halben Stunde an, und ich bestehe darauf, auch die Werbung zu sehen. Die ist meistens das Beste.« Sie packte Calum am Arm, bevor Mrs. Lal Gelegenheit hatte, weiter auszuholen.

»Bis später, Mrs. Lal. Holt Mr. A. Sie ab?«

»Nein, heute Abend bleibe ich zu Hause und mache es mir gemütlich. Ihr Sohn Sam wird mich mit den Angeboten von Netflix und seinem italienischen Lieblingsgericht bekannt machen. Auf meine Rechnung. Einen schönen Abend.«

»Wer, um alles in der Welt, ist denn diese grässliche alte Hexe?«, fragte Calum, als sie ins Auto stiegen.

»Es tut mir wirklich leid. Ich dachte, sie ist bei ihrer Tochter und ihrem Schwiegersohn. Ich hatte ja keine Ahnung, dass sie mit meinem Sohn Pizza vom Lieferservice essen will. Hoffentlich ängstigt er sie nicht mit Zombies oder Kettensägenmassakern.«

»Ich bezweifle, dass ein ganzer Stamm von Zombies diese Dame ängstigen könnte. Sobald sie anfängt, sie wegen ihrer Vermögensverhältnisse zu löchern, ergreifen sie im Nu die Flucht.«

»Ich begreife nicht, wie sie Sam um den Finger gewickelt hat. Er war stinksauer auf sie, weil sie seine ausgesprochen reizende neue Freundin als unpassend bezeichnet hat.«

»Apropos …« Calum sah Laura vielsagend an und beendete den Satz nicht.

Die hauchzarten Strümpfe und der rote Lippenstift hatten sich gelohnt.

Laura schoss ein Gedanke durch den Kopf. Wenn sie Calum später mit nach Hause nahm, würde das einen Spießrutenlauf vorbei an ihrem Sohn und Mrs. Lal bedeuten, die sich Horrorfilme anschauten und dabei Pizza Margarita mampften.

Ein ziemlicher Dämpfer.

Zufällig war Ella vier Kilometer entfernt ebenfalls mit ihrem Nachwuchs beschäftigt.

Gerade hatte sie sich mit einem Steak-and-Ale-Pie für eine Person und einem großen Glas Rotwein an den Tisch gesetzt, als es an der Tür läutete. Ella betrachtete ihr verlockendes Abendessen und überlegte, ob sie so tun sollte, als wäre sie nicht zu Hause.

Es war ihre Tochter Julia, bewaffnet mit einer Plastiktüte voller Salat und Gemüse aus ihrem Garten.

»Oh, hallo, Schatz.« Ella bemühte sich um einen begeisterten Ton. »Ich wollte gerade zu Abend essen.«

»Das sehe ich«, entgegnete Julia und beäugte missbilligend die Mahlzeit.

»Möchtest du ein Glas?«

»Mum, natürlich nicht. Ich bin mit dem Auto da.«

»Ein kleines Glas kann doch nicht schaden.«

»Deine Generation ist so verantwortungslos. Iss einfach. Eigentlich bin ich hier, um mich zu entschuldigen. Neil findet, dass ich wegen Harry überreagiert habe.«

Wie nett von Neil, dachte Ella. Früher hatte sie ihren Schwiegersohn nicht sonderlich gemocht und ihn für verbohrt und engstirnig gehalten. Inzwischen schien er vernünftiger zu sein als ihre eigene Tochter.

Ella beschloss, nicht mehr über die Episode mit Harry nachzugrübeln. Vielleicht hatte die Tatsache, dass sie seine fehlende Versicherung vergessen hatte, ja gar nichts mit ihrem Gedächtnis zu tun und hätte jedem passieren können. Jedenfalls war es lieb von ihrer Tochter, dass sie sich entschuldigte.

Julia kehrte mit einem Salat zurück, den sie gerade angerichtet hatte. »Ich dachte, selbst angebauter Mangold wäre gut und gesund für dich, doch ich weiß nicht, warum ich mir die Mühe überhaupt gemacht habe. Weißt du, wie viele Kalorien diese Pastete hat? Siebenhundertzweiundvierzig!«

Offen gestanden war Ella ein wenig erschrocken. Das klang nach einer Menge Kalorien. Doch noch mehr schockierte sie, dass Julia offenbar die Verpackung aus ihrem Mülleimer gekramt hatte, um das herauszufinden. Eine Unverschämtheit!

»Mit dem Glas Wein kommst du auf schätzungsweise tausend Kalorien. Und das kurz vor dem Schlafengehen. Wenn du nicht aufpasst, kriegst du noch Diabetes.«

»Julia!«

»Okay, okay. Aber bewegst du dich genug?« Sie stand auf und blickte hinaus in Ellas kleinen Garten. »Ich verstehe nicht, warum du nicht angefangen hast, da draußen etwas anzupflanzen. Als du den Kleingarten verloren hast, hast du so ein Theater veranstaltet.«

»Es ging mir nicht nur ums Anpflanzen. Ich hatte Spaß an der Gemeinschaft dort.«

»Das begreife ich nicht. Ein paar alte Männer mit Strickmützen. Vermisst du das Haus eigentlich nicht?«

»Ich denke nicht viel daran«, erwiderte Ella zwischen zwei Bissen. »Für mich allein war es ziemlich groß.« Sie fügte nicht hinzu, dass es ihr fehlte, mit ihrem Mann Laurence zu sprechen, der mit einer besonderen Genehmigung der Behörden unter der riesigen Zeder im Garten begraben war. Sie hatte sich sogar überlegt, ob sie ihn umbetten lassen sollte, doch das war ihr wie ein Sakrileg erschienen. Sicher war er glücklicher dort, wo er war.

»Und es will mir immer noch nicht in den Kopf, weshalb du in ein so gefährliches Haus gezogen bist. Es wird bestimmt überschwemmt werden.«

Ella trank den letzten Schluck Wein. Julia hatte es mit Bravour geschafft, ihr das Abendessen zu verderben. Andererseits hatte sie es nicht so gemeint. Sie hatte als Friedensangebot den Salat mitgebracht. Ihre Tochter hatte einfach kein Händchen für Entschuldigungen.

»Schon gut.« Ella zwang sich, nicht auf diesen letzten Vorwurf einzugehen. »Ich glaube, ich esse etwas von deinem leckeren Salat. Nur achtzig Kalorien.«

»Nun, ich finde es immer noch Wahnsinn, dass du in ein Überschwemmungsgebiet gezogen bist.«

Warum besaß Julia nicht ein wenig von dem Einfühlungsvermögen und Verständnis ihrer anderen Tochter Cory? Warum sah sie einfach nicht ein, dass Ella ihre eigenen Entscheidungen treffen konnte? Sie stand auf und küsste ihre Tochter. »Stell dir nur vor, wenn es wirklich passiert, kannst du mit bestem Wissen und Gewissen sagen, dass du mich ja gewarnt hast.«

»Ich fasse es nicht, dass ich das wirklich tue.« Claudia klopfte an die Tür des Schuppens. Ihr Vater hasste es, wenn man unangekündigt hereinplatzte. Das hier sei sein privates Reich, wie er Eindringlingen freundlich mitzuteilen pflegte, und er sei der Herrscher.

Sein Reich war leider ziemlich deprimierend. Claudia konnte sich den Gedanken nicht verkneifen, als sie die Tür öffnete. Es war schmutzig und unordentlich. Auf dem Boden stapelten sich Teetassen und leere Gläser, und der Geruch nach Fäkalien lag in der Luft. Wie immer wäre Claudia am liebsten in Tränen ausgebrochen.

»Dad«, begrüßte sie ihn liebevoll und hielt die Luft an, als sie ihn auf den Scheitel küsste. »Das ist meine Freundin Sal. Du erinnerst dich doch noch von Gabys Hochzeit an sie. Und das ist Lou, ihr Freund und Kollege.«

Mit einem verunsicherten Lächeln blickte Len von seinem Fernseher auf. »Hallo. Willkommen in meinem kleinen Königreich.«

»Dad, Lou hat dir eine Überraschung mitgebracht. Da du Ingenieur bist, hat er sich gefragt, ob du ihm bei einem Experiment helfen könntest.«

»Wirklich?« Dieser Vorschlag schien ihren Vater aufzumuntern. »Und was kann ein alter Knacker wie ich zu einem Experiment beitragen?«

»Ich habe ziemlich viel Geld in eine japanische Firma investiert …«

»Ich bin kein großer Freund der Japaner«, entgegnete Len und griff wieder zur Fernbedienung.

»Dad war in Kriegsgefangenschaft. Er gehörte zu den letzten Soldaten, die die Eisenbahnstrecke von Thailand nach Burma bauen mussten. Damals war er erst achtzehn.«

Selbst einer Frohnatur wie Lou verschlug es angesichts dieser Enthüllung die Sprache. Allerdings nicht sehr lang.

»Ich würde gern mit Ihnen darüber reden, Sir.«

»Ich rede nicht darüber«, antwortete Len. »Niemals.«

»Nun, bei diesem Forschungsprojekt geht es ums Älterwerden.«

»Wie ich meiner Tochter schon oft gesagt habe« – kurz zeigte sich Lens spitzbübische Seite –, »ist Älterwerden ein Riesenmist. Es gibt keinen Grund, es weiterzuempfehlen.«

»Diese Erfahrung mache ich auch gerade.« Lou grinste. »Doch vielleicht wird es durch diese Forschung erträglicher.«

»Wie? Ich weigere mich, mit Drähten im Kopf hier rumzusitzen!«

Lou überlegte, wie er diesem beeindruckenden alten Herrn seinen Vorschlag verkaufen sollte. »Die Daten werden auf eine recht ungewöhnliche Weise erhoben, und zwar von diesem kleinen Burschen hier.« Er machte Platz, sodass seine Überraschung in Sicht kam, die vor der Tür wartete.

»Was ist das?« Lou spähte hinaus. »Eine Art menschenmordender Außerirdischer?«

»Er ist ein ausgebildeter Pflegeroboter.« Lou hob Hiro auf und trug ihn in den Schuppen. »Er ist darauf programmiert, Geschirr zu spülen, aufzuräumen, Sie daran zu erinnern, Ihre Medikamente zu nehmen, und noch auf viele andere Dinge. Ein schlauer kleiner Kerl.«

Gott sei Dank hat er die Körperpflege nicht erwähnt, dachte Claudia. Aber Lou war zu taktvoll, um so etwas Intimes anzusprechen.

»Schauen Sie, ich schalte ihn ein.« Er drückte auf eine kleine Fernbedienung.

»Hallo, Leonard«, verkündete der Roboter mit erstaunlich menschlicher Stimme. »Mein Name ist Hiro. Erfreut, Sie kennenzulernen.«

»Nun, ich bin nicht erfreut, dich kennenzulernen«, entgegnete Len gereizt. »Claudia, ist das eine Schnapsidee von deiner Mutter? Eine Krankenschwester in Verkleidung, die mir das Rauchen und den Alkohol verbietet? Ihr könnt das Ding wieder in seine Schachtel stecken. Ich komme ausgezeichnet allein zurecht.«

»Leonard!« Die herrische Stimme ihrer Mutter Olivia hallte von der Tür des Schuppens hinüber. »Was, zum Teufel, ist denn das für ein Ding? Wenn du glaubst, wir würden ein Vermögen für ein Spielzeug ausgeben, damit du es wie alles andere auseinandernehmen kannst, um rauszufinden, wie es funktioniert, hast du dich geirrt. Das schwöre ich dir.«

Ihre Adjutantin Mrs. O'Brien spähte ihr über die Schulter. »Eine Schande, wie es hier aussieht«, murmelte sie. »Und das nur, weil er mich nicht zum Saubermachen reinlässt.«

Claudia fragte sich, wer von beiden die Wahrheit sagte. Ihr Vater, der angab, die Frau kümmere sich nicht um ihn, oder die Pflegerin, die behauptete, dass er es ihr nicht erlaubte?

»Tja, das brauchen Sie von nun an nicht mehr«, verkündete Len, der durch diese unwillkommene Einmischung wieder zum Herrscher über sein Reich geworden war. »In Zukunft lasse ich mir von Hiro helfen.«

Neun

»Du solltest sie wirklich nicht in dieser Wahnidee bestärken, eine Kommune zu gründen«, teilte Sal Lou mit, nachdem Claudia fort war und sie in Sals Hotelzimmer saßen. »Erstens sind wir alle erst sechzig.«

»Vierundsechzig«, verbesserte Lou sie und betrachtete den typisch englischen Garten mit seinem dunkelblauen Rittersporn und den üppigen Kletterrosen. »Ich habe recherchiert. In den Vereinigten Staaten ziehen die Leute schon mit Ü-Fünfzig in solche Anlagen.«

»Nun, wir sind hier nicht in Amerika. Ihr übertreibt dort alles. Außerdem finde ich die Vorstellung grässlich, ich bin schließlich noch berufstätig.«

»Ja, aber wie lange noch?«

»Für immer!«, beharrte Sal. »Ich liebe meinen Job. Schau dir Rose an, die ist über achtzig.«

»Schon«, meinte Lou. »Aber Rose gehört der Verlag.«

»Und Rose und ich stehen uns sehr nahe.«

»Weil ihr zwei alte Mädels seid.«

»Unsinn! Denk an Anna Wintour. Die ist achtundsechzig! Und Karl Lagerfeld hat mit weit über achtzig noch Mode entworfen. Außerdem wird von den anderen auch niemand mitmachen. Laura steckt in einer hässlichen Scheidung. Ella hat sich gerade erst ein neues Haus gekauft, verdammt. Nur Claudia klammert sich an die Idee, und zwar, weil sie nicht weiß, was sie wegen ihrer Eltern unternehmen soll.«

»Ich muss zugeben, dass mir die Idee auch recht gut gefällt«, räumte Lou ein.

Sal starrte ihn fassungslos an. »Aber du bist aus Manhattan!« In ihrem Tonfall schwang mit, dass jemand, der in einem Palast lebte und neidisch ein Mäuseloch betrachtete, eindeutig nicht mehr alle Tassen im Schrank haben konnte.

»Brooklyn«, korrigierte er sie. »So verrückt ist das gar nicht. Du weißt, dass ich mich für viele verschiedene Aspekte des Alterns interessiere. Die Zeitschrift, Robotertechnologie in der Altenpflege … dich …«

»Wie kannst du es wagen?«, ging Sal auf ihn los. Sie war froh, dass sie allein waren, sodass niemand sie davon abhielt, ihrem Zorn Luft zu machen. »So eine bodenlose Unverschämtheit …«

Sie wurde am Weitersprechen gehindert, denn Lou küsste sie und schob sie sanft zurück auf das breite Bett.

Sal wurde von Panik ergriffen. Sie hatte Lou gern, ja sogar mehr als das, und wünschte sich nichts sehnlicher, als ihn zu lieben. Allerdings war da die Sache mit der Brust. Was, wenn er sich abgestoßen fühlte?

»Lou, hör zu …«

Er hielt inne und musterte ihr Gesicht. Sein Lächeln war verflogen. »Bin ich dir zu alt?«

»Nein, nein.«

»Zu kompliziert? Zu viele Ehefrauen und Enkel?«

Sal schüttelte den Kopf. »Überhaupt nicht!«

»Oder weil ich ein ungehobelter Amerikaner bin?«

Nun musste Sal lachen.

»Weil ich dich an Donald Trump erinnere?«

»Es ist nur … Ich hatte eine Brustamputation. Ich habe nur eine Brust und habe mich gegen einen Wiederaufbau entschieden. Da du aus dem Heimatland der

Schönheitsoperationen stammst, findest du das sicher verrückt.«

»Was, wenn ich dir erzählen würde, dass ich wie Hitler nur einen Hoden habe?«, fragte Lou und verkniff sich ein Lächeln. »Fändest du das abstoßend?«

»Nein, natürlich nicht.«

»Oder zwei, aber nur ganz kleine?«

Sal schlug die Hände vors Gesicht. Sie ahnte, worauf er hinauswollte.

»Oder wenn ich gar keine Eier hätte? Gut, ich habe welche, doch die Haare auf meinem Kopf sind in Nase und Ohren gewandert. Also sind wir in einer ähnlichen Situation. Außerdem entwickle ich einen Männerbusen. Deshalb könnte ich in dieser Beziehung derjenige mit den Titten sein. Was hältst du davon?«

Sal musste laut lachen.

»Ausgezeichnet. Meine einzige Möglichkeit ist, um den unsterblichen Woody Allen zu zitieren, eine Frau ins Bett zu lachen.«

Zusammen fielen sie auf das Himmelbett. Sal hoffte, dass niemand vom Personal sich ausgerechnet diesen Moment aussuchen würde, um die Betten aufzudecken. Doch schon wenige Sekunden später wäre es ihr egal gewesen, wenn der Manager höchstpersönlich hereingeplatzt wäre.

Lou Maynard mochte nicht der jüngste Liebhaber sein, den sie je gehabt hatte, aber er entpuppte sich eindeutig nicht als Enttäuschung.

Es war fast Mitternacht, als Calum Laura zu Hause absetzte. Sie hatte großen Spaß an dem von ihm geplanten Abend gehabt. Zuerst eine Kinovorführung von Truffauts *Jules und Jim*, gefolgt von einem Abendessen in einem schlichten italienischen Restaurant in der Nähe.

»Nach diesem Film sollte es eigentlich etwas Französisches sein«, meinte er lächelnd, als sie an ihrem Tisch Platz nahmen.

»Eigentlich ist mir die italienische Küche lieber«, erwiderte Laura. »Ich finde Nudeln wundervoll.«

Daraufhin debattierten sie angeregt über die beeindruckende, aber anstrengende Frau, die Jeanne Moreau in dem Film gespielt hatte. Der Abend verging wie im Fluge, und plötzlich fiel ihr ein, dass sie verabredet hatten, er solle anschließend mit zu ihr kommen. Doch als sie feststellte, dass die Vorhänge offen waren und Mrs. Lal aus dem Fenster blickte wie eine empörte Anstandsdame, die über die Ehre ihres jungfräulichen Schützlings wachte, verließ sie der Mut. Fast erwartete sie, mit den Worten »Um diese Zeit treibst du dich noch herum?« empfangen zu werden.

Deshalb bedankte Laura sich bei Calum und sagte, sie würde gern bald wieder mit ihm ausgehen. Als sie den Schlüssel ins Schloss steckte, musste sie gegen ihre Gereiztheit ankämpfen. Es war schon schlimm genug, Geheimnisse vor Sam zu haben. Und jetzt auch noch vor Mrs. Lal!

»Guten Abend, Mrs. Thompson«, wurde sie von ihrer Besucherin begrüßt. Laura hatte vorgeschlagen, dass sie sich mit Vornamen ansprachen, allerdings vergeblich. Mrs. Lal gab Förmlichkeiten den Vorzug. »Haben Sie sich amüsiert?«

»Ja, sehr«, antwortete Laura. Sie sehnte sich nach einer Tasse Kamillentee im Bett. »Sie hoffentlich auch.«

»Ja, meine Tochter und mein Schwiegersohn haben mich zum Essen eingeladen.«

»Schön.« Sie fragte sich, was aus dem Plan mit der Pizza geworden war. »Wo waren Sie denn?«

Beinahe wäre Laura erstickt. Das Restaurant, das Mrs. Lal nannte, hatte ihren Chef sicher hundertfünfzig Pfund pro Kopf ärmer gemacht. Laura war noch nie dort gewesen, nicht einmal in der Zeit, als Simon und sie nicht aufs Geld hatten achten müssen. »Aha«, erwiderte sie mit schwacher Stimme. »Und wie war es?«

»Die *foie gras* war enttäuschend.« Laura unterdrückte das Kichern, das in ihr aufzusteigen drohte. Ach herrje, die bedauernswerten A.s hatten ein Vermögen für enttäuschende Stopfleber hingeblättert.

»Möchten Sie wissen, wie ich Ihren Begleiter von heute Abend einschätze?«, erkundigte sich Mrs. Lal. »Aus einer rein professionellen Perspektive.«

»Nein.« Am liebsten hätte sie sich die Ohren zugehalten und auf dem Weg ins Bett gesummt, um es nicht hören zu müssen.

»Er hatte Wildlederschuhe an«, verkündete Mrs. Lal oberlehrerhaft. »Natürlich ist Ihnen klar, was das bedeutet.«

»Nein.« Laura konnte sich das Kichern kaum noch verkneifen. »Was bedeutet es denn?«

»Vertrauen Sie nie einem Mann, der zu gut aussieht oder Wildlederschuhe trägt. Das war einer der ersten Ratschläge meines Vaters.«

»Und warum denken die Leute das? Könnte es sein, dass sie voller dummer Vorurteile stecken?«

»Weil solche Männer unzuverlässig sind, Mrs. Minchin.«

Laura überlegte, ob sie sich die Frage erlauben durfte, was die Leute wohl von einem Mann hielten, der Wildlederschuhe trug und überdies zu gut aussah. Doch Mrs. Lals nächste Bemerkung verschlug ihr die Sprache.

»Außerdem hätte er meiner Ansicht nach keinen Anruf

von seiner Frau annehmen sollen, während er auf Sie gewartet hat. Ich hatte den Eindruck, dass sie einander ziemlich nahestehen.«

»Was, zum Teufel, ist das?«, erkundigte sich Claudias Mann Don, beugte sich über ihre Schulter und studierte die Tabelle, die sie angefertigt hatte.

»Kann ich nicht mal eine halbe Stunde lang meine Ruhe haben?«, erwiderte Claudia ausweichend. In der Hoffnung, seinen Argusaugen zu entrinnen, hatte sie sich nach oben in das kleine Arbeitszimmer zurückgezogen.

»Doch nicht etwa schon wieder das verdammte Igden Manor?«, hakte Don verärgert nach. »Ruhestand für die Hexenbande? Kein Wunder, dass deine Freundinnen alle nicht verheiratet sind. Ihr seid besessen voneinander. Was deine Ruhe betrifft, kannst du so viel davon haben, wie du willst. Ich gehe mit dem Hund spazieren und werde eine Weile wegbleiben.«

Am liebsten hätte Claudia geschrien, dass es nicht nur für die »Hexenbande« gedacht war, sondern auch für ihre Tochter und ihre Eltern. Hatte sie nicht ihr geliebtes London und ihre Stelle als Lehrerin aufgegeben und war hierhergezogen, weil er es unbedingt gewollt hatte?

Sie kochte sich einen Kaffee und hatte ein schlechtes Gewissen, denn schließlich hatten Don und sie sich darauf geeinigt, einen Neuanfang zu wagen, nachdem sie beinahe eine Affäre mit Daniel, dem Chorleiter, gehabt hatte. Oh Gott. Warum wurde das Leben im Alter nicht einfacher? Mit über sechzig hatten ihre Eltern sich einfach nur als alt betrachtet und nicht mehr viel erwartet. Nur dass Claudia sich nicht alt fühlte. Außerdem arbeitete sie an etwas, das ihrer Ansicht nach ihrer aller Dasein verbessern würde. Das Beste von beiden Welten, wie sie sich immer vor Augen hielt. Freundschaft und Fürsorge. Und Spaß.

Sie kramte ihr Mobiltelefon aus der Handtasche und wählte die Nummer ihres Schwiegersohns Douglas, des Architekten.

»Hallo, Douglas, ich bin's, Claudia. Ich habe mich gefragt, ob ich dich um einen Rat bitten könnte. Ich habe nämlich eine Idee, die alle außer mir absolut durchgeknallt finden. Du hast auf mich immer einen ganz besonders erwachsenen und vernünftigen Eindruck gemacht. Könntest du dich mit mir diese Woche ganz diskret in Igden Manor treffen? Dann erkläre ich dir alles.«

»Das klingt aber spannend«, erwiderte ihr Schwiegersohn. »Weiß Gaby davon? Ich möchte so früh in unserer Ehe keine Geheimnisse vor ihr haben.«

»Später schon?« Claudia konnte sich die Bemerkung nicht verkneifen. »Entschuldige, das war gemein von mir. Ja, erzähle es ihr nur. Allerdings geht es mir in diesem frühen Stadium nur um deinen professionellen Rat.«

»In Ordnung. Morgen um elf? Ich muss später sowieso in eure Richtung, das würde mir also gut passen.«

»Dann bis morgen um elf.«

Claudia hielt beinahe die Luft an. Sie machte tatsächlich den ersten Schritt, um ihren Traum zu verwirklichen, und mochte er noch so klein sein.

»Hallo, Leonard, vielleicht sollten wir beide uns kennenlernen.«

Len musterte die Metallfigur mit den großen, menschenähnlichen Augen, den langen, gelenkigen Armen und dem dreieckigen Körper auf Rädern. Er fühlte sich an einen aufrecht stehenden Staubsauger im Minirock erinnert.

»Sie lächeln, Leonard. Es macht mich glücklich, dass Sie glücklich sind.«

»Ich bin nicht glücklich! Ich bin wütend, weil ich mir einen gottverdammten Roboter habe aufdrängen lassen.«

»Mein Name ist Hiro. Ich bin einen Meter zwanzig groß und wiege achtundzwanzig Kilo. Ich wurde als Gesellschafter entworfen.«

»Ich heiße Len«, antwortete Len. »Ich bin eins neunzig groß und wiege siebzig Kilo. Ich wurde als Ehemann entworfen. Wenn man mich lässt. Und ich habe keine Ahnung, warum, zum Teufel, ich mit dir spreche, obwohl du nur ein Klumpen Metall mit einem Algorithmus als Gehirn bist.«

»Sie sind sehr komisch, Len. Mögen Sie Witze?«

»Ach herrje, ich bin zweiundneunzig, nicht acht!«

»Warum hat das Skelett nicht die Straße überquert?«, beharrte Hiro.

»Keine Ahnung«, seufzte Len. »Warum nicht?«

»Weil es nicht genug Mumm in den Knochen hatte.«

Len lachte wider Willen.

»Was möchten Sie jetzt tun, Leonard?«

»Nichts«, erwiderte Len mürrisch und wandte sich wieder seiner Ausgabe der *Racing Post* zu.

»Das ist nicht gut für Sie.«

»Ich mag keine Dinge, die gut für mich sind.«

»An Ihrer Lektüre erkenne ich, dass Sie sich für Pferderennen interessieren. Vielleicht kann ich Ihnen dabei helfen. Ich habe einen sehr scharfen Verstand.«

Len betrachtete Hiro nachdenklich. »Möglicherweise hast du recht.« Er hatte einen Einfall. »Vermutlich könntest du mich zum Buchmacher in Manningbury begleiten und meine Coupons abholen. Auto fahren kannst du wahrscheinlich nicht.«

»Das gehört noch nicht zu meinen Fähigkeiten.«

»Egal. Wir könnten den Bus nehmen. Am besten brechen wir gleich auf.«

Erfreut über die Vorstellung, den gelangweilten Mitarbeitern des Wettbüros an einem Montagvormittag einen Roboter zu präsentieren, griff Len nach seinem Stock.

»Müssen Sie zuerst auf die Toilette, Leonard?«, erkundigte sich Hiro in seinem üblichen höflich neutralen Tonfall.

»Nein, muss ich nicht!« Leonard hielt inne. Oder vielleicht doch. In letzter Zeit bemerkte er das nicht mehr so richtig.

»Ich kann Sie dabei unterstützen«, erbot sich Hiro.

»Ich lasse mir nicht von einem verdammten Roboter den Arsch abwischen!«, brüllte Len.

»Sie dürfen nicht vergessen, dass ich kein echter Mensch bin, Leonard. Ich bin nur hier, um Ihnen zu helfen.«

»Ich bitte dich um Hilfe, wenn ich welche brauche.«

»Dann bin ich immer für Sie da. Soll ich Sie umarmen?«

»Nein, das sollst du nicht!«

Gemeinsam gingen sie den Gartenweg entlang zur Straße.

Mrs. O'Brien blickte aus dem Fenster und ließ ihre Kaffeetasse fallen. »Mrs. Warren, sehen Sie sich das an!«, schrie sie.

Olivia und Mrs. O'Brien blickten Len und Hiro nach. »Oh mein Gott, daran ist nur meine Tochter Claudia schuld. Die Leute werden glauben, dass er nicht mehr richtig tickt, wenn er mit dieser Maschine spricht. Claudia muss das Ding wieder abholen, bevor das ganze Dorf über meinen Mann lacht!«

Doch Claudia ging nicht ans Telefon. Sie hatte es abgeschaltet, um sich in Ruhe auf ihre Tabelle konzentrieren zu können.

»Oh mein Gott, wie spät ist es?«

Sal fuhr hoch und griff nach ihrem Morgenmantel. Auch wenn Lou sie nicht nur einmal, sondern sogar zweimal davon überzeugt hatte, dass ihr Amazonenlook ihn nicht abstieß, wollte sie nicht einbrüstig herumlaufen.

Eigentlich hatte sie schon gestern Abend nach London zurückkehren wollen, doch Lou hatte sie überredet zu bleiben. Dass sie zufrieden in sich hineinlächelte, bewies, wie sehr es sich gelohnt hatte. Aber sie hatte sich vorgenommen, früh aufzustehen, um den Zug zu erwischen, damit sie um zehn in der Redaktion sein konnte.

»Keine Ahnung«, murmelte Lou und tastete auf dem Nachttisch nach seiner Uhr. »Halb zehn.«

»Ach, verdammter Mist! Ich wollte den Zug vor einer Stunde nehmen!«

Als Lou ihren Morgenmantel öffnen wollte, hielt sie seine Hand fest. »Okay, du Lüstling, Botschaft angekommen, und ich freue mich sehr darüber. Aber es muss warten. Ich habe um elf eine Redaktionssitzung.«

»Das schaffst du sowieso nicht mehr.« Als er grinste, erinnerte er Sal an einen freundlichen Satyr. »Am besten, du meldest dich krank.«

»Ich habe mich noch nie krankgemeldet, nicht einmal, als ich krank war.« Sal erwiderte sein Lächeln.

»So etwas nenne ich Dickköpfigkeit. Ich hatte auf ein Frühstück im Bett gehofft.«

»Ich hasse Frühstück im Bett«, entgegnete Sal. »Die vielen Krümel.«

Lou griff nach ihrer Hand. »Offenbar passen wir überhaupt nicht zueinander. Diese überkorrekten Briten.« Wieder fing er an, sie zu küssen.

Widerstrebend machte sie sich los. »Und die ungehobelten Amerikaner. Kein Gefühl für Ironie. Hör zu, ich muss mich jetzt wirklich anziehen.«

Sie ging ins Bad und schloss leise die Tür. Komisch, dass man mit jemandem im Bett landen konnte und trotzdem nicht beim Pinkeln belauscht werden wollte. Rasch schminkte sie sich und bürstete ihr nachgewachsenes Haar. Sie hatte keine Ahnung, wie diese Beziehung sich entwickeln würde, aber na und? Rose würde natürlich sofort Lunte riechen, denn Sal kam sonst nie zu spät.

Und wenn schon?

»Ich habe dir ein Taxi bestellt, es kommt in fünfzehn Minuten«, verkündete Lou aus den Tiefen des Himmelbetts. »Da kannst du dir im Restaurant noch einen Happen holen. Der nächste Zug geht um fünf vor halb elf. Den müsstest du erwischen.«

Sal, die viel Wert auf ihre Unabhängigkeit legte, ertappte sich dabei, dass sie es genoss, das Steuer an jemanden zu übergeben, der eine noch stärkere Persönlichkeit hatte als sie selbst.

»Und du?«, erkundigte sie sich, immer noch lächelnd.

»Ich frühstücke im Bett, nur ich und die Krümel.«

Sie setzte sich auf die Bettkante und küsste ihn wieder. Im nächsten Moment kam ihr ein schrecklicher Gedanke. Sie wusste nicht, wie lange er bleiben würde. Vielleicht würde er ja morgen schon zurück nach Brooklyn fliegen.

»Was hast du für Pläne?«, fragte sie, plötzlich verlegen. Es war nicht ihre Art zu klammern. Andererseits war es auch nicht ihre Art, sich in jemanden wie Lou Maynard zu verlieben.

»Meinst du, nach dem Frühstück im Bett?« Er grinste sie verführerisch an.

»Mit diesem Gesichtsausdruck siehst du aus wie Tiger aus *Pu der Bär*«, teilte sie ihm mit.

»Ich fühle mich wie Tiger.« Er nahm ihre Hand. »Das liegt nur an dir. Ich bleibe noch einen oder zwei Tage hier. Dann komme ich nach London, wo ich hoffe, dich überreden zu können, mit mir zum Essen zu gehen.«

Ihr fiel noch etwas ein. »Was wird aus dem Roboter?«

»Den lasse ich beim Vater deiner Freundin. Ein wichtiges Forschungsprojekt, schon vergessen?«

»Und wenn Len ihn nicht will?«, wandte sie zweifelnd ein.

»Das wird nicht passieren. Hiro ist ein sehr einnehmender kleiner Bursche.«

»Bin ich jetzt völlig übergeschnappt?«, meinte Sal. »Ich verliebe mich in einen Mann, den ich kaum kenne und der mit Robotern spricht.«

»Wenn die Symptome darin bestehen, dass du mich zum Lachen bringst und bei unserem ersten Date wilden Sex mit mir hast, hoffe ich das sehr.«

»Es ist nicht unser erstes Date«, verbesserte ihn Sal. »Wir waren zum Brunch bei Brook's.«

»Das war geschäftlich. Angesichts meiner jüngsten Erfahrung setze ich große Hoffnungen in unser zweites Date.«

»Man soll den Tag nicht vor dem Abend loben. Vielleicht beschließe ich ja, von jetzt an keusch zu leben.«

»Miss Grainger.« Er küsste ihre Hand. »Das würde mich schwer treffen.«

Im Taxi zum Bahnhof blickte sie träumerisch aus dem Fenster. Eigentlich sollte sie die Tagesordnung für die Redaktionssitzung festlegen, anstatt an Sex mit Lou zu denken. Sobald sie im Zug saß, versuchte sie, genau das zu tun. Zum Glück dauerte die Fahrt nicht lange, und als sie die Waterloo Station erreichte, wartete dort eine lange Reihe schwarzer Taxis. Erleichtert sprang Sal in das erste.

»Harrow Road, bitte«, wandte sie sich an den Fahrer. »In der Nähe der Kreuzung Ladbroke Grove.« Als sie in der Redaktion anrufen wollte, um Bescheid zu sagen, dass sie in einer halben Stunde da sein würde, konnte sie ihr Telefon nicht finden. Verdammt. Bestimmt lag es noch im Hotelzimmer. Sie würde Lou bitten müssen, es ihr mitzubringen. Wie, um alles in der Welt, sollte sie einen oder zwei Tage ohne ihr Telefon überleben? Wenn sie nicht in Tagträumen von Lou geschwelgt hätte, hätte sie es gleich nach ihrem Aufbruch bemerkt.

Dreißig Minuten später hielt das Taxi vor der Redaktion von *New Grey*. Sal zwang sich, wie eine selbstbewusste Redakteurin aufzutreten.

»Hallo«, begrüßte sie die Empfangsdame. »Ich bin zu meiner Besprechung mit Rose ein bisschen spät dran. Haben sie schon angefangen?«

»Oh mein Gott, Sal«, lautete die entsetzte Antwort. »Wissen Sie es denn noch nicht?« Die sonst so gut gelaunte Frau am Empfang hatte eine Gesichtsfarbe wie abgelaufener Joghurt. »Rose hatte einen Herzinfarkt. Sie liegt im St. Mary's Hospital auf der Intensivstation.«

Zehn

Als Sal das hörte, blieb auch ihr fast das Herz stehen.

Ohne dass sie es bemerkt hatte, war Rose zum Mittelpunkt ihres Universums geworden. Der einzige Mensch in ihrem Leben, der sie wirklich verstand. Rose hatte ihr die Stelle als Redakteurin angeboten, als sie schon über sechzig gewesen war und nirgendwo Arbeit gefunden hatte. Rose hatte auch geahnt, dass sie an Krebs litt, und ihr versichert, dass sie ihren Job behalten würde. Und es war Rose, die verstand, was es bedeutete, eine Frau aus bescheidenen Verhältnissen zu sein, die sich ihr Leben lang hatte durchboxen müssen. Sie hatte so unverwüstlich gewirkt.

»Wie geht es ihr?«, fragte Sal mühsam. »Was sagen die Ärzte?«

»Ich weiß nicht. Michael ist im Krankenwagen mitgefahren und noch dort.«

»Kann man sie besuchen?«, fragte Sal, ohne die Antwort abzuwarten. Falls Besuche verboten waren, würde sie dennoch alles tun, um Rose zu sehen, und wenn auch nur, um ihre Hand zu drücken und ihr zu vermitteln, wie viel sie ihr bedeutete. »Gut, ich rufe Michael von meinem Büro aus an. Wie haben die anderen es aufgenommen?«

»Sie stehen total unter Schock. Stellen Sie sich vor, die Queen sei gestorben, und multiplizieren Sie das mit hundert. Für die Leute hier verkörpert Rose den Verlag.«

Sie rief Michael an, doch sein Telefon war abgeschaltet, sodass sie ihm nur eine Nachricht hinterlassen konnte. Ihr nächster Anruf galt Lou.

»Ich weiß, ich weiß«, erwiderte er nach dem ersten Läuten. »Michael hat mir eine SMS geschickt.« Seine Stimme war das Einzige, was sie in diesem Moment trösten konnte. »Ich komme sofort. Mir ist klar, wie wichtig sie dir ist.«

Es war so wundervoll, ihm nicht erklären zu müssen, dass jemand, mit dem sie nicht einmal verwandt war und den sie eigentlich noch nicht lange kannte, ihr so viel bedeutete. Doch Lou hatte sofort verstanden.

»Keine Ahnung, ob sie Angehörige hat …« Sal versuchte, sich zu erinnern, ob Rose je eine Familie erwähnt hatte.

»Offenbar gibt es da einen Neffen in Kanada. Irgendeinen Geschäftsmann, der im Jetset verkehrt. Michael hat ihn bereits kontaktiert.«

»Wenn er zum Jetset gehört, springt er vielleicht in den nächsten Flieger und kommt her. Hat Michael gesagt, wie Roses Chancen stehen?«

»Es war ein schwerer Infarkt, aber sie haben einen Eingriff vorgenommen, um die verengten Arterien zu weiten.«

»Ich kann Michael nicht erreichen. Ich glaube, ich fahre einfach ins Krankenhaus und vergewissere mich selbst. Ich könnte es nicht ertragen, wenn es schlecht ausginge und ich nicht versucht hätte, sie noch mal zu sehen.«

»Richtig. Die Zeitschrift wird überleben …«

Schweigen entstand, da sie beide denselben Gedanken hatten: Aber Rose vielleicht nicht …

»Wann kannst du in London sein?«

»Gegen vier. Ich muss mich noch von meiner Tochter und dem Baby verabschieden.«

»Komm in die Redaktion, Lou …« Plötzlich verunsichert, verstummte Sal.

»Ja?« Seine beruhigende, warme Stimme verlieh ihr wieder Selbstbewusstsein.

»Du kannst bei mir wohnen, wenn du möchtest.«

Es war wundervoll, dass er antwortete, ohne eine Sekunde zu zögern: »Das wäre spitze.«

»Und könntest du mir mein Telefon mitbringen? Wahrscheinlich liegt es unter dem Bett.«

Als sie eine halbe Stunde später die Vortreppe des Krankenhauses hinaufging, stieg all ihre Angst, die sie während ihrer Krebserkrankung zu unterdrücken versucht hatte, schlagartig in ihr hoch wie übel riechendes Abwasser aus einem verstopften Abfluss.

Rose! Sie wiederholte den Gedanken wie ein Mantra, als sie sich an der belagerten Rezeption anstellte. *Rose, wage es bloß nicht zu sterben!*

Eigentlich brauchte man einen Code, um die Intensivstation betreten zu können, doch ein junger Arzt, der gerade herauskam, ließ sie herein.

Als sie sich im Schwesternzimmer erkundigte, teilte man ihr streng mit, die Patienten müssten sich jetzt ausruhen.

»Sally!«, hallte eine herrische Stimme aus einer offenen Tür. »Sal, bist du das? Gott sei Dank. Könntest du mir eine ordentliche Tasse Tee besorgen? Das Zeug hier schmeckt wie Katzenpisse.«

Vor Erleichterung hätte Sal beinahe geweint. Das war Rose McGill, wie sie leibte und lebte.

Allerdings war der Anblick ihrer Freundin und Arbeitgeberin alles andere als beruhigend. Rose lag auf Kissen gestützt inmitten eines Waldes aus Schläuchen und Plasmabeuteln. Ohne ihre übliche dramatische Aufmachung und kunstvolle Frisur sah sie plötzlich alt und gebrechlich aus.

»Rose!« Sal eilte an ihr Bett und griff nach ihrer Hand. »Gott sei Dank, dass alles in Ordnung ist.«

»Ich glaube, das ist vermutlich ein wenig übertrieben. Lebendig würde es besser ausdrücken«, antwortete Rose mit einem bemühten Grinsen. »Und jetzt zum Tee. Achte darauf, dass das Wasser richtig kocht und dass sie nicht gleichzeitig die Milch hineingeben. Die jungen Mitarbeiter in diesen Cafés mögen ja wirklich reizend sein, aber sie haben keine Ahnung, wie man einen ordentlichen Tee zubereitet.«

»Wird sofort erledigt«, versprach Sal, froh, eine praktische Aufgabe zu haben. »Wo ist Michael?«

»In der Redaktion, um den Truppen zu melden, dass ich nicht tot bin. Noch nicht.«

»Okay, bin gleich zurück.« Sal hastete aus der Station. Da Rose nun aufrecht saß und in der Lage war zu sprechen, konnte sie die prachtvolle Aussicht besser genießen. In einem Café in der Nähe wiederholte sie Roses strikte Anweisungen und erstand dazu noch einen Teekuchen mit Butter und Marmelade. Krankenhäuser gaben einem stets etwas zu essen, wenn man nichts wollte, und ließen einen ansonsten hungern.

In der Station musterte Rose kritisch den Pappbecher. »Nicht schlecht. Wenigstens ist er braun. Und danke für den Teekuchen. Den hebe ich mir für später auf. Jetzt setz dich hierher auf diesen Stuhl.« Genüsslich nippte sie an ihrem Tee. »Meiner Erfahrung nach gibt es keine Situation, die sich mit einer Tasse Tee nicht retten ließe, bis auf den Tod vielleicht, und offenbar glauben die nicht, dass der Sensenmann es schon auf mich abgesehen hat. Allerdings werde ich die Dinge wohl ruhiger angehen müssen.

Zeit, die Hand vom Steuer zu nehmen.« Sie seufzte tief auf und fixierte Sal mit ihrem üblichen durchdringenden Blick. »Mach nicht denselben Fehler wie ich, indem du all dein Geld und deine Liebe in deinen Job steckst. Nicht, dass ich nicht jede Minute genossen hätte, aber jetzt kriege ich die gottverdammte Quittung. Keine geliebten Kinder, die mir ihre Einliegerwohnung anbieten. Nur dieser Neffe, dem ich nur einmal im Leben begegnet bin.«

Am liebsten hätte Sal sie mitfühlend umarmt. Sie erinnerte sich daran, dass sie während ihrer Krebserkrankung den Fahrer des Minicab als ihren Mann hatte ausgeben müssen, damit man sie nach Hause entließ. Die Freuden des Single-Daseins.

»Vermutlich muss ich in so eine dämliche Reha-Klinik, wo sie einem ein Vermögen abknöpfen und einem das Trinken verbieten.«

»Könntest du nicht bei einer Freundin wohnen?«

»Meine liebe Sal, wenn man in meinem Alter ist, sind die Freunde alle tot.« Sichtlich erschüttert hielt sie inne. »Hör zu, mein liebes Mädchen, die haben mir gesagt, dass ich nicht mehr arbeiten darf. Ich weiß, dass die Zeitschrift bei dir in guten Händen ist, aber ich fürchte, ich muss meinen Lebensabend irgendwie finanzieren.« Sie streckte die Hand nach Sal aus. »Und das bedeutet, den Verlag zu verkaufen. Ich habe meinen Neffen gebeten, sich darum zu kümmern. Es heißt, er habe ein Händchen dafür. Es tut mir so leid, doch ich sehe keine Alternative.«

Sal richtete sich kerzengerade auf und starrte aus dem Fenster, um ihre Bestürzung zu verbergen. Endlich hatte sie einen Job gefunden, den sie liebte, und jetzt so etwas.

Sei nicht so egoistisch, du dumme Kuh!

»Das Wichtigste ist, dass du dich erholst.« Sie drückte Roses Hand.

»Und was ist mit dir und Lou? Da ich auf der Intensivstation liege, darf ich indiskrete Fragen stellen. Es tut mir leid, dass ich ihn mit hineingezogen habe, aber ich glaube, er kann einen kleinen Verlust verkraften. Hattet ihr ein schönes Wochenende? Ich finde es wirklich lustig, dass ihr in einem Hotel übernachtet habt, das Murdo Binns gehört. Ich habe dir ja erzählt, dass ich ihn einmal sehr gut kannte.«

Ein geheimnisvolles Lächeln erhellte Roses eingefallenes Gesicht, sodass sie beinahe wieder jung wirkte. Sal fragte sich, was wohl zwischen Rose und Lord Binns vorgefallen sein mochte, das sie so glücklich aussehen ließ.

»Ja.« Sal beschloss, dass es aufdringlich gewesen wäre nachzuhaken.

»Nun, Lou ist ein netter Mann, und ich denke, dass dir ein netter Mann trotz deiner rauen Schale guttun würde.«

»Ja.« Sal konnte sich ein Schmunzeln nicht verkneifen und schüttelte den Kopf. »Aber ich bin nicht sicher, ob er vorhat hierzubleiben.«

Laura war froh, dass Mrs. Lal unterwegs war, als der von den Käufern beauftragte Gutachter an der Tür läutete. Er schien ein zuvorkommender junger Mann zu sein, bedankte sich für den angebotenen Kaffee und hatte gute Manieren. Wie er ihr mit hochgezogener Augenbraue mitteilte, waren die Kaufinteressenten beide Anwälte und hatten es wohl ziemlich eilig. Bis morgen Abend müsse das Gutachten fertig sein.

Dann stellte er Laura eine Menge Fragen. Zum Beispiel, wo sich der Absperrhahn befand, was Laura zum Kichern brachte. Sie musste zugeben, dass sie keine Ahnung hatte.

Schließlich gab er es auf, denn Laura wusste auch nicht, wo sich die Gasuhr und der Zugang des Glasfaserkabels versteckten. Sie sagte, sie habe nicht einmal geahnt, dass sie ein Glasfaserkabel hatten.

Sie hätte Simon anrufen können, doch sie gönnte ihm die Genugtuung nicht, über ihre Unwissenheit zu stöhnen. Als er mit Suki durchgebrannt war, hatte er das Recht auf Sarkasmus wie auch auf alle anderen ehelichen Rechte verwirkt.

»Gut«, verkündete der Gutachter, sobald er fertig war. »Wenn ich das bis morgen hinkriegen will, mache ich besser Dampf. Mein Boss meint, er sei noch nie einem Paar begegnet, dass es so eilig gehabt hätte. Sie haben ihm gesagt, sie wollten die Sache bis Ende des Monats in trockenen Tüchern haben.«

»Wir haben doch noch gar keinen Vertrag abgeschlossen!« Laura bekam es mit der Angst zu tun. Bei einem Hauskauf mahlten die Mühlen der britischen Behörden so langsam, dass sie angenommen hatte, noch ein paar Monate Zeit zu haben, selbst wenn alles glatt lief.

Der junge Gutachter zuckte die Achseln. Mrs. Minchin war sympathisch und hatte ihm außerdem Kaffee und einen Schokokeks angeboten, weshalb er das Risiko einging, ihr einige Ratschläge zu geben. »Wenigstens kann die Sache so nicht mehr platzen. Vielleicht sollten Sie mit der Planung anfangen. Haben Sie schon etwas in Aussicht?«

»Ich habe ein Angebot für eine Wohnung abgegeben.«

»Das ist gut.« Er sah sich in Lauras vollgestelltem, mit zahlreichen Erinnerungsstücken an ihre Ehe und ihr Familienleben geschmücktem Wohnzimmer um. »Der Umzug wird kein Zuckerschlecken. Wie lange wohnen Sie schon hier?«

»Nur fünfundzwanzig Jahre.« Laura fiel das Lächeln schwerer als erwartet.

»Nun, dann viel Glück.«

Laura begleitete ihn hinaus und hastete zum Telefon, um Ella wegen der Wohnung anzurufen. Sie mussten sich sofort darum kümmern. Außerdem musste sie sich beeilen, wenn sie nicht zu spät zur Arbeit kommen wollte.

Claudia saß mit einer Tasse Kaffee in ihrem kleinen Arbeitszimmer am Computer und war sehr stolz auf sich. Fast die ganze Nacht hatte sie an ihrem Businessplan gefeilt und fand – obwohl das nur ihr eigenes Urteil war –, dass er sehr professionell aussah. Was das tatsächliche Einkommen betraf, war zwar jede Menge Fantasie im Spiel, aber war das nicht bei den meisten Businessplänen so?

Sie schaltete den Drucker ein und beobachtete mit einem breiten Grinsen, wie dieser die Seiten ausspuckte, bis ihr der kalte Wind der Realität ins Gesicht wehte. Wer sollte eigentlich dort wohnen? Bis jetzt waren ihre besten Freundinnen, eigentlich der Grund für diese Idee, alle dagegen. Und selbst wenn sie ihre Eltern und Don überreden konnte, ihre Häuser zu verkaufen, blieb die Frage offen, wer sonst noch einziehen sollte.

Lohnte sich die Mühe, wenn sie inserieren mussten, damit Fremde sich an dem Projekt beteiligten?

Claudia beschloss, im Moment nicht darüber nachzugrübeln. Lou hatte sie gebeten, ihr den Plan zu schicken, wenn sie fertig war, und sich erboten, sie zu beraten, und das würde sie, verdammt noch mal, auch tun. So, gesendet!

Als Nächstes stand ihr Treffen mit Douglas auf dem Programm. Natürlich würden sie diskret sein und so tun müssen, als spazierten sie nur durch die Gärten.

Doch zuerst hatte sie Lou versprochen, bei ihren Eltern vorbeizuschauen und zu berichten, wie ihr Vater mit Hiro zurechtkam. Falls sich das Experiment als Katastrophe entpuppte, wollte Lou den Computer wieder abholen und die Sache unter »Erfahrungen« verbuchen.

Sie fuhr den Dreiviertelkilometer zum Haus ihrer Eltern und parkte an der Seite neben dem Schuppen. Normalerweise hörte sie beim Aussteigen zuerst die herrische Stimme ihrer Mutter oder das Geplauder von Olivia und Mrs. O'Brien.

Heute aber herrschte Stille. Allmählich machte Claudia sich Sorgen. Sie öffnete die Tür des Schuppens und blieb vor Erstaunen wie angewurzelt stehen. Der Raum sah aus wie aus einer Wohnzeitschrift. Alles lag an seinem Platz, das schmutzige Geschirr war fort, und die auf dem Holzboden verteilten Teppiche waren gestaubsaugt. Durch die frisch geputzten Fenster strömte Sonnenlicht herein. Ihr Vater saß auf dem Sofa. Hiro stand hinter ihm und schaute ihm über die Schulter, offenbar auf Lens iPad. Beide waren so in ihre Beschäftigung vertieft, dass sie Claudia gar nicht bemerkten.

»Hallo, Dad«, begrüßte ihn Claudia. »Hier sieht es ja toll aus.«

Len blickte sich um, als wäre ihm das noch nicht aufgefallen. »Oh, wunderbar. Hiro und ich waren im Wettbüro in Manningbury. Er war eine ziemliche Sensation, das kann ich dir sagen.«

»Ganz bestimmt.« Bei der Vorstellung, wie die schäbigen Stammgäste dort vor einem ein Meter zwanzig großen Roboter standen, musste Claudia sich ein Lachen verkneifen.

»Wir haben meine Coupons und ein paar Rennformulare besorgt. Jetzt berechnen wir die Wahrscheinlichkeit.«

Hiro richtete sich auf und sah Claudia an. »Welches Pferd kann unter Wasser schwimmen?«, fragte er aus dem Zusammenhang gerissen.

»Keine Ahnung. Welches?«

»Ein Seepferd«, erwiderte der Roboter mit einem Ausdruck, der fast an ein Lächeln heranreichte.

»Hiro findet, dass wir online wetten sollten. Viel einfacher, als uns mit dem Bus nach Manningbury zu schleppen.«

Claudia wurde von einer plötzlichen Angst ergriffen. Sie hatte ihrer Mutter die Sucht nach Online-Gutscheinen und -Angeboten abgewöhnen müssen. Was, wenn das jetzt auch bei ihrem Vater losging?

Offenbar hatte Len ihre Gedanken gelesen. »Keine Sorge, Schatz. Hiro lässt mich nur auf ein Pfund setzen.«

Ihr Vater grinste den Roboter an, der im elektronischen Versuch eines Gelächters hin- und herwackelte.

»Ihr beide seid so komisch«, sagte sie. »Ihr erinnert mich an die beiden alten Männer in der *Sesamstraße*.«

»Zeit für die Toilette, Leonard«, verkündete der Roboter unvermittelt.

Zu Claudias Überraschung stand ihr Vater auf.

»Solange er Geld für mich verdient, gehorche ich seinen Befehlen.« Len lächelte seine Tochter an.

»Dann lasse ich euch mal allein.« Als Claudia die Tür hinter sich schloss, fiel ihr eine andere wundersame Entwicklung auf.

Der grässliche Geruch war verschwunden. Hiro war jeden Cent der Millionen wert, den seine Entwicklung gekostet hatte.

Als Laura bei LateExpress eintraf, standen Mr. und Mrs. A. zu ihrem Erstaunen hinter der Kasse und unterhielten sich mit bedrückten Mienen.

Noch ehe sie ihre neonbunte Schürze mit dem Aufdruck LateExpress auf der Tasche aus dem Lager holen konnte, wandte sich Mrs. A. an sie. Auf ihrem Gesicht zeichnete sich der gleiche tragische Ausdruck ab wie auf dem von Cleopatra beim Anblick der Schlange.

»Mrs. Minchin, zuerst möchten wir uns dafür bedanken, wie gastfreundlich Sie meine Mutter aufgenommen haben.«

Laura nickte und fragte sich, was wohl als Nächstes kommen würde. »Es war nett, sie im Haus zu haben. Wo ist sie eigentlich? Sie ist heute Früh mit dem Taxi weggefahren. Ich dachte, sie wollte zu Ihnen.«

»Dann wissen Sie also noch nichts von der Katastrophe?«, erkundigte sich Mr. A.

Laura schüttelte den Kopf. Sie hoffte, dass der Supermarkt nicht in Schwierigkeiten steckte. Die beiden hatten so hart dafür gearbeitet.

»Es geht um Mrs. Lal«, verkündete Mr. A. im Tonfall eines Bestattungsunternehmers.

»Was ist passiert?«, fragte Laura besorgt.

»Sie hat beschlossen, in Großbritannien zu bleiben.« Er streckte die Hand nach Mrs. A. aus. Laura fiel auf, dass sie noch nie gesehen hatte, wie die beiden sich berührten. »Für immer.«

Im Taxi auf dem Rückweg zu *New Grey* kämpfte Sal mit den Tränen. Sie hatte so viel durchgemacht: den Krebs, die Angst, allein und in Armut alt zu werden. Und dann hatte Rose sie durch ihr Stellenangebot als Redakteurin bei der Zeitschrift gerettet. Und damit war es jetzt vorbei.

Einen wahnwitzigen Moment lang fragte sie sich, ob Lou die Zeitschrift vielleicht übernehmen könnte. Schließlich gehörten ihm Teile des Verlags. Doch mit dem nächsten Atemzug meldeten sich all ihre unterdrückten Ängste. Sie kannte Lou Maynard erst seit wenigen Wochen. Sie verstanden sich wie alte Freunde, und seit sie sich geliebt hatten, fühlten sie sich wieder jung. Aber was wusste sie eigentlich über ihn? Er hatte Ex-Frauen und Enkel in den Vereinigten Staaten und eine erfolgreiche Firma in Brooklyn. Seine Wurzeln waren dort, nicht hier.

Sal, die Männern ein Leben lang mit Argwohn begegnet war, hatte endlich Vertrauen zu einem von ihnen gefasst. Vielleicht würde sich das ja als ihr größter Fehler entpuppen.

Nun würde sie sich mit den Sorgen all derer befassen müssen, die bei der Zeitschrift beschäftigt waren, obwohl sie sich am liebsten still und leise zurückgezogen hätte. Wegen des modernen Großraumbüro-Wahns hatte sie nicht einmal ein eigenes Büro. Rose hatte vorgeschlagen, es den anderen so schonend wie möglich beizubringen, dabei jedoch ehrlich zu sein und alle zu bitten, dass sie warteten, bis Roses Neffe vor Ort und die Lage geklärt war. Bis dahin sollten sie nach Möglichkeit weiterarbeiten wie bisher.

Als Sal die Schwingtür zur Redaktion aufschob, spürte sie sofort die Anspannung, die in der Luft lag. Niemand war in die Mittagspause gegangen. Stattdessen drängten sie sich still in kleinen Gruppen zusammen.

»Wie geht es Rose?«, erkundigte sich die Empfangsdame sofort.

»Sie ist noch sehr schwach«, erwiderte Sal ernst. »Aber sie ist in Gedanken bei uns. Könnten Sie alle bitten, in einer Stunde in Roses Büro zu kommen? Dann berichte ich Ihnen von meinem Besuch bei ihr.«

Plötzlich wünschte sie sich, Lou würde schon früher eintreffen. Sie hätte seine zupackende Art und seinen überschäumenden Tatendrang gut gebrauchen können. *Hör auf damit, Sal*, sagte sie sich. *Du hast dich noch nie von einem Mann abhängig gemacht. Also fang auch jetzt nicht damit an.*

Schon beim Betreten des Büros wäre Sal beinahe in Tränen ausgebrochen. Es spiegelte Roses Persönlichkeit wider: individuell, unkonventionell und dennoch bemerkenswert anheimelnd. Sie setzte sich an den gewaltigen Schreibtisch aus Mahagoni und überlegte, was sie sagen sollte.

Als sich die Mitarbeiter – angefangen bei der Empfangsdame bis hin zu den Autoren, Redakteuren und Vertriebsleuten – mit bedrückten Mienen einfanden, hatte sie einen Plan.

»Das Allerwichtigste, das ich Ihnen mitteilen möchte, ist, dass Rose überleben wird.«

Man konnte die nachlassende Anspannung fast mit Händen greifen. Es war, als hätte man ein straff gespanntes Gummiband gelockert.

Alle mochten Rose und bewunderten sie. Doch nun kam die Hiobsbotschaft.

»Leider haben die Ärzte Rose erklärt, dass sie wegen ihres Alters unmöglich weiterarbeiten kann. Allerdings hat sie einen Neffen, der ein erfolgreicher Geschäftsmann ist und die Leitung übernehmen wird.« Dass er vermutlich verkaufen würde, brauchte sie ihnen vorerst nicht zu verraten. Vielleicht würde er es ja nicht tun. »Rose sagt, wir können am besten zu ihrer Genesung beitragen, indem wir die Ruhe bewahren und weitermachen wie bisher.«

Es wurde ein wenig gelacht, so als malten die Anwesenden sich aus, dass Rose diese Worte selbst aussprach.

»Also, vielen Dank. Und jetzt wieder an die Arbeit.«

Tuschelnd trollten sich alle. Knapp zehn Minuten später meldete die Rezeption Lous Eintreffen.

Sal war bereits aufgestanden, als er hereinmarschierte und die Tür mit Nachdruck hinter sich schloss.

»Wie geht es dir?«, lautete seine erste Frage, während er mit weit ausgebreiteten Armen auf sie zukam. Obwohl Sal größer war als er, sank sie erleichtert in seine tröstende Umarmung.

»Nun, erstens bin ich unbeschreiblich erleichtert, weil Rose sich wohl wieder erholen wird. Zweitens fühle ich mich ziemlich mies, denn sie möchte, dass ihr Neffe den Verlag verkauft. Das habe ich den Truppen natürlich nicht verraten.«

Er setzte sich auf die Kante von Roses Schreibtisch. »Nein.« Nach einer kurzen Pause griff er nach Sals Hand. »Mach dir keine Sorgen. Es wird sich alles regeln. Ich habe eine gute Nachricht. Nun, zumindest hoffe ich, dass es für dich eine gute Nachricht ist.«

Sals Herz machte einen Satz. Vielleicht würde er sich ja erbieten, den Verlag selbst zu übernehmen, wie sie es sich vorhin erträumt hatte.

»Ich habe gerade den Businessplan deiner Freundin wegen der Seniorenkommune erhalten und beschlossen, zu investieren. Nicht viel, ich bin nur neugierig, wie sich die Sache entwickelt.« Er schenkte ihr ein strahlendes Lächeln. »Wer weiß, vielleicht ziehe ich eines Tages sogar selbst dort ein.«

Nach ihrer Schicht rief Laura sofort Ella an. »Ella, es geht um die Wohnung, die wir besichtigt haben. Wenn das Gutachten in Ordnung ist, wollen die Käufer des Hauses die Angelegenheit in einem Monat unter Dach und Fach bringen!«

»Aber ist das nicht gut, wenn du diese Wohnung wirklich haben möchtest? Die Inhaber wollten schnell verkaufen.«

»Ich möchte gleich morgen Früh zu diesem Makler, um mich zu vergewissern, dass ich sie auch kriege. Kommst du mit?«

»Kannst du nicht einfach anrufen?« Eigentlich hatte Ella geplant, endlich ihre Blumenrabatten im Vorgarten anzulegen.

»Ich finde es immer besser, persönlich hinzugehen. Wenn sie einen Namen mit einem Gesicht verbinden können, engagieren sie sich mehr.«

»Immobilienmakler.« Ella lachte. »Natürlich komme ich mit. Weißt du, wann sie aufmachen?«

»Um neun. Ich habe sie gerade gegoogelt. Passt dir das?«

Nachdem Laura aufgelegt hatte, notierte Ella sich den Termin auf einem Post-it-Zettel und klebte ihn auf die Küchenanrichte, um ihn nicht zu vergessen. Dann wich sie einen Schritt zurück und starrte darauf. Wann hatte sie damit anfangen müssen? So etwas taten doch nur Demenzkranke.

Ella ließ sich auf die Armlehne des Sofas sinken. Die Wahrheit lautete, dass ihr diese Gedächtnislücken wirklich Sorge bereiteten. Wie hatte sie Harry nur ans Steuer ihres Autos lassen und total vergessen können, dass er nicht versichert war? Außerdem entfielen ihr ständig Namen und Strecken von A nach B, selbst wenn sie sie eigentlich kannte. Und dann waren da noch die beängstigenden Momente, die sie, nur für einen Sekundenbruchteil, im Auto gesessen und nicht mehr gewusst hatte, was sie tun sollte.

Am besten war es wohl, wenn sie ihren Hausarzt aufsuchte oder online einen dieser Gedächtnistests absolvierte. Nicht auszudenken, wenn Julia Wind davon bekäme. Sie würde sich auf Ella stürzen, ihr Vorschriften machen und die Regie über ihr Leben übernehmen. Die Vorstellung allein war schon unerträglich.

Deshalb würde Ella einfach nicht mehr darüber nachdenken. Auf dem Weg zum Kühlschrank, um sich ein Glas Wein einzuschenken, hielt sie inne. Weißwein war vermutlich ein Teil des Problems. Ach, zum Teufel damit. Dann würde sie eben vergesslich werden.

Nachdem Lou die Bombe hatte platzen lassen, ging er Rose im Krankenhaus besuchen. Sal war froh, Zeit allein mit ihm gehabt zu haben. Obwohl sie es ihm verheimlicht hatte, hatte sie eine Todesangst vor der Zukunft. Sie erinnerte sich an die Monate, die sie allein in ihrer Wohnung verbracht und sich für jeden nur halbwegs infrage kommenden Job beworben hatte, stets aber abgelehnt worden war.

Mit Ausnahme von *New Grey*, wo die wundervolle Rose McGill ihr Talent erkannt hatte, ohne auf ihr Alter zu achten. Damals war es ihr wie ein Wunder erschienen. Nun aber, da alles klappte wie am Schnürchen, würde die Angelegenheit in sich zusammenbrechen. Und anstatt mehr in den Verlag zu investieren, um ihn am Leben zu erhalten, wollte Lou Geld in Claudias albernes Seniorenprojekt stecken!

Allerdings war Lou gerissen. Er war kein Amateurinvestor, der sich leichtfertig für unausgegorene Pläne engagierte. Er wusste, was er tat.

Sal wurde klar, dass sie im Hinterkopf heimlich einem Traum nachgehangen war. Ohne es sich selbst einzugestehen, hatte sie gehofft, er würde ihr vorschlagen, mit nach

Brooklyn zu kommen und eine feste Beziehung mit ihm zu führen.

Wie lächerlich! Sie hatte nur eine Brust und war vierundsechzig, ganz gleich, wie schick und wortgewandt sie auch sein mochte. Ihre Chancen standen quasi bei null. Lou mochte älter sein als sie, doch die Darwin'schen Gesetze des Datings besagten nun einmal, dass er jede Frau zwischen dreißig und fünfzig haben konnte. Was hatte noch einmal in der Statistik gestanden, die sie letztens gelesen hatte? In Großbritannien lebten mehr als vierzig Prozent aller Frauen über fünfundfünfzig allein. Konnte das stimmen? Sie wusste nicht mehr, woher sie das hatte. Wenn es wirklich so war, ging es nicht nur darum, dass ältere Frauen mit höherer Wahrscheinlichkeit von einem Terroristen getötet wurden, als einen Mann zu finden, wie die wundervolle Regisseurin und Autorin Nora Ephron schrieb. Nein, sie würden vermutlich eher zu Terroristinnen werden, als noch einen abzukriegen.

Sal schüttelte den Kopf. Sie durfte nicht so denken. Sie war stark. Sie war tapfer. Sie hatte den Krebs besiegt. Anstatt sich in Grübeleien zu suhlen, sollte sie besser nach Hause fahren und vor Lous Ankunft die Wohnung aufräumen.

Sal ließ die Schultern hängen. Das Problem war, dass sie sich heute gar nicht stark und tapfer fühlte. Doch vielleicht würde sie sich in Lous tröstender Umarmung daran erinnern, dass sie Sally Grainger war, die unerschrockene und kühne Chefredakteurin von *New Grey*.

Aber wie lange noch?

Elf

Ella bestellte sich einen Cappuccino und wartete in dem Café gegenüber dem Maklerbüro auf Laura. Fünf Minuten später kam ihre Freundin aus der U-Bahn-Station und schlenderte auf sie zu. In ihrer pastellfarbenen Strickjacke und mit dem wie immer perfekten Make-up sah sie unbeschreiblich jung aus.

Im Laufe der Jahre hatte Ella schon öfter den Verdacht gehabt, dass Laura entweder geschminkt schlief oder extra eine Stunde früher aufstand. Sie winkte ihr zu.

»Hast du vor, den Makler mit deinem Charme um den Finger zu wickeln?«

»Nicht, wenn er so ist wie Stu, der Schmierling, der unser Haus verkauft«, erwiderte Laura. »Aber es können doch nicht alle solche Widerlinge sein wie er.«

Ella hielt ihr die Tür auf, und Laura trat ein.

»Hallo«, verkündete sie. »Mein Name ist Laura Minchin. Ich habe ein Angebot für Rydale Road 22 abgegeben. Der Verkauf meines derzeitigen Hauses wird offenbar viel schneller abgewickelt, als ich gedacht habe, und wir haben noch nichts von Ihrem Verkäufer gehört. Ich möchte so bald wie möglich ein Gutachten anfertigen lassen, am besten innerhalb der nächsten ein oder zwei Tage.«

Die Maklerin, eine junge Frau in einem Minikleid, das Ella höchst unpassend erschien, legte ihren Karamellmuffin weg, leckte sich die Finger ab und machte plötzlich ein Gesicht wie ein gehetztes Reh.

»Äh«, begann sie und warf einen Blick auf ihren Chef, der sie geflissentlich ignorierte und sie ihrem Schicksal überließ. »Die Sache ist …«

Ella schwante Übles.

»Die Sache ist …?«

»Nun, äh …«

»Äh, was?«

»Ich fürchte, der Verkäufer hat ein höheres Angebot angenommen«, platzte sie endlich heraus.

»Und Sie konnten nicht so gütig sein, uns Bescheid zu geben, nur für den Fall, dass wir unseres erhöhen würden?«, hakte Ella nach. Lauras verzweifelte Miene entging ihr nicht.

»Das alles ist gestern ganz schnell passiert. Und sie haben bar bezahlt«, fügte sie stockend hinzu.

»Die Entscheidung steht also fest?«, beharrte Ella.

»Sie haben heute Morgen das Gutachten anfertigen lassen. Vielleicht haben sie ja etwas Schlimmes entdeckt …« Die Stimme der jungen Frau erstarb.

»Verdammte Immobilienmakler!«, zischte Ella. »Es ist alles ein abgekartetes Spiel.«

»Wir hätten da noch eine nette Wohnung in Hounslow«, schlug die junge Frau vor.

»Meine Freundin will aber nicht in Hounslow wohnen«, herrschte Ella sie an. Sie hatte ein schlechtes Gewissen, weil sie Laura nicht geraten hatte, sich Alternativen warmzuhalten.

»Oh Gott«, seufzte Laura, als sie das Maklerbüro verließen. »Weißt du, was das bedeutet? Diese aufdringlichen Anwälte wollen, dass ich in einem Monat ausziehe, und ich habe keine Ahnung, wohin. Und wenn ich die Sache hinauszögere, wird Simon mir vorwerfen, dass ich nur Zeit schinden will.«

»An deiner Stelle«, entgegnete Ella zornig und wünschte, Laura wäre ein wenig durchsetzungsfähiger, »würde ich Simon sagen, er soll sich ins Knie ficken, anstatt sich an jüngere Kolleginnen ranzumachen.«

Auf dem hastigen Heimweg kaufte Sal Blumen, Milch, Brot, Frühstücksflocken und was man sonst noch für ein normales Leben brauchte. Für gewöhnlich hatte sie nur Weißwein im Kühlschrank, und sie vermutete, dass das a) keinen guten Eindruck erwecken und b) als Frühstück nicht geeignet sein könnte.

In North Kensington sah es aus wie immer. Eine Mischung zwischen deprimierend und heruntergekommen, allerdings mit farbenfrohen Vorboten der Gentrifizierung, ja, sogar der schicken Szene. In den Läden neben ihrer Wohnung hatten eine Boutique für Vintage-Kleidung und eine moderne Bäckerei eröffnet. Außerdem, zu Sals Amüsement, ein Wellness-Studio namens Posh Spa, wobei sie zugeben musste, dass es auf sie nicht sehr elegant wirkte.

Sie sah sich in ihrer Souterrainwohnung um und fragte sich, was Lou wohl davon halten würde. Vor Kurzem hatte sie die Räume umgestaltet und Farbtöne gewählt, die der junge Anstreicher schmunzelnd als *fifty shades of grey* bezeichnet hatte. Sal hatte beschlossen, dass Grau beruhigend war und im Trend lag. Und schließlich arbeitete sie bei einer Zeitschrift, die *New Grey* hieß.

Wohl wissend, dass »beruhigend« auch als langweilig missverstanden werden konnte, hatte sie das Dekor mit sogenannten Farbtupfern aufgemöbelt, und zwar mit leuchtend rosafarbenen Kissen und einem opulenten Arrangement künstlicher Pfingstrosen in einem auffälligen Fuchsienrot.

Die Wände hatte sie mit großen Ölgemälden geschmückt, die sie bei verschiedenen günstigen Kunstausstellungen und Studentenpräsentationen erstanden hatte. Eigentlich träumte Sal schon lange davon, es selbst einmal mit dem Malen zu versuchen. Bilder wie diese erschienen ihr nicht allzu schwierig.

In Vorbereitung auf Lous Ankunft öffnete sie eine Flasche Chablis, von dem sie wusste, dass er ihn mochte, und bestellte Essen in einem Bistro an der Ecke. Für Lou zu kochen ging ihr dann doch einen Schritt zu weit.

Sie hatte bereits die Bettwäsche gewechselt und mit dem Gedanken gespielt, Kerzen neben ihrem breiten Bett aufzustellen, deren Licht ihren alternden Körpern schmeicheln würde, jedoch entschieden, dass das zu aufdringlich wirken würde. Wieder wurde sie sich dessen bewusst, wie kurz Lou und sie sich erst kannten. Vielleicht war das hier ja so etwas wie eine Urlaubsromanze im fortgeschrittenen mittleren Alter.

Es läutete an der Tür, und da stand er im Treppenhaus, bewaffnet mit einem Strauß langstieliger Rosen.

»Komm rein.« Fast schüchtern nahm sie die Rosen entgegen und legte sie ins Spülbecken. Als sie sich umdrehte, fand sie sich in einer Umarmung à la Lou Maynard wieder. Sal schloss die Augen und ließ sich festhalten. Es war ja so tröstend.

»Wie geht es Rose?«, fragte sie und hob widerstrebend das Gesicht von seiner Strickjacke aus Kaschmir.

»Ratloser, als ich sie je erlebt habe«, erwiderte Lou. »Eine starke Frau, die sich ihrer eigenen Schwäche stellen muss und der das gar nicht gefällt. Sie hat mich gebeten, mir ein paar Reha-Kliniken für sie anzusehen.«

»Natürlich.« Sal reichte ihm ein Glas Wein.

»Aber das wahre Problem ist, was danach kommt. Allein bei dem Ausdruck ›betreutes Wohnen‹ – so nennt ihr das doch hier – kriegt sie einen Ausschlag. Sie hat Angst vor dem Alleinsein, Sal.«

Haben wir die nicht alle?, hätte Sal beinahe gesagt, wollte jedoch ihre eigene Schwäche nicht eingestehen. »Apropos«, fügte sie spitz hinzu. »Welcher Teufel hat dich geritten, in Claudias Wahnwitzprojekt in Surrey zu investieren?«

»Vielleicht ist Rose nicht die Einzige, die sich vor dem Altwerden fürchtet.«

»Du und alt?« Sie lächelte. »Du wirst niemals alt sein. Nur lebenserfahrener.«

»Danke.« Er verbeugte sich. »Meine Lieblingstochter wohnt in der Nähe. Und außerdem habe ich eine Schwäche für das gute, alte England.« Er schwieg einen Moment. »Sag mal, was wäre, wenn Rose in das Anti-Seniorendorf deiner Freundin ziehen würde? Du sagtest doch, sie wolle alle Altersgruppen dort einbinden. Wie hat sie es beschrieben? Eine Mischung aus Studenten-WG und Kibbuz. Rose würde da gut hineinpassen. Und hast du nicht erwähnt, dass sie den Adeligen kennt, dem der Laden gehört? Eine alte Flamme von früher?«

»Nun, sie war ein wenig verlegen, als ich es angesprochen habe. Schau, Lou« – Sal wusste, dass ihre Freundin sie umbringen würde, wenn sie ihre Worte mitbekäme –, »Claudias Projekt wird niemals klappen. Sie hat ja noch nicht einmal ihren Mann überzeugt.«

Lou zuckte die Achseln und lächelte sein typisches Lächeln, das ihr ganzes Zimmer erhellte. »Da wäre ich mir nicht so sicher. Ihr Schwiegersohn – Douglas, richtig? – hat bereits einige vorläufige Berechnungen durchgeführt, wie man den Platz am besten nutzen könnte. Außerdem hat er eine sehr hübsche Zeichnung angefertigt, wie es aussehen könnte.«

Er förderte sein iPad zutage. Und da, schwarz auf weiß, war Douglas' Vision von Igden Manor in der Dämmerung.

Entsetzt fuhr Sal zurück. Das Projekt auf dem Bildschirm vor sich zu sehen, ließ es plötzlich möglich erscheinen.

Lous nächste Worte verstärkten diesen Eindruck noch. »Morgen fahre ich hin und helfe deiner Freundin, den Pachtvertrag auszuhandeln.«

»Was?«, rief Sal aus. »Davon hat sie mir gar nichts gesagt!«

»Sie hat wegen ihrer Eltern derzeit viel um die Ohren ...«

»Und einen Überraschungsgast, deinen Roboter«, höhnte Sal.

»Aber, aber. Soweit ich weiß, ist Hiro überall beliebt. Er ist ein netter kleiner Bursche.«

»Er ist kein Bursche«, zischte Sal. »Er ist ein Stück Metall mit einem Algorithmus als Gehirn.«

»Du darfst nicht so engstirnig sein, Sally«, witzelte Lou. »Die Welt verändert sich. Künstliche Intelligenz ist überall. Roboter sind Realität, auch wenn Hiro hundertmal so viele Fähigkeiten besitzt wie die anderen.«

»Tja, mir ist die alte Methode lieber. Als ich noch einen Job hatte.«

Lou legte den Arm um sie. »Komm schon, du bist doch eine starke Frau.«

Sein mitfühlender Tonfall war zu viel für sie. Sal, die stets allein gelebt, sich durchgeschlagen und den Krebs besiegt hatte, klappte plötzlich zusammen. »Ich war so dumm, Lou. Bald bin ich arbeitslos, und ich habe immer mit dem Geld um mich geworfen. Sogar diese Wohnung« – sie ließ den Blick durch ihr elegantes Refugium schweifen, den einzigen Ort, an den sie flüchten konnte, um ihre Wunden zu lecken, wenn ihr die Dinge über den Kopf wuchsen – »ist nur gemietet. Wenn ich kein Geld verdiene und die Miete nicht mehr bezahlen kann, verliere ich sie auch.« Zu ihrem Entsetzen stellte sie fest, dass sie weinte.

Oh mein Gott, pulsierte ein Gedanke in ihrem Verstand, *all die verdammten Artikel, die wir gebracht haben. Darüber, wie man Männer beeindruckt und dass man stark und unabhängig sein muss. Und da sitze ich jetzt und heule wie ein überaltertes Baby.*

Doch Lou, den wundervollen Lou, schien das nicht im Geringsten anzufechten. »Schau, ich fahre nach Surrey, um Claudia zu helfen, weil es mein Geschäft ist, Verträge auszuhandeln. Es wäre Wahnsinn, wenn ich ihr nicht meine Unterstützung anbieten würde, obwohl ich investieren möchte. Und wenn ich zurück bin, sehe ich mir deinen Mietvertrag an. Man kann nie wissen, vielleicht versteckt sich ja ein Topf voll Gold darin.«

»Würdest du das tun?« Selbst das war beruhigend. Allerdings nicht so, als wenn er »Wunderschöne Sally, komm mit mir nach Brooklyn und lebe mit mir zusammen« gesagt hätte.

Doch das würde er offensichtlich nicht tun. Vielleicht war es an der Zeit zu akzeptieren, dass es ihm etwas bedeutete, hierzubleiben und sich an Claudias verrücktem Projekt zu beteiligen. Möglicherweise sollte sie ja auch anfangen, sich dafür zu interessieren.

»Warum suchst du für Rose keine Reha-Klinik in Surrey? Falls aus diesem Igden Manor etwas wird, könnte sie es sich mal anschauen.«

»Gut«, hörte Sal sich antworten, obwohl ihr bei der Vorstellung, dass Claudias Wahnsinnsprojekt Wirklichkeit werden könnte, noch immer schwindelte. »Das mache ich. Möchtest du noch etwas trinken, bevor wir essen?«

Lou blickte ihr in die Augen. »Mir fallen noch andere Dinge ein, mit denen wir die nächste Stunde verbringen könnten.« Er wies mit dem Kopf aufs Bett. »Das heißt, wenn es dir angenehm ist.«

»Oh ja.« Sal lächelte und dankte den höheren Mächten dafür, dass sie ihr diesen wundervollen Mann geschickt hatten, auch wenn es nur vorübergehend war. »Es ist mir ausgesprochen angenehm.«

»Oh mein Gott, was soll ich jetzt tun?« Lauras mädchenhaft gutes Aussehen war einem mit Tränen und Wimperntusche verschmierten Gesicht gewichen. »Die Käufer wollen, dass ich verschwinde, und ich kann nirgendwohin! Und Simon glaubt, ich versuche, den Verkauf zu sabotieren.«

Ella legte den Arm um ihre Freundin und führte sie in ein Café. Am liebsten hätte sie Laura geschüttelt und »Reiß dich zusammen und vergiss diesen dämlichen Simon« gesagt.

Doch noch ehe sie Gelegenheit dazu hatte, schien Laura von selbst wieder zur Vernunft zu kommen. Plötzlich blitzte zwischen den Wimperntuscheschmierern ein Lächeln auf. »Offen gestanden habe ich an Sabotage gedacht. Geräucherte Heringe in die Vorhänge einzunähen oder die Klos zu verstopfen, damit die ganze Bude stinkt. Das würde ihm recht geschehen. Aber mir ist in den vergangenen Tagen klar geworden, dass ich umziehen möchte. Die Wohnung hat mir gezeigt, wie die Zukunft aussehen könnte. Vielleicht spende ich ja alles im Haus für wohltätige Zwecke und fange als Minimalistin von vorne an.«

Grinsend dachte Ella an Lauras mit hübschen Dingen

vollgestopftes Haus: Fotorahmen, Kerzenständer, Kunstblumen, bunte Kissen, Duftkerzen und vergoldete Kronleuchter. »Ganz bestimmt, Laura.«

Als sie mit ihren Kaffeebechern zum Mitnehmen zur U-Bahn gingen, fiel Ella der Immobilienentwickler ein, mit dem sie wegen ihres eigenen Hauskaufs verhandelt hatte, und sie fragte sich, ob er Laura helfen könnte, etwas zu finden. Sobald sie zu Hause war, würde sie seine E-Mail-Adresse nachschlagen. »Kopf hoch. Wenn ich zu Hause bin, werfe ich sofort den Computer an. Wir treiben bald etwas auf.« Doch noch ehe sie die U-Bahn-Station erreichten, läutete Ellas Telefon.

»Hallo, Ella«, meldete sich eine nervöse Stimme. »Hier spricht Mrs. Gregory, Ihre Nachbarin links. Ich fürchte, ich habe schlechte Nachrichten. Es hat eine Überschwemmung gegeben.«

»Oh mein Gott.« Ella spürte, wie Panik in ihr aufstieg. »Ich komme sofort. Danke, dass Sie mir Bescheid gesagt haben.« Sie wandte sich an Laura. »Herrje, das war meine Nachbarin. Der Fluss muss über die Ufer getreten sein. Davor hat Julia mich immer gewarnt, aber ich liebe mein Häuschen so, dass ich ihr nicht geglaubt habe.« Sie hielt ein vorbeifahrendes Taxi an. »Ich muss dringend nach Hause.«

»Ich komme mit«, beharrte Laura. Ihr Job bei LateExpress konnte warten. Mr. und Mrs. A. waren ihr immer noch sehr dankbar, weil sie Mrs. Lal bei sich aufgenommen hatte.

Schweigend saßen sie im Taxi und versuchten, nicht an die Fernsehberichte zu denken, in denen Hausbesitzer taillentief in stinkendem Wasser wateten, um ihr kostbares Hab und Gut vor dem sich heranwälzenden Schlamm und Schutt zu retten.

Laura griff nach Ellas Hand.

»Danke, dass du mitkommst«, flüsterte sie.

»Danke für deine Hilfe bei der Wohnungssuche. Das war ein großer Unterschied, den du gemacht hast«, erwiderte Laura. »Ich hatte eine Todesangst davor, und mit dir hat es Spaß gemacht.«

»Wenn ich auch nicht unbedingt erfolgreich war«, entschuldigte sich Ella.

Danach herrschte wieder angespanntes Schweigen, bis sie ihr Ziel erreicht hatten.

Als sie sich dem Fluss näherten, beugte Ella sich vor und wandte sich an den Fahrer. »Vielleicht können Sie nicht ganz an mein Haus ranfahren. Offenbar gab es eine Überschwemmung.«

»Davon kann ich nichts erkennen.« Er wurde langsamer und lehnte sich aus dem Fenster. »Der Fluss führt Niedrigwasser.«

Stirnrunzelnd blicke Ella ihre Freundin an. »Seltsam. Er hat recht. Da ist überhaupt kein Hochwasser. Ich habe eigentlich erwartet, dass die Straße unpassierbar sein würde.«

Zwei Minuten später hielten sie vor Ellas Haus. Immer noch keine Anzeichen einer Überschwemmung. Nur ein weißer Transporter von Dyno-Rod parkte vor dem Nachbarhaus. »Vielleicht wollte Sie jemand auf den Arm nehmen und dachte, wir hätten heute den ersten April«, meinte der Taxifahrer lachend, als sie ausstiegen und bezahlten.

»In dem Fall ermorde ich denjenigen eigenhändig«, antwortete Ella. Im nächsten Moment öffnete sich ihre Haustür, und eine aufgebracht wirkende Frau erschien. »Mrs. Thompson«, sprudelte sie hervor. »Bin ich froh, dass Sie da sind. Mein Mann Bert hat gesehen, wie das Wasser aus Ihrer Haustür und den Gartenweg hinunterfloss. Und da Sie uns Ihren Schlüssel gegeben hatten, sind wir reingegangen.«

Jetzt erst bemerkte Ella, dass ihr gefliester Gartenweg überflutet war. »Was zum …« Gerade noch rechtzeitig mäßigte sie ihre Wortwahl, denn ihr fiel ein, dass ihre Nachbarin eine fromme evangelikale Christin war.

»Es kam vom Bad aus die Treppe hinunter.« Mrs. Gregory deutete auf Ellas Haus. »Vor der Rente war Bert Klempner, und er glaubt, beim Einbau Ihrer Wanne sei das Überlaufventil vergessen worden. Und als Sie versehentlich den Wasserhahn angelassen haben, ist die Badewanne übergeschwappt.«

Als Ella die Treppe hinaufhastete, stellte sie fest, dass ihr hübscher neuer Badezimmerteppich völlig durchweicht und ruiniert war.

»Ich fürchte, im Wohnzimmer ist der Putz von der Decke gefallen«, fügte die Nachbarin entschuldigend hinzu, als wäre es ihr Fehler.

Starr vor Entsetzen blieb Ella stehen. Die Überschwemmung war also, anders als ihre Tochter vorhergesagt hatte, nicht dadurch ausgelöst worden, dass die Themse plötzlich über die Ufer getreten war. Grund war, dass Ella nicht daran gedacht hatte, das Wasser abzudrehen, wie eine hilflose Greisin, die im Alltag nicht mehr zurechtkam.

»Komm, ich helfe dir beim Putzen.« Laura erkannte, dass Ella kurz davor war, in Tränen auszubrechen. Das hatte sie bei ihr noch nie erlebt. »Wir machen alle mal einen Fehler.«

Ella betrachtete das Tohuwabohu. Der ganze Wohnzimmerboden war voller Putz, und der teure neue Teppichboden, den sie erst hatte verlegen lassen, war voller Flecken.

»Nicht so oft wie ich in letzter Zeit«, entgegnete Ella bedrückt und sank aufs Sofa. Ihre zupackende Art war auf einmal wie weggeblasen. Zu Lauras Entsetzen wirkte sie plötzlich alt. »Die Sache ist, Laura, dass dieser verdammte Wasserhahn nicht das Erste war, was ich vergessen habe. Ich habe Gedächtnislücken.« Sie blickte an Laura vorbei ins Leere. »Allmählich habe ich den Verdacht, dass da etwas ernsthaft im Argen liegt.«

Laura rang nach den richtigen Worten. Von ihnen allen war Ella stets die Starke gewesen. »Wenigstens in einem Punkt hast du Glück«, versuchte sie es mit einem Scherz, um ihre Freundin aufzumuntern. »Julia hat es nicht mitgekriegt.«

Nachdem sie Ella geholfen hatte, das Chaos so gut wie möglich zu beseitigen, kehrte Laura nach Hause zurück. Es ärgerte sie, dass sie Mrs. Lal noch immer dort vorfinden würde. Auch Großzügigkeit und Freundschaft hatten ihre Grenzen, und die hatte sie nun erreicht. Wenn sie morgen zur Arbeit ging, würde sie Mrs. A. beiseitenehmen – bei Mr. A. war es zwecklos, denn er konnte sich gegen den Willen seiner Frau nicht durchsetzen – und darauf bestehen, dass sie ihrer Mutter eine andere Unterkunft suchte, ganz gleich, ob diese nun mit einem Umzug einverstanden war oder nicht.

Als Laura zu Hause ankam, war es eigenartig still. Sie fragte sich, wo Sam stecken mochte, denn er hatte gesagt, er wolle heute nicht ausgehen. Sie ließ Tasche und Mantel im Flur fallen. Da sie sich mit einem Mal völlig erschöpft fühlte, steuerte sie auf ihr verführerisch gemütliches Sofa zu, eigentlich in der Absicht, sich eine DVD-Box anzusehen und dazu ein Glas Wein zu trinken.

Ruckartig blieb sie stehen, überrascht darüber, dass Sam

und Mrs. Lal das Sofa bereits besetzten. Und was noch seltsamer war: Sie hielten sich an den Händen!

Als sie genauer hinsah, wurde ihr klar, dass Mrs. Lal ihm offenbar mitfühlend und aufmunternd zugleich die Hand tätschelte, wirklich erstaunlich, denn Sam wehrte tröstende Berührungen normalerweise ab, als könnte er sich davon die Beulenpest holen.

»Das Miststück hat ihn in die Wüste geschickt«, verkündete Mrs. Lal mit Grabesstimme. »Ich habe Ihrem Sohn erklärt, warum er froh sein kann, diese oberflächliche und unpassende junge Frau los zu sein.«

Und, Wunder über Wunder, Sam hörte auf sie.

»Ich glaube, Lalita hat letztlich recht, Mum.« Lauras Augen weiteten sich, denn er gebrauchte den Vornamen der furchterregenden Mrs. Lal, was sie selbst niemals gewagt hätte. »Sie hat mich nur benutzt, um an diesen Idioten Stephen Steel ranzukommen. Außerdem war sie eine absolut kulturfreie Zone. Du hättest hören sollen, wie sie damit geprahlt hat, sie habe noch nie im Leben ein Buch gelesen. Als ob das ein Zeichen von Intelligenz wäre.«

»Äußerst dumm und oberflächlich«, bestätigte Mrs. Lal. »Jetzt müssen wir deine wundervolle Mutter, die einem Mann so viel zu bieten hat, nur noch davon überzeugen, dass dieser Calum, mit dem sie sich trifft, noch immer von seiner Frau beeinflusst wird. Es ist schlimm genug, wenn ein Mann unter dem Pantoffel seiner Mutter steht. Aber unter dem seiner Frau, obwohl die beiden nicht einmal mehr verheiratet sind? Der Mann muss ein Waschlappen ohne jede Charakterstärke sein.«

»Ach, scheren Sie sich zum Teufel, Mrs. Lal«, platzte Laura heraus. Sie hatte die ihr im Kopf herumwirbelnden Gefühle nicht mehr im Griff. »Ich gehe ins Bett!«

Sal nahm sich einige Stunden Zeit, um für Rose eine Reha-Klinik in Surrey zu suchen. Bald fand sie heraus, dass Reha-Kliniken inzwischen als Testphase für einen dauerhaften Aufenthalt galten und hauptsächlich von Pflegeketten geführt wurden. Offenbar gab es zwei Sorten. Die günstigeren, gemeinnützigen, wo man sein Bett selbst machen und sich an Gruppenaktivitäten beteiligen musste, und die eleganten, die wie ein Landhotel organisiert waren und wo man sich einen Gin Tonic bestellen und die ganze Zeit in seinem Zimmer verbringen konnte, wenn einem danach war. Sie hatte den Verdacht, dass Rose keine Woche durchhalten würde, wenn man sie zwang, beim Singkreis mitzumachen und sich um ihre Wäsche zu kümmern. Doch die schicken Kliniken waren unsäglich teuer. Kein Wunder, dass sich die Altenpflege allmählich zur nationalen Krise auswuchs.

»Mir ist es schnurzpiepegal, wo die Reha stattfindet«, beharrte Rose, als Sal ihr die Alternativen unterbreitete. »So lange ich keine Windel tragen muss und ein Zimmer mit einem großen Fernseher habe, interessiert es mich nicht. Mein wahres Problem ist, was ich anschließend mache. Ich glaube, ich könnte es nicht ertragen, dass jemand bei mir im Haus wohnt, den ich nicht ausstehen kann, der mich wie eine Fünfjährige behandelt und sich aus meiner Brieftasche bedient, wenn ich nicht hingucke.«

Sal seufzte. »Vielleicht hat Lou ja recht. Du solltest mit meiner Freundin Claudia über ihr verrücktes Anti-Seniorenprojekt reden. Lou investiert sogar darin.«

»Doch nicht in Murdo Binns' Hotel?«

»Genau das.«

»Gibt es da auch Sex & Drugs und Rock 'n' Roll?«

»Das bezweifle ich. Claudia steht eher auf Easy Listening. Und ihr Mann Don mag Folk mit diesen Dingern, die man sich in den Mund steckt.«

»Maultrommeln? Gut, für Sex und Drogen bin ich viel zu alt, aber gegen ein bisschen ›Hey Nonny Nonny‹ hätte ich nichts einzuwenden. Vielleicht sollte ich es mir überlegen. Ich würde zu gerne Murdos Gesicht sehen, wenn er erfährt, dass ich in sein Haus ziehe.«

»Los, Rose«, forderte Sal sie auf. »Erzähl mir die Geschichte von dem geheimnisvollen Murdo.«

»Er dachte, er sei in mich verliebt, als wir noch alberne junge Dinger waren. Doch ich fand, dass ich mich nicht wirklich zur Lady eignete.«

»Insbesondere nicht zur Lady Binns.«

Sie lachten so laut, dass die Schwester kam und Roses Medikamentenpumpe neu einstellte, als könnte das Gelächter ihr in ihrem Zustand den Garaus machen.

Als Sal sich zum Gehen anschickte, griff Rose nach ihrer Hand. »Danke, dass du das alles für mich erledigst. Und es tut mir sehr leid, dass ich die Zeitschrift verkaufe.«

Sal zwang sich zu einem Lächeln. »Jetzt ist mir klar, wozu du das Geld brauchst. Reha-Kliniken kosten ein Vermögen.«

»Richte Lou aus, er kann meinen Namen erwähnen, wenn das bei den Verhandlungen mit Murdo hilfreich ist.«

Sal winkte Rose von der Tür aus zu. Doch ihre Freundin schaute aus dem Fenster, und zwar mit einem derart selbstzufriedenen Lächeln, dass Sal gern dabei gewesen wäre, wenn Lou diesen Lord mit dem seltsamen Namen auf Rose ansprach.

Claudia saß mit einem DIN-A-4-Block da und überlegte, wie sie bei dem Treffen mit dem Besitzer von Igden

Manor vorgehen sollte. Ihr Mann Don war noch immer verärgert, spottete über das Projekt und ließ ständig sarkastische Bemerkungen fallen, sodass es ihr inzwischen egal wäre, wenn er in eine Höhle ziehen würde.

Sie griff nach Douglas' Rohzeichnung, auf der zu sehen war, wie man den Platz nutzen könnte. Ein Lächeln umspielte ihre Lippen. Das Hauptgebäude, wo sich derzeit Rezeption und Bar befanden, sah mehr oder weniger unverändert aus. Doch er hatte die Häuschen geschickt aufgeteilt, um getrennte Wohneinheiten mit eigenem Garten zu schaffen. Der Gesamteindruck war der eines mittelalterlichen Weilers, der gleichzeitig Privatsphäre und Gemeinschaftsgefühl bot. Das Pförtnerhaus verfügte über drei Schlafzimmer, zwei davon im Erdgeschoss, die sich vielleicht für ihre Eltern eignen würden.

Claudia atmete tief durch. Es hatte lange gedauert, um bis hierherzukommen, dabei standen ihr jetzt erst die ausführlichen Verhandlungen bevor. Kein Wunder, dass so viele Menschen vom Zusammenleben im Alter sprachen und nur wenige es in die Tat umsetzten. *Sei kein Angsthase*, sagte sie sich. *Das hier ist ein Traum. Wir wollen versuchen, ihn wahr werden zu lassen!*

Sie schnappte sich ihren Block und machte sich auf den Weg nach Igden Manor. Unterwegs sah sie bei ihren Eltern vorbei. Die Tür des Schuppens stand offen, und sie hörte, wie ihr Vater und Hiro miteinander plauderten. Vielleicht sollte Hiro ja auch bei ihnen einziehen.

Als sie bei dem Anwesen ankam, fuhr Lou Maynard gerade vor.

»Claudia, wie schön, dich zu sehen.« Lou ließ den Blick über die typisch englische Landschaft mit ihren Malven und dem Rittersporn schweifen, die sachte in der Morgenbrise schwankten. Im Taubenschlag daneben gurrte eine weiße Taube. »Dieser Ort fasziniert mich.« Er lächelte. »Es sieht hier aus wie eine Abbildung des alten Englands auf einer Keksdose. Und was wissen wir über den alten Knaben Lord Binns?«

»Er ist der größte Grundbesitzer in der Gegend. Die Hälfte des Landkreises gehört ihm.«

»Also ist Geld nicht sein wichtigstes Motiv?«

»Ich glaube, sein guter Ruf bedeutet ihm mehr. Aber beim britischen Adel kann man sich nie sicher sein. Diese Leute sind manchmal reich wie Krösus und trotzdem geizig wie Ebenezer Scrooge.«

»Ha! So wie J. Paul Getty?«

»Wer war das?«

»Vielleicht der reichste Mann der Welt. Er hat sich in seiner Lobby einen Münzfernsprecher einbauen lassen. Apropos: Er hat auch in Surrey gelebt.«

Lou hielt ihr die Tür auf. »Auf in die Schlacht, lieber Freund, um Shakespeare zu zitieren.«

Claudia lachte. »Das alte England hat dich offenbar voll im Griff.«

»Kann ich Ihnen behilflich sein?«, fragte die Empfangsdame, dieselbe, die, wie Claudia feststellte, ihrer Mutter erzählt hatte, dass das Hotel in Schwierigkeiten steckte. Wie passend. »Wir sind mit Lord Binns verabredet.«

»Ja, richtig. Er ist in der Bibliothek.« Sie verließ die Rezeption und ging voraus durch die Bar, hinaus auf die sonnenbeschienene Terrasse und weiter in einen kleinen Raum am Ende des Gebäudes. »Ihre Gäste, Lord Binns«, verkündete sie.

Ein elegant gekleideter Mann um die achtzig mit einer lässigen, weltgewandten Art erhob sich aus einem Ohrensessel und kam ihnen entgegen. Claudia musste unwillkürlich an die Schwarz-Weiß-Fotografien von Prinzessin

Margarets schicker Clique in den Fünfzigern denken. Jedenfalls entsprach er nicht dem Knickerbocker-Bild mit Flinte, das man sich von einem Landadeligen machte.

»Einer unserer amerikanischen Brüder?«, lautete seine herablassende Begrüßung, als Claudia Lou vorstellte. Da sie spürte, dass Lou verärgert war, warf sie ihm rasch einen warnenden Blick zu.

Lord Binns sah zwischen Claudia und Lou hin und her. »Gut, wer übernimmt das Reden?«

»Ich glaube, am besten du, Claudia«, forderte Lou sie auf.

Beide Männer lauschten, als Claudia ihre Vision vom Besten beider Welten erläuterte: Jung und Alt, Freunde und Familie sollten harmonisch in dieser idyllischen Umgebung miteinander leben. Nicht eng zusammengedrängt, aber trotzdem als Gemeinschaft, um sich nötigenfalls zu unterstützen und miteinander zu teilen.

»Blanker Unsinn, wenn Sie mich fragen«, entgegnete Lord Binns abfällig. »Allerdings sind meine Freunde alle tot, und meine Familie kann ich nicht ausstehen. Warum sollte ich mit dieser verlockenden Utopie einverstanden sein?«

Nun ergriff Lou das Wort. »Der Pachtvertrag gilt nur dreißig Jahre. Das Gebäude muss modernisiert werden. Trip Advisor hackt ständig auf dem mangelnden Freizeitangebot und den hohen Zimmerpreisen herum. Wir würden Ihnen die Peinlichkeit ersparen, dass das Haus geschlossen werden müsste. Stattdessen würde ein neues Projekt entstehen, das genau dem Zeitgeist entspricht. Ein anderes Konzept für das Altern. Die Jungen unterstützen die Alten. Damit wären alle von Ihrer Voraussicht beeindruckt. Zahlreiche Artikel würden erscheinen. Die Radioreporter würden Ihnen die Bude einrennen.«

»Und wie soll dieses Seniorenparadies finanziert werden?«

Claudia schluckte.

»Durch einen Treuhandfonds«, erwiderte Lou, ohne mit der Wimper zu zucken. »Mit Einlagen der Bewohner. Verwaltet von Anwälten, die auf diesem Gebiet versiert sind.«

»Bestimmt wäre die verdammte Stadtverwaltung begeistert«, merkte Lord Binns an. »Ständig zetern sie, weil niemand bereit ist, Geld für soziale Zwecke herauszurücken.«

»Möchten Sie eine Skizze sehen?« Claudia förderte die Zeichnung ihres Schwiegersohns aus ihrer Tasche zutage. »Natürlich handelt es sich nur um einen Entwurf.«

Interessiert studierte Lord Binns die Kohlezeichnung.

»Die Sache klingt für mich recht riskant. Was, wenn sich alle an die Gurgel gehen?«

»Oh, nein, wir sind doch Freunde.«

»Genau genommen«, ergänzte Lou, »kennen Sie, wie ich annehme, eine der Personen, die Interesse angemeldet hat.«

»Ganz bestimmt nicht.« Claudia und Lou bemerkten, dass der Lord anfing, sich zu langweilen. Jeden Moment würde er ihnen mitteilen, dass das Gespräch beendet war.

»Rose McGill. Sie besitzt einige Zeitschriften.«

»Ich weiß, wer Rose McGill ist«, fuhr er sie beinahe an. Kurz wandte er sich ab, und der Anflug eines Lächelns spielte um seine Lippen. »Ich habe Rose sehr lange nicht gesehen. Und Sie sagten, sie möchte hier leben?«

»In der Tat«, log Lou.

»Ich danke Ihnen beiden. Sie haben mir eindeutig Stoff zum Nachdenken geliefert.«

»Lou!«, schimpfte Claudia, sobald ihr Gastgeber fort war. »Die arme Frau hat das Haus ja noch nicht einmal gesehen.«

»Das braucht Lord Rotz nicht zu wissen, oder? Außerdem hätte Rose Spaß daran, alte Erinnerungen aufzuwühlen. Schließlich hat sie angeboten, ich könne ihren Namen ins Spiel bringen, falls es hilfreich sei.«

»Ja«, räumte Claudia ein. »Aber nicht, dass sie hier wohnen will. Nun, wir haben unser Bestes gegeben. Jetzt können wir nur noch abwarten.«

»Was hältst du von einem Gläschen?«

Obwohl es fast Mittagszeit war, war in der Bar nicht viel los. Lou bestellte Champagner und lehnte ein Glas aus einer Flasche ab, die aussah, als wäre sie 1964 geöffnet worden.

Nach dem satten Knall des Korkens prostete Lou Claudia zu. »Auf Rose McGill. Wir vertrauen auf Rose. Auch wenn sie noch nie hier war.«

Zwölf

Als Laura nach Hause kam, läutete das Telefon. Von Sam und zum Glück auch von Mrs. Lal fehlte jede Spur.

»Mrs. Minchin? Hier spricht Stuart vom Immobilienbüro. Gute Nachrichten. Die Käufer sind mit dem Gutachten zufrieden. Sie möchten so schnell wie möglich den Vertrag abschließen und in drei Wochen einziehen.«

»Ist das denn möglich?« Laura musste sich beherrschen, um nicht loszuschreien.

»In der Tat. Vorausgesetzt, alle Papiere sind bereit. Die Angelegenheit entwickelt sich äußerst positiv.«

Für dich vielleicht, du schmieriger Mistkerl mit deinen drei Geschäftsabschlüssen pro Scheidung, hätte Laura ihn am liebsten angebrüllt.

Stattdessen schlug sie ihren kühlsten Tonfall an. »Richten Sie Ihren Kunden aus, dass ich Ihnen Bescheid gebe, sobald ich mit meinem Sohn und meiner Tochter gesprochen habe. Immerhin ist es ihr Elternhaus.« Sie verriet ihm nicht, dass Sam mit einem Freund zusammenziehen wollte und dass Bella schon seit Monaten fort war.

»Außerdem lebt derzeit eine Freundin der Familie bei mir. Eine alte Dame aus Indien.« Mrs. Lal konnte zur Abwechslung auch einmal zu etwas nutze sein.

»Ich verstehe. Doch ich empfehle Ihnen, bald ein Datum festzulegen.« Ein Hauch von Besorgnis, Laura habe sich doch in eine Scheidungsboykotteurin verwandelt, schlich sich in seinen schmierigen Tonfall. »Sie möchten sicher nicht, dass Ihnen so ein Geschäft durch die Lappen geht.«

Das heißt, dass du das nicht möchtest, du A… Zu gerne hätte Laura sein Gesicht gesehen, wenn die hübsche, in Pastell gekleidete Mrs. Minchin ihm an den Kopf warf, was sie wirklich dachte.

»Ich melde mich bei Ihnen.«

Sie legte auf, setzte sich aufs Sofa und kämpfte mit den Tränen. Das war es. Das offizielle Ende ihrer Ehe. Noch realer als die Scheidung. Ein plötzliches Geräusch sorgte dafür, dass sie sich aufrichtete. Sie hatte geglaubt, dass sie allein war, doch sie hörte eindeutig Musik aus Sams Zimmer. Und noch erstaunlicher war, dass es eine völlig andere Musik war als sonst. Kein melancholischer, in den Tiefen seiner Seele wühlender Songwriter, sondern etwas Rhythmisches, Exotisches, Fröhliches und … Indisches!

Laura stand vom Sofa auf und ging nach oben. Die Musik kam wirklich aus Sams Zimmer. Ihr Anklopfen wurde von der pulsierenden Basslinie einer E-Gitarre übertönt. Als sie die Tür öffnete, saßen Sam und Mrs. Lal auf dem Bett – Tom-Tom, der Kater, hockte zwischen ihnen wie eine strenge Anstandsdame.

»Hallo, Mum«, begrüßte Sam sie mit einem Lächeln. »Ist diese Musik nicht toll? Das ist Bhangra. Lalita hat es auf dem iPhone. Traditionelle indische Volksmusik mit E-Gitarre und Keyboard. Natürlich ist mir der Name schon untergekommen, aber ich habe es mir noch nie angehört.«

»Das habe ich von meiner Tochter«, erklärte Mrs. Lal. »Sie hat es zu Hause immer gespielt.«

Laura konnte sich zwar nicht vorstellen, dass die würdevolle Mrs. A. zu Bhangra herumhüpfte, war aber froh, dass Sam so guter Dinge war.

»Hast du etwas?« Sams Einfühlungsvermögen erstaunte Laura immer wieder.

»Der Makler hat gerade angerufen. Die Käufer wollen, dass wir in drei Wochen ausziehen.«

Als Sam hörte, wie ihre Stimme stockte, sprang er auf. »Mist, so bald schon. Schaffst du das?«

»Das sollte ich dich fragen.« Laura grinste.

»In Indien werden die Leute fristlos aus ihren Häusern geworfen. Das passiert ziemlich häufig«, merkte Mrs. Lal an.

»Danke sehr«, entgegnete Laura spitz. »Ich werde daran denken, wenn ich dieses Haus verlassen muss, in dem ich seit meiner Hochzeit wohne.«

»Da Sie jetzt geschieden sind«, fuhr Mrs. Lal unbeeindruckt fort, »brauchen Sie einen netten Mann und ein neues Zuhause.«

»Ja, Mum.« Beschützend legte Sam den Arm um sie. »Du solltest Lalita damit beauftragen, jemanden zu suchen. Sie hat in Indien zweitausend Ehen arrangiert.«

»Ich habe bereits einen netten Mann. Sein Name ist Calum.«

Als Mrs. Lal zweifelnd eine Augenbraue hochzog, fiel Laura ein, dass sie schon verdächtig lange nichts mehr von dem Mann gehört hatte, den sie allmählich als ihren Freund betrachtete.

Unten, weit weg von dem dröhnenden Bhangra, rief Laura ihre Tochter an. Sicherlich würde zumindest sie es bedauern, ihr Elternhaus zu verlieren.

»Je schneller, desto besser, Mum«, lautete Bellas prompte Antwort. »Ein Umzug wäre optimal für dich. Such dir eine hübsche Parterrewohnung, in der du alt werden kannst. Vorzugsweise mit Gästezimmer, damit ich dich mit Nigel und Noah besuchen kann.«

Diskret mietete Ella eine Teppichreinigungsmaschine und machte sich daran, ihren nagelneuen hellen Teppich von den Folgen der Überschwemmung zu säubern. Der Geruch nach feuchter Wolle erinnerte sie an Kindheitsferien in Wales, wo es so nass gewesen war, dass selbst die Schafe sich Pensionszimmer nahmen.

Ihre Tochter Julia hatte ihr von einem beigen Teppich abgeraten. Warum kaufe sie nicht lieber etwas Praktisches? Schlammbraun oder Hellbraun? Doch Ella verabscheute Schlammbraun und fand, dass Hellbraun viele farbenfrohe Zimmer, die ihr eigentlich gefielen, so langweilig wirken ließ wie Abwasser. Wie immer hatte Julia recht behalten, denn ihr Teppich war jetzt ohnehin schlammbraun.

Allmählich machten sich die zwei Stunden Plackerei bezahlt. Außer auf den letzten paar Metern, wo das Wasser sich gesammelt hatte, sah der Teppich beinahe wieder aus wie früher. Sie würde sich einen Läufer besorgen müssen, um die rettungslos zerstörte Stelle am Ende abzudecken, aber das würde schick und hippiemäßig wirken.

Letztlich war es ihre Würde gewesen, die einen bleibenden Schaden davongetragen hatte. Wie hatte sie aus dem Haus gehen und das Wasser laufen lassen können? Eigentlich sollte sie den verdammten Klempner verklagen, der das Überlaufventil nicht eingebaut hatte.

Wenigstens war Julia ahnungslos. Abgesehen von dem seltsamen Geruch war von der Katastrophe fast nichts mehr zu bemerken. Zufrieden holte Ella tief Luft und schleppte den Dampfreiniger hinauf ins Bad, um ihn auszuleeren.

Das Waschbecken befand sich unter dem Fenster, das zur Themse zeigte, weshalb Ella beim Zähneputzen den Fluss betrachten konnte. Doch der Anblick, der sich ihr bot, war schlimmer als eine drohende Flut.

Julia war mit ihrer Nachbarin Mrs. Gregory ins Gespräch vertieft, und diese brannte offenbar darauf, ihren und Berts ruhmreichen Moment zu schildern. Sicher beschrieb sie gerade Ellas Unfähigkeit bis ins letzte grausige Detail.

Es gab nur eine Lösung: so zu tun, als wäre sie nicht zu Hause. Ella schlich die Treppe hinunter in die Küche, erleichtert, dass es sich um ein Reihenmittelhaus handelte, sodass Julia sich nicht von hinten heranpirschen konnte. Auch war sie froh darüber, dass sie sich, zur großen Empörung ihrer Tochter, geweigert hatte, ihr einen Schlüssel zu geben. Und das, obwohl Julia darauf beharrt hatte, Ella könne stürzen oder erkranken. »Ich bin erst dreiundsechzig, verdammt!«, hatte sie protestiert.

Julia klopfte an die Tür. Ella ignorierte es ebenso wie die darauffolgenden Anrufe auf ihrem Mobiltelefon und ihrem Festnetz. Diese vermaledeite Mrs. Gregory! Bestimmt hatte sie Julia erzählt, dass Ella zu Hause war.

Was würde sie tun, wenn sie eine Figur in einem dieser düsteren Schwedenkrimis wäre, die Julia so mochte? Ella kam sich sehr genial vor, als sie ihrer Tochter eine SMS schickte, sie sei in der Stadt, um sich mit Laura zu treffen. Auch wenn ihre Tochter ihr nicht glaubte, würde sie zumindest nicht Polizei und Feuerwehr alarmieren und melden, ihre Mutter habe womöglich einen Schlaganfall erlitten und liege drinnen auf dem nassen Teppich.

Vom Badezimmerfenster aus beobachtete sie, wie Julia die SMS las und ungläubig das Haus betrachtete.

Ein Kichern stieg in Ella auf, und sie fragte sich, wie lange Julia wohl draußen verharren und auf einen Hinweis warten würde, dass ihre Mutter log.

Wie sie Julia kannte, ziemlich lange.

Starr vor Entsetzen sahen Sal und die übrigen Mitarbeiter zu, wie schnell und reibungslos Roses Neffe die Zeitschrift abwickelte. Sal hätte das Wort »Gefühllosigkeit« gebraucht, wäre Justin dabei nicht so taktvoll und charmant vorgegangen.

In Gedanken und auch unter vier Augen gegenüber Lou bezeichnete sie ihn als den »lächelnden Killer«. Er hatte seine Hausaufgaben gemacht und hielt sich an die Gesetze, was Abfindungen und Pensionen für die Angestellten betraf, rückte jedoch keinen Penny mehr heraus.

Innerhalb eines Monats würde *New Grey* an ein kanadisches Unternehmen verkauft werden, mit dem er bereits in Geschäftsverbindung stand. Offenbar war das Thema Ruhestand in Kanada derzeit groß in Mode.

Die Abschiedsfeiern waren bereits in Planung. Sal erschienen sie eher wie Totenwachen.

»Komm schon, was ist denn aus meinem tapferen Streitross Sally geworden?«, fragte Lou, als er ihre Niedergeschlagenheit bemerkte.

So verführerisch es auch sein mochte, wollte Sal ihm nicht schon wieder etwas vorjammern. Sie hatte noch nie einen Mann gekannt, zu dem sie schonungslos ehrlich sein konnte. Was, wenn sie ihn damit vergraulte? Denn manchmal hatte sie das Gefühl, dass er momentan das einzig wirklich Schöne in ihrem Leben war.

Lou legte die Arme um sie. »Angst, richtig? Ich weiß, dass du deinen Job geliebt hast.«

Sein anteilnehmender Tonfall gab ihr den Rest. »Ja«, gestand sie. »Ich habe Angst. Keine Pension. Jeder, der nur einen Funken Verstand hat, würde zur Absicherung wenigstens eine Immobilie besitzen. Aber ich Idiotin habe immer zur Miete gewohnt.«

Lou saß auf der Bettkante und machte ein nachdenkliches Gesicht, was Sal zum Kichern brachte.

»Was ist denn so komisch?«

»Du. Du siehst aus wie der Denker von Rodin.«

»Ich möchte dir mitteilen, dass ich über dich nachdenke.«

Sal setzte sich neben ihn und lehnte den Kopf an seine Schulter. »Ich weiß«, erwiderte sie mit einer schwachen Stimme, die gar nicht zu ihr passte. »Danke.«

»Wie du ja weißt, kenne ich mich gut mit Mietverträgen hier und in den USA aus. Das ist mein Metier. Wir wollten uns deinen Vertrag doch längst ansehen. Wie lange wohnst du schon hier?«

Als Sal antwortete, stieß er einen Pfiff aus. »So lange? Und wie viel Miete zahlst du?«

Sals Erwiderung entlockte ihm ein Auflachen. »Das ist verdammt günstig.«

»Als ich die Wohnung übernommen habe, war sie in schlechtem Zustand. Ich habe ziemlich viel in die Renovierung gesteckt.« Sie grinste ihn an. »Und ihr den Grainger-Look verpasst.«

»Dein Vermieter könnte bereit sein, dir eine Ablöse zu zahlen. Das kommt bei sehr langfristigen Mietverträgen vor. Von einem neuen Mieter kriegt er vielleicht das Doppelte.«

»Aber dann müsste ich umziehen«, entgegnete Sal mit einem Anflug von Panik in der Stimme.

»Stimmt. Aber du könntest ein hübsches Sümmchen bekommen, sodass sich die Sache lohnt. Ich entwerfe einen Brief an deinen Vermieter, und dann schauen wir, wie er reagiert.«

Sal umarmte ihn. Es war nicht unbedingt ein Angebot, mit ihm nach Brooklyn auszuwandern, doch dass er eine

Rolle in ihrem Leben spielte, war für sie, als ginge sie an einem kalten Winterabend mit einer Wärmflasche und einer Gänsedaunendecke zu Bett.

Das Telefon auf Lauras Nachttisch läutete so früh, dass sie hochfuhr und sich sofort fragte, was für ein Notfall eingetreten sein könnte. Hoffentlich war ihrer Tochter Bella oder dem kleinen Noah nichts zugestoßen.

Zu ihrer Überraschung war es Claudia.

»Entschuldige, dass ich dich geweckt habe. Mein Wecker klingelt um sechs.«

»Mist. Gut, dass du angerufen hast. Ich muss aufstehen und zur Arbeit.«

»Es geht um Ella«, fuhr Claudia fort. »Ich mache mir Sorgen um sie. Gestern Abend hat sie mich angerufen und nur darüber geredet, dass sie sich nichts mehr merken kann. Dann ist sie in Tränen ausgebrochen. Ella! Sie war doch immer die Tüchtigste von uns.«

»Ich weiß. Sie hat zu Hause den Hahn angelassen und alles unter Wasser gesetzt. Jetzt hat sie eine Todesangst, dass Julia es herausfindet und behauptet, sie leide an Demenz.«

»Oh mein Gott. Das glaubst du doch nicht wirklich? War sie beim Arzt?«

»Sie will nicht. Für den Fall, dass es sich als wahr herausstellt.«

»Herrje, Laura, das ist ja entsetzlich!«

»Ja.« Laura wurde klar, dass sie selbst sich dieser Möglichkeit noch nicht gestellt hatte.

»Und was ist mit dir?«

»Alles in Ordnung.« Sie zwang sich zur Ruhe, denn sie wollte nicht zugeben, dass sie eine Todesangst davor hatte, aus ihrem Haus auszuziehen, ohne zu wissen, wohin. Ständig hatte sie Bilder von dem Film *Cathy Come Home* und den Obdachlosen unter der Waterloo-Brücke vor Augen. »Nur dass ich in weniger als einem Monat umziehen muss.«

»Laura! Wohin?«

»Tja, genau das ist das Problem. Ich habe noch nichts gefunden.«

»Dann komm her«, schlug Claudia spontan vor. »Wir haben ein Gästezimmer, und deine Sachen kannst du in der Garage unterstellen. Wir sind zu faul, sie zu benutzen, und parken in der Einfahrt. Du kannst so lange bleiben, wie du willst.«

Plötzlich erschien die Vorstellung, in einem Dorf mit strohgedeckten Häuschen und Blumenkästen voller farbenfroher Geranien zu leben, Laura unbeschreiblich verlockend. Es würde sein wie in Thrush Green, dem Dorf in den Romanen von Miss Read, die sie als Kind so gerne gelesen hatte. Eine Art Urlaub, während sie sich ihren nächsten Schritt überlegte.

»Bist du sicher? Was ist mit Don? Wird er sich nicht gestört fühlen?«

»Die Abwechslung wird ihm guttun. Er hat dich schon immer gemocht, weil er findet, dass du diejenige von meinen Freundinnen bist, die andere am wenigsten herumkommandiert.«

»In diesem Fall liebend gern.«

Als sie den Hörer auflegte, wurde sie von Erleichterung ergriffen. Wenigstens war sie nun kurzfristig einer Sorge ledig. Heute würde sie Mr. A. bei LateExpress die Situation erklären. Ihr fiel ein zentnerschwerer Stein vom Herzen, sodass es ihr nicht einmal mehr etwas ausmachte, wenn Mrs. Lal bis zu ihrem Umzug bleiben sollte.

Sie stand auf und zog ihre blassgelbe Lieblingsstrickjacke an, obwohl sie nur zur Arbeit ging.

Im nächsten Moment fiel ihr Ella ein. War es wirklich etwas Ernstes oder nur ein schwerer Fall von Vergesslichkeit?

Ella blickte aus dem Fenster. Draußen war ein wunderschöner Tag. Die Sonne spiegelte sich auf dem Fluss wie gesponnene Seide. Vicr Schwäne glitten vorbei und zogen glitzerndes Kielwasser hinter sich her. Gänse flogen fröhlich schnatternd über sie hinweg. Es war ein Tag, um im Garten zu arbeiten. Das Wetter hätte sich optimal für einen Besuch in der Kleingartenanlage geeignet. Nur dass sie sich nicht unbedingt wohlfühlte. Außerdem hatte sie sich eine ziemlich unangenehme Aufgabe vorgenommen.

Sie setzte sich an den kleinen Tisch am Fenster, der ihr als Schreib- und Schminktisch diente, und klappte den Laptop auf. Es war Zeit, dass sie der Wahrheit ins Auge sah. Sie tippte »Anzeichen von Demenz« in den Browser ein und spürte, wie sie den Atem anhielt. *Es gibt keinen aussagekräftigen Test für Demenz*, las sie. *Die einzige eindeutige Diagnose kann durch eine Autopsie des Gehirns nach dem Tod erfolgen.* Wunderbar. *Zwei Drittel aller Patienten mit Demenz*, hieß es weiter in dem Artikel, *sind weiblich.*

Elender Mist, schimpfte Ella. *Was für eine bodenlose Gemeinheit.*

Sie klickte weiter, bis sie das Gesuchte gefunden hatte, den Test, den ihr Hausarzt anwenden würde, wenn sie den Mut aufbrachte, ihn aufzusuchen, was nicht in ihrer Absicht lag. Sie wollte es mit ihrem Gehirn allein abmachen.

1. Welches Jahr haben wir? Na, das war nicht weiter schwer.
2. Welchen Monat haben wir? Auch das war ein Klacks. Die Frage konnte sie mühelos beantworten.

3. Jetzt wurde es ein wenig heikel. Nun würde ihr der Arzt einen Namen und eine Adresse nennen, die sie sich merken musste. Ella beschloss, etwas zu erfinden.
4. Wie viel Uhr ist es – zur nächsten Stunde hoch- oder heruntergerechnet? Zu ihrem Ärger unterlief Ella hier ein Fehler, denn sie entschied sich für zehn, obwohl neun näher dran gewesen wäre.
5. Zählen Sie rückwärts von zwanzig bis eins. Ein Kinderspiel.
6. Nennen Sie die Monate in umgekehrter Reihenfolge. Kein Problem.
7. Nennen Sie den Namen und die Adresse der vorhin erwähnten Person. Ella tat es.

Ella stellte fest, dass ihr lediglich drei Punkte fehlten, was bedeutete, dass sie offenbar nicht an einem Gedächtnisverlust litt. Wären es acht oder neun Punkte gewesen, wäre ein Besuch beim Hausarzt angeraten. Ein Ergebnis zwischen zehn und achtundzwanzig Punkten wies auf starke Erinnerungslücken hin, die untersucht werden mussten.

Ella hüpfte beinahe die Treppe hinunter, um sich einen Kaffee zu machen, und hielt an der Schwelle zur Küche inne. Der Raum war völlig verqualmt. Sie hatte vorhin einen Milchtopf auf den Herd gestellt und ihn vergessen. Warum war der verdammte Rauchmelder nicht losgegangen? Ihr fiel ein, dass er letztens gepiepst hatte, weil er eine neue Batterie brauchte.

Ella, die den Tod ihres geliebten Mannes bei einem Zugunglück überstanden hatte, ohne zusammenzubrechen, setzte sich an den Küchentresen und weinte.

Claudia saß da und betrachtete den Brief, der vor ihr lag. Inzwischen bekam sie kaum noch Briefe, und sie hatte noch nie einen erhalten, der aussah wie dieser hier. Das Papier war so dick, dass es fast wie Pergament wirkte, und die Adresse war in Goldbuchstaben eingeprägt wie bei einer überkandidelten Hochzeitseinladung. Doch noch erstaunlicher war der Inhalt.

Lord Murdo Binns, exzentrischer Aristokrat und Besitzer von Igden Manor, schrieb, er sei bereit, ihren Vorschlag in Erwägung zu ziehen. Allerdings unter einer Bedingung.

Miss Rose McGill müsse eine der Bewohnerinnen sein.

Claudia fühlte sich hin- und hergerissen. Einerseits war sie überglücklich angesichts dieser positiven Antwort. Andererseits hatte sie keine Ahnung, was sie jetzt tun sollte. Sich an Sal zu wenden war zwecklos, denn die hielt das ganze Projekt ohnehin für Schwachsinn. Also würde sie mit Lou Maynard reden müssen. Er stand hinter der Idee, auch wenn nur der Himmel wusste, warum. Doch wie sollte sie ihn erreichen? Da fiel ihr ein, dass er ihr seine Mobilfunknummer gegeben hatte.

Claudia rief ihn an.

»Lou«, begann sie, »du wirst deinen Ohren nicht trauen.«

»Der alte Knacker hat Ja gesagt?« Seltsamerweise klang Lou gar nicht überrascht. »Das habe ich mir gedacht. Er hat mehr Geld, als er ausgeben kann. Er ist alt. Und er möchte sich noch ein bisschen amüsieren.«

»Doch da gibt es eine wirklich eigenartige Bedingung.«

»Hat es mit Rose zu tun?«

»Ja, woher wusstest du das?«

»Ich habe seine Reaktion beobachtet. Vermutlich ist er schon seit fünfzig Jahren in Rose verliebt.«

»Und er verkauft uns das Anwesen günstig, nur um sie in seiner Nähe zu haben?«, wunderte sich Claudia. »Wie sonderbar.«

»Oh, er hat sicherlich noch andere Gründe. Ich habe den Verdacht, dass er hinter seiner Fassade ziemlich gerissen ist.«

»Wie, glaubst du, wird Rose reagieren? Besteht eine Möglichkeit, sie für das Projekt zu gewinnen?«

»Sal und ich bringen sie morgen in eine Reha-Klinik, die sich zufälligerweise in der Nähe von Igden Manor befindet. Wer weiß?«

»Lou, du bist ein Zauberer.«

»Danke, Claudia. Wenn Rose sich häuslich eingerichtet hat, sollten wir vielleicht mit ihr hinfahren.«

»Das klingt prima. Und, Lou …«

»Ja?«

»Danke für Hiro. Er und mein Dad sind im Dorfpub sehr beliebt. Bis auf eine Sache. Hiro schlägt die Stammgäste immer beim Domino.«

»Gut, dass es nur Domino und nicht Blackjack ist«, erwiderte Lou.

Claudia konnte sich ein Lachen nicht verkneifen. Sie mochte Lou sehr. Es wäre ein gewaltiger Vorteil, wenn er sich wirklich entscheiden würde, in Igden Manor zu wohnen. Ob er Sal würde überzeugen können, mitzukommen? Noch während sie sich das fragte, musste sie an Ella und ihre besorgniserregende Vergesslichkeit denken.

Mit einem breiten Lächeln erzählte Lou Sal von Lord Binns' Bedingung.

»Oh mein Gott«, rief Sal. »Heißt das, dass dieser absolut wahnwitzige Plan am Ende noch in die Tat umgesetzt werden wird?«

»Nur wenn wir Rose davon überzeugen können, dass sie sich ihr ganzes Leben danach gesehnt hat, in einer Kommune mit Strohdächern zu wohnen.«

Laura band sich die schauderhafte Schürze von LateExpress um und fragte sich, ob ihr grässlicher Ex Simon wohl auftauchen würde, um Sandwiches zu kaufen. Früher hatte er das täglich getan, bis Laura angefangen hatte, hier zu arbeiten. Laut Simon einzig und allein, um ihn zu blamieren. Vielleicht sollte sie seine belegten Brote mit Rattengift versetzen.

Vielleicht auch nicht. Da sie nun doch nicht obdachlos werden würde, fühlte sie sich schon viel besser. Zumindest für den Augenblick.

»Mr. A., kann ich kurz mit Ihnen reden?«, wandte sie sich an ihren Arbeitgeber.

Sofort zeichnete sich Erschrecken auf Mr. A.s Gesicht ab. »Geht es um meine Schwiegermutter? Es ist schändlich, dass wir Sie so ausnützen. Aber das Problem ist …«

»Ja?«

»Es gefällt ihr so gut bei Ihnen, dass sie unsere sämtlichen Vorschläge, was andere Unterkünfte angeht, rundheraus ablehnt.« Er senkte die Stimme. »Sogar das Claridge's. Obwohl es das Lieblingshotel der Queen ist.«

Der arme Mr. A. war am Boden zerstört.

»Das ist vermutlich auch besser so«, beruhigte ihn Laura. »Nach einer Woche im Claridge's wären Sie pleite. Außerdem versteht sie sich glänzend mit meinem Sohn. Die Sache ist nur die, dass ich das Haus verkaufe und die neuen Besitzer schon bald einziehen wollen. Deshalb verlasse ich London für eine Weile und siedle über zu einer Freundin in Surrey.«

»Aha.« Mr. A. nickte weise. »Ich habe gehört, dass es in Surrey sehr schön sein soll. Ganz ähnlich wie in Simla in Indien.«

»Wie ich die Briten kenne, haben sie Simla vermutlich so gestaltet, dass es sie an Surrey erinnert.«

Plötzlich wurde ihm die wahre Tragweite von Lauras Worten bewusst. »Dann werden Sie nicht mehr bei Late-Express arbeiten?«

»Ich fürchte, nein.«

»Und werden Sie für immer in Surrey bleiben?«

»Ich bin nicht sicher. Meine Freundin will dort eine unkonventionelle Seniorenkommune gründen, aber ich glaube, ich mache nicht mit.«

»Unkonventionell? Mit Hippies und Ausgeflippten und lauter Musik?«

Laura lachte. »Eher mit Gin Tonic und Pilates.«

»In Uttar Pradesh hatten wir viele Hippies. Mein Vater hat mir erzählt, sie hätten die Einheimischen angebettelt.«

»Wie peinlich.« Laura hatte nie viel von Hippies gehalten. Aber waren seit dem Summer of Love wirklich schon fünfzig Jahre vergangen? Was war aus all der Zeit geworden?

Sie riss sich zusammen. Sonst würde sie sich noch in einen Song von Joni Mitchell verwandeln. »Das heißt, dass Sie bald eine Unterkunft für Ihre Schwiegermutter finden müssen«, meinte sie freundlich.

Mr. A. machte ein nachdenkliches Gesicht. »Wie viele Damen werden in dieser Seniorengemeinschaft leben?«

Laura zuckte die Achseln. »Keine Ahnung. Meine Freundin möchte, dass auch junge Leute einziehen. Aber ich bin nicht sicher, ob junge Leute unbedingt mit einer Horde alter Damen zusammenwohnen wollen.«

»Es wird wie ein indisches Dorf sein. Man braucht Alt und Jung, Ziegen, Schafe, Katzen, Hunde und Großmütter.«

»Ich erzähle meiner Freundin von den Ziegen und Schafen. Wahrscheinlich ist sie auf diese Idee noch gar nicht gekommen.« Laura musste daran denken, wie schön es wäre, mit ihrem Enkel Noah zusammenzuleben, anstatt ihn nur ab und zu kurz zu sehen. Vielleicht hatten indische Dörfer ja etwas für sich.

Ella fuhr in die Stadt. Ihr Auto ließ sie zu Hause, nur für den Fall, dass sie wieder eine dieser seltsamen Anwandlungen bekommen sollte. Sie gönnte sich eine Quiche (Lorraine war ihrer Ansicht nach trotz der vegetarischen Konkurrenz noch immer die beste) und kaufte Batterien für die Rauchmelder, woraufhin sie das Gefühl hatte, die Dinge ein wenig besser im Griff zu haben.

Als sie Hunger bekam, setzte sie sich auf eine Mauer, ließ die Füße über dem Fluss baumeln, verspeiste ihre Quiche, warf den Enten die Krümel zu und machte sich langsam auf den Heimweg. Dabei fiel ihr auf, dass sie noch immer diese seltsamen Unterleibsschmerzen hatte. Vielleicht sollte sie das wirklich einmal untersuchen lassen.

Ein Auto, das sie sofort als das ihrer Tochter Julia erkannte, stand schief vor ihrer Einfahrt, als wollte es sie zuparken. Allerdings saß niemand darin. Im nächsten Moment bemerkte sie, dass Julia damit beschäftigt war, ihre Tulpen zu köpfen, die Ella absichtlich stehen ließ, damit sie Kräfte für die Blüte des nächsten Jahres sammelten.

Julia blickte auf. Ihr hübsches Gesicht war vor Aufregung gerötet, als hätte sie lange gewartet, um eine wirklich wichtige Nachricht loszuwerden.

»Mum!«, begrüßte sie Ella. »Ich bin so froh, dass du zurück bist. Ich habe tolle Neuigkeiten. Ich habe mit Neil geredet, und wir hatten eine wunderbare Idee. Wir bauen unsere Garage zu einer Einliegerwohnung um. Dann kannst du bei uns wohnen und Mark und Harry öfter sehen. Du bist absolut unabhängig und trotzdem in der Nähe, falls du Hilfe brauchst.«

Ella wurde von Verzweiflung ergriffen. Es war ein großzügiges Angebot, doch es lag Julia nun einmal im Blut, sich in alles einzumischen, weshalb sie sich nach spätestens fünf Minuten zerstreiten würden. Mit ihrer anderen Tochter Cory, die sanftmütiger und einfühlsamer war, als ihr guttat, hätte das Zusammenleben möglicherweise geklappt, obwohl sie selbst daran Zweifel hegte.

»Das ist wirklich nett von euch«, erwiderte Ella taktvoll. »Aber ich kann euch diese Kosten nicht zumuten.« Sie wusste, dass das Geld bei ihrer Tochter und ihrem Schwiegersohn knapp war.

»Das wäre kein Problem«, antwortete Julia fröhlich. »Du könntest es doch finanzieren. Mit dem Geld, das du für dieses Haus bekommst.«

Als Julia fort war, setzte sich Ella und kämpfte gegen ihren Zorn an. Warum glaubten die Leute, dass man mit über sechzig keine eigenen Entscheidungen mehr treffen konnte, nur weil man ein bisschen nachlässig und vergesslich wurde?

Ella ließ den Blick über ihre neue Umgebung schweifen. Die bunt gestrichenen Wände und die farbenfrohen, auf ihrem Sofa verteilten Kissen. Plötzlich hatte sie das Gefühl, keine Ahnung zu haben, wo sie sich befand. Die Empfindung war so übermächtig, dass sie von Panik ergriffen wurde und heftiges Herzklopfen bekam.

Sie schloss die Augen und wartete darauf, dass das Gefühl nachließ. Stattdessen wurde es immer stärker, und als sie ihre Hände betrachtete, konnte sie nicht feststellen, ob sie ihr gehörten und wo sie eigentlich war.

Irgendetwas geschah hier mit ihr. War das ein Schlaganfall?

Eine Todesangst, von anderen abhängig zu werden, etwas, wovor ihr stets bis ins Mark gegraut hatte, bemächtigte sich ihrer.

Sie stand auf und taumelte zum Telefon. Sie brauchte einen Moment, um sich zu erinnern, wie die Notrufnummer lautete.

Dreizehn

Wenn der Brief nicht vor ihr gelegen hätte, Sal hätte es nicht geglaubt. Angesichts ihrer ungewöhnlich langen Mietdauer war der Hausbesitzer bereit, ihr eine in Sals Augen astronomische Summe zu bieten, wenn sie »die Mietsache freimachte«.

»Die Mietsache freimachen« war natürlich Juristenjargon für Ausziehen. Außerdem stand da etwas von »unverbindlich«. Wie Lou ihr erklärte, hieß das, dass sie das Angebot jederzeit zurückziehen konnten.

»Du solltest zugreifen, so lange du noch kannst«, lautete Lous Rat. »Vermieter sind Geschäftsleute. Sie könnten ihre Meinung ändern.«

Allerdings war Sal nicht bereit, so schnell einen derart großen Schritt zu wagen. Sie wollte es sich noch überlegen.

Lou umarmte sie. »Aber überleg nicht zu lange.«

Sie schlossen ihre Wohnung ab und brachen in Lous gemietetem Jeep auf, um Rose aus dem Krankenhaus abzuholen und sie in die Reha-Klinik zu bringen. Zum Glück war Rose fast wieder so schlagfertig und spitzzüngig wie eh und je.

So sehr, dass Lou die spontane Idee hatte, unterwegs in Igden Manor zum Mittagessen Station zu machen.

Gott war eindeutig auf ihrer Seite. Die Sonne schien, die Vögel sangen, und die Sommerblumen entlang der Wege, die sich zwischen dem Hauptgebäude und den Häuschen schlängelten, standen in voller Blüte.

»Natürlich«, vertraute Rose ihnen bei einem sehr trockenen Sherry an, »habe ich das Land immer verabscheut. Ich kann ihm nichts abgewinnen. Ehrlich gesagt habe ich schon seit Jahren ein Auge auf ein sehr hübsches Apartmenthaus mit Aufzug in der Nähe des Sloane Square geworfen.« Sal und Lou wechselten einen besorgten Blick. »Doch die Russen haben es aufgekauft. So wie den Rest von London. Russen, Chinesen, Investoren aus Singapur, die ihr schmutziges Geld waschen wollen und nicht vorhaben, auch nur einen Fuß in eine der Wohnungen zu setzen. Wusstet ihr, dass es in einigen der neuen Wohnungen, die sie bauen, nicht einmal eine Küche gibt?« Mit selbstzufriedener Miene nippte Rose an ihrem Sherry Fino. »Absolut logisch. Wer braucht schon eine topmoderne Küche für zwanzigtausend Pfund, obwohl eine Mikrowelle völlig genügt?«

Sie betrachtete die bunten orientalischen Mohnblumen und die blauen Schmucklilien, die zwischen den Kletterrosen wucherten. »Deshalb freunde ich mich allmählich mit der Idee an wegzuziehen.« Sie lächelte die beiden spitzbübisch an. »Und jetzt verratet mir, warum genau Murdo Binns will, dass ich hier wohne?«

Sie starrten sie noch verdattert an, als das Steak serviert wurde. »Dieses Fleisch ist zu stark durchgebraten«, teilte sie dem bedauernswerten Kellner mit.

»Aber, Madame, schauen Sie, es ist ja noch fast roh!«

»Ich habe verlangt, dass es noch muht«, entgegnete sie, als der Mann den Teller fortbrachte. »Das hat Murdo mir höchstpersönlich erzählt. Er hat mich nämlich im Krankenhaus besucht. Habe ich euch das nicht gesagt?«

»Nein, Rose, hast du nicht«, erwiderte Lou. Er bemerkte, dass sie sich königlich amüsierte.

»Er hat mir einen Strauß rote Rosen mitgebracht. Hatte

keine Ahnung, dass Blumen in Krankenhäusern nicht mehr erlaubt sind. Ich musste sie der hübschesten Pflegekraft schenken, die ich auftreiben konnte. Einer männlichen, um genau zu sein. Ihr kennt ja Murdo, er lässt seine Mitmenschen gerne zappeln.«

Ein neues Steak wurde serviert, diesmal in einer Blutlache und vom Küchenchef persönlich. »Ist das für Madame *saignant* genug?«

»Es ist in Ordnung so«, antwortete sie herablassend und begann, es in Rekordzeit zu verschlingen. »Seit Tagen kriege ich nichts als Krankenhausfraß«, erklärte sie und blickte sich im Restaurant um. »Junger Mann«, rief sie den Kellner heran, der sichtlich nervös wirkte.

»Ja, Madame?«

»Richten Sie dem Küchenchef aus, dass das Steak köstlich war.«

»Murdo ist nicht der Einzige, der seine Mitmenschen gerne zappeln lässt«, raunte Lou Sal zu.

Nachdem sie die Mahlzeit mit Crème brûlée und einem diabolisch starken Kaffee abgeschlossen hatte, erhob sich Rose. »So«, verkündete sie in ihrer besten majestätischen Art. »Und jetzt führt ihr mich am besten herum und überzeugt mich, hier einzuziehen.«

»Legen Sie sich einfach hin, meine Liebe, wir kümmern uns jetzt um Sie«, teilte ihr eine brummelige Stimme mit. Ella blickte in das vertrauenerweckende Gesicht eines stämmigen Sanitäters. Zum Glück hatte sie die Geistesgegenwart besessen, vor der Ankunft des Krankenwagens die Haustür zu öffnen.

Sie spürte, wie sie hochgehoben und durch ihr Wohnzimmer getragen wurde. Die Kollegin des Mannes war mit einem grünen Overall bekleidet, der Ella daran erinnerte, dass sie in den Sechzigern auch so einen besessen hatte. Also! Sie hatte doch nicht alles vergessen, wie banal es auch sein mochte.

Alle Nachbarn hatten sich draußen versammelt. Ein Krankenwagen war eine große Sensation.

»Sollen wir jemanden verständigen?«, erkundigte sich die junge Frau, sobald Ella im Krankenwagen lag.

Panik stieg in Ella hoch. Die Vorstellung, dass Julia erschien und alles an sich riss, war ihr unerträglich.

»Meine Tochter Cory Thompson.« Ella bemerkte, dass sie sich an ihr Mobiltelefon klammerte wie an ein Rettungsseil. »Ihre Nummer ist in meinem Telefon gespeichert.«

»Ausgezeichnet.« Der Mann übernahm wieder. »June wird sie anrufen. So, Mrs. Thompson, könnten Sie mich anlächeln?«

»Das ist nicht komisch«, murmelte Ella.

Der Mann achtete nicht darauf. »Heben Sie bitte beide Arme.« Ella tat es.

»Welchen Wochentag haben wir?«

»Freitag«, erwiderte Ella gereizt.

»Okay.« Offenbar war das nicht die richtige Antwort, aber das konnte jedem passieren, insbesondere, wenn man nicht mehr berufstätig war. »Und jetzt beschreiben Sie mir Ihre Symptome.«

»Gedächtnislücken. Manchmal vergesse ich ziemlich wichtige Dinge, was mir sonst nie passieren würde.«

»Okay.« Die Sanitäter wechselten Blicke. »Sonst noch etwas?«

»Absolute Verwirrung. Plötzlich wusste ich nicht mehr, wo ich war oder wie ich meine Hände benutzen soll. Deshalb habe ich Sie angerufen.«

»Hallo, spreche ich mit Cory Thompson?«, fragte die

Sanitäterin ruhig. »Ihre Mutter hatte einen Anfall und ist unterwegs ins Hammersmith Hospital.«

Ella hörte die Angst in Corys Stimme, als diese weitere Einzelheiten wissen wollte. Plötzlich bekam sie ein schlechtes Gewissen. Cory war manchmal so empfindsam, im Gegensatz zu Julia. Die Sanitäterin meinte, es sei besser, wenn sie ins Krankenhaus käme, da noch einige Untersuchungen durchgeführt werden müssten.

»Weitere Symptome?«, erkundigte sich der Mann bei Ella. »Kopfschmerzen zum Beispiel?«

»Ja, ich habe hin und wieder Kopfschmerzen.«

»Wie stark auf einer Skala von eins bis zehn?«

»Ach herrje, keine Ahnung. Fünf?«

»Sonst noch etwas? Frequenz?«

»Was zum Teufel ist Frequenz?«

»Häufiger Harndrang. Riecht Ihr Urin anders?«

Ella dachte an Spargelpipi und lächelte. Der Mann musterte sie eindeutig zweifelnd.

»Jetzt, da Sie es erwähnen, mein Urin riecht ziemlich scheußlich.«

»Eintrübungen oder Blut? Brennt es?«

Genau genommen traf all das auf Ella zu, aber sie hatte es verdrängt. »Ja«, erwiderte sie verunsichert. »Alles.«

Inzwischen hatten sie das Krankenhaus erreicht.

»Gut, Mrs. Thompson, wir sind da. Bleiben Sie einfach liegen. Das wird schon wieder.«

Ella schloss die Augen.

»Ich bin ziemlich sicher, was das Problem ist«, flüsterte der Sanitäter seiner jüngeren Kollegin zu. Ella wurde klar, dass sie das eigentlich nicht hören sollte. »HWI. Ich hatte letztes Jahr so einen Fall und dachte, ich werde wahnsinnig. Wusste nicht einmal, wer der Premierminister war.«

»Ist wohl auch besser so«, murmelte die junge Frau.

Ella lehnte sich zurück und schloss wieder die Augen. Sie wusste, dass eine TIA eine Durchblutungsstörung des Gehirns war, aber HWI war ihr noch nie untergekommen.

Im Krankenhaus schien es von Betrunkenen und von Leuten zu wimmeln, die zu Hunderten in verschiedenen Sprachen auf die Mitarbeiter einschrien wie beim Turmbau von Babel.

»Also«, begann die für die Vorauswahl zuständige Schwester. »Wie alt sind Sie, Mrs. Thompson?«

»Vierundsechzig.«

»Gut. Welches Jahr haben wir?«

Plötzlich geriet Ella in Panik. »Das sollte ich eigentlich wissen«, entgegnete sie mit verlegener Miene.

»Können Sie vier und vier zusammenzählen?«

Wieder Panik, denn Ella fiel die Antwort nicht ein.

»In Ordnung. Wir machen jetzt ein CT und bestimmen außerdem Urin- und Blutwerte.«

Oh Gott, es war etwas Ernstes. Sicher tippten sie auf einen Schlaganfall. Sie kämpfte gegen die Furcht vor einem so schrecklichen Schicksal an.

»Das dauert nicht lang. Anschließend führen wir noch ein EKG durch.«

Ella überlegte, ob Cory wohl gerade ins Krankenhaus eilte und ob sie nicht gleich hätte Julia anrufen sollen, die sicher vor Wut kochen würde, weil sie Cory als Erste informiert hatte. Doch darüber durfte sie jetzt nicht nachdenken. Sie versuchte, sich mit Achtsamkeitsübungen von ihrer Panik abzulenken.

Endlich war alles überstanden, und sie hatte das EKG und aus irgendeinem Grund auch eine Röntgenaufnahme des Brustraums hinter sich. Vermutlich hatte sie Glück, mit dem Krankenwagen eingeliefert worden zu sein und nicht stundenlang in der Notaufnahme herumsitzen zu müssen.

Endlich trat die Oberärztin, eine abgehetzte junge Frau und schätzungsweise nicht älter als Cory, an das Fußende ihres Betts.

»Gute Nachrichten, Mrs. … äh … Thompson. Sie hatten keinen Schlaganfall, und nichts weist auf eine Hirnschädigung hin. Unserer Einschätzung nach leiden Sie an einer HWI, einer Harnwegsinfektion.«

Ella erinnerte sich an die leise Bemerkung des Sanitäters. »Aber wie kann eine Harnwegsinfektion dazu führen, dass man vergesslich wird und nicht mehr weiß, wozu die eigenen Hände da sind?«, fragte sie.

»Infektionen darf man nicht auf die leichte Schulter nehmen«, erwiderte die junge Frau, die es offenbar eilig damit hatte, sich um einen Patienten zu kümmern, der schwerer erkrankt war als Ella. »Wir haben geistig völlig gesunde Menschen erlebt, die wirres Zeug geredet haben und die einfachsten Fragen nicht mehr beantworten konnten. Sie haben eine schwere Blaseninfektion, die zu starker Verwirrung führen kann und bei älteren Menschen häufig mit einer beginnenden Demenz verwechselt wird.«

»Und wie behandelt man das?«

»Wir geben Ihnen Antibiotika. Mit ein wenig Glück sind Sie in ein paar Tagen so gut wie neu.«

Schon bevor die Antibiotika verabreicht wurden, wäre Ella am liebsten laut singend aufgesprungen. Sie hatte keinen Schlaganfall und war auch nicht dement. Wenn es ihr möglich gewesen wäre, hätte sie der ganzen Station eine Runde Champagner ausgegeben.

Allerdings hatte sie eines aus dieser Erfahrung gelernt. Von nun an wollte sie von Freundinnen umgeben sein.

Sie beschloss, Claudia zu überraschen, indem sie ihr mitteilte, sie werde mit von der Partie sein, wenn aus ihrem verrückten Plan etwas würde.

Laura sah sich in dem Haus um, in dem sie seit über zwanzig Jahren gewohnt hatte. Es hatte sich so viel Krimskrams angehäuft. Sie wusste, dass es ihre Schuld war, weil sie das meiste selbst gesammelt hatte und nicht in der Lage war, etwas wegzuwerfen. Ihrer Ansicht nach bestand das Problem darin, dass man einen Gegenstand plötzlich behalten wollte, sobald man ihn entsorgt hatte. Doch nun war der Moment gekommen. Sie hatte gehofft, Bella könne ihr helfen, ihr Hab und Gut zu sortieren, aber Noah war plötzlich an Schnupfen erkrankt, sodass sie hatte absagen müssen. Auch Sam hatte sich bereit erklärt, doch dann hatte sich für ihn ein Vorstellungsgespräch ergeben, was natürlich wichtiger war.

»Möglicherweise könnte ich Ihnen zur Hand gehen«, schlug Mrs. Lal vor. Noch ehe Laura höflich ablehnen konnte, hatte ihr Gast bereits das iPhone und Sams Lautsprecher geholt, und plötzlich war der Raum von Bhangra-Musik erfüllt. Laura musste zugeben, dass die Wirkung ziemlich aufmunternd war.

»Natürlich fällen Sie die Entscheidungen«, teilte Mrs. Lal ihr großzügig mit. »Ich hole Taschen und Kartons, und dann beschriften wir sie, je nachdem, ob sie bei Ihrer Freundin gelagert oder an Läden für die Armen und Mittellosen gespendet werden sollen. Allerdings muss ich zugeben, dass ich, seit ich hier bin, einige dieser Wohltätigkeitsläden ziemlich faszinierend finde, insbesondere was gewagten Modeschmuck angeht.«

Bei der Vorstellung, dass Mrs. Lal ihre Kreationen von Catherine Walker mit Halsketten von Oxfam kombinierte, konnte Laura sich ein Schmunzeln nicht verkneifen.

»Danke«, sagte sie mit schwacher Stimme. Ihr war klar, dass der Zeitpunkt gekommen war, die Überreste so vieler Ehejahre zu behalten oder wegzuwerfen.

Den Krimskrams und die Fotos zu sortieren, was sie für die schwierigste Aufgabe gehalten hatte, erwies sich als einfacher als erwartet. Alles, worauf Simon zu sehen war, auch die Hochzeitsfotos, wanderte in »Wegwerfen«. Alles mit den Kindern kam in »Behalten«.

Rasch wandte Laura sich den Bildern zu. Wie seltsam, dass Simon nie die Gemälde abgeholt hatte, die ihm angeblich so viel bedeuteten. Kurz fragte sie sich, ob etwas an ihrem gemeinsamen Leben Simon überhaupt je etwas bedeutet hatte.

Was würde er wohl behalten wollen? Die Fotos von ihm und den Kindern? Ihr fiel ein, dass sich die einzigen Fotos, die Simon je selbst aufgehängt hatte, im Gästeklo befanden. Ein Foto von Simon als Kapitän der Rugyby-Mannschaft, beim Kricket und ähnlichen Sportarten.

Ja, die würde er vermissen.

Sie nahm sie von der Wand und brachte sie ins Wohnzimmer, wo sie sie ordentlich in dem Karton »Wegwerfen« verstaute.

Als Nächstes war die Küche dran. Wie oft würde sie in ihrem neuen Leben noch kochen? Würde sie am Ende eine Kandidatin für Fertiggerichte werden, von denen man in einigen Supermärkten zwei zum Preis von einem bekam?

Sie hob die Reihe von Kochbüchern aus dem Regal: Nigella, Jamie Oliver, Nigel Slater und Delia Smith.

Das Buch von Delia Smith stach ihr ins Auge. Die gute, alte Delia, ihre Kochgenossin seit den Anfangstagen ihrer Ehe, als Laura nicht einmal fähig gewesen war, ein Ei zu kochen. Es war die Originalausgabe mit Delia in einer roten Jacke mit Schulterpolstern im Stil der Achtzigerjahre und hellrot geschminkten Lippen auf dem Cover.

Das Buch klappte an einer mit Soße bespritzten Seite auf. *Carbonnade de bœuf*, während ihrer ganzen Ehe ihr Standardgericht bei großen Familienfeiern. Sam hatte die mit Käse überbackenen Baguettestückchen, die darauf lagen, geliebt.

Ein Zettel rutschte heraus, auf dem die richtige Zeiteinteilung stand. Wann die Kasserolle in den Herd schieben? Wann die Nachspeise servieren? Was hätte es wohl gegeben? Apfelstreuselkuchen oder Birnentorte, ihre Spezialität.

Laura bemerkte, dass ihr die Tränen übers Gesicht liefen. Würde sie je wieder für fröhliche Familientreffen kochen?

Der Auflauf erschien ihr wie ein Symbol ihrer Ehe. Anfangs interessant, doch inzwischen aus der Mode und nicht mehr zu gebrauchen. Wer bereitete heutzutage noch Carbonnade zu?

Das schrille Klingeln der Türglocke riss sie aus ihren Gedanken.

»Soll ich aufmachen?«, fragte Mrs. Lal.

»Nein, ich erledige das.« Laura lächelte, als sie beim Öffnen der Tür Calum vor sich stehen sah. Er hatte einen großen Strauß rosafarbener Hortensien im Arm, eine Blume, die sie besonders verabscheute.

»Hallo, Fremder«, spöttelte Laura. »Was führt dich nach all der Zeit hierher?« Sie bat ihn nicht herein. Zum ersten Mal fiel ihr auf, dass er einen teuren Haarschnitt hatte, der Stil, den sich viele ältere Männer zulegten, weil sie glaubten, dadurch jünger zu wirken. Und waren das tatsächlich Strähnchen?

»Laura, ich …« Seine Stimme erstarb kläglich.

»Du kehrst zu deiner Frau zurück«, beendete Laura den Satz für ihn.

Calum starrte sie an, als besäße sie die Wunderkräfte einer Hellseherin oder einer frühchristlichen Heiligen.

»Woher weißt du das? Wir haben es selbst gerade erst entschieden.«

»Tja«, entgegnete Laura, ohne sich nach Mrs. Lal umzudrehen. »Jemand mit viel Erfahrung in Sachen Ehe hat mich davor gewarnt, dass du genau das tun würdest.«

»Ich verstehe. Also, viel Glück, Laura. Du hast es verdient. Du bist eine sehr nette Frau.«

»Das höre ich öfter«, entgegnete Laura spitz. »Hoffentlich werdet ihr beide sehr glücklich.« Sie machte eine vielsagende Pause. »Dieses Mal.«

Sie schloss die Tür, bevor er die Gelegenheit hatte zu antworten.

Kurz wäre Laura am liebsten nach oben gelaufen, um dem zweifellos selbstzufriedenen Gesichtsausdruck ihrer Besucherin zu entrinnen.

Doch Mrs. Lal lächelte nur arglos. »Kommen Sie und setzen Sie sich, Mrs. Minchin. Wir haben beide hart gearbeitet.« Sie wies auf die Stapel aus Kartons und schwarzen Müllsäcken an der Wand. »Ich habe im Laden an der Ecke eine Flasche Dom Perignon gekauft. Ich glaube, jetzt ist der Zeitpunkt da, sie zu öffnen.«

Laura blickte sie erstaunt an. Offenbar hatte Mrs. Lal die Flasche im Kühlschrank unter den Frühlingszwiebeln und dem Pitabrot versteckt. Und dass der Laden an der Ecke Dom Perignon führte! Offenbar wollten sie sich dem neuen Trend anpassen.

Das Ploppen des Korkens war unglaublich beruhigend. Mrs. Lal füllte zwei Champagnerflöten.

»Auf die Zukunft. Und machen Sie sich keine Sorgen. Ich suche Ihnen einen Mann, der Ihre einfühlsame und liebevolle Art verdient hat.«

Sie stießen an.

»Offen gestanden, Mrs. Lal«, meinte Laura und nippte an ihrem Dom Perignon, »hätte ich nichts dagegen, nie mehr im Leben einem Angehörigen des männlichen Geschlechts zu begegnen. Abgesehen von meinem Sohn natürlich.«

Schlagartig dachte sie daran, dass ihr Überraschungsgast auch würde gehen müssen, wenn sie auszog. »Was haben Sie jetzt für Pläne, Mrs. Lal?«

Mrs. Lal strahlte übers ganze Gesicht. »Ihr lieber Sohn hat für mich eine Wohnung in Kensington gefunden, die ich vorübergehend mieten kann.«

Laura lächelte unwillkürlich. Dass sie nicht selbst daran gedacht hatte! Sie hatte zwei wundervolle Kinder. Da sich ihre Wege bald trennen würden, wagte Laura endlich, die Frage zu stellen, die ihr schon eine Weile im Kopf herumging. Sie hielt inne.

»Ja?«, sagte Mrs. Lal, die ihre Gedanken offenbar gelesen hatte. »Sie fragen sich, warum ich nicht nach Indien zurückkehre, obwohl ich dort so eine berühmte Frau bin. Bleibe ich nur, um meinen Schwiegersohn zu quälen?«

Beinahe wäre Laura errötet.

»Die Wahrheit ist, Mrs. Minchin, dass ich nicht meinen Mann verlassen habe, sondern er mich. Mich, die gefeierte Heiratsvermittlerin, die im Fernsehen auftritt und über die sämtliche Gesellschaftsblätter und -sendungen berichten! Sie können sich gar nicht vorstellen, wie demütigend es wäre, wenn das herauskäme!« Empört über diesen Verrat, erhob sie die Stimme. »Also habe ich beschlossen, herzukommen und noch einmal von vorne anzufangen.«

Laura war gerührt, dass ihre furchteinflößende Besucherin ihr ein so intimes Detail anvertraut hatte. Sie hob ihr Glas. »Auf einen Neuanfang für uns beide.«

Claudia stand halb versteckt hinter einer Hecke in Igden Manor und studierte die Skizze, die Douglas für sie angefertigt hatte. Zu ihrem absoluten Erstaunen war Rose McGill sehr interessiert. Lou Maynard, dieser Zauberer, hatte sie zum Mittagessen hierher entführt, und der Küchenchef hatte offenbar den Rest erledigt. Rose hatte sich sogar erkundigt, ob er bleiben würde, ein Gedanke, der Claudia mit Panik erfüllte. Auch Sal überlegte inzwischen, ob sie sich ihnen anschließen sollte, weil Lou so versessen darauf war. Claudia vermutete, dass Sal mit den blinkenden Lichtern von Brooklyn geliebäugelt hatte, aber anscheinend hatte Surrey Lou in seinen Bann geschlagen.

Plötzlich wurde ihr verrückter Plan Wirklichkeit. Laura würde herkommen, sodass Claudia versuchen konnte, ihr das Leben in Little Minsley schmackhaft zu machen. Nun musste nur noch Ella überzeugt werden.

Und ihre Eltern. Und Don.

Sie steckte die Zeichnung weg, dankbar, dass jetzt, in dieser schönen Jahreszeit, die Landschaft am besten zur Geltung kam.

Am nächsten Tag traf Laura in einem großen Transporter ein. Eigentlich hatte Claudia damit gerechnet, dass sie erschüttert sein würde, weil sie ihr geliebtes Haus hatte verlassen müssen. Doch sie war erstaunlich guter Dinge.

Sie schaffte es sogar durch die schmale Lücke zwischen den beiden Pfosten in Claudias Auffahrt, gerade so wie eine Formel-1-Fahrerin, die einen schwierigen Abstand zwischen zwei Rivalen einschätzt.

Don, der gehofft hatte, sie einwinken zu können, machte ein verdattertes Gesicht.

»Ich habe nur daran gedacht, dass endlich Simon nicht mehr neben mir sitzt und mir sagt, was für eine miserable Autofahrerin ich bin«, verkündete Laura. »Sollen wir für den Moment alles im Auto lassen, oder wäre es euch lieber, wenn ich gleich auspacke?«

»Zuerst Mittagessen«, beharrte Don, der ihr zu Ehren gerade eine Flasche guten Burgunder zutage gefördert hatte, obwohl er den normalerweise zum Mittagessen nicht trinken durfte. Dass Lauras Sachen, mit Mrs. Lals Hilfe stark reduziert, nun in der Garage untergebracht werden würden, ärgerte ihn ziemlich, denn diese diente als sein inoffizieller Weinkeller.

»Du bewahrst sowieso nichts lange genug darin auf, um einen Weinkeller zu brauchen«, hatte Claudias spitze Antwort gelautet. Zum Glück fand Don, dass Laura die Sympathischste von der Hexenbande war. Sie war hübsch und feminin und schien keinen allgemeinen Groll gegen Männer zu hegen, obwohl Simon, dieser Mistkerl, so mit ihr umgesprungen war. Sie wurde ihm sogar noch sympathischer, als sie ihm eine Flasche Single Malt und einen reifen Brie überreichte, der wunderbar zum Burgunder passen würde. Käse gehörte auch zu den Dingen, denen Claudia nicht viel abgewinnen konnte, weshalb sie ihn nur zu besonderen Gelegenheiten kaufte.

Laura gab Claudia die Hortensien. »Nur für den Moment. Wenn wir das nächste Mal einkaufen, besorge ich richtige Blumen.«

»Danke.« Claudia lächelte und wies sie nicht darauf hin, dass im Vorgarten rosafarbene Hortensien wucherten, die sie verabscheute, wobei sie stets zu faul war, sie zu ersetzen. »Sie sind wunderschön.«

»Nein, sind sie nicht. Calum hat sie mitgebracht, als Entschuldigung dafür, dass er zu seiner Frau zurückkehrt.«

»Oh, Laura, er hat so einen netten Eindruck gemacht.«

»Vor allem, als er Simon eine verpasst hat«, ergänzte Don. Er spielte darauf an, dass Simon es gewagt hatte, auf der Hochzeit ihrer Tochter zu erscheinen, nachdem er Laura gerade in die Wüste geschickt hatte.

Insgeheim war Claudia froh. Unbelastet von einem Mann, würde Laura ihr Projekt mit höherer Wahrscheinlichkeit unterstützen.

»Mittagessen!«, verkündete sie und führte ihre Freundin zu einem schattigen Tisch im Garten.

»Und wie klappt es mit den Twilight Towers?«, erkundigte sich Laura vergnügt nach dem zweiten Glas Wein.

»Erstaunlich gut. Das heißt, die Sache ist noch nicht in trockenen Tüchern …«

»Zum Glück«, grummelte Don.

»Ich muss mich noch um meine Eltern kümmern. Und um das Geld. Und einen richtigen Vertrag.«

»Und um einen Weg, wie ich hier wohnen bleiben kann.«

Claudia achtete nicht auf ihren Mann. »Offen gestanden wird mir das Ganze ein bisschen zu viel«, räumte sie ein. »Ich habe zwar gute Ideen, aber Organisieren war nie meine Stärke.«

»Ein toller Zeitpunkt, das festzustellen, nachdem du den Stein ins Rollen gebracht hast, verdammt«, schimpfte Don.

»Ich habe eine Idee!« Froh über ihren Geistesblitz, lächelte Laura die beiden an. »Ihr braucht Bella.«

»Was, deine Tochter Bella? Bella, der Grufti mit Spinnentattoos überall auf den Händen?«, hakte Don nach.

»Bella ist genial. Sie wohnt sogar in der Nähe. Nigel unterrichtet an irgendeiner schicken Privatschule. Sie hilft euch bestimmt. Vor allem, wenn Aussicht auf eine günstige Unterkunft besteht. Sagtest du nicht, du wolltest alle Altersgruppen, nicht nur eine Horde alter Omas?«

»Ich glaube, ich gehe in den Pub.« Don stand auf. Da Laura nun hier war, wollte Claudia vermutlich nach Herzenslust über Männer lästern. »Dein Dad und Hiro sind sicher auch da.«

»Schau nur, dass du später nicht zu viel intus hast, um beim Ausladen des Transporters zu helfen«, meinte Claudia.

»Wer, zum Teufel, ist Hiro?«, fragte Laura.

Claudia kicherte. »Du wirst ihn bald kennenlernen. Alle lieben Hiro.«

Laura zog zweifelnd die Augenbrauen hoch. Hoffentlich würde Claudia nicht versuchen, sie mit diesem Hiro zu verkuppeln, weil Calum zu seiner Frau zurückgekehrt war.

Zwei Tage später erschien Bella, den kleinen Noah in einem ihrer bunten Tragetücher um den Bauch, um zu besprechen, ob sie sich an Igden Manor beteiligen solle. Sie hatte zwar noch immer Spinnentattoos an den Händen, legte aber allmählich die Horrorfilmaufmachung ab und trug ab und zu etwas Farbiges. Vielleicht, so dachte Laura schmunzelnd, lag es daran, dass die Babytragetücher auf Farbe besser zur Geltung kamen. Bella wusste, dass sie selbst ihr bestes Werbemedium war.

»Hallo, Mum. Es tut mir so leid, dass ich dir bei dem großen Umzug nicht helfen konnte. Wie ist es gelaufen?«

Bellas anteilnehmender Tonfall brachte Laura beinahe zum Weinen. Auch wenn sie als Ehefrau gescheitert war, hatte sie zumindest diese wundervollen Kinder geboren. »Nicht so schlecht wie erwartet. Mrs. Lal hat mit angepackt.«

Bella starrte sie erstaunt an. »Ich dachte, sie sei Kali, die Rachegöttin, die Männer und sicherlich Schwiegersöhne roh zum Frühstück frisst.«

»Ich bin weder ein Mann noch ein Schwiegersohn. Sie war mir wirklich eine Hilfe.« Laura grinste. »Abgesehen von ihrer Drohung, mich mit jemandem zu verkuppeln, der meiner würdig sei.« Sie bemerkte Claudias fragenden Blick. »Zu Hause in Indien ist Mrs. Lal eine berühmte Heiratsvermittlerin.«

»Gut. Und wobei kann ich euch eurer Ansicht nach helfen?«, erkundigte sich Bella. Laura hatte ihr bereits erklärt, dass sie und Nigel wenig Miete würden zahlen müssen, wenn alles klappte.

Claudia förderte die Pläne zutage und erklärte Bella genau, wie weit die Vorbereitungen schon gediehen waren.

Bella holte ihr iPad heraus. »Zuerst müsst ihr den Wohnraumbedarf von jedem ermitteln. Sind die Häuschen groß genug, oder müsst ihr einige der Nebengebäude umbauen? Wie wollt ihr das Hauptgebäude und das Kutschhaus nutzen? Und natürlich müsst ihr berechnen, wie viel Geld jeder beisteuern kann. Und dann versammelt ihr euch und besprecht, wie das Ganze ablaufen soll.«

»Bella, du bist ein Genie.«

»Überhaupt nicht. Da ich gerade selbst eine Firma gründe, muss ich mich um diese grundlegenden Dinge kümmern.«

Mit einem erleichterten Aufseufzen gab Claudia Bella die Kontraktdaten ihres Schwiegersohns Douglas und schlug ihr vor, sich direkt mit ihm in Verbindung zu setzen.

Claudia kam zu dem Schluss, dass es nun nicht den geringsten Grund mehr gab, es weiter vor sich herzuschieben: Sie musste ihre Mutter davon überzeugen, dass es für sie und ihren Vater die optimale Lösung war, in Igden Manor zu leben.

Sobald sie durch das Gartentor trat, hörte sie Mrs. O'Briens schrille Stimme. Offenbar beklagte sie sich über Mr. O'Briens zahlreiche Fehler. Doch als sie die Küchentür öffnete, fiel ihr auf, dass sich die Stimmung unterschwellig verändert hatte. Ihre Mutter saß der Pflegerin nicht am Küchentisch gegenüber und beteiligte sich auch nicht angeregt am Gespräch. Stattdessen war sie mit dem überflüssigen Reinigen des bereits blitzsauberen Gewürzregals beschäftigt. Als Claudia hereinkam, drehte sie sich lächelnd um.

Aha, dachte Claudia. *Ma hat genug von Mrs. O'Briens aufdringlicher Art.* Sicher war sie zu dem Schluss gekommen, dass hier nur Platz für eine dominante Persönlichkeit war, und zwar für ihre eigene.

»Und wo sollen dein Vater und ich in deinem verrückten Projekt wohnen?«, erkundigte sich Olivia ungehalten.

Das klang vielversprechender, als Claudia sich erhofft hatte.

»Wie du weißt, ist Igden Manor idyllisch. Eher wie ein mittelalterlicher Weiler als wie ein Hotel. Gabys Mann Douglas hat einige tolle Pläne gezeichnet. Gut, im Moment sind es noch Entwürfe. Ich dachte, dass du und Dad euch im Haupthaus am wohlsten fühlen würdet. Die Zimmer sind wunderschön, und natürlich gibt es einen Aufzug.«

»Wenn wir sogar zum Gehen zu senil sind?« Olivia schnaubte verächtlich.

»Glauben Sie, Sie möchten in einem Hotel leben, obwohl Sie so ein schönes Haus haben?«, wandte Mrs. O'Brien tückisch ein.

»Es wird kein Hotel sein«, entgegnete Claudia kühl. »Wir bauen es zu einer luxuriösen Anlage um, die sich für jeden eignet.«

»Wird die Baubehörde das überhaupt genehmigen?«, erkundigte sich Mrs. O'Brien in gespielter Unschuld. »Meine Tochter durfte nicht einmal eine Garage bauen.«

»Die Gebäude stehen nicht unter Denkmalschutz. Und da wir uns um die Pflege und Unterstützung selbst kümmern werden, haben sie sicherlich nichts dagegen«, fuhr Claudia sie an.

»Ein komisches Pflegeheim«, merkte Mrs. O'Brien an.

»Es soll kein Pflegeheim werden.« Claudia rang um Beherrschung. »Eher ein Experiment, um zu beweisen, dass es auch möglich ist, anders alt zu werden.«

»Ich weiß nicht, ob ich an einem Experiment teilnehmen wollen würde, so wie die armen Ratten in den Laboren. Es ist schrecklich, was sie denen dort antun.«

Claudia wollte schon etwas erwidern, als ihre Mutter ihr ins Wort fiel. »Mrs. O'Brien, natürlich haben Sie ein Recht auf Ihre eigene Meinung, aber vielleicht sollten Sie sie für sich behalten. Ich glaube, Sie werden feststellen, dass die Spülmaschine ausgeräumt werden muss. Wie dem auch sei«, wandte sich Olivia missbilligend an ihre Tochter. »Mir ist es gleichgültig, wo ich wohne, solange dieser verdammte Roboter nicht dabei ist.«

Claudia verdrückte sich diskret in den Schuppen.

Auf der Schwelle blieb sie stehen und lauschte. Ihr Vater verfolgte nie etwas anderes als Sportsendungen. Um diese Jahreszeit stand eigentlich Kricket auf dem Programm. Stattdessen erfüllten die beruhigenden Klänge von Vaughan Williams den ganzen Raum.

»Hallo, Dad.« Sie umarmte Len und küsste ihn auf den Scheitel. »Ist das ›The Lark Ascending‹?«

»›Fantasia on a Theme by Thomas Tallis‹. Wunderschön, oder?«

»Ich wusste gar nicht, dass du klassische Musik magst.«

»Hiro versucht, mir Bildung beizubringen. Wir haben uns auch Debussy und Elgar angehört.«

Verwundert betrachtete Claudia den weißen Roboter mit den aufgemalten blauen Augen. Er schien tatsächlich zu lächeln. Eigentlich hätte es ja unheimlich sein sollen, aber es war einfach nur niedlich.

»Der arme Hiro. Er liebt *Madame Butterfly*, aber weil er Japaner ist, bringt es ihn zum Weinen.«

»Zeit für deine Blutdrucktabletten, Leonard«, meldete Hiro.

Brav schluckte Len seine Tabletten.

Unwillkürlich fing Claudia an zu schnuppern. Es roch süßlich nach Weichspülmittel.

Als Len das bemerkte, lachte er auf. »Hiro ist besessen von Lufterfrischern. Vermutlich besser als Ausscheidungen. Apropos. Hiro, ich muss aufs Klo, bevor wir in den Pub gehen.« Er verschwand in der Außentoilette, die schon seit Claudias Kindheit dort stand.

Der kleine Roboter schien sich verpflichtet zu fühlen, höfliche Konversation zu betreiben. »Warum ist die Ampel rot geworden?«, fragte er unvermittelt.

»Keine Ahnung«, erwiderte Claudia perplex.

»Weil sie nackt mitten auf der Straße steht.«

Claudia bekam einen Lachanfall, zum Teil, weil es reizend und komisch war, zum Teil, weil sie es als bizarr empfand, dass ein Roboter ihr Witze erzählte.

»So.« Len war zurück. »Bist du bereit, Hiro?«

»Ja, wann immer du es bist, Leonard«, lautete die feierliche Antwort. Während Hiro mit seiner gelenkigen Metallhand die Tür öffnete, drehte er sich zu Claudia um. »Schön, dich wiederzusehen, Claudia. Hoffentlich werden deine Träume wahr.«

Claudia blickte ihnen nach, als sie den holperigen Gartenweg hinuntergingen, ihr Vater am Stock, Hiro auf seinen lautlosen Rädern. Sie bekam einen Kloß in der Kehle.

Ihr Vater hatte einen wahren Freund gefunden. Und ihre übermächtige Mutter wusste nicht, was sie dagegen unternehmen sollte.

Vierzehn

Claudia konnte es kaum fassen, wie sich durch Bella alles veränderte.

Es war, als hätte jemand ein kleines Stück Papier unter ihrem verrückten Plan angezündet, mit dem Ergebnis, dass er Wirklichkeit werden würde.

Mit Noah in einem seiner bunten Tragetücher um den Bauch hatte Bella Listen von praktischen Problemen erstellt. Die Schlüsselfrage lautete, wie sie das Geld zusammenkriegen sollten, etwas, wovor sich Claudia, wie sie zugeben musste, bis jetzt gedrückt hatte. Würde es mit der Unterbringung klappen? Welche Baugenehmigungen brauchten sie? Und der wichtigste Punkt von allen: Wer würde tatsächlich mitmachen?

Und als ob das nicht genug gewesen wäre, hatte Bella ein paar junge Burschen zusammengetrommelt, die Lauras gesamte Möbel aus dem Transporter geräumt und ordentlich in Claudias Garage gestapelt hatten. Diese Frau war ein Wunder. Jemand sollte ihr ein Land geben, das sie regieren konnte.

Und heute, Claudia konnte es kaum fassen, hatte Bella alle zu einer Besprechung in Claudias sonniger Küche zusammengerufen.

»Mum, könntest du mal Noah nehmen?« Bella reichte das Baby seiner strahlenden Großmutter und stellte Kaffeetassen und einen gewaltigen Berg Croissants aus der Dorfbäckerei auf den Tisch.

Auf unerklärliche Weise war es ihr gelungen, Olivia und Len, Sal und auch Lou Maynard zu überzeugen, der Rose McGill aus der Reha-Klinik abgeholt hatte. Außerdem einen ziemlich mürrischen und störrischen Don und Claudias Schwiegersohn, der einen Stapel Pläne bei sich trug.

»Douglas und ich haben Igden Manor in allen Einzelheiten ausgekundschaftet«, begann Bella. »Wir sind so lange im Gebüsch herumgekrochen, dass der Küchenchef wahrscheinlich dachte, wir hielten ein Schäferstündchen im Freien ab.« Sie grinste Douglas spitzbübisch an. »Also, Douglas ist der Architekt. Übernimm du.«

»Ich möchte, dass ihr alle euch das hier anseht.« Er deutete auf seine Skizzen, die an Claudias Kochbuchständern lehnten. »Wir haben in zwei Punkten Glück. Obwohl Hotel und Häuschen alt aussehen, sind sie nur Fälschungen und stehen deshalb nicht unter Denkmalschutz. Zweitens sind alle Häuschen in einem dreiseitigen Arrangement miteinander verbunden. Mit dem Hauptgebäude in der Mitte, etwa so wie bei einem mittelalterlichen Kloster. Das macht es viel einfacher, Innenwände einzureißen und Wohnraum von unterschiedlicher Größe abhängig von den Wünschen des Bewohners zu schaffen, ohne äußerlich radikal etwas verändern zu müssen. Das Ergebnis wären Häuser mit drei oder sogar vier Zimmern.«

»Aber dürft ihr das? Wird die Baubehörde das genehmigen?«, erkundigte sich Don.

Claudia bemerkte, dass er »ihr« und nicht »wir« gesagt hatte.

»Und was noch wichtiger ist«, wandte Rose zweifelnd ein. »Können wir das herausfinden, bevor wir Geld in das Projekt stecken?«

»Soweit mir bekannt ist« – Lou sah Douglas um Bestätigung heischend an –, »erhält man von der Baubehörde in diesem Land meist eine Einschätzung im Voraus.«

Douglas nickte.

»Und was wird aus dem Hotelgebäude?«, fragte Rose. »Wird es noch eine Bar und ein Restaurant geben?«

Douglas lachte. Er mochte Rose sehr. Vielleicht lag es daran, dass sie beide aus den ehemaligen Kolonien stammten, sie aus Kanada, er aus Australien. »Ich bin nicht sicher, ob eine offizielle Bar möglich wäre. Eher so etwas wie eine dieser Selbstbedienungsbars im Urlaub. Das mit der Lebensmittelversorgung müsst ihr selbst vereinbaren.«

»Essen ist verdammt wichtig«, verkündete Rose.

»Was uns zum Personal bringt«, meinte Bella. »Ihr braucht eindeutig Personal.«

»Und eine Ausstiegsklausel«, murmelte Don. »Wenn euch allen klar wird, dass ihr euch eigentlich hasst.«

»Und du glaubst, das schaffst du alles für die Summe, die wir aufbringen können?«

Douglas zuckte die Achseln. »Du hast den Nagel auf den Kopf getroffen, Rose. Der nächste Punkt wäre die Frage, wie viel von dem Preis, den Murdo verlangt, wir tatsächlich auftreiben.«

Bella ließ den Blick über die Anwesenden schweifen. »Meiner Ansicht nach geht es in der Hauptsache nicht ums Geld oder den Wohnraum, wofür sich eine Lösung finden lässt. Auch nicht um das Personal oder eine Bar, sondern um etwas sehr Grundsätzliches. Glaubt ihr wirklich, dass ihr zusammenleben und dabei Spaß haben und viel glücklicher sein könnt als allein?«

Ehe jemand antworten konnte, öffnete sich die Tür. Alle drehten sich um. Claudia dachte, es könnte Hiro sein, der nicht ausgeschlossen werden wollte.

Aber es war Ella.

»Ella! Was, um alles in der Welt, machst du hier?«

»Was denkst du denn? Ich habe beschlossen, mich euch Althippies auf Gedeih und Verderb auszuliefern.«

»Warum denn nur?«, entsetzte sich Sal. »Du hast dir doch gerade erst ein Häuschen am Fluss gekauft.«

»Das ist eine lange Geschichte.« Ella grinste alle an. Sie strahlte noch immer vor Erleichterung, weil sie nicht an gottverdammter Demenz litt. »Drücken wir es einmal so aus, dass die Entscheidung, mit euch zusammenzuleben, vermutlich meine einzige Rettung vor einer Einliegerwohnung in der Garage meiner Tochter Julia ist. Bezahlt mit meinem Geld.«

Sal lachte laut auf. »Dann setz dich mal besser zu uns.«

Eine Stunde später wurden alle langsam müde. »Ich glaube, wir haben jetzt genug Stoff zum Nachdenken«, verkündete Claudia. »Aber zuerst möchte ich mich bei Douglas und Bella für ihre Bemühungen und ihr Engagement bedanken.«

Bella lachte kehlig auf. »Wir sind keine Heiligen«, erwiderte sie. »Ein bisschen Eigeninteresse ist auch im Spiel. Nigel verabscheut die Mietwohnung in Guildford. Er, Noah und ich sehnen uns nach etwas Schönem und Bezahlbarem. Und Douglas und Gaby suchen ein Stückchen Land, das sie erschließen können.«

»Eines der vielen Nebengebäude würde sich großartig als Wohnung und Büro eignen«, bestätigte Douglas. »Du sagtest doch, du hättest gerne junge Leute dabei, Claudia«, fügte er nach einer kurzen Pause hinzu.

Len, der nur mit halbem Ohr zugehört zu haben schien, merkte auf. »Prima Idee«, meinte er mit einem Augenzwinkern. »Dann kann Douglas die Krocketturniere organisieren.«

Lachend verteilte Douglas Kopien seiner Skizzen. »Ich möchte, dass ihr sie euch alle gut anseht und euch überlegt, wie ihr gerne wohnen wollt.«

»Verdammter Mist«, murmelte Don. »Die Irrenanstalt eröffnet tatsächlich.«

Claudia strafte ihn mit Nichtachtung.

Seit Bella an Bord sei, habe sich alles verändert, teilte Claudia ihrer stolzen Mutter Laura mit. Plötzlich gerieten die Dinge in Bewegung. Sie und Douglas hatten einen Termin bei der Baubehörde gehabt, und Bella hatte die Beamten dort so um den Finger gewickelt, dass sie den Antrag auf die Tagesordnung der nächsten Besprechung setzen würden. Also mussten sie jetzt schnell entscheiden.

Als Nächstes würde die unvermeidliche Debatte folgen, wie viel jeder einzahlte, wer welches Häuschen wollte und wer es verdient hatte, im stabileren Kutschhaus zu wohnen.

Eigentlich hatte Claudia bei ihren Eltern mit dem stärksten Widerstand gerechnet, insbesondere bei ihrer Mutter Olivia. Immerhin lebten sie schon seit dreißig Jahren in ihrem Haus. Ihr Vater würde überall zufrieden sein, solange es in der Nähe nur eine Art Schuppen gab. Doch Olivia war nun einmal ein unverbesserlicher Snob.

Was Claudia allerdings nicht ahnte, weil Olivia es ihr verheimlichte, war, dass ihre starke, dickköpfige und stolze Mutter es allmählich mit der Angst zu tun bekam.

Die Lage spitzte sich zu, als sie von der Besprechung zurückkehrten und Olivia feststellte, dass Len in die Hose gemacht hatte. Hiro war nicht da gewesen, um ihn zu ermahnen, weil Lou Maynard ihn sich für einen Nachmittag ausgeliehen hatte. Außerdem hatte Mrs. O'Brien einen Zettel hinterlassen, die Waschmaschine habe den Geist aufgegeben.

Einen schrecklichen Moment lang hatte sie das Bedürfnis, ihren Mann zu schlagen.

Gerade noch rechtzeitig sorgte das Surren von Rädern auf dem Fliesenboden dafür, dass sie herumwirbelte. »Ich sehe, Leonard hat einen Unfall gehabt«, verkündete Hiro ohne eine Spur von Tadel in seiner Computerstimme.

»Er hatte keinen Unfall!«, schrie Olivia und beugte sich zu ihm hinunter. »Er hat in die Hose geschissen!«

Hiro griff mit seiner künstlichen Hand nach der des verwirrten Len.

»Komm, Leonard«, sagte er geduldig. »Wir machen dich sauber.«

Als sie fort waren, sackte Olivia über dem Küchentisch zusammen. Sie hatte ein schlechtes Gewissen. Zumindest würde sie in der Gemeinschaft von Igden Manor nicht allein für Len verantwortlich sein. Von allen Fähigkeiten, über die Hiro verfügte, erstaunte sie die, ihren Mann zu säubern, am meisten. Offen gestanden hatte sie es nicht geglaubt, bis Lou ihr auf YouTube ein Video gezeigt hatte, in dem ein Roboter es demonstrierte.

Da Bella plötzlich so beschäftigt war, hatte Laura sich erboten, ihren Enkel Noah jeden Tag wenigstens für ein paar Stunden zu hüten.

»Hallo, Baby.« Sie blickte in Noahs geheimnisvolle dunkelblaue Augen, in deren tintenfarbenen Tiefen sich die Weisheit der Jahrhunderte zu verbergen schien. »Wir beide werden uns richtig gut kennenlernen.«

Noahs Antwort bestand aus einem trägen Lächeln, als wüsste er, dass das Spiel des Lebens komisch und ein wenig lächerlich war.

»Was meinst du?«, fragte sie ihn plötzlich ernst. »Soll ich London aufgeben und hier mit meinen Freundinnen zusammenleben? Ich würde dich öfter sehen, was wundervoll wäre. Aber weißt du was, Noah? Ich fühle mich nicht *alt* genug dafür. Ist das nicht albern und eitel? Suche ich noch immer nach der Liebe, obwohl ich aus Schaden klug geworden sein müsste?«

Noah lächelte sie hinreißend an und füllte geräuschvoll seine Windel.

»Du hast ganz recht«, stimmte Laura zu. »Genauso sollte ich auch über die Liebe denken. Ein Haufen Kacke. Und die riecht nicht so angenehm wie deine.«

Viel früher als erwartet gelang es Bella und Douglas, den Ausschuss dazu zu bringen, ihren Antrag zu erörtern. Erst als sie den Beamten gegenübersaßen und Douglas anfing, ihr Projekt zu erläutern, wurde ihnen klar, dass sie einen dreifachen Vorteil auf ihrer Seite hatten. Die Behörde war besorgt, dass eine Pleite von Igden Manor ein negatives Licht auf das Geschäftsleben vor Ort werfen könnte. Außerdem konnte der Ausschussvorsitzende Lord Binns persönlich nicht leiden – zweifellos Ergebnis der jahrhundertealten Feindschaft zwischen hochnäsigen Aristokraten und Staatsbediensteten –, wollte jedoch den wohlhabendsten Grundbesitzer des Landkreises nicht gegen sich aufbringen. Und drittens war Sozialfürsorge das Wort der Stunde, und der von den Tories dominierte Stadtrat bewilligte nicht genügend Gelder dafür.

»Ich sag dir was.« Bella grinste, als sie aus der einstündigen Sitzung kamen, in der fast alle ihre Anliegen im Prinzip bewilligt worden waren. »Ich wette um zwanzig Pfund mit dir, dass sie Igden Manor als ›Gemeinschaft der

Zukunft‹ bezeichnen und Führungen veranstalten werden, obwohl sie keinen Penny dazu beigesteuert haben.«

Sie hielt inne und riss in gespieltem Erstaunen die Augen auf. »Du glaubst doch nicht etwa, dass sie Geld hineinstecken werden, oder?«

Douglas lachte laut auf. »Vielleicht schon, wenn du die Verhandlungen übernimmst. Du bist eine knallharte Geschäftsfrau, Miss Bella Minchin.«

»Miss Bella Minchin, wenn du nichts dagegen hast. Was hältst du davon, wenn wir uns zur Feier des Tages im Pub ein kleines Bier genehmigen?«

Douglas nickte, und zehn Minuten später saßen sie in einer Ecke des Laden Ox und stießen miteinander an.

»Was ist unser nächster Schritt?«, erkundigte sich Bella.

»Wir bringen die Leute dazu, sich für eine Wohneinheit zu entscheiden. Und dann kommt der schwierigste Teil, nämlich sie zu überreden, ihr Geld aus den Socken unter ihrem Bett zu holen und es auf den Tisch zu legen.«

»Okay, mein eiserner Kumpel. Wie läuft es so mit Leonard?« Lou legte den Arm um Hiro, als wäre er tatsächlich ein alter Freund.

Ausnahmsweise führte Lous charismatische Art nicht zu der gewünschten Reaktion. Hiro schob ihn weg.

»Ich bin kein Spion«, verkündete er spitz.

»Nein, aber du bist als Pflegekraft entworfen, und Pflegekräfte erstatten Meldung über ihre Patienten. Zu ihrem eigenen Besten.«

»Es funktioniert so gut wie erwartet«, räumte Hiro herablassend ein. »Seine Frau mag mich nicht. Ebenso wenig wie die Frau, die als Pflegerin eingestellt wurde und ihre Pflichten vernachlässigt hat.«

»Warum mag Leonards Frau dich nicht?«

»Meiner Ansicht nach ist sie eifersüchtig. Allerdings hat sie auch nicht die Absicht, die Pflege selbst zu übernehmen.«

»Vielleicht solltest du versuchen, sie um den Finger zu wickeln. Wie ich gehört habe, bist du ein sehr charmanter kleiner Bursche.«

»Möglicherweise hast du recht. Dann gehe ich jetzt, falls das in Ordnung ist.«

Auf seinen lautlosen Rädern verschwand er durch die Tür.

Sal schüttelte den Kopf. »In was für einer verrückten Welt wir leben. Ich komme ja nicht einmal mit Siri auf meinem Smartphone klar.«

»Mein reizendes altmodisches Mädchen. Du wirst noch Augen machen. Bald wird es in jedem Haushalt einen Hiro geben.« Lachend streckte er die Hand nach ihr aus und zog sie in Richtung Bett. Sie wollte über seine acht Kinder sprechen. Darüber, was sie wohl von seiner Entscheidung halten würden und ob er wirklich bereit war, sein Leben in Brooklyn für Surrey aufzugeben. Doch sie war zu klug, um nicht zu protestieren. Dass ihr so spät im Leben dieses Glück geschenkt worden war, hatte sie eines gelehrt.

Genieße es, so lange du kannst.

Eine Frage gestattete sie sich dennoch. »Wo möchtest du in unserer freigeistigen Anti-Ruhestand-Gemeinschaft wohnen?«

»In dem Häuschen ganz am Ende«, verkündete er selbstbewusst wie immer. »Neben dem Pool. Dort ist es hübsch ruhig, und ich kann aufstehen, siebzig Bahnen schwimmen und dich anschließend leidenschaftlich lieben.«

»Nach siebzig Bahnen?«, frotzelte sie. »Bist du sicher, dass du dich nicht übernimmst?«

»Willst du es drauf ankommen lassen?« Er näherte sich ihr drohend.

Lachend ließ sie sich aufs Bett fallen. Warum sich wehren, wenn er eine einbrüstige Frau über sechzig leidenschaftlich lieben wollte?

Eines stand jedenfalls fest: Mit Lou alt zu werden, würde gewiss nicht langweilig sein.

Zu guter Letzt beschlossen Claudia und Don, selbst ins Kutschhaus einzuziehen. »Ich mache bei diesem Schwachsinnsplan nur mit, wenn ich ein bisschen Abstand zur Hexenbande kriege. Sonst bin ich draußen«, beharrte er.

Claudia glaubte das zwar nicht wirklich, erkannte jedoch die Vorteile des Kutschhauses. Es war ein schönes Gebäude mit einem eigenen eingemauerten Garten und stand recht nah an der Straße. Eigentlich wollte Claudia deshalb protestieren, doch als sie die aufsässige Miene ihres Mannes bemerkte, hielt sie lieber den Mund. Beinahe schräg gegenüber gab es einen Verein namens »Mähdrescher« und in etwa zwei Minuten Entfernung einen recht schäbigen Pub. Sie verstand, dass beides eine gewisse Anziehungskraft auf Don ausüben könnte. So brauchte er nur die Straße zu überqueren, um sich bei den mitfühlenden Gästen über seine Megäre von einer Ehefrau und ihre verrückten Freundinnen zu beklagen. Am Anfang der Verhandlungen hatte er große Hoffnungen gehegt, Lou auf seine Seite zu ziehen. Doch dieser schien trotz seines überwältigend maskulinen Auftretens insgeheim ein Feminist zu sein. Wirklich seltsam, diese Amerikaner.

Ella entschied sich für ein Dreizimmerhäuschen am anderen Ende der U-förmigen Anlage, ganz in der Nähe eines kleinen Ententeichs. Nach ihrer Zeit am Fluss, verkündete sie vergnügt, habe sie sich an das Plätschern von

Wasser gewöhnt, und das friedliche Quaken der Enten würde ihr sicher beim Einschlafen helfen. Sie hoffte, einen privaten Garten anlegen zu können, worüber sie jedoch erst später verhandeln würde. Es gab bereits genug Konfliktstoff.

Roses Wahl war auf das Hauptgebäude gefallen. »Es erinnert mich an ein Chateau in der Nähe von Bordeaux, wo ich einmal eine Affäre hatte. Außerdem will ich in der Nähe des Aufzugs und der Bar sein«, stellte sie mit Nachdruck fest.

Das Personal würde, nachdem sie wussten, wie viel sie brauchten und sich leisten konnten, in dem kleinen Haus neben dem Parkplatz untergebracht werden, wo derzeit die Kellner und Zimmermädchen, alles freundliche und stets höfliche Menschen, einquartiert waren.

Bella hatte für den heutigen Nachmittag eine Sitzung einberufen, bei der jeder bekannt geben sollte, wie viel er würde einzahlen können. Das würde in versiegelten Umschlägen geschehen, um Peinlichkeiten zu vermeiden. Über Tee und Kuchen lag knisternde Spannung in der Luft, als sie sich in dem plüschigen Salon versammelten.

»Lord Binns hat angedeutet, er sei mit einer Million zufrieden«, verkündete Douglas. »Das ist ein absurd geringer Betrag. Allerdings gehört ihm der halbe Landkreis, und ich glaube, die vielen Probleme langweilen ihn.«

»Außerdem möchte er Rose öfter sehen«, witzelte Sal.

Rose zog nur eine bleistiftstrichdünne Augenbraue hoch, was Sal an Edith Piaf in ihren wildesten Zeiten erinnerte.

»Hinzu kommen die Umbaukosten, und wir müssen über das Personal reden«, ergänzte Bella fröhlich. »Ich habe recherchiert. Ein Stundenlohn von zwölf Pfund wäre mindestens fällig. Dazu die Lohnnebenkosten, also ein

Minimum von fünfzehn Pfund. Claudia hat mich gebeten, zu bleiben und mich ums Organisatorische zu kümmern, was ich sehr gerne tun würde. Insbesondere dann, wenn wir das hübsche kleine Häuschen mit dem wilden Wein, das zweite vom Ende aus gerechnet, kriegen könnten.«

»Dann würdet ihr neben uns wohnen.« Sal lächelte. »Das wäre schön.«

»Und da wäre natürlich noch der Küchenchef«, beharrte Rose. »Wenn er nicht bleibt, bleibe ich auch nicht.«

Am liebsten hätte Bella die Hände vors Gesicht geschlagen, fand jedoch, dass das unprofessionell gewesen wäre. Sie wandte sich an ihre Mutter. »Was ist mit dir, Mum? Wirst du dich uns wilden Pionieren anschließen?«

Laura spürte, dass sie errötete. Wie lächerlich! Und dennoch fühlte sie sich ein wenig wie eine Verräterin. Immerhin war dieses Projekt ihren Freundinnen sehr wichtig.

»Ich fürchte, nein. Ich bin im Grunde meines Herzens Londonerin.«

»In Twickenham?«, wandte Bella ein.

»Gut, dann eben eine Beinahe-Londonerin. Aber ich werde oft kommen und auf Noah aufpassen.«

Bella öffnete die Umschläge und aktivierte rasch den Taschenrechner ihres Telefons.

»Ich glaube, wir brauchen noch jemanden, der mitmacht«, meinte sie ruhig.

Alle gaben sich Mühe, Laura nicht anzuschauen, die sehr wohl wusste, dass die Hälfte des Verkaufserlöses ihres Hauses auf ihrem Bankkonto ruhte.

Claudia fing Sals Blick auf. Ihr war klar, dass Lou ein reicher Mann war und sich für Igden Manor als Prototypen für ähnliche Anlagen interessierte. Außerdem wollte er hier mit Sal zusammenleben.

Sal schüttelte diskret den Kopf. Sie zermarterte sich bereits das Hirn darüber, was Lous Kinder von dieser Wahnwitzidee halten würden. Und von ihr, weil sie ihn mit hineingezogen hatte.

Lou, der Geschäftsmann, dachte bereits in eine völlig andere Richtung. »Ihr könntet mühelos einen Bankkredit aufnehmen.«

»Ich glaube, die Banken überschlagen sich nicht gerade, wenn es darum geht, jemandem über sechzig Geld zu leihen«, widersprach Ella. »Ich habe kürzlich einen Beitrag darüber gehört. Sie rücken kein Geld an Senioren heraus, selbst wenn sie dran ersticken.«

»Britische Banken vielleicht nicht«, räumte Lou ein. »Aber chinesische Banken schon. Und die indischen Banken sind ganz versessen darauf, hier Kredite zu vergeben.«

Plötzlich hatte Laura einen Geistesblitz, der sie selbst erschreckte. Auch wenn sie noch nicht bereit war, selbst hier zu leben, gab es da möglicherweise jemanden, der es tun würde.

Sie schmunzelte in sich hinein.

Wäre es unfair, Mrs. Lal auf die noch im Werden begriffene Gemeinschaft ihrer Freundinnen loszulassen?

Fünfzehn

»Und wer, zum Teufel, ist diese Inderin?«

Der Tonfall einer *memsahib*, in der Olivia diese Worte aussprach, ließ Claudia erröten.

»Ihr Name ist Lalita Lal«, erwiderte Laura und rang nach den richtigen Worten, um das Phänomen Mrs. Lal zu beschreiben. »Sie ist die Schwiegermutter des reizenden Mannes, für den ich in London gearbeitet habe. Sie ist ziemlich wohlhabend und sehr elegant gekleidet. In Indien ist sie eine bekannte Heiratsvermittlerin.«

»Wie alt ist sie?«, bohrte Olivia nach.

»Ich weiß nicht genau. Weit über siebzig, würde ich schätzen.«

»Ist das nicht die alte Hexe, die ihre Nase in alles hineinsteckt und die du unbedingt loswerden wolltest?«, fragte Ella argwöhnisch. »Du willst sie doch nicht etwa bei uns abladen, um deinen Arbeitgebern einen Gefallen zu tun?«

»Wie kannst du so etwas andeuten, Ella?« Laura war wirklich gekränkt. Wenn das ein Beispiel für das künftige Zusammenleben war, war sie froh, dass sie sich herausgehalten hatte. »Anfangs habe ich mich nicht mit ihr verstanden, doch dann war sie unglaublich nett zu Sam und auch zu mir.« Sie dachte an die Bhangra-Musik, an den Dom Perignon und daran, wie sehr Mrs. Lal es ihr erleichtert hatte, ihr Haus zu verlassen.

»Und trotzdem bietest du ihr offenbar nicht an, deine

neue Wohnung mit dir zu teilen?« Der Sarkasmus war unüberhörbar.

»Herrgott, Ella«, entgegnete Laura. »Ich habe ja noch nicht einmal eine neue Wohnung.«

»Okay«, gab Ella sich geschlagen. Sie hatte ein schlechtes Gewissen, weil es mit Lauras Traumwohnung nicht geklappt hatte. »Warum findest du nicht heraus, in welchen Verhältnissen diese Dame lebt, ob sie auch nur eine Spur von Interesse hat und ob sie es sich leisten könnte, Anteile an einem traditionellen englischen Landsitz zu kaufen? Und ob sie überhaupt mit einer Horde alter Leute in Surrey zusammenwohnen möchte. Und dann treffen wir uns mit ihr.«

Am Nachmittag rief Laura Mr. A. an. Die unterdrückte Aufregung in seiner Stimme war nicht zu überhören. »Mrs. Minchin, Sie sind wie die weiße Taube, die nach der Flut mit einem Olivenzweig im Schnabel zurückkehrt. Mrs. A. und ich finden beim besten Willen keine Lösung, die sie glücklich machen würde. Vielleicht haben Sie ja eine für uns.«

Laura spürte, dass Panik in ihr aufstieg wie die Flut, die Mr. A. gerade so eindringlich beschrieben hatte. Die Angelegenheit entwickelte sich gefährlich schnell. Natürlich war noch nicht über Geld gesprochen worden.

»Außerdem, Mrs. Minchin, hat meine Schwiegermutter Zuneigung zu Ihnen und Ihrem interessanten Sohn entwickelt, was selten vorkommt.«

»Die Sache ist die«, versuchte Laura, seine Begeisterung zu dämpfen, »dass es eine beträchtliche Summe kosten wird, einen Anteil zu erwerben.«

»Das wäre ein Kinderspiel für Mrs. Lal«, verkündete Mr. A. »Sie könnte das ganze Ding kaufen, wenn sie wollte. Ihr zweiter Mann, nicht Mrs. A.s Vater, hat Kabel hergestellt, die in der Telekommunikationsindustrie benötigt werden. Da brauche ich sicher nichts hinzuzufügen.« Er musste ein sehr mutiger Mann sein, wenn er gewagt hatte, Mrs. Lal den Laufpass zu geben und sie so zu blamieren, dass sie sich nicht mehr nach Hause wagte, dachte Laura.

»Vielleicht möchte sie ja herkommen, sich umschauen und die anderen Bewohner kennenlernen. Alles ganz unverbindlich«, fügte sie hastig hinzu.

»Ich glaube, das möchte sie sehr gern. Ich frage sie, wenn sie uns heute Abend besucht.«

Laura verabschiedete sich. Ihr schoss die Frage durch den Kopf, wie Mrs. Lal in ihrem Gästezimmer hatte landen können, wenn sie tatsächlich so reich war.

Später am Abend saß sie, ein Glas kühlen Weißwein neben sich und einen lachenden Noah auf den Knien, auf Claudias Sofa und fühlte sich fast wie im Himmel, als ihr Mobiltelefon läutete. Noch ehe sie das Gespräch annahm, wusste sie, dass es Mr. A. war.

»Mrs. Minchin, ich bin es. Ich wollte Ihnen sagen, dass meine Schwiegermutter sehr an Ihrem Vorschlag interessiert ist und fragt, ob sie morgen kommen könnte.«

»Eine Freundin schneller Entschlüsse«, merkte Claudia an und füllte Lauras Glas nach.

Laura nickte. Sie fühlte sich nicht imstande zu erklären, wie entschlussfreudig Mrs. Lal war.

Am nächsten Tag herrschte in Claudias Haus aufgeregte Stimmung, denn alle erwarteten die Ankunft der exotischen, millionenschweren Heiratsvermittlerin. Sie malten sich eine indische Cruella de Vil aus, die sicher in einer Luxuslimousine vorfuhr, womöglich begleitet von Dalmatinern. Deshalb waren sie enttäuscht, als um die Zeit, als

Mrs. Lal hätte eintreffen sollen, ein ganz gewöhnlicher Ford Focus vor dem Haus parkte.

Noch mehr wunderten sie sich, als eine recht hübsche und ausgesprochen zornig wirkende Frau um die vierzig aus dem Wagen sprang und verlangte, Ella zu sprechen.

»Julia!«, rief Ella aus, die gerade auf der Chaiselongue im Wintergarten ein Nickerchen nach dem Mittagessen hielt. »Was, um alles in der Welt, tust du hier, Schatz?«

»Was glaubst du denn?«, entgegnete ihre erboste Tochter. Die Wut ließ ziemlich unschöne Flecken auf ihrem Gesicht und dem Hals entstehen. »Ich bin hier, weil Cory mir erzählt hat, dass du nicht in der Einliegerwohnung leben willst, die Neil und ich mit großem Aufwand, ganz zu schweigen vom Geld, für dich geplant haben. Du möchtest lieber hier wohnen, viel näher bei Cory als bei mir und deinen Enkelkindern. Und zwar mit deinen champagnerschlürfenden Freundinnen, mit denen du unser Erbe in einer lächerlichen Althippiekommune verschleudern wirst.«

Ella holte tief Luft. Ihr wurde klar, dass sie es vor sich hergeschoben hatte, ihrer schwierigen Tochter die Nachricht zu eröffnen. »Es tut mir wirklich leid, Schatz, doch es geht mir sehr gut. Ich hatte nur eine Harnwegsinfektion, deren Folge war, dass ich mich seltsam benommen habe. Man hat mir Antibiotika verabreicht, ich bin wieder völlig gesund, und ich brauche niemanden, der mich versorgt.«

»Aha.« Julia ließ sich nicht beschwichtigen. »Und deshalb erzählt mir Cory, du würdest dein Haus verkaufen, um hier mit deiner Bande von Wahnsinnigen in einem Luxushotel zu wohnen, von dem du sogar Anteile kaufst, verdammt! Und wie viel wird das kosten?«

Bevor Ella Gelegenheit zu einer Antwort hatte, wirbelte Julia herum. »Nun, ich finde das total egoistisch!«, kreischte sie, einem hysterischen Anfall nahe.

Wegen des aufgebrachten Streits zwischen Mutter und Tochter hatte niemand das Taxi bemerkt, das von der Hauptstraße abgebogen war und sich Claudias Einfahrt näherte.

Es stoppte dicht hinter Julias Auto.

Die Tür öffnete sich, und eine Vision erschien. Sie war in einen Sari aus orangefarbener, magentaroter und fuchsiavioletter Seide gehüllt und trug klimpernde Armbänder.

»Mrs. Lal!«, rief Laura aus, verwundert, warum sie ihre eleganten Kostüme von Catherine Walker gegen einen Sari eingetauscht hatte, der genauso gut vom Sheperd's Bush Market hätte stammen können.

»Mein Gott«, verkündete Len begeistert und schob sich zwischen den anderen hindurch. »Eine Bajadere. Ob sie wohl tanzen wird?«

Claudia erinnerte sich dunkel, dass Bajaderen exotische indische Tänzerinnen waren, die die britischen *sahibs* mit ihrem Charme umgarnt hatten. So eine sexistische, ganz zu schweigen imperialistische Andeutung würde die Besucherin gewiss beleidigen.

Doch Mrs. Lal ließ sich davon nicht anfechten, sondern lächelte nur mädchenhaft.

»Sei still, Dad«, schalt Claudia. »Du hast zu viel *Flashman* gelesen.«

»Was ist *Flashman*?«, fragte Hiro, der Len wie immer auf den Fersen gefolgt war.

»Eine Romanserie und die gleichnamige Figur, ein Taugenichts in der britischen Armee, der immer mit seinem schlechten Benehmen durchkommt«, begann Claudia und verstummte abrupt. Warum, zum Teufel, erklärte sie einem Roboter, wer dieser schauderhafte Romanheld war? Das moderne Leben war wirklich seltsam.

»Offen gestanden liebe ich *Flashman*«, wandte Mrs. Lal ein. »Für mich ist er ein wahres Beispiel für einen britischen Offizier.«

Laura beschloss, das Thema zu wechseln. »Wunderbar, dass Sie so schnell kommen konnten. Möchten Sie den Rest der Anlage besichtigen?«

»Ja, mit Vergnügen. Ich bin sehr gespannt auf die interessante Lebensentscheidung, die meine Tochter und mein Schwiegersohn mir geschildert haben. Aber könnte ich zuerst Ihre Toilette benutzen?«

»Natürlich.« Laura lächelte. »Ich zeige Ihnen den Weg.«

»Außerdem muss ich mich umziehen«, raunte sie Laura auf dem Weg zur Toilette zu. »Wie ich sehe, habe ich mit meiner bunten Aufmachung sämtliche Anwesenden überrascht und dem alten Herrn womöglich falsche Hoffnungen gemacht. Ich bin gleich fertig.«

Die Anwesenden waren sogar noch überraschter, als Mrs. Lal in einem schwarzen Designerkleid erschien, das sie in den Tiefen ihrer gewaltigen Handtasche verstaut gehabt haben musste. Dazu trug sie einen langen Schal à la Isadora Duncan.

»Wo ist denn das Tanzmädchen?«, fragte Len und blickte sich verdattert um.

»Ach herrje, reiß dich zusammen, Leonard«, zischte seine Frau. »Und hör mit deinen Tanzmädchen auf.«

»Komm, Leonard«, verkündete Hiro unwirsch. »Zeit für die Toilette.« Als er Len hinausführte, funkelten Olivias Augen vor Zorn.

»Wie originell«, stellte Mrs. Lal fest. »Ein Roboter als Pfleger. Das könnten wir in Indien auch gebrauchen.

Eines Tages werden wir hundertfünfzig Millionen Menschen über sechzig haben.«

Dieser Gedanke war so überwältigend, dass niemandem eine Antwort einfiel. Nur Hiro blieb stehen und vollführte eine altmodische Verbeugung. »Liebste Madam, ich würde Ihnen gerne meine pflegerischen Fähigkeiten vorführen«, verkündete er stolz.

»Ein erstaunlicher kleiner Kerl.« Len lachte. »Er kann das Kreuzworträtsel in der *Times* lösen und einem anschließend den Hintern abwischen.«

»Hoffentlich nicht mit dem Kreuzworträtsel«, merkte Mrs. Lal trocken an.

»Wirklich, Leonard«, schimpfte Olivia. »Das ist doch wirklich ein unpassendes Thema.«

»Ich finde es ausgesprochen passend«, entgegnete ihr Mann. »Und du würdest genauso denken, wenn Windeln die Alternative wären.«

Laura beschloss, dass sie und Ella Mrs. Lal jetzt am besten nach Igden Manor begleiten sollten. Ihre Feuertaufe hatte sie ja schon hinter sich.

Mrs. Lal wirkte absolut hingerissen. Sie betrachtete die Malven und den Rittersporn und insbesondere den Rhododendron und verkündete, hier sehe es genauso aus wie im Haus ihrer Familie in Indien.

»Falls Sie hier wohnen wollen«, erkundigte Ella sich vorsichtig nach einer ausführlichen Besichtigungstour, »wo würde es Ihnen am besten gefallen?«

»Oh«, erwiderte Mrs. Lal. »Eindeutig im Hotel.«

»Natürlich würde es kein Hotel mehr sein«, betonte Ella. »Jeder hat seine eigene Wohnung.«

»Aber man muss doch nicht selbst putzen?«, entsetzte sich Mrs. Lal.

»Selbstverständlich«, antwortete Ella mit Nachdruck,

obwohl dieses Thema noch nicht erörtert worden war. »Schließlich sind wir noch nicht alt.«

»Weißt du was, Ella«, raunte Laura ihr zu, während Mrs. Lal den Rittersporn bewunderte. »Ich glaube, ihr müsst noch eine Menge klären.«

Und wie sich herausstellte, ziemlich schnell, denn in der nächsten Woche traf die Baugenehmigung ein.

Bella trommelte alle zusammen.

»Also, Leute, was machen wir jetzt? Sind Mrs. Lal und ihre indischen Millionen mit an Bord? Wenn ja, können wir uns offiziell an Lord Binns wenden.«

»Ich würde sagen, ihr solltet loslegen«, meinte Lou mit seinem unerschütterlichen Optimismus.

»Das findest du immer.« Sal lächelte ihn liebevoll an.

»Natürlich.« Er zauste ihr kurzes graues Haar. »Ich bin Amerikaner!«

»Aber was, wenn ihr sie nicht ausstehen könnt?« Nun, da es vermutlich wahr werden würde, hatte Laura ein doppelt schlechtes Gewissen. Erstens, weil sie sich drückte, und zweitens, dass sie den anderen eine Naturgewalt wie Mrs. Lal vorgeschlagen hatte.

»Wir werden einander ja nicht auf der Pelle sitzen«, antwortete Rose vernünftig. »Das Anwesen ist riesengroß.«

»Solange sie nicht versucht, alles an sich zu reißen«, merkte Olivia spitz an. »Ich kenne solche Frauen aus dem Golfclub.«

»Eigentlich«, meldete sich Laura zu Wort, »möchte sie am liebsten weiter Ehen vermitteln. Sie ist ganz begeistert, weil es in Guildford einen Singleclub für Leute über fünfzig gibt. Und gegenüber, im *Harvester,* findet dienstags ein Speed Dating statt. Also müsste sie beschäftigt sein.«

»Was denkst du, Don?«, fragte Ella.

Überrascht blickte Don von seinem Telefon auf. Er hatte sich überlegt, ob er in den Pub verschwinden sollte. Normalerweise interessierte sich nie jemand für seine Meinung. »Oh, ja, schon in Ordnung.«

Nach jahrelanger Ehe wusste Claudia, dass ihr Mann nicht ahnte, welchem Vorschlag er soeben zugestimmt hatte. Aber wenn sie das Projekt umsetzen wollte, war es vielleicht das Beste so. »Offenbar sind wir uns einig. Mrs. Lal ist mit dabei.«

»Möchte denn niemand Leonard fragen?«, mischte sich Hiro ein.

»Sind alle einverstanden?«, hakte Bella nach.

Alle nickten, diesmal auch Len.

»Darauf einen Champagner!«, rief Ella aus.

»Warten wir, bis Murdo angenommen hat, bevor wir die Korken knallen lassen«, wandte Rose sachlich ein.

»Okay, wer unterbreitet ihm das Angebot?« Bella ließ den Blick über die Anwesenden schweifen.

»Ich«, erwiderte Rose mit einem geheimnisvollen Lächeln.

»Soll ich zur moralischen Unterstützung mitkommen?«, erbot sich Lou.

»Nein, ich glaube, ich kriege das wunderbar allein hin«, antwortete Rose.

Claudia hatte den Verdacht, dass sie Lord Murdo Binns in Zukunft ziemlich häufig sehen würden.

Und dann geschah wirklich das Wunder.

Lord Murdo Binns stand in dem großen Arbeitszimmer seines gewaltigen elisabethanischen Anwesens und lachte lauthals über einen Witz, der nur ihm etwas sagte, als er ihr Angebot annahm. Ruth hatte sich dem Anlass zu Ehren in Schale geworfen und trug ein hochgeschlossenes violettes Kleid mit einer dreisträngigen Perlenkette. Ihre Absätze waren für jemanden, der erst vor Kurzem so krank gewesen war, ziemlich gefährlich. Sie sah hinreißend aus und brachte Murdos Sekretärin sogar dazu, mit ihrem Handy ein Foto zu machen, damit auch die anderen an dem historischen Moment teilhaben konnten.

Zur allgemeinen Erleichterung hatte die zauberhafte Rose Murdo überredet, ihnen ausreichend Zeit zu geben, um ihre jetzigen Häuser zu verkaufen, bevor er die Bezahlung einforderte. Dann ging Lou trotz Sals Besorgnis noch einen Schritt weiter und bot allen einen zinsfreien Überbrückungskredit an, damit sie bis zum Abschluss der Umbauarbeiten in ihren Häusern bleiben konnten, was eine schwere Last von ihren Schultern nahm.

Während Sal angesichts seiner Großzügigkeit mulmig wurde, war Claudia einfach nur dankbar. Sie beauftragte einen Makler damit, den Wert ihres Elternhauses und den ihrer eigenen vier Wände zu schätzen und Olivia und Len zu raten, wann sie ihr Eigentum zum Verkauf anbieten sollten.

Besonders das Haus ihrer Eltern begeisterte den Makler. »Ehemalige Pfarrhäuser sind bei Städtern sehr beliebt«, teilte er Claudia mit. »Damit können sie bei ihren Freunden angeben. Außerdem haben Ihre Eltern kaum etwas an dem Haus verändert.« Der geschätzte Preis, den er ihr nannte, sorgte dafür, dass Claudia sich erst einmal setzen musste. Auch an ihrem Haus war er interessiert. Genau das Richtige für den Ruhestand. Er bot ihr einen vernünftigen Preis, mehr als genug für ihren Beitrag zu Igden Manor.

Der Mann schlug außerdem vor, er könne durch seine Kontakte eine sehr attraktive Mietwohnung für Lou und Sal finden, wo sie während der Umbauarbeiten leben würden.

Claudia konnte es kaum erwarten, es ihren Eltern zu erzählen. Dabei dachte sie an die vielen steilen Treppen, die feuchten Stellen, die ihre Mutter ignorierte, die altersschwache Zentralheizung und die unpraktische Küche. Sie konnte gut verstehen, warum ihre Mutter in eine warme, hotelähnliche Umgebung ziehen wollte, wo jemand anderes dafür verantwortlich war, den Klempner zu rufen.

Plötzlich schoss ihr durch den Kopf, dass diese Aufgabe vermutlich ihr als Gründerin des Projekts zufallen würde. Doch dann fiel ihr die tüchtige Bella ein. Alles würde klappen wie am Schnürchen, solange Bella sich um das Organisatorische kümmerte.

Trotz der anstehenden Bauarbeiten hatten Bella und Nigel beschlossen, ihr Häuschen sofort zu beziehen. Claudia machte sich zwar Sorgen um Noah, doch die beiden waren jung und anpackend, und es war gut, Bella in der Nähe zu haben. Dank ihrer charmanten Beharrlichkeit würden die Arbeiten schneller beendet sein als gedacht. Zumindest fanden sie vorerst alle auf der Rückseite der Anlage statt, und sobald das Grobe erledigt war, würde man die fertiggestellten Räume bewohnen können.

Zu Claudias Entsetzen riet Douglas den älteren Bewohnern von Badewannen ab und empfahl stattdessen Duschen. Wie er erklärte, sei das Ein- und Aussteigen das Problem. Dazu brauche man Winden, und diese seien sehr teuer.

Claudia versuchte, nicht an eine Zeit zu denken, in der sie so alt sein würde, dass man sie in die Badewanne würde hieven müssen. Außerdem würden sämtliche Schalter und Steckdosen auf Rollstuhlhöhe angebracht werden. Wie demütigend.

Dann jedoch fielen ihr die Vorteile ein. Ihre Freundinnen in ihrer Nähe. Hilfe mit ihren Eltern. Ein Swimmingpool!

Die schwierigste Frage war, wann sie ihre Häuser zum Verkauf anbieten sollten. Insbesondere ihr eigenes. Das Pfarrhaus ihrer Eltern würde im Nu einen Käufer finden.

Claudia setzte sich und gönnte sich einen Schokokeks. Vielleicht würde sich die Sache ja einfacher erledigen als gedacht.

Die vielen Gespräche über das Umziehen erinnerten Laura daran, dass sie sich auch ein Zuhause suchen musste. Ihr kam ein schrecklicher Gedanke: Wo war sie eigentlich zu Hause? Die junge Maklerin in London, die sich offenbar noch schuldig fühlte, weil sie ein höheres Angebot für Lauras Traumwohnung angenommen hatte, hinterließ ihr eine Nachricht auf der Mailbox. Eine wunderschöne Wohnung, ganz ähnlich wie die, die Laura weggeschnappt worden war, sei plötzlich verfügbar. Ob Laura Interesse habe?

Ja, das hatte sie. Eine Brücke zwischen zwei Leben kam ihr gerade recht. Sicherlich würde Claudia nichts dagegen haben, wenn sie ihre Sachen noch ein Weilchen bei ihr ließ. Sie erklärte Claudia die Situation, worauf diese natürlich erwiderte, sie sei weiterhin willkommen. Am Morgen nahm sie einen Zug, um die Wohnung zu besichtigen.

Die Maklerin hatte recht. Die Wohnung war hübsch. Wohl wissend, wie schnell hübsche Wohnungen verkauft wurden, machte sie an Ort und Stelle ein Angebot, das sofort angenommen wurde.

Nun musste sie es den anderen sagen und, was am schlimmsten war, sich von ihrem Enkel Noah verabschieden.

»Bist du sicher, Mum?«, erkundigte sich Bella besorgt

und umarmte ihre Mutter. »Jetzt, wo das Projekt richtig durchstartet?«

»Es fällt mir ziemlich schwer«, gestand Laura. »Aber ich fühle mich einfach noch zu jung, um mich in Surrey einzuigeln. Ich komme euch besuchen. Ehrenwort.«

»Du hoffst immer noch, jemanden kennenzulernen, richtig?« Liebevoll betrachtete Bella ihre Mutter. »Ich wüsste nicht, was dagegenspräche. Du bist erstaunlich jung und hübsch.« Die Worte »für dein Alter« schwebten zwischen ihnen in der Luft.

»Ich werde Noah vermissen.« Dass sie so viel Zeit mit ihrem Enkel hatte verbringen können, war fast das Beste an ihrem Aufenthalt bei Claudia gewesen. Alles an ihm würde ihr fehlen. Seine weiche Haut, sein milchiger Geruch, sein spitzbübisches Grinsen, wenn er sie sah.

»Er dich auch. Eine der besten Ideen bei eurer verrückten Hippiekommune ist, die Generationen zu mischen.«

»Nur dass ich nicht bleibe«, seufzte Laura. Die Entscheidung war beinahe so schmerzhaft wie das Scheitern ihrer Ehe.

»Aber, Mum, das passt so gar nicht zu dir. Bei dir ist das Glas doch immer halb voll. Bald kommen wir zu dir, besetzen dein Gästezimmer und weihen die neue Wohnung ein, richtig, Noah?«

Er streckte ihr eines seiner pummeligen Handgelenke entgegen, denn er hatte bereits gelernt, dass Laura es dann küssen würde.

Als sie es tat, spürte sie, wie ihr eine Träne aus dem Auge tropfte.

Bis nach London war es nur eine gute Stunde, doch es würde sich anfühlen wie Hunderte Kilometer. Es war das Beste, wenn sie ihre verbleibende Zeit hier so gut wie möglich nutzte.

Sobald der Makler fort war, fing Don an zu nörgeln und sich in einen Zustand hineinzusteigern, den man nur als passiven männlichen Widerstand bezeichnen konnte. Das Problem war, dass Don, wie die meisten Männer, im Pub den Alleinunterhalter spielte, während ihn die Vorstellung, mit jemandem zusammenzuleben – und seien es die eigenen Freunde –, mit Grauen erfüllte. Irgendwann platzte Claudia der Kragen.

»Denk doch mal zur Abwechslung an andere. Meine Eltern brauchen Unterstützung, mein Vater hat eine Todesangst vor dem Pflegeheim, und falls du dich noch erinnerst, habe ich meinen geliebten Beruf aufgegeben, um hierherzuziehen, und zwar zum Teil, weil du es so wolltest. Du hattest sogar hinter meinem Rücken dieses Haus besichtigt!«

Don besaß den Anstand, ein verlegenes Gesicht zu machen. »Stimmt«, seufzte er im Tonfall eines frühchristlichen Märtyrers.

»Und wenn du weiter so miesepetrig dreinschaust, erspare ich dir vielleicht die Entscheidung, indem ich dich ermorde!«

Endlich gelang ihm der Anflug eines Lächelns.

»Schon besser. Er wird sicher ein Spaß.«

»Ganz bestimmt«, erwiderte er tapfer.

Claudia beschloss, das Haus zum Verkauf anzubieten, bevor er es sich anders überlegen konnte. Schon einen knappen Monat später hatten sie ein Angebot von einem Paar ihres Alters, das der Stadt den Rücken kehren wollte. Sie waren so begeistert, dass sie sich bereit erklärten, so lange zu warten, bis Claudia und Don ausziehen konnten. Händchenhaltend standen sie in der Hintertür und bewunderten den Garten. »Genau das, wovon wir geträumt hatten«, flüsterte die Frau ihrem Mann zu.

»Oh mein Gott.« Don versetzte Claudia einen Rippenstoß. »Händchenhalter.«

»Ist es nicht besser, das Haus an Leute zu verkaufen, die es lieben werden?«, entgegnete Claudia.

»Ja, aber *Händchenhalter*. Wenn ich grauhaarige Händchenhalter sehe, würde ich sie am liebsten erschießen.«

»Seit wann bist du so ein alter Zyniker? Was ist falsch daran, dass Menschen mit grauem Haar einander ihre Zuneigung zeigen?« Aber eigentlich teilte Claudia seine Ansicht. Sie und Don lehnten diesen Unsinn ab.

Das Paar wurde ein bisschen weniger sentimental und romantisch, als das Gutachten etwas aufsteigende Feuchtigkeit zutage förderte, doch schließlich einigte man sich auf eine vernünftige Summe, die Claudias und Dons Beitrag zum Kutschhaus mühelos abdecken würde.

»Tja, sieht ganz danach aus, als würden wir einer Kommune beitreten«, murmelte Don. »Ich krame besser meine Clownshose heraus und schaue, ob sie noch passt.«

»Es ist keine Kommune«, entgegnete Claudia spitz.

»Dir ist Seniorengemeinschaft lieber, was?« Ihr Mann grinste.

Claudia zuckte die Achseln. Sie würden wirklich einen besseren Namen für ihr Projekt finden müssen.

Und endlich wurden Nägel mit Köpfen gemacht.

Mrs. Lal hatte majestätisch verkündet, sie werde für kurze Zeit nach Indien zurückkehren, um dort einige Dinge zu regeln. Sal war aus ihrer Wohnung in das Häuschen gezogen, das der Makler ihr bis zur Fertigstellung von Igden Manor zur Verfügung stellte.

Douglas war von seinem Büro offiziell damit beauftragt worden, die Arbeiten zu überwachen. Bella war die Bauleiterin. Len und Hiro hatten Interesse daran gefunden und wurden zum großen Amüsement der Bauarbeiter zu regelmäßigen Zuschauern. Hiro wurde sogar hin und wieder gebeten, etwas zu berechnen.

Die Bauarbeiten wurden nur dadurch unterbrochen, dass Len gegen sämtliche Regeln auf einer Baustelle verstieß, einen kräftigen Arbeiter überredete, ihn den großen Bagger fahren zu lassen, und dabei Herzbeschwerden bekam.

Als Claudia ins Krankenhaus hastete, fand sie den treuen Hiro an seiner Seite vor. Von ihrer Mutter fehlte jede Spur.

»Es tut mir so leid, Schatz. Ich hätte die Finger davonlassen sollen. Ich vermisse die großen Maschinen einfach so sehr.« Vor dem Ruhestand war ihr Vater Bauingenieur gewesen. »Aber es hatte auch etwas Gutes. Ich habe herausgefunden, dass ich Herzprobleme habe.« Er griff nach Claudias Hand. »Versprichst du mir etwas, Claudie?« Sein Tonfall wurde plötzlich ernst. »Wenn ich einen Herzinfarkt kriege, verhindere, dass die mich ins Krankenhaus bringen und Schläuche in mich reinstecken wie bei Frankensteins Monster. Ich will nicht wiederbelebt werden, sondern zu Hause sterben. Schwörst du mir das bitte?« Das Beben in seiner Stimme rührte Claudia zu Tränen.

Er wandte sich an Hiro. »Du auch?«

Hiro nahm seine Hand. »Leonard, ich bin nur ein Roboter.«

»Nein, bist du nicht. Du bist mein Freund. Und du hast mehr Verstand als die meisten Idioten, denen ich begegne.«

Hiro nickte feierlich.

Sechzehn

Ella hatte überlegt, ob sie ihr Häuschen auf dem üblichen Weg über einen Makler verkaufen sollte, doch das war ihr zu lästig. Schließlich hatte sie das Ganze erst vor Kurzem durchgemacht. Stattdessen rief sie Tim McInterney an, den Immobilienentwickler, der sie bei der Auktion überboten und ihr dann das Haus zu dem von ihm bezahlten Preis verkauft hatte. Julia würde zetern, dass sie auf diese Weise weniger dafür bekommen würde. Aber Ella fand, dass es war, als kaufte man ein Auto, indem man das alte in Zahlung gab, anstatt es bei eBay zu inserieren. Auf diese Weise sparte man sich eine Menge Arbeit.

Alles wurde sehr kultiviert abgewickelt. Tim McInterney schlug sogar einen Drink vor, wenn sie das nächste Mal in London sei. Ein zwanzig Jahre jüngerer Verehrer, das würde Julia Stoff zum Nachdenken geben.

Indessen überlegte sie, wo sie in der Zwischenzeit wohnen sollte. Sie hatte beschlossen, dass es in der Nähe sein musste, insbesondere deshalb, weil Claudia sie gebeten hatte, in Igden Manor einen Gemüsegarten anzulegen, damit sie sich selbst versorgen konnten. Als sie durch das Dorf schlenderte, entdeckte sie im Fenster des Laden Ox ein Schild, das eine Hütte im Wald hinter dem Biergarten anbot. Der Nachteil war, dass es weder Wasser, Toilette noch Strom gab. Plötzlich fand Ella das ziemlich spannend. Sie würde eine Einsiedlerin oder Waldelfe sein, die

die Natur neu entdeckte. Sie ging hinein und mietete die Hütte, ohne lange darüber nachzudenken.

Die Wirtin war ganz begeistert und gab zur Feier des Tages ein Glas Wein aus.

Spitze, dachte Ella. *Was könnte schöner sein, als im Wald hinter dem Biergarten eines Pubs zu wohnen?* Selbst wenn das hieß, dass sie zwei Wärmflaschen in ihren Schlafsack würde stecken müssen, wenn es wirklich kalt wurde.

Gerade stieß sie mit der Wirtin an, als ein ziemlich attraktiver Mann in den Pub kam, um zu sehen, ob schon geöffnet war. Er war etwa in ihrem Alter, wirkte mit seinem Dreitagebart ein wenig verwegen und trug seinen Seidenschal geknotet wie der Startrainer José Mourinho.

»Was feiern die Mädchen denn?«, fragte er vergnügt. »Darf jeder mitmachen, wenn er die Rechnung übernimmt?«

»Aber, Daniel.« Die Wirtin schnalzte missbilligend mit der Zunge. »Wir haben offiziell noch nicht geöffnet. Diese Dame zieht nach Igden Manor, sobald alles fertig ist. Bis dahin hat sie mein Waldschlösschen gemietet.«

»Wirklich?« Er wandte sich an Ella. »Also gehören Sie zur New-Age-Alterskommune?« Seine Augen funkelten keck. »Wir sind alle schon mächtig gespannt. Wird dort pausenlos Bob Dylan gespielt, und dazu gibt es Nackttänze mit kostenlosem Nervenrevitalisator?«

»Ich glaube, wir behalten unsere Kleider meistens an«, erwiderte Ella. »Schließlich wollen wir die Pferde und Kinder nicht erschrecken.«

Daniel musterte Ellas ebenmäßige und noch immer elfenhafte Gesichtszüge. »Ich glaube, die Pferde und Kinder halten das schon aus, und wir anderen könnten unseren Spaß haben.«

Nachdenklich hob Ella ihr Glas. Dieser Mann flirtete mit ihr. Und er war offenbar Stammgast in dem Pub, wo sie beinahe wohnen würde. Was sollte sie davon halten?

»Wie lange dauert es noch, bis alles fertig ist?«

»Nicht so lange, wie Sie glauben. Es wird mit Feuereifer gearbeitet.«

»Mich wundert, dass der alte Lord Binns bereit war, zu so einem Spottpreis zu verkaufen.« Offenbar kannte das ganze Dorf sämtliche Einzelheiten der Abmachung. Sie würde sich an den Unterschied zwischen dem Dorfleben und der Anonymität von London gewöhnen müssen.

»Vielleicht freut er sich ja auch auf die Nackttänze.« Erschrocken stellte Ella fest, dass sie ebenfalls flirtete.

»Alter Lustmolch. Er muss mindestens achtzig sein.«

»Entschuldigen Sie mich.« So elegant wie möglich rutschte Ella von ihrem Barhocker. »Ich muss mich jetzt um meine Sachen kümmern.«

»Hoffentlich sehen wir uns noch öfter, wie es so schön heißt«, antwortete Daniel und hielt ihr die Tür auf.

Nachdem Ella die wenigen Dinge ausgepackt hatte, die sie in ihrer neuen Hütte brauchen würde, holte sie sich bei der Wirtin den Schlüssel. »Wer war denn das?«, fragte sie.

»Daniel Forrest. Er leitet den Chor. Sie treffen sich jede Woche hier.«

Oh mein Gott. Ella fiel es wie Schuppen von den Augen, und sie kam sich albern vor. Das also war Daniel, der sexy Chorleiter. Der Mann, mit dem Claudia geflirtet hatte. Als ihre Tochter Gaby das herausgefunden hatte, hätte sie beinahe ihre Hochzeit abgesagt.

Ella konnte Claudia gut verstehen. Daniel Forrest hatte etwas Faszinierendes an sich.

Allerdings war es das Letzte, was sie gebrauchen konnten, dass Ella etwas mit Daniel Forrest anfing. Am besten sorgte sie dafür, dass Claudia sich mit dem Gemüsegarten ablenkte.

Claudia musste zugeben, dass sie mit den Bauarbeitern unbeschreiblich Glück gehabt hatten. Sie waren pünktlich, höflich und ausgesprochen fleißig. Zu ihrem Erstaunen arbeiteten sie sogar samstags.

Angesichts dessen, dass Bella keine Ahnung von Bauarbeiten hatte, entpuppte sie sich als ausgezeichnete Bauleiterin. Angeleitet von Douglas, wühlte sie sich durchs Internet und beherrschte den Jargon inzwischen fließend. Während Claudia kein Wort verstand, wenn von Elektrik oder Fußbodenheizungen die Rede war, warf Bella mit den entsprechenden Ausdrücken nur so um sich und wurde auf der Baustelle respektiert, obwohl sie häufig Noah vor der Brust trug, wenn sie ihre Anweisungen gab. Seit Laura in London war, hütete Claudia hin und wieder Noah und hoffte, dass ihre Tochter Gaby auch bald beschließen würde, ein Baby zu bekommen. Natürlich durfte sie das nicht laut aussprechen. Heutzutage war es Müttern nicht mehr gestattet, sich Enkelkinder zu wünschen, da das als Verstoß gegen die Menschenrechte galt.

Und so nahm das Leben seinen Gang, als der Sommer dem Herbst wich und sich schließlich der Winter ankündigte. Ella fuhr mehrmals nach London zu ihrer ehemaligen Kleingartenanlage, um sich Ratschläge für ihren Gemüsegarten zu holen. Claudia hatte außerdem den Verdacht, dass sie die Leute dort sehr vermisste.

Als Claudia bei Sainsbury's einkaufte, entdeckte sie einen großen Stapel Weihnachtsgebäck. Sie fotografierte ihn mit ihrem Smartphone, schickte das Bild an Gaby und schrieb darunter: *Oh mein Gott, der Albtraum Weihnachten steht vor der Tür.*

Dabei kam sie auf die Idee, dass es doch wundervoll sei, im Pfarrhaus eine richtig große Weihnachtsfeier zu veranstalten, solange ihre Eltern noch dort wohnten. Es würde auch ein guter Weg sein, um Abschied zu nehmen.

Also wurde emsig geplant. Olivia liebte Gäste, insbesondere, wenn andere die Arbeit übernahmen. Weihnachten in der Gruppe konnte ein großer Spaß sein, da jeder etwas dazu beitrug.

Als Weihnachten vorbei war, vergingen die Monate wie im Fluge, und endlich, endlich, im folgenden Mai, verkündeten Douglas und Bella, sie könnten jetzt einziehen, falls sie ein paar abschließende Bauarbeiten nicht störten.

Claudia fand, dass sie zuerst einziehen sollte, um alles im Blick zu haben. Don, der so begeistert wirkte wie ein regnerischer Mittwoch in Wigan, war endlich bereit, Transporter zu organisieren. »Der arme Vito« – bedrückt musterte er den Hund –, »bestimmt wird er den Umzug schrecklich finden.«

Vito, der alle Zweibeiner vom Postboten bis hin zum Einbrecher auf der Durchreise liebte, schien sich indes auf die Aussicht zu freuen, von noch mehr Menschen gestreichelt und gefüttert zu werden.

Sie schafften ihre Habe und Vitos Korb ins Kutschhaus, wo Bella in weiser Voraussicht (so wie in allen Wohnungen) ein Begrüßungssträußchen Rosen in einem Marmeladenglas arrangiert hatte.

»Oh, schau nur!« Den Tränen nah, deutete Claudia darauf. »Und schon sind wir zu Hause.«

Am nächsten Tag, wenn sie notdürftig ausgepackt hatten, würden sie ihre Eltern und – ein heiß umkämpftes Thema – Hiro, den Roboter, umziehen.

»Wenigstens braucht er kein eigenes Zimmer«, merkte Don an.

»Meine Mutter sperrt ihn immer zum Staubsauger in den Besenschrank.« Claudia kicherte.

»Das wirft eine Frage auf.« Nachdenklich schüttelte Don den Kopf. »Was genau ist ein Pflegeroboter? Ein Besen mit Gehirn?«

»Hiro geht wundervoll mit Dad um. Er ist mehr als ein Besen.«

Sie betrachteten ihr neues Zuhause.

Plötzlich klopfte es an der Tür, und Bella erschien mit einer Flasche Champagner. Noah hielt sie fest an der Hand, nur für den Fall, dass Claudias Hund in der Nähe war, den der Kleine mit großem Vergnügen jagte.

»Wir sind hier, um euch zu begrüßen und euch alle Einrichtungen zu zeigen«, verkündete sie stolz.

»Du hättest dich wegen des Champagners nicht so in Unkosten stürzen sollen.« Claudia wusste, dass es um Bellas Finanzen schlecht stand, obwohl die kostenlose Unterkunft eine gewaltige Hilfe war.

»Er war bei Aldi im Sonderangebot.« Bella grinste. »So billig, dass ich für jeden eine Flasche kaufen konnte.«

»Spielt keine Rolle.« Don kitzelte Noah, der fröhlich lachte. »Champagner ist Champagner. Wo mögen wohl die Gläser sein?« Er ließ den Blick über die unausgepackten Kartons schweifen.

»Kein Problem.« Bella wühlte in ihrem Rucksack, der sie überallhin begleitete. »Zwar aus Plastik, aber trotzdem Flöten.« Sie verteilte die Champagnergläser.

»Don übernimmt das Öffnen. Er ist der Experte.«

Schmunzelnd machte Don sich daran, den Champagner zu entkorken. »Der Trick ist, nicht den Korken zu drehen, sondern die Flasche«, teilte er ihnen mit. Nach drei

Umdrehungen ertönte ein sattes Plopp. »Wie das Seufzen einer befriedigten Frau«, verkündete er mit einer großartigen Geste.

»Wenn du das noch einmal sagst, lasse ich mich scheiden!«, zischte Claudia.

»Kommt, ihr zwei, Zeit für die Besichtigungstour«, unterbrach Bella sie und steuerte auf das Wohnzimmer zu. Die beinahe bedrückende Stallatmosphäre des alten Kutschhauses mit seinen dunklen Deckenbalken war ebenso verschwunden wie die Reihe von Messingringen für die Pferde, die Bella dem Laden Ox gespendet hatte. Stattdessen war der Raum offen und hell und in dezentem Grau gestrichen. In der Kaminecke befand sich nun ein großer Ofen.

»Spart Energie«, erklärte Bella.

»Wird er mit Gas betrieben?«, erkundigte Don sich enttäuscht. Einige der wenigen Beschäftigungen auf dem Land, mit denen er sich angefreundet hatte, war das Hacken und Stapeln von Holz.

»Nein, mit Holz.« Claudia hätte sie küssen können. »Der verbraucht bestimmt eine Menge.«

Die Stimmung war ruhig und friedlich. Ein wenig steril vielleicht, aber das konnten sie ändern. Hier würden sie also den Rest ihres Lebens verbringen.

»Schaut, die Steckdosen sind alle auf Taillenhöhe, falls ihr mal im Rollstuhl landet.«

»Aha.« Don sah Claudia an.

»Das Gästeklo.« Bella führte sie hin. »Es gibt hier nicht nur eine Toilette, sondern auch eine Dusche, wenn die Treppe je zum Problem wird. Das Klo ist ein Wunderwerk. Es säubert einen ohne Papier.«

Claudia seufzte. Es war ja alles sehr praktisch und realistisch gedacht, allerdings auch ein wenig deprimierend.

»Man nennt es Zukunftsvorsorge«, erläuterte Bella. »Inzwischen gesetzlich vorgeschrieben.«

Don erhob sein Glas und warf seiner Frau einen Blick zu. »Darauf sollten wir anstoßen. Auf Don und Claudia, denen nie mehr das Klopapier ausgehen wird.«

Don und Claudia krümmten sich vor Lachen.

Plötzlich fing Noah an zu jubeln und deutete auf die große Terrassentür.

Als sie sich umwandten, hatten sie eine Szene wie aus einem Bollywood-Film vor sich.

Mrs. Lal war in einem goldenen Rolls-Royce eingetroffen. Begleitet wurde sie von mehreren Dienstboten, die exotische Gegenstände in das ehemalige Hotel schleppten. Inzwischen war es zu Luxusapartments für Olivia und Len, Rose und Mrs. Lal umgebaut worden.

Gebannt beobachteten sie, wie ein meterhoher Elefant, geschmückt mit Edelsteinen, eine von einem lebensgroßen nubischen Sklaven gehaltene Art-déco-Lampe und ein gewaltiger, vergoldeter chinesischer Wandschirm ins Haus getragen wurden.

»Wartet«, meinte Don. »Als Nächstes kommt ein riesiger Buddha.«

»Behalte deine kulturellen Vorurteile für dich«, tadelte Claudia. »Wir wissen nicht, welcher Religionsgemeinschaft sie angehört.«

Don war erschrocken verstummt und drückte die Nase an der Glasscheibe platt. »Ach, verdammt!«, rief er erstaunt aus.

Der letzte Lakai mühte sich mit einem zwei Meter hohen Ölgemälde ab. Da die Decke, in die es eingewickelt gewesen war, hinunterrutschte, erhaschten sie einen Blick auf das Bildnis.

Es stellte eine junge Frau mit schwarzem Haar, zartem,

blassem Gesicht, dunklen Augen und leicht geöffneten roten Lippen dar. Ihr Gewand klaffte auseinander und gab eine perlmuttfarbene Brust frei. Der Hintergrund war so dramatisch gestaltet wie die Figur, ein Kaleidoskop aus Formen und Farben in Rot, Gold und Grün.

»Wenn das kein Klimt ist, verstehe ich nichts von Kunst«, murmelte Don sichtlich beeindruckt.

»Du verstehst nichts von Kunst. Sie wird doch wohl keinen Klimt besitzen, die kosten Millionen. Und wenn doch, würde sie ihn wohl kaum in eine Decke gewickelt im Auto transportieren. Wahrscheinlich ist es ein Kunstdruck, wie man ihn als Student kauft. Sogar ich hatte Klimts *Kuss* an der Wand.«

»Wirklich?« Don klang erstaunt. »Ich wusste gar nicht, dass du so eine Romantikerin warst.«

»Es gibt eine ganze Menge, was du nicht über mich weißt.« Sie lächelte.

»Das ist nach fünfunddreißig Jahren doch gar nicht so schlecht. Jedenfalls ist mir diese Mrs. Lal nicht ganz geheuer.«

Das war sie Claudia auch nicht, obwohl sie das niemals zugegeben hätte. »Vergiss nicht, dass wir es ohne ihr Geld nie geschafft hätten. Ich habe nur keine Ahnung, wie eine so reiche Frau in Lauras Gästezimmer landen konnte.«

»Laut Laura wollte sie ihren Schwiegersohn blamieren und ihm unter die Nase reiben, dass er es sich nicht leisten kann, sie so unterzubringen, wie sie es gewöhnt ist.«

»Mich wundert, dass sie es uns zutraut. Hey, ich denke, sie wird dem Laden hier die nötige Würze geben.«

»Wer hat jetzt kulturelle Vorurteile?« Don lachte.

Da Claudia keine Retourkutsche einfiel, kitzelte sie Noahs nackte Füße. Er kicherte vergnügt. Wie schade, dass sich das Leben so verkomplizierte, wenn man erwachsen wurde.

»Wo ist denn übrigens Vito?«

Als sie den Hund suchten, fehlte von ihm jede Spur.

»Wir haben ihn doch nicht etwa vergessen?«, fragte Don besorgt.

»Nein, er saß eindeutig hinten im Auto.«

Sie hasteten nach oben.

Bella hatte ihr Doppelbett im Schlafzimmer bereits zusammengebaut und wunderschön bezogen.

»Ich halte es für wichtig, dass die Menschen bei ihrer Ankunft ein einladendes Bett vorfinden«, meinte sie.

Und mitten auf der blütenweißen Daunendecke lag Vito und schlief wie ein Engel.

»Wenigstens einer, der glücklich ist.« Don zuckte die Achseln.

»Komm, du alter Nörgler.« Claudia nahm ihren Mann am Arm. »Lass uns nachsehen, wer sonst schon eingezogen ist. Vielleicht treffen wir ja sogar die reiche Mrs. Lal.«

»Ich glaube, es ist alles gepackt.« Olivia sah sich in dem Haus um, das so lange ihr gehört hatte.

Die Erinnerungen waren wie ein Flickenteppich, manche bunt, manche trübe. Sie hatte sich stets geweigert zu akzeptieren, dass sie an einer psychischen Erkrankung litt. Da ihr von Kind an eingeimpft worden war, stark zu sein, waren Krankheiten in ihren Augen etwas für Schwächlinge. Allerdings hatte es Zeiten gegeben, in denen sie wirklich befürchtet hatte, den Verstand zu verlieren. Die Medikamente, die sie anfangs abgelehnt hatte, hatten ihr Leben verändert. Doch gegen die andere Bedrohung war kein Kraut gewachsen: das Alter.

Die Waschmaschine war der Tropfen gewesen, der das Fass zum Überlaufen gebracht hatte. Eigentlich lächerlich. Sie hätte nur jemanden anzurufen brauchen. Aber plötzlich hatte sie sich danach gesehnt, nicht den Techniker vom Haushaltswarenladen oder den Elektriker verständigen zu müssen, wenn es einen Kurzschluss gab. Als sie schließlich gezwungen gewesen war, Barry, den Mann, der schon seit Jahren ihre Lampen reparierte, zu holen, hatte sie ihm eine Frage gestellt: Was taten alte, allein lebende Damen, wenn etwas seinen Geist aufgab? Seine Antwort hatte Olivia bis ins Mark erschüttert. »Nichts. Sie ignorieren es einfach.«

Ab dem heutigen Tag würde sie in dieser Hinsicht sorgenfrei sei. Jemand anderer würde sich darum kümmern. Sie würde keine dieser alten Damen werden, die im Dunkeln saßen, weil sie weder das Geld noch den Antrieb hatten, sich Hilfe zu besorgen.

Sie wandte sich an ihren Mann. »Eines möchte ich klarstellen. Dieses Ding« – sie wies auf Hiro – »kommt nicht mit.«

»Wenn er nicht mitkommt«, protestierte Len, »bleibe ich auch hier.«

Nach über sechzig Jahren Ehe standen sich Mann und Frau gegenüber und blickten einander finster an. Nur ein kleiner Roboter verhinderte, dass es zu Handgreiflichkeiten kam.

»Darf ich einen Kompromiss vorschlagen?«

Gleichzeitig drehten sie sich zu Hiro um.

»Ihr könnt mich ja abschalten, wenn Leonard meine Gesellschaft nicht braucht.«

Olivia wusste, dass ihr Mann sich verändert hatte. Der nachgiebige Mensch, den sie geheiratet hatte, hatte Widerstandsgeist entwickelt, insbesondere, seit diese Missgeburt aus Metall in ihr Leben getreten war. Doch genauso wie bei der Waschmaschine und dem Klempner fehlte ihr der Antrieb, sich zu wehren.

»Warum lächelst du, Leonard?«, fragte Hiro leise, als sie die letzten seiner Sachen zusammenpackten. »Weil ich gewonnen habe.« Sein keckes Grinsen war zurückgekehrt und ließ ihn plötzlich um Jahre jünger wirken. »Ich brauche deine Gesellschaft nämlich andauernd.«

Kühn wie immer hatte Rose die für Innenarchitektur zuständige Redakteurin ihrer ehemaligen Zeitschrift mitgebracht, um ihre Wohnung einzurichten. »Ich habe nämlich so viel Geschmack wie ein farbenblinder Taxifahrer«, verkündete sie. »Außerdem liegt das Geheimnis meines Erfolgs darin, stets alles an Leute zu delegieren, die begabter sind als ich.«

»Aber ich fand dein Büro bei *New Grey* wunderschön«, widersprach Sal, als Rose ihr davon erzählte. Sie erinnerte sich an das mit Chintz ausgestattete Paradies, das auf sie weniger wie ein Büro und vielmehr wie ein von Colefax und Fowler ausgestattetes Pfarrhaus gewirkt hatte. »Es hat deiner Persönlichkeit genau entsprochen.«

»Weil die Innenarchitektur-Redakteurin es ebenfalls eingerichtet hat«, antwortete Rose und brüllte vor Lachen.

Jedenfalls war das Ergebnis Rose, wie sie leibte und lebte. Antike Stehlampen, Teppiche im Stil von Aubusson, lange, schwere Seidenvorhänge, lackierte Möbel und mit Paradiesvögeln bedruckte Tapeten. Obwohl alles nagelneu war, wirkte es bereits bewohnt.

Rose, inzwischen wieder völlig genesen, sank auf das weich gepolsterte Sofa und verkündete, es sei so bequem, dass sie vielleicht nie wieder aufstehen würde.

Bella, einfühlsam wie immer und zudem mit einer Portion Selbstschutz ausgestattet, hatte beschlossen, Rose die Vorrichtungen, die ihr das Altern erleichtern würden, selbst entdecken zu lassen. Sie konnte sich gut vorstellen, dass Rose sie eigenhändig in die Schüssel stopfen würde, wenn sie ihr das selbstreinigende Klo zeigte. Ganz sicher würde sie sich eine Standpauke anhören müssen, die Planer hätten wohl den Verstand verloren, auf so einem Unsinn zu bestehen.

Sal blickte aus den Bogenfenstern ihres Häuschens hinaus zum nur wenige Meter entfernten Swimmingpool.

»Fantastisch«, begeisterte sich Lou. »Jetzt kann ich aus dem Bett direkt in den Pool springen. Bald nehme ich an einem Triathlon teil, wart's nur ab.«

»Ist es nicht ein bisschen kalt?«, fragte Sal, die verweichlichte Städterin.

»Nein, das bin ich gewöhnt. Wir aus Brooklyn sind hart im Nehmen.«

Sal musste zugeben, dass er sich wirklich darauf zu freuen schien, mit ihren Freundinnen, der exzentrischen Mrs. Lal, seiner alten Freundin Rose McGill, Claudias Eltern und, nicht zu vergessen, Hiro, dem Roboter, zusammenzuleben.

Er bemerkte, dass sie ihn beobachtete, und drückte sie eng an seine warm verpackte Brust. »Ja!«, verkündete er laut und entschlossen.

»Ja, was?«, erkundigte sich Sal und versuchte, trotz des Kaschmirüberfalls nicht zu ersticken.

»Ja, ich bin froh, hier in dieser verrückten Kommune voller uralter Senioren zu sein. Also kannst du aufhören, mich auf Anzeichen von Bedauern, Angst oder herannahendes Unheil abzuklopfen.«

»Nicht ganz so uralt, wenn ich bitten darf. Klopfe ich dich auf Anzeichen von Bedauern ab?«

»Nur alle fünf Minuten, seit wir hier sind. Und dabei bin ich mit der einzigen Frau, die ich liebe, im wunderschönen Surrey.«

»Du vergisst die anderen drei, mit denen du schon verheiratet warst«, erwiderte Sal lachend.

»Ich bin Amerikaner, wie du mir immer wieder unter die Nase reibst. Von uns erwartet man so etwas.«

Sal war sehr erleichtert gewesen, dass sie einen recht ähnlichen Geschmack an den Tag legten, als es an das Einrichten des Häuschens ging. Sal beschrieb ihn als »Shaker trifft Arts and Crafts«. Viel Holz, schlichte, aber bequeme Möbel und eine Küche, angefertigt von einer Firma, die sich *English Cupboard-Makers* nannte. Der einzig heikle Punkt war, dass Sal eine Badewanne mit Füßen forderte. »Mein Leben lang wünsche ich mir schon eine Badewanne mit Füßen«, beharrte sie.

»Und ich sehe ein, dass es deine letzte Chance ist, bevor der Sensenmann kommt, um dir den Rücken zu schrubben«, stimmte Lou grinsend zu. »Okay«, fügte er hinzu. »Im Austausch für die Badewanne mit Füßen verlange ich einen Sofakissenstopp. Ich suche die Kissen aus, und es werden nicht mehr als sechs.«

»Sechs?«, schrie Sal auf. »Für das ganze Haus?«

Lou nickte. »Der allgemeinen Auffassung nach stammen Männer vom Mars und Frauen von der Venus, was ihre Einstellung zu Sex, das Behalten von Geburtstagen und das Müllrausbringen betrifft. Doch in Wahrheit sind es Sofakissen. Sofakissen verkörpern den grundlegenden Unterschied zwischen Männern und Frauen.«

Sal schüttelte den Kopf und kämpfte mit einem Lachanfall. »Also gut, sechs Kissen. Aber ich suche sie aus.«

»Kein rosafarbener Satin?«, hakte er nach und dachte dabei an ihr Bett in North Kensington, auf dem sich die rosafarbenen Satinkissen getürmt hatten.

»Auf gar keinen Fall rosafarbener Satin«, stimmte sie zu.

»Oder gar kein Satin?«

»Du forderst dein Glück heraus, Maynard.«

»Mal dir nur deine Badewanne mit Füßen aus, in der ich dir ein kaltes Getränk serviere.«

»Okay«, gab sie sich schließlich geschlagen. »Kein Satin.«

Ella packte ihre kleine Reisetasche und sah sich um. Die Hütte war eigentlich eher ein Sommerhaus mit einer Terrasse, die von einem weißen, gitterartigen Vorhang (sicher gab es dafür einen passenderen Ausdruck) geziert wurde, was ihr eine leicht französische Atmosphäre verlieh. Interessanterweise erinnerte sie dies an das Sommerhaus hinten im Garten des großen Anwesens in London, wo sie so lange mit ihrem Mann Laurence gelebt hatte. Nur dass es ein Rückzugsort von der Stadt gewesen war. Hier war sie mitten auf dem Land. Seltsam, dass die Leute Surrey als Wohnort für Pendler abtaten. Und dennoch konnte es hier so ländlich sein wie in Somerset oder in Shropshire. Ella, die sich stets für eine Stadtpflanze gehalten hatte, war selbst erstaunt, wie gut es ihr hier gefiel.

Ja, im Winter war es ziemlich kalt gewesen, doch der Ofen hatte die Hütte gewärmt wie eine Zentralheizung. Sie blickte hinaus in die friedliche Landschaft und lauschte der Stille, nur durchbrochen vom Gesang der Vögel. Sie würde ihre gefiederten Freunde vermissen, die ihr die ganze Zeit hier etwas vorgesungen hatten.

Jetzt führst du schon Selbstgespräche über Vögel, mahnte eine innere Stimme streng.

Ella lachte. Es war wohl das Beste, wenn sie für den Rest ihres Lebens in die verrückte Villa zog. Plötzlich wurde sie von Panik ergriffen. Tat sie wirklich das Richtige? Es machte Spaß, ihre Freundinnen einmal im Monat im Grecian Grove zu treffen. Allerdings war es etwas anderes, mit ihnen zusammenzuleben, bis sie tot umfiel. Was, wenn sie einander auf die Nerven gingen? Wenn eine von ihnen plötzlich Pflege brauchte? Würden sie das schaffen?

Die Anwältin in ihr sagte ihr, dass sie sich zu wenig abgesichert hatten. Gut, sie hatten einen Treuhandvertrag abgeschlossen, der eine Ausstiegsklausel enthielt. Doch dieses Recht einzufordern, würde den anderen gewaltige Probleme bereiten. Dann erinnerte sie sich an ihre Todesangst, als sie befürchtet hatte, an Demenz zu leiden. Zumindest wäre sie inmitten ihrer Freundinnen und nicht allein gewesen, hätte auf den Tod gewartet oder drei Wochen tot auf der Fußmatte gelegen.

Sie sah sich noch einmal um und beschloss, auf einen Abschiedsdrink bei der Wirtin im Pub vorbeizuschauen, um sich von ihren Grübeleien abzulenken.

»Ihr musikalischer Verehrer ist noch nicht da.« Die Wirtin grinste.

Ella starrte sie verdattert an.

»Aber er kommt bald. Pünktlich wie ein Uhrwerk. Zwei große Bier. Nie drei. Und dann wieder um sechs, na, Sie wissen schon, weil Sie da auch oft hier sind. Viel Glück. Das Leben ist viel schöner, wenn man nicht allein ist.«

Fast wäre Ella an ihrem Glühwein erstickt. Die Leute glaubten alle, sie käme absichtlich her, um Daniel zu treffen. Herrje, was hatte sie nur auf den Gedanken gebracht, dass sie das Landleben mochte? In London interessierte so etwas keine Menschenseele.

Aber war es die Wahrheit? Die Frage ließ sie nicht mehr los.

»Um diese Zeit sind Sie normalerweise nicht hier«, sagte eine Stimme hinter ihr. »Fahren Sie in Urlaub?« Daniel zeigte auf ihre Tasche. Wie immer trug er Jeans und einen Kaschmirpullover und hatte Bartstoppeln am Kinn.

Ella musste zugeben, dass er unverschämt attraktiv war.

»Nein, nein.« Sie schüttelte den Kopf. »Ich ziehe endlich nach Igden Manor zu meinen Freundinnen.«

»Besser Sie als ich.« Er schenkte ihr ein charmantes Lächeln. »Ich könnte das in einer Million Jahren nicht.«

»Wie läuft es mit dem Chor?«, erkundigte sie sich fröhlich, um das Thema zu wechseln. Seine Bemerkung erinnerte sie zu sehr an das, was sie gerade selbst gedacht hatte. Ella hatte gelernt, dass man sich am besten aus heiklen Situationen rettete, indem man seinem Gegenüber eine Frage über ihn oder sie selbst stellte. Es klappte stets wie am Schnürchen.

»Ziemlich gut.« Wie erwartet schluckte er den Köder. »Wir haben sogar wieder einen Preis gewonnen.« Er stand auf. »Ich hole mir noch ein Glas. Möchten Sie auch etwas?«

Ella verneinte. Ihr drehte sich sowieso schon der Kopf.

Da kaum andere Gäste anwesend waren, wurde er rasch bedient. Nur der Student, den Bella in weiser Voraussicht zur Poolpflege eingestellt hatte, plauderte mit dem Gärtner, dessen Aufgabe es war, den Rasen zu mähen und die Blumenbeete einigermaßen in Ordnung zu halten.

Daniel begrüßte die beiden und kehrte mit einem Bierhumpen und einem Glas mit Weißwein zu Ella zurück.

»Aber wirklich«, protestierte Ella, wobei sie versuchte, nicht wie eine Jungfrau zu klingen, die ihre Ehre verteidigte. »Das ist mir zu viel.«

»Seien Sie still und trinken Sie«, entgegnete Daniel, allerdings mit einem so bezaubernden Lächeln, dass es seinen Worten die Schärfe nahm. Ansonsten wäre sie nämlich versucht gewesen, ihm eine runterzuhauen.

Ella kippte den Wein hinunter, weil sie plötzlich nichts wie weg von Daniel und den Gefühlen wollte, die er in ihr auslöste.

»Also machen Sie es wirklich?«, fragte er leise. »Für mich hört es sich nach dem absoluten Albtraum an. Aber wer weiß? Wenn mein Verstand mal nicht mehr will, ist es vielleicht genau das Richtige für mich.«

»Das glaube ich nicht, Daniel.« Als Ella ihr Glas wegstellte, fühlte sie sich ziemlich betrunken. »So, ich bin dann mal weg. Bis später irgendwann.« Sie griff nach ihrer Tasche und konzentrierte sich darauf, möglichst gerade aus dem Pub zu gehen.

»Aber, aber, Daniel.« Die Wirtin hatte ihr Gespräch offenbar belauscht. »Normalerweise lädt man den Fuchs nicht in den Hühnerstall ein.«

Siebzehn

Als Laura dasaß und aus dem Fenster ihrer neuen Wohnung blickte, wurde ihr plötzlich klar, dass ihre Freundinnen und ihre geliebte Tochter alle in Surrey waren. Ihr Sohn Sam hatte mit seinem neuen Job zu tun, und Calum war zu seiner Frau zurückgekehrt. Eigentlich hatte Ella kommen wollen, um den Verkauf ihres Hauses zu überwachen, doch sie ließ sich Zeit. Vermutlich hatte sie nach dem Verkauf des großen Hauses, in dem sie mit Laurence gewohnt hatte, mehr Geld auf der Bank als sie alle.

Die Wahrheit lautete, dass Laura einsam war. Sie lachte bei dem Gedanken, dass Mrs. Lal entschlossen war, jemand Passenden für sie zu finden. Doch Mrs. Lal war aus Indien zurückgekehrt und lebte inzwischen bei den anderen. Außerdem wusste nur der Himmel, was Mrs. Lal sich unter einem passenden Mann für sie vorstellte. Wahrscheinlich einen humorlosen Steuerberater.

Bis jetzt hatte sie die Finger von Dating-Plattformen gelassen, da sie ihr irgendwie geschmacklos erschienen. Sie wusste, dass junge Leute sich nichts dabei dachten und die Hälfte von ihnen auf diese Weise einen Partner fand. Aber sie war nun einmal nicht technisch bewandert.

Trotzdem fing sie an, im Internet zu stöbern, und blieb schließlich auf einer Webseite namens *Out There* hängen. Das brachte sie zum Lachen, denn es handelte sich um eine Anspielung auf einen ihrer Lieblingssätze aus dem

Film *Harry und Sally:* das Versprechen an Marie, nie wieder »da draußen«, *out there,* sein zu müssen.

Mein Gott, wie viele Frauen hatten genau so empfunden? Der Heilige Gral – ein netter Mann, der nicht so langweilig war, dass er einen mit Vorträgen über seine Briefmarkensammlung einschläferte, oder so von seinem Ego besessen, dass er nur über sich selbst reden wollte. Jemand, der für einen sorgte und einen liebte. Das mochte wenig emanzipiert klingen. Wie in den Fünfzigern. Doch die meisten Frauen sehnten sich danach, insbesondere in ihrem Alter.

Wider besseres Wissen und trotz ihrer mangelnden technischen Kenntnisse meldete Laura sich bei *Out There* an.

Es würde sowieso niemand antworten.

»Ich habe eine Idee«, verkündete Sal, als sie sich alle zum ersten Mal im gemeinsamen Wohnzimmer im Erdgeschoss von Igden Manor versammelten. »Warum veranstalten wir keine Party? Wir könnten die Architekten und die netten Bauarbeiter einladen, die sich so abgemüht haben, um in Rekordzeit fertig zu werden. Eine Igden-Einweihungsfeier.«

Lou stand hinter ihr. Sein Blick war zärtlich, wie ein warmer Schal für den Fall, dass sie frieren könnte.

Claudia beobachtete ihn und versuchte, nicht mal ein kleines bisschen Neid zu empfinden. Wie wundervoll musste es sein, jemanden zu haben, der einen so offensichtlich anhimmelte. Nach fünfunddreißig Jahren nahm Don sie nur noch zur Kenntnis, wenn das Klopapier oder die Teebeutel ausgingen.

»Ich bin dafür«, stimmte Mrs. Lal zu. »Ich könnte ein großes Hühnchen-Korma kochen.«

»Ich bin nicht sicher, ob das gut für meinen Magen wäre«, widersprach Olivia. Claudia warf ihr einen strafenden Blick zu. Es war nicht zu übersehen, dass sie und Mrs. Lal ihr Revier als zukünftige Konkurrentinnen absteckten. Seit Claudia denken konnte, war ihre Mutter die Bienenkönigin von Surrey gewesen, eine Stellung, die sie bestimmt nicht aufgeben wollte.

»Wenn es schon etwas Indisches sein muss, würde sich Krönungshühnchen meiner Ansicht nach ausgezeichnet eignen.« Olivia lächelte Mrs. Lal gönnerhaft an, als handelte es sich um einen Akt außergewöhnlicher kultureller Toleranz.

»Ich glaube, Sie werden feststellen«, erwiderte Mrs. Lal, als spräche sie mit einer tollpatschigen Küchenhilfe, »dass das Krönungshühnchen eine Erfindung der Cordon Bleu Cookery School ist, und zwar anlässlich der Krönung Ihrer Majestät Königin Elisabeth. Mit Indien hat es nicht das Geringste zu tun. In Indien würden wir niemals auch nur auf den Gedanken kommen, Currypulver auf Mayonnaise zu streuen.« Theatralisch hielt sie inne. »Und auch auf nichts anderes. Wir verwenden nur frische Kräuter und Gewürze und betrachten Currypulver als eine Zutat für Amateure.« Sie lächelte gütig, während Olivia nach einer passenden spitzen Bemerkung suchte.

»Sicher fällt der Küche etwas Leckeres ein«, schlug Bella diplomatisch vor. »Lasst uns abstimmen.«

Alle waren dafür, bis auf Olivia und Len, der seiner Frau entweder nicht in den Rücken fallen wollte oder nicht richtig zugehört hatte.

»Also steigt die Party.« Bella lächelte. »Wie wäre es mit nächstem Samstag?«

»Ich könnte einen wichtigen Zahnarzttermin haben«, beharrte Olivia.

»Was für ein Jammer«, merkte Mrs. Lal an. »Und noch dazu an einem Samstagabend.«

Claudia versuchte, sich nicht entmutigen zu lassen. Ihre erste Abstimmung, und schon waren zwei Anwesende verärgert.

Sie hoffte nur, dass Mrs. Lal nicht ihre Bhangra-Musik spielen würde.

»Wir könnten den Raum ein wenig schmücken«, meinte Sal und blickte sich um. Es war ein sehr gemütliches Zimmer mit um kleine Tische gruppierten Ohrensesseln und Leselampen in gedämpften Farben. »Was haltet ihr von ein wenig Glamour? Ein Hauch von *Casablanca*? Die Männer in Dinnerjackets, die Damen in Abendkleidern. Wir könnten *Play It Again, Sam* herunterladen.«

»Spitze«, meinte Ella und dachte dabei an die mit Pailletten besetzte Jacke im Stil der Vierzigerjahre, die sie nie trug.

»Ich könnte meine Haarspangen aus Schildpatt hervorkramen«, schlug Rose vor. »Falls sie nicht beim großen Ausmisten untergegangen sind. Wahrscheinlich hatten wir alle welche.«

»Richtig«, stimmte Ella zu. »Obwohl ich mich von manchem getrennt habe, als ich in mein Häuschen zog.«

»Es hat mir fast das Herz gebrochen, einige Dinge wegzugeben«, verkündete Olivia dramatisch.

»Überleg nur, wie sich die Wohltätigkeitsläden über deine Sachen gefreut haben«, hielt Claudia ihr vor Augen. »Du hast sicher eine Menge Gutes getan.«

»Ja, aber nicht mir«, entgegnete ihre Mutter knapp. »Und jetzt muss ich gehen. Komm, Leonard.«

»Warum bleibst du nicht noch ein bisschen, alter Junge?«, wandte sich Len im Tonfall eines gutmütigen

Onkels an Hiro. »Hier hast du mehr Spaß, als wenn du wieder früh ins Bett musst.« Alle brauchten eine Weile, bis ihnen klar wurde, dass er mit dem Roboter sprach.

»Danke, Len. Ich glaube, das mache ich.« Hiro drehte sich zu den anderen um. »Vielleicht kann ich bei eurer Party helfen.«

Alle warteten gespannt darauf, was er vorhatte.

»Ich könnte Gedichte vorlesen. Zum Beispiel die Sonette von William Shakespeare?« Er vollführte eine Pirouette und zitierte: »›Soll ich dich einem Sommertag vergleichen?‹«

»Das ist fantastisch, Hiro«, gratulierte Lou. »Ein Roboter, der Shakespeare kennt. Wirklich eine Leistung.«

»Ich könnte die Zukunft vorhersagen«, bot Mrs. Lal an. »Dafür bin ich in Indien ziemlich berühmt. Neben der Heiratsvermittlung.«

»Mannomann.« Claudia fühlte sich geradezu überwältigt. »Das klingt faszinierend.«

»Ich könnte Mum einladen.« Allmählich wünschte sich Bella, ihre Mutter Laura hätte sich ihren Freundinnen angeschlossen, anstatt allein in London zu leben.

Claudia betrachtete die wundervolle Tochter ihrer Freundin. Sie war so froh, dass sich alle einig gewesen waren, Bella habe nach all der harten Arbeit ein Häuschen verdient, in dem sie wohnen konnte, so lange sie wollte. Da Nigel seinen neuen Job liebte, konnte das für eine ganze Weile sein. Vielleicht würde es ihr ja gelingen, ihre Firma zu gründen. Claudia konnte es kaum erwarten, dass ihre Tochter Gaby und ihr sympathischer Schwiegersohn Douglas einzogen, der sich so ins Zeug gelegt hatte, damit alles fertig wurde. Natürlich brauchten sie noch ihre Baugenehmigung, und vielleicht würden weitere Zahlungen anfallen. Zum Glück hatten sie und Don noch etwas vom

Hausverkauf übrig und würden einspringen können. Sie hoffte sehr, dass sie einverstanden sein würden.

Als sie später alle wieder in ihren Zimmern waren, lehnte Claudia den Kopf an die Schulter ihres Mannes. »Oh Gott, Don. Was habe ich nur angestellt? Die Ersten streiten schon miteinander.«

»Nur deine Mutter und Mrs. Lal. Und wenn sie sich nicht leiden können, können sie ja einen Bogen umeinander machen. Jeder hat einen eigenen Schlüssel und kann kommen und gehen, wie er will. Schließlich ist das hier keine geschlossene Anstalt, sondern nur ein Weg, sich ein wenig zu unterstützen.«

Claudia kicherte und fühlte sich schon ein bisschen besser. »Plus Wahrsagerei und Shakespeare.«

»Warum nicht? Ich weiß ein gutes Sonett zu schätzen. Vielleicht hole ich ja meine Maultrommel heraus.« Bei diesen Worten bekam Claudia einen Lachanfall. Wenn Don die Maultrommel spielte, krümmte sich die ganze Familie vor Gelächter.

Sie bemerkte, dass Don gekränkt war. »Ich bin sicher, dass alle begeistert wären«, fügte sie schuldbewusst, aber vermutlich zu spät hinzu.

»Und was ziehst du an?« Don gab sich eindeutig Mühe. Für Damenkleidung interessierte er sich in etwa so wie Boris Johnson an einem schlechten Tag.

»Ich werfe einen Blick in meinen Schrank«, antwortete Claudia, dachte jedoch, dass es eigentlich keine Rolle spielte. Es würden sicher keine Stars wie Humphrey Bogart erscheinen, um sie anzuflirten.

In ihrer Londoner Mietwohnung versuchte Laura vergeblich, der Verlockung von *Out There* zu widerstehen.

Es war einfach zu verführerisch, den Laptop anzuschalten und sich Männer anzusehen wie auf einer Speisekarte. Auch wenn die meisten eher Fish & Chips waren als Haute Cuisine.

Zu Vergleichszwecken beschloss sie, auch andere Webseiten zu besuchen, die sich an ältere Menschen richteten. Sofort öffnete sich eine Seite, die »kostenlose russische Damen« anbot.

Kichernd fragte sich Laura, wie man wohl an eine kostenlose russische Dame herankam. Kriegte man sie als Zugabe zu einem Liter Wodka?

Bis jetzt hatte sie noch kein Profil bei *Out There* eingestellt, sondern sich nur ein bisschen umgesehen. Sie kam zu dem Schluss, dass es sehr schlau von diesen Dating-Plattformen war, für die Anmeldung keine Gebühr zu verlangen. Man konnte einfach die Fotos betrachten und musste erst weitergehen und bezahlen, wenn man auf jemanden stieß, der einem gefiel, und man mehr über ihn erfahren wollte.

Heute Abend hatte sie den nächsten Schritt unternommen und ein Profil erstellt, das ihr Alter, ihren Wohnort und die Tatsache enthielt, dass sie Mutter zweier erwachsener Kinder und derzeit Single war. Der Gedanke, ihr Foto zu veröffentlichen, versetzte sie in Panik. Da sie Lesen als eines ihrer Hobbys aufgelistet hatte, fotografierte sie mit ihrem Smartphone ein sehr schönes Buch und benutzte es als ihr Profilbild.

Laura holte sich ein Glas Wein aus der Küche, und als sie zurückkehrte, hatten zwei Männer, die sie sich angeschaut hatte, ihr ein Herz geschickt, was hieß, dass sie interessiert waren.

Wenn sie sie kontaktieren wollte, würde sie Mitglied bei *Out There* werden müssen.

Sie musterte die Männer gründlich. Ihre Profile, ihren

Familienstand, ihre Hobbys und ihren Wohnort konnte sie sich ohne Gebühr ansehen, um festzustellen, ob sie etwas gemeinsam hatten. Doch sie konnte sich nicht mit ihnen in Verbindung setzen. Wollte sie das?

Laura betrachtete einen der Männer, Gavin, ein wenig eingehender. Er war achtundfünfzig, also ein paar Jahre jünger als sie, hatte volles Haar und ein Lächeln, das man einfach erwidern musste. Sonderlich groß war er nicht, eins siebzig, aber groß genug. Dass er seine Körpergröße als durchschnittlich bezeichnete, fand sie recht charmant. Der Typ Mr. Universum war nie ihr Fall gewesen. Außerdem hatte er einen Hochschulabschluss, und in der Kategorie Einkommen hatte er die höchste Stufe angekreuzt.

Hinzu kam, dass er Witwer war, was Laura sehr ansprach. Sie hatte den Rat, den Ella, selbst Witwe, ihr gegeben hatte, nie vergessen. Die besten Chancen auf eine glückliche Beziehung bestünden bei einem Witwer, der glücklich verheiratet gewesen sei. Denn Menschen, die einmal das Glück einer Ehe erlebt hatten, brachten es für gewöhnlich wieder fertig. Wie sie hatte auch er erwachsene Kinder. Gavins einziger Nachteil war, dass er im Ausland wohnte und arbeitete. Wo genau, war der kurzen Zusammenfassung nicht zu entnehmen.

Laura verspürte einen Anflug von Enttäuschung. Was, wenn er in Australien oder in Singapur lebte? Andererseits konnte einige Zeit im Ausland auch spannend sein, falls die Beziehung klappte. In seinem Alter würde er sicherlich bald in Rente gehen.

So gebannt starrte Laura in Gavins warme braune Augen, dass sie das Telefon erst hörte, als der Anrufbeantworter ansprang.

»Hallo, Mum, ich bin's, Bella. Wir veranstalten am Samstag eine Party. Eine Nacht in Ricks Café. Du weißt schon, wie in *Casablanca*. Um zu feiern, dass wir endlich hier eingezogen sind. Kommst du auch?«

Laura lächelte, als sie die Stimme ihrer Tochter hörte. Sie war ja so ein liebes Kind. Allerdings war Laura noch froher als sonst, weil sie sich den anderen nicht angeschlossen hatte. Schließlich gab es noch so viel zu erleben.

Insbesondere jetzt, da sie plötzlich über Gavin gestolpert war.

Sie rief Bella zurück. »Das klingt wundervoll, aber offen gestanden fühle ich mich nicht ganz wohl.«

»Oh, Mum, du Arme.« Der liebevolle und besorgte Tonfall ihrer Tochter löste in Laura ein schlechtes Gewissen aus. Sie war nämlich bei bester Gesundheit.

Es lag nur daran, dass ihr ein Abend mit dem Computer auf einmal viel verlockender erschien.

Strotzend vor Tatendrang und zupackend wie immer, vergaß Bella ihre Mutter, weil sie sich so sehr wünschte, dass die Party ein Erfolg werden würde. Mit Noah im Buggy klapperte sie die Wohltätigkeitsläden von Surrey ab, eine Gegend, die sich hervorragend für dieses Vorhaben eignete, denn die Einwohner waren so gut situiert, dass ihre aussortierten Sachen von guter Qualität waren und nicht aus Billigläden stammten.

Sie entdeckte einen Satz bunter Cocktailgläser für einen Spottpreis, einen wundervollen Frack, in den sie Nigel mit ein wenig Glück würde hineinzwängen können, eine Baskenmütze, die sie tragen konnte, wenn sie die »Marseillaise« sang, und, das Allerbeste, ein recht eselsohriges Filmplakat, das Humphrey Bogart in der Rolle des Rick darstellte.

Noch ergiebiger war der chinesische Supermarkt in einer Seitenstraße, wo es die verschiedensten Partydekorationen gab. Bella kaufte rote, weiße und blaue Girlanden, einige falsche Schnurrbärte, wie sie Gauner und Hochstapler trugen, Dutzende von Teelichtern für zwei Pfund und einige hübsche Kämme, um ihr Haar hochzustecken. Sie sahen so gut aus, dass sie auch welche für die anderen Frauen erstand.

Als sie sich anschließend einen Kaffee zum Mitnehmen holen wollte, war sie von dem Preis so entsetzt, dass sie stattdessen in einen Secondhand-Plattenladen ging und eine CD mit dem Titel *La Belle France* kaufte. Es waren Lieder von Charles Trenet, Jacques Brel und Edith Piaf darauf, zwar nicht die richtige Epoche, aber zumindest französisch und stimmungsvoll.

»Boum!«, sang sie, und ihr wurde klar, dass sie den Text von Charles Trenets berühmtem Hit aus den Dreißigern gar nicht kannte.

»Boum!«, improvisierte sie. »Mein pochend Herz macht boum! Die Vögel in den Bäumen machen boum!« Das konnte nicht stimmen, doch Noah fuchtelte in fröhlicher Unwissenheit mit Händen und Füßen.

Sie fand sogar für ihn ein Kostüm mit weißem Hemd und Fliege. Es würde ein Riesenspaß werden!

Rose öffnete ihren Kleiderschrank und holte das Kostüm heraus, das sie online bei einem Laden für Vintage-Mode bestellt hatte. Es war eine exakte Kopie des Tweedkostüms mit Gürtel, weißer Bluse und breitkrempigem Hut mit auffälligem schwarzem Band, das Ingrid Bergman in *Casablanca* getragen hatte.

Sie schämte sich ein wenig, nicht wegen des astronomischen Preises, sondern wegen ihres Motivs, das darin bestand, Mrs. Lal endgültig in ihre Schranken zu weisen. Sie war leicht verärgert, weil Bella so begeistert von der Hellseherei gewesen war, die diese Frau angeboten hatte. Vermutlich würde sie sich prachtvoll als Zigeunerkönigin, griechische Sibylle oder sonst etwas Unsinniges ausstaffieren.

Rose schlüpfte in das Kostüm, erleichtert, dass der Rock gefüttert war, was er zu diesem Preis aber auch sein sollte. Wegen der Größe hatte sie sich Sorgen gemacht, doch alles passte wie angegossen. Rose hatte sogar ihr Haar genauso frisiert wie Ilsa.

Sie stellte sich vor ihren großen Spiegel und setzte den Hut auf.

Die Wirkung war genau wie gewünscht. Diskrete Eleganz und Stil. Der nächstwichtige Punkt war das Timing. Nachdem sie sich solche Mühe gegeben hatte, wollte sie nicht in der Masse untergehen. Also musste sie den richtigen Zeitpunkt für ihren Auftritt wählen. Sie hörte bereits die französische Musik, untermalt von Klavierklängen à la Sam, aus dem Wohnzimmer.

Die Party hatte um sieben angefangen. Jetzt war es halb acht, und sie beschloss, es zu wagen.

Als sie die Tür öffnete, stellte sie fest, dass es im Salon ziemlich dunkel war. Der mit Unmengen von Girlanden geschmückte Raum wurde von zahlreichen Teelichtern in Marmeladengläsern erleuchtet.

Wenigstens Bella drehte sich um und begrüßte sie. Aus irgendeinem Grund trug sie einen falschen Schnurrbart, der sie verwirrenderweise wie einen ziemlich attraktiven Mann aussehen ließ.

»Rose!«, rief sie aus. »Dieses Kostüm! Es ist perfekt! Wo, um alles in der Welt, hast du es her?«

Plötzlich war es Rose peinlich zuzugeben, welche Umstände sie sich gemacht hatte. »Ach, dieses alte Ding! Das hing hinten im Schrank.«

Als sie sich umwandte, stellte sie fest, dass Claudia, Ella und Mrs. Lal mit einigen der jungen Bauarbeiter plauderten. Die Männer trugen alle Schwarz, als ob ihr Vorarbeiter es ihnen befohlen hätte. Dazu hatte jeder einen Fes auf dem Kopf. Sie erinnerten Rose an sechs Tommy Coopers, die gleich einen Sketch aufführen würden.

Von Claudias Eltern fehlte jede Spur. Olivia hatte ihren Schwur offenbar gehalten und ihren Mann gezwungen, es auch zu tun. Der arme, alte Len.

Lou Maynard hatte sich als der zwielichtige, verschmitzte Polizeichef verkleidet, Sal, die neue Frisur unter einer Kurzhaarperücke versteckt und in einem eleganten weißen Frack, als ein nicht sehr glaubwürdiger Bogey.

Hinter ihnen stand Ella, wie meistens in Schwarz und mit Kämmen in den Haaren, um wenigstens den Hauch eines Vierzigerjahre-Effekts zu erzielen. Claudia hatte sich etwas mehr Mühe gegeben und trug eine mit Pailletten besetzte Jacke mit Schulterpolstern und ein anliegendes Kleid, das etwas von Hollywood an sich hatte.

Anders als Rose erwartet hatte, hatte Mrs. Lal sich gegen den Zigeunerlook entschieden. Sie trug ein langes Kostüm mit kastenförmigen Schultern aus weißem Seidencrêpe, das stilvoll wirkte und die Figur umschmeichelte. Eine große Brosche zierte ihre linke Schulter. Rose musste zugeben, dass sie hinreißend aussah.

»Ist Lalita nicht ein Genie?« Ella lachte. »Sie hat es geschafft, eine Kopie des Kostüms aufzutreiben, das Ingrid Bergman in der Nachtclubszene in *Casablanca* anhatte.«

Bevor Rose eine spitze Bemerkung machen konnte, klatschte Bella in die Hände. »Meine Damen und Herren, ich möchte unseren Überraschungsgast ankündigen.«

»Humphrey Bogart!«, rief Ella.

»Wohl kaum«, tadelte Mrs. Lal. »Der ist seit 1957 tot.«

Bella verschwand im Nebenzimmer. »Verzeihung, dass ich Sie verstecken musste«, entschuldigte sie sich bei Lord Binns. »Ich dachte nur, dass Sie einen dramatischen Auftritt haben sollten, weil wir es Ihnen zu verdanken haben, dass wir hier sind.«

»Ich würde auch eine Ritterrüstung tragen, wenn Sie das glücklich machen würde.« Murdo zwinkerte ihr zu.

Bella stellte fest, dass sie ihn mochte. Vielleicht war er ja froh, weil er der Peinlichkeit entronnen war, sein Hotel pleitegehen zu sehen, und stattdessen ein spannendes soziales Experiment ermöglichte. Oder er war einfach ein glücklicher Mann.

Sie öffnete die Tür. »Bewohner, Architekten und alle, die Igden Manor von einem Hotel in ein Zuhause für uns verwandelt haben, hier ist … Lord Murdo Binns!«

Vor lauter Überraschung schüttete Rose ihren Wein über ihr neues Kostüm, was Mrs. Lal auch noch schmunzelnd beobachtete.

Elegant schlängelte sich Murdo, ein Wort hier, ein Händeschütteln da, durch die Menge, bis er in ihrer Ecke angelangt war.

»Rose, was für ein wundervolles Kostüm. Du bist Ingrid Bergman, wie sie leibt und lebt. Ich spüre schon, wie mir beim Gedanken, dich um der Pflicht willen aufgeben zu müssen, das Herz bricht.« Er stieß mit ihr an. »Ich schau dir in die Augen, Kleines.«

»Murdo!«, schalt Rose ihn kokett. »Darf ich dich daran erinnern, dass du nicht Humphrey Bogart bist.«

»Was ein Glück ist!« Murdos kultivierte Stimme hallte durch den Raum. »Obwohl ich geübt habe.« Er ließ die Schultern hängen und schlug einen bedrückten, rauen Tonfall an. »Von allen Kaschemmen in all den Städten der Welt kommt sie ausgerechnet in meine …«

Die kleine Gruppe um ihn herum bog sich vor Lachen.

»Und wer ist das?« Er musterte Mrs. Lal bewundernd. »Noch eine Ingrid Bergman, wenn ich mich nicht irre.« Er küsste ihr die Hand, während Rose neben ihm vor Wut kochte. Murdo würde doch in seinem Alter nicht auf diesen Blick durch halb geschlossene Wimpern hereinfallen? Doch Rose wurde zu ihrem großen Ärger klar, dass er genau das tat.

Plötzlich wehten vom Klavier in der Vorhalle die beruhigenden Klänge von »As Time Goes By« herein. Als alle sich umdrehten, stellten sie fest, dass Daniel Forrest, in seinem weißen Frack mit Fliege erstaunlich stilvoll, dasaß, spielte und sang, wie um sich die Zeit zu vertreiben.

»Sie haben vielleicht Nerven!« Angestachelt von seiner aufgestauten Wut über Claudias Flirt mit diesem Mann, stürmte Don auf ihn zu. »Sie hätten beinahe meine Ehe ruiniert. Wie können Sie es wagen, uneingeladen hier hereinzuplatzen.«

Ungerührt spielte Daniel weiter.

»Offen gestanden« – er drehte sich um und lächelte sie provozierend an – »bin ich wegen Ella hier.«

Ella lief feuerrot an. »Ich habe Sie ganz bestimmt nicht eingeladen.«

»Seit wann seid ihr solche Busenfreunde?«, fragte Claudia und unterdrücke die Eifersucht, die sie eigentlich gar nicht hätte empfinden sollen.

»Im Laden Ox. Wir waren Nachbarn. Ella hatte ihre Hütte im Wald. Sie wusste, dass ich zweimal am Tag in den Pub komme, und da hat sie eben vorbeigeschaut.«

»Das hast du gar nicht erwähnt!«, herrschte Claudia Ella an. »Du hast mir nie gesagt, dass du etwas mit Daniel hast.«

»Weil es nicht stimmt«, beteuerte Ella. Die Wahrheit lautete, dass sie Daniel attraktiv gefunden hatte. Bis heute.

»Tja, Sie sind hier unerwünscht«, beharrte Don zornig und holte nach ihm aus. Allerdings traf er daneben, weil Daniel sich elegant duckte, weshalb Don sich die Hand heftig am Gehäuse des Klaviers anschlug und Daniels weißen Frack vollblutete.

»Hast du dich verletzt?« Claudia hastete auf ihn zu.

»Nicht so schlimm, wie es aussieht.« Don wickelte sein Taschentuch darum.

»Nun«, meinte Rose in dem Versuch, der Situation etwas Komisches abzugewinnen. »Ein denkwürdiger Abend. Dabei habe ich mir den Ruhestand immer langweilig vorgestellt. Ich gehe jetzt besser, bevor noch etwas Dramatischeres passiert. Ein Mord oder eine Jungfrauengeburt.«

»Bleib doch noch«, flehte Bella, die unbedingt verhindern wollte, dass die Party, für die sie sich solche Mühe gegeben hatte, schon vorbei sein sollte. »Wir haben uns noch gar nicht die Zukunft vorhersagen lassen.«

Rose beobachtete, wie Murdo Mrs. Lal die Hand küsste, bevor er zu ihr zurückkehrte. Wie konnte er sich so albern aufführen, nachdem er ihr geschworen hatte, dass sie ihm viel bedeutete.

»Wirklich, Murdo«, konnte sie sich den Seitenhieb nicht verkneifen. »Du kennst doch den Spruch: ›Die alten Narren sind die schlimmsten.‹« Hiro, der spürte, dass sich die Stimmung gefährlich hochzuschaukeln drohte, erschien und begann feierlich zu deklamieren:

»Fürwahr! nicht will ich die Vermählung hindern
Getreuer Seelen. Lieb' ist ja nicht Liebe
Wenn sie beim Wankelmuth sich kann vermindern,
Und nicht auch treu dem Ungetreuen bliebe.

O nein! Sie ist ein starker Felsenriff,
An dem sich Sturm und Brandung donnernd bricht,
Ein Stern ist sie, für manch bedrängtes Schiff,
Gemessen ist sein Stand, sein Einfluß nicht.
Lieb' ist kein Narr der Zeit: der Wangen Blüthe,
Sie fällt in ihrer Sense raschem Schwung,
Doch altert nie ein liebendes Gemüthe,
Am Jüngsten Tag ist noch die Liebe jung.
Und ist dies falsch, ward's nicht von mir geübt,
So schrieb ich nie, so ward auch nie geliebt.«

Eigentlich hatten sie das recht abgedroschene, süßlichere Sonett »Soll ich dich einem Sommertag vergleichen« erwartet. Doch Hiros Wahl, so passend für alle, bei denen tatsächlich eine Veränderung stattgefunden hatten, zeitigte eine erstaunliche Wirkung.

Murdo Binns nahm Roses Hand und führte sie an die Lippen.

Lou zog Sal an sich. »›Am Jüngsten Tag ist noch die Liebe jung‹«, raunte er ihr ins Ohr.

»Gut für dich«, flüsterte sie und strich ihm über den Kopf, der so kahl war wie eine Billardkugel.

»›Die Liebe ist kein Narr der Zeit‹«, murmelte Ella und dachte an Laurence und an alles, was sie wegen seines frühen Todes verpasst hatte.

»›Ein Stern ist sie, für manch bedrängtes Schiff‹ … Nun, das trifft eindeutig auf mich zu.« Mrs. Lal seufzte. »Doch kein Vorbote der Liebe am Horizont.«

»Ich dachte, die Liebe sei Ihr Geschäft«, merkte Rose an und kam sich dabei gemein vor.

»Ja«, stimmte Mrs. Lal plötzlich bescheiden zu. »Doch bei mir hat es nicht geklappt. Ich bin noch immer allein.«

»Weißt du, was?« Lou betrachtete Hiro fasziniert. »Ich

glaube, wir können stolz auf uns sein. Kaum zu fassen, dass der kleine Kerl kein Mensch ist. Er ist ungewöhnlich empathisch. Das ist es, was Robotern bis jetzt gefehlt hat, und Hiro ist im Übermaß damit ausgestattet.«

»Schön, dass es dir gefallen hat.« Hiro drehte sich auf seinen Metallrädern um die eigene Achse. »Und jetzt muss ich Len daran erinnern, auf die Toilette zu gehen.«

Lou bekam einen Lachanfall. »Einzeiler hat er offenbar auch drauf.«

»Wissen Sie«, verkündete Mrs. Lal dramatisch und ließ altmodisch-glamourös ihr weißes Ingrid-Bergman-Kostüm rauschen. »Meiner Ansicht nach ist jetzt nicht der richtige Moment, um in die Zukunft zu schauen. Überlassen wir Shakespeare das letzte Wort und warten wir einen besseren Zeitpunkt ab.«

Lous funkelnder Blick folgte ihr beifällig, als sie aus dem Raum schwebte. »Und einen guten Abgang kriegt sie auch hin.«

»Was mag wohl aus Mr. Lal geworden sein?«, fragte sich Murdo. »Wenn sie eine Tochter hat, muss es doch einen Mr. Lal geben. Vermutlich in Indien.«

»Wahrscheinlich hat sie ihn auf einer Müllkippe bei Kalkutta entsorgt, als sie zum Fernsehstar aufstieg«, mutmaßte Rose ein wenig zu gehässig.

»Aber, aber, Rose«, frotzelte Murdo. »Man könnte fast meinen, dass du eifersüchtig wärst.«

Da Laura nicht da war, um die Sache klarzustellen, hatte niemand den Verdacht, dass sie von ihrem Mann abserviert worden war.

Achtzehn

»Oh Gott, das war ja die absolute Katastrophe.« Claudia ließ die Schultern hängen, als sie sich im Kutschhaus bettfertig machten. Sie hatte beschlossen, dass es taktvoller war, Daniel Forrest gar nicht erst zu erwähnen.

»Unsinn!«, protestierte Don. »Ich fand den Abend sehr vielversprechend.«

»Wenn man Konkurrenzkämpfe wie auf der Opernbühne mag.«

»Besser als Langeweile. Wer will schon sanft in den Schlummer hinübergleiten? Ich nicht. Allerdings hätte ich auf deinen Verehrer gern verzichtet. Hat er wirklich etwas mit Ella?«

»Das weiß nur der Himmel.« Claudia setzte sich an ihren Frisiertisch vor den Spiegel. »Sie wirkte ziemlich erschrocken. Bist du sicher, dass mit deiner Hand alles in Ordnung ist?«

Don grinste. »Es war die Sache wert.«

Claudia zog ihr Nachthemd an und öffnete die Tür ihres Nachtkästchens, um ihr Buch herauszuholen. Es knarzte, und die Front des Nachtkästchens landete auf dem Teppich. »Verdammt!«, schimpfte sie. »Und ich dachte, wir hätten so gute Handwerker. Hoffentlich kommt da nicht noch mehr. Laut Bella brauchen wir einen Hausmeister. Aber da wir vergessen haben, ihn ins Budget aufzunehmen, weiß nur der liebe Gott, was wir tun sollen.«

»Mach dir keine Sorgen.« Don, der einen blau gestreiften Pyjama trug, verbeugte sich vor ihr.

Claudia erinnerte sich an die Regale, die er angebracht hatte und die prompt von der Wand gefallen waren. Ihre liebste Vase aus Muranoglas hatte dran glauben müssen. Ihr fehlten die Worte.

Doch es sollten noch mehr Überraschungen folgen.

»Ich war bei einem Kurs.«

»Wann?«

»Jeden Mittwoch von drei bis sechs. Offenbar haben ich und meine amüsante Konversation dir gefehlt.«

»Und wo?«

»Lach jetzt nicht. Veranstaltet vom ›Men's Shed Movement‹ in Godalming.«

Claudia unterdrückte ein Kichern. Es war ihr peinlich, dass sie seine Abwesenheit gar nicht bemerkt hatte.

»Eigentlich stammt die Idee von einem Australier, doch inzwischen hat sie sich auf der ganzen Welt verbreitet. Männer, offen gestanden Rentner, versammeln sich und eignen sich neue Fähigkeiten an. Möbel restaurieren, Autoinstandsetzung … Ich habe mich fürs Heimwerken entschieden. Offenbar ist es gut fürs seelische Wohlbefinden und fürs Selbstbewusstsein, all die Dinge, die wir früher aus unserem Beruf bezogen haben. Männer brauchen Arbeit für ihr Selbstwertgefühl, sonst geht es mit ihnen immer weiter bergab. Es wundert mich, dass dir das nicht aufgefallen ist.«

»Ich kenne noch eine Methode, deinem Selbstwertgefühl auf die Sprünge zu helfen.« Einladend schlug Claudia die Bettdecke zurück. »Und dazu brauchst du nicht einmal Werkzeug.«

»Das würde ich nicht behaupten«, erwiderte Don. Und vor ihren Augen erhob sich Dons Männlichkeit, bereit, sich der Herausforderung zu stellen.

Ella lag im Bett und war so wütend, dass sie nicht einschlafen konnte. Ja, Daniel hatte sie angezogen. Doch die Unverschämtheit dieses Mannes, einfach bei ihrer Party aufzutauchen und anzudeuten, sie habe ihn eingeladen! Hatte er nur Unfrieden zwischen Claudia und Don stiften oder sie wirklich sehen wollen?

Wie er in seinem weißen Frack am Klavier gesessen hatte ... Er hatte einfach hinreißend ausgesehen. Doch so durfte sie nicht denken. Sie versuchte, sich ihren geliebten Mann Laurence ins Gedächtnis zu rufen, der nun schon seit fünf Jahren tot war. Aber das nützte nichts. Laurence war bodenständig gewesen und hatte Geborgenheit ausgestrahlt. Daniel Forrest hatte nichts von Bodenständigkeit und Geborgenheit an sich. Er war ein Weiberheld. Das merkte jeder, der auch nur einen Funken Verstand hatte.

Sie würde nicht mehr an ihn denken, sondern einschlafen und hoffen, dass er und sein Klaviergeklimper sich nicht in ihre Träume drängten.

Laura gab sich Mühe, nicht daran zu denken, wie viel diese Fotos kosteten. Sie hatte beschlossen, sich für vierzehn Pfund neunundneunzig pro Monat bei *Out There* anzumelden, damit sie vollständigen Zugang zu Gavins Profil und er zu ihrem hatte. Deshalb brauchte sie wirklich aussagekräftige Fotos. Der Rat im Internet lautete, sich gut anzuziehen und möglichst freundlich zu lächeln. Darum saß sie nun bei einem Fotografen im schicken Clerkenwell vor einem beigen Hintergrund. Sie war beim Friseur gewesen, perfekt geschminkt und trug ihre liebste flauschige Strickjacke und enge Bluejeans. Sie hatte überlegt, ob sie einen Rock anziehen sollte, doch das tat sie inzwischen so selten, dass es sich unnatürlich angefühlt hätte.

Ermuntert vom Fotografen, öffnete sie ihren obersten Knopf und kam sich dabei vor wie das Mädchen von Seite drei, während ein alter Knacker »Los, Schatz, zeig uns deine Titten!« rief.

Offen gestanden war sie sich sehr wohl bewusst, dass ihr Dekolleté so runzelig wie ein verschrumpelter Apfel war. Doch der junge Mann, nicht viel älter als ihr Sohn, beteuerte, es sei sehr geschmackvoll und attraktiv.

Laura, du bist eine kluge, geistig gesunde Frau, was machst du da?, schrie eine innere Stimme. Aber etwas in ihr widersprach und behauptete, dass intelligente und geistig gesunde Frauen sich heutzutage genauso verhielten. Wie sollte sie auch einen sympathischen Mann kennenlernen, wenn sie nur zu Hause herumsaß?

Nach ihrer Rückkehr begann sie, sich ernsthaft mit ihrem Profil zu beschäftigen. Welche Interessen hatte sie? Auf der Ratgeberseite wurde davor gewarnt, Fernsehen oder Kino zu nennen, weil das zu langweilig klang.

Erschrocken lehnte Laura sich zurück, denn ihr fiel einfach nichts ein. Ihr größtes Interesse hatte ihrer Familie gegolten. Plötzlich wurde sie von Sehnsucht nach dem flaumweichen Köpfchen ihres Enkels Noah ergriffen. Doch den konnte sie ja schlecht als Interesse auf einer Dating-Plattform erwähnen. Aber warum nicht? Laura überlegte, weshalb sie das hier überhaupt tat. Der springende Punkt war ja, jemandem zu begegnen, mit dem sie etwas verband, und darum war es zwecklos, sich als eine andere auszugeben, auch wenn das attraktiver wirken mochte. Sie hatte keine besondere Schwäche fürs Wandern, für Sport, für das Leben und Werk von François Truffaut oder andere intellektuelle Höhenflüge. Nicht einmal am Gärtnern hatte sie momentan wirklich Freude. Sie liebte es, in Antiquitätenläden zu kramen und Räume einzurichten.

Ihr Haus hatte sie auch geliebt, aber damit war es jetzt vorbei. Ihr Mann war weggezogen. Sam wohnte in Manchester, und Bella war in Igden Manor. Seltsam, dass nicht Laura selbst, sondern ihre Tochter jetzt mit ihren Freundinnen zusammenlebte. Doch für Bella war es nur ein Job und eine billige Unterkunft. Laura hätte sich wie im Gefängnis gefühlt.

Also würde sie einfach ehrlich sein. Deshalb schrieb sie unter Interessen: »Mein niedlicher Enkel Noah, Schätze in Antiquitätenläden entdecken, alte Möbel restaurieren, Musik aus den Sechzigern hören und die *Poldark*-Serie anschauen.«

Sie hatte nur ihr Lieblingsfoto ausgesucht und es vor etwa fünf Minuten ins Netz gestellt, als Gavin mit einem Herz antwortete. Das hieß, dass er mit ihr reden wollte!

Obwohl Laura wusste, wie albern es war, kam sie sich vor wie ein aufgeregtes Schulmädchen vor der ersten Party. Sie versuchte, sich zu beruhigen, indem sie lange Zeit das Foto betrachtete, das er bei *Out There* gepostet hatte.

Mit seinen warmen braunen Augen und dem ein wenig zu langen gewellten Haar war er wirklich unverschämt attraktiv.

Aber sie wollte nichts überstürzen, sondern vernünftig sein und sich Zeit lassen.

Mindestens bis morgen.

Mit einem zufriedenen Seufzer sah Rose sich in ihrem Wohnzimmer um. Es zeigte nach Süden, und Sonnenlicht strömte herein. Als sie die Tür zu ihrem kleinen Balkon öffnete, hörte sie einen Vogel singen. Eine Amsel oder, angesichts der Jahreszeit, vielleicht ein Rotkehlchen. Sie liebte Rotkehlchen. Nicht nur, weil sie auf Weihnachtskarten so fröhlich wirkten, sondern weil sie den Großteil des Jahres sangen. Manchmal sogar nachts. Rose litt an Schlafstörungen, und oft hörte sie ein Rotkehlchen, wenn sie mitten in der Nacht aufstand, um noch eine Stunde zu lesen. Das Rotkehlchen in Igden Manor war beinahe ein Freund.

Am gestrigen Abend war es ziemlich dramatisch zugegangen. Doch wie Don wollte sie nicht in einem schauderhaften Sanatorium leben, wo alle freundlich taten und das Personal eine scheußliche gekünstelte Fröhlichkeit an den Tag legte. »Kommen Sie, meine Liebe. Braves Mädchen.«

Sie bevorzugte ein wenig mehr Realitätsnähe, auch wenn diese zuweilen zu Spannungen führte. Die *EastEnders* waren ihr um einiges lieber als *The Archers*, obwohl *The Archers* inzwischen auch mehr Pfiff hatten als früher.

Kurz dachte sie an Murdo. Die Wahrheit lautete, dass sie sehr geschmeichelt gewesen war, weil er den Verkauf des Anwesens an die Bedingung geknüpft hatte, dass sie auch hier einzog. Mrs. Lals Erscheinen in letzter Minute und dass Murdo eindeutig fasziniert von ihr war, waren ein Ärgernis. Doch sie war sicher, dass Murdo zur Vernunft kommen würde. Mrs. Lal würde ihnen bald Schwierigkeiten machen. Zumindest hoffte sie, dass er das einsehen würde. Vielleicht hätte sie nicht so streng mit ihm sein sollen.

Sie genehmigte sich ihren Lieblingstee in einer zarten Porzellantasse und beschloss, dass sie hier glücklich werden könnte, falls die Dinge nicht weiter hochkochten. Für jemanden, der jahrelang allein gewohnt hatte, genoss sie die Gemeinschaft viel mehr als erwartet. Und das Essen, etwas, das für Rose eine große Rolle spielte, war ausgezeichnet.

Es war eine Meisterleistung von ihr gewesen, den Küchenchef zum Bleiben zu überreden. Erst das Angebot einer mietfreien Unterkunft hatte den Ausschlag gegeben. Doch Platz hatten sie in Igden Manor ja mehr als genug.

Ella entschied, sich von ihrer Aufgewühltheit abzulenken, indem sie sich Gedanken über die Gärten machte.

Es gab nichts Besseres, als ein wenig umzugraben und Unkraut zu jäten, um die Seele zu beruhigen. Zum Glück war alles bereits angelegt, sodass sie nur die Blumenrabatten bearbeiten und dafür sorgen musste, dass das ganze Jahr über etwas blühte. Zu ihrer Begeisterung entdeckte Ella einen Aufsitzmäher wie den, den Laurence in ihrem Garten in London benutzt hatte. Also konnte sie loslegen.

Außerdem plante sie, rund um ihr Häuschen selbst etwas anzupflanzen und vielleicht einen unauffälligen, mit Ranken getarnten Zaun aufzustellen, um ein wenig Privatsphäre zu haben. Es war Ellas kleines Geheimnis, dass sie sich gelegentlich gern oben ohne sonnte, und sie wollte die Pferde nicht erschrecken, indem sie sich in den allgemein zugänglichen Bereichen das Bikinioberteil vom Leibe riss. Ihrer Ansicht nach behielt man einen runzeligen Busen besser für sich. Doch eine hübsche Hecke aus Malven, die bis weit in den September hinein blühten, sollte das Problem eigentlich lösen, wenn sie diskret vorging. Inzwischen zog sie ihr Oberteil sogar im Winter aus, wenn es sonnig genug war. *Schließlich brauchen wir alle unsere Dosis Vitamin D, oder?*, sagte sie sich.

Fröhlich pfeifend machte sie sich auf ihren Rundgang.

»Wo sind denn all die jungen Leute, die ihr uns versprochen habt?«, neckte Lou Bella. »Diese angebliche Mischung aus Studenten-WG und Kibbuz hat mich doch erst angelockt.« Liebevoll sah er Sal an. »Und dann natürlich diese alte Amazone.« Er wies auf Sal, die laut lachte.

»Ich bin jung«, protestierte Bella. »Und Noah ist sogar noch jünger. Douglas und Claudias Tochter Gaby kommen bald. Das Problem ist nur, dass die Baugenehmigung auf dem Stück Land hinter dem Kutschhaus länger dauert als unsere ganze Renovierung.« Sie lachte. »Ich sehe zu, was sich machen lässt.«

Bella setzte den protestierenden Noah in seinen Buggy und schob ihn über das Grundstück. Sie musste nachdenken. Es stimmte, dass eine echte Gemeinschaft nicht nur aus einer Altersgruppe bestand, und sie hatten noch genügend freie Zimmer. Was, wenn sie Studenten anbot, diese vorübergehend zu bewohnen, und zu schauen, wie es funktionierte? Falls es schieflief, würden keine langfristigen Verpflichtungen daraus entstehen.

Ganz in der Nähe gab es eine Universität, eine ehemalige Fachhochschule, die viele Praxisseminare lehrte. Es war kein Problem, dort einen Zettel ans schwarze Brett zu hängen und abzuwarten, was passierte.

Gerade noch rechtzeitig fiel ihr ein, dass sie vermutlich zuerst Claudia fragen sollte.

Wie sich herausstellte, war Claudia einverstanden. Allerdings nicht mehr als zwei Leute und zunächst nur für drei Monate oder ein Semester, was immer für die Studenten günstiger sei.

»Don könnte in seiner neuen Rolle als Hausmeister Hilfe gebrauchen, und Ella wäre sicher froh, wenn ihr ein paar junge Leute im Garten zur Hand gingen.«

»Und sie könnten mit den Bewohnern sprechen«, fügte Hiro hinzu, der gerade hereingekommen war, um etwas für Len zu holen.

»Moment mal«, protestierte Claudia. »Das hier ist kein Pflegeheim, und wir sind noch nicht dement.«

»Olivia würde sich gern mit einem jungen Mann unterhalten«, meinte Hiro. »Mich mag sie nicht, junge Männer schon.«

»In Ordnung, Bella.« Claudia zwinkerte. »Vergiss das bei den Vorstellungsgesprächen nicht.«

»Claudia«, fügte Hiro leise hinzu. »Könntest du mit Leonard reden? Er muss etwas Dringendes mit dir besprechen.«

Ihr Vater saß in seinem neuen Schuppen, zu dem man einen Teil der alten Stallungen umgebaut hatte, und sah sich im Fernsehen die Höhepunkte verschiedener Kricketspiele an. Eine fröhliche Menschenmenge trank im hellen Sonnenschein Bier und jubelte.

»Ich wäre so gerne dabei«, stellte er fest. »Alle scheinen sich prima zu amüsieren. Das erinnert mich an etwas, Claudie. Du hast mir vor einer Weile etwas versprochen.«

»Was denn, Dad?«

»Dass, wenn mir etwas Schreckliches zustößt … Herzinfarkt, Schlaganfall oder so …«

»Dad«, unterbrach sie ihn.

»Nein, du hörst jetzt zu, Claudie. Du auch, Hiro.«

»Dad«, entgegnete Claudia energisch. »Sicher hat Hiro nichts dagegen, dich noch einmal darauf hinzuweisen. Er ist ein sehr guter Freund, aber er ist ein Roboter.«

»Er hat um einiges mehr Grips als die meisten Menschen, verdammt, insbesondere deine Mutter. Falls ich einen Herzinfarkt oder Schlaganfall kriege, will ich nicht wiederbelebt werden! Hast du das verstanden?« Er reichte ihr ein Blatt Papier. »Da steht alles drauf. Getippt, damit es offiziell ist. Und noch etwas: Ich will nicht ins Krankenhaus gebracht werden und dort, umgeben von Fremden, sterben. Ich will hierbleiben. Ist das klar?«

»Hast du mit Ma darüber geredet?«

»Nein, und zwar aus dem guten Grund, dass sie nicht zustimmen wird. Im Gegensatz zu mir glaubt sie an die Wunder der Medizin. Schau mal.« Aus dem Schreibtisch hinter sich förderte er einen Artikel zutage und verkündete selbstgewiss: »Laut einem neuen Bericht aus Amerika wollen achtundachtzig Prozent aller Ärzte im Fall einer tödlichen Krankheit nicht wiederbelebt werden.«

»Ja, aber woher würden wir wissen, ob du eine tödliche Krankheit hast?«

»Das Leben ist eine tödliche Krankheit, Claudie. Und ich habe in vollen Zügen gelebt. Den schönen Teil habe ich hinter mir. Ich will mich nicht gespickt mit Schläuchen weiterschleppen. Versprichst du es mir?«

»Oh, Dad ... Ich liebe dich so sehr.«

Als sie ihn umarmte, spürte sie, wie gebrechlich er war. Ihr großer, starker Vater.

»Dad, das kann ich nicht.«

Enttäuscht wandte Len sich ab. »Entschuldige, dass ich so etwas von dir verlangt habe. Wahrscheinlich war es unfair von mir. Und jetzt mach, dass du wegkommst. Unsere Mannschaft ist gerade dran.«

Claudia drehte sich um. Sie fühlte sich so hilflos wie nie zuvor. Sie ließ ihren geliebten Vater im Stich. Aber wie konnte sie zustimmen, nicht einmal einen Krankenwagen zu rufen?

Bella hängte ihren Zettel ans schwarze Brett der Uni. Sie hatte ein buntes Bild des Anwesens gezeichnet und darunter geschrieben:

Kostenlose Unterkunft in Luxusvilla.
Gegenleistung: Unterstützung der älteren Bewohner einer New-Age-Seniorenkommune.
Arbeitszeit dreißig Stunden im Monat.
Kontakt: Bella Minchin, Igden Manor

Sie hoffte, dass sich einige kluge junge Leute dafür interessieren würden.

Da sie nun Mitglied bei *Out There* war, konnte Laura Gavins volles Profil lesen und ihn sogar auf der Webseite der Plattform kontaktieren. Sie war sehr nervös, als sie eine erste schüchterne Nachricht abschickte. *Hallo, Gavin, ich bin Laura. Ich würde gern mehr über dich erfahren.*

Die Antwort erfolgte beinahe sofort. *Hallo, Laura! Ich bin achtundfünfzig und habe braunes Haar* (offenbar war sein Haar ihm sehr wichtig, und das zu Recht, denn es war wirklich traumhaft). *Ich bin eins siebzig groß* (sie glaubte, das bereits auf der Webseite gelesen zu haben) *und habe eine durchschnittliche Figur* (gut, nicht dick!). *Außerdem bin ich ein kontaktfreudiger Mensch. Ich spiele gerne Tennis* (nun, sie hatte in ihrer Jugend auch ein wenig Tennis gespielt), *und da ich in Beirut lebe* (war es dort nicht gefährlich, oder hatte sie das Tagesgeschehen aus den Augen verloren?), *verbringe ich viel Zeit im Freien, insbesondere wegen meines Berufs als Tiefbauingenieur.*

Sofort googelte Laura den Libanon. Er befand sich oberhalb von Israel zwischen Syrien und dem Mittelmeer. Bis nach Damaskus war es gar nicht so weit. Sofort bekam sie Angst um ihn, was albern und vermutlich ein Zeichen von Unwissenheit war. Sie bedauerte, sich nicht mehr mit der Politik im Nahen Osten beschäftigt zu haben.

Sie fragte sich, mit was für einem Projekt er wohl befasst war. Natürlich wäre es ihr lieber gewesen, wenn er in England gelebt hätte, doch der Libanon war nicht ganz so schlimm wie ein wirklich weit entferntes Land wie Singapur oder Neuseeland.

Dunkel erinnerte sie sich an eine Mitschülerin – mein Gott, sie hatte seit fünfzig Jahren nicht mehr an sie gedacht! –, die aus Beirut zurückgekehrt war und damals berichtet hatte, es sei das St. Tropez des Mittelmeeres gewesen. Nichts als Jachten und Casinos.

Ihr wurde klar, dass sie gar nicht wusste, was Tiefbauingenieure eigentlich taten. Der Verband der Tiefbauingenieure gab ihr die Antwort: »Tiefbauingenieure sind kreative Menschen. Sie planen Transportsysteme, die große Städte am Leben erhalten. Sie entwerfen Schulen in Modulbauweise, damit Kinder in entlegenen Gegenden lernen können. Sie nutzen die Energie von Sonne und Wind, um unsere Häuser mit Strom zu versorgen.«

Dass Gavin ein kreativer Mensch war, gefiel ihr. Das Wort Ingenieur hatte sie anfangs verschreckt.

Eine weitere E-Mail von Gavin erschien.

Du schreibst, du hättest ein Enkelkind. Bist du verheiratet?

Ich bin geschieden. Laura seufzte auf. Sie wusste nicht, warum sie das nur ungern preisgab. Millionen von Menschen ließen sich scheiden, und dennoch kam sie sich wie eine Versagerin vor.

Seit wann?

Die Frage erschien ihr ein wenig seltsam, aber warum? *Seit Kurzem.* Mehr wollte sie nicht ins Detail gehen. Sie hätte ihn gern gefragt, wie lange er schon verwitwet war, doch das wäre aufdringlich gewesen. *Wie alt sind deine Kinder?*, erkundigte sie sich stattdessen.

Über dreißig. Kaum zu fassen, erwiderte er.

Ja, kaum zu fassen, schrieb Laura ausweichend. *Woran arbeitest du im Libanon?*

An einer Fotovoltaikanlage. Es gibt dort viel Sonne.

Laura ertappte sich dabei, dass sie über diesen lahmen Witz zu laut lachte.

Etwa so wie bei einer ersten Begegnung im wirklichen Leben beschloss sie, anfangs nicht zu viel von sich preiszugeben. *Muss jetzt los,* tippte sie. *Hoffentlich hast du einen schönen Abend.* Eigentlich hatte sie keine Ahnung, wie spät es im Libanon war. Das gute, alte Google gab ihr die Antwort. In Beirut war es drei Stunden später als in England.

Bevor sie Schluss machten, hatte Gavin noch ein Anliegen. *Warum verlassen wir diese Plattform nicht? Hast du eine Nummer, an die ich dir Nachrichten schicken kann?*

Kurz überlegte Laura, ob es klug war, ihre Privatnummer herauszugeben. Dann jedoch dachte sie an Gavins warme braune Augen und tippte sie ein.

»Ella.« Sal klopfte an die Tür von Ellas Häuschen. »Im Salon warten ein paar merkwürdige Leute auf dich. Lou meint, sie hätten sich im Ort geirrt und wollten sicher bei irgendeinem Theater hier für *Warten auf Godot* vorsprechen. Einer hat irgendein Gemüse dabei.«

Rasch kippte Ella ihren Kaffee hinunter und eilte, ein freudiges Lächeln auf dem Gesicht, den Pfad entlang zum Hauptgebäude. Sie hatte schon einen starken Verdacht, wer die Überraschungsbesucher waren.

Und er erwies sich als wahr. Im Salon standen, völlig perplex, weil ein unbekannter Amerikaner sie mit Estragon, Vladimir und Pozzo ansprach, Bill, trotz des wunderschönen Wetters mit Pudelmütze, begleitet von Les und Stevie, die ziemlich nervös wirkten.

»Ella«, begrüßte Bill sie so erleichtert, als wäre endlich

die Rettung gekommen. »Ich glaube, mit diesem Herrn stimmt etwas nicht. Er gibt uns lauter komische Namen. Könntest du für unsere Identität bürgen?«

»Aber klar.« Ella umarmte sie nacheinander, worauf Les so rot anlief wie eine Chilischote. »Das sind meine sehr guten Freunde Bill, Stevie und Les.«

»Wir haben dir das da mitgebracht.« Stevie förderte eine Einkaufstüte von Harrods zutage, die vermutlich aus dem Jahr 1954 stammte, und ließ Ella hineinspähen. Die Tüte war mit verschiedenen Gemüsen und außerdem mit den Samen von Stangenbohnen, Zwiebeln, Knoblauch, Erbsen, Radieschen, Spinat und Mangold vollgestopft, alle in mit Markierstift beschrifteten Beutelchen.

»Wir haben auch ein paar Stangen und Schnur dabei, um die verschiedenen Abteilungen deines neuen Gemüsegartens zu markieren«, fügte Stevie begeistert hinzu.

»Wisst ihr, was«, meinte Ella und versuchte, sie alle auf einmal zu umarmen. »Es ist so toll, euch zu sehen. Ich besorge euch einen Kaffee.«

»Ich hole welchen«, erbot sich Lou.

»Eigentlich«, erwiderte Stevie schüchtern, »wäre mir ein Lapsang Souchong lieber, falls es Sie nicht stört.« Sie alle schienen froh, nicht mit diesem klein gewachsenen, seltsamen Amerikaner allein gelassen zu werden.

»Schießt los.« Ella konnte es kaum erwarten. »Wie läuft es in der Kleingartenanlage? Wie geht es Sharleen und Sue, nicht zu vergessen Mr. Barzani?«

»Sie schicken dir alle liebe Grüße«, antwortete Stevie. »Mr. Barzani hat uns sogar ein paar seiner besonderen Auberginensamen mitgegeben. Wir waren wirklich erstaunt, denn er rückt sie sonst nie heraus. Er sagt, sie stammen aus Zypern vor der türkischen Invasion. Ein Stück Zuhause also.«

Ella kämpfte mit den Tränen. Es wäre zu peinlich für die drei Musketiere, wenn sie jetzt losheulte.

Sobald alle ihren Kaffee oder Tee hatten, schlug Ella eine Besichtigung des Gartens vor. Sie war so überglücklich, sie zu sehen. Die mitgebrachten Samen und Mr. Barzanis Auberginen würden ein wenig von der Kleingartenanlage in das Anwesen einfließen lassen.

Nachdem sie einige Stunden abgemessen und markiert hatten, säten sie ein paar der kostbaren Samen aus. Als sie endlich fertig waren, stellten sie erstaunt fest, dass es bereits später Nachmittag war.

Ella rief ihnen ein Taxi und winkte ihnen nach. Ihr wurde klar, dass sie genau das gebraucht hatte, um endlich über den Verlust ihres Kleingartens hinwegzukommen und sich hier zu Hause zu fühlen.

Lou bereitete sich auf seine morgendliche Schwimmrunde vor, während Sal sich weiter im Bett aalte. Er hielt sich vor Augen, dass es gut für ihn war, in dieser Lebensphase Sport zu treiben. Er wollte nicht alt werden und hatte derzeit keine Lust auf einen Herzinfarkt. Eigenartig, dass ein geborener New Yorker mit Ex-Frauen und Kindern in den USA es dermaßen genoss, mit einer Horde von Frauen in einer Villa in Surrey zusammenzuleben, aber merkwürdigerweise war es so. Außerdem war es wundervoll, in der Nähe seiner jüngsten Tochter und ihres Babys zu wohnen. Als Großvater hatte er sich bis jetzt nicht gerade mit Ruhm bekleckert. Er war eher ein Mann der großen Gesten gewesen und hatte sich vor dem Alltag gedrückt. Nun jedoch tat er sein Bestes und entdeckte, wie schön es sein konnte. Und natürlich war da auch noch Sal.

Er hörte, dass sie ihm etwas zurief.

»Wie ist es im Wasser?«

»Spitze. Warum kommst du nicht mit rein?«

Sal krümmte sich vor Lachen. »Soll das ein Scherz sein? Außerdem habe ich wichtige Nachrichten.«

»Raus mit der Sprache.« Er tat, als wollte er sie nass spritzen, und sie kreischte gespielt auf.

»Mrs. Lal sagt uns heute Nachmittag um vier im Salon die Zukunft voraus.«

»Ich kann es kaum erwarten.«

Sal lächelte liebevoll. »Sei nicht so ein alter Zyniker.«

»Alt ist das Schlüsselwort. In meinem Alter kann eine Wahrsagerin nur noch schlechte Nachrichten überbringen.«

»Was? Dass du mit knapp siebzig die Liebe deines Lebens kennenlernst?« Sal tänzelte übermütig am Beckenrand entlang.

Lou kletterte hinaus und umarmte sie, wobei er sie von Kopf bis Fuß durchnässte.

»Ich habe sie bereits kennengelernt. Eine Wahrsagerin würde mir nur ankündigen, dass sie mich verlässt.«

»Hey, was ist aus deinem amerikanischen Optimismus geworden?«

»Wer behauptet, dass ich ein Optimist bin? Du hast mich gerade als Zyniker bezeichnet.« Er rubbelte sich energisch ab.

»Du warst dreimal verheiratet. So was würde ich Optimismus nennen.«

Er zog Sal in seine Arme.

»Nehmt euch ein Zimmer, Kinder!«, rief eine Stimme.

Als sie sich umdrehten, entdeckten sie Rose auf ihrem morgendlichen Spaziergang zum Dorfladen. »Dort gibt es nie was zu kaufen, aber der Weg macht mir Spaß.«

»Wenn das kein Bild fürs Leben ist, weiß ich es auch nicht«, verkündete Lou.

»Da haben wir's: Du bist ein Zyniker«, tadelte Sal.

»Ich bin Zyniker von Beruf, aber mit dem Herzen nicht dabei, um eure tolle britische Rockband Blur zu zitieren.«

»Autsch, jetzt macht er auch noch einen auf jugendlich. Doch wenn man so viele Kinder hat …«

Rose ging weiter und beobachtete die beiden voller Zuneigung. Es war etwas ganz Besonderes, wenn zwei Menschen, die einem so viel bedeuteten, sich fanden. Und sie konnte sich zugutehalten, die beiden einander vorgestellt zu haben.

Rose lächelte zufrieden. Der Umzug hierher entpuppte sich als gute Entscheidung.

»Rose, kommst du heute Nachmittag?«, rief Sal ihr nach.

»Was ist denn los?«

»Mrs. Lal mit einer Kristallkugel im Salon.«

Rose lachte. »Dann darf ich meinen Dolch nicht vergessen«, erwiderte sie.

Lou betrachtete sie mit leicht besorgter Miene. »Mir war klar, dass sie Mrs. Lal nicht unbedingt ins Herz schließen würde. Aber ein Dolch?«

»Du bist wirklich ein Amerikaner. Das war eine Anspielung auf Cluedo.«

»Was, um alles in der Welt, ist Cluedo?«

»Ein britisches Brettspiel. So was hatten wir nämlich, bevor es Smartphones und iPads gab.«

»Richtig.« Lou nickte. »Ein wenig vor meiner Zeit …«, fügte er hinzu, während Sal ihn zurück ins Haus scheuchte.

»Ach herrje.« Sobald die Tür zu war, verzog Sal das Gesicht. »Rose kann Mrs. Lal wirklich nicht leiden.«

»Das wundert mich nicht. Hast du nicht bemerkt, wie sie sich bei der Party an Murdo rangemacht hat? Er hatte keine Chance. Diese Frau ist ein Vamp.«

»Ich dachte, er sei in Rose verliebt und habe uns deshalb das Anwesen verkauft. Schwachheit, dein Name ist Mann.« Sie schüttelte den Kopf wegen der mangelnden Willenskraft des männlichen Geschlechts.

»Ausgezeichnet. Ich sehe, du kennst *Hamlet*«, gratulierte Lou.

»Tja, zumindest ist er nicht in seine Mutter verliebt«, meinte Sal mit unbewegter Miene.

Lou hatte die verwitwete Lady Binns vor vielen Jahren kennengelernt und erinnerte sich an ein gewaltiges Doppelkinn und ein schielendes Auge.

»Ja, lass uns dankbar für die kleinen Freuden im Leben sein. Wenn die hier einziehen würde, säße ich im nächsten Flieger nach New York.«

Neunzehn

Die Strahlen der untergehenden Sonne fielen schräg zu den Fenstern des Salons herein, sodass der Raum in ein mysteriöses Licht getaucht war. Mrs. Lal hatte ein Feuer im Kamineck entzünden lassen und eine kleine Lampe neben sich stehen, jedoch keine andere Beleuchtung gestattet.

»Madame Arcati, wie sie leibt und lebt«, flüsterte Claudia Don zu, als sie sich in den aufgereihten Ohrensesseln niederließen.

»Ich habe eher an Agatha Christie gedacht«, erwiderte Don. »*Mord im Pfarrhaus* vielleicht.«

Alle waren gekommen, bis auf Bella, da Noah wahrscheinlich nicht so lange stillhalten würde. Auch Olivia und Len fehlten – Olivia wegen ihrer herablassenden Art und Len, weil er sich lieber Kricket anschauen wollte.

»Wer möchte anfangen?« Mrs. Lal, gewandet in ein elegantes Kostüm, das Sals Vermutung nach von Yves St. Laurent stammte, blickte sich um, als rechnete sie mit einem Ansturm. Stattdessen herrschte eine ganze Weile Schweigen, bis Rose es endlich brach. Sie trat vor und setzte sich in den Sessel neben Mrs. Lal.

»Ihre Hand bitte«, forderte diese sie auf.

Rose streckte sie aus. »Herrje, sagen Sie mir bloß kein langes Leben voraus. Ein hübsches Aneurysma, während ich mir gerade einen Gin Tonic genehmige, wäre mir lieber.«

»Aber, Rose.« Mrs. Lal lächelte zuckersüß. »Sie haben bereits ein langes Leben hinter sich.« Sie musterte ihre Hand. »Und Sie haben noch viele Jahre zu erwarten.«

»Ach, Mist«, seufzte Rose. »Werde ich bei klarem Verstand sein?«

»Ich fürchte, das verrät die Lebenslinie nicht.«

»Okay, das reicht mir schon.« Rose erhob sich mühsam. »Das nächste Taxi bitte.«

Lou sprang begeistert auf und nahm Roses Platz neben Mrs. Lal ein. Sie griff nach seiner Hand.

»*Will I be handsome? Will I be rich?*«, zitierte er ein bekanntes Lied und ließ den Blick über die Anwesenden schweifen. »Nein, verderben Sie es mir nicht. Ich habe nichts gegen ein langes Leben. In diesem Fall halte ich es mit Woody Allen: ›Ich will nicht durch mein Werk unsterblich werden, sondern dadurch, dass ich nicht sterbe.‹«

Mrs. Lal betrachtete ihn streng. Ihre Ohrringe aus dem Secondhandladen glitzerten im Licht des Kaminfeuers. »Sie werden lange leben. Sie werden noch mehr Enkelkinder bekommen. Es wird einen Familienzwist geben.«

»Natürlich. Kennen Sie meine Familie?«

»Sie ist nicht froh über Ihre Entscheidung, sich hier niederzulassen.«

Lou musterte sie argwöhnisch. »Selbstverständlich nicht. Man vermisst meine strahlende Persönlichkeit. Ganz zu schweigen von meinem funkelnden Mammon. Sie überlegen schon, ob sie nach meinem Tod mein Testament anfechten können, und zwar mit der Begründung, dass ich den Verstand verloren habe, weil ich mit einer Horde Fremder in eine Villa gezogen bin.«

»Lou!« Sal schüttelte den Kopf. »Ich bin sicher, dass deine Familie dich liebt!«

»Aber klar. Insbesondere meine Ex-Frauen. Meine jüngste Tochter ist die Beste von dem ganzen Haufen, und sie wohnt nur fünfzehn Kilometer entfernt.«

»Sally«, meinte Mrs. Lal. »Möchten Sie die Nächste sein?«

Sal zögerte kurz, sagte sich jedoch, dass sie keine Spielverderberin sein wollte. Das war doch ohnehin nur Hokuspokus.

»Gut. Los, Maynard, sonst streu ick dir Pfeffer in 'en Arsch«, zischte sie Lou zu.

»Wie vornehm ihr Briten euch ausdrückt.« Lou stand auf.

»Blödmann«, flüsterte sie ihm zärtlich zu. »Das ist aus *My Fair Lady*. Eliza ruft es ihrem Pferd in Ascot zu.«

»Okay, wenn es nur um ein Pferd geht ...«, erwiderte Lou.

Sal streckte ihre Handfläche aus. Mrs. Lal begutachtete eingehend ihre Lebenslinie, und zwar einen Moment zu lang.

»Gut«, verkündete Sal entschlossen und entriss Mrs. Lal ihre Hand. »Lassen wir das mit dem langen Leben. Werde ich glücklich sein?«

»Ja.« Mrs. Lal nickte lächelnd. »Sie werden sehr glücklich sein.«

»Wunderbar.« Sal stand bereits wieder. »Das genügt mir. Los, Claudia, du bist dran.«

Doch ehe sie sich setzen konnte, erschien Hiro und hielt Mrs. Lal seine metallene Hand hin.

»Ich kann einer Maschine nicht die Zukunft vorhersagen«, wehrte sie herablassend ab.

»Dann ist es ja wunderbar, dass Hiro keine Maschine ist«, wandte Lou rasch ein und zwinkerte dem kleinen Roboter zu. »Er ist Lens Seelenverwandter.«

Mrs. Lal zuckte die Achseln, als hätten sie alle völlig den Verstand verloren.

Ihre Miene veränderte sich, als sie seine klauenähnlichen Finger studierte, und sie starrte ihn überrascht an. »Hiro, du wirst ein Held sein!«

Ein Ausdruck, der stark an Freude erinnerte, zeichnete sich auf seinem künstlichen Gesicht ab, und er eilte davon, um Len in seinem Schuppen Gesellschaft zu leisten.

Claudia setzte sich. »Ich stelle keine Fragen«, sagte sie. »Sie erzählen mir die Geschichte.«

»Sie werden viele Sorgen erleben.«

»Durch Sorgen entwickelt man sich weiter.«

»Doch irgendwann werden die Sorgen aufhören, und Sie werden nichts als Frieden empfinden.«

»Vermutlich, weil ich dann tot sein werde!« Als sie Don aus seinem Sessel schob, trottete er widerwillig los.

»Sie fühlen sich von Frauen unterdrückt«, verkündete Mrs. Lal.

»Ganz richtig«, stimmte Don zu.

»Aber Sie werden lernen, aufrecht zu stehen und ein Mann zu sein.«

»Wie Johnny Cash!«, rief Lou aus der Zuschauerreihe.

Ella war als Letzte dran. Sie hatte den Verdacht, dass Mrs. Lal nach dem abendlichen Auftritt letztens irgendeinen Unsinn von einer Romanze mit einem Mann im weißen Frack von sich geben würde, doch sie irrte sich. »Sie müssen sich einer sehr schweren Entscheidung stellen, von der Sie befürchten, dass sie Sie eine wichtige Freundschaft kosten könnte.«

»Weitere Einzelheiten?«

»Tut mir leid, nein. Aber seien Sie vorsichtig.«

Ella zuckte die Achseln. Alle ihre Freundinnen waren hier. Mit Ausnahme von Laura.

Es wurde still, und sie wollten die Versammlung schon auflösen, als hinten im Raum eine dröhnende Stimme ertönte. »Darf ich mitmachen?«

Als sie sich umdrehten, stellten sie fest, dass Murdo Binns unbemerkt hereingekommen war.

Don gab seinen Platz gerne auf. Er fand, dass er noch glimpflich davongekommen war, auch wenn es peinlich gewesen war. Murdo ließ seine hochgewachsene Gestalt in den Sessel sinken.

Mrs. Lal griff nach seiner schlanken, aristokratischen Hand und blickte ihm tief in die Augen.

»Vertraue mir …«, raunte Sal Lou tückisch in ihrem besten Schlange-Kaa-Tonfall ins Ohr.

»Okay, was steht mir bevor?«, fragte Murdo.

»Sie werden wieder heiraten«, antwortete sie. »Es wird eine zweite Lady Binns geben.«

»Und sie wird groß, ziemlich dunkelhäutig und vermutlich indischer Abstammung sein«, murmelte Rose.

»Ihre Kinder werden nicht begeistert sein, wenn Sie in Ihrem Alter noch einmal heiraten.«

»Meine Kinder sind nie begeistert. Zum Glück sind sie gut versorgt. Werden weitere kleine Binns' auf die Welt kommen?«

»Das kann ich Ihnen nicht sagen«, entgegnete Mrs. Lal spitz.

»Sie will nicht, dass die Frau noch jung genug ist, um Babys zu kriegen!«, flüsterte Rose und fing an zu lachen.

Don, der spürte, dass die Angelegenheit zu persönlich wurde, erhob sich. »Da ich von Frauen unterdrückt werde, möchte ich die Gelegenheit nutzen, um Mrs. Lal für ihre sehr unterhaltsame Sitzung an diesem Nachmittag zu danken.« Als er zu applaudieren begann, stimmten die anderen sofort ein.

Mrs. Lal stand empört auf. »Mein guter Mann, die Wahrheit ist nicht unterhaltsam. Enthüllend vielleicht und manchmal auch beängstigend, allerdings nur selten unterhaltsam. Vergessen Sie das nicht!«

Trotz ihrer eindringlichen Warnung hatten alle Mühe, sich ein Grinsen oder Gelächter zu verkneifen. Alle bis auf Sal, die fand, dass man die Zukunft am besten auf sich beruhen lassen sollte.

»Nur ein einziger Student hat sich gemeldet!« Bella war schockiert über die heutige Jugend. Die mietfreie Unterkunft war ein wichtiger Grund gewesen, warum sie selbst in Igden Manor mithalf. Es wunderte sie, dass das Angebot keinen Ansturm ausgelöst hatte.

»Die Vorstellung, mit uns alten Leuten zusammenzuleben, hat sie vermutlich abgeschreckt.« Claudia schmunzelte. »Das ist, als ob man bei seiner Oma einziehen würde.«

Der junge Mann, der schließlich bei ihnen vorsprach, nannte sich Spike. Bella brauchte nicht nach dem Grund zu fragen, denn er trug einen Irokesenschnitt, wie Johnny Rotten von den Sex Pistols ihn populär gemacht hatte. Das war schon so lange her, dass es selbst Bella altmodisch erschien. Aber er hatte freundliche Augen, studierte Sozialpädagogik und schien sich wirklich für das Gesamtkonzept ihrer New-Age-Seniorenkommune zu interessieren.

»Vielleicht schreibe ich sogar meine Diplomarbeit darüber«, bot er großzügig an.

»Dann schaust du dich besser zuerst mal um.«

Da er ein ernsthafter Student war, zeigte Bella ihm alle Hilfsmittel für ältere Menschen, die sie diskret im Haupthaus und in den Häuschen eingebaut hatten.

»Klos ohne Papier. Mann, das fühlt sich bestimmt komisch an«, stellte er fest.

Es gab auch eine Stimmerkennung, die die Uhrzeit ansagte und einen an Erledigungen erinnerte. Überall Griffe. Barrierefreie Duschen.

»Wir haben nur eine Gemeinschaftsbadewanne. Leider kann das Hinein- und Hinausklettern aus einer Wanne für ältere Leute ziemlich schwierig werden.«

»Habt ihr auch einen von diesen Elektrorollstühlen? Ich liebe diese Dinger.«

Hiro verabscheute Spike auf Anhieb, insbesondere, als dieser laut verkündete: »Ein Roboter. Cool. So einen habe ich mir bei Amazon bestellt.«

»Sicher nicht so einen wie mich«, sagte Hiro stolz zu Bella.

»Ganz bestimmt nicht«, beruhigte ihn Bella.

Spike verabschiedete sich mit den Worten, er werde es sich überlegen, ob er einziehen wolle.

»Wie war er denn so?«, fragte Claudia.

»Vielleicht schreibt er eine Arbeit über uns. Er will darüber nachdenken.«

»Wie gnädig von ihm.«

Eigentlich war es Claudia ziemlich einerlei. Es war Lou, der hier mehr junge Gesichter sehen wollte. Claudia fand, dass im Großen und Ganzen alles recht gut lief.

Wenn sie nur geahnt hätte …

»Ist euch aufgefallen, dass diese Frau die Gemeinschaftsräume mit Beschlag belegt?« Roses Stimme zitterte vor unterdrückter Wut. Claudia und Bella kamen gerade in den Salon, um sich die Speisekarte für die nächste Woche anzusehen. »Überall liegen stapelweise DVDs herum. Alte Kekse unter dem Sofa. Ist ihr nicht klar, dass wir auf dem

Land sind und deshalb bald eine Mäuseinvasion kriegen?« Claudia stellte fest, dass sich die Rivalität zwischen den beiden Frauen schneller hochschaukelte als die zwischen Nordkorea und den USA. »Und letztens habe ich beobachtet, wie sie einen Wodka Tonic getrunken hat, ohne Geld in die Schatulle zu legen.«

»Vielleicht hat sie es nur vergessen«, meinte Bella diplomatisch.

»Zweimal?«

»Gut, vielleicht sollte man sie taktvoll daran erinnern«, erwiderte sie und schickte ein Stoßgebet zum Himmel, dass Rose das nicht selbst übernehmen würde.

In diesem Moment kam Mrs. Lal in den Salon marschiert. Sie machte ein derart zorniges Gesicht, dass die Göttin Kali erschaudernd Reißaus genommen hätte. »Mrs. Warren, auf ein Wort bitte. Sie werden Ihren Ohren nicht trauen. Ihr Hund …«

»Vito? Er ist so ein kleiner Liebling. Sanft wie ein Lamm.«

»Er war in meiner Küche und hat mitten auf dem Fußboden ein Häufchen hinterlassen.«

»Meine liebe Mrs. Lal«, stichelte Rose McGill. »Verraten Sie das bloß niemandem. Sonst will jeder etwas abhaben.«

Der Blick, den sie Rose zuwarf, hätte den Pazifik zum Gefrieren bringen können. »Und was Ihre Freundin Mrs. Thompson betrifft …« Während Mrs. Lal eine dramatische Pause machte, fragte sich Claudia, was, um Himmels willen, Ella nur angestellt haben mochte. »Sie hat ein Stück des Gemeinschaftsgartens für sich beansprucht. Und als ob das nicht schon schlimm genug wäre, entblößt sie dort ihre Brüste.«

»Was?« Bella musste ein Kichern unterdrücken. »Vielleicht ist sie ja Heidin geworden. Wir könnten Tagundnachtgleiche haben oder so.«

»Nackte Busen und Hundekacke. Sie hatten ja wirklich einen aufregenden Vormittag!« Rose sah Bella an und kämpfte mit einem Lachanfall.

»Wirklich, Miss McGill« – Mrs. Lal betonte das »Miss« –, »in Ihrem Alter hätte ich ein besseres Betragen erwartet. Zweifellos liegt es daran, dass ich Inderin bin. Darf ich Sie daran erinnern, dass die Briten nicht mehr über Indien herrschen? Eigentlich ist Großbritannien nur noch eine klägliche Insel vor dem Festland, während Indien eine der weltweit am schnellsten wachsenden Volkswirtschaften ist.«

Der Disput hätte gewiss aus der Welt geschafft werden können, wäre nicht in diesem Moment Murdo Binns hereingekommen. Er wurde Zeuge von Mrs. Lals Tirade, griff nach ihrer Hand und entschuldigte sich wortreich für das, was ihr zugestoßen war, nachdem sie es ihm bereitwillig geschildert hatte.

»Meine liebe Dame, gestatten Sie mir, mich um den Notfall zu kümmern. Zweifellos haben Sie in Indien eine ganze Kaste, die sich mit solchen Dingen befasst. Da ist es nur passend, dass in diesem Land ein Mitglied des Adels einspringt.«

»Danke, Mylord, Sie sind der Inbegriff der guten Manieren«, flötete Mrs. Lal.

Rose blickte den beiden nach, als diese sich entfernten. Obwohl sie ziemlich verärgert war, schmunzelte sie. »Sosehr einen Murdo Binns manchmal auch auf die Palme bringen kann, er hat eindeutig Stil.«

»Und ich habe ihm nicht einmal einen Kotbeutel gegeben!«, rief Claudia aus. »Ich verstehe wirklich nicht, was in Vito gefahren ist.«

»Meiner Ansicht nach hat er eben Geschmack.«

»Rose, nimm dich zusammen.«

»Glaube mir, es hat nichts damit zu tun, dass die Frau Inderin ist. Sie geht mir einfach schrecklich auf die Nerven.«

Beim Aufwachen fühlte sich Laura wie früher als Kind an ihrem Geburtstag. Sie sah sich nach ihrem Telefon um, denn sie wusste, dass sie eine Nachricht von Gavin vorfinden würde, in der er ihr einen guten Morgen wünschte.

Seit sie in Kontakt standen, schickten sie einander E-Mails, in denen sie sich über verschiedene Aspekte ihres Lebens austauschten, oft mit albernen Emojis, Fotos von Dingen, die sie zum Lachen gebracht hatten, oder ihren Lieblingsspeisen. Manchmal schilderten sie einander Filme, die ihnen gefallen hatten, oder Kleinigkeiten aus ihrem Alltag. Häufig ging es auch darum, wie es war, Großeltern zu sein – nämlich so viel einfacher als Eltern.

Obwohl sie erst seit Kurzem Verbindung zueinander hatten, war es für Laura, als würden sie sich schon seit Jahren kennen. So gerne sie ihre Aufregung auch mit Bella oder ihren Freundinnen geteilt hätte, riet ihr der Instinkt, die Angelegenheit vorerst für sich zu behalten.

Und natürlich gab das Telefon neben ihr ein Ping von sich. Es war besonders spannend, sich gleich morgens zu mailen, wenn sie noch im Bett lag, auch wenn sie wusste, dass er wegen des Zeitunterschieds schon auf den Beinen war.

Guten Morgen. Ich hoffe, du hast gut geschlafen. Hier in Beirut scheint die Sonne. Hoffentlich kommst du mich bald besuchen. Gavin

Beinahe atemlos las Laura die Nachricht ein zweites Mal.

Dir auch einen guten Morgen, antwortete sie. *In London regnet es. Sonne in Beirut klingt wundervoll. Laura*

Sofort folgten die nächsten Zeilen: *Laura, ich glaube, du könntest die Frau sein, die mein Leben erhellt. Gavin*

Sollte es sie argwöhnisch machen, dass Gavin bereits mit so leidenschaftlichen Komplimenten um sich warf? Ihre Freundinnen würden das sicherlich sagen, aber sie war machtlos gegen ihre Begeisterung. Außerdem hatte sie wirklich das Gefühl, ihn zu kennen.

Ganz leise fing sie an, vor sich hin zu summen, und bemerkte, dass es die Melodie von »Oh, What a Beautiful Mornin'« war.

Und dank der Nachrichten von Gavin würde es einer werden.

»Hast du ein Problem, Leonard?«

Len war in seinem Lieblingssessel vor einer Kricketübertragung zusammengesackt. Sein Gesicht war blass und schweißnass.

»Nein, nein, ich bin nur ein bisschen kurzatmig. So, als säße ein Elefant auf meiner Brust.«

Sofort stand Hiro vor ihm. »Soll ich Olivia rufen?«

»Bitte nicht. Sie würde nur ein Theater veranstalten. Du kennst ja Frauen.« Er zwang sich zu einem zittrigen Lächeln. »Nein, vermutlich eher nicht.«

Hiro schwieg einen Moment. »Ich habe meinen Computer befragt. Hast du Schmerzen im Oberarm und einen beschleunigten Herzschlag, oder fühlst du dich erschöpft?«

»Ich bin ein bisschen durch den Wind«, gab Leonard zu.

»Dann muss ich auf der Stelle Olivia holen.«

»Hiro, erinnerst du dich an unser Gespräch darüber, dass ich nicht ins Krankenhaus will?«

»Ja«, erwiderte Hiro zögernd. Anscheinend war Ehrlichkeit die einzige Möglichkeit, die Robotern offenstand.

»Nun, jetzt ist nicht der richtige Zeitpunkt, um mich hinzubringen. Oder Olivia zu alarmieren. Versprochen?«

»Ich bin eine Maschine, Leonard.«

»Du bist, verdammt noch mal, die klügste Maschine, der ich je begegnet bin. Autsch!« Plötzlich hielt er sich die Seite und krümmte sich vor Schmerzen.

Falls künstliche Augen besorgt dreinblicken konnten, traf das im Moment auf Hiro zu.

Zu seinem Glück kam Olivia herein. »Leonard, was hast du? Ich habe dich stöhnen gehört.«

»Gar nichts, Olivia. Ahhh …« Wieder wurde er von Brustschmerzen überwältigt.

»Ich verständige sofort den Notdienst.«

Sie erreichte das Festnetz genau in der Sekunde, als Hiro über das Kabel zu stolpern schien und die Verbindung unterbrach. »Ach herrje«, entschuldigte er sich. »Es tut mir leid, Olivia.«

»Leonard, sag ihm, er soll das Telefon wieder einstöpseln.«

»Ich brauche nur meine Tabletten, Schatz.« Hiro förderte sie in Windeseile zutage. Kurz darauf machte Leonard schon einen kräftigeren Eindruck.

»Du hast verhindert, dass ich einen Krankenwagen rufe!«, beschuldigte sie Hiro. »Das könnte Mord sein.«

»Er ist eine Maschine, Olivia. Ich bezweifle, dass man Maschinen ins Gefängnis stecken kann.« Ein Hauch des üblichen spitzbübischen Funkelns in seinen Augen lockerte die bedrückte Stimmung auf. »Außerdem habe ich es ihm streng verboten.«

»Also möchtest du lieber mit diesem Schrotthaufen auf dem Sofa sterben, anstatt mit mir zusammen zu sein?«

Trotz seiner Schmerzen entging ihm ihr zorniger und gekränkter Tonfall nicht. »Genau so will ich es haben, Liebling. Vorrundenspiel im Fernseher, jubelnde Menschenmengen. Ich bin zweiundneunzig. Gibt es einen besseren Weg zu gehen?«

Wütend machte sie auf dem Absatz kehrt.

»Leonard, ich bin dein Freund, doch beim nächsten Mal musst du Olivia holen.«

»Aber die ruft dann nur einen Krankenwagen.«

»Vielleicht fessle ich sie ja.«

Bei Claudias Ankunft lachten alle beide. »Was die zwei alten Männer aus der Sesamstraße angeht, habe ich mich geirrt.« Liebevoll schüttelte sie den Kopf. »Ihr seid Wallace und Gromit, wie sie leiben und leben. Was ist denn mit Ma los?«

»Sie dachte, ich hätte einen Herzinfarkt, und ich habe sie nicht geholt, weil sie sofort den Notdienst verständigt hätte.«

»Mein Gott, Dad.« Claudia kniete sich neben ihn. »Soll ich wenigstens den Arzt rufen?«

Claudia griff nach Lens Hand. Sie war mager, und die Adern traten hervor wie Flüsse auf einer Landkarte. Sie führte sie an ihre Lippen.

Er schüttelte den Kopf. »Erinnerst du dich an das Versprechen, um das ich dich gebeten habe? Kein Tamtam zu machen und mich so gehen zu lassen, wie ich will?«

»Aber, Dad …«, protestierte sie.

»Hiro hat Wort gehalten.«

»Hiro ist weder deine Tochter noch deine Ehefrau.«

»Er ist mein Freund.«

»Das ist etwas anderes, Dad.«

»Ich weiß.« Er drückte ihr die Hand. »Und danke, dass du nicht gesagt hast, er sei nur ein Roboter. Könntest du mit deiner Mutter reden? Versuch, es ihr zu erklären. Ich bin zweiundneunzig und niemandem mehr etwas nütze.«

Claudia umarmte ihn fest. »Für mich schon.«

»Dann lass mich gehen, Liebes. Die Alten leben zu lang. Ich will nicht an irgendeinem verdammten Beatmungsgerät hängen, um die statistische Lebenserwartung in die Höhe zu treiben. Und vergiss nicht, letztlich ist es mein Leben.«

Mühsam rappelte Claudia sich auf und kämpfte mit den Tränen. Sie wusste, dass es unmöglich sein würde, ihre Mutter zu überzeugen. Doch einmal in seinem Leben würde ihr Vater nicht das tun, was sie von ihm verlangte.

Von einem neuen Glücksgefühl erfüllt, setzte sich Laura mit einem Fertiggericht und einem Glas Wein an den Tisch. Den heutigen Tag hatte sie sehr genossen. Sie hatte nämlich die National Portrait Gallery besucht und sich einen kostenlosen Vortrag über die Leben der Porträtierten aus der Tudor-Zeit angehört. Die Gemälde von Königin Elisabeth I. und Heinrich VIII., so steif und förmlich, aber dennoch fast so vertraut wie die derzeitige königliche Familie, hatte sie schon immer geliebt. Besonders gefiel ihr ein gewaltiges, an eine Zeichentrickserie erinnerndes Bild, welches das Leben eines Diplomaten namens Sir Henry Unton von der Geburt bis zum Grab in verschiedenen Abbildungen nachzeichnete. Der Fremdenführer hatte ihnen erklärt, seine Gattin Lady Dorothy habe es in Auftrag gegeben, die einzige Frau außer der Queen, die ihren eigenen Ehevertrag entworfen hatte. Tapferes Mädchen!

Sie schickte Gavin sogar ein Foto von Lady Dorothy, doch nur der Himmel wusste, was ein Tiefbauingenieur mit einer Feministin aus dem Elisabethanischen Zeitalter würde anfangen können. Sie hoffte, dass er von ihrer Bildung beeindruckt sein würde.

Als sie gerade ihr Weinglas leerte, traf eine SMS ein. *Wie war dein Tag? Ich habe ständig an dich gedacht, habe aber erst jetzt Zeit, es dir zu sagen. Die Dame mit dem Spitzenkragen hat mir gefallen. Melde mich noch einmal vor dem Schlafengehen. Gavin*

Als später ihr Telefon läutete, machte sie einen Satz und hoffte, er möge es sein, obwohl sie noch nicht miteinander telefoniert hatten.

Aber es war nicht er, sondern Ella.

»Hallo, liebste Ella. Wie ist das Leben in der Einöde?« Laura lachte.

»Mann, du klingst ja richtig glücklich.«

»Bin ich auch. Wie geht es meiner wundervollen und tüchtigen Tochter?«

»Sie ist so wundervoll und tüchtig wie immer. Ein wahrer Schatz.«

»Ja, das ist sie«, erwiderte Laura stolz. »Und mein noch wundervollerer Enkel?«

»Ebenfalls ein Schatz. In deiner Familie ist einer fantastischer als der andere. Aber mal im Ernst, Laura, ich muss ein Hühnchen mit dir rupfen.«

»Was ist denn passiert?«

»Wie konntest du uns dieses Ungeheuer namens Mrs. Lal aufhalsen?«

»Wenn ich mich recht entsinne, habt ihr sie gebraucht«, rechtfertigte sich Laura. »Außerdem ist sie wirklich nett, wenn man sie besser kennenlernt.«

»*Nett?*«, wiederholte Ella. »Sie macht nichts als Ärger.«

»Vielleicht fühlt sie sich ein bisschen außen vor, weil ihr anderen euch so gut kennt.«

»Hmmm, wenn du meinst. Und wie gefällt dir das Luxusleben in London? Benimmt sich Simon?«

Im ersten Moment hatte Laura Simon, ihren Ex-Mann, ganz vergessen. »Ach, ich höre nichts mehr von ihm.«

»Hast du angefangen, dir eine dauerhafte Bleibe zu suchen? Deine jetzige Wohnung hast du nur für sechs Monate, richtig?«

»Ja, ich muss mich endlich an die Arbeit machen«, stimmte Laura geistesabwesend zu.

»Und zwei davon sind bereits vorbei.«

»Ja, wirklich erstaunlich.«

»Ist alles in Ordnung, Laura? Du klingst, als wärst du auf einem anderen Planeten. Du hast doch im Moloch London nicht etwa angefangen, Drogen zu nehmen?«

Laura lachte. »Wohl kaum. Davon habe ich schon damals die Finger gelassen, als es in Mode war. Dazu bin ich viel zu spießig. Aber ja, ich bin ziemlich glücklich.«

Ella war ein wenig gekränkt, denn sie hatte den Eindruck, dass die ach so glückliche Laura es kaum erwarten konnte, das Telefonat zu beenden. »Okay, spitze, bis bald, Schätzchen.«

»Tschüss, Ella, und richte den anderen liebe Grüße aus.« Sie fügte nicht hinzu, dass sie ihre Freundinnen vermisste, weil sie das auf wundersame Weise nicht tat, seit Gavin auf der Bildfläche erschienen war. Sie würden ihr nur Vorhaltungen machen und sie warnen, sie solle vorsichtig sein.

Laura gönnte sich ein genüssliches Bad mit ihrem Limetten-, Basilikum- und Mandarinenbadeöl von Jo Malone, das so teuer war, dass sie es für besondere Gelegenheiten aufsparte, und schenkte sich noch ein Glas Wein ein.

Eine Stunde später wurde ihr klar, dass sie tatsächlich

in der Wanne eingeschlafen war. Plötzlich wurde sie von Begierde ergriffen, ein Gefühl, das sie seit Jahren nicht mehr empfunden hatte, und ihre Hand wanderte im Badewasser zu ihrem Schoß.

Als die nächste Nachricht eintraf, erkannte sie ihr erregtes, energiegeladenes Ich kaum wieder.

Laura, stand da, *war es nicht eine Laura, die Petrarch zu seinen Gedichten inspiriert hat? Heute Nacht bist du in meinem Herzen, und ich sehne mich mit meiner ganzen Seele danach, dich bei mir im Bett zu haben. Schlaf gut und träum von mir. Gavin*

Zu Bellas Überraschung tauchte Spike in der kommenden Woche mit seinem Koffer auf. Noch mehr erstaunte es sie, dass der Irokese verschwunden und einer Frisur gewichen war, mit der er unerwartet attraktiv wirkte. Beinahe hätte sie angemerkt, dass er außerdem gepflegter aussah, verkniff es sich aber. Wenn sie gleich zu Anfang mit ihm redete, als wäre sie seine Mutter, würde ihm das nur falsche Vorstellungen vermitteln.

Der Gedanke an ihre Mutter löste eine leichte Besorgnis in Bella aus. Sie hatte schon seit einer Weile nichts von ihr gehört, und es gefiel ihr nicht, dass Laura allein lebte, während ihr gesamtes soziales Netzwerk sich hier versammelt hatte. Obwohl sie verstand, warum ihre Mum sich ihnen nicht hatte anschließen wollen, war ihr dennoch ein wenig mulmig.

Da Ella gerade vorbeikam, stellte Bella ihr Spike vor.

»Aha«, entgegnete Ella spitz. »Offenbar sollen Sie mit den alten Leuten Konversation betreiben. Planen Sie eine Erinnerungsstunde, in der wir uns alle über den Krieg austauschen?«

»Da warst du noch gar nicht geboren, Ella«, tadelte Bella.

»Wie wäre es dann mit den Swinging Sixties? Wir könnten laut mit den Grateful Dead mitsingen.«

»Auf mich wirken Sie noch ziemlich lebendig«, erwiderte Spike.

Ella musterte ihn über den Rand ihrer neuen halbmondförmigen Lesebrille hinweg. Bella fand, dass sie damit wie das Ebenbild der Journalistin und Radiosprecherin Jenni Murray und auch genauso streng aussah. »Danke. Ich kann immer noch gleichzeitig gehen und reden, ein Wunder, was?«

»Eigentlich«, erklärte Bella, »war es Lous Idee. Er wollte hier ein paar junge Gesichter sehen.«

»Wie sind Sie im Umgraben, junger Mann?«

»Spike.«

»Wie sind Sie im Umgraben, Spike?«

»Keine Ahnung. Ich studiere Sozialpädagogik und Psychologie.«

»Eine wichtige psychologische Erkenntnis: Um die aufgewühlte Seele ins Gleichgewicht zu bringen, gibt es nichts Besseres als Umgraben.«

»Gut, ich werd's mal ausprobieren.«

»Wo wohnen Sie?«

»Da drüben«, erwiderte Spike schüchtern. Er wies auf das Häuschen neben Lou und Sal und malte sich vermutlich aus, wie diese Walküre mit Lesebrille ihn an einem eiskalten Morgen aus dem Bett zerrte und ihn zum Umgraben abkommandierte.

»Willkommen in Igden. Sie senken den Altersdurchschnitt beträchtlich. Natürlich wäre da auch noch Noah.«

»Wer ist Noah?« Offenbar stellte Spike sich einen alten, bärtigen Mann vor, der Starkregen vorhersagte.

»Noah ist Bellas Baby. Wenn Sie schon mal hier sind … Bella, darf ich mir Spike ausleihen, damit er mir bei einer kleinen Reparatur hilft?« Sie deutete auf den Maschendrahtzaun, den sie um das Gartenstück neben ihrem Häuschen aufgebaut und geschickt mit Rankpflanzen getarnt hatte. »Jemand hat sich hier ein bisschen in Sabotage geübt.« Alle begutachteten das große Loch in Ellas Zaun. »Bolzenschneider.« Ella schüttelte den Kopf. »Genau wie bei den Protesten auf der Royal-Air-Force-Station Greenham Common, nur dass diesmal nicht die Atomwaffen der Feind sind, sondern ich.«

Entsetzt starrte Bella auf den zerstörten Zaun. »Mein Gott, wer tut denn so was?«

»Jemand, der Anstoß daran nimmt, dass ich einen eigenen Garten angelegt habe.«

»Herrje.« Spike schüttelte den Kopf. »Schon als ich ankam, habe ich mich gefühlt wie bei Agatha Christie. Jetzt weiß ich, dass es stimmt.«

»Zum Glück ist keiner gestorben.« Ella zuckte die Achseln. »Und nun ersetzen wir den Maschendraht.«

Als Laura am nächsten Morgen aufwachte, fühlte sie sich beunruhigt und ein wenig enttäuscht. Der Grund war, wie sie feststellte, dass es bereits acht Uhr war, ohne dass eine Nachricht von Gavin eingetroffen wäre. Er hatte geschrieben, er habe einen Auftrag in der Wüste. Sicher war er schon früh aufgebrochen und hatte dort keinen Empfang.

Seine morgendlichen und abendlichen Nachrichten hatte sie am liebsten. Sie waren die Höhepunkte ihres Tages. Sie war froh, dass sie heute bei LateExpress erwartet wurde, denn sie arbeitete noch gelegentlich bei Mr. A., hauptsächlich, um ihrem Alltag Struktur zu geben. Das Geld war natürlich auch nicht zu verachten.

Wenn sie nicht aufhörte, alle zehn Sekunden ihren Maileingang zu überprüfen, würden die Leute noch glauben, dass sie an Computersucht litt. Allerdings konnte sie nicht anders, als sein Foto zu betrachten. Es mochte ein wenig seltsam sein, aber sie hatte es von der Dating-Seite abfotografiert. Nun hatte sie es auf dem Telefon und konnte sich seine warmen braunen, schalkhaft funkelnden Augen ansehen, wann immer sie wollte.

Was ziemlich häufig war.

»Mrs. Minchin.« Ein strahlender Mr. A. umarmte sie noch überschwänglicher als sonst. »Einen wunderschönen Morgen. Sie sehen so viel besser aus! Als ob in Ihnen wieder ein Licht angegangen wäre, wenn ich mir die Bemerkung erlauben darf. Mrs. A. und ich haben uns Sorgen um Sie gemacht. Aber jetzt sind wir beruhigt. Und wie fühlt sich meine verehrte Schwiegermutter bei Ihren guten Freunden in Surrey?«

Mr. A. war von Dankbarkeit überwältigt gewesen, als sich die anspruchsvolle Mrs. Lal für Igden Manor entschieden hatte. Zumal es einen sicheren Abstand zu ihm und seiner Frau bedeutete.

Sofort fiel Laura Ellas Anruf ein, Mrs. Lal mache nur Schwierigkeiten. Doch das würde sie nicht erwähnen.

»Ausgezeichnet, glaube ich. Ein paar Eingewöhnungsprobleme.«

»Hoffentlich nichts Ernstes?« Sie hörte Mr. A.s panischen Tonfall bei der Vorstellung, Mrs. Lal könne, die Rachegöttin in Person, nach London zurückkehren und ihm vorwerfen, er habe sie zu derart unpassenden Menschen abgeschoben.

Laura beschloss, rasch das Thema zu wechseln. »Und was soll ich heute erledigen?«

»Leider keine sehr interessante Aufgabe. Aber könnten Sie die Kartons zum Recyceln falten? Ich möchte den neuen Aushilfen, die ich angeheuert habe, nur ungern eine scharfe Waffe in die Hand geben.« Er zog ein spitzes Messer aus dem Gürtel und reichte es ihr. »Die sind nicht so verantwortungsbewusst wie Sie.«

Also verbrachte die zuverlässige und verantwortungsbewusste Laura die nächste Stunde damit, Kartons zu falten und alle fünf Minuten ihr Telefon herauszuholen, um nachzusehen, ob eine Nachricht von Gavin eingetroffen war.

Fehlanzeige.

Sie überlegte, ob sie ihm eine weitere SMS schicken sollte, doch etwas – Stolz oder eine innere Stimme, die ihr sagte, dass sie kein albernes Schulmädchen war – hinderte sie daran.

Als sie am Ende des Arbeitstages noch immer keine SMS erhalten hatte, fühlte sie sich derart verlassen, dass ihr fast körperlich übel wurde.

Wie war es möglich, fragte sie sich, dass sie so viel für jemanden empfand, den sie noch nie gesehen, ja, mit dem sie noch nicht einmal gesprochen hatte? Und dennoch hatte sie das Gefühl, ihn zu kennen. Durch die Nachrichten, die sie ausgetauscht hatten, war der wahre Gavin zum Vorschein gekommen. Einfühlsam, empathisch, das genaue Gegenteil ihres Ex-Mannes Simon.

Die Wucht ihrer Gefühle ängstigte sie, doch sie spürte, dass Märchen wahr werden konnten. Sie hatte gelebt wie Dornröschen, aber nun fühlte sie sich wach und lebendig, und sie wusste, dass sie es dieser Begegnung zu verdanken hatte.

Sie bedauerte, sich für diesen Abend nichts vorgenommen zu haben und ihn allein verbringen zu müssen. Nicht einmal die DVD ihres Lieblingsfilms konnte sie von dem dröhnenden Schweigen ablenken.

Langsam machte sie sich bettfertig und putzte sich die

Zähne. Vielleicht war es das ja gewesen. Nur eine kurze Verbindung, die er aus irgendeinem Grund, beruflich oder privat, hatte abbrechen müssen.

Und dann, kurz vor Mitternacht, zeigte ihr Telefon, das neben dem Bett lag, eine neue Nachricht an.

Laura, mein Liebling. Ich komme nach London. Dann kann ich endlich meine Seelenverwandte kennenlernen, die Frau, die mich bis in meine Träume verfolgt. Holst du mich in zwei Wochen in Heathrow, Terminal 5, ab?

Laura, die schon beinahe geglaubt hatte, dass alles vorbei war, saß auf der Bettkante und weinte beinahe vor Freude und Erleichterung.

Nun würde sie Gavin begegnen. Und das Alberne und Unverständliche daran war, dass sie noch nie so empfunden hatte. Diese wilde, überschwängliche Freude, die plötzlichen Abgründe der Verzweiflung. Für niemanden, nicht einmal für Simon.

Ella stand mit dem Fernglas am Fenster. Sie hatte es mitgebracht, um die Vogelwelt rings um die Villa zu beobachten, die erstaunlich vielgestaltig war. Abgesehen von den üblichen Rotkehlchen, Amseln, Meisen, Blaumeisen und einer gelegentlichen Misteldrossel. Seit sie in ihrem neuen Garten einen Fettblock aufgehängt hatte, hatte sie auch einen Grünspecht und eine Familie Goldfinken entdeckt.

Heute jedoch galt ihre Aufmerksamkeit nicht den Vögeln, sondern ihrer Nachbarin Mrs. Lal. Diese war gerade aus ihrem Haus gekommen und näherte sich auf verdächtige Weise Ellas Garten. Dabei blickte sie sich um, als wollte sie einen Ladendiebstahl begehen. Doch Ella hatte den Verdacht, dass sie es auf den Gartenzaun abgesehen hatte.

Gerade hatte sie etwas aus ihrer Prada-Handtasche zutage gefördert und beugte sich vor, als Claudia erschien und sie begrüßte.

Rasch stopfte Mrs. Lal den Gegenstand wieder in ihre Tasche.

»Guten Morgen, Mrs. Lal«, meinte Claudia, die auf dem Weg zu Ella war. Diese verfolgte alles von einem Fenster im Obergeschoss aus. »Prada bei der Gartenarbeit? Ich persönlich bevorzuge einen Gartenkorb.«

Mrs. Lal verzog ihr makellos geschminktes Gesicht zu einem erstaunlich charmanten Lächeln. »Pssst. Ich wollte eben ein paar von Mrs. Thompsons Klematis stibitzen.«

Claudia wollte erwidern, dass Ella ihr sicherlich einen Ableger geschenkt hätte, als sich ein Fenster öffnete und Ella sich herausbeugte.

»Guten Morgen, Mrs. Lal«, verkündete Ella fröhlich. »Falls Sie es auf meine Klematis abgesehen haben, brauchen Sie dafür keinen Bolzenschneider.«

Die elegante Mrs. Lal wurde unter ihrer dicken Schicht Make-up röter als ihr Lippenstift von Christian Louboutin, den Claudia bei Selfridges für siebzig Pfund im Sonderangebot gesehen hatte, und flüchtete sich wie ein verängstigtes Kaninchen in ihr Haus.

»Was, zum Teufel, ist denn los mit ihr?«, fragte Claudia erstaunt, als Ella an der Haustür erschien.

»Sie hat nur versucht, mit einem verdammten Bolzenschneider ein Loch in meinen Zaun zu schneiden. Einmal hat sie es schon getan. Was machen wir jetzt mit ihr?«

Die sonst so ausgeglichene Ella, an die sich alle Freundinnen oft mit ihren Problemen wandten, wirkte derart aufgebracht, dass Claudia schon befürchtete, sie könne ihre Beute bis in ihren Unterschlupf verfolgen.

»Offen gestanden«, antwortete sie taktvoll, »war es ein bisschen frech von dir, ohne zu fragen ein Stück vom Garten abzuzwacken. Schließlich sind wir eine Gemeinschaft.«

»Ich hasse gottverdammte Gemeinschaften!«, tobte Ella. »Ich dachte, wir wären uns einig, dass es nur klappen kann, wenn jeder seine Privatsphäre hat. Und ich habe nichts weiter getan, als mir eine zu schaffen. Zufällig brauche ich einen eigenen Garten, um glücklich zu sein.«

Türenknallend verschwand sie im Haus.

Sprachlos starrte Claudia auf die geschlossene Tür. So viel zum Thema Frieden und Harmonie auf dem Land.

Ella stand in ihrem hübschen Schlafzimmer und fragte sich, ob es womöglich der Fehler ihres Lebens gewesen war, hierherzuziehen. Vielleicht waren die besten Freundinnen die letzten Menschen auf der Welt, mit denen man zusammenwohnen sollte.

Claudia, die sich fühlte, als wäre sie gerade von einem scheinbar zahmen Tier angegriffen worden, sah Rose McGill auf sich zukommen und wollte ihr schon freundlich zuwinken. Allerdings war Rose alles andere als friedlich gestimmt.

»Dieses gottverdammte Weib!« Zornig wies sie mit dem Kopf auf Mrs. Lals Domizil. »Jetzt hat sie den Küchenchef beleidigt! Sie hat seine Spezialität kritisiert, und nun redet er davon, seine Sachen zu packen und nach London zurückzukehren.«

»Vielleicht meint er es ja nicht ernst«, wandte Claudia ein und wäre am liebsten ganz weit weg gewesen. »Küchenchefs drohen immer damit, alles hinzuwerfen.«

»Schon, aber normalerweise bestellen sie kein Minicab, das sie in einer halben Stunde abholt und zum Bahnhof bringt.«

»Ach herrje. Am besten gehe ich zu ihm und versuche, ihn zu beruhigen.«

Ella stand am Fenster und beobachtete schadenfroh, wie Mrs. Lal einer weiteren Schandtat schuldig gesprochen wurde.

Es war Freitag. Soeben hatte sie beschlossen, eine Tasche zu packen und ebenfalls nach London zu fahren. Sicher würde sie in Lauras Gästezimmer übernachten können, und wenn nicht, dann bei ihrer Tochter. Wenngleich Cory ständig zu arbeiten schien. Ella hatte geglaubt, früher als Anwältin viel gearbeitet zu haben. Doch heutzutage mussten die jungen Leute für ihren Beruf ihr ganzes Leben aufgeben und rund um die Uhr verfügbar sein. Sie machte sich deshalb Sorgen um ihre Tochter, schwieg aber, da sie Cory nicht noch mehr ängstigen wollte.

Wenn sie bei Laura übernachtete, konnten sie wie früher auf ein Glas Wein in eine Bar gehen. Vielleicht sogar ins gute, alte Grecian Grove. Zumindest würde Laura sich freuen, sie zu sehen.

Zwanzig

»Hast du das junge Blut schon gesehen, das du so unbedingt haben wolltest?«, neckte Sal Lou, als sie von ihrem Häuschen aus durch den Garten schlenderten. »Er heißt Spike und ist wirklich recht attraktiv. Wenn ich nicht in meinem Alter und bereits in dich verliebt wäre, könnte ich direkt in Versuchung geraten.«

Sie beobachteten Spike, der trotz des kalten Wetters in einem Sporthemd und Jogginghose vor dem Hauptgebäude Lockerungsübungen machte.

»Hallo, Leute«, begrüßte er sie. »Ich habe mich gerade gefragt, ob jemand Lust auf eine Fitness-Stunde für ältere Menschen hat. Ich habe nämlich einen Kurs darin gemacht, und es wäre doch schade, das nicht zu nutzen.«

»Klingt gut. Ich höre mich um und gebe Ihnen Bescheid«, erwiderte Lou. Er beugte sich vor. »Bis jetzt hat mich noch niemand als ›älterer Mensch‹ bezeichnet, ich inklusive, und ich beabsichtige nicht, jetzt damit anzufangen«, raunte er Sal ins Ohr.

Er beobachtete, wie Don, ein Teppichmesser in der Hand, mit finsterer Miene an ihnen vorbeimarschierte. »Don, mein Freund, bleib mit diesem Ding von den Blondinen in der Dusche weg.«

»An Blondinen herrscht hier ziemliche Knappheit. Unter der Dusche und auch anderswo«, entgegnete Don.

Sal schnalzte missbilligend mit der Zunge. »Das war eine altersdiskriminierende Bemerkung.«

Don lachte nur.

»Sie sind Amerikaner, richtig?«, erkundigte sich Spike bei Lou, nachdem er erfolglos versucht hatte, Claudia zum Mitturnen zu überreden.

»Kluger Junge. Genau genommen bin ich aus New York. Für viele Leute gehört das nicht zu Amerika.«

»Ich war noch nie in den USA«, gestand Spike wehmütig.

»Wirklich? Warum denn das?«

»Das liegt nicht daran, dass ich keine Lust dazu hätte.« Er grinste. »Es war eben immer Ebbe in der Kasse, wenn Sie verstehen, was ich meine.«

»Am besten erzählen Sie mir mehr über diese Kurse, die Sie anbieten.« Lou fand Spike sympathisch, weil er so natürlich war.

»Sie heißen ›Fitness für alte Furzer‹.«

Lou, der fitter war, als es einem Mann seines Alters eigentlich zustand, krümmte sich vor Lachen.

»Das ist vermutlich so ähnlich wie Yoga für Senioren, das ich mal belegt habe«, merkte Sal an. »Sobald wir uns hingelegt hatten, ging es darum, wer zuerst furzt.«

»Okay. Ich melde mich an«, antwortete Lou. »Genauso wie das junge Fräulein hier«, fügte er mit einem anzüglichen Zwinkern hinzu.

»Hey«, protestierte Sal. »Das mit dem jungen Fräulein kannst du dir sparen.«

»Okay, dann haben Sie jetzt zwei alte Furzer auf Ihrer Liste.«

Pfeifend machte Spike sich auf die Suche nach weiteren Freiwilligen.

»Bei der indischen Dame würde ich es nicht versuchen«, rief Sal ihm nach. »Ich glaube nicht, dass das ihres ist. Allerdings habe ich keine Ahnung, worauf sie sonst steht. Abgesehen davon, Zäune zu zerstören, Küchenchefs zu beleidigen und recht unzuverlässig die Zukunft vorherzusagen.«

»Was, zum Teufel, mache ich bloß mit Mrs. Lal?« Claudia ließ sich in einen Sessel im Schlafzimmer sinken. Nackt wie Adam vor dem Sündenfall stand Don vor ihr. »Ich fasse es nicht, dass Laura sie uns aufgehalst hat und dann in London geblieben ist. Vielleicht wollte sie so ja ihr schlechtes Gewissen beruhigen, weil sie nicht mitgemacht hat.«

»Der Fairness halber«, wandte Don ein, ohne auf seinen unbekleideten Zustand zu achten, »hat Laura nie auch nur irgendein Interesse daran gezeigt, hierherzuziehen. Sie hat uns Bella zur Verfügung gestellt, die sich als wahres Wunder entpuppt hat, aber mehr nicht.« Er wühlte saubere Boxershorts aus der Unterhosenschublade.

»Vorsicht!«, schimpfte Laura. »Die sind alle gebügelt.«

»Ich brauche keine gebügelten Unterhosen«, antwortete Don, womit er Claudia noch mehr verärgerte, denn sie empfand das Bügeln von Unterhosen, so merkwürdig es auch klingen mochte, als überaus beruhigend.

»Außerdem«, fuhr Don ungerührt fort, »dachte ich, dass ihr Mrs. Lals Geld gebraucht habt. Ihr habt sie doch kaum aus Herzensgüte hierher eingeladen.«

»Stimmt«, räumte Claudia ein. »Aber Laura meinte, sie sei in Ordnung, und jetzt hat sie sich als absoluter Albtraum erwiesen. Kein Wunder, dass ihre Tochter und ihr Schwiegersohn sie unbedingt loswerden wollten. Außerdem hast du meine Frage noch nicht beantwortet.«

Mit nachdenklicher Miene schlüpfte Don in die alte Bluejeans, die er zum Holzhacken trug. Seine Lieblingsbeschäftigung in der Villa.

»Wie ich sehe, hast du deine Holzfällerkluft an. Vergiss nicht, Ella zu fragen, bevor du etwas umhaust.«

Don pfiff fröhlich vor sich hin.

»Also hast du keinen nützlichen Vorschlag?« Claudia wusste, wie zänkisch sie sich anhörte, aber Don hätte wenigstens Verständnis dafür haben können, unter welchem Druck sie stand.

»An deiner Stelle würde ich deine Mutter um Rat bitten.«

»Meine Mutter?« Claudia starrte ihn an, als hätte er sich in einen gefährlichen Wahnsinnigen verwandelt.

»Ja, deine Mutter. Hast du schon vergessen, dass sie die Hochzeit unserer Tochter gerettet hat?«

Don hatte recht. Andererseits gehörten Taktgefühl und ein diplomatischer Umgang mit anderen Menschen nicht unbedingt zu Olivias Fähigkeiten. Claudia beschloss, zuerst selbst ein Wörtchen mit Mrs. Lal zu reden.

Rose McGill blickte hinaus in den frühen Morgen. In den Bäumen hing noch der Nebel wie ein weißer Chiffonschal über den Schultern einer gähnenden Debütantin. Ein Fasan, der schönste, aber auch dümmste aller Vögel, stolzierte über den Rasen, spreizte sein Gefieder und krächzte seine mausbraune Gefährtin an.

Wenn sie jünger gewesen wäre, wäre sie vielleicht schwimmen gegangen. Doch ihr Rheuma machte ihr zu schaffen. Inzwischen schien es morgens immer länger zu dauern, bis ihre Gelenke locker wurden.

Gerade wollte sie ein Bad nehmen, als sie Murdo Binns bemerkte. Mit einer Miene wie ein zum Tode Verurteilter schlüpfte er aus Mrs. Lals Domizil, blickte sich in beide Richtungen um und nahm den Umweg zum Parkplatz. Das schlug dem Fass nun wirklich den Boden aus, nachdem er so ein Theater darum veranstaltet hatte, wie verliebt er in sie sei. Allerdings war Murdo schon immer schwach und leicht zu beeinflussen gewesen. Sie führte das auf seine Mutter, eine wahre Megäre, zurück. Diese Frau war auch der Grund, warum sie sich vor all den Jahren geweigert hatte, ihn zu heiraten.

Wie gerne wäre sie beweglicher gewesen, um die Treppe hinunterzueilen und ihn zu verfolgen. Aber bis sie unten wäre, hätte er wahrscheinlich schon Godalming erreicht.

So viel dazu, dass er ihnen die Villa nur unter der Bedingung verkauft hatte, sie müsse Teil des Pakets sein. Blöder Idiot. Allerdings waren Männer Roses Erfahrung nach allesamt verblödet, wenn es um Sex ging. Sie rannten ihm nach wie einem funkelnden Spielzeug und begriffen nicht, dass das Spielzeug, das sie bereits besaßen, um einiges kostbarer war.

Da Murdo achtzig war, kam ihm Mrs. Lal vermutlich wie eine jüngere Frau vor, obwohl sie mindestens siebzig sein musste. Vielleicht hielten indische Frauen sich ja länger frisch. Der ganze Kamasutra-Kram und so.

Sie sah eine sichtlich nervöse Claudia auf Mrs. Lals Tür zusteuern. Da sie es auf keinen Fall rechtzeitig nach unten schaffen würde, um sie zu warnen, öffnete sie stattdessen das Fenster und rief hinunter.

»Guten Morgen, Claudia. Möchtest du nicht kurz auf einen Kaffee raufkommen und ein bisschen plaudern?«

Claudia erschrak. Rose McGill war keine Frau, die ihre Zeit mit Geplauder verschwendete, wenn sie nicht etwas Wichtiges zu sagen hatte.

Rose, noch im Morgenmantel, stand in der Küche und füllte einen Espressokocher. »Keine Lust, mich mit diesen kleinen Kapselmaschinen rumzuplagen, wie wir in der Redaktion hatten. Ständig waren die Sorten alle, die man mochte, und man musste sich mit *Fortissimo* begnügen, obwohl man *Arpeggio* wollte.«

»Tut mir leid, Rose«, erwiderte Claudia. »Aber ich spreche kein Nespresso.«

Rose war so verärgert, dass sie nicht einmal lachte. »Weißt du, dass der Küchenchef weg ist? Er hat nicht bloß gedroht, sondern ist tatsächlich verschwunden.«

»Ach herrje.«

»Und dann habe ich gerade beobachtet, wie Murdo Binns sich aus Mrs. Lals Haus geschlichen hat. Findest du nicht, dass wir Regeln in Sachen Übernachtungsgäste aufstellen sollten?«

»Mein Gott, Rose, wir sind alle erwachsen.«

»Er könnte einen Herzinfarkt kriegen, wenn er sich so übernimmt.«

Claudia musste sich ein Lachen verkneifen. Allerdings verstand sie sehr wohl, dass eine Beziehung zwischen Murdo und Mrs. Lal sehr unangenehme Folgen haben konnte.

»Und was unternimmst du wegen des Küchenchefs? Essen auf Rädern bestellen? Dafür sind wir wahrscheinlich alt genug.«

Claudia hatte nicht den blassesten Schimmer. Vielleicht würde sie doch mit ihrer Mutter reden.

Als Ella durch die Schranke in der Waterloo Station ging, empfand sie einen Anflug von Enttäuschung. Laura hatte versprochen, sie abzuholen, wenn sie es einrichten konnte. Natürlich war die Fahrt mit der U-Bahn ein Kinderspiel, aber wenn jemand auf einen wartete, war das nun mal etwas Besonderes. Es gehörte zum menschlichen Instinkt zu hoffen, dass einem jemand zuwinkte, auch wenn der Verstand einem sagte, dass es unmöglich war. Als sie auf die riesige Karte des U-Bahn-Netzes an der Wand zusteuerte, sprang eine Gestalt hinter der großen weißen Anzeigetafel hervor, die die Verspätungen ankündigte.

Es war Laura, die in einer hellgelben Strickjacke, mit einem Seidenschal um den Hals und in Bluejeans ausgesprochen hübsch aussah. Sie war mit einem Strauß rosafarbener Astern bewaffnet, die sie Ella in die Hand drückte.

»Überraschung!« Sie umarmte ihre Freundin. »Ich freue mich ja so, dich zu sehen. Ich kann dir gar nicht sagen, wie seltsam es in London ohne euch ist. Ja, ich weiß, ich sollte eine alte Dame sein, in Pantoffeln vor dem Kamin sitzen und nichts mehr vom Leben erwarten. Aber im Kopf bin ich noch neunzehn und möchte mich austoben.«

»Dann toben wir uns aus. In einem netten Pub oder in einer Weinbar zum Beispiel.«

»Wir könnten um der alten Zeiten willen ins Grecian Grove gehen.«

Ella legte den Arm um Laura und zog mit der anderen Hand ihren Rollkoffer hinter sich her. »Tolle Idee! Genau darauf hatte ich gehofft. Oder sollen wir zuerst zu dir fahren?«

»Es ist schon sechs. Zeit für einen Wein. Komm.«

Ella musterte Laura eine Weile. Sie schien sich verändert zu haben und hatte nichts mehr von einer verlassenen Ehefrau oder einer von Schuldgefühlen geplagten Großmutter an sich. Stattdessen verströmte sie ein inneres Leuchten, wie es einem die Kosmetikfirmen stets versprachen, aber niemals lieferten. Wenn sie es hätte in Flaschen abfüllen können, hätte sie damit ein Vermögen verdient.

»So«, meinte Ella, als sie sich vor den vertrauten verblassenden Nymphen in der Weinbar niederließen, die so lange ihr Hauptquartier gewesen war. »Warum siehst du so hinreißend aus?«

»Tue ich das?«, spielte Laura die Unschuldige.

»Das musst du doch bemerkt haben. Hast du im Lotto gewonnen? Einen tollen neuen Job ergattert? Dich verliebt?«

Laura lachte nur. »Das erzähle ich dir später. Lass uns erst ein Selfie von uns und diesem angesäuselten Bacchus machen und es an Claudia und Sal schicken. Die werden gelb vor Neid sein!«

Laura hielt ihr Telefon hoch und fotografierte, während sie mit Pinot Grigio miteinander anstießen.

Nach dem nächsten Glas, begleitet von frittierten Calamari und einem Tellerchen schwarzer Oliven, fühlte sich Laura ein wenig beschwipst und mutiger. Sie förderte ihr Telefon zutage und zeigte Ella das Foto eines sehr attraktiven Mannes mit glänzendem, gewelltem Haar und schmachtenden braunen Augen, dem es gelang, gleichzeitig freundlich und sexy auszusehen. »Wow! Wer ist denn das?«

»Er heißt Gavin.«

»Wo hast du ihn kennengelernt?«

Laura lachte wieder, diesmal leicht verlegen. »Auf einem Dating-Portal namens *Out There.* Ich habe mich angemeldet, um mehr über ihn zu erfahren.«

»Aha. Dann erzähl mir von ihm. Wo wohnt er? War er verheiratet? Hat er Kinder?« Noch einmal musterte Ella sein Gesicht. »Sieht er wirklich so umwerfend aus wie auf dem Foto?«

Lauras Rücken versteifte sich fast unmerklich, als sie den letzten Rest Wein in der Flasche einschenkte.

»Die Sache ist die – und das klingt jetzt bestimmt komisch –, dass ich ihm noch nie persönlich begegnet bin.

Er ist Ingenieur, lebt in Beirut und arbeitet an einem großen Fotovoltaikprojekt. Aber bald treffe ich ihn. In ein paar Wochen kommt er nach London.«

»Wie aufregend! Also habt ihr bis jetzt nur miteinander telefoniert?«

»Nun, bis jetzt haben wir uns bloß E-Mails und Nachrichten geschickt. Wir haben auf der Plattform angefangen, und dann, vielleicht hätte ich das nicht tun sollen, aber ich wusste, dass er vertrauenswürdig ist, habe ich ihm meine Mobilfunknummer gegeben.« Lächelnd blickte Laura in ihr fast leeres Weinglas. »Inzwischen habe ich wirklich das Gefühl, ihn zu kennen. Du wirst nicht glauben, wie romantisch er ist. Jeden Morgen schickt er mir eine Nachricht, und abends wünscht er mir eine gute Nacht. Einige seiner Nachrichten sind, na ja, ein bisschen sexy.« Sie suchte ein Beispiel und zeigte es Ella.

Ich sehne mich danach, die Nacht mit dir zu verbringen und in deinen Armen liegend den Sonnenaufgang zu beobachten. Laura, du bist die Frau meiner Träume. Gavin

»Ach herrje.« Ella gab sich Mühe, Laura die Freude nicht zu verderben, doch es gelang ihr nicht recht. »Wie kannst du die Frau seiner Träume sein, obwohl du ihm noch nie begegnet bist? Vielleicht ist er sexsüchtig oder ein Serienmörder!«

»Ich wusste, du würdest es nicht verstehen.« Laura wirkte so gekränkt, dass Ella bedauerte, nicht taktvoller gewesen zu sein. Schließlich hatte ihre Freundin mit Simon, dem Mistkerl, so viel durchgemacht.

»Sei aber trotzdem vorsichtig«, fügte sie hinzu. »Wo triffst du dich denn mit diesem Typen? Hoffentlich an einem sehr öffentlichen Ort. Und du darfst ihn nicht mit zu dir in die Wohnung nehmen.«

Laura lachte nur. Ella spürte, dass Laura wirklich

glaubte, diesen Mann sehr gut zu kennen. »Keine Sorge, ich mache schon keine Dummheiten. Ich bin einfach nur so aufgeregt, weil ich ihm endlich begegnen werde.«

»Ja«, antwortete Ella, hin- und hergerissen zwischen Sorge und Freude darüber, dass ihre Freundin so glücklich wirkte. »Das merke ich dir an.«

Sie hoffte, dass mit diesem Mann alles in Ordnung war. Natürlich lernten sich heutzutage viele Leute im Internet kennen, doch all die Webseiten und Apps waren eine fremde Welt für sie. Vielleicht war sie ja altmodisch und hinkte dem Zeitgeist hinterher.

Claudia beschloss, Bella zu bitten, sich zu erkundigen, ob der Zwist mit dem Küchenchef wirklich nicht mehr beizulegen war. Falls ja, musste sie eine Vertretung für ihn finden. Was genau hatte dieses verdammte Weibsbild bloß zu ihm gesagt? Denn eines hatte Claudia gelernt, seit sie alle hier lebten: Die Wasserrohre mochten ihre Mucken haben, und das Putzpersonal mochte es nicht so genau nehmen, doch beim Essen gab es kein Pardon.

Beinahe hatte sie Bellas Tür erreicht, als ihr Vater und Hiro auf dem Weg in den Pub an ihr vorbeikamen, wo Hiro Len im Scrabble besiegte und ihr Vater jeden Tag um halb eins ein kleines Glas Theakstone Old Peculier trank. Das hieß, dass ihre Mutter allein sein würde. Mrs. O'Brien, die grässliche Pflegerin, war beim Umzug Gott sei Dank in die Wüste geschickt worden.

Claudia traf ihre Mutter dabei an, wie sie sich einen Tee kochte und dabei bedrückt aus dem Fenster starrte. »Alles in Ordnung, Ma?«

»Es liegt an deinem Vater«, lautete die unlogische Antwort ihrer Mutter. »Inzwischen ist er so verdammt glücklich. Seit ihm dieser hirnlose Schrotthaufen auf den

Fersen folgt, hat er keine menschliche Gesellschaft mehr nötig.«

Claudia wollte sie nicht darauf hinweisen, dass Hiro auf keinen Fall hirnlos war. Außerdem hatte Olivia Len völlig ignoriert, als er noch bereit gewesen war, mit ihr zu sprechen, und die Gesellschaft der Pflegerin bevorzugt.

»Wahrscheinlich wolltest du sowieso zu ihm«, meinte Olivia. »Dein Vater und du wart immer ein Herz und eine Seele.«

»Nein, eigentlich wollte ich mit dir sprechen. Ich brauche einen Rat.«

»Von *mir*?«, erwiderte Olivia ungläubig. »Du wendest dich an *mich*, weil du einen Rat brauchst?« Sie machte ein Gesicht wie ein Hase mit gebrochener Pfote, der plötzlich bemerkte, dass der Knochen gesplittert war. »Ich dachte, du und deine Freundinnen fänden, dass ich mich in alles einmische.«

»Nein, Ma, überhaupt nicht. Don hat mich vorhin erst daran erinnert, wie du Gabys Hochzeit gerettet hast.«

Olivia setzte sich an den großen Esstisch, der inzwischen kaum noch benutzt wurde, aber in Claudias Kindheit eine wichtige Rolle gespielt hatte. Sie bemerkte, dass ihre Mutter stark abgenommen hatte. Ihre Kleider schlotterten um ihren Körper. Ihre angsteinflößende Mutter, die so manchen allein schon durch ein Hochziehen ihrer Augenbraue vernichten konnte, wirkte auf einmal mitleiderregend.

»Es ist Mrs. Lal, die sich in alles einmischt.« Claudia nahm neben ihrer Mutter Platz. »Der Küchenchef hat ihretwegen gekündigt, und jetzt glaubt Rose, sie wolle ihr den Verehrer ausspannen und die nächste Lady Binns werden.« Sie seufzte laut auf. »Doch Laura beteuert, das sei alles nur Theater, und eigentlich sei Mrs. Lal recht nett.« Claudia lehnte den Kopf an die Schulter ihrer Mutter. »Oh Gott, Ma, alles fällt auseinander, und das ist nur meine Schuld. Schließlich habe ich die anderen überredet, hierherzuziehen.«

»Komm, nimm dich zusammen, Schatz. Warum veranstaltest du nicht einen kleinen Umtrunk?«

Beinahe hätte Claudia losgelacht. »Weil momentan niemand kommen würde. Und wenn doch, würden sie nicht miteinander reden.«

»Auch nicht, wenn es ein paar leckere Kanapees gibt?«

Claudia spürte, wie Hysterie in ihr hochstieg. Vermutlich würden sich Rose und Mrs. Lal bei Morgengrauen mit Blinis duellieren.

»Also gut«, meinte Olivia. »Was beherrscht diese Dame besonders gut?«

»Abgesehen davon, dass sie die Leute allesamt gegen sich aufbringt? Angeblich ist sie eine ausgezeichnete Wahrsagerin. Und sie soll auch eine berühmte Heiratsvermittlerin sein.«

»Davon hatten wir genug«, schnaubte Olivia. »Als dieser Daniel einfach hier aufgetaucht ist und mit Ella geflirtet hat.«

»Warum fragst du eigentlich?«

»Als Dad und ich in Dubai gelebt haben, gab es da eine Dame, die ihre dämliche Nase ständig in die Angelegenheiten anderer Leute gesteckt hat. Ich fürchtete schon, jemand könnte sie ermorden, und ihre Leiche würde im Persischen Golf angeschwemmt werden.«

Claudia lauschte fasziniert. Ihre Mutter sprach nur selten über die Zeit, als Dad erfolgreich und sie eine Managerehefrau gewesen war.

»Dann fand ich heraus, dass sie eine geniale Bridgespielerin war. Wir haben sie überredet, einen Bridgeclub zu gründen. Sie hat den verschleierten Damen im Königspalast das Spiel beigebracht und wurde eine wirklich wichtige Persönlichkeit. Wir hatten nie mehr Ärger mit ihr.« Ihre Mutter blickte nachdenklich drein. »Ich habe gesehen, dass im Wohltätigkeitsladen im Dorf eine Stelle frei ist. Glaubst du, das wäre etwas für Mrs. Lal?«

»Herrje, sie ist so superelegant, obwohl Laura erwähnt hat, dass sie ihren gesamten Schmuck bei Oxfam kauft.«

»Caramba! Soll ich mit ihr reden? Sie wird nicht die Stacheln aufstellen, wenn ein armes, altes Mütterchen wie ich ihr das Ohr abkaut. Meinetwegen kann sie so gönnerhaft sein, wie sie will.«

Claudia grinste. Ein Mensch, der ihre Mutter gönnerhaft behandelte, hatte die Rechnung eindeutig ohne den Wirt gemacht.

»Würdest du das tun, Ma? Sie kann nicht mehr anstellen, als dir den Kopf abzubeißen.«

»Nicht, wenn ich ihr von der Schatulle mit Modeschmuck erzähle, die hinter der Theke versteckt ist.«

»Ist da eine Schatulle mit Modeschmuck versteckt? Ich dachte, das sei verboten.«

»Noch ist da nichts.« Olivia zog ein Gesicht wie eine Hexe, die gerade der Folter entronnen war. »Aber bald wird da etwas sein.«

»Wollen wir in ein Restaurant im Ort gehen, da der Küchenchef das sinkende Schiff verlassen hat?«, schlug Lou Sal vor. »Rose tobt noch immer vor Wut.«

»Das wundert mich nicht.« Sal grinste. »Rose ist sehr wählerisch, was das Essen betrifft. Und dann musste sie auch noch beobachten, wie Murdo sich aus Mrs. Lals Zuhause schleicht.«

»Fairerweise muss man ihm zugestehen, dass es kein

Flur war und dass niemand weiß, ob es sich um ihr Schlafzimmer gehandelt hat. Vielleicht hat er nur eine Tasse Kaffee bei ihr getrunken. Ihr Briten seid so moralisch.«

»Ich dachte immer, ihr Amerikaner wärt die Moralisten. Wegen der Puritaner und der *Mayflower* und so. Außerdem hatte der alte Murdo seine Schuhe in der Hand, um Geräusche zu vermeiden.«

»Hmmm, das ist zugegebenermaßen belastend. Was hältst du denn von einem leichten Abendessen im Laden Ox?«

Sal lächelte ihn liebevoll an. Die Wahrheit lautete, dass sie sich in letzter Zeit so abgrundtief erschöpft fühlte und nicht über mögliche Ursachen nachdenken wollte. »Warum nicht? Wenn du erst mal ein Stück Steak-and-Kidney-Pie intus hast, willst du nie wieder zurück nach Brooklyn.«

»So lecker sind die?« Lou war aufgefallen, dass Sal inzwischen mehr schlief. Sogar nachmittags, was sie sonst nie tat. Es bereitete ihm Sorgen.

»Nein, sie machen einen nur auf unabsehbare Zeit bewegungsunfähig.« Zärtlich berührte sie sein Gesicht. »Ich glaube, ich lege mich für fünf Minuten hin, bevor wir in den Pub gehen.«

»Tu das. Möchtest du eine Tasse Tee im Bett?«

»Allmählich lernst du die britische Lebensart.«

Am nächsten Tag gingen Ella und Laura einkaufen.

Laura wollte sich etwas Neues für Gavins Besuch anschaffen. Zu Ellas Erstaunen blieb die sonst so sittsame Laura vor Victoria's Secret stehen und spähte sehnsüchtig hinein.

»Glaubst du, mein Busen ist zu groß für einen dieser Balkonette-BHs?« Sie wies auf ein kaum vorhandenes schwarzes Etwas mit ebenso knappem Höschen. Soweit Ella wusste, hatte sich Laura während ihrer Ehe mit Simon nie für solche Dinge interessiert.

Ella war jetzt seit über vierundzwanzig Stunden bei ihrer Freundin und beobachtete, wie aufgeregt sie auf die nächste Nachricht von Gavin wartete. Und er schrieb ziemlich viele. Woher er die Zeit nahm, Solaranlagen zu bauen, obwohl er fast ständig am Telefon hing, um Laura morgens, mittags und abends intime Texte zu schicken, war ihr rätselhaft. Allerdings verstand sie allmählich, wie sehr sich ihre Freundin bei diesem Fernflirt geliebt und wertgeschätzt fühlte.

Nur dass es kein Flirt war. Die schiere Beharrlichkeit dieses Mannes löste in Ella Unbehagen aus. Es erschien ihr beinahe wie Kontrolle, obwohl Laura das nie so betrachten würde. Nach einer Ehe mit einem Mann, der sie kaum zur Kenntnis genommen hatte, sonnte sie sich in der Aufmerksamkeit. Ella ertappte sich bei der Frage, ob die Männer im Missbrauchsskandal von Rotherham sich wohl so ihre Opfer herangezüchtet hatten, und erschrak über ihre eigenen Gedanken.

Obwohl Laura aufblühte wie eine Rose, die vor sich hin gewelkt hatte und sich nun wieder entfaltete, wünschte Ella, sie hätte den Mann auf konventionellerem Wege kennengelernt.

Laura hatte sich gegen den Balkonette-BH entschieden und schleppte Ella in eine Boutique in der South Molton Street, die schulterfreie schwarze Kleider an die Ehefrauen reicher Russen verkaufte. Und obwohl Laura in einer gemieteten Dreizimmerwohnung lebte, wollte sie eindeutig eines erwerben.

Sie lachte über Ellas Gesichtsausdruck. »Schau, ich habe die Hälfte des Erlöses vom Hausverkauf auf dem

Konto. Da wird ein Kleidchen mich schon nicht in die Pleite treiben.«

»Das Geld ist für dein neues Zuhause gedacht, sobald du eines findest.« Ella war bewusst, dass sie wie eine nörglerische Mutter klang. Oder wie ihre eigene herrschsüchtige Tochter Julia.

Im Good Age, dem Wohltätigkeitsladen zwei Türen entfernt vom Laden Ox, hatte man noch nie eine derartige freiwillige Helferin gesehen wie tags darauf Olivia, die eine widerstrebende Mrs. Lal im Schlepptau hatte.

»Mein Gott«, verkündete Mrs. Lal und sah sich angewidert um. »Bei uns zu Hause würde man einen derart heruntergekommenen Laden niemals dulden.« Sie schnupperte. »Und was ist das für ein abscheulicher Geruch?«

Olivia holte tief Luft. Es handelte sich um den typischen Geruch eines Wohltätigkeitsladens: auf muffigen Speichern gelagerte Kleider und Schuhe, die schon vor Jahrzehnten hätten weggeworfen werden müssen, das Ganze untermalt von einem unverkennbaren Hauch Urin. Doch das würde sie Lalita gegenüber nicht zugeben.

»Das, meine liebe Mrs. Lal«, erwiderte Olivia in der Hoffnung, dass nicht zu viele Leute mithörten, »liegt daran, weil hier jemand gebraucht wird, der Ordnung schafft. Jemand mit Geschmack und Visionen.«

Angesichts dieser Herausforderung begannen Mrs. Lals schwarze Augen zu funkeln. »In der Tat!« Sie betrachtete die beiden Helferinnen über siebzig, die sie bewundernd und furchtsam zugleich musterten. In etwa so, wie unbewachte Schafe den neuen Schäferhund anstarrten. Dabei öffneten sie die kürzlich angelieferten Müllsäcke mit milden Gaben.

»Schritt eins ist, den Laden in ein attraktives Einkaufserlebnis zu verwandeln.« Sie beäugte die Damen, die sich die Müllsäcke an die strickjackenbewehrte Brust drückten. »Los«, befahl sie. »Geben Sie einen her.« Sie fing an, den Inhalt mitten auf dem Boden zu verstreuen. »Eine Unverschämtheit, so einen Schrott für einen guten Zweck zu spenden. Niemand, den ich kenne, würde so etwas anziehen.«

Olivia kam zu dem Schluss, dass Mrs. Lals Wissen, was das Konzept eines Wohltätigkeitsladens anging, eindeutig begrenzt war. »Hier ist es ganz anders, Mrs. Lal. Viele Leute kaufen in Läden wie diesem ein. Insbesondere junge Menschen. Sie nennen es nicht Secondhand, sondern Vintage.«

»Ich bleibe bis heute Abend«, verkündete Mrs. Lal, als hätte sie sich für die Kavallerie *Leichte Brigade* gemeldet. »Morgen werden Sie den Unterschied bemerken.«

»Ich weiß nicht, ob Sie das dürfen«, protestierte eine der Strickjackendamen, die Flo hieß. »Was wird die Managerin dazu sagen?«

Mrs. Lal drehte sich zu ihr um. »Ich kümmere mich um die Managerin.«

Flo erkannte einen befehlsgewohnten Tonfall auf Anhieb. »Also gut«, stimmte sie schüchtern zu. »Aber vielleicht sollten Sie sie vorher anrufen …« Sie kramte hinter der Theke nach der Nummer.

Olivia hatte sich immer gefragt, was ein tödlicher Blick war. Nun wusste sie es.

»Das wird nicht nötig sein«, versicherte Mrs. Lal mit Nachdruck. »Wenn ich eins im Leben gelernt habe, dann, dass Bürokratie der Feind der Kreativität ist.«

»Brauchen Sie Hilfe?«, erbot sich Olivia, wobei sie sich fragte, was sie da auf das ahnungslose Minsley losgelassen hatte.

»Nein, danke«, entgegnete Mrs. Lal. »Ich arbeite besser allein.«

Ohne zu zögern, schlüpfte sie aus ihrem Mantel von Stella McCartney und sah sich um.

Olivia verkniff sich ein Lächeln, als sie Flo und ihre Freundin beruhigte und sie bat aufzuschreiben, wie man den Laden abschloss. Dann watschelten die zwei davon wie zwei zähe alte Truthähne, die versuchten, Weihnachten zu verdrängen.

Ella stand bei Costa Coffee in der Waterloo Station Schlange und gab sich Mühe, nicht an Laura und den geheimnisvollen Gavin zu denken. Ein Zug war gerade abgefahren, und ärgerlicherweise kam der nächste erst in zwanzig Minuten. Zumindest würde sie um diese Zeit einen Sitzplatz ergattern.

»Was halten Sie von etwas Stärkerem?«, erkundigte sich eine Stimme hinter ihr.

Als Ella herumwirbelte, stellte sie fest, dass Daniel Forrest sie lächelnd beobachtete.

»Sie haben vielleicht Nerven«, antwortete Ella und wandte sich wieder zur Theke um.

Irgendwie gelang es ihm, sich in der Warteschlange hinter sie zu schummeln. »Hören Sie, das letztens war wirklich dumm von mir. Es tut mir leid.«

»Ganz recht. Sie haben Claudia und Don sehr verärgert.«

»Ich dachte, das sei Schnee von gestern. Claudia und ich haben nur ein bisschen geflirtet und uns hin und wieder geküsst. Zu mehr ist es nie gekommen.«

»Vielleicht für sie schon. Soweit mir bekannt ist, wäre die Hochzeit ihrer Tochter beinahe daran gescheitert, als Don es herausfand.«

»Der war aber auch kein Waisenknabe, selbst wenn er nur online unterwegs war, was ich ziemlich seltsam fand.«

Ella wollte schon entgegnen, dass online noch besser war als ein tatsächlicher Seitensprung, überlegte es sich aber anders, als ein unangenehmer Gedanke an Laura ihr durch den Kopf schoss.

»Ich bedauere es wirklich. Meinen Sie, ich sollte mich bei Claudia entschuldigen?«

»Auf gar keinen Fall. Halten Sie sich einfach nur von der Villa fern.«

»Wie soll ich meine Sünden sonst abbüßen? Soll ich mich der furchterregenden Mrs. Lal als Menschenopfer darbieten, damit sie ihre Fähigkeiten als Heiratsvermittlerin an mir üben kann?«

»Daniel«, erwiderte Ella streng. »Das würde meiner Ansicht nach nur zu noch mehr Ärger führen.«

»Ich bin nicht Casanova.« Ella musste zugeben, dass er ein ausgesprochen charmantes Lächeln hatte, und schüttelte sich innerlich.

»Ich fürchte, im Moment fällt mir nichts dazu ein«, sagte sie mit Nachdruck.

»Tja, wenn Sie eine Idee haben, lassen Sie es mich wissen.« Er überreichte ihr seine Visitenkarte.

»Sehr förmlich.«

»Ich dachte, Sie wollten es lieber förmlich.«

Ella kam zu dem Schluss, dass er gleichzeitig attraktiv und eine Nervensäge war. Und eindeutig gefährlich. Denn sie konnte in ihrem Leben keine Romantik und die damit einhergehenden Schmerzen und Sorgen gebrauchen. Außerdem war sie viel zu festgefahren. Man musste sich nur anschauen, was gerade mit Laura passierte. Im Moment strahlte sie wie ein Stern, doch was war, wenn sie in ein schwarzes Loch fiel?

Im Zug bestellte sie einen Gin Tonic vom Imbisswagen, schaltete ihr iPad ein und begann, die »Gefahren des Online-Datings« zu recherchieren.

Vielleicht übertrieb sie es ja, aber Vorsicht war die Mutter der Porzellankiste. Allerdings war sie sich nicht so sicher, dass Laura ihre Meinung teilen würde.

Einundzwanzig

»Komm, Claudia, mein Schatz«, rief Olivia am nächsten Morgen. »Ich kann es kaum erwarten zu sehen, was deine Mrs. Lal aus dem Laden gemacht hat.«

»Sie ist nicht meine Mrs. Lal. Wenn überhaupt, ist sie Lauras. Außerdem bin ich damit beschäftigt, mit Bella nach Vertretungsköchen zu suchen. Aber die arbeiten entweder in Schulkantinen oder suchen im Rahmen ihrer Ausbildung einen Praktikumsplatz. Nicht gerade Roses Stil.«

»Ist ihr Essen wirklich so wichtig?«

»Ja«, antworteten Bella und Claudia im Chor. »Rose hat darauf bestanden, dass wir einen guten Koch und die Möglichkeit haben, zusammen zu essen. Laut Rose ist das ein Bestandteil des zivilisierten Lebens. Meiner Ansicht nach hat sie recht, auch wenn es ein Luxus ist. Gemeinsame Mahlzeiten sind wichtig. Und sie denkt nicht als Einzige so. Seit Mrs. Lal den Küchenchef vergrault hat, gibt es eine Menge Gegrummel. Verdammtes Frauenzimmer.«

»Ich muss zugeben, dass ich das Herz aus Gold, das sich angeblich hinter ihrer harten Schale verbirgt, noch nicht entdecken konnte«, fügte Bella hinzu. Noah lenkte sie ab, indem er an einer Bommel ihres afghanischen Vintage-Kleides zerrte.

»Ich habe Mrs. Lal gerade erklärt, dass Secondhand bei jungen Leuten wie dir als sehr modisch gilt«, merkte Claudia an.

»Wiedergeliebt«, meinte Bella grinsend.

»Verzeihung?« Kopfschüttelnd verzog Olivia das Gesicht.

»Wiedergeliebt. So nennen die Amerikaner Secondhand.«

»Wirklich?«, wunderte sich Olivia. »Die Amerikaner sind schon ein komisches Völkchen.«

»Aber Lou ist in Ordnung.« Bella setzte Noah auf ihr Knie.

»Er gehört praktisch zu uns«, stimmte Claudia zu. »Immerhin ist ihm Lower Minsley lieber als Brooklyn.«

»Ich war mal in Brooklyn«, verkündete Olivia. »Sie hatten geschlossen.«

Die anderen starrten sie zweifelnd an.

»Das ist ein Witz! Eine Parodie auf WC Fields.« Sie gab eine überzeugende Imitation des mondgesichtigen großen Komikers zum Besten. »›Ich war in Philadelphia. Es hatte geschlossen.‹ – Ich habe einfach nur Brooklyn eingesetzt.«

»Ma, wir haben's kapiert.«

»Aber ihr habt nicht gelacht. Eure Generation hat keinen Sinn für Humor.«

Claudia nahm sie am Arm und führte sie weg, während Bella mit einem Kichern kämpfte.

»Jetzt hat sie den Witz verstanden«, sagte Olivia. »Ein bisschen spät, wie ich feststellen muss.«

Olivia beharrte darauf, beim Bäcker anzuhalten, und kaufte Rosinenbrötchen und drei Kaffee zum Mitnehmen.

»Um diese Zeit ist sie sicher noch nicht da, Ma«, wandte Claudia ein. »Wenn sie wirklich bis in die Nacht geblieben ist.«

»Wart's nur ab. Ich habe ihren Blick gesehen. Außerdem könnten wir die Sachen Minnie und Flo geben, oder wie auch immer die beiden heißen.«

»Das Problem ist nur …«, wandte Claudia ein. »Ich kann mir einfach nicht vorstellen, dass sie weiter mit der guten, alten Minnie und auch Flo zusammenarbeiten will, wenn sie den Laden erst aufgemöbelt hat.«

Beim Anblick von Mrs. Lal im Schaufenster des Good Age blieben sie wie angewurzelt stehen. Ihr sonst so makellos frisiertes Haar war zu staubigen Strähnen gesträubt. Sie lackierte gerade die letzte der orangefarbenen, blauen und gelben Holzkisten, die sie bienenwabenförmig angeordnet hatte.

»Das war die letzte verdammte Kiste«, verkündete Mrs. Lal triumphierend und fiel über die Rosinenbrötchen her wie eine Verhungernde. »Ich habe sie vor der Weinhandlung gesehen und es gerade noch geschafft, Lack und Pinsel zu kaufen, bevor der Eisenwarenladen schloss.«

»Aber was wollen Sie damit?«, erkundigte sich Olivia.

»Ich werde Vasen, ein paar Schuhe und die Tortenhaube hineinstellen« – sie wies auf einen hübschen Gegenstand mit Glasglocke –, »um die Passanten anzulocken.«

In diesem Moment bemerkten sie Minnie und Flo, die in Strickjacken gewandeten Freiwilligen, die gerade zur Arbeit erschienen und entgeistert auf die Verwandlung starrten.

Und man konnte es wirklich nur als Verwandlung bezeichnen. Mrs. Lal hatte sämtliche willkürlich herumhängenden Kleider, Oberteile, Blazer und Röcke nach Farben sortiert, welche die der Kisten im Fenster widerspiegelten. Besonders stach die orangefarbene Abteilung ins Auge. Im Regal unter den Kleidungsstücken befand sich eine Reihe von Handtaschen, Schuhen und weiteren Objekten im gleichen Farbton und direkt daneben die blaue Abteilung, die wie in einem Kaleidoskop fließend in die grüne, gelbe und violette überging.

Die Wirkung war faszinierend.

»Oh mein Gott«, stieß Olivia hervor.

»Ach herrje«, stimmte Claudia zu. »Man möchte nicht meinen, dass es derselbe Laden ist.«

»Was wird Vera wohl dazu sagen?«, murmelte Minnie.

»Ich bezweifle, dass es ihr gefallen wird«, flüsterte Flo sorgenvoll.

»Und wer ist diese Vera?«, fragte Mrs. Lal herablassend.

»Die Managerin«, erwiderten Minnie und Flo im Chor.

»Dann sollte sie sich umschauen und etwas lernen«, entgegnete Olivia.

»Ich muss zugeben«, antwortete Flo, steckte die Hände in die Taschen ihrer Strickjacke und drehte sich bewundernd um die eigene Achse, »dass es wirklich sehr hübsch ist. Ein Jammer, dass wir für die Wahl zum besten Wohltätigkeitsladen zu spät dran sind.«

»Und was ist der beste Wohltätigkeitsladen?« Plötzlich war Mrs. Lal wieder hellwach.

»Die Bewerbungsformulare kamen vorgestern. Vera hat sie in den Papierkorb geworfen.«

»In diesen hier?« Mrs. Lal kramte in einem eisernen Papierkorb hinter der Kasse und förderte triumphierend einige Blätter Papier zutage.

»Ja, ich denke schon«, meinte Flo, die sichtlich der Mut verließ. »Der Preis sind tausend Pfund und ein Mittagessen mit Mary Portas.«

»Diese Frau mit ihren Fernsehshows über den Einzelhandel war schon immer meine Heldin«, erwiderte

Mrs. Lal ehrfürchtig. »Diese Frisur. Dieser perfekte Rotton.«

Claudia staunte insgeheim über die modernen globalen Medien, die es Mrs. Lal ermöglicht hatten, in Indien eine Reportage über Mary Portas' Wiederbelebung britischer Einkaufsstraßen zu verfolgen.

Mrs. Lal nahm einen goldenen Stift von Parker aus ihrer Prada-Tasche und begann, das Formular auszufüllen.

»Ich bin nicht sicher, ob Vera einverstanden sein wird«, protestierte Minnie wieder.

»Dann kann mich diese Vera mal im Mondschein besuchen«, entgegnete Olivia in ihrem schneidendsten Tonfall.

»Danke, Ma«, flüsterte Claudia, während sie auf Mrs. Lal warteten, um zur Villa zurückzukehren. »Du hast wieder mal den Tag gerettet.«

Olivia griff nach ihrem Kaffeebecher. Ein kaum merkliches, zufriedenes Lächeln umspielte ihre Lippen, als sie sich vorbeugte.

»Möchten Sie auf einen Tee mit zu mir kommen?«, fragte sie Mrs. Lal.

»Mir wäre etwas Stärkeres lieber.«

»Eine ausgezeichnete Idee«, stimmte Olivia zu. »Bist du auch dabei?«, wandte sie sich an ihre Tochter.

»Warum nicht?« Claudia nickte.

Alle drei lachten, als sie die Tür zur Wohnung ihrer Eltern im Erdgeschoss des ehemaligen Hotelgebäudes öffneten. Es verwunderte Claudia immer wieder, wie es ihrer Mutter gelungen war, genau das gleiche Aussehen und die Atmosphäre zu schaffen wie in ihrem alten Haus. Landhausstil mit einem Hauch Shabby Chic, bevor jemand auf den Gedanken gekommen war, es so zu nennen.

»Ob dein Vater wohl einen mittrinken möchte?« Claudia war überrascht, als Olivia die Tür zum Schuppen aufschob, um ihn zu fragen.

Ihr Mann saß reglos wie eine Statue auf dem Sofa. Er hatte die Augen geschlossen, auf dem Couchtisch vor ihm stand ein Glas Whisky, und neben ihm lag das heutige Kreuzworträtsel, das er stets im Wettbewerb mit seinem Robotergefährten löste. Hiro verharrte bei ihm.

Olivia wusste sofort, dass er tot war.

»Wann ist es passiert?«, erkundigte sie sich leise bei Hiro.

»Vor einer halben Stunde. Ich habe dich gesucht.«

Die Worte »Aber nicht sehr gründlich!« lagen ihr auf den Lippen, doch sie sprach sie nicht aus. Len hatte ihr oft genug gesagt, dass er so sterben wollte.

»Oh, Dad, nein!« Claudia warf sich ihm zu Füßen und küsste seine Hände. Er war so ein liebevoller und guter Mensch gewesen.

»Herzliches Beileid, meine Liebe.« Mrs. Lal legte die Arme um Olivia, und zu Claudias Erstaunen erwiderte ihre Mutter, die Berührungen sonst verabscheute, die Umarmung. Wie wundervoll, dass Mrs. Lal die Rolle der Trösterin übernehmen konnte. Claudia wurde von Erleichterung ergriffen, als ihr klar wurde, dass ihre Mutter nicht allein in einer leeren Wohnung sein würde, sondern Teil einer Gemeinschaft von Freunden war.

Ihrer Mutter zuliebe versuchte Claudia, sich zu beherrschen. Sie wusste, dass sie etwas tun mussten, fühlte sich jedoch vor Trauer wie erstarrt.

In der Stille hörten sie Rose McGill, die gerade von ihrem Spaziergang zurückkehrte. »Hat schon jemand den Wohltätigkeitsladen im Dorf gesehen? Einfach fantastisch.« Als sie bemerkte, wie alle erstarrt an der Tür zum Schuppen standen, kam sie näher.

»Es geht um meinen Vater«, erklärte Claudia leise und mit schmerzerfüllter Stimme. »Er ist soeben gestorben. Vermutlich ein Herzinfarkt.«

»Oh mein Gott, Olivia. Das tut mir so leid. Soll ich den Arzt rufen?«

»Danke, Rose«, erwiderte Olivia und richtete sich noch gerader auf als sonst, um die Trauer zu unterdrücken, die sie aus der Bahn zu werfen drohte. »Das wäre sehr hilfreich.«

Die Lieder und Lesungen für die Trauerfeier auszusuchen, schien Olivia etwas Trost zu spenden, wie das oft bei Hinterbliebenen der Fall war. »Leonard wusste eine gute Beerdigung zu schätzen«, meinte sie zu Mrs. Lal. »Er sagte immer, sie seien für die Lebenden da, nicht für die Toten. In unserem Alter sind sie das gesellschaftliche Ereignis Nummer eins.« Sie lächelte wehmütig. »Sein alter Freund Bill witzelte immer, es fänden so viele davon statt, dass es sich eigentlich nicht lohne, nach Hause zu gehen. Am besten bleibe man gleich auf dem Friedhof.«

»Wird es eine Erdbestattung oder eine Einäscherung?«, fragte Mrs. Lal.

»Oh, natürlich eine Erdbestattung. Er sagte, er male sich gern aus, noch von der Sonne beschienen zu werden, und wenn er zwei Meter unter der Erde läge.«

»Vielleicht hätte er ja lieber eine Parsi-Bestattung, bei der die Leiche von Geiern verspeist wird?«, schlug Mrs. Lal begeistert vor.

»Wissen Sie, ich glaube, er würde die Church of England bevorzugen.«

Claudia und ihre Tochter Gaby sorgten dafür, dass ihr geliebter Vater und Großvater eine Beerdigung erhielt, die er selbst gern besucht hätte. Alle seine liebsten Kirchenlieder wurden gesungen. In den Trauerreden wurde über den sensiblen und humorvollen Mann gesprochen, an den sie sich alle erinnerten. Und der Vikar verwechselte nicht einmal seinen Namen.

Zur allgemeinen Überraschung gab es noch einen nicht eingeplanten Programmpunkt. Plötzlich rollte Hiro auf seinen Rädern nach vorne und deklamierte:

Er ist nicht tot, der Freund – es ist nicht aus,
Doch auf dem Weg, den all wir Menschenwesen gehn,
Ist er ein kleines Schrittchen uns voraus …

Er kehrte in seine Sitzreihe zurück.

Ella legte tröstend den Arm um Claudias Schultern. »Das war wirklich lieb von ihm.«

»Ich weiß, dass es weit hergeholt wirkt, weil Hiro kein Mensch ist, aber sie waren wirklich gute Freunde.«

»Nun«, raunte Sal, nur für Claudia bestimmt. »Wenn man künstliche Intelligenz ausnützen will, ist sie viel besser als ein Sexspielzeug.«

»Sally Grainger!«, schimpfte Ella schockiert. »Und noch dazu auf der Beerdigung von Claudias Vater.«

»Dad hätte gelacht und gefragt, ob er eins für Hiro herkriegt.« Lächelnd wischte sich Claudia die Tränen wegen ihres geliebten Vaters weg.

»Was passiert jetzt mit Hiro?«, erkundigte sich Ella. »Deine Mum hasst ihn doch, oder?«

»Keine Ahnung. Am besten frage ich Lou. Offiziell gehört Hiro ihm, und er hat viele Millionen in seine Entwicklung gesteckt.«

»Was hast du mit Hiro vor, Lou?«

»Ich würde ihn gern im Laden einsetzen, falls Sie nichts

dagegen haben«, schaltete sich Mrs. Lal ein. »Bestimmt wäre er eine große Attraktion.«

»Also haben wir die Verwandlung des Ladens Ihnen zu verdanken?« Ella war beeindruckt. »Ich muss sagen, dass er einfach fantastisch aussieht.« Da sie gerade erst aus London zurück war, war sie nicht ganz auf dem Laufenden.

»Ich rede mit Hiro und finde heraus, was er will«, antwortete Lou ausweichend.

Mrs. Lal steuerte auf Murdo Binns zu, als Olivia gerade mit einem Tablett voller Kanapees hereinkam.

»Greift zu. Am Essen hatte Leonard bei Beerdigungen stets die meiste Freude. Das hier hätte ihm sicherlich besonders gut geschmeckt.« Die absurde Bemerkung verschlug allen die Sprache.

»Wir haben gerade über das fantastische Schaufenster gesprochen, das Mrs. Lal für den Wohltätigkeitsladen gestaltet hat«, meinte Ella schließlich.

»Ich weiß.« Olivia nickte. »Und die beiden freiwilligen Helferinnen waren überzeugt, dass die Managerin einen Tobsuchtsanfall kriegen wird. So viel Spaß hatten wir nicht mehr, seit Mr. Bensons läufige Ziege geflohen ist und alle Frauen erschreckt hat.«

»Mrs. Lal scheint für Aufregung zu sorgen, wo sie auch auftaucht«, merkte Rose spitz an, als sie sich zu ihnen gesellte.

»Deshalb versuchen wir ja, Grenzen zu setzen«, antwortete Olivia. »Die Verhinderung einer Kernfusion zum Wohle der Menschheit.«

»Wenn ich mich recht entsinne« – Rose beobachtete, wie Mrs. Lal wimpernklimpernd ein Glas Weißwein von Murdo entgegennahm –, »haben Kernfusionen mehr Schaden als Nutzen angerichtet.«

In einer Ecke der Bar gelang es Claudia endlich, kurz ihre Mutter abzufangen. »Ist alles in Ordnung, Ma? Wirklich?«

»Wahrscheinlich ist es noch nicht richtig zu mir durchgedrungen.« Olivia setzte sich neben ihre Tochter. »Vermutlich passiert das erst, wenn die ganze Aufregung sich gelegt hat und der Alltag wieder einkehrt. Zumindest ein Gutes hat die Sache. Ich kann diesen widerlichen Roboter loswerden.«

Claudia legte den Arm um ihre Mutter. Als sie ihren Mann am anderen Ende des Raums entdeckte, winkte sie ihn herbei. »Warum verteilst du nicht die Kanapees, damit Ma sich ausruhen kann?«

»Mit Vergnügen.«

»Nein, mein Schatz«, protestierte Olivia. »Das mache ich lieber selbst. Aber trotzdem danke.«

»Sie kann es nicht erwarten, Hiro loszuwerden.«

»Sie war eindeutig eifersüchtig auf ihn, und dann war ihr das peinlich. Sie wird deinen Dad vermissen.«

»Obwohl sie ihn eigentlich nur angenörgelt hat.«

»Ich glaube, er hat die Ohren auf Durchzug geschaltet.«

»Ich frage mich, wen sie wohl als Nächstes ins Visier nimmt.« Don grinste. »Hoffentlich nicht mich.«

»Hey.« Claudia hakte ihn unter. »Ich dachte, das wäre mein Job.«

Laura konnte sich nicht erinnern, wann sie zuletzt so aufgeregt gewesen war. Am nächsten Wochenende würde Gavin tatsächlich herkommen, und sie würden sich endlich persönlich begegnen. Als sie sein Foto auf ihrem Telefon betrachtete, stellte sie fest, dass er ihr seit der Mittagszeit drei weitere SMS geschickt hatte. Auf der Solarbaustelle war offenbar nicht viel los. Außerdem wurden die Nachrichten immer erotischer. Wieder wurde sie von Angst ergriffen, er könne enttäuscht von ihr sein. Immerhin war er fünf Jahre jünger als sie und hatte vielleicht übersehen, wie alt sie war. Sie blickte in seine warmen braunen Augen und sandte ihm telepathisch die Nachricht, dass sie es kaum erwarten konnte, ihn zu sehen. Sie brauchte Sals Unverfrorenheit oder Ellas ruhiges Selbstvertrauen oder sogar Claudias Überzeugung, dass Frauen Männern ebenbürtig waren. Das Gefühl, dass Simon sie wegen einer Jüngeren sitzengelassen hatte, meldete sich zurück.

Allmählich machte sie sich Sorgen, dass das Treffen, auf das sie sich so freute, eine riesige Dummheit sein könnte. Das Treffen und ihre heimliche Hoffnung, Gavin werde sich als jemand erweisen, den sie für den Rest ihres Lebens lieben könnte. Vielleicht würde er nur einen Blick auf sie werfen und sofort wieder nach Beirut flüchten.

Sie ging ins Schlafzimmer, öffnete den Schrank und kramte zum etwa dritten Mal in dieser Woche in ihren Kleidern, um etwas zu finden, in dem sie möglichst jung und hübsch wirkte.

Seine nächste SMS war nicht eben hilfreich.

Meine Laura, ich kann es kaum erwarten, deinen wunderschönen Körper neben mir zu spüren. Hier draußen in der Wüste kann es sehr einsam sein. Dein Gavin

Seltsam, sie hatte nicht gedacht, dass Beirut in der Wüste lag, aber ihre Geografiekenntnisse waren eben mangelhaft. Sie war technisch nicht bewandert genug, um herauszufinden, woher die Nachricht stammte, und überlegte, ob sie ihre Tochter anrufen sollte, die sich in diesen Dingen auskannte. Aber natürlich würde Bella sie warnen, weshalb Laura diese Möglichkeit von sich wies.

Einige Tage später war Ella mit Claudia, Don und Olivia zum Essen eingeladen, um sich nach der Beerdigung ein wenig aufzumuntern. Da sie noch ein paar Stunden Zeit hatte, machte sie sich eine große Tasse Tee und schaltete ihren Laptop an. Ihr Vorhaben löste in ihr gemischte Gefühle aus. Einerseits hatte sie Laura sehr gern, andererseits hatte sie ein schlechtes Gewissen, denn ihre Freundin hatte sich wegen Ellas Blog über das Scheitern ihrer Ehe ausgesprochen verraten gefühlt. Obwohl Ella Lauras Namen nicht genannt hatte, hatte diese die Einzelheiten sofort erkannt und war tief gekränkt gewesen. Vermutlich würde Laura jetzt wieder genauso empfinden. Und dennoch wurde Ella den Eindruck nicht los, dass dieser Gavin nicht ganz koscher war.

Sie fing an, Online-Romanzen zu googeln, und stieß natürlich auf Hunderte von Dating-Plattformen: *Match.com*, offenbar die größte, eine mit dem witzigen Namen *Plenty of Fish*, *Elite* für beruflich erfolgreiche Singles oder diejenigen, die sich dafür hielten, *Our Time* mit der Zielgruppe Ü-Fünfzig, natürlich *Tinder* – sie war jungen Leuten begegnet, die sich so kennengelernt hatten – *Happn*, das einem die an einem Treffen interessierten Passanten auf der Straße anzeigte, und sogar eine Seite namens *Three-Ender*, die tatsächlich flotte Dreier vermittelte. Die Zeiten hatten sich so geändert. Anscheinend war es nicht mehr angesagt, ein halbes Dutzend Cider zu trinken und jemanden in einer Disco abzuschleppen.

Ella nippte an ihrem Tee. Ihr schwindelte wegen der erschreckenden Erkenntnis, wie sehr sich die Gegenwart von der ihrer Jugend unterschied. Sie hatte ihren Mann Laurence an der Universität kennengelernt. Fünf Jahre später hatten sie geheiratet. Da Ella als Anwältin erfolgreich war, hatte sie das Kinderkriegen bis Mitte dreißig vor sich hergeschoben und eine ausgesprochen glückliche Ehe geführt, bis Laurence an einem ganz normalen Dienstagnachmittag vor fünf Jahren bei einem Zugunglück ums Leben gekommen war.

Sie stellte die Tasse weg, rief sich sein Gesicht vor Augen und wurde sich traurig bewusst, dass es immer undeutlicher wurde. Wäre sie je auf die Idee gekommen, auch nur einen Zeh in diese fremde Welt des Online-Datings zu stecken? Dankbar, dass sie dieses Thema für sich abgehakt hatte und hierhergezogen war, erschauerte sie. Allerdings war ihr klar, dass sich Lauras Situation sehr von ihrer unterschied.

Als Nächstes befasste sie sich mit Betrug im Internet-Dating. Ella war erstaunt, wie viele Beiträge sich zu diesem Thema finden ließen. Besonders fiel ihr die ständige Erwähnung eines Tricks auf, den man »Catfishing« nannte. Die Methode funktionierte offenbar so, dass jemand – häufig unter Verwendung eines aus den sozialen Medien gestohlenen Fotos – ein gefälschtes Profil einstellte, um arglose Menschen hinters Licht zu führen und sie manchmal um beträchtliche Geldsummen zu erleichtern. In Amerika gab es sogar eine Fernsehsendung, in welcher der Moderator einen dieser Catfisher vor laufender Kamera zur Rede gestellt hatte.

Die Angst kroch Ella mit eiskalten Fingern den Rücken hinunter. Es war das gleiche Gefühl, das sie gehabt hatte, als ein uniformierter Polizist ihre Vortreppe in London heraufgekommen war; sie hatte sofort gewusst, dass etwas Schreckliches geschehen sein musste.

Ein Artikel listete die typischen Warnsignale auf. Meistens hatte die betreffende Person einen Beruf, der häufige Reisen erforderte – Pilot, im Ausland stationierter Soldat,

Ingenieur. Oft behauptete er, bei der Armee-Spezialeinheit SAS oder bei den Royal Marines im Special Boat Service (SBS) zu sein, um seinem Profil einen Hauch von James Bond zu verleihen. Ella erinnerte sich, dass Gavin laut Laura im Ausland arbeitete, hatte aber vergessen, in welchem Beruf.

Die Betrüger legten es darauf an, einen von der Dating-Webseite, wo man offenbar auf zwielichtiges Verhalten achtete, auf eine private Mobilfunknummer oder E-Mail-Adresse zu locken. In vielen Fällen kam die Technik des »Liebesbombardements« zum Einsatz, bei der mehrfach am Tag erotische Nachrichten verschickt wurden. Und sehr oft fielen diese ausgesprochen leidenschaftlich aus, obwohl man sich noch nie begegnet war.

Und dann baten sie um Geld.

Es gab zahllose Berichte von Opfern, fast ausnahmslos Frauen mittleren Alters, die auf diese Weise hereingelegt worden waren. »Ich bin weder dumm noch naiv«, beteuerte eine ziemlich attraktive Frau, die gerade Tausende von Pfund an einen unbekannten Gauner verloren hatte. »Ich war einfach nur entsetzlich einsam.«

Ella blickte auf die Uhr. Wenn sie sich nicht solche Sorgen um Laura gemacht hätte, hätte sie das alles recht spannend gefunden. Aber jetzt musste sie los.

Widerstrebend schaltete Ella den Laptop aus. Ihr wurde bewusst, wie sie selbst in diese suchterzeugende Unterwelt hineingezogen wurde! Kein Wunder, dass Laura, traurig und verletzt nach ihrer gescheiterten Ehe, leichte Beute war.

Aber war sie das wirklich? Vielleicht war Gavin ja ein ganz normaler Mann, der zufällig weit entfernt lebte und auch einsam war. Möglicherweise brauchte Laura jemanden wie ihn.

Doch sie würden die Antwort auf diese Frage bald erhalten. In einer knappen Woche wurde er in Heathrow, Terminal 5, erwartet.

Zu Ellas Erstaunen war Mrs. Lal auf Olivias Bitte hin ebenfalls zum Abendessen eingeladen. Sie und Olivia benahmen sich beinahe wie alte Schulfreundinnen, und dafür musste man dankbar sein, denn es tröstete Olivia offenbar. Noch überraschender war es, dass Don gekocht hatte und dass das Essen sehr lecker war.

»Das liegt an dieser Männergruppe, der er beigetreten ist«, flüsterte Claudia, die ebenso verwundert war wie alle anderen. »Es ist kaum zu fassen. Jetzt ist er nicht nur Heimwerkerkönig, sondern hat auch noch kochen gelernt.«

»Ob er unser neuer Küchenchef werden könnte?«, schlug Ella vor.

Mrs. Lal, elegant, aber eindeutig zu aufgetakelt für ein Abendessen in einer Küche auf dem Land, reagierte sofort verschnupft.

»Rose McGill ist überzeugt, dass ich den Koch vergrault habe. Ich habe ihm doch nur von einer anderen Art erzählt, ein Steak zuzubereiten, das mir in einem französischen Restaurant sehr geschmeckt hat. Was hat den Mann denn daran gestört? In Indien würde es als Kompliment erachtet werden, dass ich mich dafür interessiere.«

Da niemandem eine Antwort einfiel, wechselte Claudia rasch das Thema. »Das ist wirklich köstlich, Schatz.« Sie wies auf die Tortellini mit hausgemachter Soße. Sogar die Nudeln waren Eigenproduktion.

»Ich hatte Spaß daran.« Don zwinkerte Mrs. Lal zu. »Aber ich würde mich freuen, wenn Mrs. Lal mir Tipps für die Füllung geben könnte. Hey, wir können Sie doch nicht weiter Mrs. Lal nennen. Wie heißen Sie denn mit Vornamen?«

Seltsam, dass wir alle sie noch immer so ansprechen, dachte Ella.

»Lalita«, verkündete diese, als überreiche sie ein kostbares Geschenk.

»Ein hübscher Name«, erwiderte Claudia.

»Danke«, antwortete Mrs. Lal gnädig.

»Habt ihr übrigens gesehen, was Mrs. Lal aus der Filiale von Good Age in Minsley gemacht hat? Sie hat sie völlig verwandelt«, merkte Olivia vergnügt an.

»Ja«, stimmte Ella zu. »Ich habe meinen Augen nicht getraut. Aber genauso hat es mich gewundert, dass man es Ihnen einfach erlaubt hat.«

»Ja«, gab Mrs. Lal zu. »Das war sehr ungezogen von mir. Doch die hohe Summe, die ich gespendet habe, wird die Gemüter beruhigen, das versichere ich Ihnen. Warten wir's ab. Wenn ich fertig bin, wird es besser sein als Selfridges. Vielleicht nicht Harrods, aber es ist ein Fehler, unrealistisch zu sein.«

Claudia, für die Selfridges stets auf bedrohliche Weise von eleganten Dingen strotzte, die sie sich nicht leisten konnte, nickte nur.

»Wir werden den Preis für den besten Wohltätigkeitsladen in Großbritannien gewinnen«, verkündete Olivia.

»Das entscheidet sich morgen«, bestätigte Mrs. Lal. Und dann umarmten sich die beiden plötzlich wie Bush und Blair nach der Entscheidung, in den Irak einzumarschieren.

Good Age ahnte offenbar noch nicht, was ihm blühte.

Spike, der einsame Vertreter der Jugend (wenn man Bella und Noah nicht mitzählte), schmunzelte in sich hinein. Es war ihm gelungen, mehr Teilnehmer als erwartet für seinen Senioren-Gymnastikkurs zu gewinnen. Seine Freunde hatten ihn alle ausgelacht, weil er hergezogen war. Aber ihm gefiel es hier. Da er in der Stadt geboren und aufgewachsen war, empfand er das Landleben als neuartig und exotisch. Außerdem waren da noch das kostenlose Essen und eine gemütliche und bequeme Unterkunft. Dafür brauchte er nichts weiter zu tun, als ein paar Kurse zu geben, Ella im Garten zu helfen und jugendlichen Überschwang zu verbreiten. Offen gestanden war er ein wenig ratlos, denn die Leute hier waren nicht wirklich alt, sondern eher im Alter seiner Großeltern, und wenn er genauer darüber nachdachte, sprach er nicht sehr viel mit ihnen. Seine Oma redete wie ein Wasserfall. Aber worüber? Plötzlich wurde ihm klar, dass er seine Großeltern nie nach ihrem Leben gefragt hatte. Seine Oma verbrachte den Großteil ihrer Zeit damit, Treppenaufgänge zu putzen und winzige Wetten beim Buchmacher zu setzen.

Er kam an einem offenen Fenster vorbei, aus dem in voller Lautstärke Musik dröhnte. Etwa so wie bei den Autos mit den aufgemotzten Lautsprechern, aus denen der Rap so wummerte, dass die ganze Stadt es hören konnte. Trotz der ohrenbetäubenden Musik nahm Spike gedämpft das Geräusch einer Bohrmaschine wahr. Und noch schlimmer: Jemand sang mit.

»Zu laut für dich, was?«, überschrie eine Stimme den Radau.

»Gibt es hier für so was keine Regeln?«, wunderte sich Spike. »Ihr wollt doch eine New-Age-Kommune sein. Frieden und Liebe und so, kein Heavy Metal um elf Uhr vormittags. Das ist ja Lärmbelästigung.«

»Das ist nur Don, der im Salon ein paar Regale aufbaut.« Lou schmunzelte. »Ihr jungen Leute solltet öfter zu Live-Konzerten gehen. Wir haben bei Auftritten der Rolling Stones neben den Lautsprechern gestanden.«

»Aber, Lou«, protestierte Spike. »Das ist Status Quo.«

»Schon verstanden. Warum bittest du ihn nicht, etwas anderes aufzulegen?«

Spike war nicht sicher, ob es ratsam war, sich mit einem zornigen, mit einer Black & Decker bewaffneten Status-Quo-Fan anzulegen.

Sal erschien und versuchte, ihre besorgte Miene mit einem Lächeln zu tarnen. Sie fing an, »Whatever You Want« zu schmettern.

Lou drehte sich mit einem glücklichen Lächeln zu ihr um.

»Was für eine Stimme.« Er breitete die Arme aus. »Du klingst wie Janis Joplin. Unser Spike erträgt die Lautstärke nicht. Er möchte wissen, warum wir so was in unserer New-Age-Kommune nicht verbieten.«

»Spike, hast du es noch nicht kapiert?«, erkundigte sie sich mit einem spöttischen Grinsen. »Wir sind nur eine Horde von Altrockern.«

»Was?«, entgegnete Lou wie aus der Pistole geschossen. »Sogar Mrs. Lal?«

»Mrs. Lal macht ihre eigenen Gesetze. Woher weißt du, ob sie in der Privatheit ihrer vier Wände nicht schwebt und dabei Om summt?«

»Aber, aber«, tadelte Lou, »beleidige die heiligen Mantras östlicher Religionen nicht.«

»Hoffentlich seid ihr kein Haufen Spinner, der irgendwann Massenselbstmord verübt«, murmelte Spike.

»Eigentlich gar keine schlechte Idee.« Lou nickte ernst. »Ich fand schon immer, dass wir viel zu lange leben. Was bringt es, hundert zu werden, wenn man nicht mehr weiß, welchen Wochentag wir haben? Prima Vorschlag, Spike. Ich werde darüber nachdenken.«

»Komm, Lou«, sagte Sal ungewöhnlich heftig. »Das ist wirklich nicht komisch.«

Er musterte sie plötzlich besorgt. »Hey, was ist los mit dir?« Er musste den ohrenbetäubenden Phil Collins überschreien, der auf Status Quo gefolgt war. »Verschweigst du mir etwas?«

»Lass uns im Dorf einen Kaffee trinken«, erwiderte sie. »Ich möchte mir Mrs. Lals berühmtes Schaufenster ansehen.«

»Oh«, rief Spike lächelnd. »Wenn man vom Teufel spricht: Ich könnte einen Küchenchef für euch gefunden haben.«

Sie wechselten Blicke. Ein Küchenchef, den Spike kannte, kam vermutlich frisch von der Kochschule oder war gerade aus einem Bistro rausgeflogen.

»Okay, wenn es euch nicht interessiert.« Spike zuckte die Achseln. »Genau genommen ist er mein Onkel, aber eher in eurem Alter als in meinem. Er überlegt, ob er sich zur Ruhe setzen soll. Und ich dachte, wenn ihr ihm ein Haus hier anbietet, könnte er einverstanden sein.«

»Gut.« Lou zwinkerte Sal zu. »Wo hat er denn bis jetzt gearbeitet?«

Spike unterdrückte ein Grinsen. »Zufällig im Ritz«, schrie er dann, weil Phil in diesem Moment lautstark »You Can't Hurry Love« anstimmte.

Als er davonging, war er sicher, dass Lou und Sal stocksteif dastehen und ihm nachblicken würden.

Laura war froh, dass heute einer ihrer Tage bei LateExpress war. Hirnloses Regaleeinräumen war genau das, was sie jetzt brauchte. Außerdem freute sie sich, wie sie sich widerwillig eingestand, auf die Gesellschaft.

Natürlich hatte sie Gavin und seine wundervollen Nachrichten, die sie im Bett lesen konnte. Es war ein Traum, morgens von jemandem begrüßt zu werden, der ihr sagte, wie sehr er sie liebte und begehrte. Nicht von einem mürrischen Ehemann, der fünfundzwanzig Jahre lang wortlos aufgestanden und aufs Klo gegangen war, ohne sie zur Kenntnis zu nehmen. Simon war kein Morgenmensch.

Vielleicht war das ja ein Teil ihres Problems gewesen. Sie ging gern früh schlafen und wachte auf, wenn es hell wurde. Simon verbrachte die halbe Nacht am Computer, stolperte zwischen zwei und drei ins Bett und wunderte sich, wenn er am nächsten Morgen schlechte Laune hatte. Tja, tröstete sie sich, das war nicht mehr ihr Problem.

Eine Stunde später traf eine neue Nachricht ein.

Ziehst du dich gerade an? Ich würde zu gerne zusehen, wie du in deine Spitzenunterwäsche schlüpfst. Und noch mehr, wie du sie wieder ausziehst. Bis Samstag. Gavin

Gott sei Dank hatte sie sich ein paar neue Sachen gekauft. Normalerweise bevorzugte sie beigefarbene Baumwolle. Simon wäre es nicht aufgefallen, wenn sie einen Ledertanga und Bommeln am Busen getragen hätte.

Auf dem Weg zum Bus wurde sie wieder von Schüchternheit ergriffen. Was, wenn er von ihrem Körper enttäuscht war? Sie hatte das Alter zwar gut weggesteckt, konnte jedoch nicht verbergen, dass sie über sechzig war. Bekleidet mochte sechzig das neue vierzig sein, doch sich auszuziehen war eine andere Geschichte. Vielleicht würde er ja unter einem Vorwand den ersten Flieger zurück nach Beirut nehmen. Die grausame Wahrheit auf dem Dating-Markt lautete, dass Männer sich zwanzig Jahre jüngere

Frauen aussuchen konnten, während Frauen ihres Alters Glück hatten, überhaupt eine Antwort zu bekommen.

Nein, sagte sie sich streng. So darfst du nicht denken. Sie und Gavin hatten eine Menge gemeinsam und waren sich so schnell nahegekommen, dass es einfach klappen musste. Oder?

Mr. A. war gut gelaunt wie meistens. »Mrs. Minchin«, begrüßte er sie überschwänglich. »Wie immer ist es eine Freude, Sie zu sehen. Und wie geht es meiner Schwiegermutter im Ashram?«

»Eigentlich ist es kein Ashram …«, begann Laura.

»Das weiß ich, meine Liebe. Es war nur ein Scherz.« Er zwinkerte ihr zu. »Hat sie wieder alle anderen Damen verärgert?«

Laura musste einräumen, dass das laut Ella jederzeit möglich war. Allerdings hatte sie in letzter Zeit keine Krisenanrufe erhalten, in denen man ihr vorwarf, den anderen eine solche Megäre aufgehalst zu haben. Sicherlich ein gutes Zeichen.

»Ich glaube, sie lernen einander langsam, aber sicher kennen.«

Mr. A. lächelte. »Sie sind sehr diplomatisch. Ich danke Ihnen aus tiefstem Herzen, dass Sie etwas Passendes für sie gefunden haben. Inzwischen führen wir wieder ein normales Leben. Meine Frau hat das Kommando, und ich tue, was sie sagt. Als ihre Mutter hier war, wurde sie nämlich ziemlich unterwürfig und hat gekocht und abgewaschen.« Er hielt inne, um die dramatische Situation hervorzuheben. »Einmal hat sie mir sogar einen Knopf ans Hemd genäht.«

»Das muss eine große Veränderung für Sie gewesen sein.«

»Jetzt ist alles wieder in Ordnung«, meinte er vergnügt.

»Wenn sie mich schlecht behandelt, gibt es im Schlafzimmer immer eine Belohnung.«

Laura nickte aufmerksam. Es war faszinierend, wie es in den Ehen anderer Leute lief, obwohl sie sicher war, dass sie dieses Vorbild nicht nachahmen wollte. »Soll ich ins Lager gehen und die heutige Lieferung auspacken?«

»Das wäre ausgesprochen freundlich. Sie brauchen sich also keine Sorgen zu machen, wenn Mrs. A. ungnädig zu mir ist.«

»Verstanden.« Laura verschwand durch die Pressspantür hinter der Zigaretten- und Lottotheke. Weitere Enthüllungen wären ihr heute zu viel gewesen.

In ihrer Tasche vibrierte ihr Telefon. Seit Gavin in ihr Leben getreten war, hatte sie es stets bei sich, selbst im Bad oder auf der Toilette.

Nur noch kurze Zeit. Vielleicht sollte sie sich wie damals in der Schule einen Kalender anlegen und die Tage bis zu seiner Ankunft ankreuzen.

Sie las die soeben eingegangene Nachricht.

Liebste Laura, stand da, *ich habe ein großes Problem. Ich habe soeben meinen Job verloren. In meiner Firma darf man sein Telefon nicht privat nutzen, und jetzt hat mein fieser Chef eine Liste darüber geführt, wie oft ich dir eine Nachricht geschickt habe. Deshalb bin ich gefeuert. Ich habe kein Geld auf der Bank. Also fürchte ich, dass ich nicht kommen kann, falls es mir nicht gelingt, fünftausend US-Dollar aufzutreiben. Gavin*

Der doppelte Schock fühlte sich fast an wie ein Tritt. Die Angst davor, dass er nicht kommen würde, rasch gefolgt von einem Anflug von Zorn, weil er sie um Geld bat. Dann die tröstende, wenn auch widersprüchliche Erkenntnis, dass sie noch den Großteil des Erlöses vom Hausverkauf besaß und ihm aus der Patsche helfen konnte.

Es ging um Gavin, sagte sie sich. Er hatte seinen Job verloren, und zwar zum Teil ihretwegen. Fünftausend US-Dollar waren eine beträchtliche Summe. Doch wenn sie die Bedingung dafür waren, dass sie ihm nach all der Zeit endlich begegnen würde, blieb ihr nichts anderes übrig, als sie ihm zu geben. Und wenn er jetzt arbeitslos war, würde er vielleicht in Betracht ziehen, hier ein neues Leben anzufangen.

Zweiundzwanzig

»Mrs. Lal … Lalita … warum führen Sie uns nicht im Laden herum? Vorhin hatten wir nur wenig Zeit, und ich würde ihn mir wirklich gern noch einmal anschauen«, schlug Claudia vor. Zum Teil tat sie das, um ihre Mutter abzulenken, die seit einer Weile nur dasaß und ins Leere starrte. Allein die Pläne für das Good Age schienen in der Lage zu sein, sie aufzuheitern. Offen gestanden wusste Claudia, was sie empfand. Auch sie vermisste ihren Dad entsetzlich. Um wie vieles schlimmer musste es für Olivia sein, nach sechzig Jahren Ehe allein in einem leeren Haus zu leben, anstatt von ihrem Ehemann umgeben zu sein. Ihre verrückte Kommune bot unerwartete Vorteile.

Mrs. Lal und Olivia waren gnädigerweise einverstanden, und so machten sie sich auf den Weg nach Little Minsley.

Das Dorf war belebter als gewöhnlich. Claudia bemerkte nicht nur ein, sondern gleich zwei händchenhaltende grauhaarige Paare. Gütiger Himmel, offenbar war das ansteckend. Ein Paar fiel ihr besonders auf, elegant, vermutlich näher an sechzig als an siebzig. Sie hatte makellos frisiertes silbergraues Haar und trug eine schwarze Hose und eine beige Jacke. Er, majestätisch wirkend und leicht gebeugt, war mit einer beigen Hose und einer schwarzen Jacke bekleidet. Die beiden sahen aus wie ein von Calvin Klein entworfenes Schachbrett. Und um das

Maß vollzumachen, hielten sie Händchen, verdammt! Das Paar neben ihnen war schlampiger gekleidet, kleiner, gedrungener und guter Stimmung, und auch sie waren mit Händchenhalten beschäftigt. Ungläubig schüttelte Claudia den Kopf.

Nach einer Weile bemerkten sie die kleine Menschenmenge, die sich vor dem Wohltätigkeitsladen versammelt hatte. Offenbar spielte sich drinnen eine Szene ab, die unterhaltsam genug war, um stehen zu bleiben und sie zu beobachten.

Die Managerin schrie ihre beiden eingeschüchterten Verkäuferinnen an.

»Ich begreife nicht, wie Sie so etwas zulassen konnten!«, kreischte sie Flo ins Gesicht. Diese vergrub bei jedem Vorwurf die Hände tiefer in den Taschen ihrer Strickjacke. »Eine wildfremde Frau spaziert hier herein, übernimmt den Laden und wagt es tatsächlich, völlig brauchbare Kleidung wegzuwerfen, die von Leuten gespendet, ich wiederhole, *gespendet* wurde, um bedürftigen Menschen in diesem Land zu helfen. Und Sie haben ihr erlaubt, sie zu entsorgen.«

»Sie war mit Mrs. Warren hier«, verteidigte sich Flo. »Außerdem kennen wir sie, richtig, Min?« Flo hatte Schwierigkeiten zu schildern, wie der Tsunami namens Mrs. Lal über den Laden hereingebrochen war.

Minnie wurde ein wenig mutiger. Sie hatte Vera ohnehin nie leiden können. Eine kleine Diktatorin im Blümchenkleid, die keine Skrupel hatte, die besten Stücke für sich selbst abzuzweigen. Vermutlich sogar das Kleid, das sie gerade trug.

»Offen gestanden«, verkündete Minnie, straffte die Schultern und richtete sich zu ihren vollen eins sechzig auf, »finden wir, dass sie Talent dafür hat, richtig, Flo?«

»Wofür soll sie Talent haben?«, tobte die Managerin. »Was reden Sie da für einen Unsinn?«

»Sie hat Stil. Seit sie den Laden geprägt hat, ist er nicht wiederzuerkennen. Alle Kunden sagen das, und wir hatten doppelt so viele wie sonst.«

»Danke, meine Liebe.« Mrs. Lal warf sich in Positur wie Katharina die Große. »Ich weiß Ihre freundlichen Worte wirklich zu schätzen. Und was genau ist das Problem?«

»Sie!«, entgegnete eine vor Wut kochende Vera, deren Stimme um einige Oktaven in die Höhe geklettert war. »Sie haben nichts mit der Organisation zu tun und rauschen einfach so herein …«

»Aha, nur dass ich Mitglied bin«, erwiderte Mrs. Lal geduldig, als spräche sie mit einem ganz besonders begriffsstutzigen Teenager. »Ich bin sogar ›Gold Star Donor‹ geworden, was mir meiner Ansicht nach das Recht verleiht, Ihnen mit Verbesserungen zur Seite zu stehen, wo es mir möglich ist.«

Das brachte Vera vorübergehend zum Schweigen. Ein »Gold Star Donor« war jemand, der der Organisation eine sehr hohe Summe gespendet hatte.

»In diesem Fall trete ich zurück. Vielleicht möchten Sie den Laden ja übernehmen, da Ihnen unsere Sache plötzlich so am Herzen liegt.«

Mrs. Lal ließ sich nicht lumpen. »Wenn Sie mich mit Ihren Fähigkeiten, Ihrem Rat und Ihrer Weisheit unterstützen, Olivia.«

»Und meiner Erfahrung mit dem Altsein.« Olivia lächelte.

»Natürlich auch mit der Hilfe dieser beiden freundlichen Damen.« Sie wies auf Minnie und Flo wie der Duke of Wellington, der vor der Schlacht von Waterloo die Truppen inspizierte. »Meiner Ansicht nach können wir aus diesem Laden etwas machen.« Sie kramte zwei Bögen Papier aus ihrer gewaltigen Handtasche. »Und sogar den Preis für den Wohltätigkeitsladen des Jahres gewinnen. Da es für eine Anmeldung noch nicht zu spät war, habe ich das erledigt.«

»Was wird die Zentrale wohl davon …«, stammelte Vera.

»Mit denen habe ich gestern gesprochen«, antwortete Mrs. Lal zuckersüß. »Ich bin überrascht, dass sie sich noch nicht gemeldet haben. Vermutlich haben sie Wichtigeres zu tun.«

Die Andeutung, sie könne nicht wichtig genug sein, um sich mit ihr zu befassen, sorgte dafür, dass Vera nach ihrer Handtasche griff und auf die Tür zusteuerte.

Kühn geworden durch Minnies Widerstand, musste Flo auch ihren Senf dazugeben. »Auf Wiedersehen, Vera. Ein Jammer, dass Sie sich nicht mehr billig hier mit Kleidern eindecken können.«

»Haben Sie gestern wirklich mit der Zentrale telefoniert?«, raunte Olivia Mrs. Lal zu.

»Natürlich nicht.« Lalita lächelte schalkhaft. Selbst Claudia musste zugeben, dass die neue Mrs. Lal ansteckend sympathisch war. »Dummes Frauenzimmer. Gestern war Sonntag. Selbstverständlich werde ich mich in einem angemessenen Zeitraum darum kümmern. Ich werde erklären, das Potenzial des Ladens habe mich derart begeistert, dass ich nicht anders konnte. Dann werden sich die Gemüter schon beruhigen. Sie werden denken, dass ich eine steinreiche und exzentrische Spenderin bin, die nicht versteht, wie die Dinge hier geregelt werden, und einen anderen Laden für Vera finden. Wissen Sie was, meine Damen«, wandte sie sich an die Anwesenden, »ich glaube, wir werden eine Menge Spaß haben.«

Nachts im Bett streckte Claudia die Hand aus und streichelte ihrem Mann den Rücken. Er sah sie erstaunt an.

»Danke für die leckere Lasagne.«

»Tortellini«, verbesserte er sie. »Doch der Dank ist angenommen.«

»Was habt ihr diese Woche in eurer Gruppe geplant?«

»Brot-und-Butter-Pudding mit Panettone anstelle von Brot.«

»Hmmm. Ich freue mich schon. Und danke für alles, was du in der Villa tust. Du bist wirklich unersetzlich geworden.«

Er drehte sich zu ihr um und zog sein Pyjamaoberteil aus. »Da bin ich aber erleichtert«, erwiderte er mit einem Lächeln, das ihn zwanzig Jahre jünger wirken ließ. »Wahrscheinlich hast du dich schon gefragt, wofür ich nützlich bin.«

Claudia erwiderte sein Lächeln und lehnte sich einladend zurück. »Offen gestanden habe ich das nicht vergessen.«

Als er sich vorbeugte, dachte Claudia, wie sehr sich ihr Leben mit dem Umzug in die Villa verbessert hatte. Dank des Geistesblitzes ihrer Mutter hatte Mrs. Lal aufgehört, ihre Mitmenschen zu drangsalieren, und war sogar richtig amüsant. Selbst Don war, seit er seine Rolle als Krisenhelfer gefunden hatte, erstaunlich glücklich. Vielleicht – sie wagte kaum, es sich auszumalen – war es doch eine geniale Idee von ihr gewesen, sie alle hier zu versammeln.

Sal stand vor dem Badezimmerspiegel und kämpfte gegen einen Zusammenbruch an. Trotz der Nachuntersuchung vor wenigen Monaten hatte sie eine deutlich wahrnehmbare Verfärbung auf ihrer verbliebenen Brust, die auf Berührung schmerzempfindlich reagierte. Sie fragte sich, ob sie Lara anrufen sollte, ihre Tochter, die sie als Baby weggegeben und nur für kurze Zeit wiedergesehen hatte. Bei Sals letzter Krebserkrankung hatte sich Lara wacker geschlagen und sie vor allen, selbst ihren besten Freundinnen, geheim gehalten. Wie zornig waren sie, insbesondere Ella, gewesen, weil Sal sich ihnen nicht anvertraut hatte. Doch Lara war mit ihrem Mann und ihren drei Kindern in Norwegen. Sal wollte sie nicht, womöglich grundlos, in Angst und Schrecken versetzen. Aber mit Lou war es eine andere Sache. Er hatte bereits den Verdacht, dass etwas im Argen lag. Sie spürte, dass er sie umkreiste wie ein besorgter Wellensittich, was so gar nicht seiner Art entsprach. Sie wusste, dass sie ihm reinen Wein einschenken musste, doch sie fürchtete sich so vor einem schlechten Befund, dass sie alles vor sich herschob. Solange sie nichts dergleichen zugab, war es nicht real. Auch wenn das bestenfalls dumm und schlimmstenfalls gefährlich war.

Sie musste zu dem Facharzt gehen, der sie zuletzt behandelt hatte. Und sie musste Lou gestatten, sie zu begleiten. Schließlich teilte man in Amerika alles miteinander. In den USA wurden sämtliche Tragödien zum Thema einer Oprah-Show. Außerdem würde Lou ihr eine große Stütze sein.

Sie war gleichzeitig wütend und verängstigt. Alles hatte sich so blendend entwickelt. Zum ersten Mal im Leben fühlte sie sich geliebt, glücklich und geborgen. Und nun das.

Man hätte fast meinen können, dass Gott es auf sie abgesehen hatte. Vielleicht, weil sie so eine eingefleischte Atheistin war. Aber warum dachte sie als Ungläubige solche Dinge?

Sie zog den BH hoch, den sie seit ihrer Operation benutzte. Er verdeckte die Narbe auf der linken Seite ihrer Brust, die von flammend rot zu erdbeerrosa verblasst war.

Obwohl sie sich gegen einen Wiederaufbau entschieden hatte, fand Lou sie – ein Wunder – anziehend und nannte sie seine Amazone.

Was, wenn sie die andere Brust auch noch verlor? Wie würde er sich fühlen, wenn er mit einer Frau ganz ohne Brüste ins Bett ging?

Ella war sich der bevorstehenden Ankunft des geheimnisvollen Gavin fast ebenso deutlich bewusst wie Laura. Als sie Bella begegnete, die Noah in seinem Buggy im Garten umherschob, beschloss sie, das Thema diskret zur Sprache zu bringen.

»Hallo, Bella, was für ein wunderschöner Morgen!«

Die Luft war so klar, dass man sie fast schmecken konnte, und der Himmel so strahlend blau, dass man einfach glücklich sein musste.

»Ja, an Tagen wie diesen bin ich so froh, dass wir aus London weggezogen sind.«

»Apropos: Wie geht es deiner Mum?«

Bellas hübsches Gesicht verfinsterte sich ein wenig. »Keine Ahnung. Ich mache mir Sorgen um sie, weil sie ohne euch dort ist. In letzter Zeit meldet sie sich kaum noch. Vielleicht sollte ich sie besser anrufen. Allerdings geht sie inzwischen immer sofort ran, fast als hätte sie auf meinen Anruf gewartet.«

Ella hatte den Verdacht, dass es nicht die Anrufe ihrer Tochter waren, die Laura herbeisehnte. Sollte sie Gavin erwähnen?

»Wie steht es denn um ihr Liebesleben? Irgendwelche attraktiven Kavaliere in Sicht? Oder kahlköpfige mit Bauch?«

Bella lachte. »Das würde sie mir nie verraten. Eine Warnung ihrer Tochter könnte sie wohl gar nicht gebrauchen.«

»Würdest du sie denn warnen?«

»Hängt von dem Mann ab. Als ich das letzte Mal mit ihr gesprochen habe, schien sie mir ein bisschen zu sehr vom Internet besessen. Seltsam, eigentlich sollte ich das sein, denn schließlich gehöre ich zur digitalen Generation. Aber seit ich hier wohne, bin ich kaum noch online.«

»Und hat sie jemanden kennengelernt?«, hakte Ella vorsichtig nach.

»Erzählt hat sie mir jedenfalls nichts.« Noah, der offenbar genug von dem Gerede der Erwachsenen hatte, machte sich lautstark bemerkbar.

»Ich gebe ihm besser sein Frühstück. Bis bald, Ella.«

Also wusste Bella auch nicht mehr als sie – genau genommen sogar weniger. Ella seufzte auf. Sie wollte nicht, dass es zwischen ihr und Laura wieder zu einem Zwist kam. Vielleicht würde sie sie später anrufen.

Sie ging ins Dorf, lief vorbei an Mrs. Lals faszinierendem Schaufenster und trat ins Café, wo sie recht häufig frühstückte. Mit seinen antiken Möbeln und den französischen Blechschildern verströmte es die Atmosphäre eines südfranzösischen Cafés in den Fünfzigern. Sie gönnte sich eine heiße Schokolade und ein Croissant zum Eintunken.

Sie saß erst seit einer Minute da, starrte geistesabwesend ins Leere und tauchte das flockige Gebäckstück in die dampfende Schokolade, als eine Stimme sie aus ihrem Tagtraum riss.

»Sehr französisch. Bis jetzt habe ich nur bei eleganten Parisern erlebt, dass sie so selbstbewusst und stilvoll eintunken.«

Natürlich war es Daniel Forrest.

»Sie kommen ganz schön herum. Erst der Laden Ox, jetzt hier.«

»Ich bin nicht sehr häuslich. Mich selbst zu verpflegen

ist nicht so meins.« Wieder das charmante, leicht zwielichtige Lächeln.

»Haben Sie es je mit Online-Dating versucht, Daniel?«, fragte sie aus heiterem Himmel.

»Das hatte ich nie nötig, meine Liebe«, lautete seine prompte Antwort. »Nein, ganz stimmt das nicht. Ich hatte eine desaströse Begegnung mit einer schönen jungen Russin. Ich dachte, sie sei auf meinen Körper aus, doch wie sich herausstellte, war es mein Bankkonto. Als sie entdeckt hat, wie leer es ist, hat sie mich in die Wüste geschickt.« Hinter seinem üblichen nonchalanten Lächeln blitzte ein unerwarteter Hauch von Verletzlichkeit auf, was ihn viel sympathischer wirken ließ.

»Und wie sind Sie dahintergekommen?«

»Ein Freund von mir hat sie in den sozialen Medien überprüft. Offenbar hatte meine süße Maria eine Menge Namen. Svetlana. Ekaterina. Katya. Ich habe nie erfahren, welcher der echte war. Danach bin ich den Versuchungen im Internet aus dem Weg gegangen.«

»Und haben sich an die Damen aus dem Chor gehalten.« Das war ihr herausgerutscht, ohne dass sie darüber nachgedacht hätte.

»In der Tat«, entgegnete Daniel knapp, griff nach seiner Zeitung und marschierte hinaus.

Eigentlich hatte Ella ihn nicht kränken wollen, aber vielleicht war es ja besser so.

Jedenfalls hatte er sie auf einen Gedanken gebracht. Doch zuerst wollte sie Laura anrufen und sie fragen, wie es ihr ging. Wenn sie es richtig im Gedächtnis behalten hatte, sollte Gavin morgen eintreffen.

»Ihr werdet es nicht glauben.« Bella konnte kaum an sich halten, als sie Claudia und Don die Nachricht überbrachte.

»Aber Spike hat tatsächlich die Wahrheit gesagt. Sein Onkel ist einer der Küchenchefs im Ritz. Er ist recht charmant, wenn man bedenkt, was für Despoten die meisten Küchenchefs sind, und möchte gerne herkommen, sich die Villa anschauen und mit uns darüber reden, welche Aufgaben der Job beinhaltet.«

»Also braucht ihr meine neu erworbenen kulinarischen Fähigkeiten nicht?« In gespielter Enttäuschung verzog Don das Gesicht.

»Die kannst du dir für mich aufsparen.« Bella bemerkte Claudias Schmunzeln. *Hmmm … im Kutschhaus läuft es jetzt besser*, dachte sie.

»Und wann kann er kommen?«

»Morgen schon. Also überlegen wir uns besser, was wir ihm anbieten. Wir sollten Rose zu Rate ziehen. Schließlich ist sie die Gourmet-Königin.«

»Gute Idee. Sie wird begeistert sein. Die viele *pâté foie gras*.«

»Das übersteigt unser Budget.« Bella grinste. »Es ist zwar recht hoch, aber so hoch nun auch wieder nicht.«

Tatsächlich war Rose sehr aufgeregt. Die Vorstellung, dass ein neuer Küchenchef sie wieder mit Köstlichkeiten eindecken würde, half ihr beinahe über ihren Ärger wegen des plötzlichen Aufstiegs ihrer Rivalin Mrs. Lal zur Heldin der Stunde hinweg.

»Hast du es schon gehört?«, fragte Rose Ella, als sie ihr auf dem Rückweg von der Bäckerei zufällig begegnete. »Vielleicht kriegen wir den Küchenchef vom Ritz. Er will beruflich ein wenig langsamer machen, und ein kostenloses Häuschen plus Kochen für eine Horde Senioren, die früh zu Bett gehen, könnten ihn überzeugen.«

»Sprich für dich selbst«, erwiderte Ella. »Ich bleibe bis mindestens zehn auf.«

Wieder zu Hause, bemerkte Ella, dass das rote Lämpchen an ihrem Anrufbeantworter blinkte. Es war eine Nachricht von Laura, die um Rückruf bat.

Seit dem frühen Morgen grübelte Laura schlaflos darüber nach, was sie tun sollte, weshalb es ihr als eine gute Idee erschienen war, die pragmatische, gelassene und bodenständige Ella anzurufen. Darum hatte sie auch die Nachricht hinterlassen. Dann jedoch fiel ihr der Blog ein, in dem Ella Einzelheiten aus dem Scheitern ihrer Ehe verwendet hatte, und sie fühlte sich wieder verraten. Gut, Ella hatte sich ausgiebig entschuldigt, doch unter der Oberfläche brodelte ihr Zorn immer noch.

Also beschloss sie, eine Geschichte zu erfinden, wenn Ella anrief, und ihre Entscheidung allein zu treffen.

Sollte sie Gavin das Geld leihen, oder war sie absolut naiv und leichtgläubig, einem Mann zu vertrauen, den sie nur per SMS kannte? Wieder erschien es ihr merkwürdig, dass sie nie miteinander telefoniert hatten. Ja, sie kannten sich noch nicht so lange, und Gavin hatte immer einen triftigen Grund dafür gehabt, nicht anrufen zu können.

Und dann traf die nächste Nachricht ein.

Mein Liebling, ich fasse es nicht, dass das Schicksal so grausam sein kann, zu verhindern, dass ich dich endlich in den Armen halten kann. Außerdem muss ich das Ticket bei British Airways ohnehin bezahlen, weil es zu spät zum Stornieren ist. Dein Gavin

Laura, die sparsame Hausfrau, konnte die Vorstellung einfach nicht ertragen, ein Ticket verfallen zu lassen. Sie traf einen Entschluss und rief, noch ein Lächeln auf den Lippen, sofort ihre Bank an.

So, jetzt war es erledigt. Sie schickte ihm die genauen Daten, ließ sich ein Bad ein und träumte von der neuen Unterwäsche, die sie tragen, und dem Ausdruck, der sich auf seinem Gesicht abzeichnen würde, wenn sie einander endlich in die Arme sanken.

Ella atmete tief durch und wählte Lauras Mobilfunknummer. Als ihre Freundin sich meldete, klang ihre Stimme seltsam träumerisch.

»Du nimmst doch nicht etwa Valium?«, fragte Ella, nur halb im Scherz.

»Nein. Ich bin nur so unglaublich glücklich.«

»Also ist Samstag der große Tag.«

»Ja, ist er.« Wurde Lauras Tonfall ein klein wenig besorgt?

»Nun, dann viel Glück. Erzähl mir, wie es gelaufen ist.«

»Ella …«, begann Laura. Sollte sie Ella ihre Bedenken doch anvertrauen?

»Ja?«

»Ach, nichts.« Nein, sie würde es nicht tun. Sie wusste, dass Ella ihr zur Vorsicht raten würde, und dafür war es eigentlich schon zu spät. »Tschüss. Ich hab dich lieb.«

»Ich dich auch. Tschüss.«

Ella legte auf. Sie fühlte sich ganz und gar nicht beruhigt. Sie war schon immer ein Mensch gewesen, der die Ärmel hochkrempeln und etwas unternehmen musste. In einem der Artikel über Internetbetrug wurde eine simple Lösung vorgeschlagen. Vielleicht klappte es ja nicht, doch möglicherweise konnte sie so eine Antwort auf die Frage finden, ob dieser Gavin vertrauenswürdig war.

Dazu brauchte sie allerdings ein Foto von ihm, und der einzige Weg, der ihr einfiel, war, sich das Bild zu besorgen, das Laura auf ihrem Telefon hatte. Aber wie?

Da gab es wohl nur eine Möglichkeit: nach London zu fahren und Laura zu besuchen. Doch wenn sie ihr auf die Schliche käme, konnte es das Aus für ihre Freundschaft bedeuten.

»Hallo, nett, Sie kennenzulernen.« Claudia hielt Spikes Onkel Bill die Hand hin und führte ihn in den Salon, wo Olivia, Bella und Rose bereits warteten. Zum Glück nahm Mrs. Lal ihre neuen Pflichten sehr ernst und verbrachte den ganzen Tag im Laden.

»Nennen Sie mich Billy, das tun alle.« Billy entpuppte sich als grauhaarige, bartstoppelige Version von Spike, allerdings ohne Irokesenfrisur, und verbreitete auch den gleichen jungenhaften Charme wie sein Neffe, wenngleich dieser bei Spike durch die Collegeausbildung ein wenig abgemildert wurde. »Wahrscheinlich wollen Sie meinen Lebenslauf sehen.« Er reichte ihnen eine einzige Seite. »Ich halte nichts davon, die Dinge auszuschmücken.«

Rose musste zugeben, dass sein entwaffnendes Lächeln sehr einnehmend war, aber sie war viel zu alt, um darauf hereinzufallen. Was sie wirklich interessierte, war das Essen.

»Gut, dann erzählen Sie uns kurz etwas über sich«, schlug sie vor.

»In der Schule war ich eine Niete und hatte in allen Fächern miserable Noten. Bloß am Kochen hatte ich Spaß. Das galt damals als genauso verrückt, als hätte ich Ballerina werden wollen. Es war die Zeit vor all diesen Fernsehköchen wie Gordon Ramsay, der in der Küche ein Riesentheater veranstaltet. Mein Dad dachte, ich hätte den Verstand verloren. Aber mit fünfzehn habe ich eine Lehrstelle in einem großen Londoner Hotel ergattert.« Er lachte auf. »Es war härter als in der Army, das kann ich

Ihnen sagen. Nur die Stärksten überlebten. Doch ich habe die Augen aufgesperrt und gelernt und mich endlich als Teil einer Gemeinschaft gefühlt, die mich verstand.«

»Und was haben Sie danach gemacht?«, erkundigte sich Claudia.

»Bei einem anderen großen Hotel angeheuert. Als stellvertretender Patissier.«

Rose merkte auf. Sie liebte Desserts.

»In der Küche war es heiß wie in der Hölle. Wir mussten dreimal am Abend die Jacken wechseln, und die meisten von uns haben einen Kocharsch gekriegt.«

»Was genau ist das?«, fragte Rose, die sich wie immer von nichts erschüttern ließ. Bella unterdrückte mühsam ein Kichern.

»Es liegt am Schwitzen. Die Haut wird wund. Eine Handvoll Maismehl hinten in die Hose hilft.«

»Ich werd es mir merken«, antwortete Rose, der es irgendwie gelang, ernst zu bleiben.

»Von dort aus habe ich mich in die schwindelerregenden Höhen emporgearbeitet, in denen die Damen mich jetzt sehen.«

»Und nun möchten Sie laut Spike ein wenig kürzertreten?«

»Ganz recht. Mein Rücken streikt. Mein Körper macht nicht mehr mit. Spike hat erwähnt, Ihr Küchenchef habe alles hingeschmissen, und mir könnte es hier gefallen. Ich bin kein Hippie«, fügte er rechtfertigend hinzu. »Für mich waren die nichts weiter als Schnösel aus der Mittelschicht. Peace und Love, finanziert von Mummy und Daddy. Metallica ist eher mein Ding.«

»Das habe ich mir gedacht.« Rose nickte.

»Und welche Bedingungen bieten Sie?«

Bella schilderte, was sie miteinander vereinbart hatten.

Billy nickte. »Okay. Könnte ich mir jetzt die Unterkunft anschauen? Und haben Sie irgendwelche Flüsse in der Nähe? In meiner Freizeit angle ich nämlich gerne Karpfen.«

»Mich wundert, dass Sie überhaupt Freizeit haben.« Lächelnd stand Bella auf, um ihm alles zu zeigen.

»Oh, äh, Billy …«, begann Rose. »Haben Sie eine Frau, Verzeihung, Partnerin, oder Kinder, die mit Ihnen zusammenleben würden?«

»Zwei Ex-Frauen. Die Ehe und der Beruf als Koch passen nicht zusammen, um Ihnen die Wahrheit zu sagen. Außerdem einen tollen Sohn. Doch der ist jetzt erwachsen und hat nicht den Fehler gemacht, in meine Fußstapfen zu treten.«

Während Bella ihn durch die noch freien Häuschen führte, sprachen die anderen über ihn.

»Was meint ihr?«, erkundigte sich Claudia.

»Ich mag ihn«, erwiderte Rose. »Ein ziemlich schräger Vogel, aber aufrichtig. Natürlich müssen wir erst sein Essen kosten.«

»Glaubst du nicht, dass wir hier schon genug schräge Vögel haben?«, fragte Claudia.

»Meinst du Mrs. Lal?«, gab Olivia zurück. »Die wird schon wieder. Sie braucht nur eine Beschäftigung. Außerdem kann man von schrägen Vögeln nicht genug bekommen. Denkt an meine Worte, die Langeweile ist die Feindin des Alters. Wohlmeinende dämliche Pfleger: *Wie geht es uns denn heute, meine Liebe? Hatten wir schon Stuhlgang?* Da ist mir ein ungehobelter *Bursche* wie Billy jederzeit lieber.«

»Sieht aus, als hätten wir unsere Antwort.« Claudia nickte. »Wir fragen Bella, wie sie ihn findet und wie der Mann sich entschieden hat. Hoffentlich strotzen unsere Flüsse vor Karpfen.«

Gerade schickten sie sich an, den Salon zu verlassen, als Bella und Billy zurückkehrten.

Und Murdo Binns aus dem Nichts erschien.

»Murdo.« Rose zwinkerte schalkhaft. »Das ist Mr. Williams. Mr. Williams, das ist Lord Binns.«

»Doch nicht schon wieder ein dämlicher Adeliger«, meinte Billy vergnügt. »Ich dachte, ich wäre Leute wie euch endlich los.«

»Aha.« Murdo schien perplex.

»Mr. Williams, Billy, wir schicken Ihnen heute Nachmittag eine Mail«, sagte Rose. »Wie lange haben Sie Kündigungsfrist?«

»Ich habe schon vor drei Monaten gekündigt. Spikey fand, dass ich einen Herzinfarkt kriege, wenn ich nicht bald aufhöre.«

»Ganz recht«, stimmte Rose zu. »Und vergessen Sie die andere Bedingung nicht.«

Billy wirkte verwirrt.

»Wenn Sie sich Maismehl in die Hose streuen müssen.«

Billy brach in brüllendes Gelächter aus, als Bella ihn hinausbegleitete.

»Komischer Kauz«, merkte Murdo an. »Ein ungeschliffener Diamant. Wer, um alles in der Welt, ist er?«

»Wir hoffen, dass er unser neuer Küchenchef wird.«

»Aha. Wo arbeitet er derzeit? Auf einem Armeestützpunkt? Im offenen Strafvollzug?«

»Ganz im Gegenteil«, entgegnete Rose und hatte einen Heidenspaß daran. »Er kommt direkt aus dem Ritz zu uns.«

Über Murdos verdatterte Miene würde sie sich noch einige Zeit amüsieren.

Da es ein sonniger Tag war, beschloss Olivia, das Grab ihres Mannes zu besuchen und sich endlich für einen Grabstein zu entscheiden. Eigentlich hatte Len nur seinen Namen und die Daten gewollt, doch das wurde einem allgemein so beliebten Menschen einfach nicht gerecht.

»Ich vermisse dich.« Sie ertappte sich dabei, dass sie es laut aussprach. »Du würdest dich sicher wundern, wie sehr.« Erschrocken über das, was sie bei jedem anderen als Sentimentalität abgetan hätte, wandte sie sich ab und stellte fest, dass sich die Sonne auf einem Roboter spiegelte.

»Hiro! Was machst du denn hier?«

Olivia hielt sich zum hundertsten Mal vor Augen, dass Hiro kein Mensch, sondern eine Maschine war.

»Lou erlaubt es mir. Ich glaube, er ist nicht sicher, was er mit mir anfangen soll.«

»Vermisst du Leonard auch?«

Die großen, künstlichen blauen Augen sahen sie an. »Mehr, als ich mir jemals ausgemalt hätte. Nur dass Roboter eigentlich keine Fantasie haben. Vielleicht ist es also nur Gewohnheit.«

Wieder Willen gingen seine Worte Olivia ans Herz. Hiro war wie ein elektronischer Greyfriars Bobby, jener Skyeterrier, der vierzehn Jahre lang das Grab seines Herrchens bewacht hatte, bis er selbst dort gestorben war.

»Ich auch.« Kurz entstand Schweigen, als sie beide das frische Grab betrachteten.

Sie hatte eine Idee. Aber vielleicht war es ja auch zu albern. Sie würde mit Lou Maynard reden und ihn nach seiner Meinung fragen.

»Ich überlege, was ich in den Grabstein eingravieren lassen soll.«

Hiro hob einen eisernen Arm zum Gruß. »Wie wäre es

mit ›Ausgeknockt mit 92‹ oder auch nur ›Letzte Runde abgeschlossen‹? Er hat Kricket so geliebt.«

Olivia lächelte. »Danke, Hiro. Das könnte ein Geistesblitz gewesen sein.«

Mit einem riesigen Blumenstrauß und einer Flasche Champagner bewaffnet, läutete Ella an Lauras Wohnungstür. Während der ganzen Zugfahrt hatte sie sich elend gefühlt und wäre beinahe umgekehrt, doch ihre Freundschaft zu Laura – auch wenn diese das anders sehen mochte – machte es zu ihrer Pflicht, ihre nach der Scheidung so labile Freundin zu beschützen.

Da sie Laura eine Mail geschickt hatte, wurde sie erwartet, allerdings galt das nicht für die Geschenke. »Wofür all das?«, fragte Laura, als sie ihr den Strauß und die Flasche in die Hand drückte.

»Um dir Glück für euer Treffen zu wünschen.«

»Ja. Er kommt morgen gegen Mittag.« War das ein leichtes unsicheres Zittern in ihrer Stimme?

»Ich dachte, das versetzt dich in festliche Stimmung.«

Als Laura lachte, sah sie unbeschreiblich jung und glücklich aus. »Meiner Ansicht nach sollten wir keinen Champagner an Männer verschwenden. Die trinken normalerweise Bier. Komm, wir köpfen die Flasche.«

Sie ging in die Küche, um Gläser zu holen.

Ihr iPhone mit dem Foto von Gavin als Bildschirmschoner lag auf dem Tisch. Rasch griff Ella danach, fotografierte es, legte es blitzschnell zurück und fühlte sich dabei wie Judas bei seinem folgenschweren Kuss.

Laura schenkte den Champagner ein und hob ihr Glas. »Auf die Freundschaft. Wie wir immer gesagt haben: ›Ehemänner kommen und gehen, die Freundschaft bleibt bestehen.‹«

Wie bei ihrer ersten Diagnose saß Sal im Empfangsbereich des Princess Mary Hospitals. Inzwischen wusste sie, wie es lief. Man würde sie in eine Kabine bitten, die Tür schließen, ihr das Oberteil ausziehen und sie in ein Krankenhausnachthemd stecken. Dann würde man ihre verbliebene Brust auf die gute alte Wurstschneidemaschine, alias Mammografiegerät, legen. Aller Wahrscheinlichkeit nach würde sie anschließend zur Biopsie müssen, wo man ihr mit einer Nadel Zellen entnahm, um sie unter dem Mikroskop zu untersuchen. Und zu guter Letzt würde sie eine Woche – *eine Woche!* – auf die Ergebnisse warten.

Eine Stunde später verließ sie das Krankenhaus genauso einsam und verzweifelt wie beim letzten Mal. Warum, zum Teufel, hatte sie es Lou nicht verraten?

»Ich dachte schon, dass ich dich hier finden würde«, sagte da eine Stimme hinter ihr. »Ich war so in Sorge, dass ich Ella angerufen habe, und als ich ihr erzählt habe, wieso ich solche Angst um dich habe, hat sie vermutet, dass du hier bist.«

Als Sal herumwirbelte, lehnte Lou an der Tür eines wartenden Taxis. Er breitete die Arme aus, und sie warf sich hinein. Als sie jämmerlich zu weinen begann, umarmte er sie fest.

»Sally Grainger, mein liebes Mädchen, du bist keine gute Schauspielerin. Wahrscheinlich hast du gar nicht bemerkt, dass du ständig nach unten schaust und deine Brust betastest, wenn du glaubst, dass niemand darauf achtet. Seit mindestens einer Woche siehst du aus wie ein Geist. Es war nur eine Frage der Zeit, bis du dein Elend gnädigerweise mit mir geteilt hättest.«

»Oh, Lou, es ist einfach so verdammt unfair, jetzt, wo ich endlich glücklich bin. Es tut mir sehr leid, dass ich es dir verschwiegen habe.«

»›Liebe bedeutet, niemals um Verzeihung bitten zu müssen‹«, zitierte Lou den berühmten Satz aus *Love Story*. »Blödsinn!«, fügte er hinzu. »In der Liebe muss man sich ständig entschuldigen und hoffen, dass der andere so großzügig ist, einem zu verzeihen. Zum Glück bin ich für meine Großzügigkeit berüchtigt, und ich verzeihe dir.«

Sally schniefte. »Ich danke Gott für dich, Lou Maynard!«

»Und ich ihm für dich, Sally Grainger. Komm, das stehen wir zusammen durch. Und vergiss nicht: Ich bin Amerikaner und deshalb Optimist.«

Endlich gelang es ihr zu lächeln. »Das muss so sein, sonst hättest du nicht dreimal geheiratet.«

»Na, siehst du? Wie viel länger wollen wir dieses Taxi noch warten lassen?«

Sally stieg hinten ein und lehnte auf der Rückfahrt zur Villa den Kopf an Lous Schulter. Sie versuche, nicht daran zu denken, was für eine Verschwendung das war. Noch immer war sie verwundert, mit jemandem zusammen zu sein, der sich ein Taxi bis nach Surrey leisten konnte und der sie so liebte, dass er ihr nachgefahren war.

Das Leben war doch nicht so entsetzlich.

Dreiundzwanzig

Zwei Stunden vor Landung des Fliegers traf Laura in Heathrow ein. Sie liebte die Szenen am Flughafen. Das Wiedersehen. Die Abschiede. Kleine Kinder, die ihrem von einer Auslandsreise zurückkehrenden Dad entgegenliefen. Sie fühlte sich ein wenig wie der Drehbuchautor Richard Curtis – schrecklich sentimental und bereit, auch den unwahrscheinlichsten Umständen noch ein Happy End abzuringen. Vielleicht sogar ihr eigenes.

Sie hatte sich mit Sorgfalt angezogen, ohne sich aufzutakeln, und trug eine hübsche Bluse, eine weiche, flauschige Strickjacke, einen Wickelrock und ihre kniehohen, hochhackigen und das Selbstbewusstsein fördernden Wildlederstiefel.

Und so saß sie im Costa Coffee neben der Ankunft und versuchte, anhand der Kleidung der Leute zu erraten, woher sie kamen. Bei den Australiern war es einfach. Sie waren müde, aber zufriedene Urlauber und trugen Shorts und T-Shirts, obwohl es zu Hause Winter war, um sich das Feriengefühl ein bisschen länger zu bewahren. Die Flüge aus New York brachten eine Mischung aus schicken Geschäftsleuten und gewöhnlichen Amerikanern in schlabberiger Kleidung. Am liebsten waren ihr die Ankömmlinge aus Indien, die ängstlichen Großmütter in ihren zerknitterten Saris, voller Furcht, nicht am richtigen Zielort gelandet zu sein. Liebe und Erleichterung erhellte ihre Mienen, wenn ihre winzigen Enkelkinder mit Sträußen verwelkter Gänseblümchen auf sie zustürmten.

Zum zehnten Mal blickte sie auf die Uhr. Jetzt würde es nicht mehr lange dauern. Der Flug aus Beirut war auf die Minute pünktlich. Sie spürte, wie ihr vor Aufregung und Scheu beinahe übel wurde. Hatte sie denn völlig den Verstand verloren, sich in einen wildfremden Mann zu verlieben? Energisch verdrängte sie den Gedanken an die fünftausend Dollar. Er würde sie ihr schon irgendwann zurückgeben. Außerdem war es nur Geld. Auch wenn sie es sich eigentlich nicht leisten konnte.

Endlich erschien ein Strom von Passagieren, die aussahen, als stammten sie aus dem Libanon. Sie durchschritten die Schranke und hielten aufmerksam Ausschau nach Angehörigen, Freunden, Kollegen oder Taxifahrern, die sie abholen sollten.

Einige Hunderte von Passagieren kamen vorbei, bis sich die Menschenmenge schließlich ausdünnte. Noch immer keine Spur von Gavin. Sie beschloss, ihm eine SMS zu schicken, erhielt aber zum ersten Mal keine Antwort. Wie eigenartig. Vielleicht hatte er ja sein Telefon noch nicht wieder eingeschaltet.

Als die Passagiere des nächsten Fluges erschienen, hatte sie noch immer nichts von ihm gehört. Hatte er seinen Flieger verpasst? Doch in diesem Fall hätte er ihr doch sicher Bescheid gegeben.

Sie unterdrückte die in ihr aufsteigende Panik und entschied, sich am Informationsschalter von British Airways zu erkundigen. Dass es sich um eine heimische Fluggesellschaft handelte, empfand sie als seltsam beruhigend.

Das Mädchen am Schalter war charmant und hilfsbereit. »Also. Der Vorname ihres Freundes ist Gavin. Wie lautet denn sein Nachname?«

Laura tappte absolut im Dunkeln. Lächerlich, denn sein Name musste doch in seinem Profil bei *Out There* gestanden haben. Aber das war schon so lange her.

»Keine Sorge«, beruhigte sie das Mädchen. »Ich gebe einfach Gavin ins System ein.«

Geschickt tippte sie auf ihrer Tastatur herum. Nach einer Pause blickte sie auf. »Das ist aber komisch«, stellte sie fest, während sich Laura der Magen umdrehte. »Ich habe hier keinen Gavin. Sind Sie sicher, dass es nicht sein zweiter Vorname ist?«

Laura schüttelte den Kopf. All die unterdrückten Ängste stiegen wieder in ihr hoch und hüllten sie ein wie eine Flutwelle des Grauens. Etwas lag hier schrecklich im Argen.

Langsam wandte sie sich ab und ging zur U-Bahn-Station, ohne sich umzudrehen.

Mrs. Lal schaute sich in ihrem aufgemöbelten Laden um und war so zufrieden wie Gott, nachdem er in sieben Tagen die Welt erschaffen hatte und sah, dass sie gut war. Die Wahrheit lautete, dass sie sich seit ihrer Ankunft in England verloren fühlte. Ihre Tochter empfand ihre Anwesenheit eindeutig als erdrückend. Das Vermitteln von Ehen hatte sie offen gestanden satt, und anderen Leuten die Zukunft vorherzusagen war nur ein besseres Gesellschaftsspiel. Aber das hier! Hier konnte sie ihre Talente einsetzen und gleichzeitig Geld für wohltätige Zwecke verdienen. Anderen zu helfen war für sie etwas völlig Neues, und zwar etwas, das ihr allmählich Freude machte. Natürlich hätte sie auch nichts dagegen gehabt, den Preis zu gewinnen.

Sie verfügte nicht nur über einen guten geschäftlichen Instinkt, sondern auch über einen ausgeprägten Sinn für

Mode und sah keinen Grund, diese beiden Begabungen nicht miteinander zu vereinen.

»Wie viel Umsatz wirft dieser Laden pro Woche ab?«, fragte sie Minnie.

Minnie schreckte auf. »Das hat Vera nie erwähnt. Wir befestigen nur Aufkleber an den Sachen. Das Kassieren war ihre Angelegenheit.«

»Aber Sie müssen doch ein Kassenbuch haben? Irgendwelche Unterlagen?«

»Neben der Kasse vermutlich.«

Nach einer Weile stieß Mrs. Lal auf einen Brief an die Zentrale, in dem von neunhundertfünfzig Pfund die Rede war.

»Gütiger Himmel! Das ist ja ein Klacks. Wir wollen versuchen, den Umsatz in dieser Woche zu verdoppeln. Oder sogar zu verdreifachen.«

Flo und Minnie wechselten einen Blick, der etwas zwischen »Ist die total übergeschnappt?« und »Da muss sie aber ganz schön Glück haben« besagte.

»Ich verstehe nicht, warum alles aus zweiter Hand sein muss«, beharrte Mrs. Lal. »Die großen Marken haben jede Menge Ware auf Lager, die sie nicht loswerden. Ich werde mich an sie wenden und ihnen anbieten, sie von diesem Ballast zu befreien.« Sie würde es als Akt unbeschreiblicher Großzügigkeit darstellen. »Was wir jetzt brauchen, sind Klasse und Stil. Ich bin gleich zurück.«

Mit offenen Mündern blickten die beiden ihr nach. »Nun, ich muss zugeben, dass sie im Vergleich zu Vera frischen Wind in die Bude bringt.«

Eine Stunde später stoppte draußen ein Taxi, und Mrs. Lal stieg aus, begleitet von einem jungen Mann, der offenbar Sportkleidung trug.

»Das ist Spike. Er war so freundlich, mir zu helfen. Und

jetzt« – sie klatschte in die Hände – »können Sie beide Kleiderbügel für mich besorgen. Schöne aus Holz, nicht diese verbogenen Drahtruinen aus der Reinigung.«

Eine weitere Stunde später war das Schaufenster mit einer Auswahl von Mrs. Lals eigener Catherine-Walker-Kollektion gefüllt. Daneben stand ein großes Foto von Prinzessin Diana in einer Kreation der Designerin. »Das sollte die Leute anlocken. Es ist nichts dabei, für eine gute Sache ein bisschen auf oberflächliche Sentimentalität zu setzen.«

Minnie und Flo schüttelten völlig perplex den Kopf. Allerdings waren die Kleider hübsch, und sie beide verehrten Prinzessin Diana.

Erstrahlend von ihrer neu entdeckten Nächstenliebe trat Mrs. Lal zurück. *Platz da, Mutter Teresa, du runzlige, alte Trockenpflaume. Es kann mehr als nur eine moderne Heilige geben, und sehen wir den Tatsachen ins Gesicht, du warst nicht mal eine richtige Inderin.*

Ella fühlte sich wie eine Frau, die ihrem untreuen Ehemann nachspionierte, als sie sich an ihren Laptop setzte und ihn einschaltete. Sie durchsuchte alles, was sie über die Erkennung von Catfishern und Betrügern entdecken konnte, bis sie schließlich auf einen Expertenrat stieß: »Seien Sie besonders vorsichtig, wenn Sie vor Kurzem eine Scheidung oder einen Trauerfall durchmachen mussten. Betrüger sind geschickt darin, aus allem, was Sie ihnen mitteilen, Signale herauszulesen.« Die nächste Warnung bezog sich auf eigenartig gestelzten Satzbau und unangemessene sexuelle Botschaften. Diese Nachrichten wurden häufig nicht nur von einer Person geschrieben, sondern von ganzen Gruppen von Catfishern, die rund um die Uhr überall von Albanien bis nach Accra tätig waren.

Die Ausmaße, die diese den meisten Normalmenschen unbekannte Branche angenommen hatte, und die Geschwindigkeit, in der sie sich ausbreitete, verschlug Ella den Atem.

Und dann kam der letzte Tipp: »Wenn Sie sichergehen wollen, dass das Ihnen zur Verfügung gestellte Foto echt ist, ist das normalerweise mit der umgekehrten Bildersuche über ›Reverse Images‹ möglich.«

Es gab nicht nur eine ganze Industrie, die Menschen online das Fell über die Ohren zog, sondern auch Parallelorganisationen, die sie jagten. Ella hielt die Luft an, als sie das von Laura gestohlene Foto von Gavin auf ihren Laptop lud und auf dem Browser »Reverse Images« auswählte. Die Identifikation erfolgte in Sekundenschnelle.

Die warmen braunen Augen, die Laura so begeistert hatten, gehörten keinem Ingenieur namens Gavin, der derzeit in Beirut arbeitete. Nein, es handelte sich um ein männliches Fotomodell, das Patrick Johnson hieß und in Huddersfield wohnte.

Claudia war unterwegs zu Bella, um sie zu fragen, ob sie von Billy, ihrem potenziellen neuen Küchenchef, gehört hatte, als Spike sie abfing.

»Du siehst ja total erledigt aus«, stellte sie beim Anblick seines geröteten, verschwitzten Gesichts fest.

»Das liegt an Rose McGill. Die Frau ist zwar nicht mehr jung, dafür aber mörderisch. Und dabei sieht sie aus wie eine harmlose Großmutter. Als sie sich für den Kurs angemeldet hat, dachte ich: *Herrje, noch eine Oma.* Doch sie ist gelenkiger als ich. Und sie hat eine bessere Kondition! Vergesst Miss Marple. Sie ist Jane Fonda auf Speed.«

Grinsend versuchte Claudia, sich Rose in Leggings und Lycra vorzustellen. Sie hoffte nur, dass sie ihr Herz nicht überanstrengte.

»Übrigens«, fügte Spike hinzu. »Eine Nachricht von meinem Onkel Billy. Er findet, dass ihr seine Gerichte kosten solltet, bevor ihr euch endgültig festlegt.«

»Meinst du, er ist ernsthaft interessiert?«, fragte Claudia erfreut.

»Ja, das denke ich wirklich. Wusstet ihr, dass ihr den besten Karpfenteich in Südengland direkt vor der Haustür habt?«

»Offen gestanden habe ich das noch gar nicht bemerkt«, räumte Claudia ein. »Verglichen mit Angeln ist Krocket für mich eine schnelle und aufregende Sportart.«

»Aber, aber. Angeln ist der Sport der Philosophen. Hast du schon mal von Izaak Walton gehört?«

»Ich nehme dich beim Wort. Und wann möchte Billy uns seine verlockenden Köstlichkeiten kredenzen?«

»Übermorgen, wenn euch das recht ist. Und anschließend verdrückt er sich mit seiner Angelrute.«

»Ich gebe den anderen Bescheid. Es muss eine festliche Angelegenheit werden. Zumindest Kerzen und weiße Tischtücher. Sag ihm, er soll die wundervolle Bella mitnehmen. Sie wird alles organisieren.«

»Sie ist wirklich wundervoll«, wiederholte Spike träumerisch. »Sie erledigt so viel gleichzeitig und kriegt alles genial hin.«

Claudia blickte ihm nach, als er zu seinen alten Knackern zurückkehrte. Lustig, dass er nicht mit Rose mithalten konnte. Und was war mit seiner kleinen Schwärmerei für Bella? Nigel sollte besser auf der Hut sein. Sie fragte sich, ob sie es Laura gegenüber erwähnen sollte. So ein Jammer, dass Laura sich ihnen nicht hatte anschließen wollen. Aber sie amüsierte sich in London sicherlich großartig. Und das hatte sie sich verdient. Sie mussten auch Gaby und Douglas einladen. Douglas hatte sich weit über sein Honorar hinaus engagiert. Sie hoffte so sehr, dass sie eine Baugenehmigung bekommen würden. Wie wundervoll, wenn es klappte und Gaby ein Baby bekam. Claudia riss sich zusammen. So viele Frauen, die sie kannte, litten an einem schlimmen Fall von Enkelsucht, und ihr war klar, dass das unfair war.

Sal hatte ausgeschlafen. Lou, der sich endlich die Kunst angeeignet hatte, britischen Tee zuzubereiten, brachte ihr eine Tasse ans Bett. »Es hat ja nur fünfzig Jahre gedauert«, meinte er. »Beim Kaffee darf das Wasser nicht mehr kochen, beim Tee muss es noch blubbern.«

»Ich wusste, dass du kein echter Amerikaner bist«, frotzelte Sal. »Obwohl du dreimal verheiratet warst.«

»Wahrscheinlich lässt du dich durch meinen britischen Akzent täuschen.«

Sal prustete in ihren Tee. Lou hatte einen breiten Brooklyn-Akzent, konnte aber einen Hauch von Uptown Manhattan einfließen lassen, wenn er einen Tisch in einem teuren Restaurant reservieren wollte.

Sie waren beide überrascht, als Olivia an der Tür klopfte.

»Ein fauler Vormittag?«, wandte sie sich an Sal. »Oh, und Tee im Bett, wie hübsch.«

»Mir ist nur ein bisschen schummerig.« Sie hatten noch nicht entschieden, wann sie es den anderen eröffnen sollten.

»Hoffentlich keine Schwangerschaftsübelkeit«, scherzte Olivia.

»Also«, mischte Lou sich ein. »Was können wir für dich tun?«

»Es geht um Hiro.«

Das überraschte Lou, denn Olivia benutzte sonst nie seinen Namen, sondern nannte ihn nur »dieser verdammte Roboter«.

»Ja, ich sollte ihn abholen kommen. Wann würde es dir denn passen?«

»Tja, das ist die Sache. Ich habe mich gefragt, ob ich ihn mir für eine Weile ausleihen könnte.«

»Wozu?«

»Um über Leonard zu reden. Ich vermisse ihn mehr, als ich in Worte fassen kann.«

»Ich dachte, du hasst Hiro«, wandte Sal ein.

»Selbst ich kann mich irren«, erwiderte Olivia in einem Tonfall, der bei ihr beinahe bescheiden klang. »Inzwischen habe ich bemerkt, dass er ein reizender kleiner Bursche ist. Außerdem«, ihre Stimme bebte gefühlvoll, »mag ich recht arrogant wirken, aber in Wahrheit bin ich ziemlich einsam.«

»Ja, dann behalte ihn«, stimmte Lou zu.

»Danke. Ich verspreche, dass ich nett zu ihm sein werde.«

»Ich glaube, wir sind gerade Zeugen der gewaltigen Macht der künstlichen Intelligenz geworden«, sagte Lou zu Sal, nachdem Olivia fort war. »Selbst sie betrachtet Hiro weniger als Maschine und mehr als jemanden, der ihr in ihrer Einsamkeit Gesellschaft leistet.«

»Da kannst du Gift drauf nehmen. Als Nächstes lässt sie ihn Blumenausstellungen bewerten, denk an meine Worte.«

Rose duschte und schlüpfte in ihre übliche Aufmachung, bestehend aus einer ordentlichen beigen Bluse und einer gut geschnittenen Hose. Es hatte ihr großen Spaß gemacht, den netten jungen Mann mit ihrer trotz der Operation unbändigen Energie zu erstaunen. Es lag in den Genen. All ihre Familienmitglieder waren Bergwanderer gewesen und hatten kilometerweite Märsche absolviert.

Gerade hielt sie durch das Fenster Ausschau nach dem Briefträger, als sie sah, dass Murdo Binns bei Mrs. Lal läutete. Er hatte eine rote Rose bei sich. Da das so überhaupt nicht zu Murdo passte, war Rose plötzlich überzeugt, dass er Mrs. Lal einen Heiratsantrag machen wollte.

Und selbstverständlich würde sie annehmen. Als wahre britische Lady würde ihre Heiratsvermittlung einen wundersamen Aufschwung erleben. Und wie konnte sie der Versuchung widerstehen, Hausherrin in der von vielen Türmchen gezierten, wenn auch ein wenig verfallenen »Binns Hall« zu werden?

Vielleicht war sie selbst ja ein bisschen zu unfreundlich mit Murdo umgesprungen. Doch das lag daran, dass er sich so albern aufführte. Mach einem alten Mann schöne Augen und schau, was passiert. Kein Wunder, dass sie nie geheiratet hatte. Man brauchte sich nur dieses blonde Flittchen Anna Nicole Smith anzusehen, die in Amerika einen Neunundachtzigjährigen geheiratet hatte. Und der hatte geglaubt, sie sei in ihn verliebt. Aber wirklich!

Zu Murdos Enttäuschung öffnete niemand. Schadenfroh rief Rose ihm zu, dass er Lalita Lal vermutlich im Dorf im Wohltätigkeitsladen antreffen würde.

Kurz wirkte Murdo ein wenig verdattert, doch dann fällte er mit typisch britischer Entschlossenheit eine Entscheidung und brach auf, um Mrs. Lal zu suchen.

Rose fand, dass sie sich dieses Spektakel auf keinen Fall entgehen lassen durfte.

Sie zog ihre Turnschuhe an und heftete sich diskret an seine Fersen.

Es war schwierig, mit ihm mitzuhalten. Murdo mochte ein alter Mann sein, schritt aber weit aus, was Rose an den Riesen aus dem Lieblingsbuch ihrer Kindheit erinnerte.

Sie traf gerade rechtzeitig ein, um zu beobachten, wie er sich Mrs. Lal mit entschlossenem Blick näherte.

Rose versteckte sich hinter einem Ständer mit Winterkleidung, als er auf ein Knie fiel und Lalita die Rose hinstreckte.

»Geliebte Dame …«, begann er.

Rose kam das Ganze ein wenig förmlich vor. »Allerliebste Lalita« hätte seine lodernde Leidenschaft sicher besser in Worte gefasst.

»Ich biete dir meine Hand und mein Herz an. Würdest du mir die Ehre erweisen, die nächste Lady Binns zu werden?«

Flo oder Minnie – schwer festzustellen, wer – unterdrückten ein Kichern.

Mrs. Lal drehte sich um und betrachtete ihn, als wäre er eine leicht ärgerliche Störung. »Mein lieber Murdo«, erwiderte sie. »Ich fühle mich zutiefst geehrt, doch ich fürchte, ich habe endlich meine Berufung gefunden. Ich werde die Mary Portas der Wohltätigkeitsläden!«

»Aber ich dachte, Mary Portas fülle diese Rolle schon selbst aus«, antwortete er verwirrt und sichtlich enttäuscht.

»Es ist Zeit, dass sie sie mit jemandem teilt«, verkündete Mrs. Lal mit Leidenschaft. »Genau wie bei Mutter Teresa. Die Kaiserin muss einer Königin Platz machen.«

»Ich kann dir nicht ganz folgen«, antwortete Murdo, verständlicherweise von Mrs. Lals Logik aus dem Konzept gebracht. »Was, um alles in der Welt, hat Mary Portas mit Mutter Teresa zu tun?«

»Sie sind beide selbstsüchtig in ihrer Selbstlosigkeit. Ich habe für Good Age viele Läden vor Augen, die alle das Doppelte oder Dreifache einbringen.«

»Und du glaubst nicht, ein Titel würde dir helfen, die Weltherrschaft über die Wohltätigkeit zu erringen?«, meinte er ziemlich kläglich.

»Ich fürchte, er könnte nur eine Ablenkung sein«, entgegnete Lalita mit einem Pathos, der eines Shakespeares würdig gewesen wäre. »Endlich habe ich meine wahre Aufgabe gefunden.«

»In diesem Fall wünsche ich dir einen guten Tag.« Er nahm den letzten Rest von Würde zusammen und stolzierte aus dem Laden, ohne auf das fröhliche Tuscheln hinter der Kasse zu achten.

Alle freuten sich auf ein Festmahl, das Billy großzügig zur Verfügung stellen würde. Bella kramte im Weinkeller, wo noch einige Flaschen, manche recht alt, die Tage der Villa als Landhotel überstanden hatten.

Rose förderte wunderschönes Porzellan mit Goldrand zutage, Olivia das Silberbesteck und die Gläser. Claudia hatte den Geistesblitz, die weißen Hotelbettlaken über den großen Esstisch zu breiten, da von Damasttischdecken jede Spur fehlte. Mrs. Lal rundete das Ganze mit Kerzen aus dem Laden ab, die sie unter gewaltigem Tamtam bezahlte, um zu demonstrieren, wie sehr sie der vor Kurzem verschwundenen Vera überlegen war.

Ella schlüpfte gerade zu Ehren des Tages in ein Abendkleid, als die Tür aufflog und eine verweinte Laura direkt in ihr Wohnzimmer taumelte.

»Laura! Was ist denn bloß passiert?«, fragte Ella, obwohl sie einen starken Verdacht hatte.

»Oh Gott, Ella!« Laura warf sich in ihre ausgebreiteten

Arme. Sie war bleich, und in ihren Augen glitzerten nicht vergossene Tränen. »Ich war in Heathrow, und von Gavin fehlte jede Spur. Was, zum Teufel, kann da schiefgelaufen sein?«

Bevor Ella entscheiden konnte, ob sie Laura sofort reinen Wein einschenken oder etwas erfinden sollte, um ihr die Wahrheit später schonend beizubringen, erschienen zwei der anderen, um sie in den Speisesaal zu schleppen.

»Laura!«, jubelte Claudia. »Fantastisch! Ich hatte gar keine Ahnung, dass du kommst. Bist du wegen des Essens hier, das unser potenzieller neuer Küchenchef geschickt hat?«

Beschützend legte Ella den Arm um sie. »Sie weiß noch nichts von Billy. Bist du sicher, dass dir ein großes Festmahl im Speisesaal nicht zu viel ist? Wenn du möchtest, zweige ich uns etwas ab, und wir essen in aller Ruhe hier.«

Laura schüttelte sich. »Nein, nein, ich will dir den Abend nicht verderben. Was ist mit dem alten Küchenchef passiert?«

»Er hat nach einer Meinungsverschiedenheit mit Mrs. Lal alles hingeschmissen«, erklärte Claudia.

»Ach herrje, macht Mrs. Lal noch immer Probleme?«, erkundigte Laura sich besorgt. »Ich hatte gehofft, dass sie sich inzwischen eingewöhnt hat.«

»Probleme und Unterhaltung gleichen sich aus«, beruhigte sie Claudia. »Jedenfalls ist der neue Küchenchef Spikes Onkel. Spike ist Student und unser Praktikant, der kostenlos hier wohnt.«

»Und sich über unsere laute Musik beschwert«, kicherte Ella. »Insbesondere über Status Quo.«

»Das kann ich ihm nicht verübeln.« Laura kicherte ebenfalls. »Ich mag sie auch nicht. Die waren Simons Lieblingsband. Und ist dieser Onkel ein guter Koch?«

»Das möchte ich ihm geraten haben. Er kommt direkt aus dem Ritz«, antwortete Ella.

»Und er hat uns eine riesige Auswahl an Speisen mitgebracht, damit wir sehen, was er im Angebot hat.«

»Warum, um alles in der Welt, möchte er zu uns kommen, wenn er im Ritz arbeitet?«, erkundigte sich Laura, die schon ein bisschen aufgemunterter wirkte.

»Meinst du, bei einer Horde Senioren, die sich ihr Essen bald pürieren lassen müssen?«, frotzelte Claudia.

»Er will beruflich etwas kürzertreten«, sagte Ella.

»Außerdem angelt er leidenschaftlich gerne Karpfen«, fügte Claudia wissend hinzu. »Ist dir klar, dass sich der größte Karpfenteich in Südengland ganz in der Nähe befindet? Wir haben ihm ein kostenloses Häuschen angeboten, und er hat schon beinahe zugesagt.«

»Also kriegen wir von nun an die perfekte Patisserie, Fleisch, das einem das Wasser im Munde zusammenlaufen lässt, himmlische Vorspeisen …«, begann Ella aufzulisten.

»Und einen kostenlosen Transport in die Notaufnahme, wenn wir alle einen Herzinfarkt kriegen«, spöttelte Claudia.

»Nun.« Endlich lächelte Laura, und ihr eingefallenes Gesicht entspannte sich sichtlich. »Da habe ich mir offenbar den richtigen Tag ausgesucht, um überraschend hier aufzukreuzen.«

»Wir haben dich alle so vermisst.«

Lauras Lächeln wurde zittrig, bevor sie sich mit aller Macht beherrschte. »Also zu Tisch.«

Der Speisesaal war eine Pracht. Jemand hatte ein gewaltiges Arrangement getrockneter Hortensien in wundervollen Renaissancefarben – dunkelaubergine, blassblau und meergrün – entdeckt, das früher die Hotellobby geziert hatte und nun mitten auf dem Tisch stand. Kerzenlicht spiegelte sich im Tafelsilber und Kristall und beleuchtete Billys traumhaftes Festmahl.

Als jeder sich ein Glas Champagner nahm, hoffte Ella, dass Laura das Geschehene vergessen würde, bis sie allein waren und sie ihr die Wahrheit schonend beibringen konnte.

Doch ob es an der Kohlensäure im Wein oder am geborgenen Kreis ihrer Freunde lag, jedenfalls wurde Laura wieder kühner. Ella konnte den Grund nicht feststellen. Denn als Sal sie fragte, warum sie so lange von ihrem Radarschirm verschwunden sei, machte Laura ein kokettes Gesicht und berichtete, sie habe einen fantastischen Mann kennengelernt.

»Er heißt Gavin«, verkündete Laura stolz. »Er arbeitet im Ausland, und eigentlich wollten wir uns treffen. Aber wahrscheinlich hat er sein Flugzeug verpasst.« Sie förderte ihr Telefon zutage und reichte es herum, damit alle das Foto bewundern konnten.

»Ach, du Arme!«, meinte Olivia mitleidig. »Er sieht sehr charmant und attraktiv aus.«

»Für ein Model aus Huddersfield«, murmelte Ella, die es sich nicht verkneifen konnte.

Sie nippte an ihrem Glas. Doch Laura fuhr mit blitzenden Augen zu ihr herum. »*Was* hast du da gesagt?«

»Ach, nichts.« Ella ärgerte sich, weil sie sich verplappert hatte.

»Ich habe dich ganz genau verstanden. ›Für ein Model aus Huddersfield.‹ Was hat das zu bedeuten?«

»Laura, lass uns später darüber reden. Warum machen wir uns nicht einen schönen Abend?«

»Nein, Ella, du kannst nicht so etwas von dir geben und dann darüber hinweggehen.«

»Dann lass uns draußen reden.« Ella wollte ihre Freundin nicht vor allen blamieren.

»Nein, Ella, hier ist es völlig in Ordnung.«

»Ich habe ihn im Internet über die umgekehrte Bildersuche gefunden.«

»Wen?«

»Gavin.«

»Du hattest doch gar kein Foto von ihm.« Laura verstummte, als es ihr allmählich dämmerte. »Du hast es aus meinem Telefon gestohlen.«

»Ich habe es nicht gestohlen, sondern nur abfotografiert.«

»Moment mal. Du bist den ganzen Weg nach London gefahren, nur um an das Foto ranzukommen«, schleuderte sie ihr zornig entgegen.

»Er heißt Patrick Johnson, Laura. In Wirklichkeit ist er Fotomodell. Du könntest ihn kennenlernen, wenn du willst.«

Als Laura aufsprang, warf sie dabei ihr Weinglas um. »Ich fasse es nicht, wie du so etwas tun konntest. Sein Foto von meinem Telefon zu stehlen!«

»Ich wollte dich nur beschützen.« Ella versuchte zu verhindern, dass Laura hinausstürmte. »Es kommt sehr häufig vor, dass frisch geschiedene oder verwitwete Frauen betrogen werden. Im Internet wird dringend davor gewarnt.«

Inzwischen schienen alle Anwesenden verstanden zu haben, was sich da vor ihren Augen abspielte.

»Aber, Ella, das war doch eine Missachtung von Lauras Privatsphäre«, begann Rose.

»Meiner Ansicht nach hat sie sich genau richtig verhalten«, widersprach Lou. »Internetbetrüger können sehr gefährlich sein.«

Doch Laura hatte den Raum schon halb durchquert.

»Laura, Laura.« Ella stand auf und lief ihr nach. »Ich hätte es nicht ertragen, dass dir schon wieder wehgetan wird.«

»Also bist du demjenigen lieber gleich zuvorgekommen«, zischte Laura, während alle im Raum einander Vorwürfe machten.

»Aufhören!« Sal hatte sich erhoben und überschrie den Radau. »Sofort aufhören!« Alle drehten sich um und betrachteten ihr bleiches, zorniges Gesicht. »Am besten erfahrt ihr es gleich, der Zeitpunkt ist so günstig wie jeder andere. Ich fürchte, mein alter Freund, der Krebs, ist zurück. Diesmal in meiner anderen Brust.«

Kurz senkte sich Schweigen über den Raum. Dann kletterte Sal, besorgt beobachtet von Lou, auf einen Stuhl.

»Und wenn ihr nicht mit dieser Streiterei aufhört«, rief sie, so laut sie konnte, »werde ich keine von euch bitten, meine Brautjungfer zu sein.«

Vierundzwanzig

»Sal, du heiratest! Das ist ja absolute Spitzenklasse!« Claudia stürzte als Erste auf ihre Freundin zu und umarmte sie überglücklich. Sie wusste, dass Mitleid wegen ihrer Erkrankung das Letzte war, was Sal jetzt gebrauchen konnte.

Laura folgte ihr. »Ich freue mich ja so für euch beide. Einen besseren Mann hättest du nicht finden können.«

Ella, die immer noch unter Schock stand, tat es ihr gleich. »Dir auch ganz herzliche Glückwünsche, Lou. Ich weiß, dass ihr beide sehr glücklich sein werdet.«

»Ich bin ja so begeistert.« Rose strahlte übers ganze Gesicht. »Ihr beide bedeutet mir unglaublich viel.«

»Aber diese schreckliche Krankheit, Sal«, wandte Mrs. Lal so taktvoll wie ein Doppeldeckerbus ein. »Wie lange wissen Sie es schon?«

»Ich habe mir überlegt, ob ich es für mich behalten soll«, erwiderte Sal mit verlegener Miene. »Verrückt nach dem, was beim letzten Mal passiert ist. Zumindest so lange, bis die Diagnose feststeht. Aber dieser Mensch, der überall seine Nase reinsteckt« – sie lächelte Lou liebevoll zu –, »ist mir auf die Schliche gekommen und mir mit dem Taxi ins Krankenhaus gefolgt.«

»Ein äußerst vernünftiger Mann«, stimmte Olivia zu. »Meiner Ansicht nach ist ein Taxi in den meisten Situationen eine Hilfe.« Die anderen verkniffen sich ein Schmunzeln bei der Vorstellung, wie hilfreich es wohl sein mochte, mit dem Taxi und nicht mit dem Schinderkarren zur Guillotine gebracht zu werden.

»Und Sie sind sicher, dass es wirklich ernst ist?«, beharrte Mrs. Lal, obwohl Rose ihr finstere Blick zuwarf.

»Ich halte mir immer die nicht sehr überzeugenden Worte meines Arztes vor Augen: Wenn man schon Krebs kriegen muss, dann am besten in der Brust.«

»Und Sie werden sich in diesem Fall die Brust amputieren lassen?«, bohrte Mrs. Lal trotz des verzweifelten Händefuchtelns der anderen weiter.

»Lalita!« Selbst ihre neue Verbündete Olivia fand, dass es jetzt genug war. »Das hier sollte eigentlich eine Verlobungsfeier sein.«

»Genau. Kommen Sie, Mrs. Lal.« Bella hakte Lalita unter. »Lassen Sie uns mehr Champagner organisieren.«

Es gelang ihnen, unter den wenigen verbliebenen Flaschen im Hotelkeller die beiden letzten aufzutreiben. Lou entkorkte sie mit der Eleganz jahrelanger Erfahrung.

»Und wann findet die Hochzeit statt?«, erkundigte sich Bella und reichte die Gläser herum.

»Krebs wartet nicht auf Menschenwerk, also hoffentlich schon nächste Woche«, erwiderte Sal. »Sofern es meine Tochter Lara und ihre Familie rechtzeitig aus Oslo hierherschaffen. Und natürlich ein paar seiner Ex-Frauen.« Grinsend prostete sie ihm zu.

»So viele habe ich nicht. Und einladen würde ich sie auch nicht. Du stellst mich ja dar, als wäre ich Blaubart.«

»Nein, nur Amerikaner.«

»Miss Grainger«, antwortete Lou liebevoll. »Du wirst deine absurden Vorurteile gegen meine Landsleute überwinden müssen.«

Diesmal küsste sie ihn. »Ich arbeite daran. Dich mag ich, und das wäre ja schon mal ein Anfang.«

»Und wo wollt ihr heiraten?«, fragte Laura.

»Eigentlich wollten wir ins Rathaus, aber das ist erstaunlicherweise ausgebucht.«

»Moment mal.« Bella verzog nachdenklich das Gesicht. »Bestimmt verfügt die Villa über eine Heiratslizenz. Das muss einfach so sein. Idyllisches Landhotel, reizender Garten. Die Hälfte der Hotels auf dem Land lebt von Hochzeiten.«

»Wir fragen Murdo«, meinte Rose. »Ich rufe ihn gleich an.«

Sobald Murdo davon erfuhr, traf er mit zwei Flaschen eines alten Ruinart ein, was hieß, dass die Party weitergehen konnte.

»Ich hatte sie mir für eine andere Gelegenheit aufgespart«, verkündete er mit einem vielsagenden Blick auf Mrs. Lal.

»Murdo«, entgegnete Rose knapp, ohne auf seine taktlose Bemerkung einzugehen, denn schließlich hatte er zuerst ihr den Hof gemacht. »Inzwischen habe ich die liebe Lalita recht ins Herz geschlossen, aber die Idee, dass ihr beide einen Haushalt gründet, ist in etwa so wahrscheinlich wie ein Monsunregen auf der Isle of Wright. Sie ist eine Naturgewalt, während du lieber deine Ruhe hast.«

»Vermutlich hast du recht«, räumte er sichtlich aufgemuntert ein. »Du wolltest wissen, ob das Hotel über eine Heiratslizenz verfügt, und tatsächlich gab es eine. Sie gilt noch, ich habe das überprüft.«

»Das ist ja wundervoll.« Genüsslich nippte Sal an ihrem Champagner. »Ich kann mir keinen Ort vorstellen, wo ich lieber heiraten würde.«

»Das Problem ist nur«, fügte Murdo hinzu, »dass die kleine Pagode, wo die Trauungen abgehalten wurden, morsch geworden und eingestürzt ist.«

»Die baue ich wieder auf.« Als alle sich umdrehten, stand Don grinsend in der Tür. »Das wäre mein Beitrag zur Hochzeit.«

Ein eigenartiges Schweigen breitete sich aus.

»Ihr traut es mir nicht zu!«, empörte sich Don. »Aber das liegt nur daran, dass ihr noch nie von ›Men in Sheds‹ gehört habt.«

»Ich ganz bestimmt«, verbesserte ihn Olivia. »Leonard hat sein ganzes Leben in einem Schuppen gesessen.«

»Nein«, erklärte Don geduldig. »›Men in Sheds‹ bedeutet in dem Fall nicht ›Männer in Schuppen‹. Es ist die Organisation, bei der ich Mitglied bin. Also würde ich es nicht allein erledigen. Trotzdem toll, dass ihr solches Vertrauen in meine neuen Fähigkeiten habt«, ergänzte er in gekränktem Ton.

»Don, das klingt wundervoll«, meinte Sal und verkniff sich die Frage, die ihr auf der Zunge lag. Nämlich, ob es nicht sinnvoller sei, im Salon zu heiraten anstatt in einer wackeligen Pagode, zumal es schon seit Tagen regnete.

»Sally, ich habe nachgedacht«, sagte Mrs. Lal unheilverkündend. »Es ist sehr nett von Ihnen, mich zu bitten, Ihre Brautjungfer zu sein, und ich bin ausgesprochen gerührt. Aber finden Sie nicht, dass es nur Ihre engsten Freundinnen sein sollten?« Sie wies auf Ella, Claudia und Laura. »Sie sind zwar schon alt, aber wir sind noch älter.«

Rose und Olivia nickten zustimmend.

»Und du musst auch an deine Tochter und vielleicht an deine kleine Enkelin denken«, beharrte Rose. »Schließlich ist es eine Hochzeit und kein Horrorkabinett mit neunzigjährigen Brautjungfern.«

»Ob es ein Horrorkabinett wird, ist mir vollkommen wurscht!«, protestierte Sal, ohne ein Blatt vor den Mund zu nehmen.

»Gesprochen wie eine wahre englische Lady«, gratulierte ihr Verlobter.

»Betrachten wir es doch einmal so«, mischte sich Don ein. »Ich bin zwar nur ein Mann, doch es wäre gefühlsmäßig richtig, wenn die Hexenbande als deine Brautjungfern fungiert. Schließlich habt ihr immer durch dick und dünn zusammengehalten.«

»Manchmal sehr dünn«, murmelte Laura und dachte dabei an Simon und jetzt das ganze Gavin-Debakel.

»Ich stimme Don zu«, sagte Olivia und legte den Arm um ihre Tochter Claudia. »Euch Mädchen verbindet etwas ganz Besonderes. Ich wünschte, ich hätte eine Freundschaft wie eure gehabt.«

Claudia erwiderte die Umarmung. Ihr wurde klar, wie einsam ihre Mutter gewesen sein musste, insbesondere wegen ihrer bipolaren Schübe. Und all das ohne Freundinnen, mit denen sie über ihre Sorgen reden konnte.

»Soll es eine Hochzeit in Weiß werden?«, erkundigte sich Mrs. Lal.

Sal sah Lou an. »Nun? Was meinst du?«

»Meiner Ansicht nach soll es genau die Hochzeit werden, die du dir wünschst.« Lou lächelte sie liebevoll an.

»Typisch Mann«, frotzelte Sal und erwiderte sein Lächeln. »Angst, sich festzulegen. Ich hätte gern eine traumhafte, bunte, ausgeflippte Hochzeit mit jeder Menge Spaß und so vielen Klischees wie möglich.«

»In diesem Fall«, verkündete Mrs. Lal strahlend, »könnte ich mich um Ihre Kleidung kümmern.«

»Von Good Age?« Claudia konnte sich die Frage nicht verkneifen.

»Nein, ich bin nicht sicher, ob das passend wäre. Da Sie es gerne bunt hätten, habe ich mir überlegt, was Sie von einer indischen Hochzeit halten würden.«

»Tja, das wäre doch optimal, da keiner von uns auch nur die geringste Verbindung zu Indien hat.« Sal lachte auf und blickte ihren Bräutigam aufmunternd an.

»Ach, was soll's?«, antwortete Lou, drückte Sal an sich und zwinkerte ihr zu. »Das wäre eindeutig ein Unterschied zu meinen bisherigen Eskapaden.«

Sal tat, als kratzte sie ihm die Augen aus, während Don der Flasche Ruinart die letzten Tropfen abrang.

Als sich später alle zerstreuten, um zu Bett zu gehen, überredete Ella Laura, mit zu ihr zu kommen, bevor sie sich bei ihrer Tochter Bella schlafen legte.

»Laura, ich wollte dir nur sagen, wie entsetzlich leid es mir tut, dass ich so gemein war, mich einzumischen. Ich habe mir einfach so große Sorgen um dich gemacht.«

»Los«, meinte Laura. »Du kannst mich ruhig als alte Säuferin bezeichnen, aber lass uns vor dem Schlafen noch ein Glas Weißwein trinken. Nach dem, was ich durchgemacht habe, habe ich das jetzt nötig.«

Ella förderte zwei Gläser zutage und setzte sich neben sie aufs Sofa.

»Ich kapiere nicht, warum ich es mir nicht eingestehen kann.« Unterdrückte Gefühle sorgten dafür, dass Lauras Stimme zitterte. »Ich bin über den Tisch gezogen worden. Gavin existiert gar nicht. Und es kommt noch schlimmer.«

Plötzlich von Schluchzern geschüttelt, stellte sie ihr Glas weg. »Ich habe ihm fünftausend Dollar überwiesen. Welche dumme, leichtgläubige Kuh gibt einem Typen, den sie gar nicht kennt, fünftausend Dollar?«

Ella breitete die Arme aus. »Viele Leute«, meinte sie leise und umarmte Laura fest. »Ich habe Artikel über all die Frauen gelesen, die betrogen worden sind. Da war sogar eine Professorin in Oxford, die um mehrere Hunderttausend erleichtert worden ist. Es geht nicht darum, ob man naiv ist, sondern darum, wie man sich fühlt, wenn sie sich an einen ranmachen. Du warst nach Simon und Calum aufgewühlt und gekränkt …«

»Und jetzt auch noch Gavin. Offenbar habe ich einen prima Männergeschmack.«

»Nein, Laura. Du bist so wundervoll.«

»Ich möchte es Bella und Sam nicht beichten. Sie sollen nicht wissen, wie dämlich ich bin. Ist das nicht verrückt?«

»Das kann ich gut nachvollziehen, Laura. Aber eine so hohe Summe ist es nun auch wieder nicht.«

»Oh mein Gott, Simon. Er wird durchdrehen. Allerdings ist auch etwas Gutes dabei herausgekommen.«

Sie lächelte zittrig durch einen Tränenschleier. »Herrje, ich sehe aus wie ein Panda mit Heuschnupfen. Falls ein Häuschen frei ist, würde ich gern zur Hexenbande ziehen.«

»Laura!« Ella war überglücklich, weil ihre Freundin sie nicht aus ihrem Leben streichen würde. »Alle werden vor Freude außer sich sein.«

»Selbst wenn Bella fortgehen und ihre eigene Firma gründen sollte, habe ich so wenigstens ein bisschen Zeit mit meinem Enkel. Schließlich weiß man nie, wie lange einem noch bleibt. Sieh dir Sal an.«

Sie fassten einander an den Händen.

»Hoffentlich hat ihr Arzt recht«, erwiderte Ella. Eine Welt ohne Sal war für sie unvorstellbar.

»Und ihr scheint euch gut zu verstehen.« Laura lächelte.

»Abgesehen von gelegentlichen Ausbrüchen eines Vulkans namens Mrs. Lal.«

»Apropos Enkel: Wenn ich nicht bald gehe, sehe ich ihn heute Abend nicht mehr.«

An der Tür umarmte Ella sie noch einmal. »Ich bin ja so froh, dass du dir überlegst, zu uns zu kommen. Die anderen werden sich genauso freuen.«

»Nun, allein in London zu leben, nur ich und meine Dating-Plattform und ohne euch, war kein großer Spaß.«

»Falls du es noch mal mit dem Daten versuchen möchtest, wende dich an Mrs. Lal. Ich dachte, sie wollte dich jemandem vorstellen, der dich wirklich verdient hat.«

»Ich glaube, davon lasse ich lieber die Finger, vielen Dank auch.«

»Wahrscheinlich eine weise Entscheidung. Insbesondere, wenn Mrs. Lal mit im Spiel ist.«

Laura winkte zum Abschied. Sie wurde von Erleichterung ergriffen. Jetzt würden sie alle wieder zusammen sein. Eine Zukunft im Kreise ihrer Familie und ihrer Freundinnen erschien ihr plötzlich viel verheißungsvoller.

Am nächsten Tag traf die Abordnung von »Men in Sheds« ein. Offenbar genoss es Don, das Kommando zu führen. Die tüchtige Bella hatte ein Foto der Hochzeitspagode entdeckt, und nun debattierte das vierköpfige Team angeregt über die Rekonstruktion, bis einer von ihnen sich ruhig an einen Tisch setzte und eine brauchbare Skizze anfertigte.

»Das ist ja wundervoll«, gratulierte Don.

»Offen gestanden«, beichtete Mike bescheiden, »habe ich es bei Pinterest geklaut.«

»Es ist mir egal, ob du es bei Xi Jinping persönlich angefordert hast«, entgegnete Don. »Für mich sieht es umsetzbar aus, und das genügt.«

»Wer, zum Teufel, ist Xi Jinping?«, fragte einer der anderen. »Gehört er zur Abteilung Guildford?«

»Der Präsident von China, Kumpel«, erwiderte Mike mit einem reizenden Lächeln.

»Oh, ich verstehe. Don ist sehr gebildet, oder?«

Bevor ihm das Lob zu Kopfe stieg, setzten Don und Mike sich zusammen und stellten eine Liste der für den Bau der Pagode benötigten Materialien auf.

Noch einmal musterte Don das Foto. »Die Rückfront und die Seiten könnten aus gewöhnlichem Holz bestehen, aber wie kriegen wir das vordere Gitterwerk hin?« Er betrachtete die Skizze. »Und an dem bogenförmigen Dach werden wir uns die Zähne ausbeißen.«

Ruhig griff Mike wieder nach seinem Laptop. »Ich habe in dem schicken neuen Gartencenter Blumenrankgerüste gesehen, die so ähnlich sind. Mit dem Dach wird es ein wenig schwieriger. Ich habe einen Kumpel, der Bootsbauer ist. Ich glaube, an den müssen wir uns wenden.«

»Bei unserem Budget?«

»Er macht es zum Freundschaftspreis. Das hält ihn wenigstens vom Pub fern.« Er lachte, als täte er seinem Freund einen Gefallen.

»Aber schafft er es bis nächste Woche?«

»Da muss ich ihn fragen.« Er griff nach Laptop und Foto. »Warum geht ihr nicht in den Baumarkt und besorgt die restlichen Sachen? Dann können wir morgen zumindest mit dem Fundament und den Seiten anfangen.«

Die anderen Männer sprangen auf, während Don missmutig das Gesicht verzog. Alle wussten, dass Mike unauffällig das Kommando übernommen hatte, obwohl es keiner zugeben wollte. Don am allerwenigsten.

Claudia, Ella und Laura saßen im Salon, tranken Kaffee, beobachteten den Hahnenkampf und mussten sich ein Lachen verkneifen.

»Ich liebe Männer, ihr auch?« Ella grinste. »Adam und Eva hätten allein nie im Garten Eden überlebt. Männer brauchen Geschlechtsgenossen, mit denen sie ihre Machtspielchen treiben können.«

»Ich hoffe nur, dass Don nicht zu schmollen anfängt.« Claudia grinste. »Sonst muss ich rausgehen und ihn daran erinnern, dass es für einen höheren Zweck ist.«

»Ich dachte, diese Organisation diene dazu, das Selbstbewusstsein aufzubauen.« Ella schüttelte den Kopf. »Auf mich hat es gewirkt, als wollten alle möglichst viele Punkte machen.«

»Vielleicht bauen Männer so ihr Selbstbewusstsein auf. Sie sammeln abwechselnd Punkte. Beim nächsten Mal ist Don dran.«

»Mike scheint nett zu sein.« Laura zuckte die Achseln, während die anderen zu kichern anfingen. »Jetzt hört schon auf damit! Frauen sollten einander unterstützen, anstatt zu konkurrieren, schon vergessen?«

In einem seltenen Anfall von Feingefühl und angeregt von ihrer neuen Freundin Olivia, beschloss Mrs. Lal, dass Sal sich ihr Hochzeitskleid selbst aussuchen durfte.

Sie traf mit einem Armvoll regenbogenbunter Saris ein, bei denen Hellrot und Grellpink die Hauptrolle zu spielen schienen.

»So«, meinte Ella. »Welche Farbe sollte die Braut Ihrer Ansicht nach tragen?«

Mrs. Lal hielt eine wunderschöne und erstaunlich geschmackvolle korallenrote, mit hellem Gold besetzte Stoffbahn hoch. Dazu große goldene Ohrringe und einen tropfenförmigen Rubin, der mitten auf der Stirn platziert werden sollte. »Ich dachte, das sei vielleicht der richtige Sari.«

»Traumhaft, Lalita.« Sal hielt sich den Sari vor dem Spiegel an. »Kann ich ihn anprobieren?«

»Nur den Sari. Es bringt Unglück, alles vor dem Morgen der Hochzeit anzuziehen«, verkündete Mrs. Lal.

»Und was ist mit dem Bräutigam?«, fragte Sal. »Was zieht der an?«

»Er wird sogar noch prunkvoller sein als die Braut«, erwiderte Mrs. Lal ehrfürchtig. »In der Kleidung eines Raja.«

»Die perfekte Aufmachung für einen Immobilienentwickler aus Brooklyn.« Sal lachte.

Spikes Onkel Billy hatte sich großzügigerweise bereit erklärt, sich um das Essen zu kümmern, solange es nicht auch indisch war. Nach ausführlichen Beratungen und zur allgemeinen Belustigung hatte sich Mrs. Lal schließlich weichklopfen lassen.

Die Vorfreude steigerte sich, als Lara und ihre Familie aus Oslo eintrafen und sich von der festlichen Stimmung mitreißen ließen.

»Wessen Hochzeit ist das eigentlich?« Ella konnte sich die Frage nicht verkneifen, als ihre Vorschläge für geschmackvolle Blumenarrangements zugunsten von Mrs. Lals prächtigeren verworfen wurden.

»Das weiß nur der Himmel.« Aus voller Kehle lachend, schlug Sal die Hände vors Gesicht. »Aber ich bin begeistert!«

Von draußen wehte beruhigendes Hämmern herein. Don führte wieder die Aufsicht, als die Pagode langsam wuchs.

Wenigstens hatte das Betonfundament überlebt und würde nicht neu gegossen werden müssen.

Trotz des Regens wurde die Rückwand in beachtlicher Geschwindigkeit aufgestellt. Danach kamen die Rankgerüste, die Mike in dem teuren Gartencenter entdeckt hatte. Sie wirkten sehr beeindruckend.

Ella stand am Fenster im Salon und beobachtete die Bauarbeiten. »Verbessert mich, falls ich mich irre« – sie schüttelte sich vor Lachen –, »aber ist eine Pagode nicht chinesisch?«

Da sich das Kichern inzwischen ebenso ausgebreitet hatte wie das Gähnen, stimmten alle ein, als Mrs. Lal, gefolgt von Olivia, im Salon erschien. »Ist mit den Damen alles in Ordnung?«, erkundigte sie sich spitz.

»Oh ja«, beteuerte Sal, bevor sie der nächste Lachanfall überkam. »Wirklich bestens, danke.«

Der Bau der Pagode schritt rasch voran. Mikes Bootsbauerfreund war gern bereit, das Dach aus einigen alten Bootsrümpfen zu bauen, die er noch auf Vorrat hatte.

Alles verlief in einem solchen Höllentempo, dass Sal kaum einen Moment Zeit hatte, sich Gedanken über etwas anderes zu machen. Zumindest hatte sie noch ihre Haare. Eine kahlköpfige Braut hätte die allgemeine Zuversicht auf eine harte Probe gestellt, insbesondere die der Braut selbst. »Ist dir aufgefallen, wie viele Tassen Tee Laura für diesen Freund von Don kocht?«, raunte sie Ella zu. »Wenn er noch mehr trinkt, platzt er.«

»Ganz zu schweigen von den hübschen, warmen Handtüchern, mit denen sie ihn eindeckt, damit er sich im Regen nicht erkältet.« Ella grinste.

»Aber, aber, meine Damen«, wandte Don ein, der sie belauscht hatte. »Offen gestanden hat Mike mich nach Lauras derzeitiger Lebenssituation gefragt.«

Sobald die Pagode fertig war, strich Don sie in so bunten Farben, dass sie vielleicht sogar die Saris ausstechen würde.

»Tja, du wolltest doch eine bunte Hochzeit«, meinte er zu Sal.

Das Glanzstück war der nepalesische Hochzeitsbogen, den Mike auf einem Antiquitätenmarkt in Godalming aufstöberte, obwohl er angeblich nur hatte Nägel kaufen wollen.

»Jetzt brauchen wir nur noch eine von diesen Glückskatzen, die in chinesischen Restaurants mit der Pfote winken«, merkte Claudia an, der es schwerfiel, angesichts der immer ausufernderen Hochzeitsvorbereitungen ernst zu bleiben.

»Sei nicht so zynisch«, tadelte Ella. »Ich finde das alles wundervoll global, insbesondere, da die Trauung von einem Humanisten aus Wallingford durchgeführt wird.«

»Das hat mir gerade noch gefehlt.« Claudia schüttelte den Kopf.

Allerdings hatte Mutter Natur noch eine Überraschung für sie im Ärmel.

Fünfundzwanzig

Als sie an Sals Hochzeitstag aufwachten, hatte sich der Dauerregen in Hagel verwandelt. Die Hagelkörner waren so groß wie Tennisbälle.

»Hagel im Sommer!« Ella drückte die Nase an der Fensterscheibe platt, um besser sehen zu können. »Ich wette, so etwas habt ihr in Indien nicht, Lalita.«

»Unsinn!«, verbesserte sie Mrs. Lal. »Haben Sie noch nie vom Himalaja gehört? Dort gibt es sogar Lawinen!«

»Hoffentlich bleiben wir in Surrey davon verschont.« Claudia stellte sich zu Ella ans Fenster.

»Meint ihr, Jehova will mir damit mitteilen, dass ich es mir anders überlegen soll?« Sal gesellte sich zu ihnen.

Mrs. Lal überließ sie ihrem Schicksal und ging los, um Lou beim Anziehen zu helfen.

»Kommen Sie, Sir«, überredete sie den ziemlich widerstrebenden Lou. »Amüsieren Sie sich.« Sie tätschelte seine breiten Schultern. »Was würde Ihr Colonel Flashman an seinem Hochzeitstag tun?«

»Soweit ich den Burschen kenne, mit allen Brautjungfern durchbrennen!«, antwortete Lou wie aus der Pistole geschossen. »Außerdem bin ich Amerikaner, und Flashman war Brite. Natürlich werde ich mein Bestes tun, um mich danebenzubenehmen.«

Danach ließ er sich widerstandslos in das prunkvolle weiße Gewand hüllen, das sie mitgebracht hatte. Anschließend betrachtete er sich, von der mit Fransen besetzten Kopfbedeckung bis hin zu den weißen Blumenkränzen, mit denen sie ihn behängt hatte, in dem hohen Spiegel. »Wie Liberace auf Speed«, verkündete er. »Wo ist mein Trauzeuge?«

Don erschien ziemlich verlegen. Er war ebenfalls in weißen Stoff gehüllt, der Lou stark an einen Möbelbezug erinnerte. »Setz dich bloß nicht, sonst verwechsle ich dich noch mit dem Sofa«, riet er ihm.

»Ich tue das nur für dich, Lou«, erwiderte Don gekränkt.

»Ich weiß, ich weiß, und da du der einzige andere lebendige Mann hier bist, bin ich dir sehr dankbar.«

»Wir haben immer noch Hiro.« Don grinste.

»Er ist einverstanden, die Ringe zu übergeben.«

Sie lachten beide, als Mrs. Lal mit einem stärkenden Brandy für sie hereinkam.

»Kalte Füße«, verkündete sie, als sie ihnen die Gläser reichte.

»Ich dachte, die kriegen nur die Bräute«, antwortete Lou und kippte sein Mut machendes Getränk herunter.

»Meiner Erfahrung nach«, entgegnete Mrs. Lal, »ist es häufiger der Bräutigam, der sich an einen unbekannten Ort flüchtet.«

»Keine Sorge«, meinte Lou beruhigend. »Das tue ich ganz sicher nicht.«

Im Kutschhaus, das zur Umkleide für Braut und Brautjungfern erkoren worden war, herrschte fröhliches Chaos. Die Brautjungfern wickelten sich, unterstützt von Olivia, in ihre Saris, wobei sie versuchten, so wenig nackten Bauch zu zeigen wie möglich.

»Diese verdammten Dinger sind ja ellenlang«, schimpfte Ella.

»Neun Meter, um exakt zu sein.« Laura lachte. »Das habe ich auf Google nachgeschaut.«

»Tja, da kann man später eine hübsche Tischdecke draus machen«, meinte Olivia.

»Drei hübsche Tischdecken«, verbesserte Ella.

»Meine Damen!« Mrs. Lal, die offenbar über die Fähigkeit verfügte, an zwei Orten gleichzeitig zu sein, erschien plötzlich in der Tür. »Champagner!«

»Sie denkt wirklich an alles«, murmelte Claudia.

»Das ist eine ganz besondere Hochzeit.« Zur allgemeinen Erleichterung sprach sie nicht aus, dass die Braut die Flitterwochen nicht überleben könnte. »Auf das Wunder der Frauen!«

»Darauf erhebe ich mein Glas«, sagte Ella und tat es.

Sals Tochter Lara und ihre Kinder kamen fröhlich lachend herein.

Lara hielt Sal auf Armeslänge von sich und musterte sie. »Sally ... Mum ... Du siehst hinreißend aus.«

Bei dem Wort »Mum« weinte Sal vor Glück. »Ich hätte nie gedacht, dass mich einmal jemand so nennen würde.«

»Und bald wirst du noch ein unbekanntes Wort hören«, witzelte Lara und drückte sie an sich. »*Mrs.* Maynard.«

»Und glaubt mir.« Sal wischte sich die Augen trocken. »Ich werde es in jeder gottverdammten Situation benutzen, die sich ergibt. Scheiß auf Mrs. ... hoppla, entschuldigt, Mädchen.« Sie drehte sich zu ihren Enkelinnen um und tat, als hielte sie sich die Ohren zu.

»Keine Sorge, Oma«, rief die Ältere. »Mum hat ihren Boss neulich als Schwein bezeichnet!« Sie betrachtete die verlegene Miene ihrer Mutter.

»Tja, er ist eben ...«, begann Lara und verstummte.

»Ihr sprecht aber gut Englisch, Mädchen«, sprang Sal für sie in die Bresche. »Wisst ihr was, ich glaube, ich sollte jetzt mal besser gehen und heiraten.«

»Tolle Ausrede«, raunte Lara. »Ich glaube, eine bessere habe ich noch nie gehört.«

Mrs. Lal hielt sie an der Tür auf. »Lassen Sie mich zuerst nachschauen. Auch wenn Sie sehr modern sein mögen, finde ich trotzdem, dass Sie nicht vor dem Bräutigam eintreffen sollten. Das würde zumindest den dramatischen Auftritt verderben.«

»Brauchen wir denn noch mehr Drama?« Claudia spähte aus dem Fenster. »Oh mein Gott, es hat aufgehört! Schaut nur.« Der Hagel hatte sich verzogen, und der Himmel war plötzlich strahlend blau geworden. »Die Sonne scheint!« Sie drehte sich zu Sal um. »Jehova hat seine Meinung geändert. Er meint, es ist in Ordnung, einen Juden aus Brooklyn zu heiraten.«

»Los, erzähl mir, dass da auch ein Regenbogen ist!« Sal lächelte.

»Fordere das Schicksal nicht heraus, Grainger. Ein Wunder genügt.«

Vorsichtig und ihre Saris raffend, gingen sie hinaus. Ella hielt einen großen Regenschirm über Sal, nur für den Fall, dass Jehova es sich noch einmal anders überlegte.

Mrs. Lal hatte auf dem ganzen Weg bis hin zur neuen chinesischen Pagode einen Teppich ausgelegt, der genau zum Gewand der Braut passte. Vor der Pagode unter einigen Sonnenschirmen, die den schlimmsten Hagel abhalten sollten, saß eine kleine Gruppe von Musikern. Sie spielten etwas, das man nur als indische Kaufhausmusik bezeichnen konnte, um niemandes kulturelle Gefühle zu verletzen.

In der Pagode stand Lou und strahlte übers ganze Gesicht. Don neben ihm wirkte fast ebenso begeistert. Die übrigen Gäste waren Olivia, Rose, Bella mit Nigel und Noah, Douglas und Gaby, Sals Tochter Lara mit ihrer reizenden Familie, Lous Tochter mit Mann und Baby, Spike und Onkel Billy, Lord Murdo Binns und Hiro.

Mrs. Lal hatte genau den richtigen Instinkt bewiesen. Das waren die Menschen, die Sal und Lou am meisten bedeuteten. Außerdem hätte offen gestanden niemand mehr in die Pagode gepasst.

Die Zeremonie war kurz und anrührend. Schwüre, die Treue in Gesundheit und Krankheit versprachen, waren überflüssig, denn das lebten die beiden ja bereits.

Hiro erschien genau im richtigen Moment, strahlend und mit dem Ring, und diesmal deklamierte er nicht einmal Shakespeare.

Nachdem sie zu Mann und Frau erklärt worden waren, regnete es Rosenblätter, und das glückliche Paar küsste sich. Danach begann die Party. Sie gingen hinein und verspeisten eine köstliche Mahlzeit aus *foie gras mit schwarzem Trüffel*, gefolgt von rosig angebratenem Roastbeef, das Hochzeitsgeschenk von Onkel Billy.

Aufgrund irgendeines Kupplertricks saß Laura neben Mike aus Dons Männergruppe, und sie zeigten einander fröhlich die Fotos ihrer Enkelkinder.

Zu Ellas Erleichterung fehlte von dem gefährlichen Daniel Forrest jede Spur.

»Gut gemacht«, beglückwünschte Claudia ihren Mann. »Weiß steht dir ausgezeichnet.«

»Miststück«, erwiderte Don.

»Verzeihung?«, empörte sich Claudia.

»Offen gestanden mag ich Miststücke. Sie machen mich ziemlich an.«

»Don! Wir sind auf einer Hochzeit!«

»Gäbe es einen geeigneteren Ort?« Er sah zu Sal und Lou hinüber. »Ich glaube, die beiden werden glücklich. Und du?«

Claudia betrachtete die Frau, mit der sie seit über vierzig Jahren befreundet war. Sie hatten gemeinsam aufregende Zeiten, Einsamkeit, Erfolg und Scheitern durchgemacht. In anderen Worten, das Leben. Und es war noch nicht vorbei. Auf gar keinen Fall.

Nachdem die *foie gras* mit schwarzem Trüffel abgeräumt war, klatschte Sal in die Hände, damit Ruhe einkehrte. Mit ihrem in sechzig Lebensjahren erworbenen, durch nichts ins Wanken zu bringenden Mut kletterte sie auf den Tisch.

»Okay, seid mal alle still! Ich habe euch etwas zu sagen. Ich hätte nie gedacht, dass ich mal Mrs. werde. Wenn ich ehrlich bin, war ich viel lieber Miss, doch das war, bevor ich diesem Mann begegnet bin.« Sie wies mit ihrem Champagnerglas auf Lou, der glücklich strahlte, allerdings wegen ihrer absturzgefährdeten Aktion auch ein wenig besorgt dreinblickte.

»Also, meine lieben und hoch geschätzten Freunde, ein Trinkspruch!« Alle erhoben ihre Gläser. »Auf Mrs. Henry Louis Maynard, die Vierte! In anderen Worten: mich!«

»Komm da runter, bevor du dir noch etwas brichst, du verrücktes Weib!« Als Lou ihr die Hand hinhielt, zeichneten sich Liebe und Glück auf seinem Gesicht ab. »Wenn es etwas gibt, das ich an dir ändern möchte, dann ist es dein Hang, auf Tische zu steigen. Möchte übrigens niemand den Brautjungfern zuprosten?«

Don war bereits aufgesprungen. »Ganz recht, Lou. Ich glaube, das ist meine Aufgabe. Ich proste den Brautjungfern zu, insbesondere meiner Frau Claudia. Ich weiß, dass es Zeiten gab, in denen wir es alle für einen schrecklichen Fehler gehalten haben, in die Villa gezogen zu sein.« Das Raunen im Raum bestätigte, dass es sich dabei um nichts als die Wahrheit handelte. »Doch seit Kurzem haben die

Dinge angefangen, sich zu ändern. Niemand behauptet, dass das Älterwerden ein Zuckerschlecken sei. Offen gestanden haben die meisten von uns geleugnet, dass es je geschehen würde. Aber durch einen scheußlichen Zufall ist es trotzdem passiert. Und vielleicht, nur vielleicht, haben wir einen Weg gefunden, diese Zeit gemeinsam mit unseren Freunden und Familien zu gestalten. Deshalb möchte ich allen Brautjungfern zuprosten, aber vor allem Claudia, die es gewagt hat, uns hier zu versammeln. Also, Claudia, meine Frau, meine Liebe, falls es schließlich doch schiefgehen sollte, geben wir alle dir die Schuld. Auf die Brautjungfern, auf Claudia!«

Alle Anwesenden applaudierten und trampelten mit den Füßen, um Don in seinem Trinkspruch zu bestätigen.

Der nächste Gang wurde serviert, gefolgt von einer wunderschönen Hochzeitstorte mit Schokolade, die Lou und Sal in einer erneuten kulturellen Anspielung mit einem schottischen Schwert anschnitten.

Dann sprang Mrs. Lal auf und verkündete, dass jetzt getanzt werden dürfe.

»Es ist sehr unmanierlich von mir, diesen wundervollen Anlass für einen Moment an mich zu reißen«, meinte sie ohne die Spur von Scham, »doch ich möchte Ihnen mitteilen, dass wir mit Good Age den Preis für den besten Wohltätigkeitsladen gewonnen haben!«

Es wurde lautstark applaudiert. »Und nun«, fuhr sie mit einem strahlenden Lächeln fort, »werden Mr. und Mrs. Maynard im Salon den Tanz eröffnen.«

Das Brautpaar nahm seine Position auf der Tanzfläche ein, um, begleitet von der Originalversion von »Lovely Day«, gesungen von Bill Withers, in die Ehe zu wirbeln. »Wenn ich dich ansehe«, raunte Lou Sal zu, »weiß ich immer, dass es ein wunderschöner Tag werden wird. Bill

Withers ist übrigens nicht viel älter als ich«, fügte er hinzu.

»Aber längst nicht so sexy«, flüsterte sie.

»Das ist ein echtes Kompliment. Er ist der erotischste Bluessänger aller Zeiten.«

»Ich gebe mich geschlagen.«

Da die meisten Möbel aus dem Salon geräumt worden waren, hatten alle gerade genug Platz zum Tanzen.

Laura stellte fest, dass sie die Gesellschaft ihres neuen Freundes Mike wirklich genoss. Nachdem sie sechsmal mit ihm getanzt hatte, winkte Don sie diskret zu sich.

Laura gab vor, sich frisch machen zu müssen, und folgte ihm zu dem Tisch, der als Bar diente.

»Laura, ich dachte, ich sollte dich warnen.« Dons Miene war unheilvoll.

Laura bekam Herzklopfen. Nicht schon wieder ein Mistkerl! Sie hatte wohl Talent darin, an den Falschen zu geraten.

»Ja?«, erwiderte sie knapp, und ihre Gesichtszüge verspannten sich ängstlich. Was würde jetzt kommen? Ein Mann, der Frauen schlug? Ein notorischer Fremdgänger?

Don lächelte breit. »Mike ist ein wirklich netter Kerl. Ich wollte nur, dass du das weißt.«

»Danke für die Warnung«, antwortete sie, wobei sie überlegte, ob sie Don umarmen oder ihn treten sollte. »Ich glaube, damit komme ich klar.«

Ehe sie an ihren Tisch zurückkehren konnte, hatte Bella auch eine Ankündigung zu machen.

»Ich glaube, Sal und Lou haben nichts dagegen, wenn ich euch etwas mitteilte.« Sie legte den Arm um ihren hünenhaften Mann. »Nigel und ich erwarten wieder ein Baby!«

Alle jubelten, insbesondere Laura.

»Das sind wundervolle Neuigkeiten«, rief Mrs. Lal. »Jetzt haben wir eine Geburt, eine Hochzeit und …«

»Lalita!« Olivia stürzte sich geradezu auf sie, bevor sie den Satz beenden konnte. »Kommen Sie und schneiden Sie mir ein Stück von dieser köstlichen Schokoladentorte ab.«

Es war eine Hochzeit, die nur wenige der Gäste je wieder vergessen würden.

Lou und Sal fuhren nicht in die Flitterwochen. Doch sie johlten und jubelten trotzdem, als sie sich auf den ziemlich kurzen Weg zu ihrem Häuschen machten, wo Mrs. Lal – ohne dass sie es ahnten – fünfzig Teelichter angezündet und das Bett zur Feier der Hochzeitsnacht mit Rosenblütenblättern bestreut hatte.

»Danke für die Rede«, sagte Claudia zu Don, als sie durch den Garten zum Kutschhaus gingen. Plötzlich blieb sie stehen und zeigte nach oben. »Sieh nur! Glaubst du, Mrs. Lal hat das auch arrangiert?«

Über ihnen lugte der Vollmond durch die Wolken und tauchte die gesamte Landschaft in einen weißen, milchigen Schein.

»Nein«, erwiderte Don bescheiden. »Den habe ich bestellt. Schließlich hast du ihn dir nach all der harten Arbeit verdient.« Zu ihrer Überraschung hielt er ihr die Hand hin. »Vielleicht ist es Zeit, dass wir uns der Händchenhalt-Brigade anschließen.«

Im Mondlicht wirkte sein Gesicht um dreißig Jahre jünger.

»Okay.« Claudia sah sich nach möglichen Zeugen um. »Aber höchstens dreißig Sekunden.«

Don nahm ihre Hand und drückte sie fest.

»Eigentlich«, sagte er lächelnd und zog sie in der klaren Nachtluft an sich, »hatte ich eher an zehn gedacht.«

»So spritzig und köstlich wie ein Glas italienischer Prosecco.«

Sunday Express

500 Seiten. ISBN 978-3-7341-0622-4

Angela, Claire, Sylvia und Monica könnten unterschiedlicher nicht sein. Und doch haben sie einiges gemeinsam – angefangen mit einem Freund, der sie alle nach Italien einlädt. Aber vor allem eint sie eins: gute Gründe, ihrer Heimat London für einige Zeit den Rücken zu kehren. Und wo könnte man besser auf andere Gedanken kommen als in einer Villa am Mittelmeer? Die erste Begegnung fällt etwas angespannt aus, da jede dachte, sie wäre dort allein, nach einigen Tagen – und Turbulenzen – und diversen Limoncelli, wird aber klar: Das hier kann eine Freundschaft fürs Leben werden!

Lesen Sie mehr unter: **www.blanvalet.de**